北京外国语大学王佐良外国文学高等研究院出品
北京外国语大学"双一流"重大标志性项目成果

新编外国文学简史丛书

新编法国文学简史

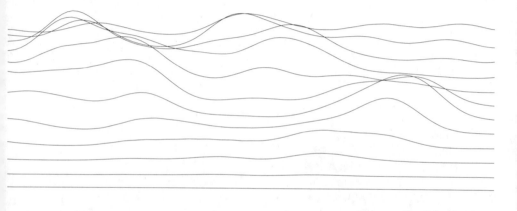

Le Nouveau
Précis d'histoire de la littérature française

金莉　主编

车琳　著

外语教学与研究出版社
FOREIGN LANGUAGE TEACHING AND RESEARCH PRESS
北京 BEIJING

图书在版编目（CIP）数据

新编法国文学简史 / 车琳著. -- 北京 : 外语教学与研究出版社, 2022.6
（新编外国文学简史丛书 / 金莉主编）
ISBN 978-7-5213-3884-3

Ⅰ. ①新… Ⅱ. ①车… Ⅲ. ①文学史－法国 Ⅳ. ①I565.09

中国版本图书馆 CIP 数据核字 (2022) 第 135073 号

出 版 人　王　芳
项目负责　姚　虹　李　鑫
责任编辑　李旭洁
责任校对　李　鑫
封面设计　奇文云海
出版发行　外语教学与研究出版社
社　　址　北京市西三环北路 19 号（100089）
网　　址　http://www.fltrp.com
印　　刷　紫恒印装有限公司
开　　本　650×980　1/16
印　　张　41
版　　次　2022 年 8 月第 1 版　2022 年 8 月第 1 次印刷
书　　号　ISBN 978-7-5213-3884-3
定　　价　116.00 元

购书咨询：（010）88819926　电子邮箱：club@fltrp.com
外研书店：https://waiyants.tmall.com
凡印刷、装订质量问题，请联系我社印制部
联系电话：（010）61207896　电子邮箱：zhijian@fltrp.com
凡侵权、盗版书籍线索，请联系我社法律事务部
举报电话：（010）88817519　电子邮箱：banquan@fltrp.com
物料号：338840001

总　序

21世纪已经走过了第一个20年，在这20年中世界政治风云变幻、经济全球化趋势增强、人类进步与安全的威胁仍然存在。2020年席卷全球的新冠肺炎疫情，为国际政治、世界经济和全球治理带来了深刻影响。习近平总书记在2019年亚洲文明对话大会的开幕式上指出："应对共同挑战、迈向美好未来，既需要经济科技力量，也需要文化文明力量。"北京外国语大学王佐良外国文学高等研究院组织、策划的"新编外国文学简史丛书"便是以"促进世界文明平等对话、交流互鉴、相互启迪"为宗旨而编写的。进行文明对话首先要加强世界各民族之间的了解，而文学正是加强相互了解、促进人文交流的重要途径。"他山之石，可以攻玉"，学习外国文学有利于我们吸收全人类的优秀文化遗产，丰富本国文学。

作为文明的重要组成部分，文学是民族艺术与智慧的结晶，也是社会文化的重要表现形式。了解和阅读文学经典作品，对人文素质的培养、人格的塑造、审美能力的提高与情操的陶冶都是大有裨益的。本丛书的编写，是为了使读者对这套丛书所涉及的国别文学的发展历史、贯穿其中的人文精神传统及文化底蕴有鸟瞰式的了解。阅读和学习外国文学，并非要对其全盘接受，而是要对作家与作品给予褒贬恰当的评价，给予它们应有的历史地位。

"新编外国文学简史丛书"是一套国别文学史，它以史为经，按编年顺序分为不同章节；以代表作家与代表作品为纬，对一个国家的文学进行评介，在此基础上描述该时期的文学现象、文学流派、美学特征以及其内在联系，并在广阔的文化背景下阐述其产生的历史和社会根源。作为"简史"，编者无法做到面面俱到，作家与作品的取舍与价值判断便显得尤为关键，尽管其中带有编者的主观性。我们在勾勒有关国家的文学发展概貌时，强调了将文学的"内部研究"和"外部研究"相结合的原则，既对重要作家及其作品进行分门别类的分析、考察他们独特的审美价值，又努力勾画整个文学的发展历程及其与时代、社会、历史的关系，力求以深入浅出、夹叙夹议的方式，为读者搭建一座走进文学殿堂的桥梁。

本丛书共分十卷，卷次按照国家名称的音序排列如下：《新编爱尔兰文学简史》（作者：陈丽）、《新编澳大利亚文学简史》（作者：彭青龙）、《新编德语文学简史》（作者：丁君君、任卫东）、《新编俄国文学简史》（作者：刘文飞）、《新编法国文学简史》（作者：车琳）、《新编美国文学简史》（作者：金莉、沈非）、《新编日本文学简史》（作者：张龙妹、曲莉、岳远坤）、《新编西班牙文学简史》（作者：杨玲、陈众议）、《新编意大利文学简史》（作者：文铮）、《新编英国文学简史》（作者：邵雪萍）。文学史的撰写是一种创造性的批评阐释，本丛书的作者都是在本领域具有较为深厚的学养及较高学术声望的学者；本丛书的编写也体现了北京外国语大学的多语种优势，其中绝大多数作者都是我校从事外国文学教学与研究的学者。

　　本丛书是供外国文学爱好者及高校本科生与研究生了解外国文学的引导性读物，也可作为有志于深入学习和研究的读者的选择性读物，还可用作高校外国文学专业的教学辅助资料。该丛书因而强调了可读性、趣味性和实用性，力求以简明扼要、通顺流畅的文字，将读者带入绚丽多彩的外国文学世界，使之得以窥见其精华、领略其魅力，从而开阔视野、增长见识、拓展思维、提高人文素养，为培养具有国际视野的高层次人才贡献我们的力量。

　　本丛书是北京外国语大学王佐良外国文学高等研究院策划的一个集体项目，得到了团队成员的通力合作。该丛书亦被列入北京外国语大学"双一流"建设重大标志性项目，得到了学校的鼎力支持。此外，外语教学与研究出版社在丛书的出版过程中也给予了高度关注，为我们提供了宝贵的编辑意见，在此谨向他们表示衷心的感谢。

金　莉

2021年6月30日

于京西厂洼

目　录

第二章

文艺复兴：法国文学的成长 / 43

第三章

17世纪：法国文学的成熟 / 73

第四章

18世纪：理性与感性之间 / 144

第五章
19世纪：传统与现代之间 / 209

第一章

中世纪：法国文学的发生

在西欧，中世纪是指介于古希腊罗马文明与文艺复兴之间的一段历史时期，法国学界通常把5世纪和15世纪作为中世纪的起始和结束。这一术语正式出现于17世纪初，原本略有贬低之意，人们也常常用"黑暗""愚昧"来形容中世纪。其实，正是在中世纪，欧洲国家逐渐形成了自己的民族、疆域、语言和文化，呈现出丰富多彩的文化多样性，这一时期也是各国民族文学的诞生和成长期。在这1000年中，在起先被称为"高卢"（la Gaule）后来被称为"法兰西"（la France）的这片土地上，社会、经济、政治和宗教信仰不断衍变发展，法兰西语言、文学和文化在民族冲突和融合中熔炼而成。

在欧洲西部的高卢这片土地上，起初生活着公元前500年就从中欧迁徙到这里定居的凯尔特人（les Celtes）。公元前1世纪中叶，罗马帝国在拓展疆域的过程中向北征服了高卢人。5世纪时，西罗马帝国衰落，来自北方日耳曼民族的法兰克人（les Francs）占领了高卢。法兰克人建立了墨洛温王朝（476—751），第一位国王是克洛维（Clovis）。加洛林王朝（751—987）始于8世纪中叶，出现了一位叱咤风云的查理大帝（即查理曼，Charlemagne，742—814）。800年12月25日圣诞节，曾得查理大帝解救并获其支持的罗马教皇利奥三世（Leo III，795—816年在位）为查理大帝加冕，并宣布他为"罗马人的皇帝"，这个称谓意味着查理大帝成为古罗马帝国的继承人和基督教世界的保护者，而教皇加冕之举则开启了西欧历史上教廷与王权进行教俗双重统治的体制。查理大帝经过征战，建立了囊括如今西欧大部分地区的庞大帝国。在他的儿子虔诚者路易一世（Louis I le Pieux，778—840）去世之后，帝国出现了继承问题。查理大帝的三个孙子洛泰尔（Lothaire，795—855）、日耳曼人路易（Louis-le-Germanique，806—876）和秃头查理（Charles-le-Chauve，823—877）之间产生矛盾，路易和查理要求平分土地，他们于842年率领各自的军队会师于斯特拉斯堡，结成联盟反对兄长洛泰尔。843年，三人共同签署《凡尔登条约》（Traité de Verdun），瓜分了帝国，由此出现了意大利、德国和法国三国的雏形。

当高卢被纳入西罗马帝国版图之后，拉丁语逐步得到推广使用。查理大帝统治时期也大力提倡拉丁语，使其具有了官方语言的地位，拉丁语既是教会的语言，也是学术和文学的语言。但是，在日常生活中，拉丁语在当地产生了一定的变异，形成了一种通俗化的拉丁语，后来又吸收了法兰克人带来的日耳曼语言的成分，逐步发展成罗曼语（le roman），也是市井百姓的日常用语，这便是后来古法语的雏形。日耳曼人路易和秃头查理的军队在斯特拉斯堡会师宣誓时没有采用官方的拉丁语，而是分别使用了士兵们可以理解和背诵的罗曼语和条顿语（即古德语）。罗曼语版《斯特拉斯堡誓词》（Serments de Strasbourg，842）是迄今人们所知的用法语写成的最古老文献，标志着在9世纪中叶罗曼语终于以书面语言的形式存在于世。人们在查理大帝的外孙尼塔尔（Nithard，约800—844）的史书中发现了誓词的内容，他正是书写《斯特拉斯堡誓词》的史官。尼塔尔的史书用拉丁语写成，但是其中记录的《斯特拉斯堡誓词》保存了罗曼语和条顿语版本。

　　法国当代著名作家帕斯卡·基尼亚尔（Pascal Quignard，1948— ）曾在《眼泪》（*Les Larmes*，2016）一书中回顾了尼塔尔的生平。在描写签署誓词的场景时，基尼亚尔诗意地想象了古法语诞生的情形："唯有语言带给我奇妙的感觉，尤其是从一种象征体系向另一种象征体系转变的瞬间。842年2月14日，白昼将尽时分，在寒冷的空气中，一种奇异的薄雾从他们的嘴唇上升起。人们把它叫做法语。尼塔尔是第一个用法语书写的人。"[1]

　　世界各地的早期文学作品都是以口头文学的形式传播的。中世纪的法国诗人主要分为三种：第一种是"jongleur"，他们是拥有自由之身的艺人，在城堡、乡村或集市中游走，以吟诵表演为生，是真正的游吟诗人，他们所面对的观众既有王公贵族也有市井百姓，是对社会现实最为了解的诗人；第二种是"ménestrel"，他们通常依附于王公贵族，受其资助并在其授意下创作具有讽刺或娱乐功能的诗歌；第三种是在南方奥克语（la langue d'oc）和北方奥依语（la langue d'oïl）中分别被称为"troubadour"和"trouvère"的抒情诗人，尽管此二词经常被译为"游吟诗人"或"行吟诗人"，但实际上他们当中大多数是贵族诗人，也有一些诗人出身并不高贵，但是有机会出入宫廷，并不是四处流浪的艺人。[2] 无论在宫廷还是街头，贵族诗人和民间诗人都以诗歌作为作品最好的载体。

---

1. Pascal Quignard, *Les Larmes*, Paris, Grasset, 2016, p. 122.
2. Jean Garel, "Les conditions de la création", in Jean Charles Payen et Henri Weber (dir.), *Manuel d'histoire littéraire de la France*, tome 1, Paris, Editions Sociales, 1971, p. 82-88.

最早出现的诗歌形式是武功歌（la chanson de geste），它是中世纪特有的史诗，用以歌颂王公贵族和骑士们英勇征战的丰功伟绩，其中以11世纪末的《罗兰之歌》（*La Chanson de Roland*）最为著名。《罗兰之歌》是第一部完整的法国文学作品，标志着罗曼语成为一种文学语言。12世纪是罗曼语文学迅速成长的时期，它不仅是武功歌的黄金时期，而且抒情诗也逐渐从南到北发展起来，迄今所知第一位宫廷抒情诗人是阿基坦公爵纪尧姆九世（Guillaume IX d'Aquitaine，1071—1127）。最早的抒情诗是以骑士爱情为主题的宫廷诗歌，后来题材逐渐拓展，到13世纪开始出现表现普通市民阶层生活境况的抒情诗，其中既有个人经历也有社会题材，更具现实主义和讽刺风格。回旋诗（le rondeau）和谣曲（la ballade）等格律诗形式也逐渐形成，在吕特伯夫（Rutebeuf，约1230—1285）、查理·德·奥尔良（Charles d'Orléans，1391—1465）和维庸（François Villon，约1431—1463？）的诗歌中，可以发现广泛的题材和娴熟的诗艺，这标志着法语诗歌发展到了一定高度，他们的作品流传至今。

在叙事诗方面，12世纪中叶，一些诗人便开始将拉丁语中流传的故事和传说翻译或是改写成罗曼语作品。亚历山大大帝（Alexandre le Grand，前356—前323）的传奇故事早已在欧洲流传，在12世纪已经出现3个古法语版本，其中由教士朗贝尔·勒托尔（Lambert le Tort）和诺曼底诗人亚历山大·德·贝尔奈（Alexandre de Bernay，约1150—1190）在1170年左右完成的《亚历山大传奇》（*Le Roman d'Alexandre*）因创造了新的诗歌格律而最为有名，每行诗六六断顿的十二音步诗体在15世纪被命名为"亚历山大体"（alexandrin）并逐渐得到使用。在散文体出现之前，叙事诗依然是运用最为广泛的形式。这些情节复杂、形象生动的叙事作品题材不同，篇幅不一，但都以韵文体呈现，以便于口耳相传。布列塔尼地区广泛流传的《特里斯当与绮瑟》(*Tristan et Yseult*)存在多个叙事诗版本，塑造了中世纪最为经典的爱情神话，对后世的欧洲文学产生了深远影响。寓言诗《列那狐的故事》(*Le Roman de Renart*)中的动物世界是人类社会的隐喻，是对封建社会的讽刺。由两位作者完成的《玫瑰传奇》(*Le Roman de la Rose*)是一部承前启后的作品，它的第一部分依然以骑士爱情和贵族风尚为主题，第二部分则反映了中世纪后期的社会风貌。

克雷蒂安·德·特鲁瓦（Chrétien de Troyes，1135—1180或1190）也从民间流传的亚瑟王与圆桌骑士的故事中提炼素材，并使用罗曼语进行再度创作，完成了一系列骑士小说，同样采用的是叙事诗形式。玛丽·德·法兰西（Marie de France，1145—1198）的短篇叙事诗则是后世短篇小说的雏形。当时，即使是宗教题材的中世纪戏剧也是以诗剧的形式上演的。13世纪上半叶出现的韵散结合的说唱文学作品《乌加桑和妮珂莱特》(*Aucassin et Nicolette*)体现了韵文体向散文体过渡时期的文体特征。散文体在13世纪已初见端倪，而且逐渐被运用到长篇小说与历史记述中。由此可见，在中世纪的法国文学中，体裁之间的界限非常模糊，但是后世文学中的主要体裁在这一时期都已经孕育萌芽。

15世纪下半叶至16世纪初，出现了一些史称"修辞诗派"（les grands rhétoriqueurs）的宫廷诗人，主要代表有布列塔尼宫廷的让·梅希诺（Jean Meschinot，1422—1490）、勃艮第宫廷的让·莫利内（Jean Molinet，1435—1507）以及奥克塔维安·德·圣热莱（Octavien de Saint-Gelais，1468—1502）、皮埃尔·格兰高尔（Pierre Gringore，1475—1539?）和让·马罗（Jean Marot，约1450—1526）等。他们并没有形成严格意义上的文学流派，但是在诗歌主题和作品形式上有类似之处，都是为王公贵族府内的重要事件或朝廷的军事、政治事件创作一些应时诗篇。在诗歌韵律和修辞手法上他们也有共通之处，如常常采用谣曲、回旋诗、八音节籁歌和双韵短诗等形式以及隐喻、讽喻、象征和梦幻等手法，尤其在格律和诗韵技巧上多有探索。后来，随着王权的加强及其对各诸侯国宫廷的压制，以及诗歌中现实题材的引入，修辞诗派逐渐没落。此外，15世纪时还出现了一些关于研究作诗法的著作，书名中常用"修辞"一词，可见当时音韵亦被视为修辞手段，19世纪学者据此将这一时期研修诗歌格律的宫廷诗人称为修辞诗派。总体而言，修辞诗派的诗歌虽有夸饰之嫌，但是反映了15—16世纪初法语诗歌发展的进程。

❧《圣女欧拉丽赞歌》：第一篇法语文学作品

1世纪，基督教发源于罗马帝国的巴勒斯坦省（今以色列、巴勒斯坦和约旦地区），最初只是少数人的信仰，在很长一段时间里，基督教徒常常受到迫害。直到313年，罗马帝国才正式承认基督教的合法地位，392年基督教被确立为国教。

305年左右，罗马帝国全境的基督徒又一次遭到迫害。欧拉丽是一个美丽的西班牙少女，年仅13岁，面对各种威逼利诱，她拒绝放弃自己的基督教信仰，最后被处以极刑而殉教。这个令人感动的故事在民间得以口耳相传。878年，人们在西班牙巴塞罗那发现了欧拉丽的墓地。而《圣女欧拉丽赞歌》（*Cantilène de sainte Eulalie*）就创作于此后大约两年，很可能是当地修道院的教士为了感化信众而作。1837年，法国北部城市瓦朗谢讷（Valenciennes）附近一个修道院的一部讲经书里发现了《圣女欧拉丽赞歌》，可见其流传之广。

《圣女欧拉丽赞歌》是一首用罗曼语写成的诗歌，共29行，它并非独立的诗篇，而是出现在传教布道的教义篇章中。诗中完整叙述了欧拉丽殉教的故事：她不仅容貌美丽，而且心灵更美；面对物质诱惑和残酷威胁，她都不为所动，始终坚持自己的信仰；她被处以火刑，然而由于并无罪孽，她的身体在熊熊火焰中丝毫无损，最终敌人只得用剑砍下她的头颅；这时，欧拉丽化成白鸽飞向天空。这首宗教赞歌体现出明显的文学特征：首先它音韵和谐，音步规整，每行诗一律十个音节；其次诗中多用对比、排比等修辞手段；最后采用白鸽意象，象征人物忠贞不渝的坚定信仰。这首赞歌使得一个真实人物的经历因为文学的想象而在传播教义之外获得了审美特征，成为文学作品。

　　创作于9世纪末期的《圣女欧拉丽赞歌》是迄今发现的第一篇法语文学作品，说明罗曼语在成为书面语言之后不久便具有了应用于文学创作的潜质。此后，10—11世纪是古法语形成的重要时期，出现了更多以罗曼语写成的歌咏耶稣受难的诗篇和诗体的圣徒传记，如《圣莱热传》(*Vie de Saint Léger*)和《圣阿莱克西传》(*Vie de Saint Alexis*)等，这是因为基督教获得合法地位之后逐渐成为正统的意识形态。同时，作品的篇幅也越来越长，短则五六百行，长则两三万行，它们的作者是当时最主要的知识阶层——教士。这些最早的法语文献忠实地反映了当时的语言形态、写作方式以及人们的思想意识。

❧ 英雄史诗《罗兰之歌》：法国文学的第一座丰碑

　　在整个中世纪的欧洲，教会在精神世界中居于统治地位，在政治、经济、文化和教育领域都发挥着重要作用并产生了深刻影响。9世纪，基督教几乎已经渗透到查理曼帝国的国家机制和社会生活的方方面面。在世俗社会中，以等级分化为特征的封建制度逐渐确立。由于封建割据，王室无法实施集权，也无法推行强权，但是国王可以通过加冕获得教会认可的政治权力，是所有领主的领主。领主们各自拥有自己的附庸，各个层级的领主与附庸之间形成庇护与效劳的契约关系，这种相互依附的关系在战争中体现得更为明显。这些人共同形成了某种意义上的贵族阶层。在社会阶层金字塔的最底层则生活着因为土地而依附于领主的农民以及依靠手工技能而生存的工匠等劳动人民。

中世纪社会中存在着一个独特的骑士阶层，他们骁勇善战，在战乱纷争的社会中是一支重要的力量，他们需要保护自己的领主，并受领主庇护。骑士并非简单粗鲁的行伍之人，而是彬彬有礼、善于言谈的贵族青年，忠诚、勇敢、慷慨、仗义都是他们应该具备的优点。骑士是中世纪文学中非常重要的人物形象。

武功歌便是歌颂王公贵族辉煌战功和骑士精神的英雄史诗，出现于11世纪末，在12世纪达到鼎盛。它源自民间的口传文学，由游吟诗人在街头里巷和村庄城堡中传唱，受到普遍欢迎。武功歌取材于历史素材，同时经过很多代民间艺人的艺术想象和加工，从而产生一定的传奇色彩，形成长篇叙事诗，它们气势恢宏，长度在一两千行到上万行不等。由于是口头传诵并带有表演性质的诗歌，武功歌通常具有很强的音乐性和节奏感，其中也不乏如副歌般重复出现的段落。

《罗兰之歌》（*La Chanson de Roland*）是法国文学中迄今所知最早也是最著名的武功歌，是以查理大帝为中心人物的系列作品中的第一部，经过广泛的口头流传之后得以抄录和保存为书面文学作品，存在数个版本。现今流传较广的一个版本出自杜罗（Turold/Turoldus）之手，他的名字出现在全诗最后一行，今人并不知道杜罗其人是转抄口头诗歌的教士，还是在街头表演武功歌的游吟诗人。《罗兰之歌》共有8种版本传世，其中牛津抄本被公认为价值最高，这一版本的《罗兰之歌》由291个长短不同的诗节组成，共4002句，均为十音节诗，韵律工整。

《罗兰之歌》讲述了778年发生在比利牛斯山荆棘谷（Roncevaux）的一场战役。诗篇开始便交代了历史背景：因西班牙的部分领土被信仰伊斯兰教的撒拉逊人（Sarrasin）占领，查理大帝率领法国大军与其作战长达七年之久。在罗兰和众多将领的协助下，查理大帝已经夺回大部分土地，只有一处敌人的据点萨拉哥撒尚未收复。萨拉哥撒王马尔西勒遣使求和，查理大帝听从罗兰的建议派加奈隆伯爵前去与撒拉逊人谈判，加奈隆认为这是一个危险的任务，所以对罗兰怀恨在心。同时，他本就非常嫉妒查理大帝麾下最勇敢善战的圣骑士罗兰。因此，在谈判时，加奈隆背叛了查理大帝，转而与敌人勾结并设下埋伏。回来之后他劝说查理大帝班师回朝，让罗兰带领少数士兵作为后卫部队，结果罗兰在荆棘谷中了敌军埋伏。诗歌的上半部分叙述罗兰率领2万将士与40万敌兵殊死鏖战，由于兵力悬殊，在最后时刻，罗兰吹起号角向查理大帝求救，而加奈隆百般阻挠回军救援。最后罗兰全军覆没，他本人战死沙场。罗兰之死也成为全诗中最为悲怆的段落。下半部分则讲述查理大帝识破加奈隆的阴谋诡计，率领大军回转方向，将撒拉逊人的军队一举歼灭，得胜而归，惩罚叛徒，伸张正义。诗篇的结尾意味深长：战争结束，查理大帝终于回归平静的生活；可是有一天，天使长捎来上帝的诏谕，要求查理大帝再次出征平定另一地的异教徒叛乱，而查理大帝手抚白胡须，自叹命苦。

《罗兰之歌》取材于历史事件，但是其中存在多处改动。首先，778年，历史上的查理大帝只有36岁，但是在诗歌中他被描述为一个年逾200的老者，受上帝旨意出征并得到上帝的助力。其次，历史上查理大帝撤军回法国是为了抵御撒克逊人的侵犯，却在翻越比利牛斯山脉时遭遇巴斯克山民的袭击，包括罗兰在内的多名将领不幸阵亡；而在史诗中，罗兰牺牲于叛徒加奈隆与敌人共同设下的埋伏。最后，更重要的是，历史上的真实战役是撒拉逊王公之间的战事，查理大帝只是率军介入纷争；但是在史诗中，荆棘谷战役被改写为信仰基督教的法兰西人与信仰伊斯兰教的撒拉逊人之间的战争，并最终以基督教徒的胜利而告终。

由此可见，根据历史事件创作的武功歌不仅添加了文学想象的元素，而且中世纪时期作为主流意识形态的宗教信仰贯穿始终。作为战争题材的诗歌，《罗兰之歌》歌颂了骑士忠心耿耿的品质、英勇无畏的战斗精神以及兄弟之间的战斗友谊。捍卫基督教信仰，颂扬骑士精神，正义定能战胜邪恶，这便是中世纪的武功歌所宣扬的价值观。11世纪末至12世纪正是法国王室权力逐渐增强的时期，法兰西的民族意识和民族情感也在作品中得到充分体现。《罗兰之歌》在第一个诗节中便指出查理大帝将要率军回到"祖先的土地"，罗兰在临终前最后一刻也对故乡充满怀念，作品中还多处出现"美好的法兰西"的表述，这些文字无不表现了一种民族自豪感，而罗兰和其他骑士英勇杀敌也充分展现了忠君爱国的思想。从11世纪末至13世纪末的约200年间，西方基督教国家不断进行十字军东征，以支援东罗马帝国并攻占被穆斯林占领的圣城耶路撒冷，其中第一次十字军东征便由出身法国的教皇乌尔班二世（Urban II）于1095年发动。这段历史时期也是法国的武功歌蓬勃兴盛的时期。引发基督教与其他宗教之间冲突和战争的强烈宗教意识不可避免地投射到《罗兰之歌》所叙述的3个世纪之前的历史事件中。基督教世界与伊斯兰世界的冲突由来已久，在1000年前的第一部重要的法国文学作品中留下了历史的印迹。

《罗兰之歌》是歌颂帝王的查理大帝系列（le cycle de Charlemagne）作品之一，此外还有一些其他系列的武功歌作品，如歌颂公侯勤王征战的纪尧姆·德·奥朗日系列（le cycle de Guillaume Orange）以及叙述诸侯叛乱的敦·德·梅央斯系列（le cycle de Doon de Mayence）等。武功歌是中世纪最古老的文学体裁，它产生于中世纪特殊的社会环境中，也随着中世纪的结束而消失。然而，骑士们的传奇故事依然广受欢迎，后来以骑士小说的形式存在和流传。

✌ 抒情诗的发生：宫廷爱情诗歌

中世纪的主要书面语言仍然是拉丁语，罗曼语从9世纪中叶开始逐渐从口语进入书写体系，但是依然存在一些地区差异：在法国北方，各地方言被统称为奥依语，在南方地区则称为奥克语。从12世纪初，罗曼语文学开启了黄金时期，在这一时期，随着经济的发展和生活条件的改善，在战事之余，王公贵族们开始追求高雅的情趣，以诗歌丰富宫廷的文化生活。

最早的法语抒情诗便源自宫廷，自此开辟了文人诗歌的传统，并且在法国南方开风气之先。富庶的阿基坦公国是当时文化生活最为高雅的宫廷。阿基坦公爵纪尧姆九世是迄今所知最早的奥克语抒情诗人（le troubadour），他流传于世的作品有11首，展现了丰富多样的诗歌韵律以及作诗技巧。他的孙女埃莉诺·德·阿基坦（Aliénor d'Aquitaine，1122—1204）公主受过良好的教育，热爱诗歌，她的宫廷也常常是诗人的聚会之地。自1100年至13世纪末，在法国南方各地，从利穆赞到普罗旺斯地区，奥克语抒情诗人创作了艳丽动听的抒情诗，并且为诗歌谱曲吟唱。他们创作的诗歌几乎都以典雅爱情为主题，歌颂骑士心目中理想化的爱情，表达对心上人的思念。这些诗歌是宫廷文化生活的一部分，故可被称为"宫体诗"（la poésie courtoise）。

我国古代亦出现过以宫廷为中心的诗歌，始于南朝梁简文帝萧纲。萧纲为太子时，常与文人墨客在东宫相互唱和，其内容多是宫廷生活及男女私情，形式上则追求词藻靡丽，因流行于太子宫，时称"宫体"，其名最早见于《梁书简文帝纪》。在法语中，形容词"courtois"一词源于

"cour"（宫廷），原指"具有宫廷礼仪风范的"（后来词义拓展为"高雅有礼的"）。两相比照，故此处尝试将"la poésie courtoise"译为"宫体诗"。

　　流传至今的奥克语抒情诗大约有2500篇，出自约350位诗人之手。这些诗人当中有很多是王公贵族，其中可见个别女性诗人的身影。他们有时会将自己创作的诗歌交给游吟诗人（le jongleur）进行表演，一些具有一定文化水平的游吟诗人也会模仿创作此类抒情诗歌。

　　埃莉诺·德·阿基坦在嫁给法国国王路易七世之后，将南方的宫廷风尚和抒情诗之风带到北方，奥依语抒情诗也发展起来，在近两个世纪中出现了大约200位奥依语诗人（le trouvère），其中大多数同样是身居高位的贵族诗人，也有一些教士从事抒情诗的创作。与南方奥克语宫体诗相比，北方的抒情诗在主题和形式上有所变化和创新，并从民间的口头文学传统中汲取滋养，奥依语诗人们也尝试寻找更加个性化的风格。随着北方地区经济和商业的繁荣，一些富裕城市因此成为文学创作繁荣的文化中心，甚至出现了一些文学协会组织诗歌写作比赛。

　　中世纪法国的早期抒情诗表现了一种特殊历史时期特殊社会阶层的爱情传统，即骑士爱情观。骑士爱慕的对象通常是社会地位更高的贵妇人，爱情也不一定以结合或占有为目的，而更多地是一种柏拉图式的精神恋爱，爱慕者将追求爱情的历程当作经受一个又一个忠诚考验的过程，并在此过程中磨炼和提升自己。诗人表达一种单向的思慕和欲望，女性被置于爱情话语的中心地位，是被理想化的爱慕对象。典雅的宫体诗虽然主题比较单一，南方奥克语的抒情诗歌尤甚，但是从中可以看到古法语在成为文学语言后的不长时间里，表达方式和作诗手法已经逐渐丰富。例如，诗人以一种类似比兴的手法在诗中融入自然意象，对爱情心理的描写也细致入微，在情感表达上兼顾直抒胸臆和委婉含蓄。早期的法语抒情诗尽管存有诗歌诞生初期的幼稚，但是不乏一种质朴的魅力。

❧ 《特里斯当与绮瑟》：经典的爱情传奇

今日法国西北的布列塔尼（la Bretagne）地区很早就有人居住，在高卢时期和之后的罗马时期被称为"阿莫利克"（l'Armorique）。5世纪日耳曼民族大迁徙时，大批生活在拉芒什海峡[1]对岸大布列塔尼（la Grande Bretagne，即英语中的大不列颠）岛上的凯尔特人漂洋过海到大陆定居，并将新的家园"阿莫利克"称作"小布列塔尼"（la Petite Bretagne）。在罗马帝国灭亡、法兰克人入侵高卢之后，布列塔尼并没有很快融入新生的法兰克王国，而是形成了具有相对独立性的王国，直到查理大帝建立庞大帝国时，布列塔尼才在行政上归属帝国版图，但仍然保留自治权利，时而称作王国时而称作公国，与岛国和大陆都保持着若即若离的关系，以寻求利益的平衡。因此，拉芒什海峡两岸的居民在历史上曾经形成了拥有共同语言和习俗、具有独特文化的封邑。

《特里斯当与绮瑟》（*Tristan et Yseult*）是源自凯尔特人的布列塔尼民间传说，9世纪前后便通过当地方言广泛流传，故事情节在口耳相传的过程中不断丰富，不同版本之间亦存在差异。12世纪时，这一故事被转译为古法语，于是从口传文学进入书面文学，并出现了好几个版本。其中最为有名的是诺曼底人贝鲁尔（Béroul）和英格兰人托马斯（Thomas）的

---

1. 即英吉利海峡。

长篇叙事诗，此诗大约形成于1170—1180年间，在后来的3个世纪中又出现了德语、英语、意大利语、西班牙语、挪威语、捷克语和波兰语等版本，可见其在欧洲流传之广。1900—1905年间，法国中世纪文学研究专家约瑟夫·贝迪耶（Joseph Bédier，1864—1938）参照多种有名和佚名的版本，对故事进行了重新整理。

　　故事发生在查理大帝统一高卢之前，大布列塔尼岛上存在多个王国。特里斯当是其中罗努阿国的王子，他出生不久就失去了母亲，父亲又在征战中被敌人杀害，于是投奔了舅舅科努瓦耶国王马克。后来，特里斯当成长为一名出色的骑士，他不仅骁勇善战，而且知书达理，深得国王喜爱。他大胜前来索要贡品的爱尔兰骑士莫罗里德，却不幸为毒箭所伤，无药可救之时，被会魔法的爱尔兰金发公主治愈。马克国王有意将王位传给特里斯当，但是众臣希望深受爱戴的国王能够有自己的子嗣，因此他必须尽快娶妻生子。有一天，燕子衔来一根金色的头发，马克爱上了拥有这根金发的陌生姑娘，这时特里斯当想起爱尔兰公主金发绮瑟的头发正是此种颜色，于是接受派遣寻找绮瑟。爱尔兰国深受一条恶龙祸害，国王愿意将女儿嫁给杀死恶龙的英雄。特里斯当勇敢地战胜了恶龙，他请求爱尔兰国王将绮瑟许配给马克国王，并得到应允。在护送未来的王后绮瑟回国的船上，两个年轻人误服了绮瑟的母亲为新婚夫妇准备的至少具有三年效力的爱情药水，于是他们之间产生了无法割舍的爱情。在马克与绮瑟成婚之后，特里斯当和绮瑟依然难以摆脱命中注定的爱情，他们的关系很快被宫廷中的人发现，并且将面临国王马克的火刑惩罚。所幸的是特里斯当与绮瑟得以逃走，他们遁入荒林，度过了两年俭朴却相爱的生活。马克在森林中发现了他们，并决定原谅二人，绮瑟回到国王身边，但是特里斯当将被永远驱逐。特里斯当重新开始他冒险征战的骑士生涯，并漂洋过海来到了大陆上的阿莫利克。他遇到了一位名为玉手绮瑟的姑娘，她是特里斯当好友的妹妹，虽然特里斯当同意娶她为妻，但二人却始终只是名义上的夫妻，因为他不能忘记金发绮瑟，甚至还佯装疯人回到科努瓦耶王国探望昔日的情人。一天，特里斯当协助好友战斗，再一次不幸中毒，但只有金发绮瑟拥有解毒妙方。于是特里斯当派朋友前去寻求帮助，二人约定，如果金发绮瑟同意来救，归船挂白帆为信，如果她不愿意前来，船上便挂黑帆示意。他们的一番对话被玉手绮瑟听到并记在心里。数日之后，她看见远处海面上出现了一只白色帆船，却立刻回去告诉特里斯当船上悬挂的是黑帆。特里斯当因此伤心欲绝，没有等到金发绮瑟到来便离开了人世。当金发绮瑟发现心爱的人已经离去，无法抑制内心的悲伤，殉情而去。

托马斯讲述的故事到此为止，最后点明旨意："列位看官，前代的游吟诗人为普天下有情人叙述这段传奇。他们命我向诸位致意。向所有多思的人与有福的人，失意的人与抱有热望的人，快活的人与惶惑的人，总之，向一切有情人致意。祝愿他们从这千古佳话中，能获得安慰，以抵御世道的无常与不平，人生的抑郁与艰辛，以及爱情的种种不幸！"（罗新璋译）但是也有其他版本提供了更具诗意的结局：国王马克闻讯赶来，面对生死相恋的特里斯当和绮瑟，他深为感动，于是将他们埋葬在一处，并在两人的坟头上各栽下一棵树。日复一日，两棵树的枝丫相互缠绕，永远紧密相连。

尽管《特里斯当与绮瑟》经常被视为骑士爱情小说，但实际上，骑士的典雅爱情传统主要表达的是单向的爱慕之情和没有实现的爱情欲望，而在《特里斯当与绮瑟》里，欲望通过逃避现实规范而得以实现，却成为焦虑和痛苦的源泉，因为人的理性无法主宰这种被命运控制的欲望，爱情成为一种导致死亡和毁灭的激情。爱情的魔力以及神兽等超自然力量一起营造了这个中世纪爱情故事的神秘色彩。特里斯当与绮瑟生死相恋的爱情已经成为一种神话，奠定了后世很多西方文学作品中的爱情范式，在英国作家莎士比亚（William Shakespeare，1564—1616）的经典之作《罗密欧与朱丽叶》（*Romeo and Juliet*，约1595）中也可以找到他们的身影。1865年，著名作曲家瓦格纳（Richard Wagner，1813—1883）创作的歌剧《特里斯当与绮瑟》（*Tristan und Isolde*，又译《特里斯坦与伊索尔德》）使得这个古代爱情故事远播四方，直到现在，仍然有很多据此改编的文学、电影、戏剧和音乐作品。

❧ 玛丽·德·法兰西：第一位女性作家

玛丽·德·法兰西[1]（Marie de France，1145—1198）是法国文学史中见于记载的第一位女性作家，关于其生平，人们所知甚少。她可能在英格兰生活过，操盎格鲁-诺曼方言，熟知拉丁语，写作时经常引用古典作品，并且翻译过拉丁文学著作。在1167—1189年间，玛丽·德·法兰西还用古法语翻译和改编了伊索寓言以及民间寓言故事，出版了第一本法语寓言诗集。诗集中共103首诗，其中有《蜜蜂和苍蝇》（« L'Abeille et la Mouche »）、《狐狸和公鸡》（« Le Renard et le Coq »）以及《乌鸦和狼》（« Le Corbeau et le Loup »）等人们耳熟能详的寓言故事，这些故事流传甚广，受到后世效仿。

布列塔尼地区的民间传说是玛丽·德·法兰西的另一个创作源泉，

1.　以地名为姓氏，当时所称 "法兰西" 是指巴黎及其附近地区。

她将口头文学和故事翻译改编成篇幅短小的古法语诗歌，并将其称作
"籁"（le lai），它既是一种体裁，也是诗集的名字。该诗集由12首短篇叙
事诗组成，现存5种手抄本，唯有大英博物馆藏本（Harley 978）收录了全
部12首诗歌及自序。在自序中，玛丽·德·法兰西表示自己从拉丁文学
中获得了滋养并产生了创作兴趣，而且也希望将听到的民间故事以文字
的形式记录下来。

　　玛丽·德·法兰西的12首短篇叙事诗依次为《吉日玛尔之籁》（« Lai
de Guigemar »）、《伊古坦之籁》（« Lai d'Equitan »）、《梣树之籁》（« Lai
de Frêne »）、《狼人之籁》（« Lai du Bisclavret »）、《朗瓦尔之籁》（« Lai de
Lanval »）、《恋人之籁》（« Lai des deux Amants »）、《尤尼克之籁》（« Lai
de Yonec »）、《夜莺之籁》（« Lai du Laostic »）、《米伦之籁》（« Lai de
Milun »）、《苦命人之籁》（« Lai du Chaitivel »）、《忍冬花之籁》（« Lai de
Chèvrefeuille »）和《艾力杜克之籁》（« Lai d'Eliduc »）等。诗作的篇幅从
100多行到1000多行不等，其中有9篇故事以骑士爱情为主题，将现实生
活与传奇元素结合在一起，既继承了古代凯尔特人的民间故事传统，也
展现了当时的社会生活，表达了对幸福生活的渴望。

　　《忍冬花之籁》只有118行，篇幅最短，却是玛丽·德·法兰西最优
美、最著名的一首诗，改编自流传甚广的特里斯当和绮瑟的爱情传奇。
诗中榛树枝与忍冬花紧密缠的意象象征了二人无法分离的爱情：

> 他在那里久久徘徊，
>
> 翘首以待，只为寻找机会，
>
> 只为知道如何能见她一面。
>
> 因为没有了她，他的生命也难以为继。

那榛树枝头缠绕的忍冬花，

就像他们两人的情谊：

藤花攀附枝条，

二者紧密相依，

唯有如此方可共生延续；

若是有人将其分离，

榛木旋即死去，

忍冬花也一并凋零。

"我美丽的爱人，我们便是这样：

你不能没有我，我不能没有你。"（朱婧雯译）

在《夜莺之籁》中，骑士与贵妇每夜幽会，贵妇的丈夫问她为何每天夜里都会出门，她回答说是被夜莺的歌唱所魅惑而夜不能寐，于是丈夫派人捉住夜莺并杀了它。贵妇人将夜莺的尸体用刺绣的金色绸布包好装在盒子里送给骑士，从此骑士抱着这只装有夜莺的盒子不愿分离。另一首《朗瓦尔之籁》则是诗集中唯一以亚瑟王与圆桌骑士传奇为题材的作品。在改编过程中，玛丽·德·法兰西根据故事情节的发展对结构进行了重新编排，人物描写也更加细腻。如果说来自布列塔尼民间传说故事的长篇叙事诗后来发展成为长篇小说，玛丽·德·法兰西的短篇叙事诗便是短篇小说的雏形。

✍ 《列那狐的故事》：经久不衰的寓言诗

拉丁语的寓言诗在11世纪便已经在民间广泛流传，12世纪下半叶开始出现了一些罗曼语改写的寓言诗，其中以列那狐为主角的动物寓言诗广受欢迎，这就是著名的《列那狐的故事》。需要说明的是，作品的法语名称中的"roman"一词并非指现在的"小说"体裁，而是指罗曼语，表示用罗曼语改编或创作的列那狐故事。

《列那狐的故事》是27组八音节寓言诗的总称，它的创作分两个时期完成，最早的组诗始于1175年，第二个创作时期大约从1205年持续到1250年，在将近一个世纪的时间里，参与创作的佚名作者可能有20余位，这些叙事诗长短不一，短则不足百行，长则3000余行。

《列那狐的故事》以列那狐为中心生动形象地描绘了一个动物的世界，其中的动物被赋予人的思想和语言表达方式以及情感，它们组成的社会完全是人类社会的缩影。在故事开头，受到惩罚的亚当和夏娃用上帝赠予的棍子敲打河面，河中出现了许多或善良或野蛮的动物，最后出现的是生性狡黠的列那狐。他没有显赫的社会地位，也没有自己的土地和职业，但是有一个温馨的家庭。每当出现生计问题，这个颇有家庭责任感的狐狸就会运用计谋想方设法去捉弄或欺骗其他动物，以获取食物养家糊口。"每天，他在这儿，自恃聪敏，动脑筋运计谋，去占别人的便宜。不仅损害亲朋好友，甚至连不可一世的万兽之王——狮王诺博尔，手下也毫不留情。"[1] 例如，他饥肠辘辘的时候靠着虚伪奉承和佯装伤病骗取了乌鸦的奶酪，他跳进载鱼的马车里通过装死糊弄赶车人，自己吃饱了还偷了一些鱼带给家人。他还利用狗熊贪吃蜂蜜的特点，设计把前来捉拿自己的狗熊困住从而逃脱，即使因为被死对头伊桑格兰狼举报而

1.　《罗兰之歌、特利斯当与伊瑟、列那狐的故事》，杨宪益，罗新璋，译，北京：人民文学出版社，2000年，第329页。

被狮王判处死刑的时候，他也能通过花言巧语获得狮王信任从而化险为夷。正如列那狐自己所言，"你不能以力气称雄，就得凭计谋取胜"[1]。列那狐的生存之道反映了中世纪后期新兴的市民阶层的观念意识和生活状态，面对强大的教会和贵族势力，他们需要运用聪明才智为自己争取生存空间。《列那狐的故事》不仅展现了中世纪社会的等级差异和社会矛盾，也以动物之间的争斗揭示了人性的普遍弱点。例如，面对霸道贪婪的伊桑格兰狼，列那狐欺骗他说可以用尾巴钓鱼，结果狼的尾巴被冻在冬天的河面上；他还引诱狼说剃发入戒可以吃到美味的烤鱼，接着用开水将伊桑格兰狼烫得焦头烂额。总之，《列那狐的故事》里大大小小的动物各具特性，活灵活现，禽兽对话亦如人语，形象生动。作品不仅具有幽默喜剧色彩和娱乐百姓的市民文学之特征，而且对人性的弱点、社会的不公和教会的虚伪都极尽讽刺抨击之能事。

直到13世纪，列那狐的故事在法国仍然是颇受欢迎的民间文学，甚至还出现了一些仿写的寓言诗，这些寓言诗的社会性更加明显，但是艺术性不如前期作品。列那狐的故事也很快传到英国、德国和荷兰等国。19世纪下半叶，法国儿童文学作家让娜·勒鲁瓦-阿莱（Jeanne Leroy-Allais）选取了其中部分适合少年儿童阅读的故事，将之改编为儿童读物，并配以插图，流传甚广。20世纪中叶，又出现了吉罗夫人（Mad H. Giraud，原名 Madeleine Gélinet，1880—1961）改编的动物故事的儿童绘本。因此，现在列那狐的故事主要是以儿童文学的形式在世界各地流传，大大淡化了原著作为中世纪城市文学的现实主义风格和讽刺色彩。

---

1. 《罗兰之歌、特利斯当与伊瑟、列那狐的故事》，前揭书，第401页。

❧ 克雷蒂安·德·特鲁瓦：第一位小说家

关于克雷蒂安·德·特鲁瓦（Chrétien de Troyes, 1135—1180或1190）的生平，人们所知甚少，从姓名上可知他可能当过教士，出生于特鲁瓦。特鲁瓦是当时法国北方重要的经济、文化中心，也是香槟公国宫廷所在地，而从作品的题献词中可以推断出克雷蒂安应当是受到埃莉诺·德·阿基坦和法国国王路易七世的长女玛丽·德·香槟（Marie de Champagne, 1145 1198）资助和保护的宫廷诗人。

克雷蒂安·德·特鲁瓦以叙事诗篇闻名，也曾改写过《特里斯当与绮瑟》的故事，可惜作品已佚失。他最有名的作品都取材于亚瑟王及其圆桌骑士的传奇故事。

5世纪末至6世纪，在罗马帝国瓦解之后，盎格鲁–撒克逊人登陆不列颠岛，凯尔特人的领袖亚瑟（le roi Arthur）率领民众进行英勇抵抗，成为具有传奇色彩的民族英雄和一代君王，统治区域包括不列颠群岛以及法国布列塔尼地区。12世纪，英国国王亨利二世为了平定内乱，到历史中寻找国家统一的民族叙事，古不列颠国王的事迹得以发掘。埃莉诺·德·阿基坦在与法王路易七世离婚后，嫁给后来的英国国王亨利二世，又把抒情诗人带到英国宫廷，于是在这一时期，出现了很多歌颂亚瑟王丰功伟绩的文学作品。从此，介于历史和虚构、事实和想象之间的亚瑟王传奇在英国风行一时，并在欧洲传播开来，流传后世。

克雷蒂安·德·特鲁瓦的主要作品有《爱莱克与艾妮德》（*Erec et Enide*）、《朗斯洛：囚车骑士》（*Lancelot ou le Chevalier à la charette*）、《伊

万：狮子骑士》(*Yvain ou le Chevalier au lion*)、《克里热》(*Cligès*)和《伯斯华：圣杯故事》(*Perceval ou le Conte du Graal*)等。这些故事大约创作于12世纪60—80年代。

《爱莱克与艾妮德》讲述的是骑士在事业和爱情之间的矛盾。风度翩翩的骑士爱莱克与美丽的艾妮德结为夫妻，他们的恩爱生活引起了同伴们的嫉妒，爱莱克也因沉醉于美满幸福的家庭生活而不再冒险征战。其他骑士嘲笑爱莱克的懦弱和不称职，艾妮德也很失望，因为她爱的是一个武功高强并勇担责任的骑士。为了拯救自己的荣誉和爱情，爱莱克抖擞精神，重振旗鼓，带着妻子一起踏上征战历险之路，并在战斗中建功立业。

另外一部作品《伊万：狮子骑士》则恰好相反，讲述了一个一度忽略爱情的骑士故事。伊万在为堂兄报仇的战斗中杀死了护守松树泉的骑士艾斯克拉多后躲藏在城堡中，不久后他遇到艾斯克拉多的妻子罗蒂娜，并爱上了她。在侍女吕奈特的劝说下，罗蒂娜同意了伊万的求婚。在伊万即将出发随同亚瑟王征战之时，罗蒂娜送给伊万一枚戒指并和他约定：一年后如果伊万不回来，罗蒂娜就不再爱他。结果伊万逾期而归，于是罗蒂娜拒绝与他相见。伊万陷入绝望和疯狂之中，几乎变成一只野蛮的动物，幸亏吕奈特用神奇的妙方救治了他。伊万的身心刚刚康复，便重新开始了历险的征程。在一次战斗中，他救了一头被蛇纠缠的狮子的性命，狮子从此成为与他形影不离的保护神，伊万于是被称为狮子骑士。在拯救狮子的同时，伊万也完成了寻找自我的过程，寻回了人的善良品德和骑士的侠义精神，完成了自我救赎。伊万历经磨难，英勇杀敌，保护弱者，充分展现了一名骑士的英雄风范和忠诚正义，最终获得了罗蒂娜的宽恕。

传说中的圣杯是耶稣与门徒在最后的晚餐时使用过并在他受难时用来盛放圣血的一只圣餐杯，后来下落不明。它具有神奇的力量，据说找到它的人可以永生不朽，根据布列塔尼人的民间传说，圣杯被人带回到他们的家乡。克雷蒂安·德·特鲁瓦笔下的《伯斯华：圣杯故事》结合了布列塔尼地区凯尔特人的传说，揭示了另一重丰富的寓意。年轻人伯斯华不顾母亲的劝阻，一心向往成为骑士，就在他离开家族城堡的时候，母亲重重摔倒在地上，然而伯斯华依然扬长而去。在冒险历程中，有一天，他进入了一座神奇的城堡，城堡的主人渔王因被魔法所伤卧床不起。渔王给了伯斯华一把剑，并请他用餐。这时，他见到了一个奇异的场景：一个侍从举着一支长矛从一个房间里走出来，长矛的顶端有血滴下来，接着是另外两个侍从端着烛台走来；紧随其后的是一个美丽高贵的少女，手里端着光芒四射的圣杯，她身后跟着一个姑娘，手里端着银盘。每上一道菜，这个神奇的仪仗队就会绕行一圈，然后走进另外一个房间。伯斯华一直没有询问房间的主人是谁以及这个仪式是为谁而进行的，用餐完毕后竟然很快入睡。第二天黎明时分，他醒来后发现所在城堡已空无一人，只好骑马离开。伯斯华在远处的森林里遇到一个姑娘，姑娘告诉他城堡里的渔王因为腿部被标枪刺伤，疼痛难忍，无法治愈，所以不能打猎只能捕鱼，并且责备他没有开口询问滴血长矛和圣杯的来由。如果他开口询问，谜底揭开，便可解除渔王的痛苦，然而他的沉默使渔王丧失了获得救治的机会。伯斯华于是答应一定要揭开圣杯之谜。在后来的5年当中，他到处寻找城堡和圣杯，一无所获，但就在心灰意冷之时遇到了一位隐士，隐士向他透露了渔王家中的秘密：原来圣杯仪仗队是为渔王父亲进餐而设，他同样身残有病，15年来靠着来自圣杯的圣体饼维系生命。隐士还告诉伯斯华一件与他本人相关的事情：当年他在圣杯城堡之所以沉默不语，是因为他为了成为骑士而抛弃了母亲，母亲已经因此离开人世，这便是伯斯华的原罪。故事到此戛然而止，在这部未完成的作品里，克雷蒂安·德·特鲁瓦并没有提及伯斯华后来是否找到了圣杯城堡。

克雷蒂安·德·特鲁瓦在这最后一部作品里将凯尔特人传说与基督教神话元素巧妙融合，充分使用了象征手法以表达更加抽象的精神追寻。由于作品没有完成，因此留下了无法确定的意义和意犹未尽的想象空间。有学者认为这部作品通过寻找圣杯的历程表现了骑士的宗教意识和情感，还有学者认为作品表现的是年轻骑士伯斯华的精神成长过程。也有研究者对作品中的意象进行了阐释：克雷蒂安·德·特鲁瓦笔下的圣杯其实是布列塔尼民间使用的鱼盘形状，表示里面盛放了渔王捕捞的鱼，而鱼的基督教含义是丰富的生命，与圣体饼的意义接近。滴血的长矛意味着伤痛或是衰落的生命，而圣杯则意味着生命的回归。当圣杯是空的的时候，它无法显示神奇的力量，需要有人用好奇、愿望或是爱意将它填满，它才能真正产生奇妙的力量。圣杯一次又一次在伯斯华身边绕行，可是年轻的骑士错过了让圣杯显灵的机会。渔王送给伯斯华一把剑，就好比给了他一把钥匙，期待他能带来治愈的希望，然而伯斯华却没有使用它。《伯斯华：圣杯故事》虽然还是以骑士传奇为题材，但是已经不再重复早期作品中的骑士爱情或冒险奇遇，而是提升到对精神世界的探索。克雷蒂安·德·特鲁瓦是第一位将圣杯引入亚瑟王与圆桌骑士传奇的作家，从此开启了后世关于寻找圣杯（la quête du Graal）的系列作品。

从12世纪中叶起，一些诗人便开始将拉丁语中流传的故事和传说翻译或是改写成罗曼语作品，克雷蒂安·德·特鲁瓦也是其中之一，并且使用了"mettre en roman"（意思是转译为罗曼语）的表述。这里的"roman"最初还是指罗曼语,久而久之便衍生出罗曼语叙事作品的意思,最后,法语单词"roman"发展出它现在的语义,即虚构的叙事作品——小说,也就是说,法语中现在的文学体裁小说(le roman)最初是以它所使用的语言命名的。

克雷蒂安·德·特鲁瓦并不满足于创作篇幅短小的抒情诗,也不满足于用罗曼语翻译改写现成的故事,而是在故事情节、人物心理以及对话和描写上发挥更大的创造性。他擅长将爱情、历险和超自然力量这三大元素有机地结合在一起,创作出情节复杂、结构有序的作品。克雷蒂安·德·特鲁瓦本人也在其第一部叙事作品《爱莱克与艾妮德》的开篇伊始以"conjointure"一词(意思是 la mise en forme)表达他对作品谋篇布局的构思,这在某种意义上来说是一种初步的文体意识。克雷蒂安·德·特鲁瓦的长篇叙事诗多在6000—9000行之间,这些依然以韵文体形式存在的叙事作品更接近后来的小说,因此人们一般将克雷蒂安·德·特鲁瓦视为法国第一位小说家。13世纪,法国出现了非韵文体的小说,其中便有克雷蒂安·德·特鲁瓦续写者们的作品集《朗斯洛与圣杯》(*Lancelot-Graal*)。

❧ 《乌加桑和妮珂莱特》: 一篇独特的说唱文学

《乌加桑和妮珂莱特》(*Aucassin et Nicolette*)的作者信息今已不可考,但是他赋予了这篇作品一种特殊的体裁,使之成为法国中世纪文学乃至历代法国文学中独一无二的作品。作者在故事结尾将自己的作品命名为"chantefable",它来源于两个动词,"chanter"的意思是"唱",

"fabler"的意思是"说"，也就是说这是一种兼有诗体和散文体的文学样式。在中国文学史上，自唐朝起便开始出现韵散结合的文学体裁，讲唱文学在宋元时期更加盛行；而在法国文学史上，《乌加桑和妮珂莱特》是目前所知的唯一范例。这部作品的主体部分用散文体说白讲述故事，推动情节发展，其间根据情节需要穿插诗体唱词，讲唱结合，互为补充。根据对作品中语言状态的研究，法国学界将这部作品的形成时期确定为12世纪末到13世纪上半叶。由于口传文学的特点，中世纪法国文学以韵文体为主，大量的叙事作品采用的仍然是诗歌形式，《乌加桑和妮珂莱特》的出现说明12—13世纪之交正是散文体逐渐进入到叙事作品的过渡时期。

《乌加桑和妮珂莱特》讲述两个年轻人的爱情故事。乌加桑出身贵族，是加兰·德·博凯尔伯爵之子。在诸侯之间争夺领地的战争中，年迈的伯爵希望儿子成长为骑士，建功立业，继承和捍卫家族的领地和荣誉。然而，乌加桑无意于功名，因为他心里只有妮珂莱特，可是妮珂莱特是一个撒拉逊姑娘，是一个穆斯林，幼时被一个子爵买来做女佣。两个恋人不同的宗教信仰以及门第差异决定了他们的爱情必将经历很多考验。乌加桑的父母坚决反对这门婚事，要求子爵把妮珂莱特赶走，但是子爵只是把她关在房间里好生看管。乌加桑和父亲达成协议，他将替父出征，如果能够活着回来，父亲将答应他与妮珂莱特会面。乌加桑披甲上阵，英勇杀敌，居然俘虏了来犯的布加尔伯爵后前来见父亲。可是老伯爵食言毁约，乌加桑气愤之下放走敌人，转身却被父亲囚禁在城堡的牢房里。幸运的是，妮珂莱特趁着夜色逃走，乌加桑后来也离开城堡，在森林里找到了妮珂莱特，二人决定一起私奔。他们一路历险，也不乏奇遇，却在海上被撒拉逊人抓到，分别扣押在两艘船上，结果乌加桑所在的那艘船被暴风雨掀翻，经过几天的漂流，他竟然又回到了靠近博凯尔伯爵领地的海岸。乌加桑被人们认了出来并送回城堡。由于老伯爵已经去世，乌加桑继承了伯爵之位。妮珂莱特被同族的撒拉逊人带回迦太基，被国王认出是自己的女儿。国王要将她许配给某国王子，但是妮珂莱特心里只有乌加桑，拒绝了婚事。她努力学习弹琴，学成之后便乔装成游吟诗人踏上前往博凯尔领地的旅程。当这位"游吟诗人"终于见到已经成为伯爵的乌加桑时，为他弹琴吟唱了一段讲述他们之间恋情的故事，乌加桑感慨万分，但是并没有认出女扮男装的妮珂莱特。妮珂莱特知道乌加桑依然爱着她，便寻求子爵夫人的帮助，恢复了女儿身。最后，妮珂莱特与乌加桑久别重逢，有情人终成眷属。

在中世纪的法国文学作品中，《乌加桑和妮珂莱特》的故事呈现出与众不同的特征。研究者们普遍认为这位佚名的作者对之前和同时期的其他文学作品非常熟悉，不但借鉴了武功歌和宫廷文学的某些元素，还兼收并蓄，甚至进行了戏仿。但是与此同时，无论是在内容上还是叙述方式上，《乌加桑和妮珂莱特》都完全突破了现存的窠臼，并不遵守任何一种文学体裁的固有样式，韵散结合、说唱互补的方式更是打破了体裁的界限，而且也颇具戏剧元素。作品似乎有意虚构了一个与现实相反的世界。首先，作品以爱情至上的理念为掩护挑战了社会价值观：乌加桑是一个不遵从社会规范和不屈从于父母权威的青年，他不想成为骑士，也不接受门当户对的婚姻。其次，作品挑战了基督教价值观：乌加桑和妮珂莱特的结合是两个异族异教的青年人的恋爱和婚姻，这在当时的社会条件下几乎是不可能的事情；而且"乌加桑"其实很像撒拉逊人的名字，却被用在法国贵族青年的身上，异族姑娘却被取了一个非常法国化的名字"妮珂莱特"，并且这个异族女子在法国子爵家里得到的是关心和保护，由此可见，既有的宗教秩序在故事中得到嘲讽。最后，男性和女性的社会角色也发生了互换和错乱，例如，乌加桑和妮珂莱特在逃跑的路上经过一个奇异的国家，这个国家里国王在家休养，王后却在外率军征战；在故事最后一部分，妮珂莱特以乔装成男性的方式回到乌加桑身边。总之，正是通过各种不同寻常的交织和倒置，《乌加桑和妮珂莱特》成为一部无论在形式还是内容上都独出机杼的作品，具有很高的研究价值。

❧ 《玫瑰传奇》：中世纪的畅销书

《玫瑰传奇》是一部创作于13世纪的长篇叙事诗，由两位作者完成：第一部分4000余行创作于1230—1235年左右，作者纪尧姆·德·洛里斯（Guillaume de Lorris，约1200—约1238）可能是一位教士；第二部分长达17,000多行，创作于1275年左右，作者是让·德·默恩（Jean de Meung，约1240—约1305）。两个部分虽相互关联，但是各自呈现出了不同的主题和风格。

《玫瑰传奇》中的人物都是抽象的理念或情感，全诗采用了拟喻（l'allégorie）修辞，将抽象之物化为人的形象，使之栩栩如生。在故事开篇，诗人告诉读者诗中的文字都是对梦境的回忆，"包含爱的全部艺术"。在梦中，诗人进入了一个美丽的果园，"青春"（Jeunesse）、"财富"（Richesse）、"欢乐"（Liesse）和"美丽"（Beauté）等都居住于此。他发现了一朵芬芳优雅的玫瑰，正要采撷，却被玫瑰刺伤。一直跟踪他的"爱神"（Amour）用箭将他射中，于是他开始了对意中人"玫瑰"的追求。坠入爱河的诗人经历了各种冒险，既得到过"希望"（Espérance）、"温情"（Douceur）的帮助，也遇到了各种障碍，如"羞愧"（Honte）、"恐惧"

（Peur）、"危险"（Danger）和"憎恨"（Haine）等的阻拦，尤其是"嫉妒"（Jalousie）将"玫瑰"关在碉楼里，使诗人陷入痛苦。他不理会"理性"（Raison）的劝说，依然执着地爱着"玫瑰"，而"朋友"（Ami）安慰他受伤的心灵，传授给他对待女人的方式，并劝他借助"财富"的力量去征服"玫瑰"。遗憾的是诗人与"财富"相处得并不愉快，但是幸而得到"爱神"的帮助，"爱神"攻入囚禁"玫瑰"的碉楼。最后，在"风雅"（Courtoisie）的调教下，诗人终于采摘到"玫瑰"。

纪尧姆·德·洛里斯在作品中呈现和探讨了骑士的爱情观念，在他的笔下，追求"玫瑰"的过程是习得爱的艺术和在爱情中成长的过程，符合宫廷贵族追求典雅爱情的社会风尚。《玫瑰传奇》于是以配有精美图画的手抄本方式流传开来，最初只有富裕的贵族才能购买到这样昂贵的手抄本。

在13世纪初，巴黎塞纳河左岸已经迎来各地师生，形成神学、医学、法律和自由知识（les arts libéraux，即与神学相对的其他学科）四大学科领域，其中最为著名的是索邦神父（Robert de Sorbon，1201—1274）于1257年设立的索邦神学院，此举在欧洲推广了巴黎大学的声誉，后来巴黎大学便以"索邦"命名。图卢兹（Toulouse）大学和蒙彼利埃（Montpellier）大学先后诞生于1229和1289年，都是法国最为古老的大学。大批学生涌向城市，成为社会中一种独特的文化力量。在进行神学教育的同时，学院中也产生了大规模的思想争辩，一方面是教会希望主导大学教育以继续灌输基督教信仰和教义，另一方面是越来越多的青年学子希望争取大学的独立性并以理性、科学的方式求知问道。

在《玫瑰传奇》第一部分面世40年后，法国的城市文化生活由于大学的建立和学生群体的成长壮大而发生了很大改变，更多具有一定文化知识的市民和当时成为读者。让·德·默恩出生于默恩，真名为让·肖皮奈尔（Jean Chopinel），成年后来到巴黎求学并定居下来，他的思想中也浸染了当时信仰与理性之争的风气。作为市民阶层中的一员，他在续写《玫瑰传奇》时表达了迥异于宫廷贵族阶层的世界观和爱情观，叙事之余常常以人物之口挥洒长篇议论，例如，"自然"（Nature）大谈天文宇宙、自然法则和社会等级问题的诗行长达4000余行，"理性"规劝诗人摆脱爱情困扰的话语有3000行之多。让·德·默恩认为，应当遵从自然天性，追求社会平等，财富应当在社会中流转和分享，并表达了对自然科学的尊重，这些观点反映了中世纪后期市民阶层的社会诉求，具有一定的进步意义。因此，作品第二部分的内容逐渐偏离典雅爱情和宫廷风尚，着重反映和批判社会现实，揭露教会的伪善，抨击特权阶层，讽刺唯利是图者，彰显出辛辣的讽刺风格，更具理性和批判性。

在14世纪末和15世纪初，围绕《玫瑰传奇》的思想内容还产生了一些争论。尽管在宫廷抒情诗歌所吟咏的骑士爱情中，贵族女性受到一定的尊崇，但是社会上普遍存在对女性的偏见，尤其是教会神职人员常以惯常的严厉目光批判女性。中世纪晚期的女作家克里斯蒂娜·德·皮桑（Christine de Pisan，约1364—1430）在《致爱神的诗笺》（*Epître au Dieu d'Amour*，1399）和《玫瑰之言》（*Le Dit de la Rose*，1402）中对让·德·默恩在作品中流露出的蔑视女性的思想进行了反驳，由此开启了著名的"《玫瑰传奇》之争"（la Querelle du *Roman de la Rose*）。而以拉丁语从事创作的神学专家、巴黎大学的学术总监热尔松（Jean de Gerson，1363—1429）在对作品的文学价值予以肯定的同时，对让·德·默恩在诗中公开表达的反教会思想进行了批判。

从爱情的风花雪月到现实主义的社会批判，《玫瑰传奇》前后两个在主题和风格上各有差异且互为补充的部分共同构成了一部内涵丰富、包罗万象的诗歌作品，梦境叙事和拟喻手法也完美地契合了作品的内容，产生了一种虚实交织的艺术效果，使之成为法国中世纪文学中的一部精品。它很早就被著有《坎特伯雷故事集》（*The Canterbury Tales*，1387—1400）的英国著名诗人乔叟（Geoffrey Chaucer，约1343—1400）翻译成英语。《玫瑰传奇》在中世纪的法国是一部广受欢迎的畅销书，在15世纪印刷术得到应用之前就已经出现了300多份手抄本，这在当时是非常可观的发行量，之后又流传到德国、荷兰等国，在欧洲产生了广泛影响。

❧ 抒情诗的发展：吕特伯夫、查理·德·奥尔良和维庸

吕特伯夫（Rutebeuf，约1230—1285）是与让·德·默恩同时代的诗人，不过《玫瑰传奇》的作者是一个在巴黎拥有房产的富裕市民，吕特伯夫却是一个穷苦诗人，他的真实姓名已不可考，流传于世的这个笔名来源于两个单词（rude，bœuf），意思是"粗暴的牛"。后人对此有诸多猜测，一种说法是诗人性格暴烈，一种说法是诗人的生存境况十分艰苦，还有一种说法是诗人写作风格犀利，或许这三种可能性同时存在。

吕特伯夫大约从1250年开始在巴黎生活，是一个受人资助以写诗为生的诗人，流传至今的有50多篇作品，其中有篇幅相对短小的叙事诗，有仿写列那狐故事的寓言诗，也有戏剧作品，不过成就最高的当属1260—1270年间写作的抒情诗。吕特伯夫的很多诗歌都取材于自己的生活经历，是出于自我书写和抒发的需要而作，正如诗名所示，《吕特伯夫的贫困》《吕特伯夫的婚姻》和《吕特伯夫的哀怨》等作品都表达了落魄潦倒的诗人的

生存困境和精神困境：诗人家徒四壁，以麦草为床，缺衣少穿，忍饥挨饿，四处流浪，而且被朋友抛弃，"我相信是风把他们吹散／友谊已然消逝"，他要求助于王公贵族才能勉强维持生活。在《夏天的困苦》和《冬天的困苦》中，吕特伯夫直抒胸臆地表达了生活的不幸和社会的不公。因此，他的抒情诗与之前以表现风雅骑士爱情的宫体诗风格迥异，属于市民抒情诗，以自嘲的风格书写个人经历，以幽默的风格讽刺社会弊病，表现社会底层市井百姓的生活状况，具有明显的现实主义特色，表达了人作为自然环境和社会环境产物的境遇。吕特伯夫是最早在诗歌中揭露人性和社会之恶的法国诗人，因此也有人将他与19世纪的诗人波德莱尔（Charles Baudelaire，1821—1867）相提并论。吕特伯夫富有才华，尤其在驾驭音韵和节奏时游刃有余，其诗作在艺术手法上很有造诣，具有较强的旋律感。

在中世纪历史上，由于民族迁徙融合、政治联姻和封邑制度等因素，法国和英国之间的关系错综复杂，始终在交融和冲突中摇摆动荡。从12世纪开始，源于法国安茹（Anjou）王朝的一支王室统治英格兰，在英国被称为金雀花（Plantagenet）王朝，其首任英格兰国王便是埃莉诺·德·阿基坦的第二任丈夫亨利二世。金雀花王朝强盛时期在法国占有广阔领地，至13世纪，法国国王逐渐夺回部分被英国占领的土地。但是直到14世纪初，英国仍占据法国西南部阿基坦地区，法国人希望收回领土，从而统一法国。英国不仅不愿意退出，而且想夺回之前曾经占有的土地，如诺曼底、曼恩和安茹等。此外，当时英法两国因为贸易利益的原因，在北方的佛兰德斯地区也展开了争夺，冲突加剧。于是，在1337—1453年期间，在金雀花王朝治下的英格兰王国和瓦卢瓦（Valois）王朝治下的法兰西王国之间持续进行了百年战争。

查理·德·奥尔良（Charles d'Orléans，1391—1465）公爵是瓦卢瓦王朝查理五世的孙子、查理六世的侄子，他也是后来法国国王路易十二（Louis XII，1462—1515）的父亲和弗朗索瓦一世（François I，1494—1547）的叔叔，是一位拥有王室血统的诗人。1407年，在他16岁的时候，父亲在宫廷政治斗争中被人暗杀；第二年，他的母亲抑郁而终；1409年，他年轻的妻子因难产而去世。在这一连串的家庭变故中，查理·德·奥尔良成为家族的支撑，不仅需要保护两个弟弟，而且在英法百年战争中身先士卒。1415年10月的一场战役之后，英国人在一堆阵亡的骑士尸体中发现了身受重伤的查理·德·奥尔良，从此他开始了长达25年的流亡英国的囚禁生涯。瓦卢瓦王朝失去了一位奥尔良公爵[1]，一位诗人却在流亡中诞生，那一年诗人只有24岁。

查理·德·奥尔良的诗歌题材广泛：早期诗歌多为宫体诗，也曾效仿《玫瑰传奇》中的拟喻手法描述典雅爱情；在脍炙人口的回旋曲《冬去春来》中，诗人描绘春光，歌颂大自然的生命节律；在著名诗篇《远望法兰西》中，他表达了思乡之情和对未来回到故国怀抱的憧憬；在更多的悲歌（complainte）中，查理·德·奥尔良感慨自己不得不在桎梏之中度过青春年华的最好岁月，抒发了樊笼之中的哀怨之情："我是那个心灵被披上黑纱的人"。年近半百的诗人重获自由回到法国之后，不再关心政事，而是退隐到卢瓦尔河的布洛瓦城堡，在大自然和诗歌的陪伴下安度晚年。在一个动荡不安的年代，出身王室的查理·德·奥尔良可谓命运多舛，因此他的诗歌基调是怀旧和哀伤，颇有我国南唐后主李煜词中的伤

---

1. 奥尔良公爵（Duc d'Orléans）是从1344年开始使用的一个法国贵族爵位，以其最初的封地奥尔良命名，这一称号主要被授予王室亲王。

感，另外，查理·德·奥尔良的诗句中也常常透露出一种听从命运安排的无奈和宁静，因此，他的诗歌感情真挚，哀婉而不沉重。

查理·德·奥尔良的诗歌被后世遗忘了300年，17世纪著名文学批评家布瓦洛（Nicolas Boileau-Despréaux，1636—1711）在《诗的艺术》（L'Art poétique，1674）中总结和评论中世纪到17世纪的法国诗歌时对查理·德·奥尔良的诗歌只字未提，直到1734年，法兰西学院院士、博学多识的萨利耶神父（Claude Sallier，1685—1761）才重新发现了这位中世纪诗人，此后人们逐步认识到查理·德·奥尔良的作品是古法语向中古法语过渡时期最为成熟和优雅的诗篇。

维庸（François Villon，约1431—1463？）是中世纪法国文学中最后一位杰出诗人，从他本人的诗歌和一些司法档案中可以了解到他的传奇身世。他天资聪颖，不幸幼年丧父，后来由维庸神父来指导他的学习，他也继承了养父的姓氏。维庸才华横溢，先后获得艺术学学士和硕士学位。然而，他在读书期间从同伴那里染上恶习，先是扰乱社会秩序，进而行窃，最后竟然被以参与谋杀的罪名起诉，因此多次出入监狱，其间有过逃亡也得到过赦免，四处流浪，还有记录表明维庸曾经前往布洛瓦城堡参加过查理·德·奥尔良组织的诗歌比赛。1463年，维庸在被判死刑之后又被改判为逐出巴黎10年，从此不知所终。

维庸的主要作品有两部。第一部《遗赠》（Lais）创作于1456年底，当时，失恋的诗人打算离开巴黎，于是仿拟遗嘱的口吻，在诗中把自己一些并不值钱的财物赠送给熟人，其中有亲属家人，也有生活中遇到的骑士、教士、修女、孩童、理发师、鞋匠、杂货商和警察等。诗人以戏谑而犀利的笔触勾勒出一幅幅社会素描，其中有伪善的托钵僧，也有漂泊无依的穷苦人。第二部作品《遗言》(*Le Testament*) 是维庸本人在经历了6年流浪生涯之后于1461—1462年间编纂的诗集, 汇集了他各个时期写作的谣曲和一些八行诗。这些都是其诗作中的精华, 但是各诗篇之间并没有统一的主题或风格, 或庄重严肃, 或嬉笑怒骂, 共同反映了维庸的生活经历和精神世界。这些诗歌承载了诗人的回忆, 他反思自己的人生得失, 并希冀到宗教中寻求宽恕和解脱。这种复杂的情感在《绞刑犯之歌》中得以集中体现, 此诗写于1462年维庸因参与杀人而被判死刑入狱之后。诗人想象了行刑之后自己和其他犯人的尸体悬挂于绞刑架上的情景: 尸体腐烂, 风吹日晒, 被鸟啄食, 不堪入目。继而诗人虔诚地表达了忏悔之心, 恳求上帝的宽恕, 希望得到活在人世的同类的怜悯。一向厌恶教会、藐视社会规范的维庸在这首诗中描绘了死亡的残酷, 真诚地表达了自己面临死亡时宗教情感的回归, 说明诗人身上灵与肉的冲突终于找到和解的可能。维庸生活在中世纪主流价值观产生动摇的时代, 他常常对现实不满, 也常常挑衅既定的社会秩序, 但是终究无法自处于一个动乱的社会。维庸在诗歌语言上的造诣也很高, 能够娴熟掌握中世纪流行的格律诗形式, 尤其是从14世纪开始出现的谣曲, 其难度在于四个诗节都必须遵从同样的韵制, 每行诗都有同样数目的音节。维庸创作了主题各不相同的很多经典谣曲, 格律齐整完备, 意象密集, 其中一首《谚语之歌》中有很多名句流传至今, 成为法语中耳熟能详的谚语。维庸的诗歌从1489年开始印行于世, 他是介于中世纪和文艺复兴时期之间的第一位"现代诗人"[1]。

1.　J. Dufournet, « François Villon », in Pierre Abrahom et Roland Desne (dir.), *Manuel d'histoire littéraire de la France*, tome I, *Des origines à 1600*, sous la direction de Jean Charles Payen et Henri Weber, Paris, Editions sociales, 1971, p. 317.

✍ 年轻骑士让·德·圣特雷的爱情故事：一部不同寻常的骑士小说

安托万·德·拉萨勒（Antoine de La Sale，约1385—约1460）出生于普罗旺斯地区，在安茹宫廷担任侍从48年，先后辅佐过安茹公爵路易三世（Louis III，1403—1434）和勒内一世（René Ier，1409—1480）。他编纂过宣扬骑士精神和教育君主的先哲文集，有人将短篇小说集《百则新短篇小说集》（*Cent nouvelles nouvelles*，1462）和《婚姻十五乐》（*Les Quinze joies de mariage*，约1480—1490）错归其名下，他最著名的作品则是1456年完成的散文体小说《年轻骑士让·德·圣特雷与美丽表姐夫人的故事及趣史》（*Histoire et chronique plaisante du petit Jehan de Saintré et la Dame des Belles Cousines*）。

这是一部转型时期的中世纪小说。故事的主人公是让·德·圣特雷，他在13岁时进入宫廷当侍童，因为乖巧可爱、彬彬有礼而受众人喜爱，其中一位被称为"美丽表姐夫人"的寡妇愿意成为这个未来骑士的贵妇。为了调教小圣特雷，贵妇经常谈论宗教道德和骑士精神，传授上流社会的处世之道，时而也有物质赠予，因为在15世纪，骑士若要获得成功和尊敬，不能仅凭高强的武艺，还需要华丽的装束。让·德·圣特雷骁勇善战，逐渐成长为一名忠诚而英勇的骑士。可是，有一次他从战场上归来，却发现贵妇已经移情别恋，别恋的对象并不是一位更加英俊勇敢的骑士，而是一个粗鲁放荡的教士。在18世纪的一个版本中，故事的结尾被篡改，感情上受到挫折、名誉上受到侮辱的让·德·圣特雷报复对手，将贵妇和情敌置于死地。但是在德·拉萨勒的原著中，让·德·圣特雷没有将背叛他的贵妇和龌龊的情敌杀死，想到《圣经》中禁止杀生的教诲，他只是用剑刺穿了破口大骂骑士精神的教士的舌头，夺走了贵妇身上象征忠贞的蓝色腰带。在一次宫廷聚会中，让·德·圣特雷使用化名讲述了这个背叛的故事，并询问众人这样的女人当受何种惩罚，大家都说应当与如此不义之人断绝来往，而当"美丽表姐夫人"被问到同样的问题时，她只是说骑士不应该取人腰带。这时，让·德·圣特雷单膝跪地，将蓝色腰带还给她，使其在众人面前遭受羞辱。

据说小说的男女主人公各有原型，但是身份和生平不详，作品中的虚构想象成分应当比传记成分明显。从内容上说，这是一部相当特别的骑士小说，说明在中世纪晚期，传统的价值观念和社会根基已经动摇：在精神世界层面，教会受到了鞭挞；作为世俗生活中的人生榜样，骑士的形象遭到贬低；一直得到歌咏的高雅骑士爱情被无情戏弄，沦落为一场笑话。这是一部没有传奇冒险、没有仙女神兽、没有任何奇遇和超自然元素也没有任何英雄色彩的骑士小说。作者德·拉萨勒把骑士和贵妇的爱情故事置于当时的社会环境中展开，赋予了作品鲜明的现实主义色彩，也表明骑士时代的光辉已经渐渐黯淡。

这部中世纪晚期的小说在20世纪60年代成为著名文学理论家克里斯蒂娃（Julia Kristeva，1941— ）文本理论的研究素材，因为在这部现实主义风格的骑士小说中，"市井生活中的语音话语、口头表述甚至是声音本身都进入了书面文本，纸面空间中引入了集市、街头等城市空间"[1]。因此，该小说对口头交际的记载成为小说文本与社会、历史文本之间互文

1.　克里斯蒂娃：《封闭的文本》，车琳，译，见《符号学：符义分析探索集》，史忠义，等，译，上海：复旦大学出版社，2015年，第59页。

性的早期例证。克里斯蒂娃指出，"文学史不曾阐明这部处于时代之交的作品本身具有的转型结构，其实在德·拉萨勒尚不成熟的创作手法中，该小说体现了直至今日支配我们智识视域的符号意识思维"[1]。这是因为，在写作手法上，德·拉萨勒创作的故事与写作行为的叙述是重合的，让·德·圣特雷的故事进展与文本的书写过程合为一体。其实，很多当代小说在叙事上都回归了这种方式。

✇ 中世纪的戏剧：宗教戏剧和世俗戏剧

在法国文学中，戏剧是出现较晚的体裁。中世纪的法国戏剧与古希腊罗马时期的戏剧没有明显的继承性，而且中世纪的戏剧发展历史难以得到完备的描述，主要原因是在整个中世纪，大多数文学作品都是口头文学，以吟诵、歌唱和模仿等表演形式流传于世，即使是后来出现了纯粹为舞台表演而创作的作品，其中得以保存的也数量极少，除非是著名剧作家的创作或是得益于某些特别的机缘。从流传至今的作品来看，中世纪的法国戏剧主要分为两类：一类是具有教化色彩的宗教戏剧，另一类是市民喜剧。

宗教戏剧诞生于宗教礼仪，大约经历了三个阶段。最早在10—11世纪，为了让讲经布道更加生动以吸引信众，教士和神父就在教堂里用对答的形式将耶稣圣诞和复活等重要情景表演出来，一开始是以拉丁语唱诵，后来逐渐使用通俗的方言，到了12世纪，古法语则更多地在表演中得到使用。13—14世纪，出现了内容更加丰富的"圣迹剧"（le miracle），主要是歌颂圣母显灵和圣徒事迹。诗人吕特伯夫曾经在1260年创作了圣

---

1. 克里斯蒂娃：前揭书，第59页。

迹剧《泰奥菲尔得救记》（*Le Miracle de Théophile*），该剧共663行，歌颂圣母以仁慈和力量拯救了受到魔鬼纠缠的泰奥菲尔。

随着剧情的发展，戏剧布景也逐渐丰富，教堂内的空间已经不方便进行表演，于是舞台被转移到教堂外的小广场上。从15世纪初到16世纪初，以《圣经》和圣人生平为主题的长剧"神秘剧"（le mystère）广受欢迎。其中最为著名的是诗人格雷邦（Arnoul Gréban，约1420—1485）在1450年创作的《耶稣受难记》（*Le Mystère de la Passion*）。该剧规模宏大，场面壮观，共有224位人物，长达35,000行，完整呈现了上帝创造人类直到耶稣受难之后又复活的《圣经》传说，全剧需要连续表演4天。

尽管流传至今的剧本数量有限，但是不可否认的是戏剧在中世纪的社会生活中仍然占据重要地位。一场戏剧表演往往是节庆场合全城居民共同参与的重大事件。演出没有特定场所，起先是在修道院内和教堂门前的广场上，后来则拓展到街道、路口和广场等城市空间。

19世纪著名作家雨果（Victor Hugo，1802—1885）的小说《巴黎圣母院》（*Notre-Dame de Paris*，1831）中的故事发生在15世纪末的巴黎。小说的开头以大段篇幅描述了1482年1月6日巴黎市民蜂拥而至司法宫观看一场神秘剧的热闹场景：

> 对着正门的大厅中央，靠墙有一个铺了金线织锦的看台，其专用入口，就是那间金碧辉煌寝室的窗户。搭起这座看台，是为了接待应邀观看神秘剧的佛兰德特使和其他大人物。
>
> 神秘剧照例要在那张大理石台上演出。为此，一清早就把石台布置妥当，大台面已被司法宫书记们的鞋跟划得满是道道，上边搭了一个相当高的木架笼子，顶板充作舞台，整个大厅的人都

看得见，木笼四周围着帷幕，里面充当演员的更衣室。外面赤裸
裸竖起一架梯子，连接更衣室和舞台，演员上下场，就登着硬硬
的横掌。不管多么出乎意料的人物、多么曲折的故事，也不管多
么突变的情节，无不是从这架梯子安排上场的。戏剧艺术和舞台
设计的童年，是多么天真而可敬啊！［……］

　　这样，熙熙攘攘的观众，一清早就赶来，只好等待。这些
赶热闹的老实人，许多在天刚亮的时候，就来到司法宫大台阶
前，冻得瑟瑟发抖；还有几个人甚至声称，他们靠着大门守了
个通宵，好抢着头一批冲进去。人越聚越多，仿佛水超过界线
而外溢，开始漫上墙壁，淹了圆柱，一直涨到柱顶、墙檐和窗
台上，涨到这座建筑物的所有突出部位和所有凸起的浮雕上。
这么多人关在大堂里，一个挨一个，你拥我挤，有的被踩伤，
简直喘不上气来，一片喧噪怨哀之声。［……］

　　这时，正午的钟声敲响了。

　　"哈！……"全场异口同声地叫了起来。

　　看台上依然空空如也。大堂里簇拥这么多人，从一清早就
等待三样东西：正午、佛兰德使团和神秘剧。现在，只有正午
准时到来。（李玉民译）

13世纪中叶开始，随着城市的繁荣，出现了带有喜剧色彩的世俗戏
剧；15世纪以后，戏剧行会纷纷出现，推动了世俗戏剧的发展，主要形
式有愚人剧（la sottie）、独角戏（le monologue）、道德剧（la moralité）和闹剧（la
farce）等。唯一在中世纪之后得以流传的是闹剧。闹剧在14—15世纪的时
候发展起来，一开始是在神秘剧幕间穿插的滑稽演出，用来吸引观众，

活跃气氛。闹剧常常从寓言诗中汲取素材，篇幅短小，情节简洁，以现实主义手法刻画当时的市井风俗，尤其喜欢涉及夫妻关系主题，以滑稽搞笑为能事，有时难免流于粗俗。流传至今的闹剧大约有150部，其中比较出名的一出是创作于1460年左右的《巴特兰律师》（*La Farce de Maître Pathelin*），至16世纪末剧本共重印25次。故事讲述的是律师巴特兰帮助羊倌打官司，设计捉弄商人，胜诉之后反被羊倌用同样的计谋捉弄，从而讽刺了唯利是图的商人、昏庸的法官和精明的律师。这部戏剧情节和场面的设置滑稽好笑，结构完整，人物语言避免使用粗言秽语，但是充满喜剧色彩。羊倌因报复打死他绵羊的商人而被状告到法院，由于裁决过程经常中断，法官不得不反复提醒"我们回到绵羊的话题上来吧！"（«Revenons à nos moutons!»）。这句台词已经成为法语中的一句熟语，意思是指离题之后言归正传，至今仍在使用。中世纪的闹剧体现了法国人开朗快活、幽默诙谐和爱嘲讽戏弄的高卢性格，后世的法国喜剧也将从闹剧中汲取有益因素。

* *

与其他许多欧洲国家文学一样，跨越11世纪末至15世纪末的中世纪法国文学从题材上而言包括宗教文学、骑士文学和市民文学。中世纪文学是中世纪社会的产物，反映了时代特征和社会变迁，其中有些体裁随着一个时代的消逝而不复存在，如盛行一时的武功歌，有的则演化成其他文学形式。在法国，中世纪文学的价值曾经在很长一段时间里被轻视和低估，其光辉被之后的文艺复兴文学和古典时期文学所遮蔽，直到19世纪才被浪漫主义作家重新发现。实际上，法国文学在其诞生和童年时期就已经呈现出丰富多彩的题材和形式，其中很多古老而经典的作品产生了广泛而深远的影响，成为宝贵的文化遗产。

第二章

文艺复兴：法国文学的成长

395年，罗马帝国皇帝狄奥多西一世（约346—395）逝世之前，将帝国划分为东西两部分交于两个儿子继承。东罗马帝国的疆域最初包括巴尔干半岛、小亚细亚、叙利亚、巴勒斯坦、埃及、美索不达米亚及外高加索的一部分，后来又将北非以西、意大利和西班牙的东南部并入版图。东罗马帝国以希腊文化为核心，620年，希腊语取代拉丁语，成为帝国的官方语言。东罗马帝国的都城君士坦丁堡（今土耳其伊斯坦布尔）是在希腊古城拜占庭的基础上建立起来的，因此东罗马帝国又称拜占庭帝国。[1] 1453年5月29日，信仰伊斯兰教的奥斯曼帝国苏丹穆罕默德二世率军攻入君士坦丁堡，欧洲历史上最悠久的君主制国家东罗马帝国灭亡。君士坦丁堡的陷落被史学界认为是欧洲中世纪结束和文艺复兴时代开始的标志。

从14世纪后半叶开始，意大利便成为文艺复兴的摇篮。当时，由于

---

1. 拜占庭是一座古希腊海滨城市，324年，罗马皇帝君士坦丁一世将此选为皇帝驻地，并改名为君士坦丁堡。直到17世纪，"东罗马帝国"都是西方历史学家对这个帝国的正式称呼，拜占庭帝国是非正式名称。

奥斯曼帝国不断入侵东罗马帝国，便有东罗马帝国的学者带着大批古希腊罗马的艺术珍品和大量手稿、图书、文献资料逃往西欧避难。在意大利佛罗伦萨美第奇家族和其他意大利城邦统治者以及罗马教皇的支持下，他们在佛罗伦萨创办了"希腊学院"，讲授古代文明和艺术，文艺复兴运动由此兴起。人文主义思想也很早就在法国萌芽。13世纪下半叶在巴黎大学内部已经出现思想争论；《玫瑰传奇》的作者让·德·默恩也是古罗马作家的译者之一；15世纪初的女诗人克里斯蒂娜·德·皮桑在《女性城邦》（*La Cité des Dames*，1404—1405）中效仿意大利作家薄伽丘（Giovanni Boccaccio，1313—1375），回顾、称颂了历史和传说中的杰出女性，引发了对女性地位的思考和争论，这些都是人文主义在法国出现的迹象。不过，百年战争带来的动荡和强大的神学力量中断了这一趋势，且新思想的酝酿尚未带来文学上的革新。这一时期，欧洲的通行语言仍然是拉丁语，从意大利到荷兰，从法国到波兰，从德国到奥地利，学者之间互致书信交流思想，形成了没有疆界的"文学共和国"（une république des lettres），文艺复兴很快成为一场遍及欧洲的思想和文艺运动。路易十一（Louis XI，1423—1483）统治时期，百年战争的结束带来了和平安定的生活，来自意大利和其他国家的人文学者将古典人文教育带到了巴黎，从15世纪末至17世纪初，文艺复兴运动在法国蓬勃发展。

　　人文主义成为文艺复兴时期的思想气候。在法国，人文主义首先具有文献学价值，古希腊罗马文献得到重新发现，学者们将重读经典作为重要使命，认为有必要对古代手稿进行校对勘定。这种关注古代文明中人的价值的新学与中世纪以上帝为中心的神学完全不同，因此人文主义首先是以人为中心的经典考据和研读。研究经典的学问很快显示出人文主义的哲学意义，因为学者们从古代经典中发展出反对神的权威并解放人性的主张，反对蒙昧，提倡学习知识和发展理性，追求人生幸福。文艺复兴时期科学技术的发展也革新了人们对世界的认识。波兰天文学家、数学家和神父哥白尼（Mikołaj Kopernik，1473—1543）在40岁时提出了日心说，并经过长年观察和计算完成了著作《天体运行论》，改变了人类对宇宙和自身的看法，挑战了罗马天主教廷的上帝创世说，被认为有违教义。世纪之交的意大利航海家哥伦布（Cristoforo Colombo，1452—1506）的航海旅行使欧洲人发现了美洲新大陆；1519—1522年，葡萄牙探险家、航海家麦哲伦（Fernão de Magalhães，1480—1521）率领船队完成了人类首次环球航行[1]。另外，印刷术的普及大大拓宽了知识的传播范围。在新的社会条件下，欧洲人开始重新思考人在世界和宇宙中的位置、人与上帝的关系以及人本身的价值和发展。由是可见，文艺复兴在欧洲历史上具有划时代意义，其中"复兴"二字可谓涵盖双重意义：一是回归古希腊罗马文化传统，二是新兴的思想和观念正在形成。人们在重新发现古代文献和文明的过程中对人的价值产生了新的认识，同时在科学进步的过程中对世界产生了新的认识。

　　15世纪后半叶，随着资本主义的萌芽和封建依附关系的逐渐解体，作为中世纪封建社会精神支柱的罗马教廷亦开始衰落。欧洲各国逐渐加强世俗权力和君主制度，教会等级森严却修行涣散。16世纪初期，教会内部的分裂倾向早已存在，亟须净化和改革。具有人文主义思想的荷兰神学家伊拉斯谟（Erasmus，1466—1536）认识到，当时教会的各种制度和风气已然背离了基督教的原初教义。中世纪后期，罗马教会认为《圣

1.　麦哲伦在环球航行途中在菲律宾死于部落冲突，船队在他死后继续向西航行，回到欧洲，完成了人类首次环球航行。

经》与以罗马教皇为核心的天主教会传统并行不悖，教会保存《圣经》真理，并拥有施教的职权。文艺复兴时期，宗教改革者提出《圣经》的权威高于罗马教皇，教徒可以通过与上帝的直接交流而得到救赎，神权和教会的地位因而大大降低。德国人谷登堡（Gutenberg，约1400—1468）在1454—1455年间采用活字印刷术批量印刷了拉丁语的《谷登堡圣经》。后来，这项技术在欧洲逐渐推广，1470年，法国神学家纪尧姆·斐歇（Gillaume Fichet，1422—1480）将印刷机引进到巴黎，在索邦大学设立了最早的印刷车间。14—15世纪，《圣经》还被译成了多种民族语言。1517年10月，马丁·路德（Martin Luther，1483—1546）在德国揭开了宗教改革的序幕。1536年，流亡瑞士的法国宗教改革者加尔文（Jean Calvin，1509—1564）发表神学著作《基督教要义》（*Institution de la religion chrétienne*），赞成路德的宗教思想，否定罗马教廷的权威，认为人的得救与否由上帝决定，并且于1541年在日内瓦组成政教合一的共和政权。欧洲各国的宗教改革促生了新教（le Protestantisme），该词源出德文"Protestanten"（抗议者），最初指1529年在德意志帝国会议中对恢复天主教特权决议案提出抗议的新教诸侯和城市代表，后来成为新教各教派的共同称谓。16世纪40年代，加尔文派新教开始在法国传播，被称为胡格诺教。1562—1598年，信奉天主教和新教的对立阵营连续进行了八次激烈对抗，后发展成分裂法国的长期宗教战争。

随着新观念的形成和新思想在欧洲的广泛传播，新一代法国诗人和作家在继承古希腊罗马文明的基础上创造出新的文学形式，表达出与时代相应的情感和思想。

在新旧交替的16世纪，法国社会和人们的思想观念发生了翻天覆地的变化，法语得到丰富和发展，作为正在成长中的民族文学，法国文学在继承中发展。在人文主义的思潮中，作家们回到古代文明中汲取养料，在模仿中创新，将古典思想化用于现今。文艺复兴时期文学与中世纪文学之间的断裂其实并没有那么截然分明，无论是在诗歌、小说还是戏剧领域，中世纪文学的一些题材和体裁依然留有痕迹。因此可以说，16世纪的法国文学体现了一种双重继承。

生活在世纪之交的克莱芒·马罗（Clément Marot，1496—1544）是最后一位秉持中世纪传统的诗人，也是第一位在法语诗歌中尝试移植新体裁的诗人。在巴黎，以龙沙（Pierre de Ronsard，1524—1585）和杜贝莱（Joachim du Bellay，1522—1560）为中心的七星诗社（la Pléiade）为诗坛带来了繁荣气象，开辟了法国诗歌新的传统，对后世法国诗歌产生了重要影响——17世纪的古典主义和19世纪的浪漫主义分别继承了七星诗社尊古和创新的两种精神。法国南方城市里昂不仅是地理上的十字路口，也是古今交融的文化之都，活跃着莫里斯·塞弗（Maurice Scève，约1500—约1564）、路易丝·拉贝（Louise Labé，1524—1566[1]）等诗人，形成了繁荣的里昂文化圈。

在叙事作品领域，文艺复兴时期与中世纪之间的承继性相对明显。原来的短篇叙事诗歌在15—16世纪发展出它的现代形式，即以散文体叙事的短篇小说。意大利作家薄伽丘的《十日谈》（*Decameron*，1350—1353）对法国短篇小说的发展产生了重要影响，在15世纪，法国出现了第一部短篇小说集《百则新短篇小说集》。博纳旺蒂尔·德·佩里埃（Bonaventure des Périers，1510—约1543）《消遣故事与快乐闲话》（*Les Nouvelles récréations et joyeux devis*）中的短篇故事描绘了当时的社会生

---

1. 路易丝·拉贝确切的生卒年月尚待考证，此处采用多部法国文学史中的说法。

活，具有现实主义色彩，同时也颇有滑稽逗乐的高卢之风。他也是玛格丽特·德·纳瓦尔（Marguerite de Navarre，1492—1549）的侍从和秘书，曾为其抄写《十日谈》，而女主人后来的仿作《七日谈》（*Heptaméron*，1558）则将法国的短篇小说提升到了一个新的高度。

在弗朗索瓦一世统治时期，中世纪晚期的戏剧形式——神秘剧和闹剧依然流行，并在人们的社会和娱乐生活中占据重要地位。同时，人文学者使人们重新发现了古希腊罗马的悲剧和喜剧，因此，一些古代题材的戏剧作品按照传统的体裁和形式被创作出来。

在16世纪，与中世纪韵文体的口传文学相对应的是，不仅散文体的叙事作品和戏剧作品数量众多，而且散文作为独立的体裁也在法国取得重大进展。这一时期出现了一些具有时代特征的宗教文学和政治文学作品。例如，加尔文不仅是宗教改革者，而且也是优秀的作家。1536年，加尔文以拉丁语发表了《基督教要义》，1541年他将此文翻译成法语，这是第一部用法语写成的神学著作。从某种意义上说，加尔文是法国散文这一体裁的奠基者，而文艺复兴时期法国散文最伟大的杰作则是蒙田（Michel de Montaigne，1533—1592）的《随笔集》（*Essais*，1580—1595）。

✑ 拉伯雷的人文主义思想力作《巨人传》

拉伯雷（François Rabelais，1494—1553）出生于法国中部都兰地区希农市一个中产阶级家庭。他接受过神学教育，成为修道院里的一名教士，但是其志趣不在神学领域。他博览群书，尤其对古希腊文化抱有浓厚兴趣。1530—1531年，拉伯雷在法国南方城市蒙彼利埃学习医学，1532年被安排到里昂教会医院当医生。

1532年底，拉伯雷出版了第一部小说《庞大固埃》（Pantagruel），讲述了乌托邦国王的外孙庞大固埃从出生到求学以及征战的经历，作品署名"Alcofribas Nasier"，实际上这是他将自己的姓名所有字母打乱顺序后得出的化名。1534年出版的《高康大》（Gargantua）讲述的是庞大固埃的父亲高康大的人生经历，此书从内容上而言是《巨人传》系列的第一部。拉伯雷前两部小说的出版顺序看似颠倒，其实在出版《庞大固埃》的同时，他就根据中世纪民间故事改编出版了一本《高康大史话》（Chroniques de Gargantua），这部作品可以视作拉伯雷个人小说创作的前期素材。拉伯雷在创作前两部小说的同时完成了医学学业，于1536年获得医学博士学位，此后在法国南方行医并教授医学，期间曾在1533年、1536年和1538年作为主教让·杜贝莱（Jean du Bellay，1498—1560）的私人医生三度陪同其出使罗马。

1545年，拉伯雷第一次使用自己的真实姓名出版了《巨人传》的第三卷（Le Tiers Livre）。在这一卷中出现了一个新的人物帕努日，他是庞大固埃的随从，由于不知道自己能否找到一个忠诚的妻子结婚成家，所以四处向诗人、神学家和哲学家等各类人物求教，最后被劝告去东方寻找神瓶的圣谕。帕努日是城市庶民的代表，在一个社会结构发生变化的时代，这个不乐意接受社会规范和法律约束的普通人选择听从自己的本能和自然天性行事，这意味着作为人的现代个体的诞生。第四卷（*Le Quart Livre*）出版于1552年，讲述了庞大固埃、帕努日等一行人寻找神瓶的历险过程。拉伯雷借鉴了中世纪骑士小说中寻找圣杯的结构，其主旨在于深入探讨人的生死、灵肉问题以及人与自由、命运的关系。尽管拉伯雷经常可以从结识的重要宗教人物和政治人物那里寻求人身庇护，但是他生前出版的每一部小说都没有逃脱被索邦神学院查禁的厄运。1553年，拉伯雷逝于巴黎，《巨人传》第五卷（*Le Cinquième Livre*）于1564年出版，因此也有人怀疑这部遗著是伪作。

随着时代和社会的发展，中世纪社会的结构和基础都发生了动摇，人们的思想观念在逐渐改变。人文主义便孕育于这样的时代背景之中。"humanisme"一词在19世纪初由德国学者创造，而该词的本义"studia humanitatis"（法文为"le études d'humanité"）早在14世纪末就已在意大利人文学者笔下频繁出现，意思是指研究古希腊罗马文献，并从中获得促进人发展所需的历史、文学、哲学、道德等知识和素养。

拉伯雷被公认为法国文艺复兴时期的文化巨人，其《巨人传》内容纷繁，思想丰富，体现了时代的人文主义精神。首先，这部本身丝毫没有教化色彩的作品中却蕴含着文艺复兴时期主流的教育思想。拉伯雷讽刺了传统的经院式教育，高康大幼时便在这样的教育模式中变得愚笨，新来的私塾先生则采用了"全人教育"（l'homme complet）的方式。这是一种将学习和生活融为一体的教育方式，追求身心平衡，书本知识和生活实践相结合，学以致用，劳逸结合，张弛有度。高康大后来做了父亲，将儿子送到巴黎学习，在书信中，高康大提出了一种百科全书式的学习计划，语言、文学、法律、医学和自然科学等领域无所不包，此外还需要强身健体并培养宗教意识和道德品质。文艺复兴时期人文学者的求知欲望和探索精神由此可见一斑。人文主义把提升人的素养和价值作为核心思考内容。拉伯雷认为人性本善，反对基督教强加于人的原罪说，因此主张赋予人本应享有的自由，无须严格约束，人的自然天性会引导向善。高康大在带领将士打败蛮人侵犯之后设立的德廉美修道院（l'Abbaye de Thélème）从某种意义上说便是这样一个理想之所，这里没有清规戒律，因为其原则便是自由："做你所愿之事。"拉伯雷相信人有求知、行动和创造的能力，人之理想是可以实现知识、天性和智慧的完美结合。需知拉伯雷在提倡人之自由和幸福、追求科学和知识之时并非反对上帝和宗教，"因为［……］没有良知的知识就是失去良心，人需遵从、热爱和敬畏上帝"。在《高康大》和《庞大固埃》中都有战争情节，巨人们的胜利是人文思想对愚昧野蛮的胜利，而战争本身则受到了批判，在政治思想上，拉伯雷希望人间能够实现和平、宽容和节制。

《巨人传》在艺术风格上具有独特性，拉伯雷也是第一位在作品中将严肃高雅与滑稽通俗融为一体的法国作家，他常常用文雅之辞来表达通俗之事，也会用通俗之语来描述严肃之事。究其原因，大致有二：其一是因为作品素材源于民间故事，自然带有乡野俚语色彩；其二可能也是因为拉伯雷本人丰富的生活和游历经历，他了解从平民到权贵、从世俗到宗教的各个社会阶层，故而可以将世间各种声音融入到文字之中，在高雅与俚俗之间切换自如，形成一种复调的文本。小说辞藻丰富，一方面是因为拉伯雷博学多识且游历丰富，正如法国学者皮埃尔·曼维埃勒（Pierre Minvielle）所言："他对所处时代的知识领域无所不知，有在各种社会人群中生活的经历”[1]；另一方面是因为他善于从口语、方言甚至是外语中借用词语，或创造新词，或制造文字游戏。拉伯雷以夸张、戏谑的手法塑造巨人形象，展开对话和铺陈情节，正如其本人在作品开场白中所言：“写哭不如写笑料，全因只有人会笑。”（陈筱卿译）因此，拉伯雷的作品固然意义闳远，却不以严肃面目示人，始终渗透着一种来自民间的欢快色彩，“在所有的世界文学中，拉伯雷的小说是最具有节庆性质的，他的身上体现了民间特质”[2]。这也是为什么俄罗斯文学理论家巴赫金（Mikhaïl Bakhtine，1895—1975）在《拉伯雷的作品与中世纪、文艺复兴时期的民间文化》（ Oeuvre de Rabelais et la culture populaire au Moyen Age et sous la Renaissance，1965）一书中以“狂欢化诗学”来概括拉伯雷的创作风格。《巨人传》的文风对后世作家产生过重要影响，例如英国18世纪作家劳伦斯·斯特恩（Laurence Sterne，1713—1768）创作的《项狄传》（ The Life and Opinions of Tristram Shandy, Gentleman，1759—1767）就颇具《巨人传》的戏谑风格，同样出生于都兰地区的19世纪法国作家巴尔扎克（Honoré de Balzac，1799—1850）曾经模仿拉伯雷的语言风格创作了《都兰趣话》（ Les Cent Contes drolatiques，1832—1837）。

　　《巨人传》的故事虽然充满传奇色彩，但其实也是一部现实主义作品，人物是夸张的，但是作品中记载的地方风物和社会风情都具有真实的时代特征。拉伯雷的《巨人传》体现了法国文艺复兴前半期的乐观主义，即肯定人的天性和价值，相信人类的能力可以不断增长，对认识世界充满信心，对幸福和快乐保持追求。

1.　Pierre Minvielle, « Rabelais », in Pierre Abrahom et Roland Desne (dir.), *Manuel d'histoire littéraire de la France*, op.cit., p. 425

2.　Mikhaïl Bakhtine, *L'Oeuvre de Rabelais et la culture populaire au Moyen Age et sous la Renaissance*, traduit par Andrée Robel, Paris, Gallimard, 1970, p. 300.

⌘ 玛格丽特·德·纳瓦尔的短篇小说集《七日谈》

在国王弗朗索瓦一世统治期间，法国君主专制制度得到健全，经济稳步发展。弗朗索瓦一世出生和成长于意大利战争（1494—1559）时期，即位之后也亲身参与到战争之中。在这种特殊历史条件下，两国之间的密切接触促进了意大利文艺复兴思想在法国的传播。弗朗索瓦一世欢迎和接受新思想和新文化，他也是一位具有人文主义思想的君主，是同时代许多艺术家的支持者和保护人。他积极鼓励艺术创作，推动文学发展，并于1530年创建了王家学院（Collège royal，即今日法兰西公学院的前身），专门研究希腊语、拉丁语和希伯来语。

玛格丽特·德·纳瓦尔（Marguerite de Navarre，1492—1549）是昂古兰伯爵之女，受过非常好的古典教育，自幼学习拉丁语、希腊语和希伯来语，对柏拉图的哲学思想也颇有研究，此外，她还可以讲流利的意大利语和西班牙语，略通英语和德语。玛格丽特·德·纳瓦尔与文人交从甚密，她理解和保护那些与她有着共同思想观点和兴趣爱好的人文学者，当时法国最有名的诗人、作家都活跃在她的宫廷中。玛格丽特·德·纳瓦尔为法国文艺复兴的发展做出了贡献，她在宫廷生活中引入了意大利文艺风尚，将古典精神融入到法国传统之中，并且对弟弟弗朗索瓦一世影响颇深。

玛格丽特经历过两段不幸的婚姻，第二任丈夫亨利·德·阿尔贝（Henri d'Albert）的领地是纳瓦尔王国，因此，玛格丽特亦称纳瓦尔王后。如果说玛格丽特的弟弟弗朗索瓦一世是政治联姻的受益者，得以成为王位继承人，那么身为女性的她从政治婚姻中并没有得到幸福的爱情。所幸的是，玛格丽特·德·纳瓦尔在与弟弟的亲情、对上帝的爱以及文学中找到了精神寄托。她创作过具有神秘主义色彩的宗教诗歌，也在戏剧作品中表达了对精神自由的渴求，而她流传于世的作品则是短篇小说集《七日谈》。

《七日谈》乃受意大利作家薄伽丘《十日谈》的启发而作。在《十日谈》中，因鼠疫而被困于佛罗伦萨乡村别墅中的一群贵族男女互相讲述故事，每天十则，十日而休，共百篇故事。在玛格丽特·德·纳瓦尔的《七日谈》中，同样是出身贵族的五位男士和五位女士，因为河流涨水而羁留修道院，于是轮流讲述故事，一共72篇，因为玛格丽特·德·纳瓦尔尚未完成十日百篇故事便不幸辞世。玛格丽特·德·纳瓦尔在《七日谈》中也融入了古代高卢地区寓言诗传统和意大利民间故事传统，既有轻松诙谐，也有严肃悲壮，而作品内容大多是情爱故事，探讨各种形式和具体环境中的爱情，其中既有忠诚也有背叛，既有高雅也有低俗。玛格丽特·德·纳瓦尔常常借故事中女性人物之口表达自己柏拉图式的爱情观以及对社会和道德的看法，例如，爱情应该遵从内心的自由选择，应该建立在尊重的基础之上，并保持对婚姻的忠诚，"唯有爱情和以敬畏上帝为前提的善良意志是婚姻存在的真实基础"。宗教也是作品的重要主题，不过《七日谈》并不抽象地谈论宗教，而是通过（尤其是教士的）具体行为和道德问题来隐射教会的虚伪，例如第23篇和第31篇故事中的方济各会修士以指导灵修为名进入一些大户人家，却利用女性的轻信心理，行淫荡之事，至东窗事发，还为掩盖真相而谋人性命。

与《十日谈》不同的是，玛格丽特·德·纳瓦尔在《七日谈》开场引语中宣称其中的故事都是真实的。其实，尽管并非所有故事都具有真实性，但是其中确实有一些人物和场景源于作者身边的真实人物和生活经历，故事也往往从一个历史事件出发而展开。这些短篇小说反映了玛格丽特·德·纳瓦尔的聪慧博学和丰富阅历，也反映了其所处时代的社会生活，当然，囿于个人生活经历，作者对贵族社会风俗着墨更多。此外，《十日谈》中人物之间评语不多，而《七日谈》中的故事往往引发讲述者的议论，这些议论成为作品内容不可忽视的组成部分，也是作者表达情感和观点的重要场所。例如，第38篇故事中有个教士与妹妹乱伦致其怀孕，在女子分娩之时，教士却以圣迹说迷惑众人。在故事评论中，作者可以假借人物之言批判人性中的虚伪："以虚伪之心对待上帝、对待人或自然，这是我们所有恶行的根源。"因此，与拉伯雷一样，玛格丽特·德·纳瓦尔反对宗教禁欲主义，认为把人所不可能承受的要求强加于人只会引发罪恶。总之，《七日谈》可以说是一部融合了情感教育、道德教育和宗教教育的文学经典，并将法国短篇小说的写作艺术提升到了一个新的高度。

❧ 新旧之交的宫廷诗人克莱芒·马罗

克莱芒·马罗（Clément Marot，1496—1544）的父亲让·马罗是修辞诗派宫廷诗人，因此他自幼受到文学熏陶。1519年，克莱芒·马罗担任玛格丽特·德·纳瓦尔的侍从，后来成为弗朗索瓦一世的宫廷诗人。克莱芒的后半生颠沛流离，不仅感染过鼠疫，还因为是路德派教徒而遭受牢狱之灾和流亡之苦，曾避难于日内瓦，最终去世于都灵。

在文艺复兴时期，有很多不通古代语言的人希望习读古希腊罗马经典著作，因此，翻译经典也是一项重要的工作，很多学者、作家都是译者。克莱芒·马罗也是其中之一，曾译有古罗马诗人维吉尔（Virgile，前70—前19）的田园诗、奥维德（Ovide，前43—约17）《变形记》

（*Métamorphoses*）的第一卷以及《圣经》中的诗篇。

　　作为诗人，克莱芒·马罗在翻译古代文学经典的过程中借鉴了哀歌、田园诗和短诗等形式。他在1534年翻译过意大利诗人彼特拉克（Pétrarque，1304—1374）的十四行诗，因而是第一个尝试十四行诗这种新诗体的法国诗人。但是，相对于30年后出生的一代诗人，他更多地继承了中世纪法语诗歌的传统。克莱芒·马罗喜欢阅读布列塔尼地区的民间传说、列那狐的故事、《玫瑰传奇》、圆桌骑士传说和维庸的诗歌，在诗歌创作中保留了很多中世纪的诗歌形式，如回旋诗、谣曲，以及音韵技巧和文字游戏。

　　克莱芒·马罗最擅长的是尺牍诗，即诗体书信，作品共有66首，均为致国王和达官贵人的书信。其中最有名的一首是他23岁时写给弗朗索瓦一世的书信，全诗26句，每一句末尾都是根据"rime"（韵）一词变化词缀而形成的单词，如"rimart""rimaille""rimailleur""rimant""rimoyant""rimois""rimette"和"rimeur"等，因为诗人自称为"寻韵人"，他的生活内容便是作诗。此诗虽然通篇充满文字游戏，但是游戏中表达了诗人的心意：原来诗人以诗歌写作过程为主题，描述了时时刻刻寻找音韵的诗人之苦，表达了以诗歌才华博得国王青睐并获得赏识和恩宠的愿望。可以说，这首《致国王的一首小诗》以幽默风趣的手法刻画了一个苦心孤诣的诗人的一片苦衷，给人一种笑中带泪的感觉。由此可见，克莱芒·马罗擅长以自然的方式运用诗歌技巧，信手拈来而不做作，并让真实的情感在诗句中流露，嬉笑怒骂皆成诗，因此，布瓦洛在《诗的艺术》中称其诗中有一种"风雅的谐谑"[1]。

　　综上所述，克莱芒·马罗的创作随着时代的变化而推陈出新，诗歌

1.　布瓦洛：《诗的艺术》，任典，译，北京：人民文学出版社，2009年，第8页。

形式多样。他从中世纪修辞诗派传统出发，流亡意大利期间还受到意大利诗歌的影响，并模仿古典诗歌的风格和主题。他也是最早在不同主题中尝试十四行诗等新诗格律的法国诗人之一，对后世七星诗社和17世纪诗人拉封丹（Jean de la Fontaine，1621—1695）产生了重要影响。

✑ 里昂诗人莫里斯·塞弗

在整个16世纪上半叶，里昂以其优越的地理位置成为重要的商业和文化十字路口。里昂位于通往意大利、瑞士和德国的交通要道之上，因此是一个商业和金融都会。尤其是里昂得意大利风尚之先，许多意大利商人和银行家长期侨居此地，带来了丰富多彩、情趣高雅的社交活动，如吟诗伴唱的文人聚会、谈论哲学和爱情的沙龙等。这里也逐渐发展起了两个重要产业——丝绸制造业和印刷业，而印刷业的发达必然促进文化生活的繁荣，使得里昂跻身于重要的文化中心之列，拉伯雷、马罗等很多文人墨客都曾到访过当时的书籍之都里昂。

莫里斯·塞弗（Maurice Scève，约1500—约1564）出生于里昂市一个官宦家庭，熟识拉丁语，知识广博，因此常受当地一些富裕家庭的延请给他们的千金小姐做家庭教师以提高其文化素养。1536年，他结识了当时年方二八的女诗人佩奈特（Pernette Du Guillet，1520—1545）并心生爱慕，然而不久佩奈特嫁入豪门。莫里斯·塞弗感慨于这段不能实现的爱情，将佩奈特化为诗中的黛丽，为其创作了449首十行诗，这就是1544年出版的诗集《黛丽》（*Délie*）。《黛丽》是法国文学史上第一部以一位女性为吟唱对象的情诗集，正如两个世纪前彼特拉克二十年如一日为心上人劳拉所作的《歌集》(*Canzoniere*)。为了赞美才貌双全的恋人，彼特拉克常常在大自然和神话故事中撷取美好意象，而莫里斯·塞弗却常常以"毒液""蛇"等出人意料的怪诞和神秘形象去表达心中求之不得的苦涩感受，而且更多地沉浸于自我的内心世界，在回忆和梦境中寻找庇护，同时他善于将家乡里昂的阳光或雾霭融入诗歌，给作品添上一线现实的风景。这位里昂诗人深受古典诗歌和意大利诗歌的影响，但是能够从模仿中化用，形成自己的独特诗风，只是其诗歌意象晦涩且形式复杂。

莫里斯·塞弗晚年创作了另外一部重要诗集《微观世界》(*Le Microcosme*)，并于1561年出版。此作体现了诗人的学术雄心，因为它貌似一部诗体的百科全书，试图呈现全部的人类知识，诗中各种几何、逻辑或技术词汇的并列营造出一种奇特的音韵效果。诗人将最早的人类创造文明的艰辛与基督教中的创世传说进行类比，歌颂改造自然的人类劳动，并认为人类的救赎在于自身而不是等待神的拯救。由是可见，莫里斯·塞弗在作品中表现了文艺复兴时期人对自身能力、价值的信心以及对未来命运的勇敢憧憬。

❧ 传奇女诗人路易丝·拉贝

路易丝·拉贝（Louise Labé，1524—1566）出生于一个制绳商人家庭，"拉贝"既非父姓也非夫姓，而是家族的商号。路易丝的父母文化水平有限，但是由于家境富裕，她本人受过良好的教育。16岁时，她嫁给了父亲的一个同行，因此被人们称为"美丽的制绳女"。路易丝·拉贝可能是法国历史上最早的沙龙女主人之一，她经常在家中接待一些途经里昂的知名学者和文人，名声甚至传播到意大利。

　　路易丝·拉贝的全部作品在1554年以其本人名义获得国王的出版特许权，1555年第一次出版，翌年便再版两次，书名为《里昂人路易丝·拉贝作品集》(*Euvres de Louïse Labé Lionnoize*)，其中包含了诗人两部分的文学创作。一部分是诗集，共收录24首十四行诗和3首哀歌。她的诗作数量不多，但是诗艺娴熟，自然流畅，节奏明快，意象丰富，情感饱满。路易丝·拉贝的诗歌创作主题是爱情，诗句中可以见到神话典故的点缀，也有当时流行的彼特拉克风格，但是这位女诗人的独特之处在于毫无保留地表达了一个女性对爱情的热切渴望，将爱情中希望与担忧、快乐与绝望的矛盾性充分表达出来。在言说爱情的痛苦和欢乐时，她将反衬、对比修辞运用到极致，娓娓道来，尽情诉说；在表达炽烈的情感欲望时，她质朴坦率，虽然温柔但不怯懦，充分展现爱情的力量。另一部分是对话形式的散文，题为《疯神与爱神之辩》(*Le Débat de Folie et d'Amour*)，以爱神的代言人阿波罗和疯神的代言人墨丘利之间关于爱神、疯神孰更伟大为辩题，展开对爱情观的探讨。此作充分展现了路易丝·拉贝丰富的学识以及超出时代的女性意识。她认为爱情是相互的，相爱双方是平等的，正如文中辩论一方墨丘利所言，"最大的喜悦，莫过于被爱，亦是主动去爱"，即使是女性主动表达爱情也是人之常情。

　　在文艺复兴时期的法国，对于普通市民阶层而言，女性无论是在家庭还是在社会生活中都居于从属地位。由于受到教会教育以及民间流俗的影响，大多数人容易对女性产生反感或蔑视。然而，在里昂渐渐流行起一种新柏拉图主义爱情观，认为爱情是外在和内在的统一，是肉体与精神的统一。这种观念表达了早期的女性解放意识，渐渐为城市中富裕的市民阶层所接受。因此，在其所处时代背景中，路易丝·拉贝的女性主义在里昂的社会环境中有其出现的土壤，但是她的特立独行依然引发各种传言和争议。

　　路易丝·拉贝在世之时就是一个有争议的人物，引发过各种流言蜚语，有善意者称其为社交名媛，有恶意者视之为交际花。宗教改革思想家、作家加尔文就曾经推测"美丽的制绳女"是里昂城里的浪荡女子。[1] 据说，她可以女扮男装，与男子一同骑马打仗，曾经在1542年为了一个心爱的军官而披上戎装参加佩皮尼昂战役；又传，1554年，诗人奥利维埃·德·马尼（Olivier de Magny，1529—1561）在去往意大利的旅途中路经里昂，与路易丝·拉贝相识，二人互生爱慕之情。关于其传奇人生，后世传记作家和学者众说纷纭，莫衷一是，在18世纪也有学者赞其为"法国的萨福"[2]，甚至曾经有人根据有关她身世的传言及其作品风格猜测路易丝·拉贝可能是一个或多个男性诗人的女性化名，但是这一说法至今尚无证据予以证实。[3] 事实上，在里昂保存的一些档案资料可以说明路易丝·拉贝并非乌有之人。可以说，"美丽的制绳女"是一个才貌双全、能文能武、敢爱敢怨的独立女性；路易丝·拉贝在诗歌中为女性争取爱的权利以及表达爱的权利，她的作品中已经可见女性意识的觉醒。

　　路易丝·拉贝被遗忘一个多世纪后，在18世纪为后人重新发现，其作品集多次再版，19世纪以来，法国学界关于路易丝·拉贝的生平考证

---

1. Jean Calvin, *Recueil des opuscules de Jean Calvin*, Genève, Batiste Pinereul, 1566, p. 1822.
2. Louis-Edme Billardon de Sauvigny, *Parnasse des dames*, Paris, Ruault, 1773, tome II. p. 67.
   萨福（Sappho，约前630—约前560），古希腊著名的女抒情诗人，曾开设女子学堂。
3. 参见Mireille Huchon, *Louise Labé, une créature de papier*, Genève, Droz, 2005; Marc Fumaroli, « Louise Labé, une géniale imposture », in *Le Monde*, le 11 mai 2006。

及其诗歌艺术研究的成果日益丰富[1]，诗人及其作品进入法国文学史、诗歌选集和教材，著名诗人桑戈尔（Léopold Sédar Senghor，1906—2001）称之为"法国最伟大的女诗人"，她还被当代学者冠以法国"第一位女性主义者"[2]的称号。1964年，法国以路易丝·拉贝的名字设立了诗歌奖（le prix Louise Labé），这是对一位特立独行、才华横溢的女诗人的充分认可。

✎ 七星诗社：龙沙和杜贝莱

皮埃尔·德·龙沙（Pierre de Ronsard，1524—1585）出生在一个贵族家庭，年轻时当过奥尔良公爵以及弗朗索瓦一世的女儿玛德莱娜·德·法兰西（Madeleine de France，1520—1537）的侍从。20多岁的时候，龙沙因失聪而结束了本来前途光明的仕途，于是，他决定重拾学业。著名的人文学者道拉（Daurat[3]）主持巴黎科克雷公学（Collège Coqueret）之后，他师从道拉系统学习希腊语、拉丁语以及古典知识。据说龙沙经常秉灯夜读，与同学让-安托万·德·巴伊夫（Antoine de Baïf，1532—1589）在一张床上轮流睡觉，在一张座椅上轮流学习。龙沙不仅是刻苦学习的典范，也是热爱生活、亲近自然的人，他经常在树林中、泉水边散步。对大自然、对生活和对古代文明的热爱占据着这位年轻诗

---

1. 路易丝·拉贝的作品集在19和20世纪分别重版8次和13次，21世纪以来已有2个版本。参见马雪琨：《法国文艺复兴时期的传奇女诗人：路易丝·拉贝》，北京：中国社会科学出版社，2020年，第2页。

2. 参见Mady Depiller, *Louis Labé, la première féministe*, Nice, Editions du Losagne, 2002。

3. 也写作Dorat，是法国著名人文学者让·迪纳芒迪（Jean Dinemandi，1508—1588）的别名，他于1556年后担任弗朗索瓦一世创办的王家学院教授。

人的心，他也对文艺复兴时期的各种思想潮流敞开胸怀。

　　龙沙在世之时便有"诗歌王子"之美誉，成为亨利二世（Henri II, 1519—1559）和弗朗索瓦二世（François II, 1544—1560）的御用诗人。他是一位多产的诗人，作品种类多样，概括而言可以分为两类：一类是气势比较宏大的体裁，如颂歌、史诗和政治诗歌；另一类是吟咏自然和爱情的抒情诗篇以及一些宫廷诗人的应时之作。龙沙的颂歌往往借鉴古希腊抒情诗的结构和手法，尤其是融入一些神话素材并加以发挥，例如，他曾创作出一首长达800余行的颂诗，在他之前未曾有法国诗人可以完成这样的抒情长诗。龙沙认为中世纪的武功歌不足以担当史诗之名，所以要回到古希腊传统中去寻找可以效仿的史诗典范。他学习荷马史诗《伊利亚特》（*Iliade*）创作了《法兰西亚特》（*Franciade*, 1572），虚构了参加特洛伊战争的凡人英雄赫克托尔之子法兰西安在战争结束之后寻找新的祖国，并在众神引导之下登陆高卢最终建立法兰西王朝的故事，可惜这部只完成了前四部分的民族史诗成为未竟之作。在龙沙写作政治诗篇《时艰录》（*Discours des misères de ce temps*, 1562）的时候，法国已经处于宗教战争的分裂状态，他在诗中告诫新教徒基督教是博爱的宗教，呼吁天主教徒严格反省和改正自身的失误。

　　尽管龙沙晚年的夙愿是成为法兰西的荷马和维吉尔，他诗歌中最优秀的诗篇却并非史诗而是青年时期创作的以爱情和自然为主题的短篇抒情诗。龙沙在《四季》（*Hymne des quatre saisons*, 1567）中吟咏时节更替和景物变化，诗中的自然意象有的来自神话传说，有的是即时的感性印象，有一种不事雕琢的自然随性和质朴率真。诗人常常将大自然作为倾诉的对象，希望自己在所爱的河畔树下找到人生归宿，这种与自然融于一体的心灵之语在后世的浪漫主义诗人拉马丁（Alphonse de Lamartine,

1790—1869）和缪塞（Alfred de Musset，1810—1857）的诗句中都能够听见回声。龙沙的抒情诗中最为著名的是致诗人所爱慕的卡桑德拉、玛丽和伊莱娜三位女性的爱情诗篇，令人想起意大利诗人彼特拉克歌颂爱人劳拉的诗句。龙沙的情诗没有落入中世纪宫体诗的窠臼，在赞美爱情的同时，诗人也揭示了青春的易逝和爱情的忧伤。1553年，龙沙的诗集《爱》（*Amours*）再版时，人文学者马克·德·缪拉（Antoine de Murat，1526—1585）专门撰写评论，分析并指出作品中效仿罗马诗人和意大利诗人之处，解释诗中隐晦难解的神话用典以及所使用的古词和独创的新词。这是第一次有人文学者将考据古典文献的方法应用于法语作品的解读。缪拉的解读和评论也激发了龙沙修订自己作品的意愿，在后来的版本中他用更加清晰简单的词语替换了原来的晦涩之语。龙沙自称要"使诗歌与音乐联姻"，他的抒情诗具有很强的音乐性，他在世之时，便已是作品被谱曲吟唱最多的法国诗人。

若阿善·杜贝莱（Joachim du Bellay，1522—1560）是七星诗社中另外一颗朗星，因1549年出版的一部具有彼特拉克之风的十四行诗集《橄榄》（*L'Olive*）而最早出名。他在旅途中与龙沙相识，两人后来又添同窗之谊。离开巴黎科克雷公学之后，杜贝莱在1551—1555年间以秘书身份陪同堂兄杜贝莱红衣主教出使罗马，并在那里创作了另外两部重要的诗集《罗马古迹》（*Les Antiquités de Rome*，1558）和《伤怀》（*Les Regrets*，1559）。不久后，诗人在潦倒中病逝。杜贝莱虽然和龙沙一样热爱古希腊罗马诗歌传统，并主张效仿古风，但是未曾尝试古典诗体，而是乐于实践源自意大利的十四行诗，这种新兴的诗歌样式足够杜贝莱抒发情感：他在《罗马古迹》中凭吊废墟并表达对罗马帝国的崇敬和礼赞以及对文明兴衰的思考，在《伤怀》中抒发对现实罗马的遗憾和对法国家乡的怀念，也在诗句中表达与龙沙的友情，歌颂"诗歌王子"的作品和文学成就。杜贝莱的诗歌创作虽然品类不多，除了几首针砭时弊的讽刺诗，仍以意象丰富、情感真挚的抒情诗见长。

在巴黎科克雷公学读书期间，杜贝莱和龙沙都对古代文明有着浓厚的兴趣，同时满怀诗歌创作的热情，于是他们和安托万·德·巴伊夫、雷米·贝罗（Remy Belleau，1528—1577）、若岱勒（Étienne Jodelle，1532—1573）和蓬蒂斯·德·蒂亚尔（Pontus de Tyard，1521—1605）等友人共同组建了一个文学社团，起初名为"诗社"（Brigade）。1549年前后，这群青年诗人意识到他们恰好为数七人，于是效仿公元前3世纪的古希腊七诗圣，以昴星团的七颗星为象征，更名为"七星诗社"（la Pléiade）。

1539年，弗朗索瓦一世在距离巴黎75公里的维莱科特雷（Villerts-Cotterêts）城堡颁布了一份敕令，共192条，均为法国在司法领域的新规定，例如刑法程序调整规定和宗教司法的限用范围等。其中，只有第110条和111条流传后世，这两条涉及司法中的语言使用问题，从此，法律文件的朗读、存案和颁布必须使用母语法语而非其他语言。这意味着法语正式成为法国的行政语言，教会和文化人士掌握的拉丁语失去了这一优势。法律文件规定使用国家的统一语言有多重目的：首先是为了让普通百姓能够理解法律文书，同时也是为了确立世俗王权和限制教会的影响。尽管这一时期，在法国南北仍然存在奥克语、奥依语方言，但维莱科特雷敕令的颁布标志着法语在法国传播和统一的重要一步。

16世纪，法国人的民族意识和民族情感进一步加强。官方为统一语言而采取有力措施，作家也在文学创作中努力丰富法国的民族语言。七星诗社在法语发展历史上留下了一篇重要文献，反映了16世纪法国人对发展本国民族语言的思考。1548年，诗人克莱芒·马罗的弟子托马·塞比耶（Thomas Sébillet，1512—1589）出版了一部《诗艺》（*Art poétique*），其中的一些观点也是七星诗人们早已思考成熟的想法。为了抢占理论高地，正埋头于诗歌创作的诗人们决定以最快的速度，系统、全面地表述自己对民族语言和诗歌发展的理论思考，这就是1549年发表的《保卫和发扬法兰西语言》（*Défense et illustration de la langue française*），杜贝莱便是此份宣言的执笔人。

"我希望，有朝一日，随着法国国力昌盛，我们高贵而强大的王国可以驾驭国家前进的步伐，我们的语言［……］刚刚播下种子，它将破土而出，茁壮成长，枝繁叶茂，堪与古希腊罗马人的语言相媲美，能够像它们那样产生出我们的荷马、狄摩西尼、维吉尔和西塞罗［……］"在宣言中，杜贝莱将法语比喻为一棵树，正在经历生长的过程，以此表达了他与同仁们的两个重要观点：一是要以古代贤哲为学习榜样，二是要在模仿的同时实现自身的发展。在语言领域，七星诗人们认为法语仍是一门贫瘠的语言，因此需要从希腊语、拉丁语中借词，或从中借鉴词汇以创造新词，或将一些被遗忘的古老词汇加以更新，甚至对动词、形容词等词类的构词方法以及丰富词汇的表达方式提出具体建议。在诗歌创作领域，大多数诗人对本国的中世纪诗歌持摒弃态度，主张从古希腊罗马诗歌中汲取滋养，同时，对古代文明的仰慕又促使他们去关注和学习文艺复兴的发祥地意大利的诗歌传统。七星诗社在法语语言和诗歌领域做出了历史性贡献。

总体而言，七星诗人们在从古典文学中汲取滋养的同时并不满足于恭顺地模仿古人，而是通过勤奋的文学创作实践为法国诗歌创造新的词汇和节奏。得益于他们的勤奋实践，出现于中世纪但又被长期遗忘的亚历山大体十二音节诗和来自意大利的十四行诗成为流行的格律和诗体，颂歌、哀歌、牧歌和史诗等古老的诗歌形式在法语中焕发活力，逐渐形成新的法国诗歌传统。

❧ 泰奥多尔–阿格里帕·多比涅的宗教史诗《悲歌》

泰奥多尔–阿格里帕·多比涅（Théodore-Agrippa d'Aubigné，1552—1630）曾求学于瑞士日内瓦，接受的是新教教育。8岁的时候，他和父亲途经昂布瓦兹城，目睹一些新教徒因宗教谋反罪被施以绞刑，这一场景在其幼小的心灵中留下阴影并激起复仇的愿望。泰奥多尔–阿格里帕·多比涅就这样在宗教战争的时代中成长起来，社会环境塑造了他的战斗性格。青年时期的泰奥多尔–阿格里帕·多比涅曾供职于朝廷，但是他性情刚烈，并不喜欢宫中的风雅生活，于是投笔从戎，为亨利四世（Henri IV，1553—1610）立下战功。泰奥多尔–阿格里帕·多比涅在圣巴托罗缪大屠杀（Massacre de la Saint-Barthélemy）中幸免于难，后来在路易十三（Louis XIII，1601—1643）统治时期多次参加新教徒起义。

1572年8月24日凌晨，巴黎数万名天主教徒、警察和士兵对城内的胡格诺教徒进行了有组织的血腥大屠杀。他们事先在胡格诺教徒家门上画上白十字记号，然后于夜间闯入民宅，将熟睡中的人杀害，将尸体抛入塞纳河。根据天主教日历，8月24日是圣巴托罗缪节，因此这一血腥屠杀事件在历史上被称为"圣巴托罗缪之夜"。继巴黎发生屠杀事件之后，法国其他城镇也发生了类似屠杀胡格诺教徒的恐怖暴行，持续数月，因而引发了又一轮宗教战争。

　　泰奥多尔-阿格里帕·多比涅用散文体撰写过个人回忆录和历史著作，而其最杰出的作品是1616年出版的宗教史诗《悲歌》（*Les Tragiques*），不过作品创作时间是在1589年之前。这篇长诗分为七个部分。在第一部分《苦难》中，诗人描绘了圣巴托罗缪大屠杀和宗教战争的残酷，表达了长期以来的内战之苦。泰奥多尔-阿格里帕·多比涅以拟人手法把受到战争蹂躏的法国比作一位身心受到伤害的母亲："我要描绘法兰西这位悲伤的母亲"，"她怀中抱着的两个孩子"被比喻为《圣经》中互相残杀的孪生兄弟以扫（Esau）和雅各（Jacob）；第二部分、第三部分《王公贵族》和《金碧辉煌》讽刺了以天主教为主流的上流社会的奢华生活、碌碌无为以及司法正义的缺失；第四部分《火》描述了新教徒所遭受的迫害；第五部分《铁》叙述了宗教内战的残酷；第六部分《复仇》借古喻今，预言了未来的天谴；第七部分《审判》则以死者复活、正义者将在天堂获得昭雪而结束全诗。

　　《悲歌》的题材具有史诗性质，因为作品不仅叙述了法国宗教战争的历史，还像古代史诗一样歌颂英雄，此处的英雄便是新教徒，他们为了上帝的事业而自我牺牲。诗人认为世界上存在正义和非正义，故以反衬、对比手法来架构全诗：百姓饱受战争之苦，民不聊生，王公贵族却逃避责任，过着纸醉金迷的生活；最终，自有上帝伸张正义，受苦受难的人将会得到补偿，不义之徒将会受到惩罚。世间便是舞台，正义与邪恶的斗争就在上帝的注视下上演，上帝将主持最后的审判，揭示永恒的真理。这部史诗具有一种双层结构——现实层次和超自然层次。在现实层次，诗人叙述真实的历史，即宗教战争中的人类冲突；在超自然层次，诗人呈现的是上帝象征的正义与撒旦代表的邪恶之间的斗争。诗中历史事件的时间性和永恒真理的无时间性时而并行时而交织，营造出一种亦真亦幻的感觉，诗人将具体的史实融入对人类命运的形而上思考，为人类的局限性寻找一种解决的途径。因此，《悲歌》虽有明显的史诗性，却不局限于叙事，而是兼具强烈的抒情性，诗人直抒胸臆，将主观情感和价值判断投射于文字之中，有些诗歌段落甚至具有战斗檄文之气概。此外，《悲歌》中随处可见的《圣经》典故不仅表现了诗人的博学多识，而且体现了他强烈的宗教情感。

　　泰奥多尔-阿格里帕·多比涅是时代悲剧的见证者和亲历者，在诗歌理念中，他与前一代七星诗人们有着相似的艺术品味，但是与前辈不同的是，他是后世所谓的介入性作家。他不仅亲身参加战斗，而且以笔为枪抨击暴政强权。《悲歌》反映了16世纪后半叶法国社会的分裂状态、战争带来的动荡和黎民百姓的焦虑不安，具有战斗性。在诗歌艺术上，结构完整、气势磅礴的《悲歌》显示出泰奥多尔-阿格里帕·多比涅是法国文学史中难得的可以驾驭史诗体裁的诗人，这种体裁在后来的17世纪被遗忘，但是，19世纪尝试史诗创作的大诗人雨果从某种意义上可以说是泰奥多尔-阿格里帕·多比涅的继承人。

❧ 蒙田的人生智慧：《随笔集》

　　米歇尔·德·蒙田（Michel de Montaigne，1533—1592）出生于法国西南部佩里高尔地区，祖上行商致富后，在15世纪末购置了蒙田庄园，后来得益于家族联姻而晋升为贵族。米歇尔·德·蒙田的父亲在意大利战争中立下战功，衣锦还乡，扩建庄园，后担任波尔多市市长多年。蒙田幼时接受严格的拉丁语教育，父亲要求家族成员用拉丁语与他交流，因此拉丁语于他而言如同母语。蒙田学习过法律，1554—1570年期间在波尔多高等法院任职。青年时期的蒙田接受过系统的古典人文教育，但是他并不喜欢枯燥的学究之气，更喜欢沉浸于古罗马诗人奥维德和维吉尔的诗歌之中。在波尔多担任公职期间，他于1558年结识了同仁艾蒂安·德·博埃西（Etienne de la Boétie，1530—1563），这位亲密无间的朋友引导他对古希腊哲学产生兴趣，并从中寻找在乱世中安身自处所需的精神力量，蒙田后来在《随笔集》中书写了他们的深厚情谊和缘分。

蒙田在1570年辞去公职，隐居庄园，并开始写作《随笔集》。在16世纪，人们喜欢从古典文献中寻章摘句，然后围绕这些名言警句撰写评论。正是在这样的学术风气之中，蒙田在城堡的书房里博览群书时经常把经典佳句所激发的思考记录成文。与其他学者的文字有所不同，蒙田不满足于抽象玄奥的思考和议论，他更加关注自身在世间的存在方式，更具有主体性。在法语中，书名中的名词"essai"是"尝试"之意，蒙田本人解释说，"我的灵魂总是处在学习和体验之中"，因为他尝试用自己的情感去体验人生之丰富，用自己的思维能力去思考各个领域的复杂问题，并将体验和思考的成果付诸文字。《随笔集》因此具有两种特性。第一，它是尝试探讨世界和人生的文字，蒙田认为世界是变动不居的，人也是因时而变的，所以"思想是流动的"，《随笔集》手稿中多处修订的痕迹记载了他思考和书写的变化。《随笔集》没有统摄全书的系统结构、逻辑和顺序，其中的主题涉及宗教、政治、教育、友情、爱情和死亡等方方面面，采用的是一种开放的片段式书写，蒙田向世界敞开思想，文字就如生活本身一样随意，丰富而且充满不可预料性，或者可以简而言之，《随笔集》其实是一部随想录。第二种特性同样重要，因为这本书开辟了法国文学史上自我书写的传统。《随笔集》以第一人称写作，将自我作为审视的客体。蒙田在书中谈论自己的相貌、性格、优点和缺点，正如他本人在开头所言，"这是一本真诚的书〔……〕我希望人们在其中看到简单、自然、正常的我，没有雕琢和修饰"。然而，自我书写并不一定是自传，蒙田在书中并没有按照时间顺序讲述人生的历史，在大多数时候，他呈现的不是确定的生活事件和经历，而是分享人生经验和变化中的思考。《随笔集》中蒙田对自我的描述具有双重意义：其一，与很多西方哲人不同，蒙田排斥对绝对的追求，他认为世间万物具有相对性，他采用第一人称，意在告诉人们将要读到的文字只是蒙田其人的目光和思考；其二，作为文艺复兴时期的人文思想家，蒙田重视人的价值，但是他的自我书写并非出于自恋，而是要将他本人作为芸芸众生中的"一个样本"进行剖析。

　　毫无疑问，《随笔集》展现了蒙田个人的精神肖像，尽管我们在此不能深入其精神世界，但是可以观瞻其中的主要方面。1576年，蒙田请人锻造了一枚纪念币，上面镌刻的图案是一只处于平衡状态的天平，表达了将判断悬置的意思，此外还有一句在后世流传甚广的座右铭——"我何知？"（Que sais-je？）这句话体现了蒙田的怀疑主义，即普遍存在的不确定性。16世纪出现的各种新思想、新发现对原来确定的知识和观念提出了质疑，蒙田深知事物的相对性和人的局限性。但是这种怀疑主义并非仅存在于认识论层面，也体现在精神和道德层面，那就是保持一种平衡状态。这或许可以解释蒙田对待宗教纷争的中立态度，这并不是怯懦的明哲保身，而是反对狂热的宗教态度，在形势不确定的情况下盲目地投入任何一方都不是真诚的行为。事实上，蒙田的朋友中既有天主教徒，也有新教徒。1581年，旅行至罗马的蒙田得知自己被国王任命为波尔多市市长，他响应征召回到故乡履职。在此任上，他甚至有一次面临城中天主教徒和城外新教徒对峙的局面，他登上城墙慷慨陈词，以雄辩之辞使敌对双方退却。蒙田主张宗教宽容，同时认为在面对变化的时候要采取谨慎态度，这便成为他在政治上的保守主义，即维护稳定的秩序以避免无法预知后果的动荡。生活在乱世之中的知识分子无法藏身于象牙塔中，他希望归隐自然，但是也认同"最伟大的事业就是为公众服务做有益于大众的事情"。不过，蒙田总是尽力把文人蒙田和市长蒙田区分开来。他努力"保持自我"（savoir être à soi），蒙田的这种个人主义（l'individualisme）并非自私主义，而是一种抵御外界和他人异化力量的意志。在教育上，蒙田的个人主义表现为注重学生的个性和素质发展，尊重学生的特性，因材施教。他认为教育的重点不是知识的堆积而是判断力的培养，对于缺乏判断力的人，与其被知识愚弄，不如保持无知。在生活中，蒙田和拉伯雷一样，都认为人性本善，反对禁欲主义，主张追求人应当享有的幸福，但是这种幸福需要建立在与自己的内心和自然天性相互和谐的基础之上。总之，蒙田的思想或许可以一言以蔽之，就是"正确为人"。

从1570年到1580年，蒙田花费10年之力写作了《随笔集》的前两卷，1588年再版时增加了第三卷。之后，蒙田在书上直接修订和增补多处，1595年版本所依据的正是这一修订本，可惜蒙田本人没有见到定本。蒙田对人和世界的丰富思考、对自我的深入剖析都体现了他的求真精神。作品的思想性通过自然流畅、形象生动、风格多样的语言表达出来，内容和形式相辅相成，这些共同铸就了《随笔集》的成功，而且蒙田由此创造了法国文学史上的一种新体裁——随笔（essai）。随笔的出现标志着法语中的散文写作达到了一个新的高度。

* *

在16世纪最后30年里，宗教战争所引发的社会动荡和分裂在文学中留下了印记。从龙沙到多比涅，诗人们表达惋惜和愤怒，蒙田则在散文中传递乱世中追求安宁幸福的生活智慧。

总之，文艺复兴时期的法国文学刻下了时代和社会的烙印，它在16世纪初人文主义思想的自信和乐观中开场，却在宗教战争带来的怀疑和悲观中结束，人们呼唤宗教宽容与和解，期待着另一个新纪元的开始。

第三章

17世纪：法国文学的成熟

　　文艺复兴为法国文学探索了发展的可能性，但是民族文学尚未在效仿古人和表达自我中找到协调的方式，这种平衡在17世纪才逐渐建立。法国作家在从古希腊罗马时代的经典中汲取滋养的同时，保持和发展本民族特点，追求思想的理性和表达的自然、清晰、高雅。师法古人，树立民族性，追求普遍性价值，17世纪的法国文学清楚地表达了它的伟大志向。

　　亨利四世给法国带来了一段时间的和平与繁荣，却在1610年遇刺。年方9岁的路易十三继位，其母后玛丽·德·美第奇（Marie de Médicis，1573—1642）摄政，红衣主教黎塞留（Armand Jean du Plessis de Richelieu，1585—1642）从1616年开始成为宫廷重臣。他对内镇压贵族的反抗，平定内患，加强中央对地方的控制，确立法国的君主专制制度；对外通过政治联姻和出兵征战，或联合或打击，纵横捭阖，确立了法国在欧洲的霸权。黎塞留和路易十三先后于1642年和1643 年去世，继任者路易十四（Louis XIV，1638—1715）年仅5岁，其母后奥地利的安娜（Anne

d'Autriche，1601—1666）[1] 摄政。马扎然（Jules Mazarin，1602—1661）在
1642年12月来到巴黎，接替黎塞留的枢机主教和宰相位置，尽心辅政。
对外政策上，他沿用黎塞留的反哈布斯堡战略，为法国扩大利益。在国
内，法国贵族与王权分庭抗礼的意图在投石党运动（La Fronde，1648—
1653）中最后一次集中表现出来，但最终被马扎然镇压。1661年，马扎
然去世后，路易十四开始亲政。在黎塞留和马扎然所奠定的基础之上，
路易十四建立了一个强大的中央集权王国。他要求全体臣民一律信奉
天主教，并借用波舒哀主教（Jacques-Bénigne Bossuet，1627—1704）[2] 的
宣讲布道积极宣传君权神授与绝对君主制。对于贵族势力，他实行刚
柔并济的措施，一方面无情镇压反叛的外省贵族，一方面建造富丽堂皇
的凡尔赛宫，把各地大贵族宣召进宫侍奉王室。路易十四亲揽大政时，
法国的经济相当脆弱和混乱。他重用精明能干的资产阶级管理越发繁复
精细的国家事务。财务大臣柯尔贝（Jean-Baptiste Colbert，1619—1683）
采取重商主义政策发展法国经济，整顿财政，法国国势蒸蒸日上。路易
十四还向各省派驻司法、警察和财政监督官，并把各省军队的调度权控
制在中央手里。他在执政期间发动了三次重大战争，制造了两次小规
模冲突，从1680年开始成为西欧霸主。路易十四自称"太阳王"（le Roi
Soleil），宣扬"朕即国家"（L'État, c'est moi.），他是在位时间最长的法
国君主，与我国清康熙皇帝在位时间大致相当，他还曾在1685年派遣第

---

1. 奥地利的安娜是西班牙公主，是西班牙国王费利佩三世和他的妻子奥地利的玛格丽特
的长女，1615年嫁给法国国王路易十三。由于西班牙哈布斯堡家族出身于奥地利，所
以习惯上称安娜王后为奥地利的安娜。
2. 波舒哀是天主教布道家，出身于法官家庭，早年入耶稣会学校，1652年领神父职，曾
任主教，当过太子傅，尤其以为当时的王公贵族所宣诔词而著名。

一批6位耶稣会（Société des jésuites）[1]传教士以国王数学家的身份出使中国。

　　长期以来，法国的政治生活与宗教事务之间的关系一直错综复杂。宗教纷争仍然在17世纪的法国历史舞台上时隐时现。亨利四世在目睹法国饱受宗教战争蹂躏之苦后，在1598年颁布了南特敕令（Édit de Nantes），承认新教与天主教的平等地位，赋予法国国内胡格诺教徒信仰自由和公民权利。这条敕令也是世界近代史上第一份有关宗教宽容的敕令。不过，亨利四世之孙路易十四在加强绝对君主制和中央集权制的过程中采取了统一法国人宗教信仰的政策。他向新教徒施加压力，剥夺新教徒的一切合法权利，要求他们改宗天主教。在宗教问题上，财务大臣柯尔贝与路易十四意见相左，因为很多在法国生活的胡格诺派新教徒是技术娴熟的手工业者，或者从事工商业，拥有充裕的资本和国外客户资源，对法国经济的贡献很大，所以柯尔贝一直主张保护胡格诺派。1683年，柯尔贝去世，路易十四在1685年颁布枫丹白露敕令（Édit de Fontainebleau），宣布新教为非法宗教，从而废除了南特敕令。敕令下达后，胡格诺派教堂被摧毁，新教徒的学校被关闭，多数胡格诺教徒被迫改宗天主教，不愿改宗的20多万教徒移居荷兰、普鲁士、英国、北欧和北美，法国工商业因此遭到严重打击。

1.　耶稣会是天主教主要修会之一，1534年由西班牙人伊纳爵·罗耀拉（Ignacio de Loyola，1491—1556）创立于巴黎，旨在反对欧洲的宗教改革运动。耶稣会士必须严格遵守"三愿"（绝财、绝色、绝意），无条件效忠教宗并执行其委派的一切任务。为便于传教活动，耶稣会士没有统一修服，不住修道院，通过开办学校、医院、入仕和担任王侯的听告解司铎等方式传经布道。耶稣会成立不久就向亚洲、非洲和美洲派遣传教士，第一位来到中国的耶稣会士是葡萄牙人方济各·沙勿略（Francis Xavier，1506—1552），大约是在明朝嘉靖年间。

在天主教内部也存在不同教派的斗争。耶稣会派教义认为，在神恩之外，人也具有自由意志，而教会就在上帝神恩和人的意志之间起到调和作用。冉森派（le jansénisme）是一种不同于罗马天主教的天主教派，创始人为曾在法国生活过的荷兰神学家康奈利斯·冉森（Cornelius Jansen，1585—1638），他重新阐述了神恩与人的自由意志之间的关系，提出回归到奥古斯丁（Saint Augustine，354—430）[1]的神学思想。冉森认为，人是否得到救赎完全由上帝预先决定，是神的恩典，而不是依赖人自身的善行。冉森主义于17世纪初在荷兰南部和法国北部同时形成和发展，但是一直遭到罗马天主教会的排斥和打击。冉森派不仅提出有别于罗马教会的宗教主张，还进行学术研究和教育活动。17世纪的不少文人作家都接受过冉森派教育或受到冉森主义影响。

17世纪是法国文化艺术事业繁荣发展的时期。在强化君主专制的思想路线指引下，这一时期的文化政策带有严重的政治色彩。国家直接干预文化艺术事业，制定了多种政策和发展举措，一方面加强作品审查制度，一方面建立资助制度以鼓励优秀文人为王权服务。这样一来，文化和政权形成了互相依存的关系：大多数作家、艺术家需要依附权势才可以在从事创作时没有物质之忧，而宫廷也需要文人来歌功颂德或丰富文化生活。17世纪，法国成立了多个代表最高学术水平的学术机构，如法兰西学院（Académie française）成立于1635年，法兰西王家绘画和雕塑学院（Académie royale de peinture et de sculpture）成立于1648年，法兰西铭文与美文学院（Académie des inscriptions et belles-lettres）成立于1663年，法

---

1. 奥古斯丁是古罗马帝国时期天主教思想家、基督教早期神学家和新柏拉图主义哲学家，其思想影响了西方基督教教会的发展，重要作品有《上帝之城》《基督教要旨》和《忏悔录》。

兰西科学院（Académie des sciences）成立于1666年，法兰西建筑学术院（Académie d'architecture）成立于1671年，法兰西王家音乐学院（Académie royale de musique）成立于1672年等。其中最为著名的法兰西学院由黎塞留下令组建，共设有40个终身院士席位。从法兰西学院成立开始，法国的知名作家们便以能够当选院士为至高荣誉。在17世纪，这些学术机构均具有官方色彩，也是王权政府表达官方立场和进行舆论控制的手段。此外，王权也利用新闻手段以宣传官方政策和主流观点。泰奥弗拉斯特·勒诺多（Théophraste Renaudot，1586—1653）是17世纪法国著名的慈善家和医学家，同时也是法国新闻业的开拓者。1631年5月30日，勒诺多正式出版《公报》（La Gazette），这是法国第一份公开发行的报纸，后更名为《法兰西公报》（La Gazette de France）。勒诺多深得黎塞留以及路易十三的赏识和信任，他的报纸遂成为宣传黎塞留政策的官方平台。

　　17世纪也是法语得到重大发展的时期。法语既是统一的民族语言，就应有一定的规范。法兰西学院的主要使命就是规范法国语言，语法学家沃日拉（Claude Favre de Vaugelas，1585—1650）是法兰西学院的创办人之一，其艰巨工作就是领导第一部法语词典的编纂。他认为，优秀作家的作品中使用的词汇才是书面语中的规范用法，宫廷和文学沙龙中的交流提供口语中的规范用法。按照沃日拉的严格标准，《法兰西学院大词典》（Dictionnaire de l'Académie française dédié au Roy）一开始只收录24,000个词。这部耗时数十年的大词典直到1694年才完成，这时沃日拉已经过世44年。他还著有《法语刍议》（Remarques sur la langue française，1647），将宫廷和城市中日常使用的法语分别作为标准加以整理，这是一部17世纪现代法语定型时期的里程碑式著作，也被高乃依（Pierre Corneille，1606—1684）等作家视为写作指南。1660年，冉森派文人安托万·阿尔诺（Antoine Arnauld, 1612—1694）和冉森派教士克洛德·朗斯洛（Claude Lancelot, 1615—1695）出版了一部超越前人的法语语法书《波罗亚尔修道院文法》（*Grammaire de Port-Royal*），完整的书名是《以清楚自然的方法解释唯理普遍语法，含有说话艺术的基本原理》（*Grammaire générale et raisonnée contenant les fondemens de l'art de parler, expliqués d'une manière claire et naturelle*），从中可以看出语法学家努力将理性方法应用于语言分析，以建立严谨的规则体系，并进行清晰的解释。从17世纪末开始，经过官方和学术界的努力，法语逐渐成为一种规范、明晰、准确的语言，取代拉丁语成为欧洲的国际语言。规范的词法和语法为文学创作提供了指南，而17世纪繁荣的文学创作也促进了法语的发展。

　　17世纪的法国文学并非从一开始就进入到古典主义时期，而是经历了从动荡到稳定、从繁复到简明的变化发展过程。当时存在巴洛克文学（le baroque）、贵族风雅文学（la préciosité）和古典主义（le classicisme）三种思潮和美学观念，三者之间并非互相排斥，也难以确定时间划分，而是存在一种渐变的过程，在有的作家身上也有共存现象。到17世纪下半叶，古典主义方才成为主流。

　　从16世纪末期到17世纪上半叶，法国因宗教战争而社会动荡，流行于欧洲信奉天主教的大部分地区的巴洛克艺术在法国找到了接受的土壤，其主要特点是崇尚豪华和装饰、注重表现强烈情感和热烈紧张的气氛、以曲线营造动感和不稳定感等。相比于音乐、绘画、建筑和装饰艺术等领域，以文字为手段的巴洛克文学不具备同样的视觉或听觉冲击力。作家或诗人们往往使用夸张或反衬的手法表达强烈情感或缺乏平衡的感觉，也采用云、烟、雾、水和梦等易逝的意象表现不稳定感或幻觉。这一时期流行的悲喜剧情节复杂而跌宕起伏，或许反映了这种审美需求，亦被称作巴洛克戏剧，从这个意义上说，高乃依早期的悲喜剧具有巴洛克特征。

17世纪是法国文艺沙龙盛行的时代，也因此产生了特殊社会阶层中的美学观念，这就是"风雅"。"风雅"本是上流社会人士追求高雅、摒弃庸俗的生活方式，体现在语言、礼仪、服饰、情感和思想等方面，而一个谈吐不俗、彬彬有礼、品行端正、博识睿智的人便是一个令人尊敬的"雅士"（l'honnête homme），代表了贵族的精神价值观。风雅文学的元素体现在创作主体、题材、体裁和语言等方面。在17世纪中叶，贵族作家群星璀璨，除了今人熟知的拉罗什富科（François de La Rochefoucauld，1613—1680）、塞维涅夫人（Madame de Sévigné，1626—1696）和拉法耶特夫人（Madame de La Fayette，1634—1693），还有富有才华的爱情诗人瓦蒂尔（Vincent Voiture，1597—1648），出色的沙龙女主人小说家斯居德里小姐（Madeleine de Scudéry，1607—1701）等。贵族风雅文学从某种程度上继承了中世纪的宫廷爱情文学传统，因此爱情主题屡见不鲜，奥诺雷·德·杜尔斐（Honoré d'Urfé，1568—1625）则在世纪之初以一部具有田园风格的长河小说《拉斯特蕾》（L'Astrée，1607—1627）开创了爱情小说的典范。沙龙也促生了除小说和诗歌等主流体裁之外的多种文学样式，不同的沙龙流行不同的文学创作游戏。朗布耶夫人（la marquise de Rambouillet，1588—1665）的沙龙偏爱戏剧和书信，高乃依在这里朗诵过自己的大部分作品，瓦蒂尔在寄信之前先给朋友们朗读一番，波舒哀主教16岁时在此即兴写作了一篇布道辞。斯居德里小姐的沙龙流行猜人物游戏，即用语言描述一个人的特征，让在场宾客猜出其身份，这一沙龙文化活动逐渐发展成一种写作体裁，即人物肖像小品文（le portrait），塞维涅夫人和让·德·拉布吕耶尔（Jean de La Bruyère，1645—1696）都有所实践。萨布雷夫人（la marquise de Sablé，1599—1678）和朋友们喜欢写作箴言，有时是即兴而就，有时会根据特定的主题提前酝酿准备。诗歌是所有沙龙里文人雅集的必备节目，而对话体作品可以看作是意犹未尽的沙龙交谈的延续……沙龙里避免以俗语论俗事，必须以比喻、曲言的方式追求语言的优雅，以与主人和宾客的高贵身份相匹配，例如"船"应以"漂浮的房屋"来譬喻，"照镜子"一事不能直言，如果说"等待美的顾问的评判"就会显示出风雅和才华。只是，真正的"风雅"可能会因附庸风雅者而贬值，成了矫揉造作的代名词，所以后来才会被莫里哀（Molière，1622—1673）在喜剧《可笑的女才子》（Les Précieuses ridicules，1659）中嘲讽。其实，究其本源，"风雅"之流对于17世纪的法国文学贡献良多。

如果说君主专制和中央集权追求的是政治和社会层面的秩序，那么古典主义就是17世纪后半叶的法国文人在文学上对于秩序的追求。其主要主张是：第一，从古希腊罗马文学经典中汲取艺术形式和题材；第二，建立严格的艺术规范和标准，其中最为典型的是戏剧创作中的时间、地点和情节要遵从"三一律"（la règle des trois unité），即将单一的剧情安排在一天之中和一个地点进行；第三，人物塑造类型化，追求所谓普遍人性；第四，追求清晰、准确、典雅的语言和品味以及平衡节制的风格。

世纪之初的宫廷诗人弗朗索瓦·德·马莱伯（François de Malherbe，1555—1628）是法国古典主义文学的开创者，主张诗歌应当保持语言纯洁、遵从严格的音律和诗韵。他认为诗歌需要言理，在《劝慰杜佩里埃先生》（Consolation à Monsieur Du Périer, gentilhomme d'Aix-en-Provence, sur la mort de sa fille，1599）一诗中他劝慰痛失爱女的友人节哀顺变，该诗不

仅语言明晰，表达准确，音韵和谐，格律整饬，格调庄重，而且体现出平
和节制的理性精神。虽然后世诗人很少效法严苛的"诗宗"马莱伯，古典
主义理论家布瓦洛却推崇他为古典主义诗学的开山之人：

> 最后马莱伯来了，他在法国第一个
> 使人在诗里感到正确的音律谐和，
> 他指出：一字之宜，便会有多大效力，
> 他又迫使着缪斯服从道德的箴规。
> 这位明哲的作家修订了法国语文，
> 从此纯化的听觉感不到字音生硬，
> 绝句诗摇曳生姿，学会了意尽而止，
> 一句诗完成一意，不再敢跨句连词。
> 真乃是风行草偃；这位可靠的诗宗
> 就是现代的作家也当楷模敬奉。
> 因此，你也追随吧；要爱他语言纯净。
> 效法他用字遣词既巧妙而又清明。（任典译）

古典主义美学体系的建立有其思想源流和精神气候，它形成于当时
以笛卡尔（René Descartes，1596—1650）为代表的理性主义思潮之中，而
以笛卡尔命名的理性主义——笛卡尔主义（le cartésianisme）——也是法
兰西民族自我认可的民族性格。

笛卡尔在《方法论》（*Discours de la méthode pour bien conduire sa raison
et chercher la vérité dans les sciences*，1637）中提出了以质疑为起点从而认

知世界的方法。他的名言"我思故我在"常常被认为是主观唯心主义观点，但实际上，笛卡尔是以此句话来说明人的理性思考可以作为认知手段，因为仅仅以感性认知世界是不全面的，感官感知具有一定的欺骗性。他在书中写道："一切迄今我以为最接近于'真实'的东西都来自感觉和对感觉的传达。但是，我发现，这些东西常常欺骗我们。因此，唯一明智的是：再也不完全信眼睛所看到的东西。正当我企图相信这一切都是虚假的同时，我发现：有些东西（对于我的怀疑）是必不可少的，这就是'那个正在思维的我'！由于'我思，故我在'这个事实超越了一切怀疑论者的怀疑，我将把它作为我所追求的哲学第一条原理。"这句名言常被理解为"由于我思考，所以我存在"，这种过度强调主体的误读导向了唯心主义。而笛卡尔想表达的是"我通过思考而认识到我的存在"，所强调的是以理性主义作为认知手段。

　　笛卡尔的唯理主义认识论和方法论在当时具有进步意义，对于主张一切合乎情理和规则的古典主义的形成起到了引导作用。因此，与君主专制相对应的古典主义也可称为文学艺术中的唯理主义。几乎同时代的科学家和哲学家帕斯卡尔（Blaise Pascal，1623—1662）曾在《思想录》（*Pensées*，1669）中写下传世名言："人是一株会思考的芦苇"，他也同样认可理性思考之于人的重要性。不过，帕斯卡尔同时也希望人能避免"两种极端：排斥理性和只承认理性"。正如他所指出的那样，理性的最后一步就是承认其局限性。古典主义在法国民族文学的发展过程中具有决定性意义，但是其中的清规戒律也存在局限。17世纪最后十余年法国文坛中出现的一场旷日持久的"古今之争"表明，古典主义在正式形成的时候已经包含了内在的矛盾因素。

❧ 弗朗索瓦·德·拉罗什富科：洞察人心的箴言作家

弗朗索瓦·德·拉罗什富科（François de La Rochefoucauld，1613—1680）出生于巴黎，来自法国最古老、最有名望的贵族家庭。16岁时，他便开始军旅生涯。与很多同时代的人一样，拉罗什富科把政治斗争当作棋盘上的游戏，在年轻时便介入宫廷斗争。他反对黎塞留红衣主教建立绝对君主制的主张，参与谋反，遭到逮捕并在巴士底狱被关押了一个星期，之后出狱，流亡外省两年。1642年，黎塞留去世，拉罗什富科回到宫廷，1646年获旅长军衔，参加过三十年战争[1]（1618—1648），因骁勇善战而被擢升为路易十三的王后安娜的御前侍卫。尽管他鞍前马后尽心尽力，却没有获得马扎然红衣主教的信任，他感到非常失望。失意之中，拉罗什富科参与投石党叛乱，在战斗中多次负伤，甚至险些失明。这一时期，马扎然曾下令将拉罗什富科位于家乡韦尔都邑的家族城堡夷为平地。

在三十年战争的后期，法国和西班牙之间战况激烈，为了解决军费问题，马扎然大力征税，默许金融家、包税人横征暴敛，其本人也利用此机会中饱私囊，从而引发了贵族和民众的广泛不满。1648年5月，资产者们以巴黎最高法院的法官为代言人，开始了抗议活动。法院提出27条建议，要求对一切新税目和财政法令进行审查，禁止无理由逮捕任何

---

1. 欧洲各国争夺利益，树立霸权的矛盾以及宗教纠纷的激化导致在1618年爆发了由神圣罗马帝国内战演变而成的一次大规模的欧洲国家混战，战争一直延续到1648年，史称"三十年战争"。这也是历史上第一次全欧洲大战，最后以哈布斯堡王朝战败并签订《威斯特伐利亚和约》而告终。

人，其中反对专制的法案得到民众的广泛拥护。8月，马扎然下令逮捕部分法官，愤怒的巴黎市民发动了武装起义，发起街垒战，并用一种巴黎街头儿童玩的投石器玩具攻击马扎然的住宅，投石党运动由此得名。路易十四与王室不得不逃出巴黎。1649年1月，从三十年战争中凯旋的孔代亲王（Louis II de Bourbon-Condé，1621—1686）带领军队包围巴黎，高等法院的法官们不敢与强大的军队对抗，决定与王室妥协，签订和约。王室于8月返回巴黎，同时对起义市民进行镇压。

孔代亲王自恃镇压巴黎起义有功，欲取代马扎然的位置，双方陷入政治斗争之中。1650年1月，马扎然逮捕了孔代亲王及其弟孔蒂亲王（Armand de Bourbon, prince de Conti，1629—1666），引发了孔代支持者们的叛乱。教士对王权的逐步加强与马扎然的横征暴敛同样不满，他们在5月举行教士大会，要求释放孔代，还联合贵族会议，要求废除苛捐杂税并召开三级会议。在国内各种势力的反对下，王室不得不同意释放孔代，并流放马扎然。孔代亲王被释放之后，教士与贵族会议便不再关注他，而王室召回了马扎然。孔代亲王逃离巴黎，与之前的敌人西班牙结成联盟，包围巴黎。路易十四再次逃出巴黎。在占领巴黎后不久，孔代亲王的老部下蒂雷纳子爵（le vicomte de Turenne，1611—1675）因背叛孔代而得到了王室信任。他统帅王室军队进行了5年征战，终于平定叛乱，孔代亲王逃往国外。1652年，路易十四重返巴黎，投石党运动结束。投石党运动带来了战乱与饥饿，严重破坏了法国经济，而且，一场抵制王权的运动反而促使路易十四在后来执政期间不断加强君主专制。

1650年，在父亲辞世之后，拉罗什富科继承了公爵封号。他不再年轻气盛，不再好斗，也不再过问政事，而是以大部分时间博览群书，进入巴黎上流社会的社交生活，也因为得到路易十四的赏识而出入宫廷。他在宫廷和沙龙里都获得了忠实而持久的友谊，塞维涅夫人和拉法耶特夫人都是他的知己好友，后人对拉罗什富科的了解很多都来自塞维涅夫人的书信。拉罗什富科也是朗布耶夫人和萨布雷夫人文艺沙龙的常客，人们欣赏他睿智的思想和优雅的谈吐，沙龙会话和思想碰撞的火花也常常激发拉罗什富科的灵感。萨布雷夫人和宾客们在交谈中发明了箴言体这一贵族沙龙文学体裁，这启发了拉罗什富科将对世界和生活的思考积累下来并浓缩在言简意赅的文字中。1664年，拉罗什富科先在荷兰出版了《道德的思考与箴言》（*Les Réflexions ou sentences et maximes morales*，简称《箴言集》），又于1665年在巴黎正式出版，1678年的第五版中又增补了百余条箴言，由作家本人亲自审定，共约四百条，流传至今。这是一部内容丰富的著作，由充满哲学意味的名言警句组成。拉罗什富科善于用精炼的语句和比喻、反衬、拟人、夸张等多种修辞手法来表达自己的思考，例如：

> 太阳和死亡都无法让人直视。
> 那些太专注于小事的人面对大事往往束手无策。
> 谦虚的人不会去责难别人的骄傲。

他的箴言往往能够深刻地分析人的心理、情感和品性，例如：

> 承受好运与承受厄运相比而言需要更多的美德。
> 敝帚自珍的心理在某种意义上说来，是公平合理的，因为只不过是想保有属于我们或自以为属于我们的东西；而嫉妒则

不同，嫉妒是一种不能忍受别人幸运的愤怒。

　　性情忧郁且受到冉森派思想影响的拉罗什富科始终保持着一种清醒的悲观主义，他年轻时的生活经验也使他认为人的行为动机无非是功利和自私二者，故而其书中时常流露出愤世嫉俗的思想，总是毫不留情地揭露人性中的自私、骄傲、虚伪和懦弱等弱点，例如：

> 　　德行消失于利欲之中，正如河流消失于海洋之中。
> 　　君王们的宽厚仁慈只不过是收买人心的一种工具。
> 　　被称为美德的宽厚仁慈，其动机有时是虚荣，有时是迟钝，经常是恐惧，而更多情况下则是三者合一。
> 　　如果我们自己没有丝毫缺点，我们就不会因为在别人身上发现缺点而感到快乐。

　　尽管这些箴言带有个人经验色彩，其中仍然有许多经验被抽象成具有普遍意义的道理，例如：

> 　　人们从来不像自己想象的那么幸福，也并非自己想象的那么不幸。
> 　　不管有多少天赋的优越条件，造就英雄的不仅是天赋，机遇也极其重要。
> 　　人的命运不管有多大悬殊，祸与福总是此消彼长，最终使不同命运的人不相上下。

　　《箴言集》在拉罗什富科生前身后多次再版，广受欢迎。拉封丹的《寓言诗》（*Fables*，1668）第一集中有一篇《人与人像——为德·拉罗什富科公爵大人而作》，其中称赞《箴言集》犹如清泉溪水，可以让人当作照鉴自己灵魂的明镜。18世纪哲学家伏尔泰（Voltaire，1694—1778）在《路易十四时代》（*Le Siècle de Louis XIV*，1751）中盛赞这部著作："这是有助于培养民族品味、赋予人们正确和精确思维的著作之一［……］它训练人们思考并将思想凝聚在生动、准确和优雅的语句中。"[1]

　　拉罗什富科离开巴黎的时候，就居住在重新修建的家族城堡中，撰写以安娜王后摄政时期为历史背景的投石党运动秘史，并于1662年在荷兰出版。作品流传到巴黎后，在各个沙龙中引起轩然大波，有些朋友感觉在书中受到影射。拉罗什富科不得不急忙否认自己是该书作者，并在1665年推出修订版本。

　　1667年，拉罗什富科参加了遗产战争[2]，却不幸得了痛风症，于是结束了戎马生涯，回家编写新版《箴言集》。此后，他不得不经受妻子、母亲和儿子接连去世的痛苦。《箴言集》的发表已经使拉罗什富科跻身于古典时代最著名的作家行列，然而他以害怕在公众面前发表演说为由拒绝进入法兰西学院，其实，他从前参加投石党运动时正是一个慷慨激昂的士兵演说家，真正的缘由可能是他不愿在那里见到从前的宿敌。

　　1680年3月17日，拉罗什富科在拉法耶特夫人的守护之下离开人世，

1.　Voltaire, *Le Siècle de Louis XIV*, chapitre 32.

2.　路易十四的王后玛丽亚·特蕾莎（Marie-Thérèse d'Autriche，1638—1683）是西班牙国王腓力四世之长女，1665年腓力四世死后，路易十四以其王后之名义要求继承西属尼德兰的遗产。遭到拒绝后，法国向西班牙宣战，这就是发生于1667—1668年的"遗产继承战争"。战争以法国的胜利而告终，交战各方签订了《亚琛和约》，法国得到了南尼德兰的部分地区。

著名的波舒哀主教为他主持临终圣事并发表诔文，追悼这位法国古典时期贵族文学之翘楚。

❧　塞维涅夫人信札中的亲情与世情

塞维涅夫人（Madame de Sévigné，1626—1696）原名玛丽·德·拉比坦–尚塔尔（Marie de Rabutin-Chantal），出生于巴黎一个贵族家庭，1岁时失去父亲，6岁时失去母亲，在外祖父母的呵护下度过童年，并受到良好的教育，能够熟练掌握拉丁语、意大利语和西班牙语。1644年，18岁的玛丽·德·拉比坦–尚塔尔嫁给了来自布列塔尼地区的世家子弟亨利·德·塞维涅（Henri de Sévigné，1623—1651），从此成为塞维涅夫人。1651年，亨利·德·塞维涅为了情妇与另外一个贵族子弟决斗而丧生，25岁的塞维涅夫人年轻守寡，抚养一儿一女长大。与一般的贵族女性相比，她给予了孩子更多的时间、精力和母爱。在她的呵护下，孩子们健康成长，尤其是长女弗朗索瓦丝（Françoise，1646—1705）容貌美丽，在当时有"法兰西最美姑娘"的美誉，且极具舞蹈才华，得到宫廷赏识。母女二人曾经受邀赴凡尔赛宫参加莫里哀筹办的宫廷节庆活动，塞维涅夫人颇有母以女荣的自豪感。

1671年，弗朗索瓦丝嫁给外省的格利昂伯爵，离开了巴黎。塞维涅夫人含泪送走了女儿，从此开始与女儿书信往来，数百封家书见证了母女情深。在这些书信中，塞维涅夫人动情地表达了对女儿的思念、担忧及关爱，令人动容。她在信中写道，自从女儿离开后，闺房中每一样东西都会令她睹物思人，连窗户都必须用一个屏风遮挡，因为正是透过这扇窗户，她目睹女儿离开了家，往日情景只能让她泪流满面；她明明知道不应该沉浸在伤感之中，无奈就是情不自已。在交通并不像我们现在这般便捷的17世纪，一封家书需要很长时间才能传递到亲人手中，塞维涅夫人在信中请女儿原谅她没有等到回信就又迫不及待地给女儿写信表达思念，而且还说这种破坏了约定的做法下不为例，思女心切却又愧疚自责的矛盾心态让读者体会到其中深厚的母爱。在一封封书信中，塞维涅夫人希望通过文字缩短与女儿之间的空间距离，写家书的过程就是二人共度的一段时光，纸短情长，只有书写行为才能实现二人之间的联系，达到情感和思想的交流。

塞维涅夫人在书信中除了表达私人情感，还向女儿介绍自己在巴黎的日常生活和社交生活。例如，她在家中接待友人，也参加朋友的沙龙，与塞维涅夫人交往最密切的正是拉罗什富科先生和拉法耶特夫人。她与更加关注政治事务的拉法耶特夫人性格不同，但是二人彼此喜欢和欣赏，有着共同的文学爱好；她也向拉罗什富科先生学习写作箴言的艺术，母女二人分享经验。塞维涅夫人还在信中报道巴黎上流社会的逸闻和活动，沙龙、节日或者聚会的场景都在文字中得到细致的记录，因此这些内容丰富多彩的书信也具有珍贵的史料价值，保存了17世纪宫廷和上层贵族的生活图景，反映了路易十四时代法国的社会风貌。

在17世纪的贵族阶层中，人们之间的书信必须遵循一定的社会规范和行文规范，而塞维涅夫人的书信大部分是写给女儿的，因此文字之间流露出难得的真实与自然。但是，富有才华的塞维涅夫人并不因为亲人家书而忽视文字的风格，而是非常注意遣词造句的艺术，力求清晰、生动、风趣，有时甚至会在信中因文字粗糙或者行文单调而自责，似乎有意为女儿做出示范。由此可见，这些生前并未有意发表的书信依然具有相当高的文学追求。在这些书简中，母亲和书写者的角色合二为一，优雅而真诚的文字见证了爱的交流。

　　塞维涅夫人的女儿细心保存了母亲的信件，这些书简后来流传于世，塞维涅夫人无意之中成为了17世纪法国文学的经典作家。最早在1725和1726年，就出现了3个版本的《塞维涅夫人书简集》，但是仅仅收录了28封书信，其中还有一个版本因手稿转录不准确而遭到塞维涅家族后人的批评。1734年，塞维涅夫人的后代整理编纂了4卷本614封书信，按照时间顺序编排，以替代之前真伪难辨的版本，至1754年的版本已经增至722封。19世纪时，在之前版本的基础上又出现了多种《塞维涅夫人书简集》，一直流传至今。在人们渐渐失去写信习惯的今天，塞维涅夫人娓娓道来的书信令人怀念那个曾经"家书抵万金"的时代。

☙ 拉法耶特夫人：法国小说心理描写传统的开创者

　　拉法耶特夫人（Madame de La Fayette，1634—1693）原名玛丽-玛德莱娜·皮奥什·德·拉维涅（Marie-Madeleine Pioche de La Vergne），出生于巴黎一个侍奉王室的小贵族家庭。玛丽-玛德莱娜·皮奥什·德·拉维涅在16岁时成为安娜王后的侍从女官，在宫中跟随名师吉耶·梅纳日（Gilles Ménage，1613—1692）学习拉丁语和意大利语，接受了良好的文学教育，并进入朗布耶夫人和斯居德里小姐主持的文学沙龙。1650年，她的母亲改嫁给亨利·塞维涅的叔叔，从此她与年长她8岁的塞维涅夫人结下了深厚的友情。玛丽-玛德莱娜·皮奥什·德·拉维涅在21岁时嫁给了38岁的奥弗涅省贵族拉法耶特伯爵，成为拉法耶特夫人，二人育有两个孩子。她经常在家族庄园里陪伴丈夫，也时常回到巴黎参加上流社会的聚会，并在自己的豪华公馆中主持沙龙。拉法耶特伯爵少言寡语，为人低调，常常宅居家中，夫妻二人的共同话语不多，感情平淡，在巴黎沙龙中光芒四射的拉法耶特夫人似乎完全遮掩了丈夫的存在感。

1659年，拉法耶特夫人正式回到巴黎定居，她关注巴黎的政治动态，融入贵族沙龙文学生活。在老师梅纳日先生和诗人塞格雷（Jean Regnault de Segrais，1624—1701）的鼓励下，拉法耶特夫人开始尝试文学创作，为塞维涅夫人撰写小传，这是她唯一署有真名的作品，被收入当时刊行的《众家肖像》（*Divers portraits*）一书中。1662年，拉法耶特夫人以塞格雷之名出版了历史题材的短篇小说《蒙庞西埃王妃》（*La Princesse de Montpensier*）。1670—1671年，以9世纪西班牙摩尔人时期为历史背景的小说《扎依德》（*Zaïde*）两卷先后出版，这部作品后来多次重版并得到翻译，哲学家、神学家皮埃尔-达尼埃尔·于埃（Pierre-Daniel Huet，1630—1721）为小说撰写的序言《论小说的起源》（*Traité de l'origine des romans*）如今被认为是第一篇法国小说发展史论。《扎依德》的署名作者虽然是塞格雷，但是从拉法耶特夫人与皮埃尔-达尼埃尔·于埃的书信中可以确定作品主要出自拉法耶特夫人之手，拉罗什富科或许也有所贡献。从1655年开始，拉法耶特夫人与拉罗什富科结为好友，共同的好友塞维涅夫人也认为他们之间真诚持久的友谊是无与伦比的。在拉罗什富科的介绍下，拉法耶特夫人得以结交当时法国文坛最杰出的作家拉辛（Jean Racine，1639—1699）和布瓦洛等人。

拉法耶特夫人最为著名的作品是《克莱芙王妃》（*La Princesse de Clèves*），小说将故事发生的年代置于16世纪，讲述了发生在亨利二世末年（1547—1559）的一段宫廷爱情故事。故事中的很多人物在历史上确有其人，但是主人公均为虚构。夏尔特小姐出身名门，秀外慧中，遵从母亲意愿嫁给了年轻英俊、前途似锦的克莱芙亲王，婚后二人相敬如宾。可是，在一次宫廷舞会上，克莱芙王妃与风流倜傥的内穆尔公爵相识，二人互生好感。她逐渐意识到自己对丈夫的爱更多的是尊重与敬仰，而对内穆尔公爵却产生了前所未有的爱情，但她始终克制内心的激情并忠于克莱芙亲王。经过种种犹豫，克莱芙王妃决定向丈夫坦陈这段停留在精神恋爱阶段的感情，并期待从他那里获得抵抗激情的力量。为了恢复平静的心情和生活，她离开巴黎和所爱之人，避居乡下。不幸的是，克莱芙亲王从此心生疑虑和妒意，郁郁寡欢，不久后离开人世。内穆尔公爵期待克莱芙王妃能够接受他的爱情，然而，内心负疚的克莱芙王妃最终仍然拒绝了他。克莱芙王妃决定离开巴黎，在家里和修道院中度过修行生活，孤独终老，从而为后世留下难以企及的美德榜样。

《克莱芙王妃》出版之后获得巨大成功，以至于在巴黎的沙龙里，人们时常讨论克莱芙王妃是否应该将心事袒露给自己的丈夫。小说深刻分析了激情与理性之间的冲突、私情与道德之间的矛盾，成功之处正在于丰富、细腻的情感活动和心理描写，作品将男女主人公内在的激情、犹豫、迟疑、嫉妒和愧疚等情感细致入微地呈现在纸上，为此前法国小说之少见，因此被认为是开辟了法国小说心理描写和分析传统之作，对19世纪巴尔扎克等小说家产生深远了影响。《克莱芙王妃》是17世纪贵族沙龙文学的代表作，虽然故事发生于上一个世纪，反映的却是当时上流社会的风俗，小说对人们在沙龙中经常讨论的爱情话题和故事进行虚构，表达对纯粹精神爱情和高尚品德的追求。《克莱芙王妃》的人物塑造和文字风格可以用含蓄、克制、典雅加以形容，体现了法国17世纪的古典美学。《克莱芙王妃》最早在1678年3月匿名出版，在一封拉法耶特夫人的书信中，人们得知该书的真实作者是她本人，但她对此从未公开予以承认。

1680年，好友拉罗什富科去世，1683年，丈夫拉法耶特伯爵去世，拉法耶特夫人在晚年渐渐退出社交生活。1693年，拉法耶特夫人去世，在她去世后仍有3部作品出版，分别是《唐德伯爵夫人》（*La Comtesse de Tende*，1724）、《英格兰亨利耶特的故事》（*Histoire d'Henriette d'Angleterre*，1720）和《1688—1689年法兰西宫廷回忆录》（*Mémoires de la Cour de France pour les années 1688 et 1689*，1828）等。

☙ 玛德莱娜·德·斯居德里：贵族沙龙里的风雅女子

玛德莱娜·德·斯居德里（Madeleine de Scudéry，1607—1701）出生于法国北方海港城市勒阿弗尔，幼年失怙，从事神职的叔叔将她抚养长大，引导她学习文学、舞蹈和音乐，并在1630年后引介她进入巴黎著名的朗布耶夫人沙龙。玛德莱娜·德·斯居德里在1640年后正式定居巴黎。

1642年，玛德莱娜·德·斯居德里参与编写《女性名人录》（*Recueil des femmes illustres*）。这是一本名人传记集，尤其介绍了文学史上的优秀女性，旨在鼓励女子丰富自己的学识和修养，而不是只会花枝招展地出席社交活动。玛德莱娜·德·斯居德里本人也从事文学创作，其早期作品可能是与兄长乔治·德·斯居德里（Georges de Scudéry，1601—1667）合作而成。她1641年问世的第一部小说《易卜拉欣》（*Ibrahim ou l'Illustre Bassa*）相对较短，只有4卷，兼有历史小说和历险小说的色彩，内容丰富。作家将所处时代的贵族社会生活置于一个异域时空之中，故事空间跨度很大，从意大利到君士坦丁堡，从南欧到北欧，从基督教世界到伊斯兰世界，在某种意义上反映了17世纪上半叶欧洲人对东方的想象。乔治·德·斯居德里在1643年将此小说改编成同名悲喜剧。

《阿塔麦尼或居鲁士大帝[1]》(*Artamène ou le Grand Cyrus*，1649—1653) 创作于投石党运动期间，同样是一部以异域时空为背景的英雄历险小说。但小说其实是对现实的影射，介于真实与虚构之间的波斯历史人物可以视为玛德莱娜·德·斯居德里所熟悉的十余位同代人的化身，颇似沙龙里的猜人物游戏。小说中居鲁士大帝就是孔代亲王的形象，这也说明玛德莱娜·德·斯居德里对孔代所领导的贵族投石党运动的好感。书中还有沙龙女主人朗布耶夫人和诗人瓦蒂尔的东方人物化身。玛德莱娜·德·斯居德里本人在小说中也以古希腊女诗人萨福之名出现，并对婚姻制度进行了猛烈抨击，视之为一种专制，而她也确实坚守独身主义终身未嫁。这部畅销小说在初版时共有13,095页，分为10卷，凡210万字，按字数计，《阿塔麦尼或居鲁士大帝》不仅是法国最长的小说，可能也是世界文学史上最长的小说。

贵族投石党运动导致朗布耶夫人的沙龙聚会难以进行，1650年前后，"斯居德里小姐周六沙龙"接而替之，不过座上宾以资产阶级出身的社会名流为主，沙龙女主人的主持颇有章法，这个文人雅集成为当时法国风雅文学的中心。在这个沙龙里，每个客人各取绰号或雅号，玛德莱娜·德·斯居德里本人以"萨福"自称。在这一时期，她创作了《克洛莉亚[2]：罗马故事》(*Clélie, histoire romaine*，1654—1660)，这是她独立完成的第一部作品，亦有10卷之长。正如书名所示，故事发生在古罗马时期，讲述了战争背景中克洛莉亚与恋人出入于生死之间的爱情故事，小说融政治斗争、战争冒险和爱情元素于一体，将17世纪的法国贵族社会

---

1. 居鲁士大帝（前600年—前530），波斯帝国的缔造者，本是伊朗西南部的一个小首领，后来经过一系列的征战打败了米底、吕底亚、新巴比伦三个帝国，统一了古中东部分地区，建立了从印度到地中海的庞大帝国。
2. 克洛莉亚（拉丁语为Clelia，前6世纪）传说是罗马早期历史上的女英雄，被誉为最机智勇敢的女人。

风俗隐于古代神话传说之中。玛德莱娜·德·斯居德里在创作中时常游离于主要情节之外而去再现沙龙中对道德、爱情的探讨，或者对人物的内心活动进行分析，表达对生活艺术和爱情艺术的理想构建。这部小说中出现了著名的 "唐德尔爱情地图" (la carte de Tendre)，这也是沙龙社交活动的产物，据说由朗布耶夫人和斯居德里小姐等人在1653—1654年间构思而成，并请为高乃依、莫里哀等名家创作剧本卷首插图的画家弗朗索瓦·肖沃 (François Chauveau, 1613—1676) 绘制。"唐德尔" (Tendre) 便是沙龙女才子们心目中理想的爱情国度，这里有村庄、河流和湖泊，它们的名字分别是 "睿智" "温柔" "诗句" 和 "情书"，一条条小路纵横交错，代表着寻找理想爱情所必须经历的路程或考验，如果迷路就会走向象征危险的情欲之海。"唐德尔爱情地图" 已经成为著名的文化典故，常被后人引用或戏仿。《克洛莉亚》在17世纪多次重版、重译，被认为是法国风雅文学的代表作，表现了对贵族社会风俗的诗意描绘和对爱情的理想想象，引发了风雅小说潮流，也反映了风雅文学中的女性主义向度。这一思想同样体现在玛德莱娜·德·斯居德里于同一时期创作的8卷本小说《阿勒玛伊德: 被囚禁的女王》(*Almahide ou l'esclave reine*, 1660) 和稍后完成的《玛蒂尔德·德·阿吉拉尔: 西班牙故事》(*Mathilde d'Aguilar, histoire espagnole*, 1667) 中。年轻女性的教育问题也是玛德莱娜·德·斯居德里非常关注的问题，在其作品中经常出现，《凡尔赛漫步: 塞拉妮的故事》(*La Promenade de Versailles, ou l'histoire de Célanire*, 1669) 便是以此为主题的教化故事。

玛德莱娜·德·斯居德里的小说在题材和形式上都具有显著的个人特色。从长度上而言，她的作品以长闻名，常常都是多卷本。从题材上而言，她的作品是贵族风雅小说的代表，以描述上流社会生活为主要内容，而且文字间可见许多真实人物的身影。从创作手法上而言，她的小说具有隐性叙事色彩，无论是土耳其、波斯、古罗马或是西班牙，还是异域或是古代无不指喻她所生活的时代和社会，但是历史事件的真实性未必可靠。玛德莱娜·德·斯居德里将小说作为描绘人物内心活动的场所，因此人物描写在作品中占据重要位置，她善于剖析人物情感，将同时代人的忧郁、厌倦、焦虑等心绪细腻地呈现出来，仿佛预告了一个半世纪之后卢梭（Jean-Jacques Rousseau，1712—1778）和塞南古尔（Étienne Pivert de Senancour，1770—1846）的浪漫主义哀伤笔调。

　　作为闻名巴黎的沙龙女主人，为了确立沙龙谈话的规范和原则，玛德莱娜·德·斯居德里在晚年时总结和编写了适用于各种话题的表达艺术，如《谈话艺术集》（Conversations sur divers sujets，1680）和题献给国王的《新谈话艺术集》（Conversations nouvelles sur divers sujets dédiées au Roy，1684）等。她效仿荷兰哲学家伊拉斯谟的《交谈集》（Les Colloques，1533），以对话形式呈现各种谈话方式的范例，如闲聊、演说、嘲讽和书信等。另外一部10卷本著作《世事道德或谈话集》（Morale du monde ou Conversations，1680—1682）则汇集了她与宾客的沙龙会话，此书几乎成为贵族沙龙的谈话教材。玛德莱娜·德·斯居德里曾以一篇《论荣誉》（Discours sur la Gloire）成为第一位获得法兰西学院雄辩奖的女性。不过，作为贵族风雅文学的标志性人物，玛德莱娜·德·斯居德里难免成为批判的对象，如莫里哀曾将她虚构为《可笑的女才子》中的人物。而事实上，玛德莱娜·德·斯居德里本人所向往的是女子的开明和睿智，所竭力避免的正是矫情和学究气息。尽管她那些畅销一时的长河小说如今已经很少有人阅读，但是仍然具有不可忽视的文学价值。

❧ 高乃依：不善言辞的戏剧大师

皮埃尔·高乃依（Pierre Corneille，1606—1684）出生于诺曼底地区鲁昂市一个法官家庭，在耶稣会士主办的波旁中学以优异成绩完成学业，并对戏剧产生了兴趣。法科学业结束后，他在1629年成为从业律师。高乃依性格腼腆，不善言辞，所以放弃了担任出庭律师。后来，他转而从事戏剧创作，常常赋予笔下人物雄辩之才，这弥补了他本人在现实中的缺憾。

高乃依的第一部成功作品《梅里特》（Mélite，1625）于1629年上演，这部以爱情故事为题材的戏剧开创了与当时丑角耍闹喜剧所不同的风俗喜剧（la comédie de mœurs）——重视人物对白而不依赖于滑稽动作营造舞台效果。该剧在鲁昂演出后在巴黎成功上演，以至于一个外省剧团从此立足于首都，高乃依后来又继续为该剧团提供了多部作品。高乃依的第二部作品是宫廷爱情故事题材的悲喜剧《克里唐德尔》（Clitandre，1630），为了与时俱进，高乃依后来又多次进行修改，赋予作品更强的悲剧性。300多年后，这部情节丰富且复杂的作品在1996年入选法兰西剧院保留剧目。1633年，路易十三和王后以及黎塞留红衣主教在鲁昂附近疗养，受鲁昂主教的邀请，高乃依创作了一部拉丁语诗体戏剧。此剧受到戏剧爱好者黎塞留的赏识，高乃依从此跻身于享受宫廷创作资助的作家行列。

1635年，高乃依创作了神话题材作品《美狄亚》（Médée）[1]，第一次尝

---

1. 美狄亚是科尔基斯国王埃厄忒斯与大洋神女伊底伊阿的女儿，她对来到岛上寻找金羊毛的伊阿宋王子一见钟情，为了帮助伊阿宋取得金羊毛，美狄亚用法术完成了自己父亲给伊阿宋定下的不可能完成的任务，条件是伊阿宋要娶她为妻。取得金羊毛后，美狄亚和伊阿宋一起踏上返回希腊的旅程，并帮助他夺回王位，但是伊阿宋开始忌惮美狄亚的法术和残忍的性格，后来移情别恋。美狄亚由爱生恨，先毒死伊阿宋的新欢，又杀死两个亲生儿子，伊阿宋抑郁而亡。美狄亚逃到雅典，取得父亲谅解，并用魔法帮助父亲重新登上王位。

试悲剧就获得了好评。同年，他在《戏剧之幻》（*L'Illusion comique*）中建构了一个非常奇特的故事。普利达芒的儿子克兰道尔已经失踪10年之久，可能已经不在人世。思子心切的父亲来到会魔法的阿勒康德尔的岩洞，请求他通过法术再现儿子消失之后的生活。原来，克兰道尔和他的朋友们成为了演员，最后，阿勒康德尔让普利达芒看到了他们表演一部悲剧最后一幕的场景。全剧以赞美戏剧艺术和演员职业而结束，阿勒康德尔让普利达芒放心，他的儿子做出了正确的人生选择。由此可见，《戏剧之幻》是一部戏中戏，具有相对复杂的结构，克兰道尔之死只是一种迷惑观众的技巧。在当时流行的巴洛克美学中，人们会认为戏如人生，制造幻象是常用的艺术手段，高乃依正是利用这种美学观念营造了克兰道尔的真实生活与他所扮演的角色之间的模糊感，人物身份的转换和外表的乔装都体现了巴洛克戏剧的特征。高乃依在这部作品中综合使用了多种戏剧样式，开场颇似古希腊牧羊诗体风格，中间三幕是非典型的喜剧，最后一幕具有悲剧特点，而整体上构成一部悲喜剧。

　　1637年1月，高乃依的五幕诗体悲喜剧《熙德》（*Le Cid*）在巴黎公演。主人公罗德里格与施曼娜相爱，他们都是宫廷贵族之后。罗德里格的父亲狄埃戈被国王选为太子傅，但遭到施曼娜的父亲高迈斯伯爵的嫉妒并被他打了一记耳光。愤愤不平的狄埃戈要求儿子为自己雪耻，罗德里格必须在个人幸福和家族荣誉之间做出痛苦的选择，这就是著名的"高乃依两难之选"（le dilemme cornélien）。他向高迈斯伯爵提出决斗的要求，并在决斗中杀死了他。施曼娜心中同样充满矛盾，她虽然深爱罗德里格，但毕竟难以接受一个杀害自己父亲的仇人，最后决定向国王请求处死罗德里格。正在此时，罗德里格双手捧剑请求施曼娜杀死他。国王惜才，决定将罗德里格派往边疆前线。罗德里格在抗击摩尔人的战斗中立下战功，成为民族英雄，从而获得施曼娜的谅解，二人在国王的见证下走向婚姻的殿堂。"熙德"是西班牙历史上的英雄，原名正是罗德里戈·迪亚兹·德·维瓦尔（Rodrigo Díaz de Vivar，1043—1099），他英勇善战，对摩尔人作战功勋卓著，不仅得到国王赏识，而且赢得敌人的尊敬，被称为"熙德"[1]。12世纪的西班牙英雄史诗《熙德之歌》（*Cantae de mio Cid*）使得这个历史上的英雄人物成为永远的传说。高乃依从古老的西班牙故事中取材，又赋予这个人物以现代意义。该剧上演之后受到巴黎观众的热烈欢迎。但是1637年12月，成立不久的法兰西学院在黎塞留的授意下发表了一篇《法兰西学院关于悲喜剧〈熙德〉有感》（*Les Sentiments de l'Académie sur la tragi-comédie du Cid*）作为官方的批判性意见，这就是著名的"《熙德》之争"。乔治·德·斯居德里等作家指责《熙德》有悖于正在形成的古典主义伦理价值和美学标准，没有实现时间、地点和情节上的"三一律"。施曼娜与有杀父之仇的罗德里格结成眷属的结局被认为不合人之常情，故而不符合古典主义所追求的逼真原则（la vraisemblance），有人甚至建议修改剧情，让高迈斯伯爵在决斗中得救，或者是施曼娜最后发现高迈斯伯爵并非自己的亲生父亲。然而，正是这个人物的死亡造成了两个主人公强烈的情感冲突，从而促成了作品的成功。在艺术手法上，《熙德》也突破了当时流行的悲喜剧规范，历史人物、政治矛盾、激情冲动、决斗和战争等皆非悲喜剧中的常见元素，其革新性堪比莫里哀的《太太学堂》（*L'École des femmes*，1662）之于喜剧，拉辛的《安德洛玛刻》（*Andromaque*，1667）之于悲剧。此外，由于太多

1.　"熙德"（El Cid），源自阿拉伯语"Al-Sayyid"，是对男子的尊称，意为"我的先生""我的主人"。

的世家子弟在决斗中身亡，黎塞留在1626年再次颁发法令禁止决斗，《熙德》却公然在舞台上展现决斗情节，因此也令黎塞留心中不悦。布瓦洛在1668年发表的第九首讽刺诗中对"《熙德》之争"给予了精炼概括：

> 尽管有一个大臣联络人反对《熙德》，
> 全巴黎爱施曼娜如同罗德里格。
> 尽管法兰西学院对《熙德》吹毛求疵：
> 公众却愤愤不平，偏为之赞赏不置。[1]

　　饱受争议的高乃依暂停了戏剧创作，在后来两年中将主要精力集中在关于戏剧理论的思考上。在此期间，父亲去世，整个大家庭的重担都落在33岁的高乃依肩上，他需要抚养两个孩子以及照顾母亲和弟妹。

　　1640年，高乃依找到了一个新的剧作主题。故事发生在古罗马时期，罗马城邦的贺拉斯家族和阿尔伯城邦的居里亚斯家族有姻亲关系，然而两个城邦共和国之间的战争将两个家族置于水火不容的冲突之中，他们不得不代表各自的城邦进行战斗。贺拉斯三兄弟中的两个被居里亚斯三兄弟所杀，在爱国激情的鼓舞下，贺拉斯家族的最后一个儿子杀死了负伤的居里亚斯三兄弟。当他凯旋后接受同胞祝贺的时候，他的妹妹卡米耶责怪他杀害了自己的未婚夫，他于是怒杀亲妹妹。高乃依在这部悲剧中塑造了一个比罗德里格更加大胆的人物贺拉斯，他将对荣誉感的追求发展到极致，导致家族悲剧的发生。这就高乃依的第二部名剧《贺

1.　布瓦洛：《诗的艺术》，任典，译，北京：人民文学出版社，2009年，第87—88页。第三句译文将"学院的全体"改为"法兰西学院"。

拉斯》（*Horace*，1640），他将这部长达1782行的韵文体悲剧题献给黎塞留红衣主教。为了争取官方批评的认可，高乃依在公演之前进行了全剧朗读，但是拒绝接受同行意见对作品进行修改。《贺拉斯》是高乃依的第一部历史题材悲剧，从此他开启了第二阶段的创作生涯。他也是同时代剧作家中最后进入这一创作领域的人，但是其多部作品都被认为是此类题材的杰作，如颂扬为基督教事业献身的宗教悲剧《西拿或奥古斯都的仁慈》（*Cinna ou la Clémence d'Auguste*，1641—1642），歌颂以民族利益为重而大义灭亲的理想公民的《波利厄克特》（*Polyeucte*，1642—1643）以及《庞培之死》（*La Mort de Pompée*，1643）。为了迎合古典主义的美学原则，高乃依在这一时期的悲剧写作中努力遵守"三一律"，同时仍然游走在逼真性原则的边缘，保留激烈的情感冲突和英雄人物的塑造等鲜明的个人特色。17世纪上半叶，高乃依的戏剧在法兰西戏剧舞台上长期独领风骚，他于1647年当选为法兰西学院院士。

在投石党运动期间，法国观众对历史和政治主题的悲剧感到厌倦。1652年，高乃依的新剧《佩尔塔里特》（*Pertharite*）公演后，评论界和观众反应冷淡。与此同时，高乃依翻译的托马斯·肯佩斯（Thomas à Kempis，约1380—1471）的《效法基督》（*L'Imitation de Jésus-Christ*）受到欢迎，因此他将更多的时间投入到神学著作的翻译工作之中。

1656年，有一位诺曼底贵族约请高乃依创作一部悲剧，于是他又回归戏剧，创作了希腊神话题材作品《金羊毛》（*La Toison d'or*），该剧于1660年上演时大获成功，成为当时最受欢迎的戏剧之一。1658年，高乃依无法拒绝路易十四的财政大臣富凯（Nicolas Fouquet，1615—1680）的邀约，创作了悲剧《俄狄浦斯王》（*Œdipe*），同样受到好评。不过，他对戏剧的思考一直没有停止，出版了《致读者》（*Au lecteur*，1663）、

《论诗剧》(*Discours du poème dramatique*, 1660)、《论三一律》(*Discours des trois unites*, 1660)和《论悲剧》(*Discours de la tragédie*, 1660)等理论著作。几年后,拉辛的激情悲剧得到更多观众的喜爱,高乃依的作品渐渐淡出人们的视线,在1674年《苏莱娜》(*Suréna*)受到冷落之后,他终止了戏剧创作。晚年的高乃依疾病缠身,在1684年与世长辞。不久,他的弟弟同时也是戏剧作家的托马·高乃依(Thomas Corneille, 1625—1709)入选法兰西学院,继承了兄长的席位。1685年1月,拉辛代表法兰西学院宣读欢迎辞,其中有很大篇幅是对皮埃尔·高乃依的颂扬之辞。

高乃依一共创作了30多部戏剧作品,题材、体裁多样,兼顾多种风格:既创作有巴洛克风格且充满创造性的悲喜剧,也为17世纪中叶法国近代悲剧注入了情感力量并增加了思考深度。高乃依在法国戏剧史上留下了自己的烙印,塑造了一系列色彩鲜明的人物形象,尤其是面临价值观矛盾冲突的英雄人物,例如,罗德里格需要在爱情和家族荣誉中做出选择,奥古斯都更倾向于宽容而不是报复,波利厄克特在俗世之爱和上帝之爱之间的犹疑等。高乃依也是一位戏剧诗人,其作品中亚历山大体的节奏和力量呈现了法国17世纪这个“伟大世纪”的典雅语言风格。面对逐渐确立的古典主义戏剧规则,高乃依在接受和抗拒之间徘徊,他的经典作品不仅反映了时代的价值观,而且他对爱情、荣誉感、权力和战争等重大问题的追问直到今天仍然具有参考价值。

❧ 莫里哀:古典时期的喜剧大师

莫里哀(Molière, 1622—1673),原名让-巴蒂斯特·波克兰(Jean-Baptiste Poquelin),出生于巴黎,父亲是挂毯商,后购买了“国王侍从”

的身份。让-巴蒂斯特·波克兰自幼喜爱戏剧，21岁时与同学共同创办了光荣剧团（l'Illustre Théâtre），剧团的当家花旦就是著名女演员玛德莱娜·贝雅尔（Madeleine Béjart，1618—1672），她后来也是让-巴蒂斯特·波克兰的生活伴侣。让-巴蒂斯特·波克兰22岁时取艺名"莫里哀"，但是从来没有向任何人解释过此名的来由。[1] 无奈光荣剧团没有在巴黎站稳脚跟，还为了支付场地费用而举债。1645年，剧团解散，莫里哀离开巴黎并加入了演员夏尔·迪弗雷纳（Charles Dufresne，1611—1684）领导的剧团。1650年，夏尔·迪弗雷纳将剧团交给莫里哀领导，他们在村庄市镇为百姓表演，也有机会为王公贵族唱堂会。后来，他们遇到了热爱喜剧的孔蒂亲王，得到赏识和保护，1653年更名为孔蒂亲王剧团。

　　1653—1655年间，剧团巡演至里昂时，上演了《冒失鬼》（L'Étourdi ou les Contretemps）一剧。该剧讲述了冒失的主人总是无法执行仆人为他精心策划的种种爱情计谋的故事。《冒失鬼》是莫里哀的第一部五幕诗体喜剧，是他从一部意大利通俗喜剧（la commedia dell'arte）中获得灵感并借鉴其手法创作而成的。莫里哀本人所扮演的机智男仆马斯加里尔这个人物在全剧41场中的35场中出场，充分发挥了在喜剧方面的才华，但是他还没有完全放弃做一名悲剧演员的希望。这一时期，莫里哀也创作了一些闹剧，这些作品并非完全按照事先确定的脚本排演，而是在舞台上根据原来的有趣构思融入一些即兴的增删取舍，以迎合观众口味，因为有一些观众喜欢生动自然的即兴表演，因此演出效果远远超出一般常见的同类闹剧。意大利喜剧的影响同样在其中可见，但莫里哀并非机械

---

1. 在17世纪，艺人为自己取一个具有田园气息的艺名是常见现象，因此有研究者推测此艺名可能来自名为"莫里哀"的村庄。

的模仿者，而是在创作中融入了自己的戏剧观念以及适合法国观众的表现手法，因而莫里哀可以被称为非意大利制造的意大利风格喜剧作家。1656年12月，莫里哀完成并演出了他的第二部五幕喜剧《情仇》（*Le Dépit amoureux*），这是一部情节曲折、结局完美的爱情喜剧。

当莫里哀和他的剧团在外省漂流时，巴黎的戏剧界活跃着一个与众不同的诙谐诗人兼喜剧作家保罗·斯卡隆（Paul Scarron，1610—1660）。为了谋生，他曾经在1632—1640年间当过勒芒市主教的秘书，但他更喜欢自由浪荡的开心生活，却在1638年因病瘫痪，终生不能站立。不过，残疾之躯并未改变他的乐天性格，1640年，他回到巴黎后经常在府中举办沙龙，以开朗的性格和满腹的才华吸引了不少文人墨客。保罗·斯卡隆在42岁时与家境贫寒但年轻美丽的弗朗索瓦丝·多比涅（Françoise d'Aubign，1635—1719）成婚。婚后，斯卡隆夫人也在沙龙中受益匪浅。8年后，斯卡隆去世，斯卡隆夫人被选中去照顾路易十四与情妇蒙特斯潘夫人（Madame de Montespan，1640—1707）的3个私生子，并抚养他们长大。斯卡隆夫人因此被封为曼特农侯爵夫人（Marquise de Maintenon）。1683年王后去世后，路易十四极为信任和赏识才貌双全的曼特农侯爵夫人，但由于她出身不够高贵而不能正娶，曼特农侯爵夫人于是成为路易十四的秘密王后。

保罗·斯卡隆从1643年开始创作了一系列诙谐讽刺诗歌。他的《诙谐诗选集》（*Recueil de quelques vers burlesques*，1643）大受欢迎；戏仿维吉尔《埃涅阿斯纪》（*Énéide*）的7卷本《乔装的维吉尔》（*Virgile travesti*，1648—1652）也获得巨大成功。这一时期也是斯卡隆喜剧创作的黄金时期，《亦主亦仆的若德莱》（*Jodelet ou le Maître valet*，1645）、《亚美尼亚的堂雅斐》（*Don Japhet d'Arménie*，1653）和《萨拉曼卡的小学生》（*L'Écolier de Salamanque*，1654）等作品往往取材于当时风行巴黎的西班牙巴洛克戏剧。这些作品后来都对莫里哀有所启发。斯卡隆还有一部传世之作《滑稽小说》（*Le Roman comique*），前两部分别发表于1651和1657年，第三部尚未完成他便离开人世。这部小说颇有几分西班牙流浪小说色彩，但主要人物都是一个在外省巡回演出的剧团的演员，他们来到小城勒芒，与当地居民之间发生了许多趣事。小说并无连续完整的情节，而是描绘了一幅幅17世纪法国外省生活的风俗画，具有现实主义色彩，同时又充满巧合，令人称奇。另外，小说文笔诙谐幽默，人物形象生动活泼，与17世纪贵族沙龙小说的繁缛风格形成反差。斯卡隆本人有在勒芒的生活经历，而且爱好戏剧，和很多演员都有来往，因此在写作小说时对各种素材信手拈来。这是继高乃依《戏剧之幻》之后，戏剧演员再一次成为文学作品的主要人物，或许我们也可以从中想见莫里哀的剧团在外省各地流浪多年的欢乐和艰辛。

1658年，莫里哀和他的剧团决定回到阔别13年的巴黎。剧团很快得到年轻国王路易十四唯一的弟弟菲利普·德·奥尔良（Philippe d'Orléans，1640—1701）的赏识和庇护，故剧团更名为御弟剧团。10月，剧团在卢浮宫为路易十四、安娜太后和马扎然演出了莫里哀本人的一出闹剧《多情的医生》（*Le Docteur amoureux*）和高乃依的悲剧作品《尼科梅德》（*Nicomède*，1651）。御弟剧团成功通过考核，故而获得了宽敞而又装备齐全的卢浮宫小波旁剧场的使用权，从11月开始正式对外演出。莫里哀将自己的得意作品《冒失鬼》和《情仇》展现给巴黎观众，好评如潮。

　　1658年11月18日，莫里哀在巴黎创作的第一部作品《可笑的女才子》公演。剧中的马德隆和卡多丝是从外省来到巴黎的两姐妹，她们很快沾染了上流社会附庸风雅的习气。拉格朗士和杜克拉西是两姐妹的追求者，但是由于他们没有使用贵族沙龙高贵典雅的词语来谈情说爱，均遭拒绝，于是两个男青年决定要戏弄一下这两个女才子。之后，马斯加里尔侯爵出现在两姐妹面前，他善于吟诗唱歌，言谈举止高贵典雅，与两位女才子相谈甚欢。接着，若特来子爵也来到她们面前，这位子爵早年跟马斯加里尔侯爵在军中相识，一番交谈后也颇得两位女才子的倾慕。此时，拉格朗士和杜克拉西再度出现，揭露了马斯加里尔和若特的真实身份，其实这二人是他俩的仆人，两位女才子羞愧万分。莫里哀本人在剧中依然扮演仆人马斯卡里耶。这部独幕喜剧讽刺了当时巴黎上流社会贵族沙龙里的矫揉造作之风，大获成功，常演不衰，以至于当时巴黎周围方圆20里的人都纷至沓来。由于该剧的主题和内容均遭到模仿抄袭，莫里哀很快将剧本出版，这也是他第一次出版作品。当时朝中大臣和王公贵族都纷纷延请剧团至府中演出。路易十四也在1660年夏天观看了该剧，两天后又欣赏了莫里哀的另一部作品《斯卡纳赖尔》（ *Sganarelle ou le Cocu imaginaire* ），这是一部诗体短喜剧，共23场，是莫里哀有生之年上演次数最多的喜剧。剧中斯卡纳赖尔以为自己的妻子有了外遇，想杀死想象中的奸夫，却又怕被对方要了性命，左思右想，最后还是认为自己"做乌龟比做冤鬼更合算一些"。这个巴黎观众眼中的新剧团很快掀起热潮，相比而言，它所表演的悲剧往往反响平平，其成功主要来自莫里哀亲自创作的喜剧。莫里哀在创作和表演上不断精进，寻找到一种自然而不牵强的喜剧表现方式，故而受到大众欢迎，其作品也成为剧团的保留剧目。

　　1660年4月，莫里哀的弟弟去世，家传的国王侍从职务由他继任。这一职务要求一年当中有3个月在每天早晨国王起床时刻到御前伺候，莫里哀将这份工作坚持到去世之前。当年秋天，卢浮宫改建门廊，莫里哀的剧团获准使用位于菲利普·德·奥尔良亲王居住的王宫内修葺一新的剧场。1661年2月，莫里哀的新剧《堂嘉尔希·德·纳瓦尔》（*Dom Garcie de Navarre*）上演，他亲自扮演主人公，不过这出戏一共只演出了7场。确实，莫里哀很难进入严肃体裁，他推崇自然的表演方式，与当时悲剧表演中常见的夸张的情绪表达方式不一致。这次失败彻底打消了莫里哀想在当时被认为最高尚的戏剧体裁——悲剧中有所建树的想法。

　　1661年6月，莫里哀推出了三幕短喜剧《丈夫学堂》（*L'École des maris*），这是运用古典主义创作规则所写的一部喜剧，获得了圆满成功。财政大臣富凯向莫里哀定制作品，用于8月时在自己的城堡中接待国王。这是莫里哀第一次为宫廷量身定做戏剧作品。他了解到路易十四对芭蕾舞的偏好，因此创造了一种新的艺术形式——芭蕾喜剧（la comédie-ballet），即在开场和幕间将主题一致的芭蕾舞选段融入其中。莫里哀在半个月内构思、排练和完成了三幕诗体剧《讨厌鬼》（*Les Fâcheux*）。为了达到完美的艺术效果，莫里哀邀请宫廷乐师吕利（Jean-Baptiste Lully，1632—1687）作曲，皮埃尔·波尚（Pierre Beauchamp，1631—1705）编舞，意大利美术设计师贾科莫·托列利（Giacomo Torelli，1608—1678）负责舞美设计。莫里哀根据国王的意见进行了局部修改，9月，此剧在王宫剧场公演。新颖的表演形式吸引了许多观众，反响热烈，莫里哀本人也很受鼓舞。这个演出季是莫里哀的剧团最成功的演出季之一。著名诗人拉封丹也十分欣赏莫里哀的第一部芭蕾舞喜剧，称这位风靡宫廷的作家是他的最爱。

　　1662年初，莫里哀与阿芒德·贝雅尔（Armande Béjart）结婚，妻子比他年轻20岁，关于其身世以及生活作风，坊间传言甚多，有人说她是莫里哀与前女友玛德莱娜·贝雅尔的女儿，也有人说她是玛德莱娜与他人所生的女儿。

　　1662年底上演的《太太学堂》（*L'École des femmes*）颠覆了当时人们对于婚姻和女性地位的看法，受到广大观众的欢迎，莫里哀由此跻身于杰出作家行列。剧中的阿尔诺尔弗是个男权主义者，在他看来，一个妻子只要爱丈夫、做女红和向上帝祈祷就足够了，女子无才为好。为了培养一个百依百顺的妻子，他买来4岁的小女孩阿涅丝，把她送进修道院。13年后，阿涅丝从修道院出来，确实被培养成了一个驯服温顺的女子。然而，她一旦同社会接触，便立刻青春觉醒，爱上了英俊青年贺拉斯，最终想方设法逃离了阿尔诺尔弗。莫里哀在这部作品中表现出人文主义思想，主张个性自由，抨击传统道德观念。可是，包括高乃依兄弟在内的一些文人和评论家指出剧中存在有伤风化的段落，也有一些戏剧界的竞争对手甚至质疑莫里哀本人的道德品行和私生活。《太太学堂》引发的争议持续了一年左右，成为巴黎沙龙中的谈资。莫里哀起先认为这些批评会给作品带来广告效应，他还在1663年6月第一次做出回应。他在《评〈太太学堂〉》（*La Critique de l'École des femmes*）这部剧中以人物之口谈论作品所引发的争议，并引导人们关注他的创作方法，例如，刻画人物心理时的艺术手法，以及喜剧相比于悲剧的难度所在。10月，莫里哀的新戏《凡尔赛宫即兴》（*L'Impromptu de Versailles*）在宫廷上演，他再次以戏说戏，在舞台上呈现戏剧排练的场景，其中有台词严肃敦请对手停止对作家私生活的中伤。莫里哀在这两部具有论战色彩的剧作中一方面反驳对手观点，一方面表达自己的喜剧见解，即戏剧应该面向广大观众，不必刻意迎合少数人的意见，也不赞成用规律约束创作，体现了一定程度的进步思想。

这一时期，莫里哀一直深受宫廷赏识，1663年6月，路易十四第一次颁发文人创作津贴，莫里哀榜上有名，并终生享受此项殊荣。1664年1月，在位于卢浮宫的安娜太后府中的客厅里，莫里哀又为王室推出一部芭蕾喜剧《无奈的婚姻》（Le Mariage forcé）。该剧讲述50来岁的富裕单身汉斯卡纳赖尔在进退两难中不得不地接受一桩婚姻的故事。莫里哀本人亲自饰演斯卡纳赖尔，路易十四则身着埃及人服装在剧中表演舞蹈。4月30日—5月14日，莫里哀为凡尔赛宫御花园揭幕组织了大规模节庆活动，他领导的御弟剧团连续演出3天。

1664年5月12日晚上，莫里哀为国王及其贵宾推出三幕新戏《达尔丢夫：伪君子》（Le Tartuffe ou l'Hypocrite，以下简称《伪君子》）。剧中达尔丢夫伪装成虔诚的教徒，欺骗富商奥尔恭，被作为上宾延请到奥尔恭家中。其实他的真实意图是勾引奥尔恭的妻女，夺取其家财。就在奥尔恭即将家破人亡之际，达尔丢夫的丑恶嘴脸被揭穿，阴谋败露。多亏国王察微知隐，主持公道，恶人有恶报，达尔丢夫锒铛入狱，奥尔恭幡然醒悟，一家人皆大欢喜。该剧在宫中演出后受到热烈欢迎，然而第二天，国王从前的太子傅也是当时的巴黎新主教说服了路易十四下令禁演此剧。作品嘲讽了虚伪的教徒，令教会人士十分不悦。在首演之后不久，便有宗教人士公开发表文章，污蔑莫里哀是"人模人样的魔鬼"。莫里哀则在致国王的信中回应道："喜剧的责任即是在娱乐中改变人们的弊病，我认为执行这个任务最后莫过于通过令人发笑的描绘抨击本世纪的恶习。喜剧的作用是纠正人的恶习，恶习变成人人的笑柄，就是对恶性最大的致命打击。由于虚伪可能是现在最普遍、最不合适也是最危险的弊病，我如果能够创作一部揭露虚伪行为［……］的喜剧，应该是为我国所有正直诚实的人做出不小的贡献。"[1] 尽管莫里哀又对作品进行了修改,《伪君子》仍然未能摆脱被禁演的命运,直到5年之后才终于在1669年2月5日得以公演,一年当中连演72场,成为莫里哀最叫座的作品。

在此期间,1665年2月15日,御弟剧团上演了《唐璜》(*Dom Juan ou le Festin de Pierre*)。莫里哀借用了流传已久的唐璜传说[2],又赋予其新的故事结构。剧中的唐璜将爱丽维从修道院中拐骗出来与她订婚,不久又将她遗弃。爱丽维的男仆居斯曼去找唐璜,希望唐璜能回心转意,但没有见到唐璜本人,而是遇到了其仆人斯卡纳赖尔,后者告诉他唐璜对爱丽维已经没有感情了,而且另有新欢。唐璜一边躲避爱丽维,一边与斯卡纳赖尔雇船追寻新的意中人,无奈遭遇暴风雨,过江时因风浪翻船,险些丧命,被乡下人皮埃洛搭救。可是唐璜并没有感谢皮埃洛的救命之恩,还趁机调戏其未婚妻沙绿蒂,并允诺与她结婚;同时,他又欺骗另一个漂亮的乡下姑娘玛杜丽娜。不料两个姑娘相逢,争风吃醋,唐璜周旋其中,想要两全。这时,有人通报说有强盗来袭,唐璜立刻换上仆人斯卡纳赖尔的衣服,丢下两个姑娘,独自逃命。他在林中迷了路,无意间搭救了一个被群匪围攻的人,此人正是爱丽维的哥哥喀尔罗。原来喀尔罗和另一个兄弟阿隆前来寻找唐璜为妹妹报仇,此时出于报恩之心,喀尔罗替唐璜求情,力劝后赶来的兄弟阿隆延缓决斗时间。躲过几遭劫难的唐璜和斯卡纳赖尔走进一座气势宏伟的建筑,两边有精美的墓碑,里面还有一位曾被唐璜害死的统领的石像。唐璜让仆人邀请石像共进晚宴,石像竟然点头答应。惊骇万分的斯卡纳赖尔随唐璜回到家中,发现

---

1. Molière, *Premier placet au roi*.
2. 唐璜是源自西班牙的一个传说人物,贵族出身,以风流成性而闻名,后来成为欧洲文艺作品中的常见人物。

了追上门来的债主、前来看望儿子盼他改邪归正的唐璜父亲以及已经决定遁入修道院的爱丽维，还有前来回请的石像。斯卡纳赖尔劝说主人改变不信天不信神的态度，信教忏悔，否则会遭报应，结果报应很快来到：女子模样的鬼魂和石像先后出现，拉着唐璜的手，在电闪雷鸣中走入裂开的地狱。莫里哀的《唐璜》情节曲折，没有遵循古典主义的"三一律"，而且在喜剧中融入悲剧元素，将奇幻色彩融入剧情，体现了一种奇特性、模糊性和开放性，这在莫里哀所有作品中是独一无二的。《唐璜》在一个月之内演出15场，演出收入甚至超过了《太太学堂》，但是后来在莫里哀有生之年都没有重演，剧本直到作家去世后才出版，150年后才被重新搬上法国舞台。在演出取得成功的同时，《唐璜》和之前的《伪君子》因为对现实的批判而一同成为莫里哀对手们攻击的对象，莫里哀的支持者们也给予了回击。最后，在路易十四的保护下，纷争终于停止，莫里哀及其剧团成为国王的王宫剧团。

1666年6月，莫里哀推出了五幕诗体剧《恨世者》(Le Misanthrope)，此剧虽然公演时间较晚，但是与《伪君子》的创作几乎是同期进行的。该剧通过一个愤世嫉俗的青年阿尔塞斯特和风流寡妇瑟曼丽娜之间的纠葛展开对复杂人性的讨论。主人公阿尔塞斯特具有两面性：他一方面以恨世者的姿态严厉抨击法国贵族阶层的浮华和虚伪，另一方面作为贵族青年他又迷恋一位矫揉造作的交际花。透过阿尔塞斯特的内心矛盾和冲突，莫里哀揭示了法国上流社会贵族青年的虚伪与脆弱，嘲讽了阿尔塞斯特这类社会阶层的叛逆者所无法摆脱的精神困境，其实也透露了自己的恨世心态。全剧遵守古典主义戏剧法则，虽有笑料，但是没有插科打诨，是一部引人深思的严肃喜剧。《恨世者》在当年上演34场，相对于《伪君子》和《唐璜》而言没有被禁演或遭到批判，但是由于对上流社会的特权进行了一定程度的讽刺而未能博得贵族观众的好感。

在1666年8月上演的《屈打成医》（*Le Médecin malgré lui*）一剧中，莫里哀似乎有意避开一些危险的题材，将目光转回到平民百姓的日常生活。剧中的不成器丈夫斯卡纳赖尔酗酒成性，一言不合便棒打妻子玛蒂娜。恰好有两个仆从为患不治之症的小姐四处找大夫，玛蒂娜为捉弄丈夫，告诉他们自己的丈夫斯卡纳赖尔便是名医，但是有不肯承认自己才华的怪癖，如果不挨打绝不承认自己是医生。于是，一顿棒打后，斯卡纳赖尔被强行带走，而且为了不挨打，他只好假装成医生给小姐看病。经历了各种幽默滑稽的荒唐事之后，因爱而生心病的富家小姐终于与心上人喜结连理，因冒名顶替而被下狱的斯卡纳赖尔也被玛蒂娜接回家，夫妻和解。《屈打成医》在艺术手段上保留了民间闹剧的传统，在题材上则以江湖郎中的形象讽刺了无知者的轻信，同时，莫里哀再次以冒名顶替者影射伪君子达尔丢夫，以医生形象继续揭露教会人士的虚伪面目。

五幕散文体喜剧《吝啬鬼》（*L'Avare*，又译《悭吝人》）是一部性格喜剧，刻画了一个典型的守财奴吝啬鬼形象——阿巴贡。他是一个靠放高利贷为生的老鳏夫。由于担心别人算计他的钱财，他把1万金币埋在自家花园的地下。他不仅对家人和仆人十分苛刻，甚至自己也常常饿得半夜睡不着觉。阿巴贡并不在意儿女的幸福，执意要儿子娶不需要彩礼的有钱寡妇，要女儿嫁一个不要嫁妆的有钱老爷。而他自己一厢情愿地要娶年轻姑娘玛丽雅娜，但实际上玛丽雅娜是他儿子的意中人，阿巴贡知道后气得暴跳如雷。不曾想有一天他和情敌儿子在一起争辩是非时，埋在花园里的钱被人偷走，于是他呼天抢地，痛不欲生，爱财如命的性格活脱脱地呈现在人们眼前。原来钱匣子被儿子的朋友故意拿走，以此要挟他同意儿子的婚事。最后，阿巴贡宁愿牺牲爱情保住钱财，同意了一双儿女的婚事，结局皆大欢喜。《吝啬鬼》于1668年9月在王宫剧场上演，莫里哀亲自出演47场。该剧在后世成为莫里哀最受欢迎的剧作，还被多次改编成电影。

莫里哀喜剧的嘲讽对象不仅有教会和王公贵族，而且对所处时代资产者的生活方式和精神状态也有深刻的描摹和剖析。《吝啬鬼》塑造了一个被金钱异化的资产阶级形象，芭蕾喜剧《贵人迷》（*Le Bourgeois gentilhomme*，1670）则刻画了一个一心攀附权贵并处处模仿贵族生活方式的资产阶级形象。茹尔丹先生富裕起来之后，聘请各类教师上门授课，希望在着装仪表、说话方式、行为举止和思维方式等方面向他心目中高尚的贵族阶层靠近，结果却破绽百出，令人捧腹大笑。当时，路易十四刚刚在凡尔赛宫接见了奥斯曼帝国的使者，为了炫耀法国的强大，路易十四在接见时极尽铺张，使得奥斯曼使者大开眼界。但没想到使者在仪式之后却说法国王宫的繁华远远不及奥斯曼帝国，这令路易十四十分恼火，于是要求莫里哀在剧中安排嘲弄土耳其人的情节。于是莫里哀在结尾处融入了土耳其元素：茹尔丹坚持要女儿嫁给一位贵族，但女儿爱上了英俊青年克莱翁特，他们的爱情遭到茹尔丹的阻挠；于是克莱翁特化装成土耳其王子去求亲，并赐予茹尔丹爵位，茹尔丹信以为真，满心欢喜地把女儿嫁给了他。在《贵人迷》中，莫里哀深刻展示了17世纪法国社会中贵族与资产阶级之间的等级差异，也预告了未来一个世纪里资产阶级作为法国社会的中坚力量对旧秩序的冲击。该剧由莫里哀和吕利联袂完成，在1670年10月为路易十四和宫廷首演，得到国王的赏识。这部作品在公演时同样大获成功，以至于凡尔赛宫和巴黎城里人人喜欢哼唱剧中的旋律。

　　1671年1月，剧团要在宫中上演芭蕾悲剧《普绪喀》（*Psyché*）[1]，由于时间紧张，莫里哀邀请高乃依和诗人、剧作家菲利普·齐诺（Philippe Quinault，1635—1688）创作诗体部分，音乐部分仍旧由吕利负责。这部集大成之作在莫里哀去世之前共上演80余场，受到好评。1671年5月上演的《斯卡潘的诡计》（*Les Fourberies de Scapin*）是一出三幕散文体喜剧，主人公斯卡潘是个聪明机智的热心仆人，使出种种"诡计"促成主人及其朋友都有情人终成眷属。《斯卡潘的诡计》演出效果不尽如人意，仅上演18场，票房收入惨淡；但是没想到这部剧在莫里哀去世后至1715年间受到追捧，一共上演了197场。1672年3月，莫里哀推出了最后一部五幕喜剧《女学究》（*Les Femmes savantes*）。三位女学究是克里沙尔的妻子、妹妹和大女儿，她们对于知识有一种极度的迷恋，当这种痴迷与生活细节发生碰撞的时候，便产生了各种令人啼笑皆非的事情。例如，家中的女厨因说话不讲究语法而面临被开除的危险，仆人没坐稳椅子摔在地上就被责怪为不学无术，因为他没有搞清楚物体平衡的重心定点。不过，幸好她们失之偏颇的爱情观和价值观没有影响到克里沙尔家小女儿的美满姻缘。这部喜剧被认为是莫里哀最优秀的剧作之一，连续演出到5月15日，路易十四两次观戏，这也是莫里哀最后一次为宫廷演戏。

　　1673年2月10日，三幕芭蕾喜剧《无病呻吟》（*Le Malade imaginaire*）在王宫剧院首演。主人公阿尔冈身体健康却自认为已经病入膏肓，他身边人物也各自展现出人性中的阴暗面，例如，医生并不认真治病而只是以治病为由榨取钱财，妻子贝丽娜则急切希望尽快继承阿尔冈的遗产，

1.　普绪喀是希腊罗马神话中人类灵魂的化身，以长着蝴蝶翅膀的少女形象出现，她与爱神丘比特相恋，他们的爱情故事自古以来就是西方艺术的主题之一。

她还暗地里破坏女儿与恋人的纯真恋情。最后，女仆揭穿了贝丽娜的阴谋，有情人终成眷属，无病呻吟的阿尔冈成为了一名江湖郎中。在此剧中，音乐起到了比在之前作品中更重要的作用，而且还出现了多名歌手和舞蹈演员。从1661年开始，莫里哀和宫廷乐师吕利合作默契，共同完成了很多宫中的节庆活动和戏剧创作。但是，二人之间的矛盾也逐渐产生。《无病呻吟》的音乐由作曲家、歌唱家夏庞蒂埃（Marc-Antoine Charpentier，1643—1704）完成，与剧本实现了完美配合。《无病呻吟》的前三场演出获得巨大成功，2月17日晚上第四场演出开始，担任主角的是莫里哀。剧中人没病装病，而演员本人却是真的病人，在舞台上经常痛苦地皱眉咳嗽，观众只以为是莫里哀表演逼真，给予热烈的掌声。当全剧结束，掌声平息后没有多久，早已罹患肺病的莫里哀走到了生命尽头。

莫里哀是伟大的戏剧作家，从事过民间闹剧、性格喜剧、风俗喜剧和社会讽刺剧等所有喜剧样式的创作，共创作了30多部韵文体和散文体喜剧，并在继承传统的基础上不断创新题材和体裁。莫里哀是一个清醒的观察者，生动地刻画了同时代人的风俗和行为，其作品雅俗共赏，给观众带来了欢乐——无论是达官贵人还是普通百姓。他最优秀的喜剧并不满足于娱乐，而是针砭时弊，往往引起伪君子们的反感和争议。莫里哀善于调动语言、动作、视觉和情境等各种喜剧手法，赋予通俗喜剧以一种可以与悲剧相媲美的高雅性。莫里哀担纲他大部分个人作品的主角，创造了一个个个性鲜明的人物，他们都成为经典的舞台形象。莫里哀的很多作品至今仍在法国舞台上上演，有的作品是法国文学教材中的必修篇目，已经成为世界文学经典。1987年，法国设立了"莫里哀之夜"（La Nuit des Molières），每年在此晚颁发年度最佳戏剧创作和表演奖，这也是法国戏剧领域的最高奖项。莫里哀在法语文学中具有重要地位，因此法语也被称为"莫里哀的语言"。

∽ 让·拉辛：古典主义的悲剧诗人

让·拉辛（Jean Racine，1639—1699）出生于巴黎东北方外省小镇拉斐尔德–米隆的一个乡绅家庭，母亲和父亲先后在他三四岁时不幸离世，之后由祖父和外祖父将他抚养长大。天资聪颖的拉辛从小在波罗亚尔修道院接受冉森派教育，通过学习拉丁语和希腊语进入古典学，同时也学习法语、意大利语和西班牙语等现代语言，他在此所获得的知识和人文素养为后来的文学创作奠定了坚实的基础。

第一所冉森派学校是创办于1637年的波罗亚尔修道院（Port-Royal-des-Champs）。波罗亚尔修道院位于巴黎西南凡尔赛不远，是一座历史悠久的修道院，始建于1204年。17世纪，此处成为冉森教派的教育机构和大本营，会聚了不少社会名流，成为对抗王权和天主教会的象征场所，后来遭到路易十四和罗马教皇的联合打击。冉森派学校中神学气氛浓厚，学生只能阅读宗教读物，以期养成虔信的品德。学校限制学生的自由，但是也要求老师温和对待学生，通过示范和亲切的谈话对学生进行教育。因此，每个教师只教五六个学生，学校规模不大，被称为"小学校"。在学习内容上，冉森派反对单纯注重拉丁语，提倡学习本族语言和近代语，教学用法语进行，此外还教授数学、地理和历史等知识。由于耶稣会的抵制，冉森派学校没有得到大规模发展，至1660年之后即被关闭。

1659年，拉辛完成学业之后定居巴黎，开始进入文艺沙龙，学习上流社会的社交礼节，他经常吟诗作赋，颇得赏识。这一时期，他开始考虑在巴黎文坛开辟出自己的道路，随心所欲地创作十四行诗、颂诗或是戏剧。1660年9月，在路易十四大婚迎娶西班牙公主之际，拉辛完成了一首颂诗，托人呈交法兰西学院院士、文坛泰斗让·夏普兰（Jean Chapelain，1595—1674）请求斧正。夏普兰不仅认真修改了拉辛的作品而且将这位青年才俊引介给巴黎文学界。在文坛具有重要影响力的夏尔·佩罗（Charles Perrault，1628—1703）也帮拉辛修改润色作品。年轻的诗人虚心接受前辈的指点，以适应当时的文学标准。1660年，拉辛自费出版了这首题为《致王后：塞纳河的水波仙子》（*La Nymphe de la Seine, à la Reyne*）的颂诗。此诗约250行，借用神话典故歌颂王后驾临巴黎之盛事，效仿宫廷诗人马莱伯的《恭迎王后驾临法兰西》（*À la Reine sur sa bienvenue en France*）一诗的结构和官方抒情笔调，唯一的个人特色体现在诗歌形式上，因为拉辛用亚历山大体四行诗替换了传统的八音节十行诗。拉辛发表的第一篇作品虽然没有获得政治人物的关注，但是使得他终于以诗人的身份进入文坛。1661年，拉辛尝试创作以神话人物为素材的爱情主题作品，可惜一部戏剧和一首长诗均未完成。

青年时代的拉辛更愿意融入世俗生活之中，而与少年时代波罗亚尔修道院的宗教教育保持距离。与此同时，拉辛的文学创作生活中存在物质上的后顾之忧，因此，尽管他无意成为神父，但是也尝试在教会中寻找差使。他一度离开巴黎寻找谋生之路，同时依然与巴黎的文学沙龙保持通信联系，而且与拉封丹结为好友。在生计毫无着落的茫然中，拉辛在神学和古希腊文学研究中度过了两年孤独时光，走投无路时于1663年回到巴黎。这一年，路易十四染上了猩红热，又奇迹般痊愈康复。于是，拉辛再次从马莱伯的宫廷诗歌中借鉴经验，将颂诗法则与具体事件结合起来，写成应景应时的《颂国王康复之歌》（*Ode sur la convalescence du roi*），并于6月发表。此诗获得夏普兰赏识，他于是在7月将拉辛的名字补充到享受国王文学创作津贴者名单中，从此拉辛可以获得令其衣食无忧的年金。获得认可的青年诗人谱写了一首歌颂王权保护和赞助艺术的长诗《缪斯之誉》（*La Renommée aux Muses*，1663），获得诗歌爱好者圣-埃尼昂公爵（le duc de Saint-Aignan，1607—1687）的盛赞。圣-埃尼昂公爵成为拉辛的保护人，并将其引荐入宫廷，拉辛在1663年底第一次有幸前往参加国王的晨起仪式，并在此场合与莫里哀相遇。

拉辛通过写作找到了自己的谋生之路和事业，不再考虑其他生计。1663年底，为了在文坛获得更加稳固的地位，拉辛开始创作一部新剧，因为戏剧在当时是更容易为作家带来荣誉和收入的体裁。5年前，高乃依的悲剧《俄狄浦斯王》获得巨大成功，拉辛于是以俄狄浦斯王的两个儿子兄弟相杀的故事作为题材，创作了《忒拜纪》（*La Thébaïde*）。在内容上，拉辛去除一些繁复的细节，使得剧情更加集中。如果说剧本的结构很早就确定下来了，那么在诗句的创作上，拉辛在1663年下半年整整写作了半年时间，期间也多次与勃艮第剧院的演员们进行探讨，因为他本来计划与更擅长处理悲剧体裁的勃艮第剧院合作。1664年5月，莫里哀的《伪君子》在宫廷演出之后立刻被禁演，因此王宫剧场迫切需要另外一部作品来填补演出档期。莫里哀想到几个月前在宫中遇到的拉辛，二人达成协议，将《忒拜纪》在王宫剧场上演一个月。不过，这部悲剧演出效果不佳，可能是因为观众们不太欣赏剧中过于激烈的暴力冲突，而更加期待在暑期欣赏喜剧。为了维持一个月的演出期，莫里哀不得不在幕间增加闹剧片段以活跃气氛，此外，莫里哀还帮助拉辛争取到在宫中演出的机会，为了提高拉辛的知名度，还在1665年重演《忒拜纪》。尽管第一部戏剧作品不太成功，但是在莫里哀的提携下，拉辛的名字逐渐为人了解，他从此正式走上戏剧之路。

1665年，拉辛从第一部作品的失败中吸取教训，避免选择悲剧色彩过于浓重的题材。当时，亚历山大大帝的生平故事流传颇广，而且拉辛有意赞美当权执政的路易十四，借古喻今将其比作当朝的亚历山大大帝，因此选择以这位历史人物的事迹作为第二部戏剧《亚历山大大帝》（Alexandre le Grand）的题材。这部新戏先在巴黎最富声誉的讷维尔沙龙里朗读，拉辛还曾经向高乃依请教，据说高乃依盛赞拉辛的诗才，但是对作品的悲剧构思提出了批评。拉辛虚心吸取各方意见，精心打磨作品，在处理传统题材时设计了新的人物和情节，在历史、政治戏剧中常见的史诗英雄主义中融入了贵族爱情诗歌的元素。《亚历山大大帝》完成之后，拉辛和莫里哀耐心等到冬天才隆重推出，王公贵族们纷纷来到王宫剧院捧场，作品大获成功，仅首演的演出收入就是《忒拜纪》的三倍，第一周的后四场演出座无虚席。但是《亚历山大大帝》也引发了17世纪法国戏剧史上前所未有的纠纷：擅长演出悲剧的勃艮第剧院急忙排演该剧，吸引了大量观众，造成两个剧院之间的竞争，导致王宫剧院的演出收入锐减，莫里哀因此大病一场。当时的通行规则是一部戏剧只能交由一个剧院上演，王宫剧院于是扣除了拉辛的稿酬收入，不过拉辛仍然从勃艮第剧院的15场演出中获得不少收益。这场纠纷从某种意义上讲也反映了戏剧表演方式之间的差异，莫里哀领导的王宫剧团以强调意义、摒弃传统的台词表达方式而闻名，然而悲剧表演更强调诗歌台词的音韵性。由此可见，在17世纪的法国戏剧舞台上，悲剧和喜剧的表演方式产生了越来越明显的分野。莫里哀没有选择起诉，但是《亚历山大大帝》

事件导致莫里哀和拉辛的友谊破裂。拉辛及其作品倒是从事件中获得了超出寻常的关注，知名度南至意大利北达瑞典；此外，在1666年初出版剧本时，拉辛致国王的题献词也深得路易十四欢心。

值得一提的是，这一时期，已经跻身社会名流之列的拉辛有意与培养自己的波罗亚尔修道院以及冉森派划清界限，并参与到关于戏剧的道德性论争中。拉辛的论战文字非常激烈，给人以性格暴烈的文人形象，不过论战也间接提升了他的名声。在《亚历山大大帝》成功演出后的10多年之中，拉辛的声誉逐渐达到巅峰，生活稳定而富裕，而且是唯一以写作成为宫廷宠臣的人。

面对评论界对其作品偏离和背叛古代经典的指责，精通希腊语和拉丁语的拉辛希望通过精心写作下一部作品来回应挑剔的文学批评界。他从荷马的《伊利亚特》、古希腊三大悲剧作家之一的欧里庇德斯（Euripide，前480—前406）的《特洛伊女人》（Troyennes）和维吉尔的《埃涅阿斯纪》中采撷菁华，以古希腊神话人物安德洛玛刻[1]为题材进行创作，这些元素恰好可以充分展现拉辛在古代语言、文学和文献方面的广博知识和驾驭能力。拉辛在采用古代神话资源的同时进行了具有个人色彩的解读和化用。在他的第一部戏剧《忒拜纪》中，爱情与悲剧无缘；在第二部戏剧《亚历山大大帝》中，爱情占据了突出位置，冲淡了悲剧意味；在《安德洛玛刻》（Andromaque）中，悲剧性存在于爱的激情所导致的毁灭性后果中。该剧于1667年11月在宫廷和巴黎城里上演，很快获得成功，在勃艮第剧院连续上演近3个月。在此之前，拉辛的戏剧创作一直以高乃依的悲剧为范例，从《安德洛玛刻》开始，他革新了悲剧写

---

1. 安德洛玛刻是赫克托耳之妻，底比斯（忒拜）国王厄提昂之女，也是荷马史诗《伊利亚特》及其他多部古希腊悲剧中的人物，以温柔善良、勇敢聪敏和忠于丈夫而著称。

作模式，不再将悲剧建立在复杂的剧情之上，而是删繁就简，着力挖掘人物内心的激情冲突。这种人物构思和塑造被认为具有创新性，有评论家用"心理自然主义"（le naturalisme psychologique）描述拉辛对人物内心世界的真实再现。面对某些人的不理解或指责，拉辛后来在剧本出版时撰写序言，阐释了自己的悲剧观念。他认为自己忠实于古代悲剧作家的理念和模式，并援引亚里士多德来说明人性的弱点，如果说之前的悲剧都是完美英雄的悲剧，那么悲剧性也可以产生于不完美的英雄人物的失误，因为英雄并非至善或至恶之人。《安德洛玛刻》被文学史家们称作第一部真正的拉辛式悲剧。在17世纪的很长一段时期里，高乃依的悲剧被认为是典范，而拉辛由此摒弃了高乃依悲剧的经典范式，也引发了颇多争议。1668年5月，剧作家、演员亚德里安-托马·佩尔杜·德·叙布利尼（Adrien-Thomas Perdou de Subligny，1636—1696）创作了一部讽刺喜剧，题为《疯狂的争论或〈安德洛玛刻之批评〉》（La Folle querelle ou la critique d'Andromaque），由莫里哀的剧团搬上舞台。剧中汇集了所有的批评意见，有的批评作品构思，有的批评拉辛的作诗法，有的批评人物的道德观念，而且该剧将对作品的褒扬之语安排给丑角人物，对作品的批判之辞则由高尚人物来表达，目的即在于贬低拉辛之作，并时常假设高乃依会如何更好地呈现这一题材。观众对此以戏评戏之作反应平淡，但是莫里哀仍然为其安排了两个月的演出档期。事实上，将年轻剧作家拉辛与当时被公认为最优秀的悲剧作家高乃依相提并论已经证明了拉辛的成功，人们在拉辛身上看到的更多是年事已高的高乃依的继承者而不是竞争对手，而且期待"小高乃依"推出新作品。

拉辛在1668年同时创作了两部作品，其中一部《讼棍》（Les Plaideurs）是他唯一的喜剧作品。这是一部以法官判案为题材的作品，当时法国社会嘲弄司法公正的舆论颇为流行，应勃艮第剧院之邀，拉辛希望利用这一社会话题创作讽刺喜剧，同时也有意向世人证明自己不仅可以驾驭悲剧也可涉足喜剧，而莫里哀则通常被认为专擅喜剧不擅悲剧。剧中主人公是一个疯癫的法官，他本人也被囚禁，却由他来审判一条当了窃贼的狗。拉辛在创作中宣称以古希腊喜剧作家阿里斯托芬（Aristophane，前446—前385）为圭臬，表明他不仅熟稔古典作品，而且使作品摆脱了庸俗搞笑之气，他是唯一理解古代喜剧精髓并能将之与当时巴黎公众的高雅品味完美结合的作家。《讼棍》于1668年底公演，受到观众欢迎，直到19世纪，它是被上演次数最多的拉辛剧作，如今却很少为文学史家所注意，而且通常被认为是拉辛悲剧创作之余的一个意外之作。

拉辛因创作《讼棍》而放慢了悲剧《布里塔尼居斯》（Britannicus，1669）的写作速度，在探索了莫里哀的喜剧领域之后，他又开始挑战高乃依的罗马题材悲剧领域，而此前人们一直以高乃依的悲剧模式来评价拉辛的希腊题材作品。此时的拉辛希望自己不仅可以得到宫廷和观众的喜爱，而且能够成为文学评论界所认可的作家。早在1641年，高乃依的《西拿或奥古斯都的仁慈》（以下简称《西拿》）就获得广泛赞誉，并确立了一个时代法国悲剧的最高标准：罗马题材、政治主题和道德指向。《西拿》以罗马共和党人反对帝国权力为政治背景，共和党人西拿阴谋反对奥古斯都[1]，在被发现之后却得到罗马元首的宽恕。高乃依在《西拿》

---

1. 盖约·屋大维·奥古斯都（Gaius Octavius Augustus，前63—14），公元前44年被恺撒指定为第一继承人并收为养子，公元前43年，恺撒被刺后他登上政治舞台，经过征战打败对手，成为罗马内战的胜利者；公元前30年成为"终身保民官"，公元前29年获"皇帝"（Imperator，又译"大元帅"）称号；公元前28年被元老院赐封为"奥古斯都"（意为神圣、伟大）。他是罗马帝国第一位元首，统治罗马长达40年，为罗马世界未来两个世纪的和平与繁荣奠定了基础。

一剧中表现了古罗马皇帝奥古斯都政治和道德理念的变化：起初以暴力手段获得政权，继而以君主美德施行宽厚仁政，以国家理性超越个人激情。拉辛却反其道而行之，在《布里塔尼居斯》中表现原来亲民友善、受人爱戴的尼禄皇帝[1]如何在难以抑制的个人激情的作用下变成一个血腥暴君。通过故事情节的反转，拉辛迎合了强化君主专制的路易十四时期的政治理念。总之，《布里塔尼居斯》在主题上被认为是一部反《西拿》之作，也是一部反对高乃依悲剧美学的作品。该剧在1669年上演时虽然没有获得拉辛所期待的成功，但是正式确立了拉辛的悲剧美学理念，那就是情节简洁，没有复杂故事，集中在一天之内可以展开的内容，以人物的情感、激情或利益驱动整个剧情，逐步发展和收束结局。拉辛在前几部悲剧中仍然呈现了丰富的情节，人为地实现了"三一律"中的时间统一性，而从《布里塔尼居斯》开始，他力图使时限与剧情完美合拍，真正实现时间与情节的统一。因此，在拉辛的作品中，外部世界中的政治悲剧本身的矛盾不再是重点，他着力呈现的是人物内心世界中的心理冲突和发展。这些戏剧理念后来在《蓓蕾尼丝》（Bérénice，1670）、《巴雅泽》（Bajazet，1672）、《米特里达特》（Mithridate，1673）、《伊菲莱涅亚》（Iphigénie，1674）和《费德尔》（Phèdre，1677）等几部作品中得到更加充分的实践。

《费德尔》是拉辛最后一部重要的悲剧，依旧取材于古希腊神话。雅典王后费德尔爱上了曾战胜人头牛身怪物米诺陶洛斯的国王忒休斯与前妻所生之子希波吕托斯。忒休斯长年征战在外，生死不明，费德尔内心

1.　尼禄皇帝（拉丁语：Nero Claudius Caesar Augustus Germanicus，37—68），罗马帝国第五位皇帝。执政早期的尼禄以开明君主的模样示人，以仁慈、谨慎和慷慨而著称；后来虽未荒废政务，但是逐渐行事残暴、奢侈荒淫，甚至杀死了自己的母亲和妻子，处死了诸多元老院议员，世人称之为"嗜血的尼禄"。

挣扎，终于向希波吕托斯吐露情意，但遭到拒绝，原来希波吕托斯另有心上人。费德尔羞恨交加，夺过希波吕托斯的宝剑想要自刎，却被忠实的乳娘俄侬娜拦住。这时传来了国王凯旋的消息，为求自保，费德尔和俄侬娜诬告王子趁父亲不在家之时对继母有不轨之心。希波吕托斯有口难辩，愤怒的国王惩罚儿子远行海上，希波吕托斯惨死于惊涛骇浪之间；俄侬娜投海自尽，费德尔悔恨交加，饮毒腹中，在向国王坦白之后倒地而死。作品揭示了人性的弱点，表现了破坏一切的激情的摧毁性力量，诗句典雅含蓄而又富含力量。拉辛含蓄地认为《费德尔》是自己最好的作品，但是仍需要公众和时间来给予评判。

在此之后，拉辛成为宫廷史官，并且表示为了集中精力记录国王的工作和生活，在担任史官期间不再创作戏剧。后来的十余年间，拉辛伴随路易十四左右，陪同出访或征战，详细记录君王生活点滴，只有几次应宫廷之邀创作过短小的作品。拉辛在1679年之后与冉森派和解，甚至在他们与王权的冲突中予以一定支持，在人生的最后岁月中他表现出越来越虔诚的宗教信仰，对戏剧创作逐渐失去热情。1699年，拉辛因病去世，其遗愿是被葬在求学时生活过的波罗亚尔修道院，他生前撰写的《波罗亚尔修道院简史》(*Abrégé de l'histoire de Port-Royal*)在他去世后出版。1710年，波罗亚尔修道院被摧毁之后，拉辛的骨灰被迁回巴黎。

拉辛的戏剧作品构思严谨，情节简洁，着力于人物的情感和心理剖析，语言凝练典雅，诗句优美流畅，严格遵守"三一律"，是17世纪后半叶法国古典戏剧的典范，至今仍在法国戏剧舞台上常演不衰。拉辛与高乃依和莫里哀同为法国古典时期的三大剧作家，也是法国文学史上最著名的悲剧作家之一。

✆ 让·德·拉封丹：以寓言传世的诗人

让·德·拉封丹（Jean de la Fontaine，1621—1695）出生于香槟省蒂耶里堡市 [1] 一个地方官员家庭，父亲是山林水利管理官，他从小在农村长大，熟悉大自然和乡村生活，也爱好读书。父母希望他从事神职工作，于是安排他进入神学院学习，不过拉封丹对拉伯雷的《巨人传》和杜尔斐的《拉斯特蕾》的阅读兴趣远远超过神学著作。之后，他来到巴黎改学法律，1649年获得巴黎高等法院律师资格证书，同时参与文学青年沙龙"圆桌骑士"，并开始尝试写作诗歌。1654年，拉封丹出版了第一部喜剧《宦官》（L'Eunuque），改编自古罗马诗人泰伦斯（Publius Terentius Afer，约前195或前185—前159）[2] 的作品，但是完全没有引起关注。

拉封丹并不喜欢和法律相关的职业，宁愿回乡做一个安闲的乡绅。可是，拉封丹的父亲在1658年去世，他在堂兄的推荐下投靠了宫廷财政大臣富凯，为其写作过十四行诗、英雄史诗等。拉封丹曾在富凯府中观看《讨厌鬼》，莫里哀喜剧的自然风格令他由衷欣赏。富凯于1661年失宠，锒铛入狱，拉封丹作诗并发表，公开为旧主求情，得罪了朝廷，于是到利摩日城躲避风头。这段时期，他在给妻子的书信中记述自己的旅行见闻，描绘城市和乡村风光，后来出版了游记《从巴黎到利穆赞旅行记》（La Relation d'un Voyage de Paris en Limousin，1663）。1663年，拉封丹先是回到家乡，博得了一位公爵夫人的好感，在其推荐下成为巴黎奥尔良公爵夫人的门客。返回巴黎后，拉封丹出入沙龙，结识了夏尔·佩

---

1. 我国作家巴金曾经于1927—1928年在拉封丹故乡蒂耶里堡（Château-Thierry）留学一年多，并在那里写成了第一部小说《灭亡》，他在《随想录》中将它音译为"沙多-吉里"。
2. 泰伦斯，古罗马著名戏剧家，一生共写过6部喜剧，全部流传至今。

罗、布瓦洛、莫里哀、拉辛等作家。拉封丹和布瓦洛一样，对古典文学素有崇敬之心，与很多17世纪作家不同的是，他也对中世纪和16世纪法国文学感兴趣，善于从本国传统中汲取营养，在古典作家中寻找典范。

拉封丹在1665、1666和1671年陆续出版了3集《短篇故事诗》（*Contes et Nouvelles en vers*），生前一共出版了12集，内容取材自薄伽丘、拉伯雷等人的作品。这些作品虽然诗才横溢，但是当时被认为有违教义、有伤风化。拉封丹还尝试写过长篇小说《普绪喀与丘比特的爱情》（*Les Amours de Psyché et de Cupidon*，1669），这是一部融合了韵文、散文和神话元素的独特作品。在古典美学规则盛行时期，这一作品难以为人们所理解和接受。这一时期，他往返于巴黎和家乡之间，由于不善于管理田产，家庭的财政状况出现了问题，于是只得出让土地，返回巴黎。在后来20年中，拉封丹幸运地得到博学多识的萨布里埃尔夫人（Madame de La Sablière，1640—1693）的庇护，他在女主人的沙龙里结识了一批热爱文学和生活的好友，如拉罗什富科、拉法耶特夫人、塞维涅夫人以及一些王公贵族，并得到他们的赏识。1683年，拉封丹当选为法兰西学院院士。

在拉封丹体裁多样的作品中，寓言诗建立了他的文学声誉，但是也掩盖了他在其他领域的创作成就。第一集《寓言诗》出版于1668年，第二集出版于1678年，第三集出版于1694年，共12卷约240篇。《寓言诗》的素材主要来自古希腊的伊索寓言、古罗马寓言家费德鲁斯（Phaedrus，约前15—约50）以及古印度故事集《五卷书》（*Pañchatantra*）[1]，法国中世纪

---

1. 《五卷书》大约成书于公元前3世纪，分为《朋友的决裂》《朋友的获得》《乌鸦和猫头鹰从事于和平与战争等六种策略》《已经得到的东西的丧失》和《不思而行》等五卷，富含修身齐家治国的法则和为人处世及交友的智慧。据说古印度一个国王有三个笨儿子，他们对读书毫无兴趣，缺少智慧，一个精通世事的婆罗门写下了《五卷书》，在六个月内教会了三个王子人生智慧与治国理论，从此，《五卷书》成为印度王子们的必读书。

寓言诗《列那狐的故事》和玛丽·德·法兰西编译的伊索寓言也为拉封丹提供了素材，此外也有少数诗篇取材于欧洲早期现代文学以及现实生活。正如拉封丹本人在第二卷开篇所言：

> 我把这些才能献给伊索的虚构，
>
> 不同时代的故事和诗篇都是朋友
>
> [……]
>
> 人们可为前人的创造发扬光大：
>
> 别人能做，我也试试：智高一筹为佳。（杨松河译）

拉封丹在《寓言诗》第二集的"告读者"中尤其强调了他的东方素材来源：

> 这是我发表的寓言集第二集。我使本集中的大部分寓言具有跟第一集中的寓言稍许不同的笔调和表达方式，我认为这是适当的，因为题材是不同的，同时也是为了让我的作品富于变化。[……]本集中的绝大部分，应归功于印度大贤皮尔培[1]。他的书已译成各种文字。他的本国的人士认为他是极古时代的人，像伊索一样具有独创性的人，说不定就是隐藏在贤士洛克曼名下的伊索本人。（钱春绮译）

---

1. 拉封丹多次在文中感谢古印度哲人皮尔培的寓言故事为自己提供素材，他将"皮尔培"拼写为"Pilpaï"，也可见"Pilpay"和"Bidpaï"两种拼法。17—18世纪的欧洲人将古印度《五卷书》归于其名下，此说未可考证。

在故事中，拉封丹努力以欢快活泼的方式使人们熟悉的故事焕发出新的生机和活力。拉封丹寓言的重要特征就是以戏剧化的方式处理丰富多样的主题，每一篇寓言好似一篇微型戏剧，多数是讽刺性喜剧，也有一些是悲剧。诗人像戏剧家一样让笔下的人物活跃于情境之中，以寥寥几笔勾勒出自然景物，犹如剧中的场景，在短小的篇幅中提炼出有开场、有发展、有结局的丰富情节，在叙事中融入对话。他在《回敬闲言碎语》一篇中阐述了自己的创作态度和方法：

> 直到今天我才找到一种新方法，
> 我让狼和小羊开口说话；
> 我得寸进尺，即使我家草木，
> 也都成为说话的造物。

正如拉封丹本人所言："一本书就是一部百幕大戏，宇宙就是大舞台，众人、众神和众生灵各有角色。"孩童和老师、园丁和老爷、老妇人和年轻的女佣、乌鸦和狐狸、知了和蝉、狼和羊等一个个形象跃然纸上，自私、狂妄、狡诈、虚伪、贪婪和谄媚等永恒的人性弱点都被展示在文字之中。拉封丹有言，"我要用动物来教化人类"，他描摹的是动物世界，指喻的是人性特征和社会现实。当然，拉封丹寓言中不全是动物唱主角，舞台上也有人的角色，例如第五卷中《两个医生》一篇揭示道理的方式同样风趣幽默，而且今人也会认同：

> 一个医生看病总说病情"糟"，
> 另一个医生看病老说病情"好"。

"糟"医生说病人要去向祖宗报到，

"好"医生说病人不碍大事就会好。

两个医生治病各有各的高招。

病人相信"糟"医生切中要害，

很快就入土为安走上黄泉道。

两位医生对诊断都很骄傲。

一个说："他死了，我早就料到。"

一个说："他若信我，也许还活蹦乱跳！"（杨松河译）

　　拉封丹将《寓言诗》第一卷题献给未成年的王太子，由此可见作品的教化作用。关于寓言体，拉封丹在继承传统的基础上提出了自己的思考。他认为寓言由两部分构成，一部分是故事，一部分是寓意，故事为体，寓意为魂。《下金蛋的鸡》是一篇结构完整、强化寓意并且直接讽喻现实的作品：

贪多嚼不烂，

什么都想赚，反把老本断，

有诗为证，请看这则寓言。

有只母鸡每天下个金蛋，

主人以为鸡肚里有座金山，

于是杀鸡开膛，

发现里面也是血肉心肝，

但生财之道却毁于一旦。

这个故事深刻教训了贪得无厌之人！

最近以来见多不怪，

多少人一夜之间变成了穷光蛋，

就因为发财心切想杀鸡取卵！（杨松河译）

　　拉封丹也认为"空洞无味的说教会让人厌倦"，需将寓意融合于故事之中，他正是在对故事的生动讲述和对人物的刻画中让真理自然显现。因此，拉封丹采用灵活变通的手法，有时在诗篇开头或结尾用三言两语揭示主旨，有时信任读者自可从故事中获取真义。

　　然而，后世也有卢梭和拉马丁担忧孩子们在读拉封丹寓言的时候未必理解劝善之心反而学会人性之恶。或许19世纪的文学批评家圣勃夫（Charles-Augustin Sainte-Beuve，1804—1869）最懂得拉封丹："谈拉封丹就是谈一个人自己成熟了才能深切感觉到的那一切的东西。这个拉封丹只有在四十岁以后才能真正领略到，就等于伏尔泰所说的那种老酒，他用来比喻贺拉斯诗的那种老酒：他越老越好，正如每一个人越上年纪就越能领略拉封丹。"[1]拉封丹本人似乎认为自己的作品应该老少咸宜，他在《寓言的威力》一篇中写道："有人说世界老了，我也这么想；/但应当让老人像孩子一样喜洋洋。"（杨松河译）

　　在表达形式上，诗体寓言也具有语言上的美感。拉封丹词汇丰富，其诗句富有韵律，格律也有所变化，错落有致。他擅用修辞，尤其能够灵活地赋予不同的人物形象以不同的语言风格，将形象描绘得活灵活现，让寓言这样一种民间通俗体裁获得很高的文学价值和艺术性。像《龟

---

1. 夏尔·奥古斯丁·圣勃夫：《圣勃夫文学批评文选》，范希衡，译，南京：南京大学出版社，2016年，第196页。

兔赛跑》中的"跑得快不如跑得早"和《狼与羔羊》中的第一句"强权
总是强词夺理"等很多拉封丹寓言中的诗句已经成为法国人耳熟能详的
谚语和格言。萨布里埃尔夫人曾说拉封丹就像一棵寓言树，树上结满了
寓言，就好比苹果树上结满了苹果。事实上，每一篇寓言诗都是拉封丹
精心锤炼的成果，来之不易。正如瓦雷里（Paul Valéry，1871—1945）在
《文艺杂谈》（*Variétés*）中所言："他的漫不经心是高明的；他的懒散是用
心良苦的；他的平易是艺术的最高境界。"（段映虹译）

　　从1668到1695年，也就是三集作品陆续出版齐全的20多年中，拉封丹
《寓言诗》的前两集同时不断再版，全书一共刊行了37次。与拉封丹同时
代的塞维涅夫人曾在书信中高度评价他的寓言，莫里哀也曾预言拉封丹
的寓言会流传长远，19世纪法国著名文学评论家泰纳（Hippolyte Adolphe
Taine，1828—1893）称赞他是法国的荷马，拉封丹寓言诗也可以说是一
部具体而微的《人间戏剧》[1]。拉封丹仅以寓言这一边缘性文学体裁便成
为17世纪法国古典文学的杰出代表，其作品被翻译成多种语言，流传至
今。拉封丹寓言诗继承了古代寓言的宝贵资源和传统，曾对后世俄国作
家克雷洛夫（Ivan Andreïevitch Krylov，1769—1844）的寓言产生了影响，
是世界寓言宝库中的一座丰碑。

✍ 夏尔·佩罗：被遗忘的诗人和童话作家

　　夏尔·佩罗（Charles Perrault，1628—1703）出生于巴黎，父亲是巴
黎最高法院律师。在中学时，佩罗是一个优秀的文科生，在一次与哲学

1.　通常译法为《人间喜剧》，参见本书19世纪巴尔扎克部分。

老师不愉快的争论之后，他决定自学，阅读了大量神学、哲学、历史和文学著作。1651年，在获得法学学士学位之后，夏尔·佩罗获得律师资格，但是他对此职业并不感兴趣。1653年，他与后来成为建筑师和医生的三哥克洛德共同发表了一首诗歌；第二年他成为当税务官的二哥皮埃尔的助理，这份工作使得他在业余时间可以从事诗歌写作，成为巴黎文坛颇负盛名的青年诗人。

1663年，受路易十四的财务大臣柯尔贝之命，夏尔·佩罗以小学院（La Petite Académie）会议秘书的身份负责制定路易十四的文学艺术发展政策，从此他借助柯尔贝的影响大力发展法国的文学、艺术和科学事业，并参与建立资助法国和欧洲学者、作家的年金制度。佩罗本人在1671年当选为法兰西学院院士，他为学院的出勤制度、院士选举制度和就职仪式等提出的建设性意见被采纳并沿用。此外，他为法兰西学院和法兰西美术学院（Académie des beaux-arts）的建立做出了贡献，在1694年还为《法兰西学院大词典》撰写序言，由此可见夏尔·佩罗在当时法国文艺界的地位。

在文学创作上，佩罗涉猎过多种体裁，写过爱情题材的诗歌和对话体作品。1687年1月27日，他在法兰西学院宣读了一首诗歌《路易大帝时代》（Le Siècle de Louis le Grand），在这首诗中，他第一次将17世纪法国的科学和艺术成就置于之前所有时代之上，即使对荷马等最伟大的古代作家也不表尊崇之辞。他认为自然的力量和法则是恒定不变的，不同的时代是平等的，每个时代都有自己的伟人和天才，作家应反映当代人的生活和道德观念。在场的布瓦洛听到此诗，愤怒地起身离席；拉辛揶揄和夸奖佩罗如此口是心非；其他院士则从中获得一种满足感，给予热烈掌声。法国文学史上最负盛名的一次文学论战从而开启。此诗在法国文学史上占有重要地位，因为夏尔·佩罗以此揭开了17世纪法国文坛的古今之争（la Querelle des Anciens et des Modernes），而他本人正是崇今派阵营的旗帜。作为崇古派阵营的代表，布瓦洛后来以讽刺诗的方式认真回应了佩罗的观点。在这场波及范围广泛的争论中，两派作家按照各自的逻辑各执一词，撰写文章，互相猛烈回应和反击，甚至伴有人身攻击。佩罗和布瓦洛这两位文坛宿敌后来在他们共同的朋友神学家、哲学家阿尔诺（Antoine Arnauld，1612—1694）的调解下于1694年达成和解，二人在法兰西学院会议上当众拥抱。1696年之后，佩罗花费5年时间完成了2卷本《当代名人传》（Hommes illustres qui ont paru en France pendant ce siècle），为17世纪102位杰出人物立传，这些叙述准确、凝练的人物小传配有精美的肖像，具有历史文献价值。夏尔·佩罗对所处时代的关注和热爱体现了他与时俱进的精神，但是他对已经成为经典的古代作家的低估以及对一些同时代作家的高估难免失之偏颇，因为对当代作家和作品的评估仍然需要一定的时间距离。他所欣赏的同代作家如齐诺、夏普兰和圣-索尔兰（Jean Desmarets de Saint-Sorlin，1595—1676）等如今已经被很多人遗忘，而荷马、维吉尔等的古典作品仍然流传于世。法国文坛的古今之争也波及英国和德国，引发了与各自文化环境和主题相结合的文化论战。

1683年，柯尔贝去世后，夏尔·佩罗不仅失去了王家建筑总监的职位而且被开除出法兰西王家铭文与美文学院（前身为"小学院"），同一年，他的妻子去世。因此，夏尔·佩罗决定用更多的时间来培养和教育4个孩子，从而更加关注童话故事。在当时的贵族沙龙中，童话也是流行的文学体裁，大家聚在一起分享和记录口口相传的故事。佩罗所做的工作正是将他所听到的民间童话故事进行系统的文字整理和书写，这就是《鹅妈妈故事集：过去的故事》（Contes de ma mère l'Oye, ou Histoires du temps passé），"鹅妈妈"所代表的是一个给孩子讲故事的乳娘形象。

《鹅妈妈故事集》共收录8篇散文体童话（其中有的曾经以韵文体发表过），分别是《睡美人》（La Belle au bois dormant）、《小红帽》（Le Petit Chaperon rouge）、《蓝胡子》（La Barbe bleue）、《穿靴子的猫》（Le Maître chat ou le Chat botté）、《仙女》（Les Fées）、《灰姑娘》（Cendrillon ou la Petite Pantoufle de verre）、《簇发里凯》（Riquet à la houppe）和《小拇指》（Le Petit Poucet）等。1697年，夏尔·佩罗以其子之名皮埃尔·德·阿芒古（Pierre d'Armancourt）[1]出版童话，之所以没有实名出版作品，一个重要原因是希望避免像之前古今之争那样的文坛风波。

在将民间流传的童话文字化的过程中，佩罗避免对故事进行美化，因而其作品更接近民间口头文学的源头，同时，作为书写文化保留的佩罗童话也为后世其他版本提供了可靠的素材。例如，他笔下的仙女并不是后世童话中呼风唤雨和改变自然造化的奇幻形象，而是命运女神的工具，保留了中世纪时期身怀魔法的女子形象。一个多世纪后德国格林兄弟（Jacob Ludwig Karl Grimm，1785—1863；Wilhelm Karl Grimm，1786—1859）的《灰姑娘》童话中那只令人羡慕的公主鞋是水晶鞋，而佩罗笔下的灰姑娘所面临的考验是穿上一只玻璃鞋，这个名称直接出现在故事标题中，事实上在中世纪晚期，玻璃是非常昂贵的物品，只是后来的故事中以水晶鞋替代了玻璃鞋。在故事情节上，格林童话和迪士尼动画片中都以王子之吻唤醒睡美人，从而强化了爱情的力量并增加了故事的奇妙色彩，而在更早的佩罗版《睡美人》中，王子双膝跪在睡美人身边，她是自己醒来的。佩罗版《小红帽》以大灰狼吞噬了小红帽和她的祖母而告终，更接近于原始版本，但是格林兄弟对童话进行了改写，安排了

---

1. 阿芒古是夏尔·佩罗购置的庄园，赠予刚刚成年的儿子皮埃尔。

猎人杀死大灰狼拯救小红帽的欢喜团圆结局。经过再创造的《小红帽》应该更加适合儿童的心理认知和阅读习惯，不过这也说明，夏尔·佩罗并不是纯粹写作睡前故事，而是更加侧重故事的哲理性，也更具现实主义风格，旨在培养能够更好地生存于世的人。这一写作意图体现在根据故事而提炼的寓意部分，它从故事中升华而来，形式上独立于故事主体，而且用韵文体写成。相对而言，这是佩罗童话中具有创造性的部分，也是不可或缺的部分，只是后人往往只关注童话故事本身。

总之，夏尔·佩罗流传至今的文学作品并非他的诗歌和名人传记，而是一本经典童话。《鹅妈妈故事集》保存了法国民间口头文化遗产，为后来格林兄弟的童话创作提供了宝贵素材，其中的童话经过各种形式的改写或是艺术化再现，至今仍是世界各地妇孺皆知的故事，流传甚广。

✍ 布瓦洛：古典主义的"立法者"

尼古拉·布瓦洛-德普雷沃（Nicolas Boileau-Despréaux，1636—1711）出生于巴黎，德普雷沃是他后来购置的一块地产，也成为姓氏的一部分。布瓦洛在家排行十五，两岁丧母，父亲是巴黎高等法院的书记官。他遵从父亲的意愿学习神学，但是学业并不理想，后来改学法律，在20岁时获得律师资格，但这并不是他所喜欢的职业。1657年，父亲去世后，布瓦洛继承了并不丰厚的遗产，但是能够保障基本的生活，使得他在放弃律师工作之后可以专心从事文学创作，因为他读中学时便表现出对古罗马诗歌的热爱。

布瓦洛年轻时喜欢和自由派文人来往，对官方人士往往采取鄙夷态度。他所欣赏的作家是莫里哀、拉封丹和拉辛，并与他们保持了长期的友谊，而且总是在他们遭遇质疑的时候挺身而出。他在《蒙娜丽莎评论》（*Dissertation critique sur Joconde*，1662）中赞美拉封丹，在《太太学堂》风波中声援莫里哀，在拉辛处于低谷时给予坚定的支持。受古罗马诗人贺拉斯（Horace，前65—前8）和尤维纳利斯（Juvenalis，约60—约140）的启发，布瓦洛从1657年开始创作讽刺诗，抨击那些他认为缺乏品味的作家，如齐诺、夏普兰和乔治·德·斯居德里，批判他们作品中的矫揉造作和夸张浮华。在17世纪中叶，尽管高乃依和莫里哀是最受欢迎的作家，但掌握文坛发言权的却是官方作家夏普兰。面对权威，布瓦洛表现出罕见的明智和勇气。他从1666年开始发表讽刺诗，最早的7首诗发行量甚高，被他讥讽的作家们的反应越是强烈，他的作品就流传得越广。在第九首讽刺诗中，他回应对手们的愤懑，将优雅的措辞和犀利的嘲讽完美结合。至1698年，布瓦洛共创作了12首著名的讽刺诗，其中最后一首被禁止发表。

　　1674年夏天，布瓦洛出版了一卷作品集，题为《D先生作品杂选——兼论言辞中的崇高与神奇》（*Œuvres diverses du Sieur D***, avec le Traité du sublime ou du merveilleux dans le discours*），其中有9首讽刺诗、4首尺牍诗和尚未单独发表的《诗的艺术》（*L'Art poétique*），以及《经枱吟》（*Lutrin*）的前4首，还有古希腊哲学家、修辞学家朗吉努斯（Cassius Dionysius Longinus，约213—273）《论崇高》（*Traité du sublime*）的第一个法语译本。《经枱吟》被布瓦洛本人称为"喜剧英雄诗"，叙述的是17世纪巴黎一座教堂里人们为如何摆放阅读《圣经》的经台而发生争吵的故事，其中不乏戏谑意味。布瓦洛的中期作品主要是依然保留讽刺风格的尺牍诗，在1670—1695年期间陆续发表，后来被汇集成12卷的《诗简》（*Épîtres*），其中第九首诗中所言"唯真为美，唯真可爱"（« Rien n'est beau que le vrai; le vrai seul est aimalbe »）体现了布瓦洛的为人准则和美学思想。布瓦洛是一个求真的人，他在第五首诗中写道："自由真理是我的全部修行。"即使在他歌颂路易十四的诗句中，也可以看出赞美的言辞出自真诚的敬仰而不是虚伪的谄媚。他的每一首诗都严格遵照作诗法，在内容上既有个人经验也有时代特色，其中还点缀着普遍的道德价值以及17世纪法国资产阶级的哲学观念。有的作品反映了他并不固执己见迎合时代风气的做法，实际上，他内心丝毫没有放弃自己的政治、道德信念以及诗人风骨。1677年，布瓦洛获得路易十四的赏识和庇护，和拉辛同时被任命为宫廷史官，享受优厚待遇，并在1684年当选为法兰西学院院士。布瓦洛不仅是诗人、史学家，也是文学理论家，撰写了《关于小说主人公的对话》(*Dialogue sur les héros de roman*，1664)、《关于朗吉努斯的批判思考》(*Réflexions critiques sur Longin*，1694—1710)等理论著作。在与夏尔·佩罗的古今之争中，作为崇古派的代表，布瓦洛认为文艺创作要师法古人、师法自然，因为古典作品体现了普遍理性与自然人性。

布瓦洛最为重要的作品是创作于17世纪70年代的《诗的艺术》。之所以写作这样一部作品，主要是为了准确定义各种体裁并确立美学规则。布瓦洛继承古希腊罗马的文学传统，吸收了笛卡尔唯理主义的哲学思想，认为理性是文艺创作的根本原则："请爱慕理性吧；务使你的一切诗文，仅凭着理性获取光辉和价值。"美必须符合理性标准，因而具有普遍永恒的价值。不过，布瓦洛并不因为提倡理性而压抑感性和想象，因为它们是诗人的必备素养。

《诗的艺术》共分4章，第一部分在总论之后提出作诗的普遍性原则，即必须遵从理性、清晰、秩序、和谐、节制和一致性等规则，需要精心打磨，而不是凭借即兴灵感一蹴而就，布瓦洛最常被引用的两句诗便出自此处：

你心里想得透彻，你的话自然明白，

表达意思的词语自然会信手拈来。（任典译）

布瓦洛还对法国中世纪以来的诗歌发展脉络进行了勾勒，他对法国早期诗歌评价不高，给予肯定的只有维庸和克莱芒·马罗，文艺复兴诗人龙沙的诗歌在他看来十分"可笑"和"无聊"，而17世纪宫廷诗人马莱伯才是引领"音律谐和"的楷模。第二章顺次论述自古至今牧歌、悲歌、颂诗、十四行诗、讽刺诗和歌谣等各种诗歌体裁所应遵从的创作方式，描述每一种形式应有的特征，并且援引代表诗人作为例证。第三章论悲剧、喜剧和史诗等体裁的创作规律，悲剧崇高而悲壮，喜剧则日常而通俗，而史诗需要波澜壮阔：

咏史长诗比悲剧更需要壮阔波澜，

它以广大的篇幅叙述着久战长征，

凭虚构充实内容，凭神话引人入胜。（任典译）

布瓦洛在论述悲剧特征时概括了"三一律"的规则：

我们对理性要服从它的规范，

我们要求艺术地布置着剧情发展；

要用一地、一天内完成的一个故事，

从开头直到末尾维持着舞台充实。（任典译）

布瓦洛在第三章中提出作家要模仿自然人性："你们唯一钻研的就

该是自然人性"，作家要"善于观察人，并且能鉴识精审，对种种人情衷曲能一眼洞彻幽深"，以达到求真之目的："切莫演出一件事使观众难以置信：有时候真实的事情很可能不像真情。"第四章不再论述体裁和形式，而是重点探讨诗歌与道德的关系，颇有我国古人所言"文以载道"之使命：

> 无数著名的作品载着古圣的心传，
>
> 都是利用着诗来向人类心灵输灌；
>
> 那许多至理名言能处处发人深省，
>
> 都由于悦人之耳然后能深入人心。（任典译）

布瓦洛认为文学与道德是有密切联系的，诗人需保持真实、真诚、正直之心方能达到纯粹之美，真正的艺术家不应有功利之心：

> 一个有德的作家，具有无邪的诗品，
>
> 能使人耳怡目悦而绝不腐蚀人心。
>
> ［……］
>
> 为光荣而努力呵！一个卓越的作家
>
> 绝不能贪图金钱，把利得看成身价。
>
> ［……］
>
> 把这神圣的艺术变成了牟利勾当。（任典译）

由上可见，《诗的艺术》是一部用工整的亚历山大诗体著成的文学理论著作，它尝试以清晰明确的方式定义古典主义的美学品味和创作标准，总结法国古典主义文学的创作经验和美学思想。布瓦洛的突出成就是把时代气候中的古典主义文学理论凝练成音韵整饬的优美诗句，促进了古典主义理论的传播和普及，对当时以及18世纪的法国戏剧和诗歌发展产生了深远影响。19世纪的浪漫主义作家视古典主义法则为禁锢，追求更大的想象空间和创作自由，不过布瓦洛在《诗的艺术》中提炼出的某些古典主义美学法则依然有其价值。

❧ 拉布吕耶尔：《品格论》中的百态人生

让·德·拉布吕耶尔（Jean de La Bruyère, 1645—1696）出生于巴黎一个普通市民家庭，父亲是巴黎市政厅的官员。他在奥尔良大学学习法律，20岁时获得法学学士学位，并掌握古希腊语和德语，这在当时并不多见。毕业后，他回到巴黎跟家人一起生活，由于家境并不富裕，他开始从事律师行业，不过没有多少诉讼业务。直到1673年，他继承了一个叔叔的遗产，购买了外省城市卡昂的财务局一官员职位以获得稳定收入。1674年，他办完履职手续之后很快回到巴黎，并未真正工作。这一时期的拉布吕耶尔除了与波舒哀主教有所来往，几乎没有任何社交活动。他生活俭朴，潜心读书。1679年，他因家中现金被盗而失去生活来源，于是受雇到一位侯爵家中担任私塾教师。1684年，经由波舒哀主教推荐，拉布吕耶尔被破格聘为孔代亲王的孙子、年少的波旁公爵的老师，教授历史、地理和政治，后任公爵的侍从，负责管理私人藏书。尽管孔代亲王和波旁公爵都让人感到难以相处，性格清高的拉布吕耶尔在有生之年却一直供职于王府，从而对法国上流贵族社会有了深入了解，王公贵族的形象后来在其文字中有所呈现。

拉布吕耶尔为人低调，不喜交游，但是与布瓦洛保持着友谊，布瓦洛称赞他是正直、睿智之人，容易相处，而且富有学识和才情。除了公务所需，拉布吕耶尔深居简出，专心著书。1687年秋，他翻译的古希腊哲学家泰奥弗拉斯特[1]（Theophrastos，约前371—约前288）的《品格论》出版，约百余页，后附他本人所写的420则短章，全书名称为《泰奥弗拉斯特〈品格论〉，译自希腊语，附当代风俗〈品格论〉》（Caractères de Théophraste, traduits du grec, avec les Caractères ou les Mœurs de ce siècle）。这个版本立刻成为畅销书，1688年很快重版两次。该书在17世纪不断再版，每一版内容的扩充都见证了拉布吕耶尔阅历的丰富和思考的延展：1689年第四版中增加了350余则片段，泰奥弗拉斯特的《品格论》开始被置于拉布吕耶尔的文字之后；1690年第五版增加150则，1691年和1692年版均增加近80则；1693年第八版补充了40则片段以及拉布吕耶尔入选法兰西学院后的就职演说。这篇演说一度引起轩然大波，因为他站在布瓦洛、拉封丹、拉辛和波舒哀等人组成的崇古派阵营中批评了崇今派，而且认为拉辛的悲剧艺术高于高乃依，高乃依的弟弟托马·高乃依和侄子丰特奈尔（Fontenelle）都是法兰西学院院士，而且二人均在现场，拉布吕耶尔的言论难免让他们感到难堪。1696年，拉布吕耶尔去世后不久，《品格论》第九版出版，这一版没有补充新的内容，全书共1120则长短不一的片段，但是由拉布吕耶尔在生前重新审读和校对。至此，《品格论》的内容与初版相比增加了近2倍。

拉布吕耶尔从未在其著作封面上署名，却因唯一著作《品格论》而

1　泰奥弗拉斯特，古希腊逻辑学家、哲学家、植物学家，亚里士多德的弟子，著作大多失传，只有少数哲学短论和文学残篇流传于世。

在法国文学史上留下印记。该书主要包括两类内容：一部分是格言式的简短评论，一部分类似人物肖像小品文。他的格言简短而精辟，可以与拉罗什富科的《箴言集》相媲美。关于人生的思考，拉布吕耶尔的多则格言令人开悟，例如：

"多数人对前半生的使用方式造成了后半生的痛苦。"

"当人生不幸时，生活是一种痛苦；当人生快乐时，失去生活也是一种痛苦；人生就是这样。"

"当我们为一去不复返的青春叹息时，我们应该考虑将来的晚年，不要到那时再为没有珍惜壮年而悔恨。"这句格言与我们所熟知的"少壮不努力，老大徒伤悲"颇有相近意味。

"一个伟大的灵魂是超越侮辱、不公、痛苦和嘲笑的，它是不可被伤害的，如果不是为同情不幸而痛苦。"拉布吕耶尔在这里表达了对遭受社会不公对待的受害者的同情，也表达了一种卓然清高的气质。

拉布吕耶尔的善良中流露出一种难以治愈的悲观主义。他曾在《论心灵》中说："在快乐之前就应该笑，就怕还没有笑过就已经死去"；还在《论君主或论共和国》中写道："一直以来，为了一块土地的大小，人们达成相互掠夺、焚烧和屠杀的共识，为了行事更有技巧和更加可靠，他们发明了一些精妙的规则，就是所谓军事的艺术。"在悲观的同时，拉布吕耶尔也呼唤人性中的善良和友爱："与刚刚得到施舍的人的眼神相遇是令人愉快的。"

人物肖像小品文这一体裁源于斯居德里小姐的沙龙活动，拉布吕耶尔在《品格论》中所书写的肖像往往来自现实人物，但不言其真实姓名，而是着力刻画出一类典型人物的典型特征。他观察身边那些吝啬、自私、虚伪的人，寥寥几笔就拆穿他们的面具。无论是穷人还是富人，平民还是贵族，他总是通过细节进行一针见血的描述，发人深省。拉布吕耶尔所描述的人物肖像丰富多彩，生动形象，而且不乏对现实的影射和暗讽，因此激发了读者的好奇心，尤其是贵族们都争相阅读，想在其中发现是否有熟悉的人。

拉布吕耶尔是时代的见证者、社会的观察家和人性的解剖师，而且是一个重视文体风格的作家，他的语言清晰明朗，精练准确，富有节奏感，充分体现了古典主义之文风。《品格论》全书以散文体写成，是一部片段式著作，虽划分为一定的章节和主题，但是完全可以随意阅读而不必遵循一定顺序，具有开放性。总体而言，这部著作展示了一幅幅法国17世纪的社会风俗素描画，也是对普遍人性的刻画剖析，具有道德教化意义，是法国文学史上一部别具特色的散文名著。

* *

在17世纪，政治、宗教和文学力量以王权为中心，宗教信仰以天主教为中心，知识界和文艺界以古典主义美学为中心，形成了伟大的法兰西民族性。被称为"伟大世纪"的17世纪是法国文学走向成熟的阶段，出现了很多名垂青史的伟大作家和流传后世的经典之作。各种文学体裁百花齐放，又尤以戏剧为盛；散文体在戏剧、叙事体作品、风俗小品文和哲学著作中获得了前所未有的发展；与此同时，戏剧、寓言乃至文学理论都在诗歌中找到了最高雅的载体。中世纪文学关心人与上帝的关系，文艺复兴时期文学探讨人与世界的关系，而17世纪法国文学依赖足够丰富和细腻的法兰西语言，尝试剖析人的内心世界。

第四章

18世纪：理性与感性之间

18世纪初期，人们先是生活在路易十四统治的落日余晖中，继而经历了奥尔良公爵菲利普二世（Philippe II，1674—1723）摄政时期（1715—1722）的政治和经济乱局。路易十四的曾孙路易十五（Louis XV，1710—1774）成年后在国民的爱戴中登基，他亲政初期，得益于红衣主教弗勒里（André-Hercule de Fleury，1653—1743）成功的内政外交，法国暂时找回了昔日的和平与辉煌。弗勒里去世之后，路易十五虽然预感到反君主政治力量的威胁，却无法应对国家财政混乱和王室衰落的局面，而且他沉湎于后宫生活，法国的国运掌握在国王的情妇之手。蓬巴杜夫人（Madame de Pompadour，1721—1764）是路易十五的著名情妇，曾对路易十五的统治产生影响；国王为最后一位著名情妇杜巴丽夫人（Madame du Barry，1743—1793）挥霍无度。路易十五在1774年因天花去世时成了最不得人心的法国国王，之后他的孙子路易十六（Louis XVI，1754—1793）即位，此时，法国社会矛盾尖锐，国库空虚，债台高筑。法兰西王室光芒黯淡，国力衰微，面临内忧外患。在政治生活中，路易十五和路易十六都无力巩固王室权力。在宗教领域，天主教和新教、天主教内部耶稣会派和冉森派纷争不断，其结果无非就是宗教本身分崩离析。传统势力维系着君主专制，但是面临英国君主立宪制的竞争。在与英国的接触中，文人作家们拓宽了视野，增长了见识，带回批判的目光，对自身的政治制度、社会风俗与文学艺术都产生了质疑。在古典时代追求艺术品味的文学之后，启蒙时代出现了具有战斗性的文学，文艺不再满足于美学的象牙塔，而是致力于改善社会。

在18世纪，作家和上流社会依然保持着密切关系，但是在新的形势下情况也有所变化。路易十五并不像路易十四那样擅长笼络贵族和知识精英，尽管宫廷仍然是文人墨客的聚集之地，但他们已经开始脱离王权的监护，将咖啡馆和沙龙作为聚会场所，而且逐渐厌倦了凡尔赛宫的繁文缛节和歌舞升平，更愿意与志同道合者在轻松的环境中自由地接触新思想。巴黎塞纳河畔的洛朗咖啡馆、戈拉多咖啡馆和普罗柯浦咖啡馆都是作家们交流思想的好去处，他们团结起来形成了一个"文学共和国"，引导着大众的思想。

社交沙龙在18世纪经历了两个发展阶段。在世纪初，沙龙延续了17世纪的贵族风雅之气，追求的是高雅情趣。曼娜公爵夫人（la duchesse du Maine，1676—1753）的文学沙龙（1700—1753）高朋满座，1747年，伏尔泰曾经在那里写作和朗诵过《查第格》（*Zadig ou la Destinée*）。朗贝尔侯爵夫人（la marquise de Lambert，1647—1733）沙龙（1710—1733）的高贵典雅可以与17世纪朗布耶夫人的沙龙相提并论，不过更有文学和学术气氛，丰特奈尔和孟德斯鸠都是贵客，每周二众宾客会带来自己的作品进行交流，从文学理论到科学发现无所不谈，崇今派思想在这里成为主流。唐森夫人（Madame de Tencin，1682—1749）的沙龙（1726—1749）吸引了很多社会精英，朗贝尔侯爵夫人去世后，孟德斯鸠、马里沃（Marivaux，1688—1763）等文人便成为唐森夫人的客人，甚至路过巴黎的外国宾客也会在此停留，他们谈论的话题涉及文学、科学、艺术甚至政治，渊博的知识和高雅的谈吐相得益彰。至1750年左右，哲学沙龙兴起，成为新思想的传播之地。首屈一指的是若弗兰夫人（Marie-Thérèse Rodet Geoffrin，1699—1777）的沙龙（1749—1777），这位宫廷侍从的女儿因其沙龙而闻名欧洲，她在奥地利、波兰等国家旅行时无不受到各国君主的尊重和礼遇，连后来成为法国王后的玛丽–安托瓦内特（Marie Antoinette，1755—1793）[1]都还记得当年若弗兰夫人的维也纳之行。若弗兰夫人在沙龙里接待百科全书派知识分子，甚至为百科全书的出版慷慨垫付了30万法郎。德芳侯爵夫人（la marquise du Deffand，1696—1780）的沙龙（1730—1780）和莱斯皮纳斯夫人（Jeanne Julie Éléonore de Lespinasse，1732—1776）的沙龙（1762—1776）也为孟德斯鸠、伏尔泰、达朗贝尔[2]（Jean Le Rond d'Alembert，1717—1783）、弗朗斯瓦·魁奈[3]（François Quesnay，1694—1774）、爱尔维修[4]（Claude Adrien Helvétius，1715—1771）、孔狄亚克[5]（Etienne Bonnot de Condillac，1715—1780）和孔多塞[6]（le marquis de Condorcet，1743—1794）等学界精英提供了聚会之所。哲学沙龙不仅促进了百科全书派知识、思想和理论的传播，而且欣然接受最新颖、大胆

---

1. 玛丽–安托瓦内特是神圣罗马帝国皇帝弗朗茨一世与皇后兼奥地利大公、波西米亚及匈牙利女王玛丽亚·特蕾西娅的第十五个孩子，生于奥地利维也纳，14岁时成为法国王太子路易·奥古斯特·德·波旁（即路易十六）的王太子妃。1774年，路易十五驾崩，路易十六即位，玛丽–安托瓦内特成为法国王后，后死于法国大革命。

2. 达朗贝尔，法国数学家、物理学家、哲学家，与狄德罗共同主编法国第一部百科全书。

3. 弗朗斯瓦·魁奈，法国古典政治经济学奠基人之一，重农学派的创始人和重要代表。

4. 爱尔维修，法国哲学家、启蒙思想家。

5. 孔狄亚克，18世纪著名作家、哲学家，与同时代的卢梭、狄德罗和达朗贝尔等交往甚密，并为《百科全书》撰稿，1767年当选为法兰西科学院院士。

6. 孔多塞，数学家、哲学家和政治家，启蒙运动的杰出的代表，在积分论、统计学和概率论等领域卓有成就，1782年当选为法兰西科学院院士。

甚至是颠覆性的思想。18世纪的人们普遍关心哲学、社会和科学问题，覆盖各个知识领域的启蒙运动（les Lumières）应运而生，哲学家们宣传自由、民主、平等和科学等思想，用理性和智慧之光驱散专制制度的晦暗。

如果说18世纪的沙龙在思想领域表现出开放的心态，那么它在文学领域则依然坚持着17世纪的古典主义原则，不轻易接受任何突破和创新。法兰西学院代表着官方荣誉和认可，而院士人选就在沙龙里酝酿讨论，文人作家们依然以进入这一文化学术机构为无上荣光，伏尔泰为此努力了10年。沙龙确立了文人的创作品味和标准，有的作品遭到官方禁止却可能因为沙龙的认可而大获成功，如里瓦罗尔（Antoine de Rivarol，1753—1801）在沙龙中受到好评的《论法兰西语言的世界性》（De l'Universalité de la langue française，1784）获得了德国柏林科学院的嘉奖。相反，贝尔纳丹·德·圣-皮埃尔（Jacques-Henri Bernardin de Saint-Pierre，1737—1814）在后世得以流传的浪漫主义情调小说《保罗和维尔吉尼》（Paul et Virginie）在沙龙里朗读时并没有受到欢迎，而狄德罗（Denis Diderot，1713—1784）和卢梭之所以得以保持其独创性，也是因为他们主动回避文学沙龙的评判。直到法国大革命之后，法国文学才转而接受新的气息。

在18世纪，文学和哲学著作逐渐改变着人们的观念和社会思潮，而官方对新思想的传播也是严阵以待。早在1521年，法国便已经建立官方审查制度，在17和18世纪，这一制度得到更加广泛和严格的实施，任何著作都必须根据审查官的意见进行修改以获得出版许可。面临严苛的规则，文人们也想方设法迂回而行，或者在荷兰等国出版，或者寻找有权有势的保护人。事实上，哲人们的思想甚至在宫廷中得到接受，据说，蓬巴杜夫人经常安排私人医生宴请狄德罗、达朗贝尔、杜尔阁[1]（Anne Robert Jacques Turgot，1727—1781）和布丰[2]（Georges-Louis Leclerc，comte de Buffon，1707—1788）等文人，而她本人也不会错过与知识界和思想家名流的交流机会，从而成为他们的保护人。当然，也有一些掌握审查权力的官员为狄德罗和卢梭著作的发行法外开恩。其实，文学和思想的力量并非王权可以阻挡，路易十五无法禁止百科全书的出版，路易十六也不能禁演《费加罗的婚礼》（Le Mariage de Figaro，1784）。而且，在这个启蒙世纪，资产阶级文人正在努力摆脱君主专制，建立属于自己的自由独立主权。

启蒙时代的法国文学的重要特点就是与哲学密切关联，以至于融为一体。最能体现这一特征的便是孟德斯鸠、伏尔泰、狄德罗和卢梭等的兼具文学性和思想性的作品。他们在文学中找到了表达思想的最佳载体，哲学家的思想通过小说和戏剧得以广泛流传。哲人作家使文学的样式和思想的内容默契合体，狄德罗的对话体小说有利于思想在文字中产生直接的交流和碰撞，孟德斯鸠和卢梭的书信体小说可以委婉地表达对社会的批判或对理想社会的向往，伏尔泰利用哲理故事和辞典形式提炼对人生、社会和世界的思考。

在以追求真理和科学为主流的18世纪，小说因其虚构性而被认为是不够高尚的文学体裁，因此我们会发现这一时期的很多小说家都刻意说明其作品的"真实性"。这种隐藏虚构性的手法反而促成了小说叙事技巧

---

1. 杜尔阁，法国18世纪著名经济学家和政治家，曾担任路易十五的宫廷财政总管，著有《关于财富形成与分配的思考》（Réflexions sur la formation et la répartition des richesses，1769—1770）。

2. 布丰，18世纪法国博物学家、作家，1739年起担任王家植物园主管，并用40年时间写成了36卷的《自然史》（Histoire naturelle，1749—1804）。

的丰富性和复杂性，例如《曼侬》（*Manon Lescaut*，1753）中的双重叙事者以及书信体小说《危险关系》（*Les Liaisons dangereuses*，1782）中的复调叙事。小说在体裁上出现了多种变体，除了风俗小说、历险小说，还有哲理小说、奇幻小说和书信体小说等形式，在题材上也出现了呈现当时自由开化思想和生活方式（le libertinage）的作品，这类作品或可被称为"浪荡子文学"。而萨德侯爵（le marquis de Sade，1740—1814）则在一系列当时被禁止发行的暴力色情作品中将这种自由主义哲学推到极端。延续17世纪的古典主义美学，戏剧仍然是18世纪文学的主流体裁。现今很少被搬上舞台的伏尔泰悲剧曾经风靡一时；马里沃的喜剧从意大利喜剧和莫里哀喜剧中获得灵感，不过更加注重人物爱情心理分析而不是针砭时弊和令人捧腹大笑的舞台效果。博马舍（Pierre-Augustin Caron de Beaumarchais，1732—1799）为数不多的喜剧则真实反映了动荡社会中的阶级状况和人的心态，在舞台上呼唤社会革命的暴风骤雨。狄德罗的文学创新也体现在戏剧中，他提出了突破古典模式的戏剧体裁，即既非悲剧也非喜剧的正剧，用当代人的语言表现当代人的生活和精神状态以及社会问题。在理性主义盛行的哲学家时代，诗歌创作数量虽多但是缺乏可与之前时代相提并论的优秀诗人，当然人们不会忘记伏尔泰首先是以杰出的史诗和悲剧诗人的身份登上文坛的，也不会忘记融合古典和现代风格的诗人安德烈·谢尼埃（André Chénier，1762—1794），他的诗歌题材广泛，既有古希腊之风的田园牧歌和哀歌，也有现实主义诗歌，还有深受时代气候所染的哲理诗歌。

　　法国的三级会议（les états généraux）始于中世纪，是国家在遇到政治、财政危机时召开的特殊会议，以广泛征求民众在重大问题上的意见。第一次三级会议于1302年5月召开，参加者有教士（第一等级）、贵族（第二等级）和市民（第三等级）的代表，故名三级会议。1789年，由于面临重大政治危机和财政困难，路易十六同意召开三级会议，此时距离上一次三级会议召开已有175年之久。至18世纪末，教士和贵族等级已经力不从心，而第三等级中不断壮大的资产阶级成为社会的中坚力量，然而他们的社会地位与经济贡献不成比例。于是，第三等级的代表要求改革税制，取消前两个等级的特权，但是迟迟没有得到满足。第三等级自行组成国民议会，但是被国王下令关闭，故而在7月9日改名为国民制宪议会，路易十六试图通过调动军队来压制议会。1789年7月14日，愤怒的巴黎人民攻占巴士底狱，法国大革命正式爆发，路易十六在1793年被送上断头台，不幸成为法国历史上唯一一位被执行死刑的国王，他也是波旁王朝复辟前的最后一位国王。

　　法国大革命爆发后，法国在孕育一个崭新社会的过程中经历了痛苦的危机。尽管文学创作并未因政治运动而中止，却很难产生一流的作品。在这个过渡时期，法国文学一方面并未与传统产生断裂，另一方面由于社会动荡而产生了一股自由的力量，从而促生了多种样式的革命文学，如政治演说、革命歌曲、报刊文章和政治戏剧等。安德烈·谢尼埃也在革命气氛中写过政治诗歌和爱国诗歌，可惜他被大革命中的恐怖专制夺去了生命，英年早逝，年仅32岁。当旧制度下的贵族遗老心怀愤懑告别历史舞台的时候，人民群众集体登场，而且一个新的受众群体正在形成。随着世纪末的来临，在法国大革命的激情渲染之下，法国文学中的感性气质得到更加明显的表现，卢梭和贝尔纳丹·德·圣-皮埃尔预告了下一个时代的浪漫主义文学。

❧ 孟德斯鸠：借波斯人目光审视法国社会之怪现状

孟德斯鸠（Charles Louis de Secondat, baron de La Brède et de Montesquieu，1689—1755）出生于波尔多一个贵族家庭，家族世袭封号为拉布莱德男爵，父母为他选择了一个流浪乞丐当教父，并教育他穷人亦是兄弟。他继承家族衣钵，学习法律，1714年获得波尔多市高等法院推事职位，两年后继承伯父所担任的庭长之职。孟德斯鸠热爱科学，喜欢进行生物和物理实验，还撰写过自然科学方面的论文，一生中3次当选波尔多科学院院长，1728年当选为法兰西学院院士，1730年和1746年先后被选为英国皇家学会会员和柏林科学院院士。在孟德斯鸠的青年时期，英国在"光荣革命"（1688—1689）后建立了君主立宪制，并在1707年与苏格兰合并形成了大不列颠王国。1715年，国王路易十四在位72年后去世，法国在奥尔良公爵摄政时期失去了"太阳王"的辉煌。这些政体变化引起了孟德斯鸠的学术好奇心，遂逐渐将兴趣转移到政治、社会领域，并通过文学和哲学的方法对其进行分析。

1721年，孟德斯鸠在荷兰阿姆斯特丹匿名出版了他的第一部著作，这便是《波斯人信札》（*Lettres persanes*）。这是一部书信体小说，也是孟德斯鸠唯一一部文学作品。1704—1717年，《一千零一夜》（*Les Mille et une nuits*）的第一个法译本由安托万·加朗（Antoine Galland，1646—1715）翻译改写并在法国流传。此书风行一时，引发了东方风潮。孟德斯鸠于是利用人们对异域的兴趣，创作了具有东方元素的《波斯人信札》，但是故事内容和叙事手法并不受东方故事的影响。全书由161封书信组成（其中有11封为1754年所补），假托为两个旅居巴黎的波斯人所作，引言中的叙述者是他们的房东，自称将波斯人的信件抄写和翻译为法文。两个波斯青年分别是郁斯贝克和黎伽：郁斯贝克是一个正直而开明的贵族，他在朝廷中遭到猜忌，不得不离开祖国；好友黎伽陪同他一起前往法国。他们在途中拜访了朋友内西尔，在他们的影响下，内西尔的侄子雷迪也决定远走欧洲到意大利威尼斯研究历史。郁斯贝克和黎伽旅居法国长达10年之久，期间与在波斯的家人和朋友保持书信往来。他们在信中讲述在法国的所见所闻，家人和朋友则在回信中向他们述说家乡近况，此外书中还有郁斯贝克和黎伽与少数侨居国外的波斯人和外交官的通信，全书总共至少有19位写信人和21位收信人。

《波斯人信札》的叙事时间大约从1711年持续到1720年，并无统一完整的故事情节，但是仍然可以从片段式书信中发现两条主要脉络。首先是波斯故事：郁斯贝克离开波斯时将深闺内院中的5位夫人托付给家中总管照料看护，就在他长期考察欧洲社会期间，内院矛盾激化，出现各种混乱，导致妻妾奴仆多人伤亡。而郁斯贝克在出发时无法确定自己是否还能回国，一封书信从法国到波斯往往需要5个月之久，郁斯贝克不得不面对与家人们渐行渐远的现实以及家破人亡的悲剧。然而，这一脉络只是隐约的底衬，有关家事的叙述大约有40封，占全书的1/4。大部分书信体现的是主要脉络，即对欧洲（其中主要是法国）社会问题的观察和思考，其中有49封书信谈及政治问题，43封涉及社会生活和风俗习惯，10封涉及宗教问题。孟德斯鸠在想象波斯社会和生活的时候主要参考了法国旅行家让·夏尔丹（Jean Chardin，1643—1713）的《波斯之旅》（*Voyages en Perse*，1685），他早在1707年就阅读了此书，又在1720年购置了全套10卷本。关于法国社会的描述则来自作家本人的生活经历和观察，青年时代的孟德斯鸠经历了路易十四朝末年的社会衰败，他记录和积累了自己在巴黎生活时的见闻，这些便成为《波斯人信札》的现实素材。其中第

22—89封信描绘了路易十四执政时期最后3年的社会景象，第90—137封信描绘了奥尔良公爵摄政时期的法国社会。书中对法国社会的描述完全是通过外国人的目光来呈现的，文字风格轻快犀利，运用对比、夸张、比喻等修辞手法和漫画、戏谑、幽默等方式来达到讽刺效果。两位波斯人在书信中涉及的内容非常广泛，如法国的政府机构、议会、法庭、宗教机构、社会福利机构、学术和教育机构、公共场所等。他们的文字中也记录了一些时代事件、历史细节以及社会文化生活，例如，巴黎荣军院竣工，街头的剧院和咖啡馆如雨后春笋般出现，咖啡馆成为人们聚会和思想交流的场所，印刷品的涌现，等等。人们可以跟随波斯人的文字来了解法国社会的文明之处，如繁荣的文化生活，也可以透过他们的目光发现种种怪异现象，而孟德斯鸠恰好通过这两个虚构的东方人物间接地嘲讽和揭露了当时法国社会的不合理现状和流弊。

在路易十四时期的绝对君主制度之下，法国的贵族势力曾经达到鼎盛，资产阶级虽然在经济上有所发展，但是在政治上受到压制，发展空间有限，遭受压迫的农民有的流离失所，有的揭竿而起。正是在这样的社会背景下，孟德斯鸠借他者的目光批判自我，揭露法国的专制制度。不过，他所批判的是绝对君主专制，而不是君主制，他赞成君主立宪，因此致力于探索权力之间的平衡方案以维护君主制度，提倡法律与道德并存且共同发挥作用的社会制度。后来，他在《罗马盛衰原因论》（*Considérations sur les causes de la grandeur des Romains et de leur décadence*，1734）和《论法的精神》（*De l'esprit des lois*，1748）中继续考察历史、深化思想并提炼出自己的政治思想体系，其中"三权分立"学说被后世的民主理念和共和制度所借鉴。

孟德斯鸠曾说他教会了人们如何用书信的方式写小说，确实，《波斯人信札》开创了法国书信体小说的先河。在18世纪的法国，很快就出现了模仿这一形式的作品：阿尔让侯爵（Jean-Baptiste de Boyer, marquis d'Argens, 1703—1771）在1738和1739年陆续出版了《犹太人信札》（*Lettres juives*）和《中国人信札》（*Lettres chinoises*）；1747年，弗朗索瓦丝·德·格拉菲尼（Françoise de Graffigny, 1695—1758）出版了《一个秘鲁女人的书信》（*Lettres d'une Péruvienne*）。《波斯人信札》出版之后第二年就被译成英语，1759年又被译成德语。孟德斯鸠在作品中表现出一种开放的心态，有意突破一直以来的欧洲中心主义，尝试建立一种文化相对论，这也是《波斯人信札》为后世树立的另一个范例。

❧ 伏尔泰：启蒙时代的巨人

伏尔泰（Voltaire, 1694—1778）原名弗朗索瓦-马利·阿鲁埃（François-Marie Arouet），出生于巴黎一个富有的中产阶级家庭，父亲是公证员，后任国王审计院司务，母亲在他7岁时离世。他在耶稣会主办的路易大帝中学寄宿7年，学习古典语言和修辞以及作诗法、戏剧等。弗朗索瓦-马利·阿鲁埃是一个出色的学生，尤以擅长作诗而出名，1709年他创作的《圣热纳维耶芙颂歌》（*Ode sur sainte Geneviève*）由学校印刷而且传播到校园之外。在路易大帝中学求学期间，他结交了一些王公贵族子弟，后来也得到他们的帮助。他虽然对宗教和神职人员持批判态度，但是对自己的恩师夏尔·波雷（Charles Porée, 1675—1741）神父则终生心存崇敬。弗朗索瓦-马利·阿鲁埃17岁时中学毕业，并告诉父亲自己的文学理想，遭到反对，于是只好去注册法科学校。这一时期他也是修院社团（la Société du Temple）的常客，这里聚集着一些持怀疑主义、伊壁鸠鲁主义和自由开化思想的文人，他也在沙龙中创作一些针砭时弊的讽刺诗。父亲为了让他远离这个社交圈，为他寻了一个法国驻荷兰大使秘书的职位，但是弗朗索瓦-马利·阿鲁埃由于与作家努瓦耶夫人（Anne-Marguerite du Noyer，1663—1719）的女儿恋爱并计划私奔而被遣送回国。1715年，奥尔良公爵摄政期间，21岁的阿鲁埃加入了反对者阵营，并在社交沙龙中创作讽刺诗影射宫廷的腐败生活，结果在1716年被流放到卢瓦尔河上的苏里。不过，他住在之前修院社团的老友家中，所以享受的是歌舞升平的城堡生活。在那里，阿鲁埃讽刺诗兴勃发，针砭朝政，被宫廷安排的密探告发，于是在1717年被关押进巴士底狱。11个月后，阿鲁埃出狱时意识到自己已经浪费了不少青春和才华，于是决定重新规划人生，为了告别过往和与家庭决裂，他决定给自己取一个朗朗上口但是意义模糊的名字"伏尔泰"。关于这个名字的来历和含义，人们提出了多种假设，但是均无定论。

这时，伏尔泰决定创作当时被视为高雅文学体裁的悲剧和史诗，以扬名天下。1718年11月，他创作的第一部戏剧《俄狄浦斯王》（Œdipe）大获成功，剧中对朝政和宗教的嘲讽大快人心，其诗中字字珠玑犹如格言警句，当时的孔蒂亲王甚至称赞伏尔泰有如拉辛再世。24岁的伏尔泰一举成名，成为上流社会争相延请的诗人。他的第二部悲剧没有获得同样的成功，但是在1723年，他以一首4300行的亚历山大体史诗《亨利亚特》（La Henriade）再度征服了法国人，这篇效仿古希腊诗人荷马的《伊利亚特》和古罗马诗人维吉尔的《埃涅阿斯纪》的史诗以亨利四世围攻巴黎为主题，描绘了一个理想君主的英雄形象。《亨利亚特》在出版后几周内销量就达到4000册，在伏尔泰生前便重印60次。在很长时间里，对于法国人而言，伏尔泰就是法国的维吉尔，他的名字与《亨利亚特》密不可分，他是第一个创作出民族史诗的人，只是到了19世纪浪漫主义时期，人们开始淡忘了他的诗人之名。

1726年，伏尔泰因回击名门望族罗昂家公子的挑衅之语而遭到打击报复，朋友们都劝他息事宁人，但是伏尔泰一心要找回公平，反遭罗昂家诬告，被再次投入巴士底狱，两周后才得到释放，却被逐出法国。这段经历给32岁的伏尔泰留下了无法抹去的烙印。在流亡英国的近3年时间中，他详细考察了英国的君主立宪制和社会习俗，英国人的自由精神给他留下了深刻印象，在英国，公民可以受到保护，而法国人仍然受到君主专制和傲慢贵族的压迫。英国人的自由贸易理念所带来的国富民强也令伏尔泰赞叹不已。他很快掌握了英语，研究了英国的唯物主义经验论和牛顿（Isaac Newton，1643—1727）的物理学新成果，逐渐从诗人转型成为哲学家，展开对历史和政治的思考，形成了反对贵族封建专制的政治主张和自然神论的哲学观点。正是在英国，伏尔泰用英语撰写了英国考察报告《英国书简》（*Letters Concerning the English Nation*），这也是他的第一部哲学和政治学专著，法语版名称为《哲学通信》（*Lettres philosophiques*）。

1728年秋天，伏尔泰被允许回到法国，但是必须远离巴黎，直到1729年4月才获得许可回到巴黎，却不得进入凡尔赛宫。伏尔泰以戏剧回归巴黎文坛，他习惯于同时创作多部作品。结果观众对悲剧《布鲁图斯》（*Brutus*，1730）和《凯撒之死》（*La Mort de César*，1736）反应平淡，《查伊尔》（*Zaïre*，1732）却获得了堪比《俄狄浦斯王》的成功，在法国和欧洲舞台上经久不衰，截至1936年已经上演488场。从1733年开始，伏尔泰与夏特莱夫人（Émilie du Châtelet，1706—1749）保持了长达16年的情人关系，这位红颜知己在伏尔泰的日常生活和精神世界中都占据重要地位。

1734年，《哲学通信》在巴黎秘密出版，在欧洲畅销2万册。书中对英国资产阶级革命以及现代社会自由和宽容精神的颂扬被认为是对巴黎政治制度和宗教的攻击，这部著作不啻为一颗扔向法国旧制度的炸弹，立刻遭到禁止并被焚烧。夏特莱夫人劝伏尔泰暂时到她位于香槟省的西莱庄园躲避风头，一年之后，伏尔泰在做出妥协之后被允许返回巴黎。不过，在后来的十余年中，为了逃避牢狱之灾，伏尔泰常居西莱庄园，悄悄写作哲学作品，或是匿名出版，或是秘密出版，或是只在友人之间传阅。在热爱科学的夏特莱夫人的协助下，伏尔泰出版了《牛顿哲学原理》(Les Éléments de la philosophie de Newton，1738)，成为最早在法国普及牛顿万有引力学说的人之一；他还编纂了历史著作《路易十四时代》以引导夏特莱夫人对历史产生兴趣。伏尔泰于这一时期创作的五幕悲剧《穆罕默德》(Le Fanatisme ou Mahomet le prophète)和《梅罗珀》(Mérope)先后于1742和1743年在巴黎上演，获得观众好评，但是《穆罕默德》一剧仅上演3场便被禁演，因为冉森派教会认为伏尔泰借抨击伊斯兰教之名行批判基督教之实。

1747年，哲理故事《查第格》在阿姆斯特丹秘密出版。查第格是一个古代东方巴比伦青年，家境富裕，品性善良，学广识博，无所欲求，明哲保身。不过，查第格的聪明才智并没有使他处安无虞、生活幸福，反而招致种种意想不到的迫害，因为他所处的恰是是非不明的乱世。查第格的不幸遭遇构成了人物命运的悲剧性，使人感到窒息，而这正是伏尔泰声东击西、借古喻今、贬斥时弊的寓意所在。最后，历经磨难的查第格被立为国王，他惩恶扬善，治国有方，从此社稷昌盛，天下太平。这个美好的结局从某种意义上来说反映了伏尔泰的社会理想。人类在不断发展的历史进程中总是需要与无知、迷信、狭隘、不公和非理性进行斗争，查第格便是一个与愚昧进行抗争的人，当很多人自甘麻木与愚昧时，他却努力揭示真理。由于查第格相信太阳是宇宙的中心，于是这部作品被指控含有反对宗教观念的思想，伏尔泰一时间不得不否认自己是此书的作者。

在与政权的关系上，在夏特莱夫人的建议下，伏尔泰经过努力争取，在1746年进入法兰西学院，另外他也积极寻求与王权和解，希望通过获得路易十五的支持而推广自己的思想和观点。恰好，他少年时代在路易大帝中学的同学达尔让松侯爵（le marquis d'Argenson，1694—1757）当时担任外交部部长，加之得益于路易十五身边蓬巴杜夫人的支持，伏尔泰获得了国王史官的头衔和出入内廷的特权，并为国王谱写赞歌，不过他从未得到路易十五的恩宠。另一方面，热爱哲学的普鲁士国王腓特烈二世（又译弗里德里希二世，Friedrich II，1712—1786）对伏尔泰赞赏有加，二人曾保持多年书信交流，在其一再邀请下，伏尔泰在1750年前往柏林，直到1753年离开普鲁士。

伏尔泰途经瑞士时在沃州购置房产并居住了几年。在这段时间里，伏尔泰除了继续从事戏剧创作，为《百科全书》撰写了30多个词条外，还完成了7卷本的《风俗论》（*Essai sur les mœurs et l'esprit des nations*）。1756年，此书甫一出版销量便高达7000册。这部巨著凡197章，从1741年开始动笔，历时15年完成，伏尔泰在去世之前仍然在不断修改。他在欧洲各国遍寻资料，梳理了从查理大帝之前直至路易十四时期的欧洲历史，也涉及东方国家和殖民地国家的历史、地理和风俗，体现了他摆脱欧洲中心主义的世界文明观。伏尔泰也曾大量阅读旅居中国的耶稣会传教士的著述，对中国的历史文化、传统道德和社会政治制度多有褒扬之语，并从中发现中国君主制度中可资借鉴之处。他还阅读了马若瑟

（Joseph de Prémare，1666—1736）神父节译的元杂剧《赵氏孤儿》，称赞作品中体现出的道义力量，并据此创作出一部中国题材的古典悲剧《中国孤儿》（*L'Orphelin de la Chine*），此剧1755年在巴黎上演后受到好评，并很快传播到英国、德国和意大利。

伏尔泰最有名的叙事作品《老实人》（*Candide*）也创作于这段时间，初期也是秘密发行和流传，仅在1759年前后便销售2万册。"老实人"名为赣第德，是一个私生子，由舅舅抚养长大。他的舅舅是一个德国男爵，拥有一座漂亮的城堡庄园。赣第德一直信奉家庭教师邦葛罗斯所宣扬的乐观主义，觉得世上一切都是最美好的安排，深信他所生活的庄园就是人间天堂。可是，由于他爱上了表妹居内贡小姐，男爵将他逐出家门，他便从天堂坠入了炼狱，一路上身不由己。他浪迹天涯，遭遇各种天灾人祸，不仅挨打被抢，遭受牢狱之灾，而且被卷入战争，还失手杀人，又险些被宗教裁判所活活烧死。从德国到荷兰，从西欧到南美，一直到君士坦丁堡，在漫长的旅途中，到处可见惨无人道的烧杀劫掠，赣第德一路所遇到的人也都遭遇了种种不幸。他在途中结识了一位哲学家马丁，这位悲观主义者告诉他世上处处是恶，无善可言。经历各种奇特遭遇的"老实人"不得不去观察世相，思考人生，渐渐成长、成熟，慢慢摒弃了盲目乐观主义。最后他与居内贡小姐以及同伴买下了一小片田地，各司其职，分工协作，形成一个共同劳动和生活的小社会，故事最后一句话便是"咱们还是种地要紧！"，作者以此表达了一种行动的哲学。老实人从一个土耳其老者那里学到可以生存下去的人生智慧，那就是不要玄思空谈而要行动实干，只有劳作才能使人摆脱烦恼。《老实人》的副标题是"论乐观主义"，伏尔泰所抨击的是德国哲学家莱布尼茨（Gottfried Wilhelm Leibniz，1646—1716）的盲目乐观主义学说。世间善恶一直是伏尔泰所思考的问题，他认为世上有善也有恶，不能盲目乐观也不能绝对悲观，真正的乐观主义是知道恶的存在而依然抱有善的希望。

　　1758年底，伏尔泰在法瑞边境小城费尔奈定居下来，一住20年。他扩建城堡，安居乐业，英国、德国、法国、俄国和意大利等国的宾客都前来拜访，费尔奈这个原来毫无生气的边陲小镇因而变得生机勃勃。伏尔泰勤奋写作，充分表达自己的思想和主张，正如他本人所言："我为行动而写作。"[1] 他简短而有力的文字振聋发聩。伏尔泰在卡拉事件中的所言所行证明了他是一位积极介入社会事务的作家。1761年10月13日，法国南方图卢兹市胡格诺教派商人让·卡拉（Jean Calas）之子在自家店铺里悬梁自尽，当地法官在缺乏证据的情况下，控告卡拉为了防止儿子改宗天主教而将其谋杀。卡拉被逮捕入狱，第二年被处以车裂之刑。伏尔泰通过各种渠道搜集证据，进行调查，并将被流放到日内瓦的卡拉兄弟接到费尔奈，根据他们两人提供的信息以及其他证据进行比对，于1763年发表了《论宽容》（Traité sur la tolérance），详细揭示事件真相，并历数史上宗教纷争之弊害。2月3日，伏尔泰亲自书写上诉书，3月7日，枢密院下令重审此案，卡拉老汉及其一家终于得到昭雪。2015年1月，法国巴黎发生《查理周刊》（Charlie Hebdo）事件[2] 之后，伏尔泰的《论宽容》在一年之间销售达18.5万册。然而，伏尔泰自己的著作并没有得到宽容的待遇：1764年，被视作启蒙运动宣言的《哲学辞典》（Dictionnaire philosophique portatif）在欧洲广泛传播，但是因被认为含有亵渎宗教的观点而遭禁毁。

1.　Voltaire, Lettre du 15 avril 1767 à Jacob Vernes.
2.　因刊登宗教类的讽刺漫画，《查理周刊》编辑部在2015年1月7日遭到恐怖分子袭击，12人死亡，另有多人受伤。

1767年，伏尔泰出版了另外一部知名的哲理小说《天真汉》(*L'Ingénu*)，此书与《老实人》一样可以算作成长小说，但是故事情节相对集中。天真汉是一个善良淳朴的加拿大土著居民，来到法国文明社会，以一种陌生而天真的目光观察这个国家。他在法国皈依宗教，学习文化知识，加上本就英勇强壮，最后被贵族提拔为军官。然而，他在法国不仅发现了种种社会积弊，而且自己也曾遭到诬陷，不幸入狱，美好的爱情也因难以挣脱现实生活中宗教和世俗权力的罗网而夭折。作品以"天真汉"的目光讽刺和抨击了教会以及法国社会中行政涣散、官僚作风、强权腐败、社会不公等种种弊端流俗。

1778年2月，伏尔泰因其最后一部悲剧《伊莱娜》(*Irène*) 在法兰西剧院上演而回到首都，此时他已阔别巴黎28载。3月30日，伏尔泰经历了他一生中最荣光的一日。这一天，他前往法兰西学院，全体院士在前厅恭候，等待他落座主席之位。仪式结束后，街头的人群蜂拥而至，希望一睹伟人风采。当天晚上，在法兰西剧院，人们来欣赏的似乎并不是戏剧作品，而是作家本人。观众热情高涨，在演出过程中多次发出热烈的呼喊，演出结束后，人们为伏尔泰献上月桂王冠，将他的半身塑像置放于舞台中央，当伏尔泰走出剧院大门时，夜色中的人群点灯观瞻这位启蒙思想家并高呼："卡拉的捍卫者万岁！"

84岁高龄的伏尔泰早前已经罹患前列腺癌，身体每况愈下。由于担心教会拒绝他入葬墓地，他在1778年3月初便邀请一位神秘的神父来到家中，以简短的忏悔换得死后上帝的宽恕。3月28日，他写下了这样两行字："我死时，敬上帝，爱吾友，无怨仇敌，憎恨迷信。"巴黎主教认为伏尔泰的几句遗言标志着教会的胜利，于是要求伏尔泰签署一份文件，表明收回此前所有反教言论，方可同意为其提供葬身之所，然而伏尔泰表示拒绝。最后，伏尔泰的家人与巴黎教会达成的方案是将病入膏肓的老人送回费尔奈。1778年5月30日，伏尔泰在旅途中与世长辞，被葬于当地。大革命爆发后，1791年根据国民议会的决议，他的遗骸被迁入巴黎先贤祠。

伏尔泰生前已有作品集出版，最早的版本是1775年在日内瓦出版的8开本40卷，主要是历史、哲学著作和政论，之后的全集补充了大量通信（目前已找到2.3万封书信，伽利玛出版社"七星文库"中收录13卷），因此内容更加全面丰富。在文学创作方面，伏尔泰首先以诗人的姿态征服文坛，尤其以讽刺诗和史诗著名，但是这些作品在后世流传不广。他的戏剧成就尤其卓著，共创作了50多部悲剧，尽管今日读者已经难以观其风采，但是伏尔泰毫无疑问是法国18世纪最享有盛誉的悲剧作家，他的作品从1718年开始直至其去世一直占据法兰西剧院的舞台，广受大众欢迎。伏尔泰还著有10多部哲理故事，他本人对这些叙事作品并未给予很高评价，但恰好是它们流传至今，尤其是《老实人》《查第格》和《天真汉》。这些哲理故事虚实相间，情节曲折，而且充满幽默与讽刺意味，引人深思。

1878年5月30日，雨果发表《纪念伏尔泰逝世一百周年的演说》，回顾了这位启蒙思想家跌宕起伏的人生经历，并总结道："伏尔泰的名字所代表的不是一个人，而是整整一个世纪。[……]他活过的八十四年，填满了从登峰造极的君主政体到曙光初现的革命之间的距离。"[1]

---

1. 参见雨果：《雨果文集·第十一卷（散文）》，程曾厚，译，北京：人民文学出版社，2002年，第501页，译文略有修改。

✑ 狄德罗：革新戏剧和小说的百科全书派文人

德尼·狄德罗（Denis Diderot，1713—1784）出生于一个手工艺人家庭，父亲是刀剪匠人，尤其擅长制作外科手术用具，母亲来自一个皮革匠人之家。他少时就读于耶稣会学校，按照父母的意愿，在12岁时接受剃发礼，预备将来成为教士。但少年狄德罗对神职工作毫无兴趣，也无意继承家族衣钵，于是在15岁时离开家乡到巴黎求学。1735年，他获得巴黎大学文凭，此时他已经完成了2年的哲学学业和3年的神学学业，便开始在巴黎谋生。狄德罗的生活并不稳定，多次搬家，但是一直活跃于塞纳河左岸拉丁区。在此期间，他经常观看戏剧，开始在《法兰西水星》（*Mercure de France*）杂志上发表文章，还自学英语并尝试翻译英语著作以养家糊口。1742年底，狄德罗与卢梭相识，二人成为朋友，继而他又与哲学家、作家孔狄亚克交往，三人常常聚会交流思想。

1746年，狄德罗匿名发表了自己的第一部著作《哲学思想录》（*Les Pensées philosophiques*），引起强烈反响，该书一度成为禁书。1748年，他出版了一部东方情调的戏仿宫闺生活的情色故事《泄情之宝》（*Les Bijoux indiscrets*），这是他的第一部文学作品。而《论几个数学问题》（*Mémoires sur différents sujets de mathématiques*）为狄德罗带来了数学家的声誉。这一时期，他结识了作曲家、音乐理论家让-菲利普·拉摩（Jean-Philippe Rameau，1683—1764），并与其合著了《论和谐原则》（*Démonstration du principe de l'harmonie*，1750）。狄德罗自幼接受教会教育，但是随着阅读的拓展和思考的深入，他不再接受宗教作为凌驾于人之上的信仰体系，故而摒弃了宗教思想，逐渐向无神论、唯物主义和活力论自然观转变。1749年，狄德罗在伦敦出版了《写给明眼人看的关于盲人的书简》(*Lettre sur les aveugles à l'usage de ceux qui voient*),从盲人的认知现象出发,对上帝创世论提出质疑,表达了唯物主义观点。因此他被教会和官方视为危险人物,先是被监视,继而被抄家,还因《怀疑论者的漫步》(*La Promenade du sceptique*)一书的手稿而被羁押于文森城堡监狱达3个月。经过这段艰难的囹圄生涯,狄德罗后来在发表作品时不得不采取更加谨慎的态度,甚至考虑将有些作品安排在身后发表。

在此之前,狄德罗已经应布列塔尼书店之邀着手编纂一部百科全书,最初计划是翻译英国最早的百科全书《钱伯斯百科全书》(*La Cyclopædia*,1728)。作为唯物主义者,对自然现象和物质世界的理解是狄德罗最关心的问题,他更希望编纂一部拥有全新理念的百科全书,这就是《百科全书或科学、艺术和工艺详解辞典》(*Encyclopédie ou Dictionnaire raisonné des sciences, des arts et des métiers*,以下简称《百科全书》)。这项工作从1747年正式开始,《百科全书》第一卷相继在1750和1751年问世,此后狄德罗本人亲自撰写了千余个词条。《百科全书》的另一位主持人是哲学家、数学家、物理学家达朗贝尔,他撰写了序言和1700多个词条。博学多识的狄德罗毕近20年之功,集合当时各领域的精英人才,孟德斯鸠、伏尔泰和卢梭等也都曾参与其中,终于在1765年完成了这项宏伟的计划。期间他们遇到了很多困难,不仅编写过程本身漫长而艰辛,而且出版工作也历经波折,甚至遭遇被禁的命运。狄德罗主编的《百科全书》不仅是法国历史上第一部百科全书,而且代表了启蒙时代的法国知识体系,体现了进步观念,反映了时代的精神风貌——哲学精神、科学精神和批判精神,汇集了当时的新思想,并将它们以辞典的形式普及和传播给大众,是18世纪法国标志性的文化事件。

狄德罗是法国启蒙时代重要的思想家和辩证唯物主义哲学家。他并未建立系统严谨的思想体系，但是对宗教、道德、人性和哲学家的职责等重要问题进行了深入思考。他也是著名的美学家和评论家，还是在法国文学史上开艺术评论之先河的作家。1759—1781年间，法兰西王家绘画和雕塑学院以及后来的美术学院每两年在卢浮宫方形厅举办一次绘画和雕塑展。狄德罗应《文学、哲学和评论通讯》杂志（*Correspondance littéraire, philosophique et critique*）之邀参观展览，撰写发表评论文章，这些艺术沙龙评论后来在19世纪得以出版。他还在《论绘画》（*Essais sur la peinture*，1765—1795）等著作中进行了系统的艺术评论。此外，狄德罗也撰有专著和序跋文章，探讨他的戏剧和小说创作观念。

作为作家，狄德罗在小说和戏剧领域虽然作品数量不多，但是产生了重要影响。他革新和丰富了戏剧创作理念。17世纪，在法国的戏剧舞台上，悲剧和喜剧是截然区分开来的。至狄德罗时代，他认为存在一种难以区分悲、喜剧的题材和形式，并将之称为正剧（le drame，又译严肃剧），即用日常的语言来表现现实生活的戏剧。他以《私生子：美德的考验》（*Le Fils naturel, ou Les épreuves de la vertu*）来作为正剧的范例。该剧创作并首演于1757年。剧中人物道瓦尔在朋友克莱维尔家里受到他和妹妹康斯坦丝的热情接待。有一天，克莱维尔请道瓦尔去为自己争取心爱的姑娘罗萨丽的爱情。英俊、富有而又正直的道瓦尔为朋友转达信息时，罗萨丽却说自己所钟情的是道瓦尔。道瓦尔同样对罗萨丽有好感，同时也非常尊重朋友克莱维尔，为此他心中十分为难。这时，罗萨丽的父亲认出道瓦尔正是自己的私生子，两个年轻人终于明白原来彼此之间的好感是源自同胞之情，于是罗萨丽嫁给了克莱维尔，而道瓦尔娶康斯坦丝为妻。由此可见，道瓦尔坚守美德和理性，避免了兄妹相恋的悖伦之爱。狄德罗不仅构思了《私生子》的故事，还提供了理论阐述，即《关于〈私生子〉的谈话》

（*Entretiens sur le fils naturel*）。他采用了一种匠心独运的表现形式，即戏剧与戏剧评论嵌套的纹心结构（la mise en abyme），将戏剧故事插入关于戏剧理论的论述之中，因此可以将戏剧《私生子》及其评论《关于〈私生子〉的谈话》视为一个整体的作品："'我'是整个文本的叙述者，且在文本的前半部分——戏剧部分，'我'是戏剧《私生子》的观众；同时，在后半部分——谈话中，'我'又是《私生子》剧本的读者，并和戏剧的'作者'进行对话，分析了观看和阅读的体验，也让'作者'表达了自己的戏剧观。"[1]另一部戏剧《一家之主》（*Le Père de famille*，1758）也是狄德罗的正剧作品。剧中的儿子与一位姑娘自由恋爱，却遭到父亲的强烈反对。后来父亲了解到姑娘出身于善良人家，也逐渐理解了儿子的真情，于是同意了这桩婚事，父子和解，一切矛盾得以化解。该剧前半部分采用了狄德罗本人的亲身经历，但是作品中的父亲没有现实中的父亲独断，故事结局也更加美好。介于悲剧与喜剧之间的正剧并不是二者的混合：相比于悲剧，正剧不着力营造悲伤的情境和悲惨的命运，不以神话或历史中的王公贵族为剧中人物；相比于喜剧，它不追求滑稽笑闹；所谓"正"可能恰好说明这种戏剧表现形式没有大悲大喜，而是二者趋于平衡。狄德罗在《关于〈私生子〉的谈话》中第一次对正剧进行了定义和描述：它突破古典戏剧的"三一律"，追求的是真实而不是逼真，它融入时代生活气息，能够激起人们的同情以达到教化作用，从对典型人物的塑造转移到对社会环境和生活场景的关注。因此，正剧因为反映当时法国资产阶级的生活现实和思想观念又被称为"资产阶级正剧"（le drame bourgeois）。

---

1. 罗成雁：《戏剧读者的引入——论狄德罗〈关于《私生子》的谈话〉》，载《人文杂志》，2014年，第1期，第63页。

在小说领域，狄德罗的写作实践同样具有创新性。《拉摩的侄儿》（*Le Neveu de Rameau*）是狄德罗身后出版的一篇对话体哲理小说。对话双方分别是"哲学家"和音乐家拉摩的侄儿，前者似乎是正统思想和社会规范的代言人，后者则是一个放荡不羁、玩世不恭的青年，二者都是虚构人物，或许也可以将他们视作狄德罗一个人的两种化身。他们在咖啡馆里谈论一切话题，话语中充满机锋、思辨和嘲讽，在观点的碰撞中将矛盾的思想进行辩证阐发，虽然讨论的都是严肃的话题，但是言语之间充满嬉笑怒骂。狄德罗无意建立系统的哲学思想，他喜欢将各种不同和对立的观点集中起来，他的作品不仅是个人思想的阐述，更是为了激发人们的思考。这种思维方式在对话体中找到了最恰当的表现方式。哲理作品《达朗贝尔的梦》（*Le Rêve de d'Alembert*）由三篇对话组成，第一篇和第三篇是狄德罗与达朗贝尔的谈话，第二篇《达朗贝尔的梦》是医生和一个女性就现实、梦境、幻象和神话等主题展开的对话，达朗贝尔只是在最后出场并发表观点。这三篇利用真实人物而虚构的对话充分展现了狄德罗的唯物主义思想，此作品曾于1782年刊登在《文学、哲学和评论通讯》杂志上，当时在沙龙中悄悄流传，因审查制度而未能出版成书，直到1830年才出版单行本。《一个哲学家和某元帅夫人谈话录》（*Entretien d'un philosophe avec la maréchale de ***, 1776*）据说源于一场真实的对话，写作于狄德罗俄国之旅途经荷兰期间，对话人物之一哲学家前往拜访一位贵族，此君不在府中，于是哲学家与其夫人就宗教问题进行了讨论，二人观点相左，因为元帅夫人是一个虔诚的信徒，而哲学家是一个无神论者。在这些作品中，狄德罗善于让不同人物之间的对话承载思想的交锋。

《宿命论者雅克和他的主人》（*Jacques le fataliste et son maître*）其实也是一部对话体小说，是主仆二人一段漫无目的的旅行中的交谈，不过，他

们的对话不以思想的交锋为主旨，而是以东拉西扯的聊天为内容。雅克
讲述个人经历的过程总是被一路所经历的各种奇遇打断，因此引发各种
离题话语，兼而顾及宗教、社会、道德、伦理和爱情等话题，而他本人
的爱情故事总是欲言又止，直至结尾也没有讲述完整。小说由此而具有
了片段性、悬念性和开放性特征。小说写作过程本身也是一段漫长的旅
程，具有与作品类似的上述特征，它最早开始创作是在1765年，之后历经
反复阅读和修改，直到1784年狄德罗去世。该小说曾经在1778—1780年间
以连载的方式发表于《文学、哲学和评论通讯》杂志，很快在1785年由席
勒（Schiller，1759—1805）等人节译到德国，而直到1796年才在法国出版
全书。《宿命论者雅克和他的主人》中似乎可以看到西班牙作家塞万提斯
（Miguel de Cervantes，1547—1616）的名著《堂吉诃德》（*Don Quichotte*）
的影子，也可见从同时代的英国作家斯特恩的《项狄传》中汲取的灵感。
当代小说家米兰·昆德拉（Milan Kundera，1929— ）对这部作品赞赏有
加，认为它体现了18世纪小说艺术的最高成就，并著有戏仿之作《雅克
和他的主人——向狄德罗致敬》（*Jacques et son maître, hommage à Denis
Diderot*，1981）。

　　书信体小说《修女》（*La Religieuse*）同样出版于1796年，以苏珊写
给一个侯爵的求助信构成自述。主人公苏珊·西蒙南是一个私生女，自
幼受到父母和姐姐的鄙视，被迫成为修女。热爱生活的苏珊不甘心于修
女生活，向法院提出诉讼，要求离开修道院，却以失败告终，并遭到修
道院的迫害。她曾辗转于3个不同的修道院，遭受各种折磨，过着不幸的
生活。后来，她跟随一个教士一起逃出修道院，可是在逃往巴黎途中却
险遭教士的玷污。后来，苏珊只身逃到巴黎，改名换姓，在一个洗衣妇
家里当帮工。狄德罗在作品中不仅表达了对教会和教权的不满，而且表

达了对消磨人性的社会秩序的反抗。

狄德罗的名声大约从1750年开始逐渐传播到国外。这一年他入选普鲁士王家科学院。1761年，穷困潦倒的狄德罗为女儿筹办嫁妆，计划出售他的私人图书馆和藏书，俄国沙皇叶卡捷琳娜二世慷慨出资全部购买，而且允许狄德罗在世之时始终拥有使用权，此外，她还聘用其作为图书馆馆长并提前支付全部薪水。此后直到晚年，狄德罗不再有物质上的后顾之忧。叶卡捷琳娜二世邀请狄德罗访问俄国，而狄德罗一方面由于埋头于《百科全书》的工作，一方面又因不喜上流社会的交际生活，多次拖延俄国之旅，直到1773年6月才终于成行。在圣彼得堡逗留期间，他每周与叶卡捷琳娜二世交谈3次，每次3小时，内容涉及政治、法律、经济、贸易和教育等领域。狄德罗为此准备了65篇论文，这些文字保存于俄罗斯国家历史档案馆。在俄期间，狄德罗当选为俄国皇家科学院外籍院士，还曾探讨将《百科全书》译成俄语的方案，他还创作戏剧在圣彼得堡的舞台上演。在出发之前，他因担心旅行中的意外，曾与友人安排后事，幸而最后平安归来。不过，长途旅行和俄罗斯寒冷的冬天对狄德罗的身体有所影响，在人生最后10年之中，他的健康状况未能好转，于1784年夏天去世。1786年，狄德罗的所有藏书和手稿被运往圣彼得堡，因此，他生前妥善收藏的未发表作品没有得到及时的整理和出版，有的直到20世纪才被重新发现。

✍ 让-雅克·卢梭：孤独的浪漫主义文学先驱

让-雅克·卢梭（Jean-Jacques Rousseau，1712—1778）出生于瑞士日内瓦，祖先原是法国新教徒，在16世纪中叶宗教战争时期为躲避迫害而来到瑞士。让-雅克·卢梭出生9天后，母亲因病去世，父亲是一个钟表匠，在他10岁的时候因与人发生纠纷不得不离开日内瓦，遂将其托付给一个牧师抚养。动荡的家庭环境导致卢梭小时候并未受到系统的教育，他经常到处游荡，做过学徒和仆从，还从新教改宗天主教。卢梭在16岁时遇到了华伦夫人（Françoise-Louise de Warens，1699—1762），二人之间保持着一种介于母子和情人之间的暧昧关系。这一时期，卢梭对音乐感兴趣，还自学数学，研究植物、制药和化学，同时阅读了大量学术著作。离开华伦夫人之后，卢梭在1740年来到里昂马布利神父家当了一年家庭教师，之后前往巴黎。他在1742年向巴黎科学院提交了一种自创的音乐简谱，但是未被接受，不过后来卢梭还是常常以教音乐和抄乐谱为生。除了在法国驻威尼斯使馆短暂担任过秘书，卢梭在巴黎开始了流浪的文人生涯。他在卢森堡公园吟诵诗歌，出入沙龙和剧院，往返于咖啡馆之间，结识了伏尔泰和狄德罗以及百科全书派思想家。1745年，他以一部歌剧《风流缪斯》（Les Muses galantes）而为人所知。1749年，卢梭应狄德罗和达朗贝尔之邀撰写《百科全书》的音乐部分。

　　1750—1762年这十余年间是卢梭思想和写作上的成熟时期。1750年，法国第戎学院的学术征文以"科学与艺术的复兴是否有助于敦化风俗"为主题，卢梭撰写了《论科学与艺术》（Discours sur les sciences et les arts）一文，对该问题给予了否定回答。他认为文明与自然相对立，在自然状态中，人类形成了美好的德性，而文明的发展破坏了原始的德性，使人类与其自然状态背道而驰。与卢梭同时代的哲学家普遍认为人从自然状态发展到社会状态是历史的进步，而他的观点是启蒙思想家中的一种异声，从某种意义上说中和了那种绝对的社会进步观。这篇获奖论文为卢梭带来了声誉。1752年，卢梭创作的歌剧《乡村卜师》（Le Devin du village）大获成功，受到宫廷赏识，成为文坛名人。他本可因此获得路易十五的年金赏赐，不过卢梭并不在意金钱，也不适应上流社会的名利场，而是更喜欢特立独行的自由生活。

1753年，卢梭在应征第戎学院又一次学术征文时写作了《论人类不平等的起源和基础》（ *Discours sur l'origine et les fondements de l'inégalité parmi les hommes*，1754），清晰表明了自己的哲学、政治和社会思想，表达了对人类文明的反省。简而言之，他认为自然状态在赋予人以自由的同时也包含了令人丧失自由的原因。人因各种自然原因产生生理、能力、知识、财富、分配和声誉等方面的不平等，最后必然导致在占有欲望支配下的私有制，而文明社会的基础之一就是私有制。卢梭的社会理想便是追求人的自由和平等，故而对文明社会持批判态度。卢梭曾将著作寄送给他所敬佩的哲人作家伏尔泰，但是书中对文明社会的批判和对原始自然状态的颂扬未能得到前辈的理解。伏尔泰在回信中以讥讽的口吻写道："先生，我已收到您有悖于人类常理的新作并表示感谢 [……] 从来没有人如此花费精力想让我们人类变得愚笨。读到您大作的人定会产生四足爬行的愿望。鉴于我丧失这一习惯已有60余年，所以很抱歉无法回到这一习性。"[1]

1754年，卢梭回到日内瓦，受到故乡各界人士的热烈欢迎。他重新获得了日内瓦公民权，并重皈新教。不过，卢梭很犹豫是否在故乡继续生活，因为担心人们对他的思想有所戒备。这时，卢梭受到作家朋友埃皮奈夫人（Louise d'Épinay，1726—1783）的帮助，在其乡下的退隐庐生活了一年半，他一方面享受着孤独宁静的乡村生活，一方面从事写作。

1.　Voltaire, Lettre du 30 août 1755 à Rousseau.

从1757年开始，卢梭与狄德罗在思想上产生了分歧，尤其是关于人的社会作用问题，狄德罗难以理解卢梭的孤独感，他在《私生子》一剧中写道："正人君子入世而立，只有卑鄙小人孑然自处。"卢梭认为此言是在影射自己，深感受到伤害，此外他也责怪狄德罗在其感情问题上发表不负责任的言论。总之，卢梭在社交生活中总是遭遇麻烦，各种难以言明的事件导致他与狄德罗、埃皮奈夫人等友人断绝来往，并与伏尔泰产生抵牾。卢梭于1757年底搬出退隐庐，寄居于卢森堡公爵夫妇位于蒙莫朗西的家中，完成了后续几部重要作品。

阿贝拉尔是12世纪法国哲学家和神学家，他四处求师，学问有成，风度翩翩。大约在1115年，阿贝拉尔开始担任神学老师，深受学生欢迎。巴黎圣母院主教菲尔贝尔安排阿贝拉尔作为自己才貌双全的侄女爱洛伊丝（1101？—1164）的导师。阿贝拉尔和爱洛伊丝互生爱慕之情，后来决定一起私奔并成婚。然而，菲尔贝尔主教雇用打手袭击并阉割了阿贝拉尔。之后，阿贝拉尔在巴黎郊区圣德尼修道院度过余生，爱洛伊丝被送进一家女子修道院做了修女。不过，阿贝拉尔和爱洛伊丝之间的情书幸存于世，令后人了解了这段凄美的爱情故事。

《新爱洛伊丝》（*Julie, ou la nouvelle Héloïse*，1761）是卢梭唯一的小说作品，取材于中世纪哲学家阿贝拉尔与爱洛伊丝的爱情故事。故事发生在阿尔卑斯山下的小城克拉朗，圣普乐被聘为贵族小姐朱丽及其表妹克莱尔的家庭教师。朱丽爱上了圣普乐，但是遭到父亲的反对，因为父亲不能接受她嫁给一个平民。圣普乐不得不离开朱丽，远赴他乡。朱丽在父亲的要求下，与门当户对的俄国贵族沃尔玛先生结婚，成为贤妻良母，并把自己与圣普乐的初恋坦诚地告诉了丈夫。对妻子充满信任的沃尔玛邀请圣普乐回到克拉朗小住。在周游世界6年之后，圣普乐与朱丽重逢，二人从而面临艰难的道德考验。他们虽然时时刻刻都会重温往日恋情，但是都努力恪守道德底线，圣普乐以正人君子之道要求自己，朱丽以母亲的职责和宗教原则束缚自己，尽管她对圣普乐仍然存有爱意。有一天，朱丽的儿子不慎落水，她奋不顾身地跳入湖中去救孩子，结果着凉生病，未能治愈。在她临终之际，圣普乐答应照顾她的家人，却没有同意与其表妹克莱尔结婚。《新爱洛伊丝》的主题不仅是爱情故事，虽然同为悲剧，甚至在卢梭笔下以死亡终结爱情，但是它更加侧重剖析淳朴自然环境中的人性道德，美丽的自然风光与人物的美德形成和谐的共同体，从而超越了中世纪时期现实故事中的残酷与暴力。《新爱洛伊丝》同样采用书信体，以5个朋友间的通信来展开叙述，有助于多视角讲述故事和刻画人物，令人深入到主人公的心理和情感世界之中。书信体的自由抒发性也使得卢梭能够表达其对社会、人生的思考，其中涉及道德、宗教、教育、文艺、乡村生活和社会平等等思想，丰富了作品的内涵。

　　从1756年开始，卢梭便计划写一部《政治制度论》，但由于与《新爱洛伊丝》的写作计划并行，被暂时搁置。卢梭在1759年正式开始写作原计划中的一章，即《社会契约论》（ *Du Contrat social, ou Principes du droit politique* ，1762 ）。开篇伊始，卢梭写道："人生而自由，却无往不在枷锁之中。自以为主宰他人的人，却一直比他人更受奴役。"在分析了人类社会不平等的起源之后，卢梭尝试探寻实现社会平等的途径。他提出了三种可能性：一是回到原始自然状态，二是通过暴力革命废除不平等的根源，三是建立社会契约来保证社会平等。他认为前两种可能性几乎不存在，"那么剩下的就只能用契约作为人间一切合法权力的基础"。《社会契约论》共分四卷：第一卷论述了社会结构和社会契约；第二卷阐述了主权及其权力；第三卷阐述政府及其运作形式；第四卷讨论执行公意的社会机构。一个理想的社会就是在统治者与被统治者之间建立一种合理合法的契约。《社会契约论》第一次提出了"天赋人权"和"主权在民"的思想，它所提倡的民主和平等思想对当时法国正在酝酿的社会变革产生了重要影响，为后来的法国大革命提供了思想基础。为了躲避官方审查，该书先于1762年4月在荷兰阿姆斯特丹出版，然后运回法国，不过问世之后仍然遭到禁止。

卢梭认为改造社会要从改造个人开始，他从年轻时做家庭教师时起便十分关注教育问题，这些思考积累起来，最终以一部《爱弥儿》（*Émile, ou De l'éducation*，1762）呈现出来。爱弥儿是一个虚构人物，在书中是一个富家孤儿，卢梭便以他的成长过程和所接受的教育来探讨育人观念。全书共分五卷，为不同年龄阶段的儿童设立了不同的教育原则、教育内容和教育方法，主要有体育、感官、智育、德育和爱情五个方面，每个阶段各有侧重。第一卷论述了2岁以前的婴儿所应接受的体育教育，以保证其自然发展；第二卷论述了2—12岁的儿童所需要的感官教育；第三卷关注12—15岁少年所需进行的智育教育；第四卷则侧重探讨15—20岁青年的德育教育；第五卷则以爱弥儿未来妻子苏菲为例探讨女子教育，同时涉及爱情教育。爱弥儿虽有一位家庭教师，但实际上他真正的老师是大自然。在性善论的主导下，卢梭认为教育的主要任务与其说是教授知识，不如说是保护孩子不受坏影响。在这部著作中，卢梭将爱弥儿描绘为一个理想的学生，从而系统阐述自己的"自然教育"思想。尽管这个理想的教育方案未必总是可行，却对后世教育家有所启发和影响。卢梭本人也未曾将《爱弥儿》中的自然教育模式应用在自己的孩子身上，他与一名洗衣妇育有5个孩子，却认为自己的生活条件和状态不适合养育孩子，于是将他们全都送入社会福利院。

《爱弥儿》在出版当时便因著作结尾之处提到的宗教观点与教会的正统观念不符而遭到禁止，书籍在街头被焚烧，卢梭甚至遭到追捕。无论在巴黎还是外省，也无论在法国还是瑞士，卢梭都很难找到安居之所，在四处逃难的过程中他变得敏感多疑，患上了一定程度的被迫害妄想症。因此，从1763年到去世之前，卢梭都处于一种不稳定的生活状态和精神状态之中。在这一时期，卢梭完成了《忏悔录》（ *Les Confessions*，1782，1789）、《卢梭评判让-雅克》（ *Rousseau juge de Jean-Jacques*，1782）和《一个孤独漫步者的遐想》（ *Les Rêveries d'un promeneur solitaire*，1782），这3部自述性作品给世人留下了一幅真实的卢梭自画像。

卢梭从1765年开始写作《忏悔录》，大约在1770年完成，但是直到1782年才出版上卷，1789年出版下卷。这本自传记载了卢梭从出生到1765年间长达半个世纪的生活经历。在上卷中，卢梭叙述的是自己青少年时期的生活，寻找自己成长的轨迹，以及"卢梭之所以为卢梭"的诸多因素。童年时寄人篱下的经历，幼小心灵所受到的不公待遇，都在他心中留下了难以磨灭的烙印，同时，正义感也在少年卢梭的心中萌生，并伴随终生。在下卷中，卢梭回顾自己在巴黎的生活，与同代学人、朋友之间的过往恩怨，以及重要作品的创作过程。面对人们的曲解、误会和谴责，卢梭采取了忠实书写自我的方式以证明自身，正如他本人在自传开篇所言："这是世界上绝无仅有、也许永远不会再有的一幅完全依照本来面目和全部事实描绘出来的人像。"卢梭诚实地剖析了一个矛盾的自我，他身上焕发出天性之善的光芒，也蒙染了社会之恶的阴影。文字中除了叙述的声音，也有一个老者的忏悔、抱怨和辩解，这是一个遭受过不公待遇的人维护自尊的自我辩护。卢梭在法国文学中开创了一种自传文学的书写方式，甚而影响了我国作家巴金写作《随想录》。

《卢梭评判让-雅克》写于1771—1775年间，以对话体构成，让-雅克·卢梭分身为二——"卢梭"和"让-雅克"，以此表示真实的卢梭与对手所炮制的形象之间的不同，此外还有一个参与对话的"法国人"，他代表对手的立场。3篇对话于是形成了一个同时进行自我审视和辩护以及回应公共舆论的场所，其间的心理分析仿佛对应了法庭上的审判话语体系。这部作品在卢梭去世后4年出版。

同年出版的还有散文集《一个孤独漫步者的遐想》，共有10篇作品，其中最后一篇未完成。书中每一篇都是一介寂寞书生在自然中漫步时的印象记忆，是孤立于人类社会之外的卢梭与心灵的对话，是一颗孤独灵魂的自我解剖，是一个理想主义者的告白。他在同类人那里受到的压制在大自然中得到了释放，获得了亲切的抚慰，如果说卢梭在人类社会中感受到的是激烈的冲突，那么他在自然中寻找到的是和谐、宁静与归宿。他在描绘自然和剖析自我中抒发真挚的情感，用优美且富有音乐性的文字表达自己的内心世界，形成了将对下一个世纪的作家产生深远影响的浪漫主义风格。

卢梭在颠沛流离中度过一生，是一个生活在贵族社会边缘的平民，一个生活在君主制下的共和主义者，一个生活在天主教徒中的新教徒，一个生活在法国的瑞士人。人们无法将他与前人进行类比，他也不遵从于任何法国传统。卢梭生前没有得到爱戴，在身后获得了补偿，他打破了社会规范，其思想观点在后世得到理解和传扬。卢梭于1778年去世，他的灵柩在1794年被迁往巴黎先贤祠。

✑ 普雷沃神父：颠沛流离的小说家和翻译家

安托万·弗朗索瓦·普雷沃（Antoine François Prévost，1697—1763）出身于法官世家，父亲曾是宫廷法务顾问。他从小就读于耶稣会学校，因才华出众而得到重点培养，却因为阅读与宗教无关的书籍而被逐出教会。他在奔赴罗马向教皇求情的路上，遇到一个军官，被劝说从戎。不过，他不久就当了逃兵，远赴荷兰，开了一家咖啡馆。1716年，普雷沃趁法国大赦之际回国，重新进入耶稣会初修院学习，并开始写作系列小说《一个贵族绅士的奇遇与回忆录》（*Mémoires et aventures d'un homme de qualité*），之后被人发现并告发，他只好逃出初修院，再次入伍，奔赴西班牙参加四国同盟战争[1]。1719年，战事结束后，他又一次离开军队，于1720年加入本笃会，继续学习神学，1726年获神父之职。1728年，普雷沃神父将小说《一个贵族绅士的奇遇与回忆录》前两卷提交给官方审查并获得出版许可，这一年，他因申请调往一个戒律较为宽松的修道院未果而离职。普雷沃前往英国伦敦，做了家庭教师，又因诱惑雇主家的女儿被发现而于1730年离开伦敦，再次来到阿姆斯特丹，并与一个风流女子交往。这一时期，普雷沃在自己的姓氏后面加上了"埃戈兹勒"（Exiles），此词与法语单词"exil"（流亡）谐音，可能是对自己漂泊不定生活的自嘲。

《一个贵族绅士的奇遇与回忆录》前几卷陆续出版之后，1731年，普雷沃在阿姆斯特丹出版了最后一卷《格里厄骑士与曼侬·莱斯戈的故事》

---

1. 四国同盟战争（1718—1720）是英国、荷兰、法国和奥地利（神圣罗马帝国）为反对西班牙帝国收复意大利而进行的战争。

（*L'Histoire du chevalier des Grieux et de Manon Lescaut*），这是该系列小说中最为著名的一部。作品以一个退隐于世撰写回忆录的贵族绅士的自述开始，他遇到贵族子弟格里厄，格里厄向他借钱去贿赂一个押解流放到美洲的女囚的差官，而且为了陪护其中一位叫曼侬的姑娘，他也要前往美洲。两年后，格里厄只身回到法国，再次与贵族绅士相遇，这一次他坦诚地回忆了与曼侬·莱斯戈的恋情以及随之而来的各种不幸遭遇。格里厄原本出身名门望族，是一个品学兼优的翩翩少年，有一天在放假回家的途中与年轻姑娘曼侬一见钟情。曼侬出身平民，但是容貌美丽，可惜贪图享乐，虽然年轻却已经学会以色悦人。与曼侬相爱同居后，格里厄为了满足她的物质欲望，荒废了学业。父亲为了让儿子改邪归正，派人将他带回家中。格里厄潜心读书，修习神学，刚刚回到原来的正常生活，却又与曼侬不期而遇。两人旧情复燃，格里厄随曼侬私奔到了巴黎。不料，曼侬另寻新欢，并且成为权贵包养的情妇，而格里厄在曼侬不务正业的哥哥的引导下参与赌博和行骗，两次与曼侬一同入狱。格里厄的父亲设法解救儿子出狱，却使曼侬流放美洲。陷在爱情中无法自拔的格里厄追随曼侬一起到了美洲，其间历尽千辛万苦。在美洲的路易斯安那，当地官员之子垂涎曼侬的美貌，格里厄与之决斗，将其重伤。格里厄以为惹来杀身之祸，遂带着曼侬逃命，长途跋涉之中，曼侬筋疲力尽死于沙漠，格里厄被人寻回，遣送回法国，于是再次与贵族绅士相遇。

小说因其跌宕起伏的情节和充满张力的道德冲突而引人入胜，一时畅销坊间。孟德斯鸠曾这样评点此部作品："1734年4月6日，我读完了普雷沃神父的小说《曼侬·莱斯戈》。男主人公是一个无赖，女主人公是一个婊子，大家却喜欢这部小说，我并不奇怪，因为格里厄骑士的所有行为都以爱情为动机。爱情总是一种高尚的力量，尽管人的行为很卑贱。"[1]《格里厄骑士与曼侬·莱斯戈的故事》讲述的是一个突破世俗禁忌的故事，在一个贵族子弟与一个风尘女子的恋情中，爱情被塑造成一种无法抵御的力量，曼侬也成为法国文学中红颜祸水的典型形象。普雷沃生动地呈现了爱情的两面性，它可以是纯粹美好的，可以使人放弃功名利禄，然而它也有阴暗的一面，可以使人堕落甚至自暴自弃。这出爱情的悲剧也是人性的悲剧，普雷沃深刻地揭示了爱情中人的理性与疯狂之争以及人性的弱点，其中不少情节也可以从他本人多变的性情和动荡不安的生活中找到来源。1733年，小说在巴黎出版，巴黎最高法院一度下达了焚烧令，罪名是"除了让当权的人扮演了不相称的角色外，恶习和放荡也被描绘得足以让人感到厌恶"。后来，普雷沃对小说进行修订和增补，于1753年重新出版了《曼侬·莱斯戈》。值得一提的是，1830年5月3日，法国著名舞蹈家让-皮埃尔·奥麦（Jean-Pierre Aumer，1774—1833）根据小说创作的芭蕾舞剧《曼侬·莱斯戈》在巴黎首演，这场演出进入了司汤达（Stendhal，1783—1842）的小说《红与黑》（*Le Rouge et le Noir*，1830），其下卷第28章便以"曼侬·莱斯戈"为标题，以书中人物观看演出和发表评论为引，"在这类有伤风化的危险读物中，《曼侬·莱斯戈》可推首屈一指。一颗罪孽深重的灵魂，其软弱的一面和沉痛的情绪，据说都写得很逼真，而且有深度。"[2]《曼侬·莱斯戈》在19世纪还多次被改编为歌剧，其中最为著名的是法国作曲家奥柏（Daniel-François-Esprit Auber，1782—1871）在1856年、马斯奈（Jules Massenet，1842—1912）在

1.　转引自Jean Sgard, *Labyrinthes de la mémoire*, Paris, PUF, 1986, p. 169。
2.　司汤达：《红与黑》，罗新璋，译，天津人民出版社，2018年，第430页。

1884年以及意大利音乐家普契尼（Giacomo Puccini，1858—1924）在1893年创作的同名歌剧。

1733年，债务缠身的普雷沃从阿姆斯特丹回到伦敦，又因出具假发票而在年底被捕入狱，出狱后在1734年初回到法国，并与本笃会协商恢复神职事宜，为此他重新进入初修院，两年后成为孔蒂亲王的布道神父，并得到亲王的保护。

普雷沃神父是最早向法国读者系统译介英国文学的法国作家，主要体现在他持续不断的翻译和出版工作上，这也反映了18世纪法国人对英国文学和文化的兴趣。普雷沃早前根据英语文献编译和写作了《英国哲学家或克伦威尔私生子克里夫兰先生传》（*Le Philosophe anglais ou Histoire de M. Cleveland, fils naturel de Cromwell*），这是一部介于传记与小说之间的作品。普雷沃最早在1731年出版了前4卷，1738—1739年间在孔蒂亲王的支持和保护下秘密出版了后3卷。普雷沃之前在伦敦时已经创办了报纸《正与反》（*Le Pour et Contre*），致力于介绍英国文学与文化，回到巴黎后，他以一人之力主办报纸，撰写了大量文章，并且持续出版到1740年。此外，普雷沃还著有《基勒林的修道院长》（*Le Doyen de Killerine*，1735—1740）等小说以及《现代希腊史》（*Histoire d'une Grecque moderne*，1740）等历史著作，还从英文翻译了15卷的《旅行通史》（*Histoire générale des voyages*，1746—1759）。1751和1755年，他先后翻译出版了两部小说《克拉丽莎·哈娄》（*Lettres anglaises ou Histoire de miss Clarisse Harlowe*，1747—1748）和《查尔斯·葛兰底森爵士》（*Nouvelles Lettres anglaises ou Histoire du chevalier Grandisson*，1753），最先向法国读者介绍18世纪英国著名小说家塞缪尔·理查逊（Samuel Richardson，1689—1761）。

✎ 马里沃：探究爱情心理的喜剧大师

马里沃（Marivaux，1688—1763），原名皮埃尔·卡莱（Pierre Carlet），出生于巴黎，祖上是来自诺曼底地区的普通贵族，父亲担任过行政官员，舅舅曾经是王家建筑师，他后来为马里沃打开了通往宫廷的大门。皮埃尔·卡莱10岁时随家人迁居外省奥弗涅地区，在利摩日求学。正是在中学期间，他仅用不到10天的时间就创作出了他的第一部戏剧——《谨慎公正的父亲》（*Le Père prudent et équitable*）。这是一部诗体独幕喜剧，讲述的是一个聪明的仆人想方设法帮助主人获得心爱的姑娘的父亲同意而喜结连理的故事。此剧1706年便由利摩日业余剧团搬上舞台，这一年皮埃尔·卡莱年仅18岁，剧本后来在1712年出版。这一年，他的第一部小说《同情心的惊喜效果》（*Les Effets surprenants de la sympathie*）也得以出版。

中学毕业后，皮埃尔·卡莱回到巴黎，寄居在舅舅家中，学习法律，在1721年获得法学学士文凭，又获得律师资格，但是不曾从业。在巴黎，他结识了作家、戏剧家丰特奈尔并得其引荐，出入以高雅品味而闻名的朗贝尔夫人沙龙。在当时古今之争的余波中，皮埃尔·卡莱持崇今立场，以戏谑的方式调侃古典主义风格的作品，《乔装的特雷马克》（*Le Télémaque travesti*，1715）和《荷马史诗〈伊利亚特〉之滑稽版》（*L'Iliade d'Homère travestie en vers burlesques*，1716）就是两部戏仿作品，正是在后一部作品的卷首献词中，皮埃尔·卡莱第一次署名卡莱·德·马里沃。

1720年，在伏尔泰刚刚以悲剧《俄狄浦斯王》收获盛誉之后，马里沃也跃跃欲试，创作了五幕诗体悲剧《汉尼拔》（*Annibal*），该剧当年便在法兰西剧院上演，但是没有获得成功，马里沃从此告别悲剧体裁，不过该剧在27年后重演时获得了更多的认可。同年，他的独幕散文体喜剧《爱情不期而至》(*Arlequin poli par l'amour*)由意大利著名戏剧家、演员路易吉·里科博尼(Luigi Riccoboni, 1676—1753)领衔的剧团搬上舞台，获得巨大成功，成为马里沃的成名之作。故事讲述的是一个仙女与淳朴的平民小伙子阿勒坎(Arlequin)的恋爱故事，阿勒坎从懵懂到获得成长经验，其间不乏曲折奇遇和风趣幽默。平民阿勒坎是意大利通俗即兴喜剧中的经典形象，在舞台上通常戴着黑色面具，身穿菱形色块拼接的衣服，以表明其多面性形象。阿勒坎式人物最早出现于16世纪，在17—18世纪流行于欧洲各国的戏剧作品中，马里沃至少在9部作品中采用过这个人物形象。他在作品中吸收了意大利假面喜剧的风格，也一直欣赏路易吉·里科博尼的剧团，喜爱意大利喜剧演员们的表演艺术，后来还专门为他们创作剧本。然而，在巴黎的舞台上，意大利风格虽然颇受观众欢迎，但毕竟不能与本国剧团所代表的戏剧传统相抗衡。这一时期的法国演员和观众似乎仍然没有充分发现马里沃戏剧的魅力。

从18世纪20年代开始，马里沃一共创作了约15部社会题材喜剧，它们体现了这位18世纪的作家对人与人之间伦理关系和社会问题的思考：《奴隶岛》(*L'Île des esclaves ou Les petits hommes*, 1725)中的主人与奴仆互换身份，探讨的是人的自由和个体之间的平等问题；《理智岛》(*L'Île de la raison*, 1727)像是一个小人国，唯有理性的提升才会使那里的人长高；《新殖民岛》(*La Nouvelle colonie*, 1729, 1750年重版时更名为《殖民岛》)中的女人们尝试建立一个男女平等的共和国，关注的是女性的社会地位。由此可见马里沃式的乌托邦，此类寓言性戏剧成为一个社会构建实验室，不过遗憾的是这些作品在当时反响不大，演出的场次也很少。

爱情喜剧毫无疑问是马里沃最为成功的戏剧。此前，爱情故事可能只是喜剧中的点缀元素，而在马里沃笔下，爱情本身成为中心主题，他在前人的性格喜剧和风俗喜剧之外创造了爱情喜剧。马里沃曾说："在我同行们的作品里，爱情与周围环境产生冲突，最后突破障碍获得幸福的结局；在我的作品里，爱情是恋人之间的冲突，尽管有波折，总归终成眷属。我在人心中窥探所有形形色色隐藏爱意的角落，若它深藏不露，我的每一部喜剧就把爱意从每一个角落里挖掘出来。"[1] 马里沃革新了情感喜剧的创作手法，擅长以细腻的笔触对男女主角的恋爱心理进行描写，其作品中的爱情故事似乎大同小异，差别在于爱情中的障碍和阻力各不相同，恋人们克服困难的方式也不同，他们小心翼翼地相互靠近，其间也有犹豫和逃避，由此产生了各种细微的心理变化和爱情策略。马里沃最早在成就了一对主人和一对仆人的爱情的《爱的惊喜》（*La Surprise de l'amour*，1720）中揭示了爱情如果来临便是无法逃避的；在《双重背叛》（*La Double inconstance*，1723）中他以宽容的心态描述了一对乡村恋人各自寻找到新的真爱，而且这两份爱情都超越了阶级差异。《爱情与巧合》（*Le Jeu de l'amour et du hasard*，常译为《爱情偶遇游戏》，1730，）则是马里沃喜剧作品里最受欢迎和演出场次最多的作品，展示的是爱情中的试探。女主人公西尔维娅是一个美丽的富家小姐，父亲为她定下一桩完美的婚事。西尔维娅决定和自己的女仆丽塞特互换身份，以试探男方多朗特是否真的如父亲所说那般完美。巧合的是，多朗特也想到了同样的方法，让仆人乔装自己而自己乔装成男仆以一探究竟。这样的四人相

---

1. Cf. Emile Abry, Paul Crouzet et Charles Audic, *Histoire illustrée de la litttérature française*, Paris, Didier, 1942, p. 338.

会自然会产生各种误会和错位的感情，不过丽塞特和西尔维娅很快就先后发现他们真正的身份与装束之间存在差异，进而通过言语辨认出各自所爱之人。一波三折之后，结局仍然是男女主人和仆人各得其所，皆大欢喜。

马里沃的喜剧具有很高的艺术价值。最为明显的一点是语言风格和特色。由于情节设置以及营造喜剧效果的需要，剧中对戏角色双方的台词常常句句相扣，彼此重复和推进，你来我往，节奏紧凑，引人入胜。在语言风格上，马里沃更像是一个古典主义者，善用精致典雅的语言来谈论、描绘和分析细微复杂的爱情心理，形成了优雅的"马里沃风格"（le marivaudage）。此词1739年出现于同时代的女作家弗朗索瓦丝·德·格拉菲尼笔下，后来进入法语词典中。此外，值得注意的是，马里沃在很多作品中都喜欢采用乔装方式以模糊身份，例如，《爱情与巧合》中主仆互换身份，《双重背叛》中贵族郡王装扮成宫廷侍卫官，《假丫鬟》（La Fausse suivante，1724）中机智的姑娘装扮成骑士等。这种创作手法在剧情上是为了通过虚假的身份探寻真正的爱情，在艺术手法上是为了在舞台上制造因错位而带来的喜剧效果，而其在社会学意义上也具有深刻的含义，因为身份置换反映了18世纪时社会等级之间的界限产生动摇的情况，而性别置换则反映了马里沃本人男女平等的思想。马里沃似乎一直在独立近观他所处时代的启蒙运动，从来没有被卷入其中，但是从作品中依然可以发现他的这些进步思想观念是与时代同步的。

马里沃也尝试过小说创作，他在1731—1741年间创作了长篇小说《玛利亚娜的一生》（La Vie de Marianne）。女主人公玛利亚娜在晚年回顾自己的一生，在讲述中常常打破线性叙事，穿插对爱情、友谊、品德和成功等问题的思考。其中一些主题也在马里沃的另一部讲述农民雅各布闯荡巴黎的成长小说《成功的农民》（*Le Paysan parvenu*）中重现，这部作品创作于1735年前后。两部小说虽然都是未竟之作，但都是法国小说发展史上最早以第一人称展开叙述的作品，体现了马里沃对小说写作方式的思考。

很长时间以来，人们可能因为偏爱马里沃的爱情喜剧而忽视了他其他一些具有社会和道德意义的作品。尽管伏尔泰认为马里沃的风格略显考究不够自然，希望他的作品中能够更多一些高尚的题材，但也表示"他的作品中具有哲理性、人道主义和独立精神，我很高兴在其中找到同感"[1]。1742 年，马里沃以超过伏尔泰的票数入选法兰西学院。作为剧作家的马里沃是成功的，他一生共创作了50多部戏剧作品，尤以喜剧成就最高，他的作品并不是让人捧腹大笑的通俗喜剧，也不是针砭时弊的讽刺喜剧，而是亲近人情、探微人心之作，散发出一种优雅含蓄的味道，如今，马里沃的经典作品仍是法国戏剧舞台上不可或缺的剧目。

✆ 博马舍：现实生活中的费加罗

皮埃尔-奥古斯丹·加隆·德·博马舍（Pierre-Augustin Caron de Beaumarchais, 1732—1799）出生于巴黎一个知名的钟表匠家庭，是家中唯一的男嗣，13岁时便师从父亲学习制造和修理钟表的手艺。20岁时，他发明了一种新的钟表擒纵装置，却险些被宫廷钟表师抢占功劳，于是他写文章进行论证，通过仲裁获得法国科学院的认可。他手艺精湛，后来成了宫廷供应商，据说他曾为路易十五的情妇蓬巴杜夫人制作了一只

---

1 . Voltaire, lettre à M. Berger, février 1736.

精美的戒指表，因而颇受赏识。皮埃尔-奥古斯丹·加隆在24岁时娶了比他年长10岁的富孀为妻。此女原来夫姓是德·博马舍，因其丈夫家族庄园名为博马舍，于是皮埃尔-奥古斯丹·加隆决定改随夫人姓氏，在自己的姓名后补充了"德·博马舍"，颇有贵族门面。不过，这位夫人第二年便突然去世，年轻的博马舍因此事遭受攻击，被认为是图财害命之徒，他不得不与人对簿公堂。博马舍很快放弃了钟表匠人的工作，家族手艺和产业由其姐夫继承和管理，他则充分发掘自己的商人天分，经营有道，很快发家致富。在朋友和合伙人银行家迪韦尔内（Joseph Paris Duverney，1684—1770）的斡旋下博马舍购买了国王秘书的官职，从此出入宫廷。

博马舍颇有音乐天赋，尤擅演奏竖琴与横笛，因而获得路易十五的恩宠，被聘为四位公主的音乐教师，教授竖琴。同时，博马舍也开始写作一些轻快通俗的戏剧开场小品，供王公贵族府邸堂会演出。这些写作尝试使他得以熟悉戏剧语言的表达方式，尤其是建立在文字游戏和身体动作基础上的喜剧语言。1767年，博马舍在狄德罗提出的正剧观念影响下正式开始戏剧创作，第一个剧本《欧也妮》（*Eugénie*）以他亲姐姐在西班牙的不幸爱情经历为素材，嘲讽了贵族的虚荣心和功利心。剧中英国陆军大臣的儿子克拉兰敦伯爵勾引外省贵族少女欧也妮，一边盟誓与她结婚，另一边准备将她抛弃。博马舍否定了贵族阶层的虚伪道德观，一定程度上表现出了批判精神。继而，他在《两朋友：里昂商人》（*Les Deux amis ou le négociant de Lyon*）中将商场故事与家庭故事结合起来，在作品中"向第三等级表示敬意"。该剧的主人公是一位商人，有两个好友。他在破产之后得到了朋友包税人墨拉克的援助，后来墨拉克陷入困境时又得到另一个朋友承包商的慷慨相助而摆脱困境。剧中三位资产阶级人物被刻画为正直、坦率、有情有义、令人尊敬的人，此剧是资产阶级出身的博马舍在舞台上表现资产阶级群体形象的一次尝试。不过，这两部正剧都没有得到足够的关注，也没有取得成功。

1768年，生活富裕却感情寂寞的博马舍与国王司娱总管的遗孀再婚，二人育有一儿一女，可惜先后夭折。这位夫人在1770年去世，留下了巨额遗产，博马舍因遗产继承再度遭受恶意诽谤。在这一时期，他重拾对戏剧的构思和创作，探索新的道路。一开始，他发挥自己的音乐素养，在1772年为意大利剧院写了四幕歌剧《塞维尔的理发师》（Le Barbier de Séville），却未被采用。于是，他把此剧改为五幕喜剧。故事发生在西班牙的塞维尔城，其中融入了博马舍在1764—1765年间旅居西班牙时了解的世俗风情。剧中的年轻阿尔马维华伯爵爱上了罗西娜小姐，而罗西娜的监护人巴托洛医生对她严加看管，有意等待她成年后娶为己妻。理发师费加罗为阿尔马维华伯爵献计，让他乔装成音乐教师进入罗西娜家与其相会，几经周折，有情人终成眷属，待巴托洛发觉之时，罗西娜已成伯爵夫人。塞维尔的理发师费加罗是博马舍塑造得最为成功的艺术形象，他见多识广，足智多谋，幽默诙谐，与上流贵族人物周旋起来游刃有余，身上可见博马舍本人的诸多特点。

博马舍将剧本交给法兰西剧院，原定于1773年2月上演，却不料因为官司缠身而一再推延。先是他的合伙人迪韦尔内去世，因遗嘱上的债务条款有惠于博马舍，博马舍再度遭到质疑，不过他在1772年与迪韦尔内的遗产继承人的诉讼初审中胜诉。然而，在1773—1774年间，著名法官戈兹曼（Louis Valentin Goëzman de Thurn，1729—1794）重审此案，博马舍唯恐他做出不利于己的判决，遂赠送精美手表给戈兹曼夫人，不过戈兹曼仍然指控他伪造证据。此前，博马舍因为与肖尔纳公爵（le duc de Chaulnes, 1729—1794）争爱一个女伶而发生纠纷，以"动手殴打公爵和大臣"的罪名被关进了文森城堡监狱，全部财产都被没收。博马舍担心官官相护，愤而写作4篇《驳戈兹曼备忘录》（*Mémoires contre Goëzmann*）为自己辩护，诉诸公众舆论，表达公民反抗司法不公的维权意识。备忘录中既有案情陈述，也有人物形象描绘，极尽冷嘲热讽之能事，揭露了贵族官场之丑陋现状，体现了博马舍非同一般的论辩能力和写作才华。文章印行上万份，被人们在酒楼、剧院间传阅朗读，引起广泛关注，伏尔泰曾称赞这4篇备忘录"比任何一部喜剧都更有趣，比任何一部悲剧都更动人"[1]。最后，在世情舆论压力之下，戈兹曼法官被撤职，博马舍得以出狱，而且声名远扬。

　　博马舍的《驳戈兹曼备忘录》还传播到欧洲其他国家。他在一篇备忘录中讲述了姐姐在西班牙的不幸爱情，歌德（Johann Wolfgang von Goethe, 1749—1832）读后产生灵感，很快根据真人真事创作了浪漫派戏剧《克拉维戈》（*Clavigo*, 1774）。克拉维戈（José Clavijo y Fajardo, 1726—1806）正是抛弃博马舍姐姐的西班牙作家，他有幸获得国王档案史官的职务，然后在朋友劝说下与未婚妻玛丽·博马舍分手，因为与外国女子的婚姻有可能会成为仕途上的障碍。失恋的玛丽悲恸不已。1764—1765年，博马舍在马德里逗留了10个月，以处理姐姐的婚约之事。为了捍卫姐姐的荣誉，他要求克拉维戈写一份情况声明，而克拉维戈在回顾过往时又心生怀旧之情，愿意与玛丽重归于好，并得到玛丽的宽恕。可

1．　Voltaire, Lettre la du 6 janvier 1773 à Alexandre-Marie-François de Paule de Dompierre d'Hornoy, *Correspondance*, Gallimard, 1987, XI, p. 578.

是，他的朋友再次劝他在仕途和爱情中进行抉择，克拉维戈最终决定放弃爱情，玛丽抑郁而终。克拉维戈在玛丽的灵柩前受到良心的谴责，而且遭到博马舍仗义执言的怒斥，在气绝临终之际，他承认了自己的错误，表达了对对手博马舍的尊敬，并请求朋友帮助博马舍回到法国。歌德仅用8天就完成了剧本《克拉维戈》的创作，其中有几处直接把博马舍的回忆录片段译成德文。据说，博马舍本人看过这出使用真实姓名的戏剧演出，并且表示赞许。1999年，法国当代舞蹈家罗兰·佩蒂（Roland Petit，1924—2011）又根据歌德的歌剧改创同名芭蕾舞剧。

　　路易十五读到博马舍的《驳戈兹曼备忘录》，感觉朝政司法受到挑战，曾下令禁止《塞维尔的理发师》上演。1775年，路易十五去世，沸沸扬扬的戈兹曼事件落下帷幕，剧本获准上演，不过首场演出并不成功。博马舍立刻对剧本进行修改，删去了冗长的对话和情节，把五幕压缩成四幕，加强了戏剧冲突和讽刺效果。第二次公演获得了成功，连演多场，轰动了全巴黎，《塞维尔的理发师》成为当时最卖座的戏剧演出。自17世纪以来，法兰西剧院及其演员便享有获得绝大部分演出收入的特殊待遇，在使用戏剧作品时只给剧作者微不足道的分成。1777年，《塞维尔的理发师》上演多日后，博马舍希望获得作者的版税收入，要求剧院提供收支账目，未被理会。于是他发动多位剧作家进行斗争，成立了戏剧界法律事务处（Bureau de législation dramatique），这就是法国历史上第一个戏剧家协会，1829年更名为剧作家与作曲家协会（Société des auteurs et compositeurs dramatiques）。经过几年的努力，1780年12月，国家颁布法令，规定作家应得戏院纯收入的1/7。从此，作家们的戏剧创作和演出收益得到了保障。

　　博马舍重获路易十六朝廷的信任，由于他办事干练，从1774年起经常被派往国外秘密执行间谍任务。1777年6月，他接受外事大臣交办的一笔资金和任务，然后筹办了一个打着葡萄牙公司招牌的机构，组织远洋船队，向北美洲运输军火，暗中支援美国独立战争，他本人也将很多资金投入其中。

《塞维尔的理发师》的成功鼓舞了博马舍创作喜剧的热情。1778年，他完成了又一部杰作——《费加罗的婚礼》(Le Mariage de Figaro)，此剧可以算作前一部剧的续篇。故事场景仍然是阿尔马维华伯爵府中，他的仆人费加罗将要和女仆苏姗娜结婚，费加罗兴高采烈地布置婚房，筹备婚礼，苏姗娜却告诉他，伯爵将位于伯爵和伯爵夫人之间的房间安排为他们的婚房是不怀好意，是为了实施之前他假装放弃的对奴仆婚姻的"初夜权"。伯爵与罗西娜的婚姻已有10年之久，此时逐渐移情别恋，想要占有苏珊娜。为了捍卫自己的爱情和幸福，费加罗想出了一个计策。他让苏珊娜把伯爵的非分之念告诉伯爵夫人罗西娜，然后让罗西娜乔扮成女仆苏珊娜，同意伯爵花前月下相会的请求。最后，伯爵以为对苏珊娜表达爱意的甜言蜜语都被伯爵夫人当场听见，计划当众败露，于是跪地请求罗西娜的宽恕。费加罗和苏珊娜终成眷属，聪明勇敢的费加罗只是第三等级中的一介平民，却终于成为胜利者。

如果说在《塞维尔的理发师》中，费加罗还有心为贵族老爷争取幸福出谋划策，那么到了《费加罗的婚礼》中，费加罗就不得不与贵族老爷抗争以捍卫自己的幸福。费加罗在剧中戏称自己一半是主子一半是奴才，其实费加罗的角色就是博马舍本人，博马舍原来甘愿做贵族的服务生和合伙人，与贵族斡旋，希望通过合作为自己争取更多权益。但是，在经历诸多坎坷甚至是牢狱之灾之后，他终于明白只有进行激烈抗争才能保护人身自由和财产安全。因此，博马舍在《费加罗的婚礼》中表达的社会讽刺更加强烈，所宣扬的启蒙思想也更加明显。这部喜剧虽然风格轻松戏谑，实际上却折射了大革命前夕法国社会阶层之间的矛盾，预言了社会变革的可能性。路易十六在1781年读了剧本以后，曾经下令禁止公演，他的断言从某种意义上反映了统治者的预见："上演此剧不可能没有危险后果，除非先要摧毁巴士底狱。"[1] 剧本的审查官也百般刁难，阻止上演。为了争取《费加罗的婚礼》的公演，博马舍进行了坚决斗争，甚至再次被投入监狱。此时舆论哗然，民众不满。为了息事宁人，朝廷终于解除禁令，《费加罗的婚礼》于1784年首次在巴黎公演，之后连演100余场，受到广大民众的欢迎。《塞维尔的理发师》和《费加罗的婚姻》是博马舍最成功的喜剧，很快被译成多国文字，并在欧洲其他国家的舞台上演出。1786年，奥地利音乐家莫扎特（Wolfgang Amadeus Mozart，1756—1791）把《费加罗的婚礼》改编成歌剧；1816年，意大利音乐家罗西尼（Gioacchino Rossini，1792—1868）又把《塞维尔的理发师》谱写成歌剧。1989年，在纪念法国大革命200周年之际，法兰西剧院的新任院长安托万·维泰兹（Antoine Vitez，1930—1990）选择了《费加罗的婚礼》作为纪念演出剧目。

　　1787年，博马舍创作了歌剧《达拉尔》（*Tarare*），这是一部五幕悲剧。1792年，他写成最后一个剧本《另一伪君子：有罪的母亲》（*L'Autre Tartuffe, ou la Mère coupable*），此部正剧是"费加罗三部曲"的最后一部。无论是悲剧还是正剧，这两部作品都没有达到博马舍在前两部喜剧中的巅峰水平。在此期间，作为伏尔泰的崇拜者，博马舍投入很多精力整理出版《伏尔泰全集》，除了需要自筹资金，遗稿的搜集也困难重重，还要

1.　转引自Emile Abry, Paul Crouzet, Charles Audic, *Histoire illustrée de la littérature française*, Paris, Didier, 1942, p. 422。

面对天主教会的百般阻挠。经过多年努力，博马舍编辑整理的《伏尔泰全集》约80册（其中包括四方搜集而得的30卷书信）终于在1784—1789年间出版齐全，这是伏尔泰去世后第一个比较完整的作品全集，在相当长的时间里是权威版本。

1789年，法国大革命爆发，博马舍因曾为旧王朝办理过秘密外交事务而一度成为被革命的对象，以垄断军械罪受控入狱，后来幸免于难，避居巴黎近郊，乱世之中商业经营也遭遇失败。不久，他的名字又被列入逃亡贵族的名单，财产充公，家属受禁，他本人滞留德国汉堡3年。后来，国民公会认识到博马舍无论是在现实生活中还是在文学创作中都与专制统治进行过有力的斗争，遂于1795年将其名字从逃亡贵族名单中除去，博马舍于1796年得以回国，与家人相聚。1799年5月18日，博马舍因中风去世，葬在自家花园中。

博马舍生活在法国社会发生重大变革的时期，见证了绝对君主专制大厦将倾的时刻和法国大革命的爆发，一生充满传奇色彩，他称自己的一生是斗争的一生。他在繁忙的社会活动中一直坚持戏剧创作，尤其以喜剧成就最高，其作品不仅富有革命精神内涵和政治讽刺色彩，而且情节生动，人物形象饱满，摆脱了古典喜剧人物性格类型化的倾向，因此具有很高的艺术价值，标志着古典喜剧向近代喜剧的转变。

❧ 德·拉克洛：以"危险关系"警示世人的军旅作家

肖代洛·德·拉克洛（Pierre Choderlos de Laclos，1741—1803）出生于索姆省亚眠市，在他9岁的时候家族才获得贵族名号。在父亲的鼓励下，他选择从军，1760年进入王家炮兵学校，1761年获得少尉军衔。拉克洛本想在战争中建功立业，但是1763年时七年战争（la guerre de Sept Ans）[1]已经平息，在后来的20余年里，他总是在斯特拉斯堡、格勒诺布尔和贝藏松等外省城市驻扎。1777年，拉克洛还受命在瓦朗斯建立了一所新的炮兵学校，后来的年轻军官拿破仑（Napoléon Bonaparte，1769—1821）正是该校学员。虽然军衔晋升到上尉，但拉克洛不满足于平淡乏味的军营生活，而是利用业余时间进行文学阅读和写作。他最早发表的作品是一些轻松的诗歌，还写过质量不高的喜歌剧。拉克洛是卢梭的忠实崇拜者，认为《新爱洛伊丝》是小说中的最美典范。或许是从这部作品中获得灵感，拉克洛从1778年开始创作书信体小说《危险关系》（Les Liaisons dangereuses，1782），无论是执行军务还是休假，写作都成为他此后几年军旅生涯中的重要内容。

《危险关系》叙述的是上流社会风流成性的贵族男女们之间的风流韵事。女主人公梅特伊夫人是一个年轻寡妇，她在与瓦尔蒙子爵分手后，成为热尔库伯爵的情妇，不料后来又被伯爵抛弃，因为伯爵那时候正在追求一位总督夫人，而这位总督夫人又因此放弃了瓦尔蒙子爵。在小说开头，梅特伊夫人召唤瓦尔蒙子爵前来执行复仇计划，就是去引诱热尔库伯爵此时的未婚妻沃朗热小姐，以破坏其婚姻。瓦尔蒙子爵当时正有意追求图韦勒法院院长夫人，因为玷污这位忠诚于婚姻、虔信上帝的女性才能让他得到征服的快感。此时，年轻的唐瑟尼骑士正钟情于年仅15岁的沃朗热小姐。图韦勒法院院长夫人未能经受住瓦尔蒙的诱惑委身于

---

1. 七年战争是英国–普鲁士联盟与法国–奥地利联盟之间因争夺殖民地和霸权而发生的一场战争，从1756年到1763年持续了七年。最后，法国战败，根据1763年签订的《巴黎和约》，法国割让印度、加拿大、密西西比河东岸大片属地给英国，英国成为海外殖民地霸主。这次战争使法国蒙羞，并且间接为法国大革命的爆发埋下了伏笔。

他之后，瓦尔蒙子爵转而将沃朗热小姐作为征服对象，他将其奸污却也动了真情。为此，瓦尔蒙子爵和唐瑟尼骑士展开决斗，并在决斗后因伤势过重而亡。临死之际，他将与梅特伊夫人等人的书信交给他人，于是梅特伊夫人身败名裂。

《危险关系》呈现了道貌岸然的贵族阶层道德败坏的精神状态和风流放荡的生活图景。拉克洛有意通过悲剧的结局警醒世人不要处心积虑编织危险的关系，做出伤风败俗的事必定不会有好下场，由是在作品末尾点明了教化意图。也有研究者认为，拉克洛因为未曾经历战争建立功业颇感失意，他还几次受到一些所谓真正贵族的羞辱；此外，他所爱慕的女人求而不得，故而一方面在笔下将情场描绘为战场，另一方面在故事中羞辱和抨击贵族，《危险关系》从某种意义上而言成为他抒发愁闷和自我治疗的方式。从艺术角度而言，这部小说可以说是18世纪书信体小说的巅峰之作，因为作品中并未设置任何叙事者，全部故事情节都通过各个人物之间的书信陈述推进，谋篇布局别有匠心，同一个事件往往由多位书写者从各自角度提供叙述，共同构建一个完整的故事。《危险关系》提供了多叙事者、多视角的复调小说的叙事范例，作者的声音只是在最后阐述写作主旨时出现。在世界各地，这部小说被多次改编为电影作品，每一部电影都只能呈现故事中的曲折，但没有一部可以还原原著在书信体叙事技巧上的精妙。《危险关系》甫一出版便好评如潮，一月之间便销售2000册，在随后两年之中再版10多次，在作者生前至少印行50次，1784年便被翻译成英语。但在19世纪，《危险关系》被法院以“内容淫猥、有伤风化”为由列为禁书，作者也因此声名不彰，甚至有人将作者认同为人物。事实上，拉克洛与其笔下的瓦尔蒙完全不同，他性格冷峻，富有才华，思维有条理，做事有章法，还在1787年致函《巴黎日报》

（*Journal de Paris*）建议为巴黎街道上的房屋楼宇排序列号。拉克洛在感情生活中常常被动失意，直到42岁时才遇到真爱，他对婚姻忠诚，而且是3个孩子的好父亲。1783年，拉克洛参加过一个征文比赛，题目是"什么是女子教育的最佳方式？"。他撰写了《妇女教育》（*De l'éducation des femmes*）一文，批判当时的女子教育只是让女性安于奴役状态，并在文中提出了尊重女性和性别平等的主张，其实，女性解放也是《危险关系》中所涉及的重要问题。

奥尔良公爵路易·菲利普·约瑟夫（Louis Philippe Joseph d'Orléans，1747—1793），绰号"平等菲利普"，具有一定的民权思想。1789年，他先是当选为三级会议贵族代表，同年6月25日又与一些贵族一起加入第三等级（当时第三等级已宣称它是国民议会），被7月14日攻克巴士底狱的巴黎民众视为英雄。1791年，他加入雅各宾俱乐部，翌年8月君主制被推翻后，他放弃贵族称号，接受平民菲利普的名字，在进入国民议会后，他支持山岳派，并投票赞成处死路易十六。1793年4月5日，其子沙特尔公爵（le duc de Chartres，1773—1850）和法军司令官迪穆里埃（Dumouriez，1739—1823）一起逃亡奥地利，他遭到怀疑，于第二天被捕，被指控为同谋，在11月被送上断头台。1830年，法国爆发了推翻复辟的波旁王朝的七月革命，沙特尔公爵依靠资产阶级的支持登上王位，成为七月王朝（la Monarchie de Juillet，1830—1848）时期的法国国王路易·菲利普一世（Louis-Philippe I）。

1788年，拉克洛离开军队，成为奥尔良公爵路易·菲利普·约瑟夫的幕僚。大革命爆发后，他经历了青年时期不曾有过的动荡生活。他先是参与贵族同盟的活动，后该团体被罗伯斯庇尔封禁。他认同共和理念，于1790年10月创办了雅各宾派机关报《立宪之友协会报》(*Journal des Sociétés des amis de la constitution*)并担任主要编撰人。这一时期，拉克洛发挥了自己的军事才能，协助改组共和国炮兵部队，还协助军队取得了瓦尔密战役的胜利，阻挡了普鲁士军队的进犯。1792年，他被任命为战地元帅，终于实现了之前不曾实现的军人梦想。然而，1793年，他又因与奥尔良公爵的关系而遭到怀疑，先后两次被捕入狱，直到热月政变以后方才出狱。后来，他结识了年轻的将军也是未来的第一执政拿破仑，成为拿破仑党人。1800年，拉克洛被任命为某炮兵旅的将军，1803年被任命为意大利那不勒斯地区的炮兵司令，同年9月，在驻防的意大利港口城市塔兰托去世。他并非在战斗中阵亡，而是被疟疾夺去了生命。拉克洛死后被葬于当地，1815年，波旁王朝复辟之后，他的坟墓遭到毁坏。

拉克洛是一名职业军人，在法国大革命期间终于经历了战争，却不幸在革命的动荡中丧生。当战争的硝烟散去，波澜壮阔的政治运动渐渐平息，流传后世的是业余作家拉克洛的文学作品，他因一部小说而留名青史。

❧ 贝尔纳丹·德·圣-皮埃尔：醉心于自然的乌托邦主义者

贝尔纳丹·德·圣-皮埃尔(Jacques-Henri Bernardin de Saint-Pierre，1737—1814)出生于法国北方港口城市勒阿弗尔。他自幼喜欢大自然，爱好思考和冒险，向往未知世界，性格上易焦虑不安。11岁时，他读了英国作家笛福(Daniel Defoe，1660—1731)的《鲁滨逊漂流记》(*The Adventures of Robinson Crusoe*)后便渴望海上航行。恰好他有一个叔叔是船长，年仅12岁的贝尔纳丹便跟随他登上远行马提尼克岛的航船，然而航行中的疲惫单调又很快使他感到失望。贝尔纳丹·德·圣-皮埃尔在中学时就读于耶稣会学校，于是产生了要去传教归化"野蛮民族"的愿望。大学时，他进入法国国立路桥学校，成为一名工程师，并被派往军队工作，但是由于性格原因和不遵守纪律而被解雇。回到家乡后，贝尔纳丹·德·圣-皮埃尔与继母相处不愉快，于是在1760年身无分文地来到巴黎。之后，他曾以工程师身份被短暂派往马耳他工作，回国后工作又没有着落，于是计划去国外闯荡。他先到达荷兰，然后前往俄国圣彼得堡，因当时叶卡捷琳娜二世推崇法国文化而受到欢迎，在军事工程部门获得少尉军衔。由于所提交的工程计划未获许可，贝尔纳丹·德·圣-皮埃尔又离开俄国，先后前往波兰、德国，每一次都是因为性格原因而不能久留，最终在1766年回到巴黎。由此可见，贝尔纳丹·德·圣-皮埃尔虽然因为专业能力很容易获得工作，却因为性情缘故很难保住饭碗。

在一无所有的情况下，贝尔纳丹·德·圣-皮埃尔决定不再四处漂泊，而是从事写作，于是寄居在一个神父家中，撰写欧洲游历回忆录。他对作品有系统的构思，但是常常因为发散性思维而导致写作计划搁浅，于是他又放下写作，重操旧业，在1768年前往非洲的毛里求斯。在那里，他没有发现原始生态的天堂，而是见到了一个已经被重度开发的土地交易市场。贝尔纳丹·德·圣-皮埃尔说服当地官员进行理性开发以保证可持续发展，并建立了世界上最早的环境保护项目。他在非洲居住和工作了3年时间，后来将这段经历写成书信体游记出版[1]，展现了他的文学才华，但此书招致宫廷的不满，因为书中揭露了殖民地的乱象和当地

---

1. Bernardin de Saint-Pierre, *Voyage à l'Île de France, à l'île Bourbon et au cap de Bonne-Espérance, par un officier du roi*, Amsterdam et Paris, 1773, 2 vol. in-8°.

黑人的悲惨遭遇。

1771年，贝尔纳丹·德·圣-皮埃尔回到巴黎，开始与巴黎文人交往。达朗贝尔介绍他进入巴黎的沙龙，不过他与百科全书派来往更多，在诸多方面与卢梭更有天然默契和共同语言，他们都自我感觉是遭到社会迫害的受害者，都醉心于大自然，二人常常在乡间散步交谈，讨论自然和人性。贝尔纳丹·德·圣-皮埃尔本想淡化卢梭的伤感，却常常被他的忧郁所感染。他后来著有一部《论卢梭》(*Essai sur J.-J. Rousseau*, 1881)，反映了他与卢梭非常契合的自然观：人性本善，大自然同样具有善性，而且为人类生活提供了一切便利。贝尔纳丹·德·圣-皮埃尔从1773年开始写作《自然练笔》(*Études de la nature*)，原本计划写成一部自然史，后来在写作过程中逐渐放弃了这一过于庞大的计划，而着重提炼出自己的自然观和世界观。在第一部分中，他以大自然的秩序与和谐来反对无神论者所提倡的无序和偶然；在第十部分中，他充分表达了自己的自然和谐理念，大自然以互相应和或反衬的方式达到和谐，而且这种和谐体现在一切事物之中："当两样相反的事物无论以何种方式融为一体时，愉悦、美好、和谐一并从中而生［……］大自然让生灵万物彼此不同，正是为了在它们之间营造契合［……］我将此真理视作整个哲学的命钥。"贝尔纳丹·德·圣-皮埃尔同卢梭一样，认为需要让社会生活回归自然才能让人类生活得更好，因此他在最后一部分针对人类社会中所存在的弊病提出了一些疗方，以自然和情感而不是科学作为解决方式。这部作品于1784年出版后大受欢迎，不为人知的贝尔纳丹·德·圣-皮埃尔几日之间便声名显赫，他所写的文字都成为畅销作品。

贝尔纳丹·德·圣-皮埃尔身上存在着对立的人格：作为社会中人，他易怒，易躁，易烦恼；作为文人，他性情平静而温和。从少年时期到晚年，他一直向往一种理想国。1781年出版的《阿卡迪亚》(*L'Arcadie*) [1] 类似散文诗体裁，其中可见他对这个理想国度的描述，在那里，人们相亲相爱如一家，所以现实中的冷漠便会激起他的不悦，最后，他在绝望中放弃了在现实社会中实现伊甸园的计划，而是满足于在文字中描绘它。在他的笔下，大自然不仅是精神和情感上的依托，而且也是一幅画或一首乐曲，人们应该学会享受其中的优美。正如圣勃夫所言："这个彻底的乌托邦主义者攥紧了画笔，成为画家。他在人间、在政治社会领域里无法实现的和谐，只能在临摹自然中索求。"

在小说《保罗和薇吉妮》(*Paul et Virginie*，1788) 中，最能见贝尔纳丹·德·圣-皮埃尔描绘自然之能事。在18世纪，他是少数踏上非洲土地的法国作家之一，这个以毛里求斯岛为背景的故事呈现了令当时的法国读者耳目一新的异域风情，他对郁郁葱葱的热带森林、奇特的非洲动物的描绘都为作品增添了魅力。贝尔纳丹·德·圣-皮埃尔以广袤的自然为背景叙述了一对少男少女的爱情故事。保罗和薇吉妮分别是两个移民毛里求斯岛的不幸法国女人的孩子。他们出身门第不同，但是青梅竹马，互相爱慕。后来，薇吉妮被富有的姨奶接回法国，但因不从长辈主婚之命，被剥夺遗产继承权。她决定返回海岛，却在行将抵岸时突遇风暴，船毁人亡，保罗也伤恸而亡。他们的母亲相继去世后，两家人合冢而葬。贝尔纳丹·德·圣-皮埃尔在热带自然风光中歌颂两个少年最热烈、最纯真的爱情。无论是风景还是人事，一切的描述都是简单、质朴、雅致且动人的，自然意象和谐地融于故事的叙述之中，并不强夺眼目，却沁润心脾，仿佛

1．阿卡迪亚，位于希腊伯罗奔尼撒半岛，风景优美，古希腊罗马的田园诗将其描绘成乌托邦或是传说中的世界中心。

一首温婉清新的田园诗。贝尔纳丹·德·圣-皮埃尔在前言中表达了作品的主旨："我们的幸福就在于师法自然和美德而生活。"保罗和薇吉妮象征着人类尚未被社会破坏心性的美好年华，他们的天真无邪恰好是保持原初美德的保障。《保罗和薇吉妮》在出版之后广受好评，不仅畅销一时，而且成为流传后世的佳作。后来，贝尔纳丹·德·圣-皮埃尔为自己与第一个妻子所生的两个孩子取名为"保罗"和"薇吉尼"。

1789年，贝尔纳丹·德·圣-皮埃尔发表了《一个孤独者的心愿》（*Vœux d'un solitaire*），试图将其新颖主张与传统观念协调起来。1792年，他发表了《论国家植物园中设立动物园的必要性》（*Mémoire sur la nécessité de joindre une ménagerie au Jardin national des plantes*），同一年，他被任命为王家植物园总管，可惜第二年该职位就被取消，于是他转任师范学校教员，并成为法兰西学术院道德学院（即今日道德与政治科学学院）成员，此后他撰写了《论道德的自然性》（*De la Nature de la morale*，1798）。贝尔纳丹·德·圣-皮埃尔在1803年入选法兰西学院，此后又有游记、戏剧、故事和随笔等作品出版，并在1814年去世后留下了一部《自然的万物和谐》（*Harmonies de la Nature*，1815）。总之，贝尔纳丹·德·圣-皮埃尔成为继卢梭之后又一位法国浪漫主义的先驱，他对自然的描绘达到了法国文学中风景描写的新高度，其虚构和非虚构作品都唤起了经历动荡革命后的法国人回归宁静田园的愿望。

✄ 启蒙时代文学中的东方观照

在欧洲，东方学的起源可以追溯到文艺复兴时期。法国从16世纪开始就成为东方学的发祥地，是东方文学和文化传播的重镇。作为一门学科，东方学建立于17世纪。从17世纪初开始，教会渴望找到福音广泛传播的痕迹，因而促成了一批古叙利亚语和阿拉伯语文本的发现和翻译。同时，随着法国绝对君主制的加强，东方学研究也具有彰显法兰西王权实力之功用。出于外交政策的需要，法国意识到对东方国家的现实社会状况应该有更为务实的认知，于是，政府在从事东方贸易者的家庭里选拔出一批子弟进行培养，送他们去君士坦丁堡学习东方语言并从事翻译工作。这些后来的官方翻译人员在国外履职的同时，进一步学习和吸收了东方的文明成果，其中一些人放弃了实务经营，成为早期的东方学者。东方学的兴起虽然出于上述宗教或政治意图，却在客观上逐渐推进了法国人对土耳其语、阿拉伯语和波斯语等东方语言的学习以及对阿拉伯世界历史和文学的了解。古印度故事集《五卷书》早在17世纪就成为寓言诗人拉封丹的素材来源之一。东方学家巴泰勒米·德埃贝洛·莫兰维尔（Barthélemy d'Herbelot de Molainville，1625—1695）编纂的一套《东方文献集》（*Bibliothèque orientale*，1697）汇集了一批东方学家半个世纪的研究成果，成为了解伊斯兰世界的百科全书。

　　1704—1717年，由东方学家安托万·加朗翻译改写的《一千零一夜》第一个法译本在法国流传，风行一时，引发了东方文学风潮。在这一时期，通晓阿拉伯语、波斯语和土耳其语三种语言的翻译家、法兰西王家学院教授弗朗索瓦·贝迪·德·拉克洛瓦（François Pétis de la Croix，1653—1713）从土耳其故事集翻译改编的《一千零一日》（*Mille et un jours-Contes persans*，1710—1712）迎合了法国读者对东方趣味的需求。其中流传最广的一篇是《卡拉夫王子与中国公主的故事》。由于阿拉伯世界对中国文化的发现与传播，糅合了阿拉伯风情和知识的中国题材传播到欧洲，并衍生出多部艺术作品，如：法国著名戏剧家勒萨日（Alain René Lesage，1668—1747）的喜歌剧《中国公主》（*La Princesse de la Chine*，1729）是直接受此译作启发而作；意大利戏剧家卡洛·戈齐（Carlo Gozzi，1720—1806）的五幕神话悲喜剧《图兰朵》（*Turandot*）1762年在威尼斯公演，成为其代表作；19—20世纪在德国、奥地利和瑞士也出现了多部《图兰朵》的改编版本，其中最为著名的是意大利作曲家普契尼在1920—1924年间创作的《图兰朵》。由此可见，法国18世纪东方学家编译的中国题材作品流传广泛。

　　在18世纪上半叶，东方故事带来了新的阅读趣味，《一千零一夜》和《一千零一日》的风行在法国掀起了东方故事仿作之风，催生出了法国文学中所谓"伪东方小说"（le roman pseudo-oriental）这样一种新的小说形式。虽然此类小说存在水平参差不齐、内容荒诞不经的流弊，但其中的优秀作品仍然丰富了法国小说的题材和形式。

　　宫廷律师托马·西蒙·格莱特（Thomas-Simon Gueullette，1683—1766）创作了《一千零一刻钟：鞑靼[1]故事》（*Les Mille et un Quarts-d'heure, contes tartares*，1715）、《苏丹古扎拉特的妻子们：莫卧儿故事》（*Les Sultanes de Guzarate, contes mogols*，1732）、《一千零一小时：秘鲁故事》（*Les Mille et une heure: contes Peruviens*，1759）和《达官冯皇的奇遇：中国故事》（*Les Aventures merveilleuses du mandarin Fum-Hoam, contes chinois*，以下简称《达官冯皇的奇遇》）等。《达官冯皇的奇遇》在1723年出版后大受欢迎，于1725、1728年两次再版，1725年首次被翻译成英语，1727年

1．对欧亚草原游牧民族的泛称。

又被译为德语，成为格林兄弟私人图书馆藏书[1]，直到19世纪还不断再版。《达官冯皇的奇遇》采用了16—18世纪欧洲常见的将短篇故事连缀成长篇小说的做法，即从之前的东方故事中提取素材，重新构思、想象，设置统一的叙事框架，然后在其中嵌入一系列发生在东方国度的故事，主要地点包括印度莫卧儿帝国、波斯、亚美尼亚、鞑靼地区以及大马士革等。作品中的格鲁吉亚公主成为中国的皇后，她每天晚上都听取身有奇术的宠臣冯皇讲述生命轮回、灵魂转世的奇遇，46个夜晚的故事汇编成了"中国故事"集。天马行空的想象和东方文化杂糅的特性使得作品中的中国形象与现实相去甚远，但是反映了18世纪欧洲读者对遥远而神秘的古代中国的好奇和期待。《达官冯皇的奇遇》是我们已知的第一部欧洲人创作的以中国人物和文化为题材的虚构叙事作品，是中法文学交流史上的重要文本。

在18世纪初期法国东方热潮的背景之下，东方元素对文学创作产生了深远影响。小说家和剧作家小克雷比庸（Claude-Prosper Jolyot de Crébillon, dit Crébillon le fils，1707—1777）在《漏勺》（*L'Ecumiroie ou Tanzaï et Néadarné*，1734）中以戏谑的风格虚构了一个王子和公主的恋爱故事，其中不乏情色描写。虽然小说标题号称"日本故事"，其实发生在中国，假托为一名早于孔子10个世纪的日本作者所作，而且由一位到达中国广东的荷兰人翻译，又经拉丁语、意大利语转译到法语。小克雷比庸"利用中国寓言赋予他的自由，暗示爱的艺术与基督教习俗没有什么关系"[2]，以此挑战教会的清规戒律。《沙发》（*Le Sopha, conte moral*，1742）中一位古印度

---

1. 参见《格林兄弟图书书目》，Ludwig Denecke, & al., *Die Bibliothek der Bruder Grimm: annotiertes Verzeichnis des festgestellte Bestandes*, Bohlau, 1989, p. 144。

2. 艾田蒲：《中国之欧洲》（下卷），许钧、钱林森，译，桂林：广西师范大学出版社，2008年，第55页。

北方德里苏丹王朝的统治者在宫中百无聊赖，于是要求大家为他讲故事解闷。一位年轻侍臣受命讲述了自己前世成为一只沙发的离奇经历，他的灵魂虽不幸物化于沙发，却能窥见他人卸下伪装后的真实面目。讲述者津津乐道于他人的秘密，却在故事最后爱上了一位在沙发上寻欢的少女，作为人的自我意识被唤醒。小说采用"沙发"这样一个与床笫之欢相关的特殊意象，以想象中的东方情色之风讽刺了当时上流社会的放浪生活风气。这部伪东方小说不仅以"转世""因果"等佛教概念作为推动故事发展的主线，亦可见对儒家学说的了解和关注，这些都成为讽喻现实社会时弊的东方参照，作者小克雷比庸也因此部作品遭受流放之灾。

狄德罗的小说处女作《泄情之宝》以苏丹及其后宫宠妃之间的私密情事为叙事框架，以一枚可以透露女性秘密的戒指为线索，以东方情调影射法国人的淫逸生活，小说看似滑稽轻佻，实则在于进行社会和政治讽刺。故事发生的地点首先被安排在非洲的刚果，继而跨越到印度，然后又来到到处可见瓷器、轿子和宝塔的中国，绘制了一幅多种文化元素杂乱交织的五彩斑斓图画。《泄情之宝》甫一出版便受到欢迎，1749年便出现了英语译本。作品的情色元素、隐喻书写和批判思想以及对异域题材的征用，都与当时的东方风潮密切相关[1]。

1684年，流亡法国的意大利作家马拉纳（Giovanni Paolo Marana, 1642—1693）出版了别开生面的书信体小说《土耳其探子》（*L'Espion turc*，1684），此书在欧洲文坛引发余响，在法国亦有继承者。青年时代的孟德斯鸠利用人们对异域题材的兴趣，创作了具有东方元素的《波斯人信札》。作品于1721年在荷兰阿姆斯特丹匿名出版，借用异族他乡人的

1.　艾田蒲：前揭书，第96页。

视角反观自身，检视自己的文明并传递启蒙思想。此外，还有阿尔让侯爵的《犹太人信札》和《中国人信札》以及女作家弗朗索瓦丝·德·格拉菲尼的《一个秘鲁女人的书信》。《中国人信札》中游历法国、葡萄牙、波斯、日本以及留在北京的5位写信者都是熟谙欧洲知识的中国精英，因为在北京接受过英国商人或传教士的"教育"，他们将自己在各地的见闻互相分享讨论，构成了一个穿越欧亚的思想交流网络。这些具有双重文化背景和视角的中国游历家对欧洲、亚洲文化进行审视和对照，发现彼此在思想传统和社会文化上的差异，并融入哲学、政治和道德论辩，既审视他者亦反观自我，既精妙呈现了启蒙时代法国知识分子的精神反思，也展现了18世纪法国知识分子眼中同时代融贯中西的中国士大夫形象。古达尔（Ange Goudar, 1708—1791）是一位周游欧洲的游历家和作家，受孟德斯鸠启发创作了《中国密使》(*L'Espion chinois, ou l'envoyé secret de la cour de Pékin, pour examiner l'état présent de l'Europe. Traduit du chinois*, 1765)。小说假托是从中文译来，虚构了一位受皇帝派遣到欧洲考察的中国密使，他将所见所闻以书简的形式告与国内朋友。这部同样假借中国人之名的书信体小说真实再现了18世纪法国贵族社会的浮华与衰败，对教会、王权和社会制度进行了严厉的批判，是一份针砭时弊的讽刺檄文，比孟德斯鸠和阿尔让更加犀利、尖锐，深刻反映了法国大革命前夕严重的社会危机。在这些书信体小说中，主人公都是来自亚洲的旅行者，他们以欧洲的参照方和对立面出现，其实更是法国启蒙思想的言说者。

远方世界的哲理作品在当时的欧洲颇为流行。伏尔泰融合科幻与哲理色彩的故事《微型巨人》(*Micromégas*, 一译《米克罗梅加斯》, 1752) 受古罗马作家琉善（Lucian, 约125—180）游历月球的科幻小说《真

实的故事》（*A True Story*）的启发，讲述了两个来自外太空的巨人的地球
之行。这两个人一个是来自天狼星附近一颗行星上的米克罗梅加斯，另
一个是米克罗梅加斯在土星上遇到的科学院秘书。他们结伴进行星际旅
行，并来到了地球这个"小人国"。他们看见了一艘从北极圈返航的哲
人船，船上的哲人是17、18世纪欧洲著名哲学家笛卡尔、马勒伯朗士、
莱布尼茨和洛克等人的信徒，他们之间时常展开辩论。两个巨人发现身
材矮小的地球人虽因信奉不同的哲学而见解不一，却蕴藏着富有智慧的
思考，能够以科学和理性的精神测量世界，且巨人之于人类正如人类之
于蝼蚁，都是相对而论的。最后，两个巨人离开地球，留下一本无字天
书。这篇小说短小精悍，却涉及牛顿的力学体系、相对主义、好奇心、
宽容、谦卑、战争和人类的处境等众多主题，是一部想象奇特、思索深
邃的佳作。《微型巨人》与伏尔泰更加知名的哲理故事《老实人》和《查
第格》一样，都是借远方世界来讽喻现实和抒发理想，同时融入自己的
哲学批判。

　　在东方风潮的推动下，17世纪以来的"中国风"在18世纪发展为"中
国热"，进入了法国社会文化生活。戏剧家们同样经常采用中国素材，
描写东方风俗，拓展想象空间和表现领域，为法国戏剧舞台提供新的内
容和灵感。17、18世纪之交的剧作家勒尼亚尔（Jean-François Regnard，
1655—1709）为法国戏剧舞台开发了中国戏题材。他独立创作了《离婚》
（*Le Divorce*，1688），与迪弗雷尼（Charles Dufresny，1648—1724）共同
创作了《中国人》（*Les Chinois*，1692）。《离婚》可能是中国角色首次
登上欧洲戏剧舞台的法语剧本，是专为意大利喜剧演员创作的中国戏，
将意大利通俗喜剧中最具喜感的阿勒坎融于中国场景，以吸引和愉悦大
众，从此阿勒坎成为中国题材剧中最重要的人物。《中国人》一剧中并没

有真正的中国人物，而是由阿勒坎假扮中国人角色，化身为哲学家、伦理家、江湖郎中、理发师和工匠等，"中国人"成为法国喜剧的新元素，成为观众所喜爱的舞台形象。继《中国人》之后，中国题材的戏剧在18世纪的法国剧坛逐渐升温。

勒萨日是18世纪上半叶著名的小说家也是法国民间戏剧界最受欢迎的集市喜剧家之一。他将中国的宫廷生活和民间风俗展现在法国民间集市的戏剧舞台上，共创作了3部中国题材的喜歌剧，分别是《隐身的阿勒坎》（*Arlequin invisible*，1713）、《阿勒坎、水猎狗、宝塔和医生》（*Arlequin barbet, pagode et médecin*，1719）以及《中国公主》。其中，前两部作品继承勒尼亚尔之风，将意大利喜剧风格与中国素材融于一体；在"中国公主"图兰朵的爱情故事中，勒萨日将法国性情与东方情调融于一体，找到了符合法国观众审美趣味的表达方式。勒尼亚尔和勒萨日以夸张戏谑的风格和具有超自然力量的场景创作了经典的中国题材剧，体现了创新精神。在18世纪下半叶，法国舞台上不乏融合欧洲戏剧传统的中国戏，其他重要作品还有舞剧《鞑靼人》（*Les Tartares*，1755）与《土耳其和中国舞剧》（*Le Ballet chinois et turc*，1755），讽刺喜剧《中国妇人》（*La Matrone chinoise, ou l'épreuve ridicule*，1765）与《中国节日》（*La Fête chinoise*，1778），等等。[1]

除了大众喜剧，18世纪中法戏剧交流的重要事件是伏尔泰根据耶稣会士马若瑟神父节译的元杂剧《赵氏孤儿》创作的一部中国题材的西方悲剧《中国孤儿》。伏尔泰认为，中国戏剧原著不符合法国古典时期以来的"三一律"，于是简化情节，突出"搜孤""救孤"两个重要情节冲突，

1.　参见罗湉：《18世纪法国戏剧中的中国形象研究》，北京：北京大学出版社，2014年。

将剧情从春秋时期改为成吉思汗统治时期，将诸侯大臣的文武不和改编为征服中原的少数民族反被中原文明所征服的剧情，从而歌颂了中国人的道义力量。伏尔泰改编的五幕古典悲剧《中国孤儿》于1755年在巴黎上演后受到好评，进而在欧洲产生重要反响，促进了中西文化交流。无论是通俗喜剧，还是古典悲剧，以上作剧见证和反映了18世纪法国观众的东方想象和审美趣味，也是欧亚文学交流在戏剧舞台上的真实体现。

＊　＊

在18世纪，由于绝对君主制下严格的思想控制和书籍审查制度，启蒙时代的小说和戏剧在创作手法上常常在异域和幻想空间中寄寓对现实的关注和对社会的批判，所谓"东方"成为新文学、新思想的发生场域之一，包括中国在内的东方文明和思想也因此成为法国启蒙运动形成与发展过程中的思想资源和文化参照。延续17、18世纪东方风潮之余波，广义上的异域东方依然对19世纪作家发出召唤，他们当中开始有人踏上前往远方的旅程，这种与遥远异域和古老文明的接近伴随着当时浪漫主义的文学新观念同时出现。

第五章

19世纪：传统与现代之间

在整个19世纪，法国政权更迭频繁，在共和制和君主制之间摇摆。1799年，受到民众拥戴和支持的拿破仑·波拿巴发动雾月政变，成为法兰西第一共和国第一执政官。1804年11月6日，拿破仑从教皇手中取过皇冠戴在自己头上，并为皇后约瑟芬加冕，成为法兰西第一帝国皇帝。法国19世纪政治家基佐（François Pierre Guillaume Guizot，1787—1874）将拿破仑加冕称帝之举评价为"新与旧、贵族的与资产阶级意识的结合或调和"[1]。拿破仑内治外战，多次镇压王党复辟的叛乱，五破反法联盟的武装干涉，冲击了欧洲多国贵族君主专制，在一定程度上捍卫了法国资产阶级大革命的成果；此外，他还发动对外扩张战争，缔造了庞大的帝国，创造了伟大的拿破仑神话。1814年在第六次与反法同盟作战失败后，第一帝国覆灭。拿破仑在1815年3月卷土重来，在6月18日的滑铁卢战役中不敌第七次反法联盟百万大军，再次宣布退位。

1814年拿破仑第一次退位后，路易十六的兄弟路易十八（Louis XVIII，1755—1824）依靠反法联军的支持和保护，复辟波旁王朝（la

---

1. 转引自张芝联：《从高卢到戴高乐》，北京：生活·读书·新知三联书店，1988年，第155页。

Restauration，1814—1815）。回归权位的贵族们极力恢复革命前的旧秩序，引起各阶层民众的不满，于是迎来拿破仑短暂的"百日王朝"（les Cent-Jours，1815年3月20日—6月18日）。遭遇滑铁卢溃败后，拿破仑被英国人流放到圣赫勒拿岛，路易十八得以复位，这是波旁王朝第二次复辟。路易十八接受君主立宪制，自然遭到极端保王党势力的反对。其弟查理十世（Charles X，1757—1836）即位后，企图恢复君主专制，剥夺了资产阶级的选举权，此番倒行逆施令波旁王朝不得民心。1830年7月27—29日，巴黎爆发了被称为"光荣三日"（les Trois Glorieuses）的七月革命，查理十世下台。奥尔良公爵路易·菲利普被资产阶级自由派拥上王位，接受君主立宪政体。他在位期间一边平定波旁王朝残余势力，一边镇压巴黎共和派起义以及1831年、1834年里昂工人起义，但是面对1847年的经济危机却束手无策。七月王朝期间，法国工业革命开始起步，社会贫富差距随之扩大，资本家们的财富不断增加，手工业者和小业主因面临大工业的竞争而纷纷破产，农民则担负各种苛捐杂税。由于社会危机加深，人们要求实行社会变革，革命积极性空前高涨。随着资本主义生产方式的建立，与资产阶级对立的无产阶级也走上前台，饥民暴动、工人罢工和示威游行等社会事件此起彼伏。1848年，巴黎爆发二月革命，法国民众推翻七月王朝，建立了法兰西第二共和国。但掌权的却是资产阶级共和派，他们与工人群众决裂，于是，巴黎工人在六月再度起义。六月起义被认为是"法国历史上无产阶级与资产阶级之间的第一次伟大的阶级搏斗"[1]，但因遭到镇压而失败，资产阶级恢复统治秩序。

　　1848年10月，拿破仑一世的侄子路易-拿破仑·波拿巴（Louis-Napoléon

1.　张泽乾：《法国文明史》，武汉：武汉大学出版社，1997年，第466页。

Bonaparte，1808—1873）宣布参加总统竞选，承诺重建秩序、稳定社会和重振国家。得益于拿破仑一世的威望，他得到包括旧贵族、大资本家甚至普通百姓等各个阶层的支持，在12月以压倒性优势当选共和国总统，成为法国历史上第一位民选产生的总统。但令人失望的是，3年后，路易-拿破仑·波拿巴发动政变成功，并于1852年称帝，史称拿破仑三世，第二共和国仅存在4年时间便被第二帝国所代替。曾经轻信和支持路易-拿破仑·波拿巴的作家雨果与之决裂，走上流亡的道路，并在政治讽刺性作品《拿破仑小人》（*Le Petit Napoléon*，1852）中抨击路易-拿破仑·波拿巴的政变。

　　从经济角度而言，第二帝国确立了资产阶级专政，代表金融集团和大工业主的利益，暂时结束了动荡的政局，有利于资本主义制度的巩固和经济的发展。法国工业革命在19世纪中叶已基本完成，逐渐在全国范围内形成产业布局，工业生产保持较高的发展速度，银行、信贷和证券业也发展迅速，交通运输业进步显著，国内外贸易活跃，农村开始实施现代化。这一时期，法国自称推行自由资本主义，但是在中央集权的管理模式下，保护主义特征显著，国家干预铁路建设等重大项目，监管银行体系，也保护法国经济免受或少受外力竞争的影响。对原材料和市场的追求，促使法国大力推行殖民政策，在非洲和亚洲印度支那[1]地区建立了一个殖民帝国。忙于内乱的法国人错过了1840年侵略中国的鸦片战争，此后它不甘英国人之后，于1857—1860年直接参与了第二次鸦片战争。总之，在第二帝国末期，法国已经成为仅次于英国的世界第二大工业国和殖民帝国。在殖民主义背景下，法语在海外得到广泛推广。1880

1.　历史上，法属印度支那（l'Indochine française）指的是19世纪下半叶至20世纪中叶法国在亚洲中南半岛的殖民地，主要包括今越南、老挝和柬埔寨三国。

年，法国地理学家奥内西姆·勒克吕（Onésime Reclus，1837—1916）创造了"la francophonie"一词，该词的含义后来从语言的使用者扩大为"法语国家与地区"，至今仍然广泛使用，泛指世界上在日常生活和交流活动中全部或部分使用法语的人群所构成的地理区域，其中除了欧洲和加拿大魁北克，很多地区和国家就是法国原来的殖民地。

　　在19世纪70年代，英国、法国、普鲁士三个势均力敌的欧洲国家之间展开角逐，三者的较量朝着不利于法国的方向发展。普鲁士为了统一德国并与法国争夺欧洲大陆霸权，在1870年7月挑衅法国发动了普法战争。法国溃不成军，9月2日，拿破仑三世率近10万名法军在色当投降；9月4日，巴黎爆发革命，法国大资产阶级建立了法兰西第三共和国，第二帝国迅速崩溃，拿破仑三世退位，成为法国历史上最后一位君主。1871年5月10日，德法两国签订《法兰克福和约》，法国赔款50亿法郎，并割让阿尔萨斯-洛林大部分地区给德国。战争的失败以及资产阶级政府的绥靖投降政策，使得法国人的民族自尊心受到极大伤害。自法国大革命以来，人民群众一直在政治斗争中冲锋陷阵，但是他们在被大资产阶级利用之后又被排除在政权之外。1871年3月，在普法战争失利的悲壮情绪中，巴黎无产阶级发动武装起义，成立了第一个无产阶级专政的政权——巴黎公社（la Commune de Paris）。虽然仅仅存在72天，但是巴黎公社英勇斗争的精神永存，工人诗人、公社领导人之一欧仁·鲍狄埃（Eugène Edine Pottier，1816—1887）所创作的无产阶级战斗歌曲《国际歌》（L'Internationale）一直传唱至今[1]。

---

1. 《国际歌》歌词由欧仁·鲍狄埃于1871年创作，当时用《马赛曲》的曲调演唱。欧仁·鲍狄埃去世后的第二年，也就是1888年，工人作曲家皮埃尔·狄盖特（Pierre de Geyter，1848—1932）发现了这首诗，并为其谱曲。

在19世纪最后30年里，由于普法战争失败的阴影，法国经济发展速度有所减缓，但是仍然保持增长。1848年，在法国大革命的硝烟散去半个多世纪之后，"自由、平等、博爱"才被正式写入第二共和国宪法，成为共和国箴言，但是孱弱的共和国很快被第二帝国扼杀于摇篮之中。又经过20多年的考验，在法兰西第三共和国时期，共和精神终于深入人心，并通过学校教育得到确立和推广，成为法兰西核心价值观。在政治体制上，法兰西第三共和国是19世纪法国历史上存在时间最长的政体，一直持续到二战全面爆发。

在一个世纪的政权更迭中，旧制度在资产阶级大革命中分崩离析，一个新的社会逐渐形成。人们都在思考和探索新的国家制度和社会治理方式。在君主制与共和制的交替中，君主专制渐渐解体，但是法国依然保留了中央集权的传统，行政权力集中统一，省、市、区、县各级行政区划正式形成，推行统一的法律和税收制度。直到法国大革命时期，在法国约80个旧省中，真正的法语使用者只有1/5。为了宣传革命思想和《人权与公民权利宣言》(*Déclaration des Droits de l'Homme et du Citoyen*, 1789)，当政者曾经考虑以各种方言印制宣传手册，然而这个庞大计划终因成本高昂而搁浅。"一个民族一种语言"的观念在大革命之后深入人心，法国在统一语言上不遗余力，地区语言(les langues régionales)和方言土语(les dialectes et patois)受到压制，几乎消失。宗教势力走向衰落，贵族失去了原有的特权，资产阶级正式走上前台，成为引领社会发展的主体力量，社会流动和晋升的可能性超过以往任何一个历史时期。然而，法国社会阶级差异明显，贫富分化，这些成为思想家、社会学家和作家们普遍关注的社会问题。圣西门(Claude-Henri de Rouvroy, Comte de Saint-Simon, 1760—1825)和夏尔·傅立叶(Charles Fourier, 1772—

1837）提出了空想社会主义学说；布朗基（Louis-Auguste Blanqui，1805—1881）主张依靠少数革命家的专政来推翻资产阶级的统治从而进入共产主义；此外，还有德萨米（Théodore Dézamy，1803—1850）的空想共产主义和蒲鲁东（Pierre-Joseph Proudhon，1809—1865）的无政府主义等社会改良主张。

从第一帝国开始，平民教育得到重视，公务员和官员培养成为现代国家的要务。至第三共和国时期，义务、免费、世俗教育开始推行，甚至开始建立女子学校。语言和教育将改变民众与知识的关系。随着宗教地位的下降，人们对科学的信仰提升。在当时出版发行的书籍之中，有1/4是文学书籍，而历史和实证科学的书籍所占比例很大。

19世纪也是欧洲科学技术进步的时代，能量守恒定律、生物进化论和细胞学说是自然科学领域里的三大重要发现。科学的进步推动了技术的发明和应用。在19世纪上半叶，蒸汽成为重要能源，至下半叶，电和石油成为新的能源，并应用于生产和生活中。电报、电话和摄影术相继问世，为人们的生活提供了便利。随着印刷工业的发展和普及，新闻业得到长足发展，各种报纸杂志如雨后春笋般涌现。此外，民众识字能力和文化水平的提高也使得越来越多的人可以成为读者。正如莫泊桑（Guy de Maupassant，1850—1893）在长篇小说《俊友》（Bel-Ami，1885）中所反映的那样，报刊不仅是传播资讯的媒介，新闻舆论也成为一种影响政治生活的权力。科学技术不断推陈出新，为工业革命提供了基础和动力，带来了显著的物质进步，改变了人们的生活方式。法国的实证主义哲学也随之发生和发展起来，哲学家孔德（Isidore Marie Auguste François Xavier Comte，1798—1857）创立了作为实证科学的社会学学科。

19世纪，随着工业的发展和人口的增长，法国开始了城市化进程。

第二帝国时期，奥斯曼男爵（Baron Georges-Eugène Haussmann，1809—1891）在1853—1870年间主持了巴黎旧城改造计划，使得陋屋窄巷变为宽街直路，交通更加顺畅，公共卫生条件得到改善，减少了传染病的传播，还建造了公园、广场、教堂、公共建筑、住宅区以及歌剧院和商场等文化、商业设施。巴黎焕然一新，从一座中世纪风貌的老城蜕变为一座现代化城市。现今的巴黎仍然在相当程度上保留了当时的城市规划布局，雨果在《悲惨世界》（*Les Misérables*，1862）中描绘的巴黎下水道系统今天依然在发挥作用。1893年，巴黎街头第一次出现了行驶的汽车，而巴黎地铁已经开始规划建设。为了反映物质文明和精神文明的发展成果，法国在19世纪下半叶多次举办世界博览会，令世界惊叹，后来成为巴黎市标志建筑的著名的埃菲尔铁塔就建造于1889年世博会之前。

大革命期间被取缔的书籍审查制度在拿破仑执政期间一度恢复，但是从1830年开始，书籍出版之前无须申请许可，不过如果作品被认为有伤风化，则会遭受审判，第二帝国的查禁制度尤其严苛。作家的经济收入仍然不稳定，作品的畅销并不能带来收入，所以有很多作家写作大众小说。新闻业的发展也为文人带来更多的受众，一些作家选择在报刊上发表文艺评论，并且将尚未出版的小说在报纸上先行连载。小说的广泛传播使之成为一种体现民主意识的文学样式。

19世纪的作家没有像启蒙时代的文人那样将文学作为哲学思想的载体，在看待文学的政治、社会功能方面也产生了两种不同的观点。一部分作家认为文学应与时代同步，他们在作品中反映社会状况，也有很多作家介入政治、社会生活，如夏多布里昂（François-René de Chateaubriand，1768—1848）、雨果、左拉（Émile Zola，1840—1902）和瓦莱斯（Jules Vallès，1832—1885）等。另一种观点认为作家应该捍卫艺术的纯洁性。帕纳斯诗派（le Parnasse）领袖泰奥菲尔·戈蒂埃（Théophile Gautier，1811—1872）提出的口号"为艺术而艺术"（l'art pour l'art）便体现了这种主张，波德莱尔亦认为"美是无用的"，从雨果到马拉美（Stéphane Mallarmé，1842—1898），诗人们一直在思考语言的神圣性和纯洁性。对有些小说家而言，语言不仅是一种载体，而且是本身需要精心雕琢的材料，如福楼拜（Gustave Flaubert，1821—1880）便是这样一位语言大师。

在19世纪，文学不再服从于古典主义传统，古希腊罗马文化依然是人文教育的基础。作家们继续从传统中继承遗产，不同的作家各有自己的历史偏好，例如，帕纳斯诗派喜欢从古希腊罗马诗歌中撷取精华，浪漫主义（le romantisme）作家重新发现了中世纪的价值，司汤达则钟情于18世纪。19世纪的作家不再执着于追求普遍的美学原则或真理，而是更加关注不同地域和历史时期文学的特色。19世纪的文学批评同样更加具有历史意识，例如，圣勃夫的生平传记批评，费尔迪南·布吕纳蒂埃（Ferdinand Brunetière，1849—1906）基于古典主义理性原则的评论，泰纳具有实证主义色彩的种族、环境和时代"三因素说"，朗松（Gustave Lanson，1857—1934）考察文学源流以及文学与客观环境关系的文学史研究等。

法国文学在19世纪更多地接受外国文学的影响，作家们的兴趣从欧洲南部转移到欧洲北部，尤其值得一提的是法国浪漫主义在卢梭之后转而从英国和德国文学中获得滋养。美国作家库柏（James Fenimore Cooper，1789—1851）和爱伦·坡（Edgar Allan Poe，1809—1849）的小说在19世纪上半叶被译介到法国，这是美国文学第一次对法国产生影响。自18世纪以来，法国在东方学领域成就显著。梵文、古波斯文和古埃及象形文字得以考据认读，古印度和伊朗的一些文学经典得以移译，阿拉伯伊斯兰文学和前伊斯兰文学研究热再度兴起，这些发现打开了人们的视野。拉马丁、奈瓦尔（Gérard de Nerval，1808—1855）、福楼拜都曾从东方之旅中带回丰富的异域意象和感受。

19世纪的法国文坛逐渐形成了相对清晰的文学流派，作家们根据自己的志趣组成团体，发表理论文章或出版书籍来阐释、捍卫自己的观点，与此同时，一些作家身上也具有多种而不是单一的倾向，在被后世文学史家标上不同标签的作家之间或多或少也存在因承或友谊的联系，因而不同的文学流派之间也并非泾渭分明或互相排斥。

"浪漫"一词源于英语，本义是表达一种感性的气质，在法语语境中则代表19世纪的一种文学流派。在法国，人们通常会将18世纪80年代卢梭和贝尔纳丹·德·圣-皮埃尔所代表的写作方式视为前浪漫主义或早期浪漫主义，他们的作品中已经出现对激情和个体价值的张扬，孤独和痛苦等情感成为主题。法国大革命中流亡国外的贵族有了离乡背井的体验，大革命中的恐怖与暴力动摇了人们对理性、进步的信念，宗教信仰的没落使人们心中产生了对世界的不确定性，彷徨和空虚便成为"世纪病"（le mal du siècle）。大革命在确立平等原则的同时，并不可能在现实中实现机会平等，年轻人在成长中依然遭遇到重重阻力，拿破仑传奇所带来的激情和梦想在平庸世俗和唯利是图的社会中被粉碎，大革命之后走上历史舞台的一代人在风起云涌的政治运动退潮之后，感到茫然、惆怅、孤独和忧郁。正因如此，浪漫主义在法国找到了接受的土壤。在浪漫主义美学观中，美的观念是具有时代气息的，不应该故步自封于传统观念，因此要突破古典主义的清规戒律，创作出属于时代的作品。对于雨果来说，浪漫主义与自由同行。从这个意义上而言，文学上的浪漫主义并非如同我们日常所理解的那样是与现实主义相对立的，而是代表着文学上的现代观念和自由观念。

因而，浪漫主义重建了自我与自然、与社会以及与上帝之间的新型关系。在法国，浪漫主义本就来自贵族式的怀旧情绪，自我作为个体得到表达，文学回归自我，抒发个人情感成为重要特征。在抒情中，人拥抱自然，在自然中寻找安慰和庇护。大自然有时候也是冷漠的，等待人去参透其中的奥秘，揭示物质世界和人类境遇的神秘关联。浪漫主义对人的内心世界的关注并不意味着一味沉浸于孤独之中或与他人断裂隔离，而是提倡建立爱的关系，因此爱情成为浪漫主义文学的重要主题。雨果等浪漫派作家同样关注社会问题，并提倡建立平等、公正和博爱的社会。浪漫主义作家的宗教信仰往往兼容并蓄，如果说他们遵从传统保持天主教信仰，那么这并不妨碍他们关注其他东方宗教或是接受神灵主义和当时流行的泛神教。在浪漫主义作品中，我们会发现撒旦的反叛成为一个流行的主题，体现了人的反叛精神。总之，在浪漫派那里，自我成为中心，作家们从这个中心出发去进行精神探寻，寻找人在自然和社会中的位置。理性不再是唯一的力量，而需要在人自身的主体性和周围事物中寻找生命的动力。

拉马丁的诗集《沉思集》（*Méditations poétiques*，1820）是法国浪漫主义最早的代表作品。1820—1830年期间是浪漫主义的理论探索阶段。曾担任查理十世图书管理员的作家夏尔·诺迪埃（Charles Nodier，1780—1844）从1824年开始组织浪漫派作家沙龙，根据大仲马（Alexandre Dumas pére，1802—1870）回忆录中的文字，这里的宾客们就是日后法国浪漫主义文学的代表人物。1830年是决定性的一年，雨果的戏剧《艾那尼》（*Hernani*）引发的又一场古今之争确立了浪漫主义戏剧的胜利，从此之后直到1848年是浪漫主义成果涌现的阶段。浪漫主义文学不以古典主义所追求的"高雅"为准则，而是捕捉"趣味"，即独特或惊奇、卑微或怪异的美学效果。正因如此，法国的奇幻文学（le fantastique）在浪漫主义时期开始蓬勃发展：19世纪20年代初，夏尔·诺迪埃最早尝试这一体裁；1831年，巴尔扎克出版了《驴皮记》（*La Peau de chagrin*），戈蒂埃创作了《咖啡壶》（*La Cafetière*）；梅里美（Prosper Mérimée，1803—1870）在1837年发表了《伊尔的美神》（*La Vénus d'Ille*）。

　　19世纪法国小说中兴盛时间最长的文学流派正是现实主义（le réalisme），它强调对物质现实和社会现实的再现，注重观察和描写。作家并不以自我为中心，而是力求达到客观和真实的效果。司汤达认为小说是一面沿着路面移动的镜子，他的作品反映了贵族社会中的政治斗争和教会势力中隐匿的力量，表现个人在社会晋升中所遭遇的社会偏见和障碍。巴尔扎克有意成为描述社会风俗的历史学家，他在《人间戏剧》[1]（*La Comédie humaine*）中描绘了法国19世纪社会的全景图，从巴黎到外省，从贵族到资产阶级和农民，细致入微地呈现了他们之间的利益勾连和冲突。巴尔扎克笔下的人物特征鲜明，同时也是代表某个社会阶层或是某种倾向的典型人物。法国作家们擅长对社会和时代进行全景式描绘，将其中政治、经济、社会和道德等各种力量的交织和斗争展现在文字中。与此同时，巴尔扎克在作品中通过人物体现出来的驾驭社会的激情和梦想，联系唯物主义和唯灵主义的尝试，对宏大场面的表现，突破真实界限的尝试等，都透露了他的浪漫主义气质。而司汤达对现实的鄙

1．本书根据"comédie"一词的希腊语词源及法语词典中的义项，并结合巴尔扎克在1842年作品前言中对作品内容、主旨的解释，即"一出形象云集，悲、喜剧同台串演的地基"和"一台角色多达三四千人的社会戏剧"，将其译为《人间戏剧》。

视以及充满激情的理想主义也反映了他的浪漫主义情怀。其实，在法国文学史中，现实主义和浪漫主义并不是对立的。

1850年左右是19世纪法国文学史上作家们精神状态的转折时期。第二帝国摧毁了人们的政治乌托邦理想，平庸的现实让人们不得不放弃唯心、唯情的浪漫主义，对于优秀的艺术家而言，需要在内心克服浪漫主义的诱惑，将艺术作为直面残酷现实的手段，于是现实主义成为作家们的创作选择。这一时期的文坛上出现了迪朗蒂（Louis Edmond Duranty，1833—1880）和尚弗勒里（Champfleury，1821—1889）等人共同创办的《现实主义》（*Réalisme*）月刊。然而团结在杂志周围的现实主义流派作家们并没有创作出优秀的作品，因为他们局限于准确地再现现实世界，并未认真思考作品的形式，事实上，杰出的现实主义小说都是诞生在这个狭义的现实主义团体之外的。真正的现实主义并非复制现实，而是通过对细节的准确提炼和描绘等艺术手段来达到莫泊桑所暗示的现实主义的幻象（l'illusion réaliste）[1]。福楼拜本人一直拒绝现实主义的标签，但是他的《包法利夫人》（*Madame Bovary*，1857）却被誉为现实主义杰作，小说以真实的细节描绘了外省的风俗和平庸的现实，无论是对包法利夫人还是对福楼拜本人而言，在令人无奈的现实中，浪漫主义只能化为一种眷恋。

在左拉笔下，现实以一种自然原本的模样呈现，故而有了自然主义（le naturalisme）一派。左拉在1886年提出这个术语的时候，就尝试在小说世界与自然科学之间建立关联，在他看来，自然主义小说不仅具有社会性而且具有科学性。左拉认为个体的人往往受两种因素决定，一种是属

---

1. 参见Henri Mitterand, *L'Illusion réaliste, de Balzac à Aragon*, Paris, PUF, 1994。莫泊桑在小说《皮埃尔与让》（*Pierre et Jean*，1888）的序言《论小说》中曾说："真实有时候就是像真的一样而已"，"现实主义作家就是制造幻象的人"。

于生理学研究领域的遗传性，一种是体现于环境影响的社会性。而他的系列小说《卢贡-马卡尔家族》（*Les Rougon-Macquart*）的副标题"第二帝国时期一个家族的自然史和社会史"综合体现了这种双重维度。左拉在小说中不仅表现现实，而且着力挖掘产生善恶的遗传学原因。在《小酒馆》（*L'Assommoir*，1877）等表现民众生活的作品中，他不仅把人类自身的腐化堕落和社会的贫穷苦难毫不留情、毫不美化地呈现出来，而且从家族遗传以及贫民阶层的酗酒习性中寻找堕落的原因。当有人责怪他赤裸裸地描绘了现实的丑陋时，他回答说客观的真实总是比唯心主义的谎言更好。自然主义或许是现实主义的一种极致表现，是以科学来解释人的行为动机和社会机制的尝试，是19世纪的科学发展在文学中的体现，但是它难免将文学创作带入机械论和宿命论之中。

"文学是考察旧制度与大革命之间这场百年战争的无与伦比的观象台。"[1] 法国当代史学家莫娜·奥祖夫（Mona Ozouf，1931— ）在《小说鉴史：旧制度与大革命的百年战争》（*Les Aveux du roman, le 19ᵉ siècle entre Ancien régime et Révolution*，2001）中考察了19世纪多位小说家"观察这种冲突以及可能出现的和解的诸多方式"[2]，认为"许多小说家在著作中对历史的理解超过历史学家"[3]，而且，"小说是一种混合的体裁，比其他体裁更容易描述一个交相混杂的世界，在这个世界里，对新世界的向往和兴趣碰撞着对旧世界的回忆及其价值观"[4]。

几乎在同一时期，法国诗歌领域发生了深刻的变革。浪漫主义诗歌

---

1. 莫娜·奥祖夫：《小说鉴史：旧制度与大革命的百年战争》，周立红，焦静姝，译，北京：商务印书馆，2017年，导论第10页。
2. 同上，中译本前言，第8页。
3. 同上，导论，第22页。
4. 同上，导论，第18页。

的抒情风在19世纪中叶逐渐平息，泰奥菲尔·戈蒂埃等帕纳斯诗派诗人尝试以客观冷静的描绘抑制过分的抒情，同时以对诗歌语言和形式的雕琢来追求艺术本身的完美，而且强调艺术除了自身没有其他功利之用。波德莱尔是雨果的崇拜者，也是戈蒂埃的仰慕者。在世纪中叶现实主义成为文坛主流的时候，他推陈出新，希望为诗歌开辟出另外一条通往想象世界的道路，因而被视为法国象征主义诗歌的先驱。他从帕纳斯诗派那里继承了对诗歌艺术性的追求，从浪漫主义诗歌那里继承了诗人的使命感以及诗歌与精神世界、宇宙奥秘存在联系的诗歌观。在世纪末的"颓加荡主义"（le Décadentisme）浸染一代年轻诗人的时候，马拉美、魏尔伦（Paul Verlaine，1844—1896）和兰波（Arthur Rimbaud，1854—1891）脱颖而出，尽管他们自己对象征主义作为一个流派的意识并不清楚，却真正彰显了法国诗人新的美学追求，那就是通过打破原有的语言秩序、意象系统和音律体系寻找一种更有表达力和生命力的现代诗歌。1886年，希腊裔法国诗人让·莫雷亚斯（Jean Moréas，1856—1910）在《象征主义宣言》（*Manifeste du symbolisme*）中试图总结新流派的诗歌理论。实际上，象征主义诗歌并非一个有着严格理论体系的流派，诗人们以各自的方式丰富了象征主义的诗歌实践，而且对后世法国诗歌的发展产生了深远影响，并在世界范围内被广泛接受。

　　总之，19世纪的法国社会在一个世纪的文学作品中留下了它的风云变幻，法国文学感受时代脉搏，反映社会气息，在动荡中不断变化和发展。各种文学流派反映了不同思想倾向和不同审美趣味的作家在创作上的摸索探求。社会虽然动荡，文学却走向繁荣，出现了许许多多优秀的作家和作品，以至于今天世界各国的读者对19世纪的法国文学留有最为深刻的记忆。

✣ 斯塔尔夫人：18世纪的思想与19世纪的灵魂

斯塔尔夫人（Madame de Staël, 1766—1817）原名热尔曼娜·奈克（Germaine Necker），出生于巴黎，是瑞士日内瓦银行家奈克先生之女，奈克移居法国后成为路易十六的财务大臣。在母亲主持的沙龙里，她显示出早熟的才华，高雅的谈吐受人瞩目。热尔曼娜·奈克对18世纪多位学者的思想了然在心，15岁时已经可以领略和概述孟德斯鸠《论法的精神》，但是她对卢梭情有独钟，在22岁时撰写了《书信谈卢梭的性格与著作》（Lettres sur le caractère et les écrits de Rousseau, 1788）。后来，热尔曼娜·奈克嫁给了瑞典驻法国大使斯塔尔-侯斯泰因男爵，故而被称为斯塔尔夫人。1797年，斯塔尔夫人回到巴黎之后主持自己的沙龙，邦雅曼·贡斯当（Benjamin Constant, 1767—1830）是最受欢迎的座上客，这位未来的政治家和小说家也是斯塔尔夫人的爱慕者，他在小说《阿道尔夫》（Adolphe, 1816）中讲述了一个青年人在爱情中的犹疑不决，其中可见他与斯塔尔夫人之间朦胧的情愫。

1800年，斯塔尔夫人出版了专著《论文学及其与社会机制的关系》（De la littérature considérée dans ses rapports avec les institutions），1802年又出版了长篇小说《黛尔菲娜》（Delphine），作品中表现出独立的精神、对自由的热爱和对社会专制的反抗，这些都难免让拿破仑产生顾虑。1803年，她被勒令迁离巴黎至少40里之外，不得不开始流亡生活。在辗转欧洲的旅行中，斯塔尔夫人的学识不断丰富，视野也更加开阔。日内瓦附近的柯佩城是她的固定居所，她从那里出发，在1803和1807年两次前往德国，她在1805—1806年间旅居意大利，并且在那里创作了第二部小说《柯丽娜》（Corinne, 1807）。1810年，拿破仑下令查禁销毁斯塔尔夫人出版的《论德意志》(*De l'Allemagne*) 一书，她不得不彻底离开法国。1811年，斯塔尔夫人改嫁给一个年轻的瑞士军官，之后继续在欧洲各国旅行，足迹到达过英国、瑞典、意大利、奥地利和俄国等。1815年拿破仑退位后，她才终于回到巴黎，两年后不幸去世，留下数部未完成和未出版的作品。

斯塔尔夫人属于18世纪最后一代文人，也预告了19世纪浪漫主义一代作家即将登上历史舞台。她是一位兼具理性和感性的女性，身上仍然保留着18世纪的哲人气质。她阅读启蒙思想家的著作，也在母亲的沙龙里倾听宾客们对启蒙思想的热烈讨论，耳濡目染中对哲学思想有了充分吸收；此外，她也喜欢与人讨论各种观点，欣赏各种思想的碰撞，这一点在《论德意志》第一部分第十一章中有所体现。总之，斯塔尔夫人在哲学性思考中找到了极大的乐趣，但这种冷静的思考在激情的大革命时代似乎难以继续。当然，斯塔尔夫人也不乏女性的敏感，对一切充满热情，向往和追求现实中的幸福，荣誉并不能让她满足，作为女性，她渴望被爱的感觉。斯塔尔夫人曾著有《论激情对个人幸福和民族幸福的影响》(*De l'influence des passions sur le bonheur des individus et des nations*，1796) 一书，认为激情并不会使人偏离美德的道路，因为真正的爱所激发的是牺牲和忘我。同样，她认为热情是所有情感中最可能给人带来幸福的一种，是唯一能够使人在各种境遇中接受命运安排的力量。

斯塔尔夫人的文学贡献主要体现在《论文学及其与社会机制的关系》和《论德意志》两部论著中。《论文学及其与社会机制的关系》显示出斯塔尔夫人是18世纪进步思想的继承者，她在序言中阐明了该书的主旨："我希望揭示不同国家、不同时代文学和社会机制之间的关系 [……] 我想证明理性和哲学从来都是从人类经历的无数不幸中获得新的力量。"斯塔尔夫人在书中阐释了文学与美德、荣誉、自由和幸福之间的关系，从某种意义上说，她希望效仿孟德斯鸠论述"法的精神"来阐释文学的精神，并将启蒙时代的进步观念应用于文学领域。斯塔尔夫人还就法国文学的发展方向提出看法，认为应该摆脱古代文学的模式，喜剧应该针砭时弊，悲剧应当引人深思，诗歌创作应该效仿卢梭和贝尔纳丹·德·圣-皮埃尔的散文作品，从自然中汲取灵感，哲学应该采用科学方法。《论文学及其与社会机制的关系》不仅探讨了欧洲南方国家和北方国家文学之间的差异，还分析了法国宫廷生活对高雅品味文化的影响，最重要的是书中还贡献了法国文学批评的新方法，即不以古典时期的教条来评判作品，而是以民族、政治和社会条件来解释作品，并强调了自由对文学创作的重要性。

斯塔尔夫人对德国最有好感，她在《论德意志》中描绘了德国的社会风俗和民族性格以及南北差异，探讨了康德哲学，更重要的是她对德国的文学、艺术进行研究，对莱辛（Gotthold Ephraim Lessing，1729—1781）、歌德和席勒等人有深入分析，认为有必要将这些德国学者和文人介绍到法国，为法国思想和陷入僵化的法国文学注入新的养分。斯塔尔夫人在这部著作中表现出一种文学上的世界主义，认为民族之间应该互相借鉴和引导，应该欢迎异国思想，这种开放的胸怀对接受者来说有所裨益。例如，她认为应该借鉴德国文学，在法国发展一种新的文学，正是在《论德意志》中她第一次提出了"浪漫主义"这个概念。19世纪在欧洲多国兴起的比较文学也可以在《论德意志》中找到萌芽。

如果说斯塔尔夫人的哲学思想来源于18世纪，她的心灵则是属于19世纪的，她的两部不乏自传色彩的小说《黛尔菲娜》和《柯丽娜》中都表现出了19世纪初法兰西式的伤感。黛尔菲娜是一位心地善良、品行高尚而又思想独立的女性。在行善的时候，她遭到误解，名誉受损，甚至牺牲了自己的爱情和婚姻，最后走向悲剧性的死亡。小说的历史背景设置在1789—1792年法国大革命期间，作品不仅反映了当时女性的处境，而且折射了新旧制度交替过程中法国的政治、宗教和社会环境。柯丽娜是一位富有才华的意大利艺术家，盛名之下却寂寞孤独，她与英国绅士奈尔维的爱情因为文化和性格差异而遭到家庭反对，最后奈尔维遵从父命回到英国结婚成家，柯丽娜抑郁而终。在斯塔尔夫人的笔下，黛尔菲娜和柯丽娜都是无法获得幸福的优秀女性，反映了18、19世纪法国女性，尤其是上层社会女性的不幸际遇。斯塔尔夫人从个人情感和生活经验出发，较早地表达了女性主义思想，也描绘了人类普遍性的精神孤独。她为数不多的小说篇幅都很长，但是语言清晰明了，感情真挚，遗憾的是在后世渐渐被遗忘，未能像夏多布里昂的作品那样成为被效仿的范例。尽管如此，斯塔尔夫人推动了法国19世纪浪漫主义的发展，并且开辟了文学研究和批评的新局面。可能是因为她的先进思想在当时就很快得到传播和接受，而且成为大众共有的思想资源，因而人们渐渐忘记了她的个人印记。

❧ 夏多布里昂：忧郁的浪漫主义者

弗朗索瓦-勒内·德·夏多布里昂（François-René, vicomte de Chateaubriand，1768—1848）出生于法国布列塔尼海滨城市圣马洛一个没落贵族家庭，他的父亲依靠生意上的成功恢复了部分家业。他自幼与海风海浪做伴，生性忧郁多思，自传体小说《勒内》（René，1802）中的一段话或许已经表达了他生命中无法治愈的忧郁："在任何一个国度里，人类天然的歌声即使在表达幸福时也是令人伤感的。我们的心是一个不完整的乐器，是一把缺少几根弦的竖琴，在这把竖琴上我们只能以适用于叹息的音调弹奏出表达喜悦的曲调。"[1] 中学毕业后，17岁的夏多布里昂便在兄长指挥的纳瓦尔军团当了少尉，19岁时晋升上尉。20岁时，他来到巴黎，被引荐入宫廷，当过路易十六的狩猎侍从，但是他对宫廷生活毫无兴趣。在巴黎的沙龙里，夏多布里昂结识了当时文学界的知名人物，并开始写诗。1789年7月14日，夏多布里昂和姐妹亲眼见证了攻占巴士底狱的战斗，这重要的历史一幕后来被记载于《墓畔回忆录》（*Mémoires d'outre-tombe*，又译《墓中回忆录》，1849—1850）中，该回忆录还记载了8月7日国民议会下令取消所有贵族头衔导致很多贵族踏上流亡之路的情形。

　　正当法国大革命如火如荼进行之时，夏多布里昂前往美洲旅行。在1826年出版的《美洲游记》（*Voyage en Amérique*）中，他介绍了美洲见闻，叙述了与乔治·华盛顿（George Washington，1732—1799）的会晤（亦有人认为此次会晤是一种虚构）、尼亚加拉瀑布的景观以及在美洲丛林中与印第安人的相遇。在书中，他还用大量篇幅全面介绍了美洲的自然风物、政治经济情况以及印第安人社会。夏多布里昂还从旅行经历中汲取灵感，创作了一部散文诗体小说《纳契人[2]》（*Les Natchez*，1826）；1835年，浪漫派画家德拉克洛瓦（Eugène Delacroix，1798—1863）还根据这部作品创作了同名绘画。尽管学术界对夏多布里昂这两部美洲题材作品中素材的真实性有所质疑，但是书中充满对异国风情和意象的生动描写，在当时的法国文坛别开生面，开创了法国19世纪浪漫主义文风。

　　1792年，夏多布里昂参加了孔代亲王的侨民团，逃亡到比利时和英国，靠教书和翻译度过了困顿的生活，在此期间，他的妻子被捕入

1.　夏多布里昂：《阿塔拉·勒内》，曹德明，译，桂林：漓江出版社，1996年，第161页。
2.　纳契是印第安人的一个部落，纳契人在1730年前后曾经起义反抗法国殖民者的侵略。

狱，兄嫂以及一些亲人被送上了绞刑架。1797年，流亡中的夏多布里昂出版了第一部著作《革命论》（*Essai historique, politique et moral sur les révolutions anciennes et modernes, considérées dans leurs rapports avec la Révolution française*，又译《试论古今革命》），从历史、政治和道德的角度来阐释从古至今的革命，并与法国大革命相对照，书中可见卢梭、孟德斯鸠和伏尔泰的影响。尽管此书在当时并未引起关注，但已经展现出夏多布里昂的写作才华。

1800年，执政府对流亡的保王党人实行大赦，夏多布里昂回到法国。他积极参与《法兰西信使》（*Mercure de France*）的编辑工作，后来还担任杂志的领导工作。1801年，他在杂志上发表了风格独特的小说《阿塔拉》（*Atala*）。开篇伊始，作者首先描绘了壮观的密西西比河及两岸的旖旎风光。法国青年勒内来到北美洲后生活在纳契人部落，聆听双目失明的老酋长沙克达斯讲述他年轻时与阿达拉的爱情悲剧。阿达拉是酋长的女儿，信仰基督教，她爱上了被俘的印第安青年沙克达斯，两次冒着生命危险解救他，并与他一起逃入丛林。经过漫长的逃亡，他们被传教士奥布里神父收留。沙克达斯愿意皈依基督教，与心爱的人结婚，但是阿塔拉却不得不拒绝他的爱，因为她曾经在母亲临终之际承诺将自己的贞洁敬献给上帝。最终，阿达拉以死结束了无法去爱的痛苦，神父和沙克达斯在悲伤中将她埋葬在丛林中。作品在叙述凄美爱情故事的过程中穿插描绘印第安人风俗和北美洲风光，充满异国情调和浪漫主义色彩，同时营造出一种宗教氛围。作品发表后引起文坛关注，成为夏多布里昂的成名作。

同一时期，夏多布里昂也在创作《阿塔拉》的姊妹篇《勒内》。勒内出身没落贵族家庭，他与姐姐心意相通，这种热烈而纯洁的爱情几乎要发展为不伦之恋。于是，勒内云游四方排遣忧郁，姐姐阿梅利进入修道院，却不幸染病身亡。勒内身处美洲，忆说欧洲情事，夏多布里昂以此方式含蓄隐约地表达了与姐姐吕西勒之间的情愫。《勒内》与《阿塔拉》一样，都以异域为背景，以爱情悲剧为主要情节，以宗教为精神出路，浸润着一种朦胧的忧郁。夏多布里昂通过吟咏自然宣扬远离文明社会，在抒发忧郁厌世情绪的同时赞美基督教思想。《勒内》具有自传色彩，也是夏多布里昂的反思之作，他在书中写道："一种神秘的忧郁充满了我的躯体。我从孩提时代就有的对生活的那种厌恶感，现在更强烈地回到心里。[……]我只在深深的无聊感中才感到自己的存在。"[1]这可能就是对19世纪初法国浪漫主义时期"世纪病"的最早描述。书中神父所言可以说是对大革命浪潮之后失去方向的青年人精神世界的批判，也是作者的自我剖析和治疗："我所看到的只是一个迷恋于幻想的年轻人，他什么也看不惯，他逃避社会的责任而陷入无谓的空想之中。先生，一个人并不因为看到了世界丑陋的一面而成为高尚的人。由于目光短浅，他便会怨恨他人和讨厌生活。[……]不管是谁，只要获得了力量，他就应该为其同类服务。"[2]缪塞笔下的"世纪儿"（un enfant du siècle）和波德莱尔诗中的"忧郁"（le spleen）都应和了世纪初夏多布里昂所表达出来的迷惘、彷徨的心声。夏多布里昂一开始计划将《阿塔拉》和《勒内》作为文学案例融入《基督教真谛》（Le Génie du christianisme，1802），后来决定单独出版。这两部小说与1826年出版的《纳契人》在某种意义上形成了三部曲。生活在世纪之交的夏多布里昂可以说一个继往开来者，其作品中对自然的描绘、对自我的剖析、对异域的向往和对伤感的抒发继承了卢

1.　夏多布里昂：前揭书，第162—163页。
2.　同上，第186—187页。

梭之遗风，开启了法国浪漫主义写作的主题和方式，为同代和后代作家们所效仿。因此，夏多布里昂被视为法国浪漫主义的先驱。

1802年，《基督教真谛》出版，该书从教义与教条、诗歌、艺术与文学以及风俗礼仪四个方面来颂扬基督教的真善美，此为基督教的真谛和优越性。《基督教真谛》出版之后引起轰动，被认为标志着大革命之后宗教情感的回归。夏多布里昂发现18世纪的百科全书派动摇了人们对基督教的信仰，于是思考是否存在其他宗教取而代之。而母亲和姐姐的去世重新点燃了他的宗教热忱，一种超自然力量唤醒了他童年时对基督教的信仰。从宗教意义上说，《基督教真谛》是一部宣教著作，但同时也是一部美学著述，夏多布里昂认为基督教为艺术提供理想之美，将基督教的创世说、救赎说、天堂地狱说和神秘主义与其美学理论和实践结合起来，表达了他的文学观念和精神世界。这部著作恰好也迎合了拿破仑试图在法国大革命之后重新树立宗教信仰的计划，加上好友以及第一执政拿破仑的妹妹的斡旋，夏多布里昂的文学才华得到拿破仑的赏识，他的名字终于被从逃亡贵族名单上划掉，而且在1803年被选派出使罗马，担任使馆秘书。然而，由于他处事不当，半年后就被安排回国。拿破仑转而任命他为驻瓦莱共和国 [1] 代办。可是半年后，在昂吉安公爵（le duc d'Enghien）事件 [2] 爆发之后，夏多布里昂立刻辞职，站到拿破仑第一帝国的对立阵营中。暂时摆脱仕途公务的夏多布里昂回归文学，计划写作一部基督教史诗，为此他决定进行一次东方之旅。他于1806年前往小亚

---

1. 为了更好地控制法国与瑞士之间的阿尔卑斯山要道，拿破仑于1802年将瑞士瓦莱州分离出来设立瓦莱共和国（République du Valais），后于1810年间并入法国。
2. 昂吉安公爵出身于法国名门望族，是孔代亲王之孙，与流亡国外的保王党贵族关系密切，被怀疑参与了1804年推翻拿破仑的阴谋，经过草草审判即被处死。

细亚、巴勒斯坦、埃及和希腊，旅行中的笔记后来成为《从巴黎到耶路撒冷》（*L'Itinéraire de Paris à Jérusalem*，1811）的写作素材。夏多布里昂旅行归来之后，拿破仑禁止他进入首都，要求他至少要保持3里之外的距离。他于是在巴黎远郊一个名为"狼谷"的地方购置住宅，1807—1818年一直居住于此。他在此写作了阐发史诗中基督教神奇力量的散文体作品《殉道者》（*Les Martyrs*，1809）。1811年，夏多布里昂入选法兰西学院，但是由于他的入职演说稿中存在批判大革命的内容，拿破仑禁止他发表演讲，于是夏多布里昂一直等到复辟王朝才得以就职。夏多布里昂故居现已成为法国浪漫主义博物馆，被纳入当地历史建筑名录。

夏多布里昂热烈欢迎波旁王朝的回归。1814年3月，他发表了反对退位之帝拿破仑的激烈檄文《论波拿巴和波旁王朝》（*De Bonaparte et des Bourbons*），发行数千册。在政权的频繁更迭中，夏多布里昂的政治生涯几多起伏，在政治上他成为越来越激进的保王党人，也是《保守者》（*Conservateur*）刊物的主要撰稿人之一。1821年，夏多布里昂先后被复辟王朝任命为驻柏林公使和驻伦敦大使，正是在伦敦的法国大使官邸，他的厨师发明了一道烤牛排菜肴的烹饪方法并以夏多布里昂的姓氏为之命名，此名流传至今。1822—1824年，他担任法国外交大臣，1828年出任驻罗马大使。

1830年七月革命后，夏多布里昂退出政坛，在孤独和忧郁中闭门写作，于1841年完成了始于1811年的长篇巨著《墓畔回忆录》。他生前已经将这部作品出售给出版商，但是要求必须在其身后出版。《墓畔回忆录》按时间顺序分为四个部分：第一部分（1768—1800）回忆童年和成长过程，直至结束流亡回到法国；第二部分（1800—1814）回顾了他的文学生涯；第三部分（1814—1830）讲述其政治生涯；第四部分则是记述晚

年生活和思考。该回忆录是一部内容丰富的多样性作品，既有对个人生
活的回忆和对作品的阐释，也提供了对时代和社会的描述。作为一个动
荡时代的见证者和参与者，夏多布里昂描绘了从1789年到1841年波澜壮
阔的法国社会历史画卷，将个人书写置于历史洪流之中，作品兼具自传
色彩和历史文献价值。此外，夏多布里昂在叙事的同时穿插对自然风光
的描写和诗意的冥思。总之，他在这部浓缩人生的作品中投入了全部的
精神力量，也展现了所有的写作才华。夏多布里昂是法国文学史上杰出
的散文作家，无论是小说、回忆录还是政论、游记都呈现出优美典雅的
语言风格，在表达现代情感时依然具有一种古典美和富有音韵的诗意。
他是记述历史的巨匠，也是描绘自然的大师，更是表达自我的抒情者，
自然风景在他的笔下与人情景交融。《墓畔回忆录》记录了他一生的荣
耀和失意、幸福和忧伤。1848年7月4日，夏多布里昂在巴黎去世，按照
他的遗愿，人们将他葬于故乡圣马洛港口的格朗贝岛上，永远与大海涛
声做伴。

❧ 司汤达小说中的爱情与政治

　　司汤达（Stendhal，原名 Henri Beyle，1783—1842）出生于法国东
南部城市格勒诺布尔，他对当律师的父亲非常反感，所深爱的母亲在
他7岁时去世，由于他与其他同龄孩子少有交流，于是在孤单郁结中度
过童年。司汤达后来在自传体作品《亨利·布吕拉尔传》（*Vie de Henry
Brulard*，1890）和《自我主义回忆录》（*Souvenirs d'égotisme*，1892）中
回顾了自己的成长经历。青少年时期的司汤达在文学中找到了安慰和庇
护。得益于优秀的数学成绩，他在16岁时离开家乡到著名的巴黎理工学

校深造。他并不喜欢巴黎，但是很快发现了一项新的乐趣，就是创作喜剧。他梦想成为莫里哀那样的喜剧作家，并为此放弃学业。青年时期的司汤达在家人的要求下进入国防部，曾跟随拿破仑的部队参加战斗，还多次旅居意大利，从此爱上他乡。

第一帝国垮台之后，司汤达失去了工作，于是投身于所热爱的音乐和绘画，完成了《意大利绘画史》（ *Histoire de la peinture en Italie*，1817）和《罗西尼传》（ *Vie de Rossini*，1823）。他对意大利女子玛蒂尔德（Matilde Viscontini Dembowski，1790—1825）的深情爱慕没有被接受，爱情的失意使得他写出了融入个人经历的情感研究著作《论爱情》（ *De l'amour*，1822），声称要"努力摒弃个人情感，以充当一个冷静的哲学家"[1]，因为他期待从思考中寻找到指导爱情实践的普遍法则。司汤达在书中尝试用科学的方式来研究情感，区分了"激情之爱""头脑之爱""趣味之爱""虚荣之爱"和"肉体之爱"等，并且创造性地借用矿物学术语"结晶"（ la cristallisation）来比喻人通过想象将爱恋对象理想化到极致的状态。《论爱情》是一个爱情受伤者对爱情的哲学研究，或许也是司汤达的自我疗愈方式。虽然这部随笔式著作并非爱情宝典，也不是严谨的学术著作，但是它细致地分析了恋爱心理和爱情发展阶段以及不同民族、不同文化中爱情的不同体现，是司汤达对情感和"人心的法则"进行深入研究的尝试，为之后其虚构作品中爱情主题的书写铺垫了理论基础，作家本人非常重视这部著作，在1826、1834和1842年3次为其重撰前言。

在40岁的时候，司汤达开始写作第一部长篇小说《阿尔芒丝》（ *Armance*），并于1827年匿名发表。小说的副标题是"1827年巴黎沙龙的

---

1. Stendhal, *De l'amour*, Paris, Flammarion, 2014, p.171.

几个场景"（Quelques scènes d'un salon de Paris），作者以德·博尼维夫人沙龙为主要场景，揭露了"最缺乏生命的阶级"的陈腐和保守，再现了复辟时期贵族社会的缩影。阿尔芒丝是书中的女主人公，是男主人公奥克塔夫的表妹。她聪慧美丽，却孤苦伶仃，寄居在姨妈的府邸，时常有寄人篱下之感。她因此郁郁寡欢，处处小心谨慎，但仍然免不了受到周围其他贵族女性的挑剔和轻视。奥克塔夫是贵族子弟，颇有才华，虽拥有高贵的门第和丰厚的家产，却没有等级观念，他的思想和行为与庸俗的贵族阶层格格不入，因而受到排斥，内心苦闷。奥克塔夫与阿尔芒丝情投意合，彼此相爱，但是他们的爱情和婚姻经历了种种波折，既有社会环境和地位差别带来的考验，也有二人之间的隔阂与误会，情感冲突以及个人与环境的冲突最终导致奥克塔夫出走和自尽的悲剧命运。这部作品没有复杂的故事和场景以及叙事结构，但是人物形象生动，以特定社会条件中的爱情故事反映了法国大革命后贵族社会的众生相以及新旧秩序冲突和交替过程中的个体处境。

　　在七月革命后不久出版的《红与黑》（Le Rouge et le Noir）是司汤达的成名作。故事开始于外省小城维立叶，于连虽出身于木匠之家，却面容清秀，天资聪颖，是一个不同寻常的平民子弟。他仰慕拿破仑的丰功伟业，也希望改变自己卑微的社会地位。于连从小跟随当地神父和一个外科医生学习拉丁语，他酷爱读书，凭借将《圣经》倒背如流而在德·瑞那尔市长家里谋得家庭教师一职。德·瑞那尔夫人虽是外省贵族女性，却保持着天真和真诚的本性，眼里没有世俗的出身、门第和血统观念。于连与市长夫人之间日生情愫，风言风语传到市长耳中，于连只得离开家乡，在神父的推荐下来到大城市贝藏松的神学院，希望在教会中出人头地。可是由于神职人员之间的钩心斗角，于连遭人嫉妒，又不得不离开神学院，在院长的推荐下成为德莫尔侯爵府的门客，到巴黎独闯天下。侯爵的女儿玛蒂尔德心高气傲，对周围附庸风雅、阿谀奉承的贵族青年嗤之以鼻，反而欣赏平民于连的才华、不驯性格和奋斗精神，而且渴望得到于连的爱。侯爵虽然心有怨言，但是不得不让步于女儿的执拗，同意了这桩门不当户不对的婚事，并允以授予于连贵族称号。就在于连跻身上流社会的梦想将要实现的时候，德莫尔侯爵收到来自德·瑞那尔市长夫人的一封揭发信。于连赶回家乡维立叶，在教堂中向参奉礼拜的德·瑞那尔夫人开了两枪，致其受伤。之后于连被捕入狱，被判死刑。德·瑞那尔夫人前来探监，于连得知揭发信是由听她忏悔的教士起草并强迫她书写的，二人彼此宽恕，于连也在德·瑞那尔夫人身上发现了真爱所在。但是，他拒绝玛蒂尔德小姐和德·瑞那尔夫人这两位深爱他的女人为自己求情上诉，也拒绝临终祷告。于连被处死后，玛蒂尔德尔亲手埋葬了他的头颅，德·瑞那尔夫人三天后在悲伤中离开了人世。

一介布衣于连虽然渴望出人头地，可是当他攻入上流社会的堡垒时，心中对虚伪和没落的贵族社会充满蔑夷。司汤达善于将情感故事置于复杂的社会背景中进行剖析，在冲突中呈现人物的矛盾性，增强典型人物的性格张力。《红与黑》的创作起因是1828年2月某份报纸所刊载的年轻人贝尔代情杀案件，司汤达据此想象了一个雄心勃勃的外省青年的成长经历、情感经历和社会晋升过程。波旁王朝复辟后，等级森严的贵族社会风气卷土重来，许多仰慕拿破仑的平民青年失去了大革命和帝国时代凭借个人才华实现社会晋升的机会，他们当中大多数人的个人奋斗以失败告终。于连身上便体现了所处时代特有的悲剧冲突和叛逆精神，他继承了启蒙思想和法国大革命精神，具有平民的反抗精神和追求平等的意识，也不乏抱负和才干，却生活在复辟王朝时期，成功的道路上存在重重阻碍。教士的黑袍和拿破仑时代的红色军装所代表的两种颜色不仅暗示了两种生存道路，也象征了那个动荡时代新旧两种社会价值观的冲突。

　　司汤达于1839年出版的小说《巴马修道院》（*Chartreuse de Parme*）的国际知名度虽不及《红与黑》，但却获得巴尔扎克、纪德（André Gide，1869—1951）、托尔斯泰（Tolstoï，1828—1910）等同代或后代作家的赞赏。巴马（今译帕尔玛）是历史悠久的意大利古城，也是小说中的故事发生地。"一七九六年五月十五日，波拿巴将军率领一支年轻的军队进入米兰。这支军队刚刚越过洛迪桥，它向世人宣告，经过多少世纪以后，恺撒和亚历山大终于后继有人了。"（李玉民译）司汤达以这句话展开了《巴马修道院》中的爱恨情仇故事。1796年，拿破仑进军意大利，唤醒了奥地利统治下的巴马公国居民沉睡已久的英雄主义和斗争精神。主人公法布利斯是一个受到自由思想熏陶的贵族青年，是拿破仑的狂热追随者。百日王朝后，他立即去投奔拿破仑，然而滑铁卢战役打破了他的英雄主义梦想，回到意大利后，他遭到恢复统治的奥地利当局的通缉。法布利斯在姑母彼埃特拉内拉伯爵夫人的帮助下进入那不勒斯神学院读书，后来成为巴马市副主教，但又由于杀死情敌而被关进古堡监狱。在狱中，他和监狱长的女儿克莱莉娅相爱，这段爱情因各种错综复杂的政治斗争和社会因素而跌宕起伏。在姑母的斡旋下，法布利斯获释出狱，并且担任了巴马大主教。克莱莉娅嫁作他人妇，却因和法布利斯的私生子不幸夭折而悲痛至死。法布利斯从此辞去主教职务，隐居巴马修道院，不久也抑郁而终。司汤达在52天中一气呵成，完成了这部情节丰富的小说。《巴马修道院》是一部爱情小说，也是一部以拿破仑时代至复辟王朝这一历史时期为背景的政治小说，以法布利斯的个人经历再现了意大利巴马公国自由思想和保守思想之间的激烈斗争。

此外，司汤达在1834—1835年间还创作了《吕西安·勒万》（*Lucien Leuwen*），此书又称《红与白》。全书共68章，在司汤达生前未及出版。1855年，由作家本人定稿的前17章由司汤达的表弟整理刊行，1894年又出版了一个节本，直到1927年才出版了可靠的全本。司汤达在作品中以信奉共和思想的巴黎大资本家之子吕西安与笃信保皇思想的外省贵族女性夏斯泰莱夫人这两个意识形态和阶级身份悬殊的主人公之间的爱情展现了拿破仑时代之后法国的政治和社会气氛。

司汤达善于揭示矛盾性，这种矛盾性体现在两个方面。一是人与世界的矛盾，司汤达在创作中将个体经验融入宏大的历史叙事，在人与社会的复杂关系中描述人物行动，捕捉人物性格，同时呈现出一幅幅19世纪上半叶的社会历史画卷。二是人物内心世界的矛盾，为此，司汤达在作品中投入深刻的情感研究并进行细致的心理描写，将一个人物正反两面的情感冲突和思想冲突充分展现在文字中。浪漫主义和现实主义的融合构成了司汤达小说诗学的重要特征，他曾在1823—1825年间创作了《拉辛与莎士比亚》（*Racine et Shakespeare*），表达了摒弃古典主义和提倡浪漫主义的主张。司汤达的小说数量不多，但是足以与巴尔扎克、雨果、福楼拜和左拉等一起跻身于法国19世纪最伟大的小说家之列。

1842年3月22日傍晚，司汤达在巴黎街上行走时突发脑出血，后抢救无效，于23日凌晨去世。他生前为自己准备的墓志铭"写过、爱过、活过"精炼概括了他将近60载的人生。

❧ 巴尔扎克："历史学家的书记官"

奥诺雷·德·巴尔扎克（Honoré de Balzac，1799—1850）出生于法国

都兰省城图尔市，他也一直以文艺复兴时期的同乡文人拉伯雷为自豪，后来在1832—1837年间还发表了一卷戏仿拉伯雷《巨人传》语言风格的故事集《都兰趣话》。小巴尔扎克出生后立刻被寄养到奶妈家，直到快4岁时才被接回家中，这段没有母爱的童年让他产生了一种被抛弃的感觉，后来也有人以恋母情结和寻找缺失的母爱来解释巴尔扎克与年长他22岁的贝尔尼夫人（Laure de Berny，1777—1836）之间的恋情。1807—1813年间，小巴尔扎克就读于一家寄宿学校，在这6年中他如饥似渴地博览群书，甚至读书读到晕眩。1814年，他的父亲被任命为军需官，举家迁到巴黎。17岁时，巴尔扎克注册了法学专业，但是没有获得文凭。这一时期，他阅读了大量哲学书籍，还经常参观自然史博物馆。巴尔扎克决定以写作为生，父母给他两年时间进行尝试。他写作哲学论文，创作了一部亚历山大体的诗体悲剧《克伦威尔》（Cromwell，1820），但无论是朋友还是被求教的院士在读完之后都未予以好评，后来他在小说《幻灭》（Illusions perdues）中回顾了这段最初的文学生涯。

这一时期，英国小说家司各特（Walter Scott，1771—1832）的作品在法国风靡一时，其以中世纪题材创作的长篇历史小说《艾凡赫》（Ivanhoé，1819）的法译本于1820年4月在巴黎出版并大获成功，因此巴尔扎克也有意通过历史小说开辟自己的文学道路。实际上，为了靠写作挣钱，他与人合写过各种题材的商业小说，但因质量不高，没有署上自己的真实姓名，其中销售最好的一部是《阿尔登的副本堂神甫》（Le Vicaire des Ardennes，1822）。小说因为过多讲述了教会神职人员的情色故事而遭到查禁，但是其中一句"我将摧毁一切障碍"成为巴尔扎克的名言，传说被刻在他那根昂贵的手杖上。巴尔扎克后来将这些在1822—1827年间完成的早期作品排除在个人作品全集之外，却在1837年以曾经使用过的一个笔名将它们编成一套《奥拉斯·德·圣-奥班作品全集》（*Œuvres complètes de Horace de Saint-Aubin*）。巴尔扎克一边希望通过写作致富，一边从事书籍出版。他在1825年与人合办过印刷厂，出版过莫里哀、拉封丹等名家的名著。结果，并非所有书籍的销量都能尽如人意，印刷厂面临破产，巴尔扎克在1826年开始便债务缠身。

　　在印刷和出版活动受挫之后，巴尔扎克回归写作。1828年，他开始查阅资料，为写作《朱安党人》（*Les Chouans*）做准备，这部融历史、政治和爱情小说于一体的作品讲述了1800年法国布列塔尼地区保皇党煽动的反对共和国政府的暴动，是巴尔扎克第一部比较成熟的作品，因此，1829年，他第一次在这部小说上署上了自己的真实姓名。同年，巴尔扎克还出版了一部论著《婚姻生理学》（*Physiologie du mariage*），此书在1846年被纳入《人间戏剧》的"分析性研究"部分。这部非虚构的作品探讨了19世纪法国男子的女性观以及两性之间的伦理关系，巴尔扎克在书中表现出对女性社会群体的充分了解，因而此书大受女性读者欢迎。巴尔扎克从此成为知名作家，开始出入巴黎文艺沙龙和上流社会沙龙。然而，书籍销售的收入不能满足他的生活花销，于是他从1830年开始为《巴黎杂志》（*La Revue de Paris*）、《两世界》杂志（*La Revue des deux Mondes*）等多家刊物撰稿，并成为《新闻报》（*La Presse*）创办人埃米尔·德·吉拉丹（Émile de Girardin，1802—1881）的朋友。巴尔扎克的报刊文章主题多样，涉及文学、文化、艺术、时尚和时政等领域，他也在报上发表一些短篇奇幻故事。

　　1831年，巴尔扎克在出版小说《红色客栈》（*L'Auberge rouge*）和《驴皮记》（*La Peau de chagrin*）时，在自己的姓氏前面悄然加上了标志贵族身份的"德"（de）。《驴皮记》是一部具有浪漫主义色彩的小说，同时也是一个具有东方元素的故事。故事的主人公是贵族出身的青年拉法埃尔，他本来心怀理想，努力读书和工作。有一次他受朋友蛊惑，进入赌场，输掉了身上最后一枚金币，遂产生了自杀的念头，在塞纳河畔彷徨。他随意走进一家古董商店，店主向他展示了一张神奇的驴皮，它可以帮助人实现任何愿望，但是每次愿望实现后驴皮会缩小，其主人的寿命也会随之缩短。拉法埃尔拥有了神奇的驴皮之后，不能克制自己的欲望，在享受财富与爱情、宴饮与快乐之后，他眼看驴皮缩小，自己的生命走到尽头。《驴皮记》是一部充满象征意味的作品，以图腾式的驴皮象征人的欲望和生命的矛盾，融入了巴尔扎克对生活经验的哲理思考。巴尔扎克后来在《人间戏剧》序言里对《驴皮记》给予高度重视，认为它"沟通了风俗研究和哲理研究，那是一篇近乎东方情调的幻想故事，描写生命本身同欲望（也就是一切激情的本原）之间的交锋"[1]。这部作品获得极大成功，巴尔扎克名声大噪，不仅是女性读者最喜爱的作家，而且也成为出版商、书商追逐的对象。

　　巴尔扎克大约从1832年开始构筑他的文学大厦，计划创作"一台角色多达三四千人的社会戏剧"，这就是蔚为大观的《人间戏剧》。在1842年的出版前言中，他将自己的写作意图与18世纪博物学家布丰的《自然史》进行类比："既然布丰竭力通过一部书来展现动物界的全貌，并为此写成了极为出色的作品，那么不是也应当给社会完成一部类似的著作吗？"由于深受法国生物学家、解剖学家居维叶（Georges Cuvier, 1769—1832）和自然学家若夫华·圣–伊莱尔（Étienne Goffroy Saint-Hilaire, 1772—1844）理论的影响，巴尔扎克认为人类社会与动物社会同样存在

1.　Propos rapportés dans Vannier, 1984, p. 127.

物种之分，但是人类物种比动物物种更加丰富多样，他在《人间戏剧》前言中如是表达自己的写作意图：

> 社会同自然界是相似的。社会不也是根据人类进行活动的不同环境，将人类划分成各种各样的人，就像动物学把动物划分成许许多多类别一样吗？士兵、工人、官员、律师、游民、学者、政治家、商人、水手、诗人、穷汉、神甫彼此大不相同，一如狼、狮、驴、乌鸦、鲨鱼、海豹、绵羊等等各异其趣，虽说前者相互间的区别更难掌握。如同动物有种类的划分，社会过去存在着、将来还永远存在千殊万类。动物之间相处，很少有惨剧发生，其中也不至于有什么错综复杂的情节，它们你追我逐，如此而已。人与人之间也互相角逐，但他们多少有一些智谋，这就使斗争格外复杂起来。虽说某些学者不承认生活的洪流将兽性转移到了人性当中，可是世界确实变得不一样了。［……］王公、银行家、艺术家、市民、神甫和穷汉的积习、衣着、言谈、住所，其相互间的差异却很大，并且随着文明的发展而加剧。（傅雷译）

巴尔扎克将这部总揽一个时代所有社会阶层和个人命运的作品分为三大部分，即"风俗研究"（les études de mœurs）、"哲理研究"（les études philosophiques）和"分析性研究"（les études analytiques）。其中，"分析性研究"是论述性作品，除了《婚姻生理学》之外还有《夫妻纠纷》（*Petites misères de la vie conjugale*，1830—1846）和《社会生活病理学》（*Pathologie de la vie sociale*，1839），巴尔扎克在1842年前言中说的本来计划写作的《教育界剖析》和《品德专论》似乎没有完成。正是《驴皮记》开启了《人间戏剧》中的"哲理研究"系列，巴尔扎克认为"哲理研究"系列是理解其全部作品的钥匙。该系列共有20部作品，包括《路易·朗贝尔》（*Louis Lambert*，1832）、《塞拉菲塔》（*Séraphîta*，1835）和《绝对追求》（*La Recherche de l'absolu*，1834）等。"风俗研究"系列是内容最丰富的一类，共分6个部分：首先是展现个人生活和道德问题的"私人生活场景"（Scènes de la vie privée），主要作品有《高利贷者》（*Gobseck*，1830）、《三十岁的女人》（*La Femme de trente ans*，1831）、《夏倍上校》（*Le Colonel Chabert*，1832—1835）、《禁治产》（*L'Interdiction*，1839）和《人生的开端》（*Un début dans la vie*，1842）等27部；继而是"外省生活场景"（Scènes de la vie de province），重要作品有《欧也妮·葛朗台》（*Eugénie Grandet*，1833）、《幻灭》等10部；"巴黎生活场景"（Scènes de la vie parisienne）中有《萨拉辛》（*Sarrasine*，又译《萨拉金》，1831）、《高老头》（*Le Père Goriot*，1834）、《贝姨》（*La Cousine Bette*，1846）和《邦斯舅舅》（*Le Cousin Pons*，1847）等17部作品；与此同时，巴尔扎克还创作了"乡村生活场景"（Scènes de la vie de campagne），有《乡村医生》（*Le Médecin de campagne*，1833）、《幽谷百合》（*Le Lys dans la vallée*，1836）、《乡村教士》（*Le Curé de village*，1845）和《农民》（*Les Paysans*，1844）等4部作品；"政治生活场景"（Scènes de la vie politique）中有《一桩无头公案》（*Une ténébreuse affaire*，1841）等4部作品；"军事生活场景"（Scènes de la vie militaire）中有《朱安党人》和《沙漠里的爱情》（*Une passion dans le désert*，1830）等2部作品。可见，"风俗研究"是《人间戏剧》中最为丰富的部分，也是集中展现19世纪上半叶法国社会面貌的画卷。巴尔扎克自言："我竭力反映我们美丽国土的四方八域。我这套作品有它的地理，也有它的谱系与家族、地点与道具、人物与事实；还

有它的爵徽、贵族与市民、工匠与农户、政界人物与花花公子，还有千军万马，总之是一个完整的社会！"（傅雷译）自称充当"历史学家的书记官"的巴尔扎克有意记录的正是历史学家所忽略和不写入正史的社会风俗史。

《人间戏剧》是一项历时20年的写作事业，其中有的作品写作时间很短，也有的作品创作持续多年，如《幻灭》从1837年到1843年跨越6年，《交际花盛衰记》（*Splendeurs et misères des courtisanes*）从1838年到1847年历时9年而成。巴尔扎克在写作中经常调整全部作品的结构，1845年时他计划出版145部作品，当时已经完成85部；1847年，他感觉自己体力下降，精力不济，于是将数量调整为137部，当时已经完成87部；至1850年巴尔扎克去世时，《人间戏剧》已经包含90部作品，还有数十部小说停留在草稿状态。

《人间戏剧》并不是所有作品完成之后的总结和罗列，而是随着写作的进行自然萌生的一个创作计划，巴尔扎克将之比作一座规模庞大的教堂，所有作品共同筑成一个整体，各小说之间往往具有关联性，其中一个技巧就是人物的重现。1834年出版的《高老头》是巴尔扎克使用这一创作手法的第一部作品。其中的拉斯蒂涅与主人公高老头同为寄宿公寓的房客，这位贫穷而善良的大学生出资埋葬高老头之后，向巴黎的上流社会发出了"现在咱们俩来拼一拼吧！"的挑战；后来他在《驴皮记》《禁治产》《纽沁根家族》（*La Maison Nucingen*，1837）等十来部小说中出现，其成长和社会上升路线也因此在不同作品中完整呈现出来，最后在《不自知的演员》（*Les Comédiens sans le savoir*，1845）中，48岁的拉斯蒂涅不仅是名门望族纽沁根家族的女婿，而且已经晋升为伯爵、参议员，完成了个人成长和社会阶层的蜕变。《人间戏剧》中出场的人物有数千个，其中有一些典型人物已经成为文学经典形象流传于世，如充满父爱却在落寞中死去的高老头、爱钱如命的葛朗台等。巴尔扎克如同"绘制人类典型的一名画师",描绘典型人物的习性、癖好和欲望,展现出人性中的善与恶。在巴尔扎克看来,人性本身不善亦不恶,社会中既存在助长不良倾向的力量也有使人改善的力量,而画师可以"按照社会全部善恶的原貌如实复制一幅社会图画"。

在1831年《驴皮记》的出版序言中,巴尔扎克简述了他的现实主义美学:"以思想反映自然的文学艺术是所有艺术中最复杂的一种。[……]作家要熟悉各种自然现象和效果。他心中必须要有一面神奇的聚光镜,随着他的奇妙想法,宇宙都在其中得到反射。"在写作中,巴尔扎克非常重视资料搜集工作,对于笔下的历史背景、社会环境或是地理位置,他都会通过阅读、访谈和观察来尽可能细致地了解和描述,例如,他会写信给朋友询问其所在城市某个街道的具体信息,也会采访普通居民以获得其对所居住城市的看法,以便真实地反映环境和气氛。他具有极强的观察力,对城市、街区、房屋外观和内部陈设等细节的描绘总是细致入微,对人物的外貌、神情、服装、目光、声音和姿态也描写得传神动人。作品中对场景和人物的逼真描写甚至达到了一种电影效果,这从一个方面解释了在下一个世纪中电影导演对巴尔扎克小说的兴趣——他的作品也经常被搬上银幕。巴尔扎克也会描写行政机器、司法机构的运转以及证券交易所的经营技巧,还会不惜笔墨描写歌剧院的晚会演出或音乐效果。巴尔扎克是他所生活时代的见证者,他对社会现实和日常生活的关注,对细节的详细和精确描绘,使得《人间戏剧》充分展现了1815—1848年间资产阶级社会地位上升时期的法国社会面貌,具有宝贵的社会历史价值。

也正是因为巴尔扎克对现实的关注、观察和描绘使得他被称作现实主义大师和出色的观察家，象征主义先驱诗人波德莱尔敏锐地指出巴尔扎克也是一个洞观者，他洞察到世间万象之本质特征和内在精神："我多次惊讶于巴尔扎克的盛名在于被视作观察家，我却一直认为他的主要才华在于洞观世象，他是一个充满激情的洞观者。"[1] 有些极度详细准确的描绘甚至令人产生一种真假难辨的幻觉。瑞士文学评论家阿尔贝·贝甘（Albert Béguin，1901—1957）称赞巴尔扎克具有"汪洋恣肆、丰富多彩的想象力，其丰沃而又浓烈的创造性想象自莎士比亚以来无人能出其右"[2]。此外，《人间戏剧》"哲理研究"部分的作品体现出奇幻灵异的色彩。巴尔扎克的神秘主义深受瑞典科学家、神秘主义者、哲学家和神学家史威登堡（Emanuel Swedenborg，1688—1772）的影响，他相信存在一个与自然界相一致的神灵世界。《塞拉菲塔》便是巴尔扎克探究"通灵论"的小说，主人公塞拉菲塔居住在挪威的某个城堡里，米娜和维尔夫里德都视其为异性并与之相恋，其实塞拉菲塔是一个雌雄同体人。无法接受尘世生活的塞拉菲塔常常陷于孤独与沉思，并且向往一种完整和完美的爱情。最后，在米娜和维尔夫里德惊异目光的注视下，塞拉菲塔化身为天使塞拉芬，升入天堂。与"风俗研究"中的现实主义小说相比，这类小说显示出巴尔扎克鲜为人知的神秘主义倾向。

长期以来，尤其是在法国之外，巴尔扎克的现实主义常常被人误解为对现实的刻板复制。实际上，在法国，与巴尔扎克同时代的波德莱尔和雨果已经指出巴尔扎克的现实主义是一种虚实交织的现实主义。曾担任巴尔扎克学会会长的法国当代学者阿尔莱特·米歇尔（Arlette Michel）

---

1. Charles Baudelaire, *L'Art romantique*, Paris, Michel Lévy Frères, 1869, p. 177.
2. Albert Béguin, *Balzac visionnaire*, Skira, Genève, 1946—1947, p. 46-59, 171.

将其称为"一种绝对的、全面的现实主义":"事实上,在对社会现实进行如此细致和完整的描绘时,巴尔扎克从来没有把具体事实与阐释事实的抽象理念分开、没有把对细节的观察与对视为整体现实的全面把握分开",巴尔扎克"既让我们看到事物的物质性,也看到它们的'背面',即反映事物的结构、变化和事物在精神范畴这另一面体验中发展的理念性"。[1] 因此可以说,巴尔扎克是一位具有浪漫主义精神和神秘主义倾向的现实主义作家。

在建造《人间戏剧》这样一座文学大厦的过程中,巴尔扎克不知疲倦地写作,在小说创作期间,他通常身穿睡袍居家不出,以每天十五六个小时的工作节奏从事创作,并大量饮用咖啡来维持自己的工作状态。巴尔扎克曾经以如此旺盛的创作力而自豪,所以自比于文学世界中的拿破仑。他从1831年开始便与波兰贵族汉斯卡夫人(Ewelina Hańska,1801—1882)保持通信和遥远的精神恋爱,在18年的等待中共写下400余封书信。1850年3月,汉斯卡夫人在其丈夫去世10年后终于同意改嫁巴尔扎克,然而,婚后仅仅5个月,巴尔扎克便溘然离世,给世界留下了卷帙浩繁的《人间戏剧》。

❧ 维克多·雨果:从少年"桂冠诗人"到"共和国之父"

维克多·雨果(Victor Hugo,1802—1885)生于法国东北部城市贝藏松。他在中学时期开始诗歌创作,15岁时便以一首长篇颂歌获得法兰西

---

1. 阿尔莱特·米歇尔:《谈巴尔扎克的现实主义》,车琳,译,载《外国文学》,2000年,第5期,第52页。

学院诗歌比赛奖状，后来又在各地诗歌比赛中崭露头角。这一时期，他表达了"我要成为夏多布里昂，除此别无他志"的理想。深深感染少年雨果的不仅是夏多布里昂的优美文字，还因为他从这位君主制拥护者身上找到了政治抱负上的认同。作为对夏多布里昂的政治性刊物《保守者》的致敬，雨果与其兄长在1819年创办了文学半月刊《文学保守者》(*Le Conservateur littéraire*)，其中的诗文大都出自才思敏捷的雨果一人之手。当时，有一位贝里公爵因车祸丧生，雨果得知后立即赋诗一首。颂诗《悼贝里公爵》(*La mort du duc de Berry*，1820)体现出雨果虔诚的保王思想，得到夏多布里昂的欣赏，并且为他赢得了国王路易十八颁发的500法郎赏金，这也是雨果第一次以诗歌创作获得报酬。同年，百花诗社还授予这位年轻才俊"大师"称号。1821年，雨果的第一部诗集《颂歌及杂诗》(*Odes et poésies diverses*)出版，1500册诗集在4个月内销售一空，读到此诗集的路易十八赏赐这位年轻的保王派诗人每年1000法郎的俸金，这使决定投身于文学的雨果获得了第一份稳定的收入以及婚姻的保障。继任的查理十世继续嘉奖保王派诗人，向雨果颁发了荣誉团勋章，并邀请他参加加冕大典，之后他写作的《查理十世加冕礼颂》(*Le sacre de Charles X*)虽然在评论界反响平淡，但不久便由官方印刷出版，雨果作为诗人的声望由此提升。

雨果没有接受夏多布里昂向他建议的外交职业，也拒绝了岳父让他走上仕途的要求，而是决定以文学创作谋生。他一边孜孜不倦地写作颂诗这个古板的官方文学样式，一边在小说中表达少年的奇思幻想或情感体验。1820年，雨果在《文学保守者》上发表了他的第一部小说《布格·雅尔加》(*Bug-Jargal*)，这部以18世纪海地黑奴反抗运动为背景的故事经过修订于1826年出版了单行本。他于1823年出版的小说《冰岛凶汉》(*Han d'Islande*，又译《冰岛恶魔》)，将历史、异域、爱情和怪诞等元素糅合在了一起。1824年，他又出版了诗集《新颂歌集》(*Nouvelles Odes*)。1828年，雨果将前两部诗集合成一部《颂诗与谣曲》(*Odes et Ballades*)，从中我们除了能够发现他少年老成的语言技巧之外还可以看出他对社会现实的把握和对时政的观察。这些诗作除了赢得国王的好感外很少能够在评论界引起热烈反响，而正是这种官方认可使雨果产生了经营颂诗的念头。25岁之前的雨果体现了较为明显的保王思想，这使得日后在他被称作"共和国之父"时仍然受到一些人的指摘。其实这也无须苛责，因为雨果的文字只是忠实地反映了他在人生观和世界观形成时期所受的家庭影响：父母失和，政见不同，带领拿破仑的军队四处征战的父亲常年在外，而母亲则留恋旧政体，一直教育他将波旁王朝视作法兰西历史传统与自由和平的维护者，结果是少年雨果与父亲的疏远加强了他对保王思想的认同。初入文坛的雨果因博学多才和保王思想而获得政治权力的赏识，成为一位意气风发的少年"桂冠诗人"。在成为独立的、具有自由和批判精神的公共知识分子之前，雨果写作的主题与体裁明显体现了自我经验中个人经历、价值和立场的投射，此时的年轻诗人雨果并无社会参与意识，只是以文学为理想，以追求个人成功和幸福为动力，更多是一个个人主义者。根据后人所著雨果传记可以发现，25岁前后是他经历诸多磨砺并迅速成长的一个阶段。在家庭生活方面，他与父亲和解但不久父亲即病殁，而他自己也成为了年轻的一家之主和三个孩子的父亲，这意味着责任和承担。在政治信仰方面，他对18世纪末的革命有了新的认识，开始对旧政体产生质疑，想把君主制和共和制这两种信仰加以调和，在遵循传统的同时萌生了革新思想。

　　自由主义是雨果文学创作和社会问题立场上越来越鲜明的思想基

础，浪漫主义本质上就是文学上的自由主义。在前人开辟的道路上，雨果向古典主义美学原则最牢固的戏剧领域发起了强力挑战：1827年的《〈克伦威尔〉序》（Préface de Cromwell）被视作法国浪漫主义文学的宣言；他突破古典主义窠臼的创作主张通过《玛丽昂·德洛姆》（Marion Delorme，1829）这部打破"三一律"的剧作得以实践；1830年《艾那尼》的首演终于演化成浪漫主义与古典主义之间的一场实地较量，来之不易的成功则标志着法国浪漫主义的胜利并确立了雨果在文坛的地位。1838年的《吕伊·布拉斯》（Ruy Blas）堪称雨果戏剧的巅峰之作，而1843年的《布尔格拉弗》（Les Burgraves）则标志着浪漫主义戏剧在法国逐渐走向低谷，由此可见雨果的戏剧创作之路贴合了法国浪漫主义戏剧的发展轨迹。至于雨果的诗歌，《东方集》（Les Orientales，1829）表明其诗歌创作题材和形式的多样化，以"色彩瑰丽的意境，奇特巧妙的想象，丰富生动的语言，独具匠心的结构，反复吟咏的旋律，感情奔放的气势"[1]显示出他杰出的浪漫主义诗才。雨果以充沛的创作精力纵横捭阖于诗歌、戏剧和小说等各文学领域，可以说是浪漫主义文学的集大成者。

　　青年时期，雨果文学观和社会观的成熟和进步是同步的。"雨果坚持使文学接近现实的要求，这是他在诗歌与散文中取得重大（虽然是初步的）成绩的真正源泉。雨果还没有介入政治斗争，但却已成为文学解放运动的著名斗士。"[2]他在诗歌、戏剧和小说领域全面展开写作的同时，也越来越关注社会问题，不过这一时期他对政治和社会问题意见的表达采用的仍然是文学话语。这一时期最能体现雨果对社会问题的关注的作品

1．　Romain Rolland. « Le vieux Orphée », in Europe, 1952.

2．　穆拉维约娃：《雨果》，冀刚，译．上海：上海译文出版社，1990年，第103页。

是《死囚末日记》(*Le Dernier jour d'un Condamné*，1829)。在他所有的小说作品中，这是为大众读者较少了解的一部，但是它在雨果本人心目中占有重要位置。作者调动了童年回忆和现实考察的种种细节，以第一人称描述了一个死刑犯的最后时刻，将具体写实和精神内省结合起来，渲染了死刑所带来的恐怖感，表达了对他认为有悖于人道精神的极刑的反感。雨果并没有从法律公正性等专业角度来探讨问题，他主要把死刑看作当时专制制度下社会矛盾的极端体现，从此角度来看，他对法国底层那个充满苦役的牢狱世界的揭露具有进步意义，其中已经可以看到未来《悲惨世界》的影子。法国的雨果研究专家让-贝特朗·巴雷尔(Jean-Bertrand Barrère)明确指出，写作《死囚末日记》"表明了他政治和社会思想演变的一个重要时刻，他人道主义的自由主义从今以后将取代君主政体的理想"[1]。由此可见，文学创作上日渐成熟的雨果已经开始在作品中表达改革社会的观点了，只是这部作品是匿名发表的，说明作者在初次介入社会问题时难免心存顾虑且小心谨慎。

　　在政治思想上，"雨果虽然没有参加政党，但他的立场接近自由派。他希望以后通过和平改良的途径实现社会进步"[2]。1830年七月革命爆发前两天，雨果开始创作《巴黎圣母院》，革命爆发后的第二天，他迎来了呱呱落地的幼女阿黛尔，此时的雨果还没有全心介入政治斗争。不过，他见证了民众的战斗和局势的变化，并且在半个月后完成了《一八三〇年七月后述怀》(*Dicté après juillet 1830*)一诗，这是对七月革命的歌颂，也是献给被推翻的波旁王朝的挽歌，以示对过去的信仰的告别：

1.　巴雷尔：《雨果传》，程曾厚，译，上海：上海人民出版社，2007年，第75—76页。
2.　同上，第103页。

> 全体人民像烈火在燃烧，
>
> 三天三夜在火炉里沸腾
>
> ［……］
>
> 啊！这已经覆灭的王朝从流放中来，
>
> 又流放而去，让我为他们哭泣致哀！[1]

君王们在离去，雨果在革命中看到了人民的革命性力量。他一方面怀念已然消失的旧秩序，另一方面又胸怀普罗米修斯式的救世理想。随着年龄和阅历的增长，雨果以前的天主教保王派信念已经动摇，只留下一些宗教和诗意的废墟。

在19世纪30年代，受到圣西门和傅立叶思想的影响，雨果越来越认识到贫富不均问题的严重性。他由关注罪犯问题而开始思考贫困问题。正如巴雷尔所言，在这一时期，雨果"远不是希望有革命，而是害怕革命"[2]，因为几年来民众运动总是在动乱-被镇压-动乱中循环。他认为需要通过阶级调和的方式来避免使社会走向深渊，因此他在诗作中常常将富贵者的奢华生活与贫穷者的苦难进行强烈对比，希望前者用富余的财富来减轻贫困人群的痛苦和仇恨。

雨果通过丰硕的创作成果已经完成了他们那一代人在文学形式和语言领域的使命，同时，他已经意识到诗人的社会职责，并且在《朋友，最后一句话》这首诗中明确宣称"我咬牙切齿地痛恨着压迫"，诗人应当成为暴君的审判官，"诗神应该献身于手无寸铁的人民［……］／我向我

---

1. 雨果：《雨果文集·第八卷（诗歌）》，程增厚，译，北京：人民文学出版社，2002年，第182，184页。
2. 巴雷尔：前揭书，第122页。

的竖琴加上一根青铜的琴弦！"[1]他在诗中承诺要弹响"青铜的琴弦"，这表达了诗人的另一重光荣使命，即追求正义和社会进步。在《文哲杂论集》（*Littérature et philosophie mêlées*，1834）的序言中，雨果进一步表达了同样的观点："今天的艺术不应仅仅追求美，而还要追求善。"这一时期他创作的戏剧《国王寻乐》（*Le Roi s'amuse*，1832）、《玛丽·都铎》（*Marie Tudor*，1833）和《吕伊·布拉斯》等都体现了反对专制和追求社会公平正义的人道主义思想。雨果的文字已经不再只用来歌功颂德或是吟唱风花雪月，而是增加了愤世嫉俗的批判意识。雨果始终关注弱势人群的痛苦。在《巴黎圣母院》中，卡西莫多朴素的忠诚和正直掩藏在他那难以靠近的丑陋外表下；美丽的艾丝美拉达既是男人们追逐的猎物又注定是一个受社会排斥的流浪姑娘。在取材于现实生活的作品《克洛德·格》（*Claude Gueux*，1834）中，雨果为一个因贫困而偷窃的罪犯辩护。社会边缘人物已经进入雨果的人物画廊，他的同情心扩大到所有小人物的身上，他们将汇聚在后来的《悲惨世界》中。由此可见，成为知名作家的雨果已经开始把公众事业和人道事业作为自己的使命，完整地体现了他所属时代的公共良知。

《光影集》（*Les Rayons et les ombres*，1840）中收录了雨果的一首长诗《诗人的职责》。诗人被描绘为神话般的英雄，因为其非凡的命运而与众不同：他是先知，上帝的使者；他是火炬，给未来的时代带来思想的光明；他还承担着教化者的职责，他的使命就是为前进中的人类指引方向。"诗人把火焰投向永恒的真理！／让永恒真理大放光华，／为心灵

---

1. 雨果：《雨果抒情诗100首》，张秋红，译，济南：山东文艺出版社，1992年，第41—43页。

射出光芒神奇！"[1] 诗人追求个人荣誉的抱负同时与他崇高的社会使命感紧密相连。这种精神使命始终贯穿于雨果的全部作品，无论采用何种文学体裁，雨果的作品中一直存在两大主题：一是对人类命运的沉思，二是对政治社会问题的关注。1840年前后，雨果在文学和思想方面都有了充分的积累，真正进入了公众领域。1840年1月，他当选为作协主席；经过五次努力，终于在1841年进入法兰西学院；1845年被授予贵族院世卿之号。从此，他可以在文学之外的讲坛上表达意见。日后的《见闻录》（ *Choses vues*，1887）和《言行录》（ *Actes et paroles*，1875—1876）里分别收入了他关于政治社会问题的各种随想和在各个场合的演说讲稿。1848年二月革命后，雨果意外地被补选为巴黎市议员。于是，他继续恪尽职守地关注民生问题，并在6月的议会上发表关于国家工场的演说，敦请政治家关心贫困民众，达成阶级和解。身为作家的雨果在演说中常常是贫富阶层之间的调解者，而在六月起义中，他成为了真正的战争调停者：作为议员的雨果被派去街垒劝说起义的工人放下武器；作为具有同情心的知识分子，他反对当政者对群众开枪。事实证明雨果这个社会调解人的角色是失败的，因为起义者遭到了镇压，于是他又挺身而出为被捕的起义者仗义执言，在他的周旋和营救之下，有些人幸免于流放或死刑。雨果在1848—1851年间经历了思想上的阵痛和转变，他已经完全进入公共领域，在各种社会问题上大声疾呼，成为为民请愿的代表，并对国际问题表示关注，他的声誉甚至超越了国界。雨果在贵族院的第一次发言中号召法国人民声援反抗奥地利统治者的波兰起义者，他赞同美国的废奴运动，和各国人士保持了几乎完全是政治性的通信关系，并且以

1．雨果：《雨果文集·第八卷（诗歌）》，前揭书，第246页。

主席的身份主持了1848年8月的国际和平大会。

　　由于雨果对共和制度抱有过于文人化理想的态度而对二月革命后法国是否应立即实现共和表示迟疑，他轻信并支持路易-拿破仑·波拿巴竞选总统，但事与愿违，这位拿破仑三世以一场政变扼杀了共和国。雨果向共和国左派发展，在议会的讲坛上为社会伸张正义。他反对政变，参加抵抗活动，并发表了《告国民书》，呼吁维护宪法，恢复普选，号召民众拿起武器保卫共和国。在逮捕令的威胁下，他仍然奔走呼号，参加街垒战斗。通过斗争和血的洗礼，雨果在残酷的政治现实中终于摒弃了模糊的幻想而成为一个真正的斗士。最终，雨果与拿破仑三世决裂，并走上流亡的道路。《惩罚集》（*Châtiments*，1853）是一部文学性与战斗性兼备的诗集，雨果还以笔为枪，创作了《拿破仑小人》（1852）等战斗檄文，猛烈抨击篡权者的倒行逆施。他在伦敦和布鲁塞尔的报纸上刊登声明，与路易·波拿巴所代表的权力永远决裂："我忠于对良知所承担的义务，我将坚持到底与自由一起流亡。自由返国之日，即是我的返国之时。"[1]雨果以自由为信仰，支持世界各地人民反抗专制的斗争。这个经常独坐海边岩石上的流亡的奥林匹欧把他的声音传播到克里米亚、意大利、美国、波兰、爱尔兰和古巴等国，支持受压迫人民的正义斗争，他甚至在1861年的一封书信中谴责英法联军武装侵略中国和洗劫圆明园。

　　雨果在18年的流亡生涯中经历过孤独和悲愤，但是他从来没有离开过公共领域，也从来没有被公众遗忘。他成为共和国的代言人和人民的偶像，已化作一个远播四方的声音。一部部文学性和思想性完美结合的史诗性作品——《悲惨世界》《历代传说集》（*La Légende des siècles*，

1.　雨果：《雨果文集·第十一卷（散文）》，前揭书，第501页。

1859，1877，1883）等——也在此期间问世，这些作品渗透了一个作家和思想家对历史和人类境遇的沉思，也反映了法兰西人民追求民主共和的革命过程。1870年，正值普法战争国难当头，他完全将个人安危置于脑后，在共和回归法兰西之时返回巴黎，收获了"雨果万岁"的呼声。他在《凶年集》（*L'Année terrible*，1872）的诗篇中抨击敌人，鼓励同胞勇敢战斗。雨果虽然并不完全理解巴黎公社的革命斗争，但是多次在参议院发言要求赦免公社社员。雨果的理想主义和人道主义也是以现实主义为依托的。对现实的热爱、观察和思考使得雨果能够保持同人民的接触，受到民众的热烈拥戴，去世之际，他的葬礼成为真正意义上的国葬。

雨果所生活的年代正是法国历史上一个政治动荡的时期，他的一生几乎经历了整个19世纪：两个帝国（第一和第二帝国）、两个王朝（复辟王朝和七月王朝）、两次革命（1830年、1848年）、两个共和国（第二、第三共和国）、一次政变（1851年路易-拿破仑·波拿巴政变）、一次战争（普法战争）和一场巴黎公社运动。雨果生活在他的时代中，他始终是一个参与者，紧跟时代的发展。雨果身上体现了一个世纪的精神，那个时代的作家在思想上和文学上所承担的角色，大多数他都先后体验过。

从佩戴波旁王朝的百合花纹章到高举共和国的三色旗，雨果经历了一个世纪的政治风云变幻，完成了一个公共知识分子成长和成熟的过程。其间也曾有乌托邦式的幻想模糊了他的视线，但是他以对现实的深刻感触、不可动摇的正义感和人道主义精神担当起了一个世纪的良知。

❧ 畅销小说家欧仁·苏

欧仁·苏（Eugène Sue，1804—1857）出身于外科医生世家，父亲曾经当过军医、解剖学教授和拿破仑的健康顾问，而他的教母正是皇后约瑟芬。青少年时期的欧仁·苏比较调皮贪玩，学业平平，高中辍学，靠父亲的关系而进入军队医院见习，于两年后即1823年被分配到军队医院工作，在此期间他对文学产生兴趣并开始写作。1826—1828年，欧仁·苏在海军舰船上担任外科医生，并从这段海上航行经历中汲取创作素材。这位纨绔子弟在26岁时继承了父亲的遗产，他一边跟随朋友学习绘画，一边在巴黎寻找艳遇，他的外号就是"苏美男子"，7年之后，他挥霍掉了几乎全部家产，遂决定以写作谋生。

　　欧仁·苏开始从事文学创作的时候，正值曾担任过驻法国里昂领事的美国作家詹姆斯·费尼莫尔·库柏的海上冒险小说风靡法国。欧仁·苏有丰富的航海经历，而且擅长讲故事，连续出版了《海盗凯诺克》（*Kernok le pirate*，1830）和《阿达尔–居尔》（*Atar-Gull*，1831）等航海小说，获得成功。相比于异国情调，欧仁·苏更注重跌宕起伏的情节、强烈的人物个性和戏剧化的境遇。和浪漫主义作家们一样，他有意将高雅与诙谐结合起来，尤其追求喜剧和讽刺效果以及批判性，他在《阿达尔–居尔》中批判黑奴贸易，在《艾尔·吉塔诺》（*El Gitano*，1830）中批判宗教。这些小说立刻受到文坛好评。巴尔扎克曾于1832年在《两世界》杂志上撰写书评称赞欧仁·苏的观察力及其独特的创意和风格，圣勃夫赞扬欧仁·苏是第一个敢于尝试航海小说的法国作家，让人们在文学中感受地中海风情。

　　不过，欧仁·苏的写作在19世纪30年代中后期发生了转向，他更感兴趣的是历史小说和社会风俗小说。当时，历史小说在法国相当受欢迎，欧仁·苏比较有名的作品是根据17世纪法国贵族谋反事件而创作的《拉特雷奥蒙》（*Latréaumont*，1838）和讲述卡米扎党人与路易十四斗争的《骑士若望》(*Jean Cavalier ou les Fanatiques des Cévennes*, 1840)。七月王朝时期，贫富分化日益加剧，阶级矛盾更加激化。在这样的社会现实中，欧仁·苏受到社会主义思潮的影响开始了一个新的创作阶段，他关注社会底层人民，在社会风俗小说中描述现实的阴暗面，反映尖锐的社会问题。

欧仁·苏最著名的长篇小说是情节复杂曲折的《巴黎的秘密》(*Les Mystères de Paris*)。小说主人公鲁道夫是一个德国公爵，他与苏格兰贵族女子萨拉相爱，并生有一女。可是，他们的婚姻遭到家庭的反对，鲁道夫抗拒父亲的意志，甚至拔刀相对。后来，鲁道夫发现萨拉是个势利的女人，她的目标是成为公爵夫人。充满愧疚的鲁道夫离家出走，一路乔装打扮，深入社会底层，惩恶扬善，以补赎冒犯父亲的罪过。他在巴黎救下一位名为玛丽花的风尘少女，将她送到亲手创办的模范农场，让她恢复有尊严的生活。其实，玛丽花正是鲁道夫和萨拉的女儿。原来，在鲁道夫离家后不久，萨拉有心嫁给一位伯爵，于是将女儿托给公证人抚养；而公证人为了侵吞萨拉留给女儿的财产谎称女孩已死，其实这可怜的姑娘因生活所迫沦为娼妓。鲁道夫并不知玛丽花是自己的女儿，而是出于怜悯善意救她于水火之中；萨拉一直没有放弃当公爵夫人的企图，一心想与鲁道夫破镜重圆，她不知玛丽花是自己的亲生女儿，竟视她为情敌，派人暗杀她。幸好，鲁道夫智擒刺客，玛丽花幸免于难，之后萨拉又派人绑架她。与此同时，萨拉一直认为鲁道夫是由于女儿之死才移恨自己，于是委托公证人另寻孤女冒名顶替，公证人担心侵吞财产之事败露，决定杀死玛丽花灭口，好在玛丽花被人搭救。之后，萨拉从一张照片上认出玛丽花就是自己的亲生女儿。鲁道夫继续施爱心行善举，他居住的公寓有一个贫穷的首饰匠，首饰匠的女儿路易莎恰好在公证人家里做女佣，不幸的是，公证人不仅奸污了她，还打算杀人灭口。鲁道夫得知后用计获取了公证人的罪证，令其用所有不义之财建立了贫民银行，救济百姓。最后，鲁道夫和孀居的侯爵夫人结婚，并找到了女儿玛丽花，立其为盖罗尔施坦郡主。然而，玛丽花毫不留恋尘世生活，遁居修道院，苦修殒命，"基督教的信仰只能在想象中给她慰借"[1]。

　　《巴黎的秘密》最初在1842—1843年间以连载的形式刊登在《辩论报》（*Journal des débats*）上，其引人入胜的情节使得成千上万的读者在一年多的时间里热切追随，泰奥菲尔·戈蒂埃毫不夸张地描述了小说受大众欢迎的情景："所有人都如饥似渴地品尝《巴黎的秘密》，即使是不识字的人，他们让有文化又好心的门房给他们复述故事。［……］身患重病的人也要等到小说连载结束才肯撒手人寰。"[2] 这部小说成功的秘密正在于它触及了法国社会底层人民的凄苦命运，开启了法国民众小说的先河。欧仁·苏以济困扶危者鲁道夫的目光，再现了当时巴黎穷苦百姓的生活场所，揭示了歌舞升平的巴黎城里底层社会光怪陆离的生活，令人感受到一种社会动荡的气息。在空想社会主义思想的影响下，出身资产阶级的欧仁·苏在主人公身上投射了自己行侠仗义的博爱思想，表达了调和社会矛盾、期盼社会平等的美好愿望。在欧仁·苏的政治理念和社会思想中，是愚昧和贫困造成穷人的堕落，而解决这一社会问题的方法一是赏善罚恶，二是以基督教观念去感化和引导他们走上正道。《巴黎的秘密》还引起了马克思和恩格斯的关注，在批判青年黑格尔派主观唯心主义和论述历史唯物主义的著作《神圣家族》（*Die heilige Familie*，1845）中，

---

1. 马克思、恩格斯：《神圣家族，或对批判的批判所做的批判》，中共中央马克思、恩格斯、列宁、斯大林著作编译局，译，北京：人民出版社，1958年，第224页。
2. 转引自Daniel Fondanèche, *La Littérature d'imagination scientifique*, Amsterdam, Rodopi, 2012, p. 10。

他们在第五章和第八章（占据全书三分之一篇幅）中大量征引和分析《巴黎的秘密》，并对作家的世界观和文学创作之间的规律性关系进行了阐释和说明。

马克思和恩格斯指出，当欧仁·苏的世界观中唯物主义的思想因素上升或暂时一定程度上起支配和主导作用时，便会写出人物"本来的，非批判的形象"，从而"超出了他那狭隘世界观的界限"，"打击了资产阶级的偏见"[1]；当欧仁·苏用唯心主义思辨哲学进行艺术构思，用主观意图当作人物思想和行为的动机时，便会导致人物形象的严重扭曲。马克思、恩格斯主张现实主义的文艺创作应当以历史唯物主义和辩证唯物主义为指导，从现实和现实的人出发，尊重人物个性存在和发展的客观逻辑，努力反映时代、生活和人物的本质；反对从唯心主义思辨哲学的抽象概念出发，不尊重客观逻辑，使作品所表现的生活和人物形象沦为唯心主义思辨哲学或者是作者的哲学、政治、宗教和道德观念的派生物。

欧仁·苏的连载小说大获成功，各家报刊争先恐后高价购买他的小说。1844—1845年，长篇小说《流浪的犹太人》（*Le Juif errant*）在《立宪报》（*Constitutionnel*）上连载，又一次引起很大的社会反响。小说开头笼罩着《圣经》传说的气氛，在北美和西伯利亚北部的北冰洋，被罚永世流浪的犹太人[2]和希罗底相互搀扶行走在冰雪上，他们犹如保护神一般

---

1. 马克思、恩格斯：前揭书，第218页。
2. 基督教传说中的人物。他在耶稣被押赴刑途中有辱耶稣而被耶稣罚为永世流浪，直至末世来临；后来，这个犹太人对自己的行为感到后悔，皈依了基督教，以苦行的方式接受惩罚。在后世欧洲各国的文学和绘画作品中，永世流浪的犹太人成为常见题材。

伴随着故事的进展。故事可以追溯到17世纪，莱讷蓬侯爵在南特敕令被撤销的时候不得不佯装放弃加尔文教，为了摆脱耶稣会的控制，他把15万法郎放在一个犹太家族那里存款生息，并立下遗嘱，规定他的后代于1832年2月13日到达巴黎某处房子里会合以接受遗产。经过一个半世纪之后，这笔财产变成了2.5亿法郎的巨款，受到耶稣会的关注。为了吞没这笔财产，耶稣会千方百计阻止6个信奉新教的后人返回，只允许受耶稣会控制的另一位后人加布里埃尔到场。就在耶稣会即将占有财产的时候，《圣经》中的人物莎乐美[1]突然出现，她展示了一份遗嘱附件，其中说明如遇特殊情形，可延至6月分配遗产。于是，在场的耶稣会士杀害了信奉新教的后人，他们自己也相互残杀。看守房子的犹太人义愤填膺，他启动机关，把存在铁盒里的钞票烧为灰烬。只有加布里埃尔幸存，但是受到耶稣会的指控和惩罚，4年后在流亡途中衰竭而死。流浪的犹太人和希罗底看到莱讷蓬侯爵的后人悉数死去，也痛不欲生，一起死去，临死前的唯一愿望就是希望他们的死能够换来后世工人们更好的生存条件。在小说中，耶稣会暗中使用各种卑劣手段以占有巨额财产，利用自己无处不在的组织网络控制有权势的人，甚至通过阴谋诡计扶植主教、议员、院士和军官等。《流浪的犹太人》毫不留情地揭露了宗教势力的罪恶活动。在小说结语部分，欧仁·苏表达了他的政治思想和社会观点，反映了一种阶级调和思想，他希望贫富阶层和睦相处，通过阶级合作缓和矛盾。

　　欧仁·苏通过社会风俗小说的成功在1850年获得13万工人的选票，从而当选塞纳省议员，作为社会民主党的代表进入立法议会。1851年，

---

1. 莎乐美的继父希律王愿意用任何代价换莎乐美一舞，在母亲希罗底的授意下，莎乐美便要先知约翰的头颅，约翰因此被杀。

路易-拿破仑·波拿巴发动政变，他不幸被捕，后被驱逐至意大利，1857年殁于他乡，去世前他出版了描写一个无产者的家族史的长篇小说《人民的秘密》（*Les Mystères du peuple*）。

在其文学生涯中，欧仁·苏一共创作了7部具有海洋风情和异国情调的长篇小说、10部历史小说、15部社会风俗小说、2部短篇小说集、8部政论、19部戏剧以及其他6部体裁多样的作品。他同大仲马一样在当时拥有大量读者，作品流传甚广。尽管他在法国文学史上从未被视为一流作家，但是其作品至今仍然被世人阅读。

✌ 大仲马的快意人生与写作

大仲马（Alexandre Dumas père，1802—1870）生于历史文化名城维勒-科特莱，他的祖父出身于法国诺曼底地区一个破落的贵族家庭，1760年移民海地，娶当地黑人女子为妻，育有四子，其中托马·亚历山大·大卫·德·拉帕耶特里（Thomas Alexandre Davy de La Pailleterie，1762—1806）于1774年前后回到法国，在法国大革命期间成为一位久经沙场的将军。因此，大仲马拥有四分之一黑人血统，他青年时期曾因此而遭到嘲笑。有一次，在与他人讨论达尔文（Charles Robert Darwin，1809—1882）进化论的时候，有人不怀好意地调侃他："您应该很了解黑人吧？"大仲马立刻答道："是的，我的父亲是混血儿，我的祖辈是黑人，我的曾祖父是猴子。先生，您看，我的家族始于猴子，而您的家族结束于猴子。"

大仲马4岁时，父亲去世，他由母亲和外祖父母抚养长大。少年时他阅读了英国作家笛福的《鲁滨逊漂流记》、法国17世纪作家费讷隆（François Fénelon，1651—1715）的《忒勒马科斯历险记》（*Les Aventures de*

Télémaque，1699）等。1819年，他与后来成为戏剧家的阿道尔夫·德·勒万（Adolphe de Leuven，1802—1884）相识，并在其引导下了解了现代诗歌，他们还在1820—1821年间共同创作戏剧。当时，司各特的长篇历史小说《艾凡赫》在法国大受欢迎，18岁的大仲马于是创作了同名戏剧。该剧于1822年写成，但这部他最早的戏剧作品却直到1974年才得以出版。大仲马在20岁的时候离开家乡来到巴黎谋生，在父亲朋友的帮助下谋得奥尔良公爵秘书一职，这时他把母亲接来共同生活，并开始出入沙龙结交朋友。1824年，22岁的大仲马与年长他9岁的邻居女裁缝生下了儿子，此子就是后来也成为作家的小仲马（Alexandre Dumas fils，1824—1895）。

1825年，大仲马创作的独幕通俗喜剧《狩猎与爱情》（*La Chasse et l'Amour*）上演并颇受欢迎。这一时期，大仲马接触到浪漫主义艺术流派和团体，创作了自己的第一部历史剧《亨利三世及其宫廷》（*Henri III et sa cour*，1828），呈现了16世纪法国宗教战争期间国王和反动贵族之间的尔虞我诈。此剧情节有张力，人物有激情，1829年在法兰西剧院上演时大获成功，被认为是大仲马最优秀的剧作。大仲马以此部散文体戏剧掀起了浪漫主义戏剧的大幕。此后，他的戏剧作品接踵而来，五幕诗体正剧《克里斯蒂娜》（*Christine*，1830）、《安东尼》（*Antony*，1831）和以英国著名话剧演员基恩为主人公的《基恩》（*Kean*，又译《放荡与天才》，1836）等都受到观众的欢迎，尤其是再现14世纪法国加佩王室通奸丑闻的历史剧《奈斯勒塔[1]》（*La Tour de Nesle*，1832）[2]更是连演800多场。大

---

1. 当时的奈斯勒塔位于巴黎市中心，据说就是通奸丑闻的发生之处。

2. 有说此剧原作者为弗雷德里克·加雅尔岱（Frédéric Gaillardet，1808—1882），是剧团团长在其不在场的情况下邀请大仲马对剧作进行修改，并擅自将剧作归于大仲马名下。弗雷德里克·加雅尔岱因此提起诉讼，经过6次审理后法庭裁定版权归于弗雷德里克·加雅尔岱。

仲马以气势磅礴的戏剧创作进入文坛，名利双收。在当时，戏剧是最容易为作家带来收入的文学样式，因此，生活奢侈的大仲马在此期间也创作了一些质量平庸的作品，难免令观众感到审美疲劳。大仲马相信共和思想，反对君主专制，参加了七月革命，尤其是7月29日下午攻占杜伊勒里宫的战斗，他是最先冲进宫内的战士之一，后来还曾被任命为炮兵上尉。1832年，为了躲避巴黎流行的霍乱，大仲马前往瑞士和意大利北部旅行，同时撰写游记；1835和1838年，他又先后到意大利、德国和比利时等国游历。

大仲马在19世纪30年代后期转向小说创作，尤擅历史小说，他曾说历史就是他用来挂小说的钉子。1836年，埃米尔·德·吉拉丹在所创办的《新闻报》上发明了每周一期连载小说的方式，其刊登的第一篇作品就是7月17—8月28日期间分7期连载的大仲马的小说《法国菲利普六世和英国爱德华三世朝廷》(*Règnes de Philippe VI de France et d'Édouard III d'Angleterre*)，继而又在9月开始连载《爱德华三世、苏格兰达尼埃尔·布鲁斯和瓦洛瓦王朝菲利普的朝廷》(*Règnes d'Édouard III, de Daniel Bruce d'Écosse et de Philippe le Valois*)，这些连载片段后来在1839年被汇集为一本叫做《萨里斯布瑞伯爵夫人》(*La Comtesse de Salisbury*) 的书。1838年，大仲马将一部被拒稿的剧本改写为中篇小说《保罗船长》(*Capitaine Paul*)，在报纸上连载之后获得成功。同年，诗人奈瓦尔向大仲马引荐了年轻的剧作家奥古斯特·马凯 (Auguste Maquet, 1813—1888)，请大仲马帮助修改他的一篇短篇小说，大仲马读后增加了很多丰富的情节，将其扩展为一部长篇小说，这就是以18世纪奥尔良公爵菲力普二世摄政时期为背景讲述王位争夺的《阿芒得骑士》(*Le Chevalier d'Harmental*)，但是署名只有大仲马，奥古斯特·马凯获得8000法郎的补偿。1842年，欧仁·苏在《辩论报》上连载的《巴黎的秘密》流传甚广，大仲马感觉到竞争压力，有意出版一部更加精彩的作品。他本来计划写作一部《路易十四史》，为此在王家图书馆查阅资料，结果意外发现一个名叫库提雷·德·桑德拉（Gatien Courtilez de Sandras，1644—1712）的作者所写的《达达尼昂先生回忆录》（*Mémoires de M. D'Artagnan*，1700）。他对此书非常感兴趣，继而参照其他文献进行创作，在两年后发表了历史小说《三个火枪手》（*Les Trois Mousquetaires*，又译《三剑客》，1844）。

　　这部小说以国王路易十三一朝为历史背景，故事发生于1624—1628年。没落贵族出身的达达尼昂有志于到巴黎加入路易十三的火枪手卫队，结果不打不相识，他和阿托斯、波尔多斯和阿拉密斯三位火枪手成为好朋友。执掌政权的红衣主教、宰相黎塞留有意挑拨国王夫妇的关系，他向国王建议让安娜王后在宫廷舞会上佩戴一条钻石项链，而王后此前已将国王馈赠的这条项链送给了她的英国情人白金汉公爵。为了保护国王和王后的名誉，达达尼昂和三个火枪手克服主教手下设置的重重障碍，前往英国，从白金汉公爵那里取回了王后的项链，挫败了权倾朝野的红衣主教的阴谋。最后，火枪手们各寻出路，阿托斯归隐田园，波尔多斯结婚成家，阿拉密斯成为教士，而达达尼昂与黎塞留和解，晋升长官。作品反映了法国宫廷内部的政治斗争，塑造了一系列立体生动的人物形象，如智勇双全的达达尼昂、正直老练的阿托斯、粗莽虚荣的波尔多斯和温和机敏的阿拉密斯等，此外还有老谋深算的红衣主教和貌美心狠的米莱狄等。《三个火枪手》是大仲马最具武侠风范的小说，虚实交织的英雄人物行动在真实的历史事件和虚构的故事情节中，他们勇敢，机智，热爱冒险，虽然并不完美，但是性格鲜明生动，有着七情六欲，展现了剑客武侠世界里的快意情仇。这部小说在连载当时就广受读者欢迎，甚至大大提升了《世纪报》（*Le Siècle*）的销售量，后来还被多次改编成影视作品。

在《三个火枪手》之后，大仲马出版了以17世纪国王路易十三和路易十四统治时期为背景的三部曲的后两部《二十年后》（*Vingt ans après*，1845）和《布拉热洛纳子爵》（*Le Vicomte de Bragelonne*，1847）。几乎同时，大仲马推出了以16世纪宗教战争为背景的三部曲《玛尔戈王后》（*La Reine Margot*，1845）、《蒙梭罗夫人》（*La Dame de Monsoreau*，1846）和《四十五卫士》（*Les Quarante-Cinq*，1847）。他的写作速度惊人，常常一边发表连载章节一边写作下文，而且可以同时穿插写作好几部跨越不同世纪的小说，据说其中也有些作品是与奥古斯特·马凯或其他写手合作完成，不过大仲马本人的勤奋也是众所周知的。1858年，奥古斯特·马凯曾经起诉大仲马索要版权，虽然败诉，但是可以得到25%的版税收入。

《基督山伯爵》是大仲马这一时期的重要作品，发表于1844—1846年。在19世纪初拿破仑"百日王朝"时期，"法老号"轮船上的年轻大副爱德蒙·唐泰斯受船长委托，要给拿破仑党人送一封信，不料被船上的会计师丹格拉尔和情敌弗尔南两人设计陷害，负责审理此案的代理检察官维尔福将错就错，将其判罪。在距离马赛港口很远的伊夫岛监狱中，狱友法利亚神父向唐泰斯传授知识和人生智慧，并在临终前把藏于基督山岛上的宝藏秘密告诉了他。在经历14年的牢狱生活之后，唐泰斯已经是一个成熟明智的人，他通过狱中所挖的通道逃入大海，找到宝藏，从此更名为基督山伯爵。在此后的人生中，他又以水手辛巴德、布索尼神父、威尔莫勋爵等多个人名和多种身份出入各个社会阶层，精心策划，报答恩人，惩罚仇人。在小说的最后，基督山伯爵完成了上帝想要他做的一切，带着收养的女儿海蒂远走天涯，将财富留给恩人的后代，并以"希望"和"等待"总结了自己的所有人生智慧。《基督山伯爵》讲述的是一个君子复仇的故事，以扬善惩恶为主题，情节迂回曲折，充满矛盾和悬念，离奇之中又不乏真实感，叙述张力饱满。这部已经成为世界文学经典的小说后来同样被多次搬上荧幕。

1846—1847年间，大仲马在生活和事业上进行了多种尝试。热爱旅游的大仲马在小仲马和奥古斯特·马凯的陪同下游历了西班牙和阿尔及利亚。1846年，大仲马开始在巴黎建造自己的剧场。剧场于1847年2月竣工，名为"历史剧场"（Théâtre-Historique）。此后，这里上演了莎士比亚、歌德和席勒等欧洲名家的戏剧。1847年8月，大仲马在自己的剧场推出了以法国大革命为背景的话剧《红屋骑士》（Le Chevalier de Maison-Rouge），讲述红屋骑士莫朗冒死营救即将被送上断头台的王后却以失败而告终的故事。剧中的一首《吉伦特人之歌》在1848年成为法兰西第二共和国的国歌。1846年，他还在能够俯视塞纳河谷的一个山丘上建造了糅合了文艺复兴、巴洛克和哥特风格的私宅"基督山城堡"，并于1847年7月举办了600人的盛大乔迁庆祝活动，令巴尔扎克赞叹不已。其实，大仲马靠写作收入颇丰，但是投资和花费更多，有时甚至需要预支稿费或借债度日。1847年，大仲马的妻子要求结束婚姻，并索要生活费，法庭在1848年2月裁决他售卖基督山城堡以支付相关费用。于是他不得不将之拍卖，却又用化名装成一个买家重新购买，这样他依然可以居住其中。1850年底，大仲马的历史剧场也宣告破产，债主们纷纷上门讨要债务。

1848年，大仲马开始推出小说《王后的项链》（Le Collier de la reine，1848—1850），这一年，小仲马也出版了小说《茶花女》（La Dame aux camélias）。《茶花女》在1852年还被改编为戏剧上演，受到欢迎，它也成为小仲马的成名作。但是，1848年爆发的革命使大仲马濒临破产：一方面是因为在这段时间里，大仲马的戏剧无法上演，小说无法连载，不能带来收入；另一方面是因为大仲马本人中止了写作而投身于政治活动。他不仅为别人的报刊撰稿，而且在自己创办的报纸《月报》（*Le Mois*）上发表文章，印刷之后分发给市民。他宣传共和思想，参加地方议会选举，甚至再度身着戎装参加战斗。拿破仑三世发动政变后，大仲马与之政见不同，加上债务缠身，所以在1851年12月离开巴黎，来到比利时布鲁塞尔，并开始写作回忆录。他在布鲁塞尔受到欢迎，在市政厅维修翻新工程中被咨询意见，还成为比利时国家银行的股东。1852年8月，雨果离开比利时前往英国，大仲马为他送行，5年后他还曾前往英国旅行，看望在泽西岛上流亡的雨果。1853年4月，大仲马决定将其已出版和将来出版的书籍的45%的版税转让给债主，从而可以回到巴黎生活而不受债主干扰，但是他仍然经常往返于巴黎和布鲁塞尔之间。

1853年，大仲马创办《火枪手》（*Le Mousquetaire*）日报，并在此报上发表了长达3000页的回忆录，以及以复辟王朝为背景的《巴黎的莫希干人》（*Les Mohicans de Paris*，1854—1859）、《双雄记》（*Les Compagnons de Jéhu*，1856）等小说作品。后来，大仲马渐渐将报纸的日常管理事务交给助手，结果导致《火枪手》的订户逐渐减少，并于1857年停办。大仲马于是又推出了一份新的报纸——《基督山》（*Le Monte-Cristo*）周报，发行于1857—1860年间，他与人合作了多部小说在该报纸上连载。19世纪50年代，大仲马还出版了好几本游记和译自英语、德语或俄语的长篇小说，他常常是在别人提供的初稿上进行改写或润色。1858年，大仲马远赴俄罗斯旅行，回来后出版了多部游记，还用法语改编普希金（Pouchkine，1799—1837）等俄国作家的作品。作为意大利军事家加里波第[1]的崇拜

---

1. 朱塞佩·加里波第（Giuseppe Garibaldi，1807—1882），意大利国家独立和统一运动的杰出领袖、军事家，被后人称为"现代游击战之父"。1860年4月，加里波第组织红衫军发起千人远征，支援西西里岛起义，接连解放西西里岛和那不勒斯，为意大利的统一奠定了基础。

者，大仲马变卖了部分资产，购置武器，于1860年运往意大利西西里岛，参加加里波第解放西西里岛和那不勒斯的征战。那不勒斯解放后，大仲马还被任命为庞贝古城废墟考古挖掘工作的负责人，在1861—1864年间担任过博物馆总负责人。回国后，他撰写了历史著作《那不勒斯的波旁王朝历史》（ *Histoire des Bourbons de Naples* ），并在1862—1864年间连载，这部著作的法文版直到2012年才出版，由于原稿遗失，全文是从意大利语回译至法语的。

大仲马在人生最后几年里依然没有放弃写作，仍有作品出版，而且还在1868年以笔下人物命名发行了一份新报纸《达达尼昂报》（ *Le D'Artagnan* ）。此外，这位美食家还编写了一部《烹饪大辞典》（ *Grand dictionnaire de cuisine* ），他在1870年去世之前将其交付给出版商，此书于1873年出版。普法战争结束后，他的遗体在1872年被运回家乡。2002年，在200周年诞辰之际，大仲马的遗体被安放到巴黎先贤祠，成为继伏尔泰、卢梭、雨果、左拉和马尔罗（André Malraux，1901—1976）之后第六位进入先贤祠的法国大作家。

据不完全统计，大仲马一生共完成了127部小说和66部戏剧。他是19世纪最受大众欢迎的作家之一，其经典之作被翻译成多种语言，至今仍在世界各地流传。以真实的历史事件和历史人物为素材，融入独创的虚构和想象，营造气势恢宏的历史叙事，是大仲马大多数戏剧和小说的显著特色。他的小说和戏剧的主题、风格具有一致性，小说也具有戏剧性，构思颇具矛盾冲突和张力，叙事中的历史背景和故事发展也常常以对话展现，人物对话不仅呈现了人物的性格特征而且具有极强的语言节奏感。大仲马具有一种英雄主义的历史观，认为历史发展的进程往往由杰出人物推动，所以他的笔下涌现出各具风采的英雄侠客。正因如此，大仲马连载不断、脍炙人口的作品在其在世之时便拥有数量众多的读者。我国著名武侠小说家金庸也曾表示对大仲马的敬意并有所效仿。被大仲马视为一生中最得意之作的儿子小仲马在1875年当选为法兰西学院院士，他在演说开篇发表了这样一段感人之语："如果这扇门我刚一敲击便为我敞开，这不是我本人的功绩，而是由于他的姓氏——诸位早就想找机会授予这个姓氏以荣誉，现在只不过是在我身上得以实现罢了……"[1]

✑ 普洛斯佩·梅里美：博学多识的小说家

普洛斯佩·梅里美（Prosper Mérimée，1803—1870）出生于巴黎一个艺术家庭，父母都是美术教师。普洛斯佩·梅里美本人不仅继承了父母的绘画天赋，而且音乐素养也很高，曾经获得巴黎声乐比赛三等奖和欧洲钢琴比赛一等奖。他习得希腊语、英语、阿拉伯语和俄语等多种语言，尤其对俄罗斯历史文化情有独钟，是法国最早的俄国文学译者之一，翻译过普希金和屠格涅夫（Ivan Tourgueniev，1818—1883）的作品，还出版过研究果戈理（Gogol，1809—1852）和屠格涅夫的专著。大学时，他学习法律和哲学，对古典哲学和各国的神秘思想多有涉猎，同时对文学产生了浓厚兴趣，并参加艺术家沙龙，结识了一些画家和司汤达、圣勃夫等作家，他们都试图寻找一种平衡古典主义和浪漫主义的"写实的浪漫主义"（le romantisme réaliste）创作手法。1824年，梅里美发表了他的第一篇作品，即短篇小说《战役》（La Bataille），此后十余年间是其文学

1.　Alexandre Dumas fils, *Discours prononcés dans la séance publique tenue par l'Académie française le 11 février 1875*, Paris, Firmin Didot Frères, imprimeurs de l'Institut de France, 1875, p. 2.

创作的黄金时期，有大量戏剧和叙事作品出版。

普洛斯佩·梅里美于1831年进入政府部门工作，在1834—1860年间担任历史文物总督察官，因此长期在法国和欧洲各地旅行。他对所到之地进行文物考察，同时也有机会广泛接触各地民众和风俗文化；他撰写游记，积累了文学创作和历史研究的素材。在他的推动下，法国设立了历史建筑的考察、分级制度并建立名录，此名录比20世纪担任文化部部长的安德烈·马尔罗所建立的法国历史建筑和文化遗产总目要早一个多世纪。梅里美不仅负责古建筑的维修恢复和督察工作，并时有考古发现，因此也是名副其实的历史学家和考古学家。这一时期他创作的文学作品数量减少，但是出版了《罗马史研究》（*Etudes sur l'histoire romaine*，1845）、《论法国的历史建筑》（*Des monuments de France*，1853）与《文学和历史杂纂》（*Mélanges historiques et littéraires*，1855）等多部史学和评论著作。梅里美在1844年入选法兰西王家铭文与美文学院和法兰西学院，1853年被任命为参议员。由于他与欧也妮皇后熟识，所以被邀请主持宫廷文化沙龙，甚至于1857年在拿破仑三世的贡比涅城堡举办了宫廷法语听写竞赛，由梅里美本人亲自撰写、朗读和批改文本，这就是当时著名的"梅里美听写"。2003年9月28日，在梅里美200周年诞辰之际，法国著名文化人和全国听写比赛的冠名人贝尔纳·毕弗（Bernard Pivot）同样在贡比涅城堡朗读了自己编写的听写文本《拿破仑三世：我的墓中听写》（*Napoléon III: Ma dictée d'outre-tombe*），以此向梅里美致敬。梅里美晚年因患哮喘病而经常前往南方城市戛纳接受治疗，1869年，巴黎坊间曾谣传他已去世，实际上那时他仍然在接受治疗，直到1870年9月23日才离开人世。梅里美被葬于当地公墓，他的墓地在2019年被列入法国历史文化遗产名录。

在文学创作中，梅里美起初以一种"惑众"的方式开始自己的文学生涯。1825年，法国读者发现了一部由约瑟夫·莱斯特朗日（Joseph Lestrange）翻译的《克拉拉·加祖勒戏剧集》（*Théâtre de Clara Gazul*），其中收录了西班牙女戏剧演员克拉拉·加祖勒创作的9部戏剧中的6部；1827年，又出现了一部署名亚森特·马格拉诺维奇（Hyacinthe Maglanovitch）的诗集《拉古兹拉》（*La Guzla*，也就是Gazul另外排列之后的单词）。后来，法国《环球报》（*Le Globe*）披露出这两部作品的真实作者都是梅里美，"克拉拉·加祖勒"其实是梅里美杜撰的人物，"约瑟夫·莱斯特朗日"和"亚森特·马格拉诺维奇"都是梅里美的化名。这两部作品虽然在后世很少被提及，但是在当时为梅里美在文坛赢得了名声，尤其是《克拉拉·加祖勒戏剧集》进一步推动法国浪漫主义将借鉴的目光转向外国文学。梅里美的《雅克团》（*La Jacquerie, scènes féodales*，1828）等早期剧作均为匿名出版，后来他以真实姓名在《巴黎杂志》和《两世界》杂志上发表一些短篇小说、历史评述、考古通讯和文学研究文章，这些文字后来分别结集出版。

梅里美创作有大量短篇小说和少量中长篇小说，主题和风格丰富多样，可以简要分为三类：首先，在当时流行的司各特历史小说的影响下，梅里美创作了历史题材的叙事作品，如1829年出版的以1812年法俄博罗季诺战役为主题的短篇小说《夺堡记》（*L'Enlèvement de la redoute*）和批判黑奴制度的《塔芒戈》（*Tamango*）以及唯一的长篇小说《查理九世时代轶事》（*Chronique du règne de Charles IX*）；继而，梅里美为推动法国奇幻小说的发展做出了贡献，代表作有《查理十一世的幻觉》（*Vision de Charles XI*，1829）、《伊尔的美神》和《洛奇斯》（*Lokis*，1869）；梅里美最为人熟知的作品是充满浪漫主义色彩的中短篇小说，其中多有异

域风情，如《马铁奥·法尔科内》(*Mateo Falcone*，1829)和《高龙巴》
(*Colomba*，1840)中的科西嘉岛风情、《卡门》(*Carmen*，1847)中的西
班牙安塔露西亚地方色彩等。

《伊尔的美神》是法国较早一篇比较成熟的奇幻小说。巴黎的一位考
古学家去伊尔小城拜访一位不久前挖掘出一尊维纳斯铜像的考古学家。
在挖掘过程中以及出土之后，这尊铜像接二连三地给人们带来厄运：一
个村民被雕像压断一条腿；一个小孩用石头砸雕像时遭受惩罚；当地考
古学家的儿子无法从雕像手指上取下为他的新娘预备的戒指，最后，新
郎在夜间被雕像紧紧抱住窒息而死。在小说结尾，新郎的母亲把铜像铸
成一口钟送给了当地的教堂，而自从这口钟在伊尔敲响，葡萄园连续两
次遭受冻灾。神灵的报复或许正是为了表达爱情的神圣，任何触动和破
坏爱情的人或行为都必然遭受惩罚。《伊尔的美神》以旁观者的角度叙述
了一连串奇异事件和不可思议的超自然现象，给故事中的人物和读者都
带来恐怖感，却又不提供任何理性的解释。梅里美将奇特、神秘的事件
置于可信的环境和叙事中，创作了法国奇幻小说史上的经典之作。

《高龙巴》讲述的是科西嘉岛上家族复仇的古老风俗，科西嘉也是拿
破仑的故乡。高龙巴是一个美丽大方但是野性未驯的科西嘉姑娘。她的
家族已有700年历史，其仇家是巴里岂尼家族。高龙巴的父亲台拉·雷皮
阿曾跟随拿破仑军征战，后因拿破仑下台而退伍隐居乡下，经常受到村
长瞿弟斯·巴里岂尼的刁难。有一天，雷皮阿突然被人暗杀，有证据表
明他是被当地土匪所杀，而且这个土匪已被巡逻兵打死。然而，高龙巴
认为这个证据是巴里岂尼家的人伪造的，她在父亲的尸体前编唱了一首
"巴拉太"(即挽歌)，当众表明要为父亲复仇。只是当地的习俗使女子
不便行动，于是她将复仇的希望寄托在退伍回乡的哥哥奥索身上。高龙

巴找到了有力证据，面对仇家的陷阱和诡计，本来无意冤冤相报的奥索不得不勇敢还击，终于为父报仇。梅里美在小说中生动地刻画了高龙巴姑娘的意志、智谋和勇气，表达了对那些淳朴、勇敢、性格刚烈的人物身上反叛精神的赞赏。梅里美本是一个具有感性气质的人，但是在青年时代曾因此而受人戏弄，于是有意改变性格，其实他不动声色的外表下有一颗爱憎分明的心。梅里美过着优裕和循规蹈矩的生活，却常常感受到精神上的苦闷和悲观情绪，他用内敛掩饰着反叛。正因如此，他笔下最鲜明的人物往往都充满激烈的情感，文字中总是流露出嘲弄或批判的语调。

　　梅里美最著名的传世佳作是《卡门》。卡门是一个能歌善舞、容貌美丽、性格泼辣的吉卜赛女郎。吉卜赛人[1]是一个天生喜欢流浪的民族，具有向往自由的特质，他们拥有自己独特的族群文化，不融入社会主流，往往以占卜等活动谋生。男主人公唐·何塞出身于西班牙破落贵族，本是一个循规蹈矩的军官，由于无法抵挡放荡不羁的卡门与生俱来的诱惑力，决定放弃原来的生活，融入吉卜赛人团体并和卡门一起享受不受束缚的自在生活。然而一旦他背叛了自己原来的社会属性，又开始后悔当了逃兵失去前途而且成了非法分子。他为了卡门失去了一切，便想要得到卡门的全部爱情。可是天生只属于自由的卡门不愿只属于他，唐·何塞不能得到爱人的全部心意，便在痛苦中杀害了自己最爱的人。这个充满矛盾和张力的悲剧爱情故事很快得到流传，法国著名作曲家乔治·比才（Georges Bizet，1838—1875）将这个故事改编成歌剧并于1875年上演，

1.　吉卜赛人自称罗姆人，是一个过着游荡生活的民族，擅长歌舞。原住印度西北部，10世纪前后开始外移，现几乎遍布世界各地。不同国家亦对其有不同的称呼。

成为流传至今的经典作品。

梅里美喜欢讲述不同寻常的故事，其作品通常具有一种神秘氛围，以远离现实的异域或古代为故事发生的时空或背景。有人认为梅里美的叙事缺乏丰富性和起伏感，例如雨果曾戏言"风景像梅里美一样平淡"。确实，梅里美不事情节的铺展，追求明快的节奏和有效的叙事，以简洁著称，所以在中短篇小说上更有成就。

✤ 乔治·桑德：19世纪法国文坛的伟大女性

乔治·桑德[1]（George Sand，1804—1876），原名阿芒蒂娜·奥洛尔·露西勒·杜潘·德·弗朗考伊（Amantine Aurore Lucile Dupin de Francueil），昵称便是奥洛尔，这个名字取"黎明"之意。在其父系家族中，曾祖父莫里斯·德·萨克斯（Maurice de Saxe，1696—1750）伯爵是路易十五时期的法国军队统帅；在其母系家族中，曾外祖父安托万·德拉波德（Antoine Delaborde）是在巴黎经营鸟禽生意的商贩。奥洛尔的父亲是拿破仑第一帝国时期的一个军官，母亲曾是多位男子的情妇，两人在意大利战争时期相识。由于家庭出身悬殊，这桩婚姻遭到德·萨克斯家族的反对，但是两位年轻人还是坚持走到一起。由此可见，奥洛尔父母的结合本身也是突破社会门第观念的行为，贵族和平民双重血统都在她身上留下了深刻烙印，对她的个性和后来的政治社会活动都将产生影响。奥洛尔的父亲在她4岁时去世，母亲和祖母最后在其抚养问题上达成一致，

---

1. 国内长期以来误译为"乔治·桑"，若按照约定俗成的翻译原则，或可遵从。然而，按照法国人的发音方式，"Sand"因为来源于"Sandeau"而保留末尾字母的发音，因此本书中译为"乔治·桑德"。

她在父亲家族庄园诺昂的乡村田野中度过童年，在夏天和冬天可以与母亲团聚。奥洛尔得到祖母的悉心呵护和教育，也在祖母的引导下阅读了卢梭的作品并深受其社会思想影响。从古罗马诗人维吉尔到文艺复兴诗人但丁（Dante Alighieri，1265—1321），从弥尔顿（John Milton，1608—1674）到莎士比亚，从蒙田、帕斯卡尔到孟德斯鸠，从弗朗西斯·培根（Francis Bacon，1561—1626）、约翰·洛克（John Locke，1632—1704）到莱布尼茨，少女时代的奥洛尔博览群书，从各个时期的文学和哲学著作中获取滋养，也培养了独立思考的精神。祖母尽心尽力培养奥洛尔，将其立为萨克斯家族的唯一继承人，并有意在去世之前将其嫁给奥古斯特·瓦莱·德·维勒纳夫（Auguste Vallet de Villeneuve）。此人是奥洛尔的堂兄，但是比她年长许多，当时已有42岁，且中年丧妻，而奥洛尔当时只有16岁。祖母去世后不久，奥洛尔的母亲从巴黎赶来，当她听完婆婆的遗嘱后大发雷霆，与丈夫的家族决裂，并在1822年初将女儿带回巴黎。

在母亲的安排下，奥洛尔寄居在父亲的朋友家中，在那里她遇到了宫廷律师弗朗索瓦·卡西米尔·杜德旺（François Casimir Dudevant）男爵，二人在当年9月结婚。夫妇俩定居诺昂，第二年6月，儿子出生。成年后的奥洛尔本以为通过婚姻获得了自由，但是实际上，在卡西米尔·杜德旺和其他求婚者眼里，奥洛尔的价值在于她是一个富有的遗产继承人。19世纪的法国女性在婚姻中往往居于从属地位，奥洛尔渐渐发现她与丈夫之间在性格和所受教育上存在巨大差别，二人之间产生了难以弥合的鸿沟，在感情生活上也是同床异梦，遂各寻新欢。

早在1830年7月30日，也就是巴黎爆发七月革命的时候，奥洛尔邂逅了年轻的浪漫派作家于勒·桑多（Jules Sandeau，1811—1883），二人产生了感情。1831 年初，奥洛尔离开诺昂到巴黎生活，加入浪漫派小团体的文艺生活，于勒·桑多也是其中一员。奥洛尔剪去长发，着男装打领带，头戴男士毡帽，与其他标新立异的浪漫派文艺分子一起出入剧院、博物馆和图书馆参加聚会。奥洛尔公开了她与于勒·桑多的恋情，共同为《费加罗报》撰稿，还发表了一些短篇小说。他们一起创作了讲述一个女演员和一个修女之间的故事的长篇小说《红玫瑰和白玫瑰》（ Rose et Blanche，1831 ），署名为于勒·桑多的姓名缩写 “J. Sand”。由于小说受到读者欢迎，另一位出版商向他们约稿创作一部新小说。奥洛尔在诺昂已经独立完成了一部作品，即《安蒂亚娜》（ Indiana ），此时，她愿意同样以 “J. Sand” 的署名出版，而于勒·桑多出于谦虚不愿接受署名一部自己完全没有参与创作的小说，于是在《费加罗报》社长的建议下，保留了 “桑德（ Sand ）” 作为笔名姓氏以考虑读者接受的延续性，另取男性化名字 “乔治（ George ）” 作为名字以示区分，从此，奥洛尔的作品均署以笔名 “乔治·桑德”。

　　《安蒂亚娜》出版于1832年5月，是乔治·桑德独立创作的第一部长篇小说，具有自传色彩。女主人公安蒂亚娜嫁给了德尔马上校，但她不愿屈从于年长她许多而又严厉专制的丈夫，渴望从情人莱蒙那里获得真正的爱情，可是莱蒙是一个懦弱自私的纨绔子弟。不断受到欺骗和打击的安蒂亚娜痛不欲生，是一直爱慕她的童年好友拉尔夫最终将她从对生活和爱情的绝望中拯救出来，他们一起隐居他乡寻找安宁的幸福。这部小说获得了成功，为乔治·桑德带来了一定的名声和稳定的收入，帮助她改善了在巴黎的生活条件。她的第二部长篇小说《瓦伦蒂娜》（ Valentine，1832 ）紧接着出版。在发表了一些短篇小说之后，乔治·桑德在第三部长篇小说《蕾丽娅》（ Lélia ）中描写了一个对一切充满怀疑和失望的女人无意中让爱慕者背离宗教信仰并走向死亡的悲剧故事，此书在1833年8月出版之际引发了极大争议，这种争议也为乔治·桑德带来了声名。19世纪30年代上半叶是乔治·桑德小说创作的第一时期，其作品多以女性的爱情生活为主题，反映了19世纪传统社会规范中法国女性的生存境况，表达了她们对自由和平等爱情的向往。

这一时期也是乔治·桑德突破不幸婚姻追求爱情的动荡岁月。1833年，乔治·桑德与于勒·桑多分手，与普洛斯佩·梅里美有过一段并不美好的短暂恋情，并且与阿尔弗莱德·德·缪塞开始交往，可惜他们暴风雨般激烈的爱情持续不到两年便在痛苦中结束。1835年4月，为了结束第一段婚姻和保全财产，乔治·桑德聘请著名律师路易·米歇尔（Louis Michel，1797—1853）为自己辩护。富有经验的路易·米歇尔以精密的论证和雄辩的口才帮助她在1836年2月获得了自由，法庭裁决杜德旺夫妇分居，并做出有利于乔治·桑德的财产分配方案。在诉讼过程中，路易·米歇尔和乔治·桑德之间很快互相吸引，产生了双重激情：其一是政治激情，路易·米歇尔引导乔治·桑德参与到共和派政治团体中来，她的寓所也成为共和派的聚会场所，甚至一度受到警方监视；其二是爱情，无奈米歇尔是有妇之夫，一方面畏于妻子的反应，另一方面畏于乔治·桑德的强烈个性，他在1837年6月底提出分手。1836年底，经朋友钢琴家李斯特（Franz Liszt，1811—1886）介绍，乔治·桑德与年轻的音乐家肖邦（Frédéric Chopin，1810—1849）相识。尽管乔治·桑德给温文尔雅的肖邦留下并不美好的女强人印象，但他渐渐从这位年长他6岁的女性身上感受到不同寻常的学识见解以及爱护和温存，他们从1838年6月开始保持了长达9年的亲密感情，这段时间也是肖邦音乐创作生涯的鼎盛时期，后来由于乔治·桑德家庭中错综复杂的关系，受到其儿女误解的肖邦不得不离开诺昂庄园。

彰显女性权利的乔治·桑德在她所生活的时代饱受争议，有人欣赏她的特立独行，有人质疑她的品行。她曾经十分钦佩著名女演员玛丽·多瓦尔（Marie Dorval，1798—1849）的才华。玛丽·多瓦尔还参与过乔治·桑德的戏剧《柯西玛》（Cosima）的创作，该剧于1840年4月29日在法兰西剧院上演，玛丽·多瓦尔担任女主角。她们之间的暧昧关系引起了风言风语，何况二人都是巴黎文艺圈里最引人瞩目的女性人物。玛丽·多瓦尔的情人、著名诗人阿尔弗莱德·德·维尼（Alfred de Vigny，1797—1863）曾经气愤地表示："我禁止玛丽回复这个骚扰她的萨福[1]的来信！"

乔治·桑德并非一个只关心自身幸福的女人，她也是一位操心儿女、维系大家庭的母亲，同时，她对社会中的不公正现象表示关注，而且始终怀有一种改良社会的理想主义。1835年6月，经圣勃夫介绍，她结识了著名的社会学家、哲学家皮埃尔·勒鲁（Pierre Leroux，1797—1871），后者认为人类社会的进步是一个持续进行的过程，人也需要在与自然、与他人接触交流的过程中不断完善自身，人不能孤立地生活于社会、家庭和财产之外，人不能期待灵肉分离的宗教的救赎，也不能等待死后到另外一个世界寻求拯救，而是应该提升世俗生活并通过在现世中的努力获得进步和完善。皮埃尔·勒鲁的社会主义学说不仅联通了此前乔治·桑德从卢梭到圣西门等思想家那里获得的认知，而且对其后来的文学创作产生了重要影响。1841年，乔治·桑德与皮埃尔·勒鲁等人共

---

1. 一般认为，古希腊著名的女抒情诗人萨福出生于莱斯波斯岛（Lesbos）的一个贵族家庭，她开设女子学堂，据说曾写有一些表达同性恋情的诗歌。从19世纪末开始，萨福成了女同性恋的代名词，lesbian与sapphic等词均源于萨福。

同创办了《独立杂志》（*La Revue indépendante*），1841—1844年间，她在杂志上发表了多篇文章和小说。1844年，她创办家乡当地报纸《安德尔的点灯人》（*L'Éclaireur de l'Indre*），发表文章就工农阶层问题发声，同时也在《革命历史》（*L'Histoire de la Révolution*）、《世纪报》、《民族未来》（*L'Avenir national*）和《改革》（*La Réforme*）等进步报刊上发表文章和作品。1848年，七月王朝垮台，坚持社会主义政治立场的乔治·桑德感到欣慰。法兰西第二共和国成立后，她来到巴黎，积极参加政治活动，撰写了《致人民的信》，还为《共和国报》（*Le Bulletin de la République*）和《人民事业报》（*La Cause du peuple*）撰稿。她还与夏尔·蓬西（Charles Poncy，1821—1891）、阿格里考勒·佩迪吉耶（Agricol Perdiguier，1805—1875）等一些无产阶级小说家和诗人成为好友。

　　乔治·桑德的写作由此进入第二个时期，她创作了一系列社会问题小说，其中最为人熟知的是《康素爱萝》（*Consuelo*，1843）和《安吉堡的磨工》（*Le Meunier d'Angibault*，1845）。在《康素爱萝》中，出身贫贱的歌手、音乐教师康素爱萝与具有平民思想的贵族子弟阿尔贝之间的爱情反映了阶级差异和门第观念所产生的障碍。在《安吉堡的磨工》中，乔治·桑德同样安排了跨越社会阶层的两个爱情故事：孀居的贵族女子玛塞尔与工人列莫尔相爱，为了消除爱情中的阶级差异和财富悬殊，她毅然放弃自己的地位和财富；为了帮助贫穷的安吉堡磨工路易与富家女儿的爱情得到女方家长的许可，玛塞尔以低价出售庄园为条件迫使对方同意女儿的婚事。可见，乔治·桑德的一个自发倾向就是希望通过爱情来实现阶级调和，通过仁爱亲善来消除阶级对立。她本人在诺昂也常常向当地居民施德行善，甚至利用自己年轻时候学过的医学知识为人看病，因此被当地人尊称为"诺昂的善人"。

　　然而，随着1851年的政变和拿破仑三世第二帝国的建立，乔治·桑德逐渐感到社会公平和正义在当时的社会条件下可能是一种乌托邦，遂对政治生活感到失望。愈加严格的舆论管制和审查使她难以在报刊上发表言论，于是她更多地在文学创作中寻求表达的方式和途径，以田园题材来发掘人心中的真善美。乔治·桑德终生热爱诺昂的田园风光，在这里，她可以全身心地融入自然，放飞自己的想象；受卢梭的影响，她提倡回归自然，返璞归真，这也应和了19世纪城市和工业文明发展之后人们渴望回归田园生活的诉求。早在1846年，乔治·桑德就已经出版了著名的田园小说《魔沼》(*La Mare au diable*)。小说主人公是诚实正派的普通农民热尔曼，他热爱土地、家庭和亲人。妻子死后，岳父母希望他再婚，以便更好照顾孩子，他听从岳父的安排，带着最小的儿子去与一个富有的年轻寡妇相亲。出发前，邻居大妈委托他把女儿玛丽顺路带到外地农场去当牧羊女。三个人一起赶路，不料天黑之后他们在树林里迷了路，遇到一个阴森可怕的魔沼，他们不得不躲在橡树底下过夜。第二天，热尔曼赶到寡妇家，却发现她是一个周旋于多个求婚者之间的轻佻女人。其实热尔曼心中已经对魔沼一夜中相伴的温柔可爱的女子玛丽产生了爱慕之情，但是玛丽婉拒了他的爱意。最后，热尔曼的真诚终于感动了美丽的牧羊女。全书故事情节简单，但是亦有寓意，神秘的魔沼是一种隐喻，仿佛是上天安排的一场爱情考验，需要足够的勇气才能摆脱恐惧和顾虑获得真爱。作品中人物性格透明，但是全书自始至终充满质朴的诗意。乔治·桑德的另一部代表作《小法岱特》(*La Petite Fadette*, 1849)也充分体现了她在具有浪漫主义抒情笔调的田园小说中对自然风光和农村生活的描绘。她还在一些作品中糅合了乡村土语，表现出真实浓郁的乡土气息。

　　1849年圣诞节，45岁的乔治·桑德与32岁的版画家和戏剧作家亚历山大·芒梭（Alexandre Manceau，1817—1865）相识，他成为乔治·桑德最后的情人和秘书，二人的忘年恋长达16年，并且共同写作日记，直到亚历山大·芒梭于1865年因病去世。乔治·桑德在亚历山大·芒梭身边重新燃起了生活的热情和创作的激情，在这段时间里她共完成了50多部作品，其中有20多部小说和戏剧。乔治·桑德是一位勤奋多产的作家，即使在晚年身体不济的情况下，她也忍受着病痛，几乎以每年两部作品的速度进行创作。乔治·桑德还与晚辈作家福楼拜结下忘年交，他们之间很少晤面，但是长期保持书信来往，共同探讨人生问题和文学创作。福楼拜的《萨朗波》（Salammbô，1862）出版之后不为世人所理解和认可，乔治·桑德却发表文章声援。晚年时期，无论是在个人家庭生活还是社会生活中都经历坎坷的乔治·桑德回归自我书写，先后出版了自传《我的一生》（Histoire de ma vie，1854）以及追忆早年和缪塞恋情的《她与他》（Elle et lui，1859）等作品。1876年3月，她在诺昂家中完成了早在1847年就开始订立的遗嘱，3个月后与世长辞，享年72岁。

　　乔治·桑德创作力旺盛，一生笔耕不辍，从1830年前后直至去世，在将近半个世纪的文学生涯中完成了200多部作品，其中有70多部小说，还有大量戏剧、书简和评论文章。她的创作融入了法国浪漫主义文学的发展历程，在抒情、神秘和田园等风格之中并未脱离对社会和自然环境的现实主义描绘。在一个女性被边缘化的文学圈中，以男性化笔名发表作品的乔治·桑德是19世纪法国文坛唯一一位可以以文为生的女作家。她在作品中表达女性主义诉求、社会主义理想和神秘主义倾向，这三种主题其实都来源于一种渴望冲破藩篱的反叛力量。同时代的雨果充分理解和欣赏这样一位杰出女性，他在《悼念乔治·桑德》中写道："乔治·桑德在我们这个时代具有独一无二的地位。其他伟人都是男子，唯独她是伟大的女性。"

⚘ 阿尔弗莱德·德·缪塞：古典气质的浪漫主义才子

阿尔弗莱德·德·缪塞（Alfred de Musset，1810—1857）出生于巴黎一个保持18世纪贵族传统的家庭，祖父是诗人，父亲是一位具有文人气质的政府官员，良好的家庭文化氛围塑造了他的文学艺术品味。由于父亲是卢梭研究专家，还编纂出版过卢梭的著作，阿尔弗莱德·德·缪塞从小就景仰卢梭，后来还在作品中多次向这位启蒙时代的思想家致敬，自然也就对卢梭的对手伏尔泰时有批判。他少时经常在教父的柯涅城堡度假，传说他正是通过窗户望见柯涅城的钟楼，于是突发灵感创作了著名的《月亮谣》（Ballade à la Lune，1829），这里温馨清新的环境后来也成为他的剧作《勿以爱情为戏》（On ne badine pas avec l'amour，1834）中的景色。缪塞在9岁时便入读巴黎著名的亨利四世中学，17岁时获得过全国中学生拉丁语作文比赛二等奖、法文作文二等奖和哲学作文一等奖。现在的亨利四世中学校园里还有其雕像。

高中毕业之后，缪塞先后学习过医学、法律和绘画，但都半途而废，因为他最感兴趣的还是文学。缪塞富有写作才华，尤其擅长诗歌。从17岁起，缪塞便与年轻的浪漫派诗人交往甚密，并参加了夏尔·诺迪埃的文学沙龙。1828年8月，他在阿洛伊修斯·贝尔特朗（Aloysius Bertrand，1807—1841）主办的《外省报》（Le Provincial）上第一次发表了诗歌《梦》（Un rêve）。1829年，19岁的缪塞便出版了第一部诗集《西班牙和意大利故事》（Les Contes d'Espagne et d'Italie）。1830年后，缪塞的诗名逐渐获得认可，进入文学创作的旺盛期，同时也成为巴黎上流社会中众人皆知的纨绔子弟。缪塞与乔治·桑德的恋情也是这段生活中的重要内容。1833年6月，他们在《两世界》杂志举办的撰稿人联谊会上初次相见，23岁的缪塞与29岁的乔治·桑德立刻互生好感，他们的友情很快发展为爱情。这一年11月，二人一起去意大利威尼斯旅行，旅途中乔治·桑德生病期间，缪塞又恢复了夜不归宿的习性；后来在威尼斯，缪塞又不幸生病，乔治·桑德除了悉心照料，还找来意大利医生皮埃特洛·帕热罗（Pietro Pagello）为他治疗。就在治疗期间，乔治·桑德与皮埃特洛·帕热罗互生情愫。缪塞病愈之后独自离开意大利，乔治·桑德则留在威尼斯数月，直到1834年8月才在皮埃特洛·帕热罗的陪同下回到巴黎。乔治·桑德与缪塞重逢后互相表达自责和内疚，三个人决定相互保持一定距离，各在一方。在此期间，乔治·桑德与缪塞仍然保持书信联系，后来在10月又重修旧好，皮埃特洛·帕热罗只好回到意大利。然而，破镜难圆，新的恋情又激起痛苦的回忆，缪塞难以承受爱情之痛，在11月提出分手，绝望的乔治·桑德剪断青丝，寄予缪塞，作为自己痛苦的凭证。从这一时期德拉克洛瓦为乔治·桑德所绘的肖像中，可以看到她忧伤的神情。1835年初，缪塞与乔治·桑德和解，然而之后二人依然是在争吵、和解中循环往复，到了3月，在乔治·桑德的要求下，他们最终分手。缪塞与乔治·桑德跌宕起伏的爱情故事不仅沉淀为个人回忆，而且后来在各自的文字中化为流传于世的文学经典：缪塞很快在1836年出版了以此为素材的长篇小说《一个世纪儿的忏悔》（*La Confession d'un enfant du siècle*）；缪塞去世后，乔治·桑德则在《旅者书信》（*Lettres d'un voyageur*，1857）的前三篇和《她与他》中回忆了这段刻骨铭心的爱情。

　　在19世纪30年代前半时期，戏剧成为缪塞文学创作的重心。1830年12月1日，缪塞的第一部戏剧《威尼斯之夜》（*La Nuit vénitienne*）在巴黎奥德翁剧院上演，令人遗憾的是这部独幕喜剧遭遇失败，此后他表示不再

为舞台创作，而更愿意发表剧本。他先是在《两世界》杂志上发表单篇
作品，后来汇集成《椅中舞台》（*Un Spectacle dans un fauteuil*，1832），
第一辑中包括三首诗、一部诗剧《酒杯和嘴唇》（*La Coupe et les lèvres*，
1831）和一部喜剧《姑娘们梦想什么？》（*À quoi rêvent les jeunes filles ?*，
1832）以及一篇东方题材的故事《那姆纳》（*Namouna*，1831）。缪塞在
这部作品集中已经表达了在世俗浪荡生活和纯洁精神世界之间矛盾挣扎
的痛苦。此后，多部成功的戏剧作品接踵而来，除了意大利历史题材的
《罗朗札齐奥》（*Lorenzaccio*，1834）之外，缪塞的大多数剧作都以爱情
为主题，如《玛丽亚娜的任性》（*Les Caprices de Marianne*，1833）、《勿
以爱情为戏》等，它们都被收录在《椅中舞台》第二辑中。此外，他还
在杂志上零星发表了《烛台》（*Le Chandelier*，1835）、《慎勿轻誓》（*Il ne
faut jurer de rien*，1836）和《逢场作戏》（*Un caprice*，1837）等作品。尤
其是《逢场作戏》于1843和1847年先后在圣彼得堡和巴黎的舞台上上演，
大受欢迎，泰奥菲尔·戈蒂埃在《新闻报》的戏剧专栏上撰文称之为"重
要的完美事件"，缪塞的戏剧终于获得舞台上的成功。在创作中，他既从
浪漫主义美学中发挥自由创作理念，也从莫里哀、拉辛和马里沃那里继
承了古典主义时期一些戏剧题材、形式和品味，仅仅是《勿以爱情为戏》
《慎勿轻誓》和《千虑一失》（*On ne saurait penser à tout*，1849）等多部
作品的谚语标题就已经透露出他对传统元素的吸收和发展，这就是颇有
历史渊源的"谚语小品"。法语单词"le proverbe"的一个古老的引申义
是"城堡中的晚会"，据说从中世纪开始，城堡晚会中可能有一种游戏活
动是猜谚语，即表演一句谚语的内容和含义让观众猜出原句，至17、18
世纪演化出一种戏剧体裁，即以轻松、有娱乐性的即兴小品表现一句谚
语的主题和寓意。缪塞借用和发展了这种形式，常常以谚语作为标题并

在作品中加以演绎，当然，相对于过去的"谚语小品"，缪塞的戏剧所承载的故事和内涵更加丰富。

缪塞的抒情诗在这一时期变得更加伤感。他于1835年出版的《五月之夜》（La Nuit de mai）和《十二月之夜》（La Nuit de décembre），以及1836年的《八月之夜》（La Nuit d'août）和1837年的《十月之夜》（La Nuit d'octobre）被统称为"四夜组诗"。其中《十二月之夜》以诗人独白的形式表达自省、迷茫和忏悔，情感真诚细腻；另外三篇均采用诗人与缪斯对话的形式，构思巧妙。缪塞以流畅优美的语言拨弄多愁善感的琴弦，温婉而自然地表达丰富而复杂的内心世界，有失意孤独，也有期盼等待。"四夜组诗"代表了缪塞抒情诗的最高水平，也是法国浪漫主义诗歌的代表作。1840年前后，缪塞陆续出版了诗集《忧愁》（Tristesse）、《迷茫的夜晚》（Une soirée perdue）和《回忆》（Souvenir）等佳作。他的诗歌虽然具有明显的浪漫主义诗歌特征，但是摒弃了矫揉造作和夸张滥情，更加真实自然，在当时的法国诗人中，唯有缪塞最得俄罗斯大诗人普希金的欣赏。

1836年，缪塞出版了自传体小说《一个世纪儿的忏悔》。作品以第一人称的独白方式叙述了主人公奥克塔夫的情感经历。在一次晚宴上，他无意中发现自己的恋人竟然与好友存在暧昧关系，情感上受到伤害，于是决定以同样的方式来放纵自己。父亲去世后，他回到故乡，与年长自己6岁的善良寡妇布里吉特相爱。但是奥克塔夫无力摆脱过去的心理创伤，与布里吉特相处时，对她无端猜忌，甚至还羞辱她。布里吉特努力宽容恋人的任性，但是难以忍受精神折磨，愿一死了之。奥克塔夫这才意识到自己对恋人的伤害之深，决定永远离开她，但布里吉特愿意跟随他前往巴黎。奥克塔夫的朋友斯密特见到布里吉特后也爱上了她，他常常过来陪同布里吉特一起看戏。奥克塔夫了解到他们之间的感情后，起先产生过与布里吉特同归于尽的念头，最后关头，他选择离开，让布里吉特留在能给她带来幸福的斯密特身边。在小说中，人们可以看到缪塞和乔治·桑德爱情故事的影子，但是作品更为深刻的主题在于刻画了主人公迷惘、忧郁、颓废、苦闷和怀疑一切的性格，这便是19世纪初法国青年的"世纪病"。法国大革命已落下帷幕，随着法兰西第一帝国的崩溃，无数崇拜拿破仑的青年认识到建功立业的伟大时代已经一去不复返，面对现实中的丑恶、庸俗和虚伪，他们的梦想破灭，失去了奋斗的方向，于是以怀疑、失望和悲观的心态在放纵自我中消磨青春。虽然《一个世纪儿的忏悔》难以摆脱个人经验和情感的局限，但是它真实地再现了这一历史时期特定社会人群的精神状态。

　　30岁后，借酒浇愁寻欢的缪塞在文学创作上精力不济，作品渐少，但是仍然坚持写作诗歌和短篇小说，还曾应拿破仑三世之邀创作一些戏剧作品。1852年，缪塞和巴尔扎克同时当选为法兰西学院院士。1857年，在放荡生活中消耗了自己生命能量的缪塞因肺结核去世，被葬于巴黎拉雪兹公墓。其墓碑的正面刻有缪塞本人《露茜》（« Lucie »）一诗中的六句：

　　　　亲爱的朋友们，当我死去，
　　　　请在墓地里种上一棵柳树。
　　　　我喜欢它低垂的枝叶，
　　　　它的柔弱让我感到温柔和亲切，
　　　　树影会是那样轻盈，
　　　　落在我安眠的土地上。

墓碑的背面镌刻的是他的另一首诗《愿你记得》（« Rappelle-toi »)：

> 愿你记得，冰冷的九泉之下，
> 当我破碎的心永远沉睡的时候；
> 愿你记得，当那枝孤独的花朵
> 在我的坟头悄然绽放的时候。
> 我再也见不到你，但我不死的灵魂
> 会回到你的身边，像个忠诚的伴侣。
> 听，在夜里，
> 有一个声音在呻吟：
> 愿你记得。

缪塞在19世纪下半叶被逐渐淡忘，到了20世纪，著名戏剧导演让·维拉尔（Jean Vilar，1912—1971）和热拉尔·菲利普（Gérard Philipe，1922—1959）重新发现了缪塞作品的价值。这位保持古典主义气质的浪漫主义才子虽然创作生涯不长，但是在诗歌、戏剧和小说领域均有传世之作，他的文字浸透了对灵与肉二元性的痛苦体验，体现了细腻的情感和丰富的内心，至今仍为后人所"记得"。

❧ 热拉尔·德·奈瓦尔的梦与人生

热拉尔·德·奈瓦尔（Gérard de Nerval，1808—1855）原名热拉尔·拉布吕尼（Gérard Labrunie），出生于巴黎，父亲是军医，需随军服役，母亲是布制品商人的女儿，在他2岁时就不幸去世。热拉尔·拉布吕尼幼时由舅爷抚养，6岁那年与退伍复员的父亲团聚。1822年，他入读查理曼中学，与泰奥菲尔·戈蒂埃成为同窗好友。高二时，热拉尔·拉布吕尼便创作了一部百余页的诗集，这部从未出版的手稿在1981—1982年举办的奈瓦尔生平和作品展览中得以与公众见面。18岁时，他出版了一部歌颂拿破仑的长诗《拿破仑与战斗的法国——民族挽歌》（*Napoléon et la France guerrière, élégies nationales*，1826）。

热拉尔·拉布吕尼成长的年代正是法国浪漫主义崛起的时代。1826年，法兰西学院没有接纳著名的浪漫派诗人拉马丁，夏尔·布里弗（Charles Brifaut，1781—1857）当选为院士，这位查理十世的御用文人接受官方委派，负责审查雨果提倡浪漫主义美学的戏剧作品《艾那尼》和《玛丽昂·德洛姆》，他的当选成为分裂法国文坛的重大事件。年轻的热拉尔·拉布吕尼先是写了一首题为《哀布里弗之不朽》（*Complainte sur l'immortalité de Monsieur Briffaut*）的讽刺诗，继而又发表了诗体讽刺喜剧《法兰西学院：稀有罕见的院士们》（*L'Académie ou les membres introuvables*，1826）。这些诗作不仅展现了他的诗歌才华，而且极尽针砭时弊之能事，此举导致他在1828年法兰西学院主办的赛事中名落孙山。正是在这一年，热拉尔·拉布吕尼翻译的《浮士德》（*Faust*）法语版出版，成为一部译事经典。这部译著也得到歌德本人的高度赞赏，他在致译者的信中写道："在阅读您的译文时，我才如此深入地理解了自己。"泰奥菲尔·戈蒂埃在1853年1月30日发表于《新闻报》上的文章中回忆了这一段文坛佳话。法国作曲家柏辽兹（Hector Louis Berlioz，1803—1869）正是在阅读了法语版《浮士德》之后创作了著名歌剧《浮士德的天谴》（*La Damnation de Faust*，1846）。

1830年是法国的革命之年，围绕雨果戏剧的"《艾那尼》之争"是文艺界的又一次古今之争，热拉尔·拉布吕尼是浪漫派的斗士，在《艾那尼》的首演之夜，他坚定地站在支持者阵营中。七月革命时期，热拉尔·拉布吕尼虽然对政治不感兴趣，但是巴黎市民的街头巷战激发了他的创作激情，他发表了歌颂人民品格和力量的长诗《民众》（Le Peuple，1830）以及两篇政治檄文。这一时期，他心中酝酿了两个计划，就是编纂一部法国诗歌选集和一部德国诗歌选集。幸而他得到大仲马的帮助，获得了王家图书馆的借阅卡，便于开展资料搜集工作。热拉尔·拉布吕尼编纂的法语诗选中选录了龙沙、杜贝莱和安托万·德·巴伊夫等文艺复兴时期七星诗社诗人的作品，他们与浪漫主义诗人具有某些相同的气质。《德国诗选》（Poésies allemandes，1830）是热拉尔·拉布吕尼的译作，收录了克罗卜史托克（Friedrich Gottlieb Klopstock，1724—1803）、席勒、毕尔格（Gottfried August Bürger，1747—1794）和歌德等的诗歌，然而这部译著没有获得之前《浮士德》那样的成功。

在法国文坛浪漫主义团体逐渐形成的时候，受到雨果的影响，热拉尔·拉布吕尼也产生了创作戏剧的兴趣和愿望。这一时期，他的《愚人王子》（Le Prince des sots）和《拉拉：赎罪》（Lara ou l'expiation）两部剧作在巴黎著名的奥德翁剧院上演，受到欢迎。后来他还与大仲马合作过三部戏剧作品，分别是《皮其约》（Piquillo，1837）、《炼丹者》（L'Alchimiste，1839）和《雷奥·布尔卡特》（Léo Burckart，1839），但是前两部都只署了大仲马的名字。1834年，外祖父去世后，热拉尔·拉布吕尼继承了3万法郎的遗产，之后，他前往法国南方和意大利旅行。1835年，他与浪漫派朋友一起创办了《戏剧世界》（Le Monde dramatique）杂志，这份精美的杂志很快消耗了他所继承的遗产，负债累累的热拉尔·拉布吕尼不得不在1836年将杂志转卖他人，然后靠为报刊撰稿谋生。12月，他第一次以"热拉尔·德·奈瓦尔"之名在《费加罗报》上发表文章。"奈瓦尔"来源于地名，是他外祖父生前拥有的田产所在地名。1840年3月，热拉尔·德·奈瓦尔接替正在西班牙旅行的戈蒂埃，成为《新闻报》戏剧专栏的主笔。

在感情生活中，热拉尔·德·奈瓦尔常常是一个失意者。1837年，他认识了担纲《皮其约》女主演的珍妮·柯隆（Jenny Colon）并痴情于她，然而一厢情愿的爱情没有得到回报。有学者认为奈瓦尔在珍妮·柯隆身上投射了对早逝的母亲和理想情人的想象。1839年底，他在奥地利旅游时邂逅了比利时女钢琴家玛丽·普莱耶尔（Marie Pleyel，1811—1875），但是这段恋情似乎也是无果而终。1841年2月23日，热拉尔·德·奈瓦尔第一次出现了精神问题，之后开始接受治疗，紧接着在3月21日再次发作，于是不得不住院治疗，直到11月份。住院期间，他曾经在自己的一张照片下方写下这样一句话："我是另一人。"（Je suis l'autre.）

热拉尔·德·奈瓦尔热爱旅行，早年他曾与友人戈蒂埃、大仲马结伴同游欧洲多国。1842年底，他踏上了东方之旅的路途，足迹到达塞浦路斯、埃及、土耳其和叙利亚等地，历时近一年。热拉尔·德·奈瓦尔有意把旅行作为自愈的方式，努力呈现自己正常的一面。期间，他撰写游记并将旅行见闻发表在报刊上，多年后汇集成一卷充满诗意和寓意的《东方之旅》（*Voyage en Orient*，1851）。萨义德（Edward Waefie Said，1935—2003）曾在著作《东方学》（*Orientalism*）中评述"东方"对于奈瓦尔文学创作的意义，认为"他的诸多印象、梦想和记忆与以东方风格表达出来的华丽、优雅的叙事交织在一起"，"东方象征着奈瓦尔对梦幻的寻求以及处于这一寻求之核心的漂泊的女人，这两者既作为一种欲望，又作为一种失落"。[1] 1844—1847年间，奈瓦尔与《艺术家》（*L'Artiste*）报社社长阿尔塞纳·乌塞（Arsène Houssaye，1814—1896）一起游历比利时、荷兰和英国，撰写了大量报道和见闻录。在此期间，他也创作了一些短篇小说、歌剧脚本并翻译了德国朋友海因里希·海涅（Heinrich Heine，1797—1856）的诗歌。1849年3—5月间，奈瓦尔在《时报》（*Le Temps*）上连载长篇剑侠小说《法约勒侯爵》（*Le Marquis de Fayolle*），遗憾的是此部小说并未完成，尽管后来有人续写并出版成书。1853年，奈瓦尔出版了《小颂诗集》（*Odelettes*），这些作品写作于1832—1839年间，体现了浪漫主义主题且富有情感或哲理，音韵丰富，具有旋律感。

　　奈瓦尔在凄凉中度过余生，不仅物质生活困顿，而且精神疾病加重，多次出入精神病院。然而也正是在这一时期，在医生的建议下，他以写作来排遣梦境中的不安情绪，完成了自己的杰作。《火焰姑娘》（*Les Filles du feu*，1854）收录了8篇短篇小说和诗歌选集《幻魅集》（*Les Chimères*）。"火焰"是奈瓦尔所钟爱的意象，它象征着不断燃烧又不断再生的力量，在奈瓦尔的心目中，他不曾了解的母亲和渴望接近的理想女性都像火焰一样鲜艳夺目，又如同幻象般朦胧变幻和无法捉摸。作品中的女性人物，无论是艾米丽、安热莉克、奥珂塔维或是茜尔薇，她们或许都是同一位女子的不同化身。其中一篇《茜尔薇》是奈瓦尔本人的得意之作，最早发表于1853年的《两世界》杂志，1854年收入《火焰姑娘》中，1855年又单独出版。由于创作于治疗期间，所以奈瓦尔费力颇多，后来他在《奥蕾丽娅：梦与人生》（*Aurélia, ou Le Rêve et la Vie*，

1.　萨义德：《东方学》，王宇根，译，北京：生活·读书·新知三联书店，2020年，第244，245页。

1855）中写道："我慢慢恢复写作，开始写作我最好的短篇小说之一。可是，我的写作非常艰难，几乎都是用铅笔在散页上写成，随着我的遐想或散步而进行。修订工作令我焦虑不安，在发表之后的最初几日，我仍然陷入持续的失眠状态。"[1]《茜尔薇》中浸濡了奈瓦尔本人的爱情经历和臆想，具有一定的自传色彩。主人公是一个从瓦卢瓦来到巴黎生活的青年，他倾心于女戏剧演员奥蕾丽，一年以来，每天晚上，他前往剧院只是为了欣赏奥蕾丽而并非糟糕的剧情。某天晚上，他决定回乡探望，一路上，他的思绪回到青春时代。他回忆起从前的恋人茜尔薇以及在乡村节日聚会上令他一见钟情的阿德里安娜。茜尔薇很伤心，而他也离开家乡赴巴黎读书，后来得知阿德里安娜当了修女。当他从回忆中醒来，忽然意识到自己可能只是在奥蕾丽身上投射了对阿德里安娜的爱情，而且懊悔自己为什么会离开茜尔薇，于是决定重新获取她的芳心。在去寻找茜尔薇的路上，主人公再度陷入回忆，他与阿德里安娜邂逅的场景重新浮现，与此同时，现实中的乡村节庆也在进行，其场面颇似华托（Jean-Antoine Watteau，1684—1721）画作《发舟西苔岛》（*L'Embarquement pour Cythère*）中的缥缈幻境。茜尔薇埋怨他为何将她抛弃，而主人公也发现茜尔薇不再是那个曾经被自己忽视的乡村姑娘，他们开始共同回忆童年时光。他把茜尔薇送回家后，决定在田野中露宿，对茜尔薇的回忆重现脑中，对阿德里安娜的挂念也依然在心头。他就这样在故乡和巴黎、在回忆和现实、在过去和现在中往返，在对三位女性的遐想中穿梭。最后，奥蕾丽告诉他已经心有所属，当他带着茜尔薇去看奥蕾丽的演出时，茜尔薇告诉他阿德里安娜已经不在人世，而茜尔薇本人后来也嫁作

1.　Gérard de Nerval, *Aurélia ou le rêve de la vie*, Paris, Lachenal & Ritter, 1985, p. 99.

他人妇。错过所有爱情的主人公终于明白，他的青春和梦想只存在于回忆和幻梦之中。奈瓦尔在作品中成功地模糊了梦与现实之间的界限，来源于经验的素材经过高度文学化的处理揭示了深刻的主题，《茜尔薇》不仅表现了对爱情的追忆，也表达了奈瓦尔对人生和自我的追寻。如果说同时期的戈蒂埃认为《茜尔薇》无非是一部乡村田园小说，那么20世纪初的法国小说家普鲁斯特（Marcel Proust，1871—1922）对奈瓦尔的认识则更为透彻，他认为奈瓦尔在作品中努力定义自我，描述人心灵中那些转瞬即逝的印象，揭示难以理解的精神困惑。奈瓦尔的叙事作品具有灵动的诗意，语言风格近乎散文诗，既有古典作品的优雅，又有浪漫主义的想象，而且预示了未来的现代性写作。

收入《火焰姑娘》的《幻魅集》共有12首十四行诗，每一首诗的标题都具有宗教典故色彩，而12这个数字也是奈瓦尔刻意所选，因为它是《圣经》中12个以色列部落和耶稣12个门徒的数字。在题给大仲马的献词中，奈瓦尔说《幻魅集》的诗篇"一旦被解释就会失去魅力，如果解释是可能的话，请至少允许我保留表达上的优点。——我身上最后的疯狂就是自认为是诗人：让评论界来将我从中治愈吧"。确实，《幻魅集》的语言看似明澈，其实意义晦涩难解，至今仍然有待奈瓦尔研究专家们探疑解惑，不过其中或许有些诗句可以从诗人的生活经历和精神状态中找到解释。奈瓦尔不仅从基督教而且从一些具有神秘色彩的秘教、泛神论思想和多家哲学流派中汲取灵感，同时将人的自由思想作为理想，正如他在最后一首诗《金色诗句》（« Vers dorés »）中所言："人啊，自由的思想者！/ 你是否相信只有自己会思想 / 在这人生化为碎片的世间？"总之，奈瓦尔擅长用神秘的词语表达对内心世界和宇宙的幻觉，其许多艺术手法超前地预告了象征主义和超现实主义的诞生。

　　写于1853—1854年间的《奥蕾丽娅：梦与人生》是奈瓦尔的最后一部作品，也是一部未竟之作。作品融叙事、书信为一体，时常穿插主人公的自述，他讲述自己的梦境并进行评论：得知心爱的女子奥蕾莉娅离开人世之后，他觉得自己不久也将撒手人寰。奈瓦尔感觉到自己被世人视为疯癫者，于是在文字中描述自己真幻交织的精神状态，书写梦境并且试图为梦正名，"梦是另一重人生"，这是开篇伊始第一句，也正是副标题"梦与人生"的寓意所在。

　　1855年1月26日，人们在巴黎街头围蔽下水道的一处栅栏上发现业已缢亡的奈瓦尔。波德莱尔在1856年出版的译著《爱伦·坡奇异故事集》（*Histoires extraordinaires*）的前言《爱伦·坡的生平与作品》中充满感慨地回顾了这一事件："此事距离今天，1月26日，恰好整整一年。有一位作家，他为人正派，充满智慧，而且从来就是一个清醒明智的人，这一天，他在最肮脏的街头释放了灵魂，没有惊动任何人，悄然离去，如此悄无声息的告别好似一种对世道的轻蔑……"[1] 奈瓦尔之死至今仍然是个谜，阿尔塞纳·乌塞等人推测他是在街头散步时被人杀害，戈蒂埃等人则认为奈瓦尔是自缢身亡。人们在他身上还发现了一封信，他在信中求要能够度过那个冬天的300法郎。1月30日，人们在巴黎圣母院为奈瓦尔举办了葬礼，大仲马等生前好友前来告别，阿尔塞纳·乌塞和戈蒂埃为他在拉雪兹公墓购置了一片安身之处。奈瓦尔在19世纪末象征主义诗人和20世纪超现实主义诗人那里获得了尊崇，安德烈·布勒东（André Breton，1896—1966）在第一次《超现实主义宣言》（*Le Manifeste du surréalisme*）中称"奈瓦尔完美了拥有我们所需要的精神"。

1.　Charles Baudelaire, « Edgar Poe, sa vie ses œuvres », in *Histoires extraordinaires* (1856), traduction par Charles Baudelaire, Paris, Michel Lévy fr., 1869, chap. II., p.17.

❧　泰奥菲尔·戈蒂埃："诗艺炉火纯青"的帕纳斯派领袖

泰奥菲尔·戈蒂埃（Théophile Gautier，1811—1872）出生于法国南方上比利牛斯山地区，3岁时随家人迁居巴黎，他聪颖早慧，5岁时便开始阅读文学作品。在查理曼中学读书时，他与后来的诗人奈瓦尔成为同学。18岁时他遇到已经成名的诗人雨果并尊其为师。在1830年的"《艾那尼》之争"中他坚定地支持雨果的浪漫主义戏剧主张。1833年，戈蒂埃发表了《法兰西青年》（*Les Jeunes-France*）一文，展现了当时法国文坛浪漫派的艺术生活。

在此期间，泰奥菲尔·戈蒂埃已经开始创作诗歌，他吸收前辈诗人的创作手法，同时又以清晰的表达和对诗歌形式的天生敏感而彰显了个人特色。由父亲资助出版的第一部诗集虽然未能引起关注，却已显示出这位年轻诗人的才华。他的创作已经展现出不同于浪漫派朋友们的风格，即更加关注形式，摒弃文学被赋予的道德或社会功用，这一文学理念不久即在小说《莫班小姐》（*Mademoiselle de Maupin*，1835）的著名序言中得以表述："美丽之物并非生活必用之物。［……］只有无用之物才是真正的美丽之物，有用之物皆为丑陋之物，因为有用乃是出自需要，而人之需要皆是俗不可耐，正如人性之软弱残缺。"《莫班小姐》是戈蒂埃的第一部重要作品。出身富贵人家的莫班小姐待嫁闺中，但是对男人一无所知，为了找到理想中的男子，她换上男装化用男名泰奥多，四处游历以发现男性世界的秘密。她遇到了达尔贝的前任情人罗赛特，这个姑娘爱上了女扮男装的莫班小姐，莫班小姐自然只能逃避。同时，达尔贝对泰奥多的真实性别产生怀疑并爱上了她。在小说第二部分，达尔贝和莫班小姐鸿雁传书，莫班小姐在信中讲述了自己女扮男装的缘由，同时，达尔贝也发现了泰奥多的真实身份，两位有情人终于同偕鱼水之欢。然而，第二天，莫班小姐便离达尔贝而去，留下最后一封书信，因为美好的爱情其实是一种理念，而非肉体之需。达尔贝是一个唯美主义者，而莫班小姐被视为美的化身，泰奥菲尔·戈蒂埃在小说中以寓言的方式表达了"为艺术而艺术"的唯美主义观念。

这一时期，戈蒂埃也开始创作短篇小说，1831年发表的《咖啡壶》初显奇幻色彩。小说讲述的是画中人走出画框，与现实中人共舞的情景。黎明时，画中美人安吉拉突然向共舞的画家告别，但是瞬间摔落在地，化成咖啡壶碎片。画家以为受到幻觉所惑，于是画下咖啡壶，其形状却酷似昨夜的曼妙女子，主人认出她就是两年前在舞会上跳舞时去世的妹妹安吉拉。同样的奇幻主题则在他20年后的中长篇小说《变身》（Avatar，1856）中更加突出。奥克塔夫在意大利旅行时邂逅了美丽的伯爵夫人普拉丝柯维，从此对其念念不忘，而忠贞于伯爵的普拉丝柯维拒绝了他的爱慕之情。忧伤的奥克塔夫将自己的心病告诉了从印度归来的谢波诺医生，后者利用他在东方学到的神秘医术将奥克塔夫与伯爵的身体调换，然而聪慧的普拉丝柯维仍然在丈夫的身体中感觉到另外一个灵魂。奥克塔夫接受失败的现实，心灰意冷，死意已决。当奥克塔夫的灵魂升天而去的时候，年老的谢波诺医生决定将其年轻的身体据为己有，他参加了自己的葬礼，告别了原来那具衰老的躯体。戈蒂埃的这部小说以超脱现实的志怪笔法挖掘灵肉二元分离主题，充满奇思妙想。

1836年，应巴尔扎克的要求，泰奥菲尔·戈蒂埃开始在《巴黎时事》（La Chronique de Paris）、《文学法兰西》（La France littéraire）、《两世界》杂志等报刊上发表《多情的亡魂》（La Morte amoureuse）、《金链》（La Chaîne d'or）等短篇小说和文艺评论，仅在《新闻报》上就发表文章

2000余篇。其中只有一小部分后来被汇编到《奇趣集》（*Les Grotesques*，1844）、《欧洲美术》（*Les Beaux-Arts en Europe*，1885）、《现代艺术》（*L'Art moderne*，1856）、《二十五年以来的戏剧艺术史》（*L'Histoire de l'art dramatique depuis vingt-cinq ans*，1858）、《俄罗斯古今艺术珍宝》（*Trésors d'art de la Russie ancienne et moderne*，1859）、《当代肖像》（*Portraits contemporains*，1874）、《浪漫派史话》（*Histoire du romantisme*，1874）和《文学回忆录》（*Souvenirs littéraires*，1875）等文集中。艺术评论是戈蒂埃终生从事的事业，他对音乐和绘画都很感兴趣，曾经撰写关于柏辽兹、瓦格纳、古诺（Charles François Gounod，1818—1893）以及德拉克洛瓦、马奈（Édouard Manet，1832—1883）等音乐家和画家的评论。戈蒂埃在文艺批评中不仅进行评论和分析，而且致力于创造一种雅正的美学情感，把艺术作品带来的直观视觉和听觉感受用恰如其分的文字充分表现出来，文笔优美轻盈，语言清晰流畅，自成一体。可以说，戈蒂埃是法国一个时代文学生活和艺术生活的见证者，其作品中艺术评论占据重要篇幅，他的艺术观对同代的艺术家们产生了不可忽视的影响。他对新诞生的摄影艺术也充满兴趣，1851年成为摄影协会（Société héliographique）成员。戈蒂埃于1857年3月8日在《艺术家》（*L'Artiste*）上发表评论，介绍巴黎摄影博览会，同时也表达了对这门新生艺术的观点，并认为摄影艺术不会对绘画艺术产生冲击。

　　作为艺术专栏撰稿人和评论家，泰奥菲尔·戈蒂埃每日笔耕不辍，繁重的工作并没有妨碍他进行拳击和划船等体育活动，艺术评论工作与诗歌、戏剧创作也并行不悖。1838年出版的《死亡之曲》（*La Comédie de la Mort*）是戈蒂埃浪漫主义时期的诗歌作品，共收录诗歌53首，分为3个部分，即"门""死中有生"和"生中有死"，诗人在但丁、莎士比亚和歌德的影响下，着力挖掘死亡幽灵的多重形式和蕴涵。1839年，一向热爱戏剧的戈蒂埃终于完成了《魔鬼的眼泪》（*Une larme du diable*）、《附魔的三角兽》（*Le Tricorne Enchanté*）和《黄泉之下的皮埃罗》（*Pierrot Posthume*）等作品。天马行空、富于幻想和抒情色彩的戏剧风格还延伸到好几部他创作的芭蕾舞剧中，其中一部具有浪漫主义风格的《吉赛尔》（*Giselle*）在1841年6月由戈蒂埃所钟爱的意大利芭蕾舞女演员卡尔洛塔·格里西（Carlotta Grisi，1819—1899）在舞台上演绎，获得巨大成功。

　　泰奥菲尔·戈蒂埃热爱旅行和发现异国文化。1836年7月，戈蒂埃和奈瓦尔同游比利时和荷兰。旅行促生了写作的创意，3年之后，他在《新闻报》上连载了小说《金色羊毛》（*La Toison d'Or*），讲述一个浪漫的爱情故事，这部作品后来在1865年出版了单行本，名为《远离巴黎》（*Loin de Paris*）。戈蒂埃先是在雨果的《东方集》和缪塞的《西班牙和意大利故事集》中了解到西班牙，在1840年5—10月间，他与摄影师欧仁·皮奥（Eugène Piot，1812—1890）一同游历法国、西班牙之间的比利牛斯山地区。旅行途中，戈蒂埃为巴黎的报刊撰写见闻录，并完成了《西班牙游记》（*Voyage en Espagne*）和一部新诗集《西班牙》（*España*，1845）。他于1847年发表的短篇小说《米莉托娜》（*Militona*）是以马德里为场景的一个浪漫爱情故事。戈蒂埃游历丰富，不断从阿尔及利亚（1845年）、意大利（1850年）、希腊和土耳其（1852年）、埃及（1869年）等异域旅行中获得文学创作的灵感。戈蒂埃不曾到过中国，但是对古老的中国文化十分向往。他不仅阅读过法国汉学家翻译的中国古代诗歌和小说，而且以中国题材入诗，并改编创作了中国故事《水榭》（*Le Pavillon sur l'eau*），该短篇小说先被收入作家于1863年出版的《小说与故事集》（*Contes et nouvelles*）中，在戈蒂埃去世后多年还以插图版单行本形式出版。此外，戈蒂埃还曾收留当时一位流落巴黎的中国清代文人丁敦龄并聘其为两个女儿的家庭教师，教习中国语言和文化。颇得父亲文采的女儿朱迪特·戈蒂埃（Judith Gautier，1845—1917）移译中国的唐诗宋词，修得《白玉诗书》（*Livre de jade*，1867，后简称《玉书》）一卷，在欧洲流传甚广；此外，朱迪特·戈蒂埃还创作了《帝龙》（*Le Dragon impérial*，1869），与皮埃尔·洛蒂（Pierre Loti，1850—1923）合作创作了《天之娇女》（*La Fille du ciel*，1911）等中国题材的小说和戏剧。

1852年，泰奥菲尔·戈蒂埃出版了诗集《珐琅和雕玉》（*Émaux et camées*）第一版，该诗集表明诗人从浪漫主义到帕纳斯诗派的诗风转变。诗集共收录37首诗，大多数都是格律工整的八音节诗，体现了戈蒂埃在形式上的精雕细刻，字字珠玑，正如他在这本诗集的《艺术》一诗中所言，诗歌就是"雕琢"的艺术，这也是诗集名称的寓意所在。诗人有意摒弃浪漫的抒情，着力于不动声色的描绘，语言准确，意象清晰，体现出一种静物画之美。《珐琅和雕玉》后来在1858、1863和1872年多次再版，20年的不断丰富和雕琢，使得此作品成为这位帕纳斯诗派领袖的巅峰之作。

戈蒂埃的叙事作品广受欢迎，作为小说家，他的作品富有历史传奇和奇幻志怪色彩，在当时的法国文坛独树一帜。小说《双星》（*Les Deux étoiles*）起先在1848年的《新闻报》上连载，讲述的是英国冒险家试图将拿破仑从被流放的圣赫勒拿岛上解救出来的故事；后来从1865年6月开始在《插图世界》（*L'Univers illustré*）上刊登，更名为《美丽的詹妮》（*La Belle Jenny*）。自从埃及象形文字在19世纪被西方学者发现之后，埃及学在法国成为热门话题。戈蒂埃以一部《木乃伊传奇》（*Le Roman de la momie*）吸引了广大读者的兴趣。小说讲述了法老时期的一个爱情故事，并从《圣经·旧约》的《出埃及记》一篇中汲取素材。这部小说最早于1857年3月在《箴言报》（Moniteur Universel）上连载，1858年出版单行本，之后多次再版，还在1862年被改编为芭蕾舞剧《法老的女儿》。戈蒂埃另一部颇受欢迎的作品是剑侠小说《弗拉卡斯上尉》（Le Capitaine Fracasse，1863）。故事发生于路易十三统治时期，主人公是落魄贵族青年希戈尼亚克男爵，一个冬天的夜晚，他好心收留了一个迷路的剧团在自己破落的庄园里过夜，而且与其中一位女演员伊莎贝尔一见钟情，于是决定陪同他们一起去各处巡演。一个男演员在暴风雪中冻死之后，希戈尼亚克男爵同意救场上台表演，"弗拉卡斯上尉"便成为他的艺名。年轻的瓦隆布勒兹公爵同样爱慕伊莎贝尔，但是遭到拒绝，于是他将希戈尼亚克男爵视为情敌，而且在与其决斗时受伤，此后二人又有过多次冲突和交手。正在矛盾愈演愈烈的时候，瓦隆布勒兹公爵的父亲出现了，他认出伊莎贝尔正是多年前自己与一个女演员的私生女，瓦隆布勒兹公爵原来是她同父异母的哥哥。在他的祝福中，"弗拉卡斯上尉"希戈尼亚克男爵与伊莎贝尔喜结良缘，回到修葺一新的城堡开始新的生活。有一天，瓦隆布勒兹公爵在城堡中埋葬家里过世的老猫，无意中发现祖上藏在地下的财物，瓦隆布勒兹家族从此家道复兴。《弗拉卡斯上尉》颇受17世纪作家保罗·斯卡隆的《滑稽小说》的影响，又有戈蒂埃第一部小说《莫班小姐》的生动节奏，获得巨大成功，这部小说至今已被多次改编成戏剧和影视作品。

　　1855年，戈蒂埃离开《新闻报》进入《箴言报》，负责文艺专栏，每月撰写大量关于绘画和文化生活的文章。在从事繁重的文艺评论工作的同时，戈蒂埃始终保持着对诗歌的热爱，诗歌既是他的消遣也是日复一日的修炼。在19世纪五六十年代，戈蒂埃成为法国文艺界的领袖人物，他被任命为玛蒂尔德王妃私人藏书馆馆长，频繁出入第二帝国的文学沙龙和文艺圈，与泰纳、圣勃夫、梅里美、龚古尔兄弟（Edmond de Goncourt，1822—1896；Jules de Goncourt，1830—1870）等文人和艺术家保持密切往来。他还在巴黎近郊的家中与朋友聚会，经常见面的有波德莱尔、福楼拜、小仲马、欧内斯特·费铎（Ernest Feydeau，1821—1873）以及画家沙瓦纳（Puvis de Chavannes，1824—1898）等。1862年，戈蒂埃当选为国家美术协会（Société nationale des Beaux-Arts）会长，与德拉克洛瓦、沙瓦纳、马奈、居斯塔夫·多雷（Gustave Doré，1832—1883）等著名画家交往密切。不仅有帕纳斯诗派诗人邦维尔（Théodore de Banville，1823—1891）将自己的诗歌题献给戈蒂埃，波德莱尔也自称为戈蒂埃的弟子，将诗集《恶之花》题献给这位"诗艺炉火纯青的魔法师"。

　　1870年普法战争爆发后，戈蒂埃的巴黎寓所受到破坏，他与家人蛰居凡尔赛，1872年回到城里，不幸于10月23日因心脏病发作去世。在其隆重的葬礼上，小仲马朗读悼词。尽管戈蒂埃的诗歌如今很少流传，但是他所提倡的"为艺术而艺术"的帕纳斯派美学观念至今为人所知，而且他以大量的艺术评论在当时的法国文艺生活中产生了重要影响。

❧ 夏尔·波德莱尔：象征主义诗歌的先驱

　　夏尔·波德莱尔（Charles Baudelaire，1821—1867）出生于巴黎，其父母年龄相差34岁，当夏尔·波德莱尔年仅5岁时，他68岁的父亲去世，母亲于第二年改嫁。波德莱尔在童年时代与母亲和继父相处融洽，但是随着年龄的增长，这个敏感的少年认为继父夺走了母亲对自己的一部分关爱而且不能理解和接受自己成为诗人的人生志向，于是二人之间逐渐产生矛盾。成年之后，波德莱尔获得亲生父亲的10万金法郎遗产，但是2年之后便将财产挥霍掉一半。继父为了改变他的生活方式，在1841年6月安排他登上前往印度加尔各答的轮船，不过这次航海旅行由于轮船在9月遭遇事故而缩短了航程，最终可能只到达了留尼汪岛后便折返法国。这次强制的旅行虽然并非波德莱尔所愿，但是开阔了这位20岁诗人的视野，旅行和异域从此成为波德莱尔诗歌写作的灵感来源和重要主题。在毛里求斯停留的半个月期间，他创作了《致一位克里奥女士》（《 À une dame créole »），赠给当地接待自己的法国移民夫妇，这首诗后来成为首版《恶之花》中的第61首。第二版《恶之花》中的第二首《信天翁》（« L'Albatros »）一诗便起源于这次航海经历，波德莱尔以浪漫的笔触描绘海鸟信天翁在苍穹碧海之间遨游，可惜自由自在的云中君一旦落入水手之手便只能遭受世俗的捉弄，以此象征诗人难为俗世所容的境况。

　　返回巴黎后，波德莱尔回归自己的浪荡文人生活，因为从青春期开始，他便对自身家庭所代表的资产阶级价值观产生了强烈的逆反心理。他爱上了一个有黑人血统的风尘女子让娜·杜瓦尔（Jeanne Duval），有人说她是诗人的缪斯女神，也有人称她为红颜祸水，说她毁了波德莱尔的前途。或许是天使和魔鬼集于一身，《恶之花》中的《异域芳香》（« Parfum exotique »）、《头发》（« La Chevelure »）等十余首诗中都留下了她的身影。波德莱尔与让娜·杜瓦尔的恋情遭到母亲的反对。这一时期，身负债务的波德莱尔的财产管理权被委托给家族公证人，从1844年9月开始，他每个月只能获得200法郎的生活费，而且需要汇报自己的所作所为。波德莱尔认为这种限制是对自己的侮辱，难以接受，甚至在1845年6月产生了自杀念头。这一切或许导致家庭矛盾愈发激烈，1846年，波德莱尔与继父断绝了父子关系，但是一直热爱自己的母亲，并希望母亲关注自己的作品。波德莱尔的母亲虽然欣赏儿子的才华，但是始终认为他毁了自己的生活。

　　作为诗人的波德莱尔只有两部作品流传于世，但是它们具有划时代的意义。波德莱尔毕生创作的168首诗歌收录于《恶之花》之中。他将自己笔下这些"病态之花"题献给帕纳斯诗派领袖戈蒂埃。作品根据内容和主题分为6个部分："忧郁和理想""巴黎即景""酒""恶之花""叛逆"和"死亡"等。6个部分形成了一个有机的整体，展现了诗人精神探索的轨迹，反映了诗人与时代、社会的冲突。《恶之花》在诗歌格律和语言上有所革新，最重要的是表现出与法国浪漫主义和帕纳斯诗歌迥异的内容、主题和美学风格，描绘了现代城市里光怪陆离的图景，揭示了现代西方社会中人们的精神状况。诗集中的作品笼罩着厌倦、痛苦和忧郁的情绪，大量怪异、丑陋和阴郁的意象颠覆了传统的审美趣味。正如诗人所言，"你给了我泥土，我提炼出黄金"，他尝试的正是"发掘恶中之美"，把人性之恶和社会之恶作为审美对象。诗集初版于1857年6月25日，印刷1300册，当时大多数批评家对这部作品表现出无法理解的质疑、担忧和敌视，当时的《费加罗报》上有书评称《恶之花》好似"一所医院，集中了所有精神异常和心灵腐烂的病症，[……] 这些疾病已是无可救药"[1]。7月初，《恶之花》就因有伤风化、败坏良俗而被提起公诉。虽然法庭最终没有禁止诗集出版，但是裁定诗人要交300法郎的罚款并勒令其删除其中的6首诗。波德莱尔为此感到委屈不平，当时很少有作家声援，受到题献的戈蒂埃本人也保持沉默。所幸当时影响颇大的《箴言报》

---

1. Cf. André Guyaux, *Baudelaire: un demi-siècle de lecture des* Fleurs du mal, *1855—1905*, Paris, PUPS, coll. « mémoire de la critique », 2007, p. 160.

在7月14日刊登了作家爱德华·蒂埃里（Édouard Thierry，1813—1894）的一篇赞誉性书评，他是第一个称《恶之花》为杰作的人，并在文中称其"有但丁之遗风"[1]。流亡英国的雨果收到波德莱尔的赠书后向诗人表示衷心祝贺，他热情洋溢地写道："您的《恶之花》光辉灿烂，犹若星辰闪耀。我由衷赞美您的勇敢精神。请允许我在这寥寥几语的最后表达祝贺之情。"1861—1869年，诗集再版3次，补充了一些新诗，被要求删除的6首诗后来被收入比利时版本，而波德莱尔《恶之花》案直到1949年才得到平反昭雪。

　　波德莱尔的另一部作品《巴黎的忧郁》（*Le Spleen de Paris*）是一部散文诗集，约50篇，创作于1857—1864年间，但是在波德莱尔身后才出版。他效仿第一位有意识地创作散文诗的作家阿洛伊修斯·贝尔特朗的《加斯帕之夜》（*Gaspard de la nuit*，1842），将其描绘古代生活的创作方式用来描绘现代生活。作为最早尝试散文诗的法国作家之一，波德莱尔将诗歌的节奏和韵律化用到散文体中，使其蕴含一种内在的和谐与节律，同样具有音乐性。《巴黎的忧郁》中也有《邀游》（«Invitation au voyage»）等篇章与《恶之花》中的诗篇主题一致，互相应和。波德莱尔另著有散文集《人造天堂》（*Le Paradis artificiel*，1860），以诗意的笔触描绘了酒、大麻和鸦片给人带来的夹杂着混乱和迷幻的体验，这种沉醉让人产生短暂的快感，但一时的绚烂终究是虚幻，人仿佛置身于人造天堂，最终却走向灭亡。诗人后来也表示："我要写的书不纯粹是生理学的，而是伦理学的。我要证明的是，那些追寻天堂的人所得到的是地狱。"（郭宏安译）

1． Marie-Christine Natta, *Baudelaire*, Perrin, 2017, p. 164.

波德莱尔一边进行诗歌创作，一边从事艺术评论，他的艺术评论作品数量远远超过诗歌。他持续关注巴黎美术展览会，所撰写的《1845年沙龙》《1846年沙龙》和《1859年沙龙》等长篇文章都是极具艺术鉴赏力和前瞻性的美术评论。他在《浪漫主义艺术》（L'Art romantique，1852）中为这一流派进行理论总结，认为德拉克洛瓦是浪漫主义绘画的代表人物。此外，他也在《1855年世界博览会》（Exposition universelle，1855）中表明了对世界其他文明的看法，并在此文中提出"美是奇特的"这一著名美学观点；他在《现代生活的画家》（Le Peintre de la vie moderne，1863）中表达了对现代艺术的看法；《对当代作家的思考》（Réflexions sur quelques-uns de mes contemporains，1861）则汇集了他对雨果、戈蒂埃和邦维尔等10位同时代作家的文学评论。值得一提的是，波德莱尔也是成功的翻译家，他对美国作家爱伦·坡推崇备至，最早在1848年就翻译了坡的作品，刊登在《思想自由》（La Liberté de penser）杂志上，之后他翻译了《爱伦·坡奇异故事集》，此书至今仍是法国读者阅读爱伦·坡的经典译本。

1864年4月，债台高筑的波德莱尔前往比利时进行巡回讲座，可惜，他的艺术评论才华未能得到很多人的赏识。不过，他暂居布鲁塞尔，并多次拜访当时在同一个城市停留的雨果，还遇到了后来为1866年版的《恶之花》绘制插图的比利时画家费里西安·罗普斯（Félicien Rops，1833—1898）。正是在参观一座教堂的时候，波德莱尔突然昏厥，后来便半身不遂，直到1866年7月被送回巴黎的一家疗养院，后于1867年8月31日在此病逝。

在1859年11月6日致波德莱尔的信中，雨果称赞《恶之花》给文学带来了"新的震颤"，这种震颤就是突破传统的现代诗歌美学。波德莱尔以全新的方式书写现代社会中人们对世界的感知和困惑，开辟了法国诗歌的象征主义时代，对后世出现的各种现代文学流派产生深远影响。

✨ 居斯塔夫·福楼拜：浪漫主义情怀的现实主义作家

　　居斯塔夫·福楼拜（Gustave Flaubert, 1821—1880）出生于诺曼底地区历史名城鲁昂市的一个医生世家，他的祖父以行医为生，父亲是著名的外科医生，曾担任鲁昂市立医院院长多年。虽然家境优渥，但是他从小在医院的环境中长大，常常目睹疾病和死亡，因而性情忧郁，甚至染上悲观厌世的情绪。这位后来被英国小说家毛姆（William Somerset Maugham, 1874—1965）誉为天才的大作家在小时候却显得非常愚钝，或许是大智若愚，福楼拜9岁时才入学习得字母，但是他从小就很喜欢听保姆讲故事，因而获得了最初的文学启蒙。少年时期，福楼拜常怀有一种浪漫的激情，而且热爱阅读和写作，在13岁时就和同窗好友一起创办了一份手抄报《艺术与进步》（Art et Progrès）。15岁的福楼拜在海边度假时对年长他8岁的伊莉莎·施勒辛格太太（Élisa Schlésinger）一见钟情，这场刻骨铭心的暗恋持续了30多年，后来，福楼拜将这段记忆留在了《情感教育》（L'Éducation sentimentale, 1869）的文字里，其中描述弗雷德里克眼中的阿尔努夫人和他们最后晤面情景的文字是小说中最为优美的片段。

　　居斯塔夫·福楼拜通过高中毕业会考后便开始写作《疯人忆事》（Mémoires d'un fou, 1838）、《斯玛尔：古老的秘密》（Smarh, vieux mystère, 1839）等短篇小说。1841年，他遵从父母意志前往巴黎学习法律，然而他真正感兴趣的是写作和巴黎的文艺生活。这一时期，他结识了雨果，还与马克西姆·杜刚（Maxime Du Camp, 1822—1894）结为挚友。1844年，身材魁梧，热爱游泳、剑术、马术和打猎的福楼拜却突发癔症性癫痫，只好放弃学业回到家乡定居。他偶尔前往巴黎参加文学沙龙，会见朋友，如龚古尔兄弟、圣勃夫、波德莱尔、戈蒂埃以及俄国作家屠格涅夫，他还与乔治·桑德结下了友谊，二人之间通过书信探讨文学与社会。1846年，福楼拜继承了父亲的遗产，移居乡下家宅，安心写作。他一直保持独身主义，但是以女诗人路易丝·高莱（Louise Colet，1810—1876）为红颜知己，二人之间的异地恋情即始于这一年，之后长期保持通信。福楼拜在书简中大量谈及对爱情、写作和艺术的看法，这些书简成为我们今日了解作家的宝贵材料。在巴黎见证了1848年革命之后，福楼拜与好友杜刚在1848—1851年间完成了一次中东之旅，所到之处有埃及、叙利亚、希腊、土耳其、耶路撒冷、君士坦丁堡等，后经意大利回到法国。他在笔记中详细记载了各地见闻，在这次异域旅行中所获得的感受和体悟丰富了福楼拜后来的写作。

福楼拜在1848年9月完成的《圣安东的诱惑》（La Tentation de saint Antoine）第一稿遭到好友路易·布耶（Louis Bouilhet，1821—1869）和马克西姆·杜刚的严厉批评，从中东旅行归来后，在他们的建议和鼓励下，福楼拜开始创作小说《包法利夫人》（Madame Bovary，1857）。福楼拜精耕细作，用了5年时间方才完成。之后，1857—1862年，他又花费5年时间写作历史小说《萨朗波》（Salammbô），继而在1846年开始写作《情感教育》。1870 年冬天，普鲁士人占领法国，福楼拜避居鲁昂，继续从事写作。1874年，他创作的戏剧《候选人》（Le Candidat）遭遇失败，不过一部新的《圣安东的诱惑》终于完成并出版，此后他又创作了短篇故事集《三故事》（Trois contes，1877）。1877 年，福楼拜重拾5年前开始创作的小说《布瓦尔与佩库歇》（Bouvard et Pécuchet），这部作品成为未竟之作，于1881年作为遗著出版。在福楼拜的晚年时期，亲人和朋友相继去世，加之遭遇经济困难，他身体状况渐差，于1880年5月8日突发脑出血离世。3天后，左拉、都德（Alphonse Daudet，1840—1897）、龚古尔兄弟、邦维尔和莫泊桑等众多作家齐聚鲁昂，参加福楼拜的葬礼。福楼拜虽然作品不多，但是其写作艺术对同代和后代作家都产生了深刻影响，可以说是开辟了法国现代小说的道路。

《包法利夫人》是福楼拜最为著名的作品。故事主要发生在七月王朝期间。乡村医生查理·包法利在第一任妻子去世后，娶了卢欧老爹的独生女爱玛为妻。爱玛出身于富农家庭，被送到修道院寄宿学校同一些富贵家庭的女儿一起接受教育，她不喜欢清规戒律，不过在那里习得的文字、音乐和绘画能力培养了她与一般乡村女子不同的情趣。她对书中才子佳人海誓山盟、风花雪月的爱情或生离死别的伤感尤为敏感，不满足于平淡的生活，一心追求激情，期待冒险和奇遇。爱玛很快对日复一日的婚姻生活感到失望。查理医生治愈了到乡下来争取选民的昂代尔维利耶侯爵的口疮，因而受邀携爱玛参加侯爵家的晚宴和舞会。这一夜繁华在爱玛的心里刻下了痕迹，从此她就生活在想象甚至是幻象中。正如书中所言，"在她的灵魂深处，她一直期待意外发生。她睁大一双绝望的眼睛，观看生活的寂寞，好像沉了船的水手一样，在雾蒙蒙的天边，寻找白帆的踪影"（李健吾译）。她越是沉浸于幻想，就越无法忍受现实，越来越忽略和偏离生活本身。她变得乖戾任性，不修边幅，一日三餐食而无味，觉得自己成天在空虚无聊中度日如年，怨天尤人。查理带她去鲁昂看病，并决定遵从医嘱为她换个环境，从乡下迁居到了永镇。在这里，爱玛先是爱上了年轻英俊的法律专业预科生赖昂，后来又在当地富绅罗道尔弗那里寻找到精神寄托，以为可以和他到别处寻找别样的生活。可是罗道尔弗只是一个到处寻花问柳的风月老手，并不能承担爱的责任，他在与爱玛约定的一起私奔的前一天晚上独自逃走。爱玛再次大病一场，一连40多天萎靡不振。在查理的悉心照料和陪伴下，爱玛的精神渐渐恢复。查理决定带她去鲁昂看戏散心，没想到在此和从巴黎回到家乡准备学位考试的赖昂重逢。分别3年后的爱玛再次投入他的怀抱，从此每周以学习钢琴为由去鲁昂与赖昂幽会。为了支付路费、旅馆费以及购买各种生活必需品和非必需品，爱玛经常从商人勒乐那里赊账。当她无钱还账时，勒乐借机唆使她借高利贷，期票写了一张又续一张，直到最后迫使爱玛以家产为抵押。在爱情方面，爱玛和赖昂渐渐从激情落入平淡，并且互相厌倦，爱玛在这段婚外情中"发现婚姻的平淡无奇了"。商人勒乐一面继续维护与顾客爱玛的生意，一面让同伙起诉爱玛催还欠款。最后，律师带了见证人来到包法利夫妇家里记录要扣押的物品和家产。债台高筑的爱玛鼓起勇气来到鲁昂找银行借钱，可惜到处吃闭门羹，昔日的情人赖昂和罗道尔弗对她的不幸袖手旁观。爱玛从浪漫的、远离现实的梦里醒悟得太晚了，醒来时她已经没有活下去的力气，于是到药剂师郝麦家中趁人不注意抓了一把砒霜一口吞下。匆匆赶回家的查理悲痛欲绝，这个可怜的男人深爱着爱玛，却不了解妻子如何落入此般境况，内心充满自责和无奈。临终前爱玛终于明白这世上最爱她的人就在身边，查理常常被她忽略和鄙视，此时终于听到爱玛说："你是好人！"最后，爱玛要来一面镜子，端详了很久，泪流满面，一声叹息，倒在枕头上，又像触电的尸首一样突然坐起来，披头散发，发出疯狂的笑声，一阵痉挛之后又倒在床上，再也没有醒来。爱玛的最后一句话是"瞎子！"，好像是在责怪自己像瞎子一样过了一生，临死才看得清楚。而在这时，正有一个瞎子在窗外街道上用沙哑的声音唱一首民歌，唱的是一个农村小姑娘一边干农活一边想情郎的故事。福楼拜笔下包法利夫人的临终结局极具抒情性和象征性，充分渲染了场景和人物的悲剧色彩。爱玛死后，罗道尔弗依旧过着安逸的生活；赖昂不久后当上了公证人，成家立业；查理因为她而倾家荡产，虽然他一点点知道了爱玛的恋情，但是依然爱着她，常常带着女儿去公墓看望爱玛。平日里他每天情绪低落，衣装不整，不出门，不见客，也不出诊，直到有一天坐在花棚底下的长凳上死去。他们的女儿白尔特先是被一个远房姨妈收留，后来被送进一家纱厂做了童工。

《包法利夫人》取材于一桩真实事件。1848年，鲁昂的报纸报道了一条社会新闻：德拉玛尔夫人（Delphine Delamare）鄙夷自己的丈夫，与人私通，并暗地里借债，结果债台高筑，陷入困境，此时，第二个情夫提出绝交，于是她服毒自尽。这个现实中的故事或许是福楼拜创作的灵感来源。如今已经无人记得当年这个鲁昂女子的姓氏，但福楼拜笔下的"包法利夫人"已经是法国文学乃至世界文学中家喻户晓的人物形象。法国学者勒内·基拉尔（René Girard，1923—2015）以"摹仿欲望"来分析包法利夫人的人格[1]。确实，她的激情来自书本和与其出身不相称的教育，她的追求中混合着高雅与庸俗，在缺乏判断力的情况下，她渴望成为他者，所以失去了自我。包法利夫人的爱和她的恨一样激烈，她一方面不愿接受大地上的现实，另一方面又触摸不到天堂，在激情和失望中堕落。包法利夫人代表了这样一种人格，就是由对现实的不满产生逃避心理和行为，总是想象自己是另外一个人，容易生活在想象世界而不是现实世界中，这就是"包法利情结"（le bovarysme）。福楼拜本人成长于浪漫主义时代，他在给母亲和朋友的书信中曾经描述自己身上流淌着沸腾的血液，头脑中充满激情和躁动。他于1842年写作的短篇小说《十一月》（Novembre，1910）颇受歌德的《少年维特之烦恼》（Die Leiden des

---

1.　参见勒内·基拉尔：《浪漫的谎言与小说的真实》，罗芃，译，北京：生活·读书·新知三联书店，2021年，第9—18，72—74页。

jungen Werther，1774）、夏多布里昂的《勒内》和缪塞的《一个世纪儿的忏悔》之影响。主人公是一位18岁的少年，总是被一种无法平息的失望情绪和朦胧欲求所主宰，他厌弃世俗，向往一个不存在的世界。从这个意义上说，尽管福楼拜"包法利夫人就是我"这句传言的出处未可证明，他确实在包法利夫人这一形象中表达了自身的矛盾性以及普遍的人性，即现实与想象之间的差异、冲突和分裂，同时也是对自身的浪漫主义进行清算。

从写作手法上而言，《包法利夫人》是福楼拜的转型之作，这位成长于浪漫主义浪潮中的作家完成了一部被称为现实主义代表作的小说。在写作过程中，福楼拜摆脱了之前的情感式书写，做到了以冷静的笔触克制地表达个人立场，对包法利夫人的同情和批判都由读者从文字中体味，他自己也曾说："我希望我（在创作中）做到不爱不恨，不怜悯不愤怒。〔……〕不偏不倚的描绘可以达到法律的庄严和科学的精确。"1857年，法国文坛有两部后来流传广泛且影响深远的作品遭到拿破仑三世政府的审判，一部是波德莱尔的诗集《恶之花》，一部便是福楼拜的《包法利夫人》；遭受指责的理由也都相似，就是有伤风化和亵渎宗教。福楼拜由于没有在作品中直接表示对这种行为的批判而受到公诉人的谴责。得益于律师的有力辩护和权贵人物的保护，最终，判决书对书中某些段落加以谴责，但是承认《包法利夫人》是一部认真而严肃的作品，并且宣布作者无罪。

因《包法利夫人》的成功，福楼拜被纳入现实主义作家之列，但他实际上是反对现实主义之类的标签的，对当时的社会现实和生活也感到厌倦和失望，正如他在1856年10月30日回复读者来信时所阐述的那样："人们认为我痴迷于真实的事物，但实际上我憎恶它们；正是由于我对现实主义的憎恶，我才写了这部小说。但是，我也同样憎恶愚弄我们的理想主义的幻影。"[1] 正因如此，福楼拜在历史小说《萨朗波》中逃离现实世界，将目光投向了古老的迦太基王国[2]。故事发生在公元前3世纪迦太基盛极而衰的时期：不断扩张的迦太基成为霸主，由于实施暴政，周围部落民不聊生，国内贫富分化，潜藏着巨大的社会危机。在罗马帝国和迦太基之间的第一次布匿战争中，迦太基战败，且拖欠雇佣军的军饷。雇佣军在利比亚人马托的带领下包围了迦太基城。在希腊奴隶斯庞迪斯的帮助下，马托潜入迦太基城，盗走了护城神裳。迦太基统帅阿米尔卡回师解救迦太基城，初战失利。福楼拜在战争叙事中融入了爱情元素，起义军首领马托与阿米尔卡之女萨朗波互生爱慕之情。萨朗波美丽绝伦，如同圣女一样纯洁无瑕，散发着圣洁的灵光，是迦太基的守护神。在危急之中，萨朗波只身走进马托的军营，取回神裳，扭转了战争局势。与此同时，阿米尔卡施计包围起义军，又以分化瓦解的方式彻底消灭了起义军，首领马托被俘后被处以极刑。萨朗波目睹马托遭受酷刑，精神崩溃，在眼神与临死之际的马托的眼神相遇的一刹那，她如同受到雷击，气绝而亡。在这部历史小说中，福楼拜揭示了一种人生虚无主义思想，无论是事业还是爱情，人物的理想世界最后都以瓦解和失败而告终。马托的身体以近乎凌迟的方式被消解，萨朗波的精神在瞬间溃散，死亡象征着彷徨无依的人在肉体和精神上化为虚无。为了写作这部史诗性作品，福楼拜不仅阅读了众多史学家的著述，搜集神话传说和宗教文献，

---

1. Gustave Flaubert, *Correspondance: Tome II*, éd. Jean Bruneau, Paris, Gallimard, 1980, p. 634.
2. 迦太基，古国名，位于今北非突尼斯北部，临突尼斯湾。公元前9世纪末，腓尼基人在此建立城邦，公元前7世纪发展成为强大的奴隶制国家，垄断西地中海海运贸易。公元前3世纪，随着古罗马对外扩张，迦太基国遭受威胁，由此爆发了三次"布匿战争"，公元前147年，迦太基国灭亡。

而且在1858年亲自到实地考察，参观迦太基古国遗址废墟，了解北非当地的风物和文化。1861年5月小说完稿之后，福楼拜向友人朗读小说，进一步完善作品，一年后终于定稿。小说出版之后立刻受到关注，虽然未获评论界好评，但是这部具有历史底蕴和地方风情的作品得到作家雨果和历史学家米什莱（Jules Michelet，1798—1874）的热情鼓励和赞扬，亦得到拿破仑三世宫廷的赏识。

《情感教育》是福楼拜最早开始创作的长篇小说，然而在20多年间几易其稿。故事发生在1848年二月革命前后，主人公弗雷德里克·莫罗出身于外省一个资产阶级家庭，18岁时来到巴黎攻读法律，可是他只对文学艺术感兴趣，写过诗，学过画，但都半途而废。这时他还爱上了画商之妻玛丽·阿尔努，阿尔努夫人虽为他的痴情所感动，但是恪守妇道。失望的弗雷德里克·莫罗在交际花萝莎奈特的怀中寻找安慰，两人同居并生有一子，可是儿子不幸夭折。后来，莫罗与出身贵族的实业家唐布勒兹交往，甚至成为唐布勒兹夫人的情夫以图进入上流社会。唐布勒兹先生去世后，两人准备结婚。这时，阿尔努先生破产，原来其中也有唐布勒兹夫人的谋划。失望愤懑之中，莫罗发现没有任何一个女人可以替代他心中的阿尔努夫人，于是与唐布勒兹夫人分手。他回到家乡，打算接受同乡姑娘路易丝的爱情，可是恰好发现教堂的广场上正在举行路易丝与他的老同学戴洛里耶的婚礼。感情无处安放的弗雷德里克·莫罗返回巴黎，后又流浪他处十余年。在1867年的一天傍晚，阿尔努夫人突然来访，二人互诉衷肠，然后，阿尔努夫人剪下一缕白发留给莫罗，作为诀别的纪念。《情感教育》可以说是一部成长小说，弗雷德里克·莫罗的成长过程融入了作家的部分生活经历和情感历程，同时又突破了个人叙述，反映了当时法国青年的精神状况。法国社会在复辟王朝、共和国和帝国的体制更迭中飘摇，青年们的思想也随之动荡，他们尝试各种通往成功的道路却一无所成，在情感上也难以找到归宿，种种经历将幻想的火焰逐渐化为灰烬，最终在困窘中结束平庸的一生。《情感教育》中缺乏跌宕起伏的重大事件和戏剧性变化，所描写的人物是失败的"反英雄"，即平庸之辈，在看似平淡的情节中书写了庸常人生的真实性和不确定性。这部小说在艺术特色上体现了福楼拜小说的现代性，故事的连续性叙述经常被打断，在一段情节没有叙述完时便切入另一段情节，片段之间没有过渡的痕迹，从而营造出一种跳跃的阅读感觉和蒙太奇效果。福楼拜还擅长创造叙事的空白和调整叙事的节奏，为后来人物间关系的微妙变化预留出想象空间。与同时代的小说家相比，福楼拜在作品中安排人物的个性按照内在逻辑发展，避免以自己的主观感情评论人物。1857年，福楼拜曾在书信中如此阐释作家"客观性"的隐匿原则："艺术家在作品中，犹如上帝在创世中，看不见摸不着却强大无比。其存在处处能感觉到，却无处能看到。"[1]这种隐身的无所不在为后世的客观性写作提供了先例。

1845年5月13日，福楼拜参观了意大利西北部历史文化名城热那亚里约福斯卡里大广场上的巴尔比宫，这是一座文艺复兴和前巴洛克时期风格的建筑。此处收藏的16世纪佛兰德斯画家彼得·勃鲁盖尔（Pieter Bruegel，约1525—1569）的油画《圣安东的诱惑》给福楼拜留下了深刻印象，作品描绘了中世纪时期基督教隐修院创始人圣安东抵制魔鬼种种诱惑的故事。英国诗人拜伦（George Gordon Byron，1788—1824）在《该隐》（*Caïn*，1817）中，德国作家歌德在《浮士德》中都取用过这一古老题材。

---

1. 福楼拜：《福楼拜文学书简》，丁世中，译，北京：燕山出版社，2012年，第33—34页。

圣安东于251年出生在埃及一个富裕的基督教徒家庭，他在20岁时继承了父母的大笔遗产。一天，圣安东走进教堂，听到人们正在诵读《圣经·马太福音》："耶稣说，你若愿意作完全人，可去变卖你的所有，分给穷人，就必有财宝在天上，你还要来跟从我。"圣安东认为这是上天的启示，于是散尽财产，退隐到一个墓地里。这时，他经历了魔鬼的种种诱惑，以及恶念、情欲和贪念的折磨，但是依然信仰坚定。他在墓地里居住了12年，后来又隐居到上埃及的一个山洞中。圣安东的声名逐渐远播，许多人成为他的追随者，他所到之处便自然形成一个修道院。这样，他成为基督教修道业的创始者。圣安东死于356年左右。他所受到的诱惑也成为中世纪有名的传说。

福楼拜的《圣安东的诱惑》共经历了3个创作阶段，初稿构思于1845年，之后在1856年重写，1872年又进行修改，最后于1874年定稿出版，历时29年而成。这部长篇小说以剧本的形式写成，描述了圣安东在一夜中面对各种诱惑和考验时所经历的精神危机。《圣安东的诱惑》共设有7个场景，开头第一个场景书写圣安东在晚祷前的冥思和回忆，之后6个场景描写他在魔鬼诱惑下产生的梦魇。圣安东眼前出现了物念、性欲和权欲幻象，而且更令人迷惑的是他从前的弟子伊拉利翁显身与他谈论教理，揭露《圣经》中种种矛盾抵牾之处，原来他是化身科学和知识的魔鬼，他们一起目睹古往今来东西方一切神祇的毁灭，并游览宇宙万象。最后，圣安东抗拒死亡、物欲和妄念的纠缠，企望与万物同化。这时，晨曦微明，基督露出了面容，又是幻象的作用使圣安东拒绝了成为物质的最高诱惑。抵御住一切诱惑的圣安东度过了梦魇般的一夜，结束了自己的幻觉和妄念，他跪下祈祷，似乎回归到苦修和宁静之中，正如书中佛言："一切感觉，一切喜悦，一切疲倦，俱乃绝灭。"（李健吾译）这一夜中梦幻与信念之间的纠缠是意义的空无的隐喻。福楼拜运用梦幻叙事表达了自己的精神思索和对宗教神学体系的批判，他以德国哲学家斯宾诺莎（Baruch de Spinoza，1632—1677）的自然神论为基础，诘问宗教的意义和超自然上帝的存在。这部作品体现了福楼拜的宗教意识和虚无思想，正如李健吾先生所言："他否认任何宗教的优越，然而他承认一种普遍的宗教的情绪。"福楼拜本人写道："然而超乎一切，最引诱我的，正是宗教。我的意思是说所有的宗教，不限于某一种宗教。我讨厌每一种单独的教义，然而我以为创造宗教的情绪却是人类最自然最有诗意的情绪。"[1]《圣安东的诱惑》是一部独具特色的作品，福楼拜以夸张变幻的手法描摹种种光怪陆离的梦境，以大量隐喻和象征来暗示一个隐修者的内心图景，以超越时空的技巧来展示人物的潜意识，从而营造出了令人震撼的艺术效果。"圣安东最终既没有从诱惑中将自身解除出来，也没有屈从于诱惑。"[2]

出版于1877年的《三故事》是福楼拜生前完成的最后一部虚构作品，由三则短篇故事构成。《一颗简单的心》（Un coeur simple）讲述了一个经历各种生活磨难的诺曼底普通女性动人心弦的平常人生。《圣朱利安传奇》（La Légende de saint Julien l'Hospitalier）取材于一则中世纪传说，主人公朱利安未能摆脱魔咒预言，生性残忍，他想摆脱命运，却依然在无知中犯下弑亲之罪，之后他一心从事善举，洗清罪孽，最后受到耶稣指引升入天国。在这个宿命故事里，福楼拜将嗜杀如命和生性慈悲两种矛盾的人性集中到一个人物身上，揭示了人类命运的不可知性，而且此

---

1. 转引自李健吾：《福楼拜评传》，桂林：广西师范大学出版社，2007年，第199页。
2. Jean-Luc Nancy, " On Writing: Which Reveals Nothing", in *Multiple Arts: The Muses II*, Simon Sparks, ed. Stanford: Stanford University Press, 2006, p. 71-72.

篇在艺术风格上也是其锤炼文字的典范之作。《希罗底》(*Hérodias*) 则取材于《圣经·新约》故事，重现了莎乐美之舞的情景，颇具唯美主义色彩。据说福楼拜以此人物回忆他在埃及之旅中遇到的尼罗河畔的舞女库楚克，而莎乐美的形象很快也被法国象征主义大诗人马拉美和爱尔兰作家王尔德(Oscar Wilde, 1854—1900)分别以诗歌和戏剧的形式重新加以演绎。法国当代作家米歇尔·图尼埃(Michel Tournier, 1924—2016)认为福楼拜此三篇故事与之前的《包法利夫人》《圣安东的诱惑》和《萨朗波》形成应和之曲。评论界也都认为《三故事》是福楼拜小说艺术的集中体现，传说福楼拜的好友屠格涅夫不等法文原作成书，就将其陆续译成俄文。

福楼拜身后出版的《布瓦尔与佩库歇》动笔于1874年8月，是一部"旨在描写知识之衰落与人生之空幻的百科全书式的喜剧小说"[1]。小说分为两部分，前十章为第一部分，讲述了两个朋友布瓦尔和佩库歇的故事。他们都是抄写员，生活窘迫不如意，后来佩库歇获得一笔遗产，二人便辞去工作，隐居乡下，衣食无忧。他们自学医学、化学、历史、地理和政治学等各门知识，尝试不同的事业，但所有努力都以失败告终，最后重新以抄写为营生。人生似乎没有改变，一切又回到原点。小说第二卷比较奇特，全部由引文构成，内容便是两位主人公所读书籍的摘录。福楼拜在1879年曾为这部作品拟定副标题——"人类愚痴的百科全书"，或者也可以说福楼拜以"愚痴"为主题创作了这部小说，因为布瓦尔与佩库歇以为人类可以博览群书并掌握所有知识，但实际上却在经历种种尝试之后变得一无所成。面对此种愚痴之举，福楼拜在表示嘲讽的同时又

---

1. 萨义德：《东方学》，王宇根，译，北京：生活·读书·新知三联书店，2020年，第151页。

表现出同情。两个主人公本是"愚痴",却渐渐具有了判断力,发现愚之所在并难以容忍,但是另一方面,人类的困境就在于即使发现别人之愚也无法完全避免自身之愚。在作品第二部分出现的引文抄录实际上是主人公的报复行为,因为他们发现作为知识载体的书籍充满了因袭和矛盾之处,所以决定通过抄写和罗列书中文字以显示其中的谬误和错漏。"所有激情都自我消解为令人乏味的老生常谈,每一学科或知识类型都由希望和权力的象征变成了混乱、毁灭和哀伤的根源。"[1]从这个意义上而言,《布瓦尔与佩库歇》和《情感教育》"相映成辉":"在《情感教育》里面,我们感到情感的浪费;《布瓦尔与佩库歇》更进一步,告诉我们理智的枉然。"[2]福楼拜在这部分内容中穿插了一部蔚为可观的《庸见词典》(*Dictionnaire des idées reçues*)。这一想法起意于1850年,词典按照主题单词的字母顺序进行排列,旨在梳理汇编当时法国普遍流行的一些社会习见以及社交生活中言语应答之套话,以起到针砭时弊之用。《庸见词典》后来在1913年经过勘定后得以单独出版。而且这部分体现俗套和成见的内容后来颇为符号学家罗兰·巴尔特(Roland Barthes,1915—1980)所赏识。此外,布瓦尔与佩库歇两个主人公还在文中引用作者福楼拜本人之语,将其编入《名人愚言录》中,正如福楼拜在文中书写布瓦尔与佩库歇两个人物之语,这种嵌套式写作后来也被20世纪作家更多采用。

　　福楼拜是清醒的社会观察者和描绘者,对人物心理分析深刻。出身于医生世家的福楼拜没有以医生为职业,但是他的血液里具有家族的遗传基因,他一辈子都在解剖人的思想,揭示人的内心活动;在从事文学创作时,福楼拜有着外科医生一般敏锐的观察力,对人间百态进行细致

---

1. 萨义德:前揭书,第151—152页。
2. 李健吾:前揭书,第262页。小说的译名有所改动。

的审视。福楼拜是一个在文字上精雕细刻的作家，对写作有着严苛的要求，他追求作品形式的完美，认为风格是一种理想或修行。为此，在写作之初，他往往会构思不同版本的提纲，尝试多种写作方式，之后会通过朗诵来推敲词句，不厌其烦地修改手稿，对于句点节奏、词语句式和时态都有着精细的考量。他的手稿和书信真实反映了作家创作思路的变化和作品的形成过程，故而在20世纪得到充分的文本生成研究。福楼拜在多部作品中所尝试的写作方式突破了当时的法国小说传统，他是19世纪下半叶一位具有现实意识的小说家，预告了下一个世纪法国作家的叙事创新，昆德拉甚至预言"以后的世纪（21世纪）是福楼拜的世纪"[1]。

∾ 儒勒·凡尔纳的科幻探险小说

儒勒·凡尔纳（Jules Verne，1828—1905）出生于法国布列塔尼地区南特市，父亲是诉讼代理人，母亲出身于航海员家庭。他在家乡完成教育，成绩优良，爱好音乐。大约20岁的时候，凡尔纳与当地一个姑娘相爱，但是女方家庭为她包办了一门婚事，此事对凡尔纳的精神打击很大，后来他在多部作品中都影射过这段夭折的爱情，家乡南特也成为他的伤心地。

父亲希望他子承父业，于是在1848年7月，凡尔纳离开南特，到巴黎继续大学法律专业的学习，并见证了巴黎1848年革命中的街垒巷战。这一时期，他已经开始创作小说，不过这第一部小说一直没有完成。凡尔纳后来在给友人的信中谈到自己年轻时颇受雨果影响，他可以流利背诵

---

1. 转引自童明：《现代性赋格》，北京：生活·读书·新知三联书店，2019年，第104页。

《巴黎圣母院》的片段，也为雨果的戏剧所吸引，因此在17岁时便开始学习写作悲剧、喜剧以及小说。他也阅读过大仲马、维尼和缪塞等人的浪漫主义戏剧，但是更喜欢莫里哀和莎士比亚的古典作品。他一边学习法律，一边创作戏剧，他这一时期的大部分作品直到2006年才得以出版，书名是《儒勒·凡尔纳戏剧集》（*Jules Verne: Théâtre inédit*）。在舅舅的引荐下，凡尔纳进入巴黎的文学沙龙，这使他有机会与仲马父子相识，他与小仲马一起修改润色喜剧作品《折断的麦秆》（*Les Pailles rompues*）。1850年6月13日，此剧在大仲马的历史剧场上演，当时凡尔纳仅有22岁。他最早的短篇小说是1851年在《百家博览》（*Musée des familles*）杂志上刊登的《墨西哥海军的早期舰船》（*Les Premiers navires de la marine mexicaine*）和《乘着气球去旅行》（*Un voyage en ballon*）。这一年，凡尔纳有幸认识了作家、画家雅克·阿拉戈（Jacques Arago，1790—1854），这是位不知疲倦的旅行家，曾在1817—1820年间以画家的身份参加地理学家、探险家德·弗莱西奈（Louis Claude de Saulces de Freycinet，1779—1842）组织的环球航行，到达过毛里求斯、夏威夷和悉尼等地，并于1822年出版了游记《环球漫步》（*Promenade autour du monde pendant les années 1817, 1818, 1819 et 1820, sur les corvettes du Roi L'Uranie et La Physicienne, commandées par M. Freycinet*）。雅克·阿拉戈为凡尔纳打开了视野，启发了他对当时蓬勃发展的游记体裁的兴趣。

　　1852年，凡尔纳确立了自己的人生理想，他拒绝继承父亲的衣钵，决心投身于文学创作，在给母亲的信中，他表示自己有可能成为一个好作家却不能成为一个好律师，因为他总是发现事物的戏剧性和神奇性而无视其中的现实性。这时，大仲马因债台高筑，将历史剧场转售给瑟维斯特兄弟（les frères Seveste），之后该剧场更名为抒情剧场（le Théâtre-

Lyrique）。经小仲马介绍，凡尔纳成为瑟维斯特兄弟的秘书，虽然工资微薄，但是他自己创作的戏剧可以在此上演。这一年，凡尔纳又发表了一部中篇小说《马丁·帕兹》（*Martin Paz*）和一部独幕谚语喜剧《加利福尼亚城堡》（*Les Châteaux en Californie*）。1853年，凡尔纳接触到一些音乐家，当时奥芬巴赫（Jacques Offenbach，1819—1880）掀起了喜歌剧热潮，自幼喜欢音乐的凡尔纳和朋友们投入创作，在抒情剧场上演了《捉迷藏》（*Le Colin-maillard*）等歌剧。这一时期的凡尔纳创作热情高涨，在戏剧和短篇小说之间游刃有余，创作了喜剧《蒙娜丽莎》（*Monna Lisa*）以及多年之后才得以发表的短篇小说《皮埃尔-让》（*Pierre-Jean*，1910）和《罗马之围》（*Le siège de Rome*，1994）。19世纪50年代，凡尔纳一边勤奋创作，一边为了养家糊口而充当起证券交易员。

1861年，经人介绍，凡尔纳与作家、出版人皮埃尔-于勒·赫泽尔（Pierre-Jules Hetzel，1814—1886）相识，从此进入了文学创作的新阶段。他向出版社提交了一份小说手稿，书名为《空中旅行》（*Un voyage en l'air*），赫泽尔提出了重要修改意见，建议增强作品的科学性，因为他有意推出一种普及科学的新式文学体裁。几个星期后，凡尔纳返回的手稿便是《气球上的五星期》（*Cinq semaines en ballon*）。此书于1863年1月正式出版，首印2000册，获得巨大成功，该书在凡尔纳生前就已经印行76,000多册，至1914年已经发行89版。在文坛上探索多年的凡尔纳终于找到了最合适的创作道路和方式，他声誉鹊起，一个月后被吸收为剧作家和作曲家协会成员。第二年，他与出版社签订长期出版合同，以每年创作两三部小说的节奏与之合作，同时，他也为一些普通杂志和少儿杂志提供作品。

在这一时期，凡尔纳通过波德莱尔的译著了解到《爱伦·坡奇异故事集》，对这位美国作家十分崇拜。1864年4月，他在杂志上发表了唯一一篇文学评论《爱伦·坡及其作品》（*Edgard Poe et ses œuvres*）。1864—1865年，他在杂志上分两期刊载了《哈特拉斯船长历险记》（*Aventures du capitaine Hatteras*），继而在1866年出版了单行本，由此开启了一个小说系列，凡尔纳借用爱伦·坡小说集书名中的"奇异"二字将其命名为"奇异之旅"（Voyages extraordinaires）。该系列的第二部小说《地心游记》（*Voyage au centre de la Terre*，1864）更是锦上添花，为凡尔纳赢得了更大的名声。他由此放弃了证券交易所的工作，专事写作，生活条件也得到改善。1865年，凡尔纳成为地理协会（Société de géographie）成员，并写作《法国地理（插图版）》（*Géographie illustrée de la France*）一书。1867年3月，他从英国利物浦出发前往美国考察，回国后在地理协会刊物上发表了《1861—1865年美国内战史话》[*Histoire de la guerre civile américaine（ 1861-1865 ）*]等文章，并从旅美经历和美洲素材中汲取灵感创作了小说《漂浮的城市》（*Une ville flottante*，1870）和《神秘岛》（*L'Île mystérieuse*，1874）。1870年8月，凡尔纳荣获法国荣誉军团骑士勋章，1892年被授予军官勋章。

　　从1871年开始，凡尔纳和家人在距离巴黎不远的历史文化古城亚眠定居，并开始写作《八十天环游地球》（*Le Tour du monde en 80 jours*，1872）。亚眠工业协会图书馆拥有丰富的科学杂志资源，凡尔纳经常去那里查阅资料，进行研究，以便写出具有科学性的文学作品。1872年，凡尔纳当选为亚眠科学、文学和艺术学院成员，在就职仪式上，他没有发表演讲，而是朗诵了即将出版的《八十天环游地球》的片段。小说以1872年伦敦某俱乐部的一场赌局开始。绅士费雷亚斯·福格和朋友们打赌，扬言自己可在80天内环游地球，并以2万英镑作为赌注。于是，他与仆人共同穿越大陆，横渡大洋，一路冒险，终于在80天内完成环游。小说在历险故事中穿插爱情故事，充满幽默感，还不吝笔墨介绍世界各地的奇风异俗和地理知识。该作品于当年12月在《时报》上连载，并出版单行本，两年后被改编成戏剧，成为凡尔纳最受欢迎的作品，至1914年已印行151版。同年，凡尔纳由赫泽尔出版社推出的《气球上的五星期》、《地心游记》、《从地球到月球》（ *De la Terre à la Lune*，1865 ）、《环游月球》（ *Autour de la Lune*，1869 ）和《海底两万里》（ *Vingt mille lieues sous les mers*，1871 ）等重要作品获得法兰西学院大奖。颁奖辞精准概括了凡尔纳科幻小说的美学特征："童话中常见的奇妙世界被新的奇妙手法所替代，它们是最新科学概念的成果。"[1] 在19世纪70年代后半期，凡尔纳除了继续创作冒险和科幻小说外，也与人合作改编小说并将之搬上舞台。值得一提的是《一个中国人在中国的遭遇》（ *Les Tribulations d'un Chinois en Chine* ），此作于1879年7—8月在《时报》上连载，同年8月和11月分别出版了无插图和有插图的两个单行本。故事发生在19世纪中期的中国，富家子弟金福本就厌倦生活，结婚之前又发现自己的股票下跌，几乎破产，于是他购买了一份高额人寿保险留给家人，准备轻生。然而他又缺乏勇气，于是与亦师亦友的王先生签订协议，约定由王先生在保险协议终止前结束他的生命。此后，金福屡经波折，每次都希望自己丧生，结果却总是大难不死。后来金福发现自己并未破产，而且在经历各种磨难之后他也领悟了生命与幸福的真谛。这时他收到王先生来信，告知协议书已经转交给杀手老孙。金福立刻出发去寻找王先生与老孙，希望能在杀手动手前取消协议，最后他终于重新主宰了自己的命运。小说并非真正的中国题材，虽被置于中国时空之中，但并不以描绘中国异域风俗为

1．Cf. *Magasin d'éducation et de recréation*, vol. 16, 1872, p. 160.

重，而是表达一种糅合中西的生命观。

19世纪80年代，凡尔纳依然笔耕不辍，出版了许多作品，并致力于将小说改编为戏剧作品。他还时常在家中举办与其小说主题相关的化装舞会，与家人或朋友乘坐私家游艇在欧洲大陆西岸海域和地中海游弋。在80年代后半叶，凡尔纳遭遇了一些个人和家庭变故。1886年3月，他在家中被略有疯癫的侄子持枪击中，子弹一直未能从腿中取出。在康复期间，他未能参加1887年2月母亲的葬礼。由于身体原因，凡尔纳不再进行长途旅行，写作之余，他更多关心亚眠的城市发展，于1888年当选为市议员，并在文化、教育和城市化等领域建言献策。德雷福斯事件爆发后，凡尔纳因其本来的反犹观念而站在反德雷福斯阵营中，后来，随着越来越多的证据浮出水面，他改变立场，成为德雷福斯的支持者。凡尔纳在90年代作品渐少，他接受亚眠市世界语协会会长职务之后，曾经创作了一部以世界语为主题的小说，但是由于身体原因未能完成。1905年3月24日，凡尔纳在亚眠去世，5000多人参加了他的葬礼。

毫无疑问，凡尔纳是一位多产的作家，创作有长短篇小说近百篇，戏剧约30部，还涉及诗歌、歌词和评论等多种体裁。其中最主要的"奇异之旅"系列包括62部长篇小说和18篇短篇小说，有的作品是身后遗著，其文学产量和成就远远超出我们的想象。凡尔纳继承了西方小说中的冒险和异域主题传统，在19世纪科学技术和工业文明迅猛发展的社会条件下又恰到好处地融入了科学元素，推进了科幻小说的发展，因而享有"科幻小说之父"的美誉。在其作品中，探险小说反映了当时的科技水平，如《格兰特船长的儿女》(*Les Enfants du capitaine Grant*, 1868)、《八十天环游地球》、《南方之星》(*L'Étoile du sud*, 1884)等；科幻小说预言了未来的科学技术，如《从地球到月球》《海底两万里》《征服者罗布尔》

（*Robur le Conquérant*，1886）和《20世纪的巴黎》（*Paris au XXe siècle*，1994）等。可以说，凡尔纳的作品兼具科学性和文学性。他以严肃认真的态度对待写作，仔细研究空气动力、飞行速度和太空失重等问题，通过研读所处时代的科学文献充分了解科技发展，并且根据科学发展的规律预言未来趋势，尽可能把想象建立在科学基础之上，正因如此，他做出了海底航行和从地球飞行到月球等大胆猜想，这些预言和猜想在20世纪几乎全部变成现实，所以凡尔纳又被誉为"科学时代的预言家"。另外，凡尔纳的作品虽然资料翔实，但完全不是科普教科书，因为他总是可以在科学的框架里编织情节惊险、跌宕起伏的故事，且承载人文主义思想，天马行空的想象、流畅的叙述和优美的文笔更是为作品增添了文学性。

　　凡尔纳是最受世界各地读者喜爱的法国作家之一，其作品在世界范围内传播甚广，各种语言的译著有近5000种，是作品被翻译最多的法国作家，在世界上仅次于英国女侦探小说家阿加莎·克里斯蒂（Agatha Christie，1890—1976），位居第二。他的作品经常被改编成电影和电视作品以及漫画、戏剧和歌剧等形式。在20世纪，他的作品被更多地搬上荧幕，至今已有300多次影视改编，其中有1/3是美国好莱坞制作，是位列莎士比亚、狄更斯和柯南·道尔之后第四位作品被改编成影视作品最多的作家。《八十天环游地球》是其所有作品中被改编次数最多的，其次是《格兰特船长的儿女们》，这两部小说在他去世之前就已有电影改编。凡尔纳的作品广受大众欢迎，环游世界的费雷亚斯·福格、海底航行的尼摩船长和探险英雄米歇尔·斯特罗哥夫等人物已经进入西方读者的集体记忆。在法国，南特和亚眠都有凡尔纳博物馆，2005年，在凡尔纳去世百年之际，法国举办了"凡尔纳年"活动，巴黎国立航海博物馆还举办了主题为"凡尔纳与海洋小说"的展览。

　　然而，凡尔纳也长期被认为是法国文学中的二等作家。从1876年到1892年，法兰西学院40张座椅中至少有37张更换了主人，而凡尔纳在此期间多次申请却被拒之门外，因此，他在1893年接受访谈时曾感慨道："我一生的遗憾便是从来没有在法国文学中占据重要位置。"[1] 正如法国当代作家、导演德奇斯（Jean-Paul Dekiss, 1946— ）所言："他于教育领域而言是一个儿童文学作家，他对科学文献的关注使他成为科学研究者，他以准确的科学预言成为科幻作家，其作品中的冒险主题使得评论家将之列为二等作家，他因将人物的心理描写置于次要地位而被认为有失深刻，透明清澈的语言风格被视作没有风格。人们对凡尔纳有诸多误解！"[2] 无论如何，探险精神、理想主义和科学乐观精神就是凡尔纳作品的精髓，并对后人产生重要影响。凡尔纳的作品在20世纪初被翻译到中国之后很快也成为畅销书，并促发了中国科幻小说的诞生。法国20世纪作家米歇尔·莱里斯（Michel Leiris, 1901—1990）对凡尔纳在文学史上的地位给予了中肯评价："当我们这个时代的很多作家将被遗忘的时候，他依然会名垂青史。"[3]

❧ 左拉：以笔为刀的自然主义文学领袖

　　埃米尔·左拉（Émile Zola, 1840—1902）出生于巴黎，母亲是法国

---

1. 该访谈原于1894年以英文发表，题为《儒勒·凡尔纳谈人生与写作》（"Jules Verne at Home. His Own Account of His Life and Work"），直到1990年10月才在法国《文学杂志》（Magazine littéraire）第281期上发表法文版，后全文收录于《儒勒·凡尔纳访谈录》（Entretiens avec Jules Verne, 1873–1905, Slatkine, 1998.）

2. Jean-Paul Dekiss, Jules Verne l'enchanteur, Éditions du Félin, 1999, p. 135.

3. Michel Leiris, Arts et lettres, n° 2, 1949, p. 100.

人，父亲是来自意大利的市政工程师，曾在南方城市艾克斯创办过一家水利工程公司，那里有一条运河就是由他设计建造并以其名字命名的。不幸的是，父亲在他7岁时病逝，公司破产，家庭陷入贫困。埃米尔·左拉在艾克斯完成了小学和中学学业，在校期间他与后来成为画家的塞尚（Paul Cézanne，1839—1906）成为好友，并在塞尚的影响下对绘画产生兴趣，二人长期保持书信交流。左拉从小酷爱读书，早就以写作为人生志向，在初一时便创作了一部以中世纪十字军东征为题材的小说。

1858年，左拉和母亲离开南方回到巴黎谋生，然而他两次参加理科方向的中学毕业会考均未成功，这对家境贫寒的青年左拉来说更添精神打击。1860年，他在海关做过一份短期差事，之后失业近两年，直到1862年被阿歇特出版社雇佣为书店店员。这一年10月，左拉才正式获得法国国籍。在阿歇特出版社，左拉工作勤奋，受到重用，他不仅熟悉了书籍出版和推广的所有流程，而且有机会与文学界人士进行交流，结识了拉马丁、圣勃夫、基佐、米什莱、泰纳和利特雷（Émile Littré，1801—1881）等文人。此外，阿歇特出版社的实证主义和反对教会的企业文化也对左拉产生了深刻影响。

与波德莱尔、龚古尔兄弟一样，左拉也是法国19世纪下半叶最重要的艺术评论家之一。1863年，左拉开始在一些日报的文学艺术专栏上发表评论，其写作才华通过报纸这一载体得到大众的认可。19世纪后半叶，法国报业的迅速发展为左拉文学生涯的起步提供了重要条件。左拉在包括《费加罗报》、《画报》（L'Illustration）、《事件》（L'Événement）等在内的十来份报刊上发表了几百篇文学、艺术和戏剧评论文章，以及一百多个颇受欢迎的短篇故事，后来也以报刊连载的方式发表了所有长篇小说。左拉在报刊上发表美学观点，擅长利用媒体的宣传力量推广文学作品。后来，随着《卢贡-马卡尔家族》(*Les Rougon-Macquart*)系列小说陆续出版，左拉的财政状况日渐稳定，才停止在报刊上撰文谋生，并撰写了《别》(*Adieux*)，对自己近20年的报人生涯进行总结。直到晚年，对于前来向他请教写作经验的年轻作者，左拉给予的忠告之一就首先为报纸专栏撰稿。

左拉在20多岁时开始发表文学作品，1864年出版的《给尼侬的故事》(*Contes à Ninon*)是一部短篇故事集，为虚构人物尼侬姑娘讲述的9篇故事表达了年轻作家的青春梦想。这一时期，左拉与巴黎的绘画界交流频繁，尤其在报刊评论中捍卫印象派的绘画主张，并与画家奥古斯特·雷诺阿(Auguste Renoir, 1841—1919)、爱德华·马奈成为挚友，后者在其画作中多次留下左拉的形象。在马奈的介绍下，左拉认识了象征主义诗人马拉美。左拉对政治和上流社会的社交生活不感兴趣，但是喜欢广交志趣相投的文艺界朋友。1868年他以文会友结识了龚古尔兄弟，1871年与福楼拜成为朋友，福楼拜又将其介绍给都德和屠格涅夫，左拉一直怀念这样一个可以自由自在探讨文学、谈天论地的朋友圈。左拉与莫泊桑、于斯芒斯(Joris-Karl Huysmans, 1848—1907)、保罗·阿莱克西(Paul Alexis, 1847—1901)、莱昂·埃尼克(Léon Hennique, 1850—1935)和亨利·塞阿尔(Henry Céard, 1851—1924)等年轻一代作家也相谈甚欢，这5位年轻人正是1880年以后著名的"梅塘之夜"(soirées de Médan)最早的常客。

左拉的初恋情人是一个风尘女子，他有意帮助她摆脱原来的生活境遇，但是社会底层的残酷生活现实粉碎了这一美好的想法。这段感情经历后来成为他第一部长篇小说《克洛德的忏悔》(*La Confession de Claude*, 1865)的主要素材。这部作品被官方舆论斥之为"有伤风化"，左拉的办公室因此遭到搜查，阿歇特出版社也受到牵连。在这种情形下，左拉于1866年1月8日辞去了出版社的工作，专事写作。他以旺盛的创作精力以每年一部作品的节奏相继发表了《一个女人的遗愿》（*Le Vœu d'une morte*，1866）、《马赛的秘密》（*Les Mystères de Marseille*，1867）、《玛德莱娜·费拉》（*Madeleine Férat*，1868）和《红杏出墙》（*Thérèse Raquin*，1867）等作品。《红杏出墙》是左拉最受争议的作品之一。女主人公泰蕾丝·拉甘2岁丧母，由姑妈抚养长大，21岁时嫁给姑妈的儿子、自己的表兄卡米尔，并迁居巴黎，但是他们感情生活平淡。卡米尔与儿时伙伴洛朗重逢，此人很快成为泰蕾丝的情人。有一次，三人一起划船游玩，洛朗将卡米尔推入河中致其溺亡，并故意造成翻船事故的假象。不久，洛朗和泰蕾丝结婚，但是婚后，他们每天都被卡米尔的鬼魂缠绕，惶惶不可终日，几乎精神失常，无法自控。最后，他们不约而同地计划杀死对方，当他们同时发现对方的举动之后，决定双双自杀。这部作品出版后引起非议，被认为具有色情和暴力倾向，左拉不仅受到官方舆论的谴责，而且被龚古尔兄弟、都德等朋友疏远。对此，左拉在1868年再版序言中表示，他所希望研究的是人性而非性格，洛朗和泰蕾丝缺乏理智，为肉欲和冲动所控制，他的作品旨在揭示人类的兽性，仅此而已。由此可见，《红杏出墙》是左拉在《卢贡-马卡尔家族》系列小说之前较早一部具有自然主义色彩的作品。1873年，左拉亲自将小说改编为戏剧并在巴黎上演；1915—2014年，这部作品6次被国内外导演改编为电影。

　　1868年前后，左拉受孔德实证主义哲学、泰纳艺术哲学、法国精神病学家莫瑞尔（Bénédict Morel，1809—1873）的精神分裂症学说、吕卡（Prosper Lucas，1808—1885）的自然遗传论和克洛德·贝尔纳（Claude Bernard，1813—1878）实验医学的影响，形成了自然主义文艺创作理论，并决定效仿巴尔扎克的《人间戏剧》构思一部系列作品。这个写作计划酝酿已久，即以系列故事来反映"第二帝国时期一个家族的自然史和社会史"，这就是《卢贡-马卡尔家族》的副标题。卢贡-马卡尔家族来自两支：其中卢贡一支是外省的小工商业者，属于小资产阶级；马卡尔一支的家庭成员多是农民出身，也有人靠打猎捕鱼或从事非法生意为生，而社会底层百姓往往有酗酒的习性。《卢贡-马卡尔家族》讲述了延续五代的故事，涉及人物达千余人，这个家族中有人获得了社会晋升的机会，攀升到第二帝国的上层社会，有的则堕落到社会最底层，成为家族遗传基因和社会环境的牺牲品。左拉正是希望通过小说这样一个实验室展现基因问题在一个家族历史中的演变，并揭示社会肌体最隐秘的部分。根据左拉本人的阐释，与《人间戏剧》相比，《卢贡-马卡尔家族》在表现社会性的同时更加强调科学性，所描绘的并非整个社会，而是一个家族，它主要表现社会环境和生理遗传性对人的影响，以及人如何受制于物的力量。左拉系统学习了同代学者关于遗传学的最新理论，并以遗传学作为理论基础和故事的发展线索，为此，左拉绘制了详尽的卢贡-马卡尔家族家谱。此外，与巴尔扎克所不同的是，左拉是先有系统构思而后进入系列小说的创作。不过，他最早计划写10部作品，到最后完成了20部。在完成了早期的4部长篇小说并从泰纳和圣勃夫的评论意见中汲取滋养后，左拉决定以此系列小说将自然主义写作主张发扬光大。这个庞大的写作计划占据了左拉25年的时光，他以严格自律的生活方式每天不间断地进行创作，从1871年到1876年连续出版了《卢贡家族的家运》（*La Fortune des Rougon*）、《贪欲的角逐》（*La Curée*）、《巴黎的肚子》（*Le Ventre de Paris*）、《普拉桑的征服》（*La Conquête de Plassans*）、《穆雷教士的过错》（*La Faute de l'abbé Mouret*）和《卢贡大人》（*Son Excellence*

Eugène Rougon）等作品。左拉成为公认的小说家，但是作品尚未达到他所期待的成功。

1877年，第七部小说《小酒馆》（*L'Assommoir*）成为《卢贡-马卡尔家族》中第一部大获成功的作品。故事发生法兰西第二帝国的鼎盛时期，大约是在1850—1869年间。小说女主人公绮尔维丝是一个勤劳善良的姑娘，然而她父亲酗酒成性。在工人家庭中长大的绮尔维丝与工人朗弟耶同居，生了两个儿子，之后举家迁到巴黎谋生，住在贫民聚集的蒙马特街区。几个月后，朗弟耶将家中什物当尽卖绝，抛弃妻儿，与人私奔。绮尔维丝靠洗衣打零工为生，自立自强，抚养两个孩子。白铁工古波爱上了绮尔维丝，两人结婚，生下女儿娜娜。他们勤勉节俭，共同奋斗，以改善生活条件。可是，就在生活出现转机的时候，古波在房顶上工作时不慎摔伤，为了治病，他们花光了所有积蓄。古波伤愈后变得懒惰，而且开始酗酒，绮尔维丝一个人承担了养家糊口的重任。在这个困难时期，暗恋绮尔维丝的铁匠库歇将全部积蓄借给绮尔维丝帮她开了一家洗衣店。绮尔维丝辛勤工作，生意红火。这时，朗弟耶来到绮尔维丝家里白吃白住。在长期的经济和精神压力下，绮尔维丝逐渐怠惰，洗衣店也随之破产。在丈夫和周围人的影响下，绮尔维丝也染上了酗酒的恶习。一家人温饱不济，先是丈夫古波酒精中毒而死，后来她沦落卖身，最后饿死在楼梯下。左拉秉持自然主义小说理念，在作品中真实呈现了法兰西第二帝国时期工人阶级贫困堕落的生活以及消极麻木的精神状态。1876年，《小酒馆》先在巴黎《公共福利报》上连载，在社会上引起轩然大波，以至于被迫停载，后来转到《文学界》杂志上发表，又遭到官方检查。第二年，《小酒馆》单行本出版后继续引发社会各界的关注和强烈反响，多次再版，畅销一时。1878年，左拉用稿酬在巴黎郊外的梅塘购置了一处住宅，之后经常邀请文人朋友在此聚会。

《小酒馆》中古波和绮尔维丝的女儿娜娜成为第九部小说《娜娜》（*Nana*，1880）的主人公。年轻漂亮的娜娜被剧院经理选中主演轻歌剧《金发维纳斯》，虽然她毫无舞台经验，却因几乎裸体的舞台造型而获得喝彩，从此跻身巴黎上流社会大受追捧的社交名媛之列，先后成为银行家斯泰内和皇后侍从米法伯爵供养的情妇。奢侈无度的娜娜挥霍追求者的财富，使他们有的倾家荡产，有的命赴黄泉。就在第二帝国即将因普法战争而崩溃之际，娜娜患天花而死。左拉再次从人的生理本能出发，塑造了一个被性欲和物欲异化的女子形象，人沦为环境的动物，正如其第十七部小说《人兽》（*La Bête humaine*，1890）的书名所暗示的那样。娜娜短暂的烟花生涯也反映了第二帝国的腐化和衰败。这部作品先在报刊上连载，单行本出版第一天销售量即达5万余册，立刻扩大和巩固了左拉的文学声誉，后来此作相继被译成20多种语言，也多次被改编为影视作品。

《卢贡-马卡尔家族》以不同的作品展现不同社会阶层的生活画面和人的命运，剖析不同的主题：《萌芽》（*Germinal*，1885）描写法国矿业工人的悲惨生活、意识觉醒和罢工斗争，《土地》（*La Terre*，1887）描绘了农民因为对土地和财产的占有欲而在家族中相互争斗、丧失人性的悲惨状态，《金钱》（*L'Argent*，1891）刻画大资产阶级投机家、冒险家的丑恶嘴脸以及唯利是图者们你死我活的角逐，《崩溃》（*La Débacle*，1892）再现了普法战争中法军在色当战役中的惨败。在自然主义文学主张下，左拉直面现实，赤裸裸地呈现社会和人性中最阴暗的部分，有些作品因为过于直接和残酷而引发非议。在最后一部小说《巴斯卡医生》（*Le Docteur Pascal*，1893）中，左拉讲述了巴斯卡·卢贡医生与侄女之间悲剧性的爱情故事，同时以医生的视角穿插分析和论证，对卢贡-马卡尔家族的命运进行遗传学和病理学总结。巴斯卡医生这个虚构人物从某种意义上反映了作者的人道主义精神和社会理想，表达了他在无情鞭挞现实社会的同时对建立理想社会的追求。

1891年，左拉成为法国文人协会成员，后来担任会长直至1900年。在此期间，法国发生了著名的德雷福斯案件。

1894年9月26日，法国情报人员截获一张寄给德国驻巴黎武官施瓦茨考本的匿名便笺，上面提供了法国陆军参谋部国防机密情报清单。陆军参谋部怀疑是犹太籍上尉军官德雷福斯（Alfred Dreyfus，1859—1935）所为，军事法庭以间谍罪和叛国罪于10月15日将其逮捕，之后判处他终身监禁。法国右翼势力乘机掀起反犹浪潮。然而，在德雷福斯被捕之后，法国仍有重要军事情报不断泄漏。此事引起军方警惕并开始重新关注德雷福斯案件。1896年3月，法国情报部门截获施瓦茨考本写给法国军官费迪南·沃尔申-埃斯特拉齐少校的书信，由此对其展开调查，结果发现他的字迹与德雷福斯案件中那张便笺上的字迹相似，因此敦促军事法庭重审此案。然而，法国政府却不愿承认错误。1898年1月10日，军事法庭法官和陪审员们根据上方旨意宣布出身匈牙利贵族的沃尔申-埃斯特拉齐无罪。

左拉曾说："人民之间的历史就是学习相互包容的过程。"早在1896年5月16日的《费加罗报》上，左拉就已经表达了对反犹思想的批判态度和对德雷福斯的声援。1898年1月13日，坚信德雷福斯无罪的左拉挺身而出，重现新闻人的犀利笔锋，在《曙光报》（L'Aurore）上发表了著名的《我控诉！》（J'accuse...！）一文抨击政府司法不公，以新闻舆论的力量捍卫真理，抵制反犹思想。然而，2月，军方却以诽谤罪对左拉提出公诉，左拉被判1年徒刑，罚款3000法郎。左拉于是在英国度过了11个月的流亡生涯，等待德雷福斯案件重审。

1899年6月，面对社会各界要求重审德雷福斯案件的呼声，法国政府提出一项折中的解决方案，即在维持原判的前提下，以总统名义宣布赦免德雷福斯，当年9月19日，德雷福斯获得自由。

左拉回到巴黎后，在《曙光报》上再度发表《正义》（Justice）一文，对政府的决定表示欢迎，同时继续呼吁公布事件真相。在晚年，左拉在积极介入社会事务的同时从事《四福音书》（Les Quatre Évangiles）系列小说的创作，并以极大的热情投入摄影事业。1902年9月29日，左拉在巴黎市内寓所因煤气中毒而离世，没有等到德雷福斯案件平反昭雪的那一天。

1906年7月12日，法国最高法院重审德雷福斯案件，撤销原判，宣布德雷福斯无罪。德雷福斯官复原职，并晋升为少校。

德雷福斯案件前后持续12年，成为分裂法国社会的重大历史事件，影响深远。当时在法国，政界、军队、教会、知识界、社会团体和各个家庭几乎都分裂为支持德雷福斯和反对德雷福斯两派，由此产生了激烈的意识形态斗争，在民族主义与普遍真理之间也产生了难以调和的冲突，整个法国陷入严重的社会危机、政治危机和思想危机。

❧ 龚古尔兄弟的文化遗产：文学生活回忆录与龚古尔文学奖

龚古尔兄弟是指埃德蒙·德·龚古尔（Edmond de Goncourt，1822—1896）和于勒·德·龚古尔（Jules de Goncourt，1830—1870）兄弟二人，他们来自法国东北部洛林地区，出身于一个从资产阶级新晋为贵族的家庭。兄弟二人幼年时失去父亲，感情深笃；青年时期失去深爱的母亲之后，龚古尔兄弟于1849年定居巴黎，二人相依为命，尤其是长兄埃德蒙毕生以父爱般的深情照顾弟弟于勒。

龚古尔兄弟反对法国大革命，在现实社会中无法恢复的旧秩序，他们希望在艺术中实现。二人从小爱好绘画，决定献身于艺术和文学，他们认同的是一种高雅脱俗的贵族艺术。作为生活在19世纪的作家，龚古尔兄弟喜欢在写作中创造新词，以反映现实中不断出现的新生事物。实际上，在不可知论和怀旧心态的作用下，龚古尔兄弟与19世纪不少作家一样是反现代性的，他们所怀念的是一个被传奇化的18世纪，并且撰写过多部有关18世纪的历史学和艺术学著作，如《大革命时期的法国社会史话》（*Histoire de la société française pendant la Révolution*，1854）、《18世纪私密画像》（*Portraits intimes du XVIIIe siècle*，1857）、《18世纪的艺术》（*L'Art du dix-huitième siècle*，1859—1870）、《18世纪女性》（*La Femme au dix-huitième siècle*，1887）、《玛丽–安托瓦内特传》（*Histoire de Marie-Antoinette*，1858）和《蓬巴杜夫人》（*Madame de Pompadour*，1888）等。

龚古尔兄弟既是小说家也是艺术家、历史学家和古董收藏家。他们从1838年开始收藏各个时期、各种风格的艺术品，最初是收藏18世纪的法国装饰艺术品，随着东方学的兴盛和日本风的流行，龚古尔兄弟的收藏兴趣在1860年之后转向东方，中国瓷器和日本版画进入他们的私人藏品库。

埃德蒙·德·龚古尔后来在《一个艺术家的私人博物馆》(*La Maison d'un Artiste*, 1881)中向世人介绍了兄弟二人珍藏的中国和日本艺术品。

龚古尔兄弟积极参与巴黎的文化艺术生活,与文学界、艺术界人物交往密切。他们细致观察巴黎文人众生相,留下一部内容丰富的22卷《日记:文学生活回忆录》(*Journal des Goncourt*,以下简称《日记》),其中不仅有个人生活的记述,更有价值的是对19世纪后半叶法国文艺生活的描述,例如,当时出版的重要作品及评价、文人之间的交往、文艺沙龙中的谈话、重要的文艺事件以及政治思潮等。他们唯对泰奥菲尔·戈蒂埃竭尽赞美之词,对莫泊桑没有好感,对巴尔扎克和马拉美等都极尽贬抑,因而有"毒舌"之名。龚古尔兄弟的《日记》为普鲁斯特的《追忆似水年华》(*À la recherche du temps perdu*,1913—1927)提供了写作素材,普鲁斯特尤其在第七卷《重现的时光》(*Le Temps retrouvé*,1927)中用大段篇幅对其进行戏仿和评论。

> 在这最后一个晚上,当我去她那儿时,他借给我一本书,让我在睡觉前阅读,这本书使我产生的印象相当强烈而又混杂,不过并不持久。这就是龚古尔兄弟未曾发表的日记。
>
> [……]
>
> 因此,我就把《龚古尔兄弟日记》合上。文学的魅力![……]
>
> 我在离开当松维尔前夕所读的那几页龚古尔兄弟日记,使我对文学产生了异议,但我决定把这些异议暂时搁在一边。这个回忆录作者作为个人所显示的天真迹象是明显的,[……]从我个人这方面来说,上面引述的日记使我十分痛苦地看到我对观察和倾听的无能,但这种无能并非整体性的。[……]这些稀

奇古怪的趣闻，是龚古尔日记取之不尽的素材，也是读者独自一人度过夜晚的消遣；我看到的这些趣闻是龚古尔的宾客们讲给他听的，作为另一种完全不同的体验，我们真想透过日记的书页去和他们结识，但对我来说，他们并没有给我留下一点有趣的回忆，这并非完全无法解释。龚古尔因这些趣闻引人注意而得出结论，认为趣闻的叙述者可能十分高雅，这种看法未免幼稚，因为平庸的人民也可能在生活中看到或听到别人叙述有趣的事情，然后由他们来讲述。龚古尔善于倾听，就像他善于观察一样，而我却不善于这样做。另外，所有这些也需要一个一个地加以鉴定。（徐和瑾、周国强译）

除了日记，龚古尔兄弟二人还共同创作小说。他们在风云动荡的1851年出版了小说《在18……年》（*En 18...*），但是反响平淡。在后来的20年中，他们共同写作的主要作品有《夏尔·德马依》（*Charles Demailly*，1860）、《勒妮·莫普兰》（*Renée Mauperin*，1864）、《热曼妮·拉瑟顿》（*Germinie Lacerteux*，1865）和《玛耐特·萨洛蒙》（*Manette Salomon*，1867）等。《热曼妮·拉瑟顿》取材于龚古尔兄弟对女仆罗丝的观察笔记，1862年罗丝死后，他们根据笔记创作了小说。热曼妮是个农村姑娘，14岁时来到大城市巴黎，先是被其他年轻人欺侮，然后又被保护她的一个男仆强暴。后来，罗丝被老处女瓦朗德侬雇为女佣，一心一意侍奉主人。可是，她爱上了邻居乳品商的浪荡儿子于皮永，人生和情感开始分裂：白天她诚心诚意地服侍女主人，是一个忠诚的女仆；夜里她沉溺于狂热的情欲，还跟情人生了一个女儿，孩子却不幸夭折。热曼妮因比于皮永年长许多而不能嫁给他，她为情人花光了所有积蓄，甚至为了挽留他而借债行窃，最后还是被他抛弃，于是酗酒沉沦。一天夜里，热曼妮在大雨里跟踪于皮永，因着凉生病得了肺痨，最终病死，死后被葬在蒙马特公墓不知名的坟冢堆里。小说在出版之后得到的评论褒贬不一，有人批评作品对现实的描写过于直露，而雨果和瓦莱斯则给予好评，左拉也在1865年1月23日里昂市《公安报》（*Salut public*）上发表长篇书评，称赞"《热曼妮·拉瑟顿》具有标志性意义，标志着民众进入了小说"。在作品序言中，龚古尔兄弟表达了他们对题材的考虑，那就是在一个宣扬平等的社会里，"对于作家和读者而言，是否还有下等的阶级、低等的不幸、难以启齿的悲剧和令人恐惧的灾难"。《热曼妮·拉瑟顿》是龚古尔兄弟的代表作，还被埃德蒙在1888年改编为戏剧上演，也被视为自然主义的开山之作之一，尤其是其序言被认为是"第一篇自然主义宣言"[1]。龚古尔兄弟的小说来自对现实生活的细致观察，而且以详细笔记作为资料和素材，人物大都实有其人，因此具有明显的写实主义色彩，尖锐地揭露了阴暗的社会现实，故而常常被纳入自然主义小说流派。此外，他们在写作中往往采取一种自称为"艺术化写作"（l'écriture d'artiste）的描写方式，即像画家一样进行细微描绘，从而容易陷于过度的细节描写，有时候难免繁简失当，另外作品中也或多或少流露出厌女症倾向。

　　想到我死后我敬重和爱戴的那些亲人并不需要我的财产，我决定把我拥有的财产做如下处理：指定我的朋友阿尔丰斯·都德作为遗嘱执行者，委托他在我去世之年成立一个永久性的文学机构，这是我和我的兄弟在文学生涯中的毕生愿望

［……］评委会将由十名成员组成［……］能入选评委会的人必须是作家，只能是作家，既不要权贵也不要政客参与。［……］为了建立这个评委会，我宣布捐出我的财产和动产变卖所得还有我生前发表的书籍和戏剧的版权所得，还有我死后出版的作品，尤其是《龚古尔兄弟日记——文学生活回忆录》的版权。

［……］文学奖将颁给年度最佳长篇小说、最佳短篇小说集、最富想象力的散文作品，只颁给非诗歌类作品［……］我最大的愿望，是未来龚古尔学院有年轻的院士，因为这个奖是颁给年轻人的，奖励有独创性的才能，奖励思想和形式上的新颖和大胆尝试。［……］

这就是我亲手写的遗嘱，代表了我最后的意愿。[1]

埃德蒙·德·龚古尔在1884年11月16日立下遗嘱，希望成立龚古尔学院（Académie Goncourt），将以遗产作为奖励基金，评选龚古尔文学奖。埃德蒙·德·龚古尔邀请福楼拜、左拉、都德、于斯芒斯、作家和艺术评论家奥克塔夫·米尔博（Octave Mirbeau，1848—1917）等10名作家兼好友为第一届院士，埃德蒙1896年去世后，这份名单有所变动。第一届龚古尔学院（龚古尔文学奖评选委员会）于1902年成立，1903年2月26日举行了第一次会议，12月21日评选出第一届龚古尔文学奖获奖作品。如今，龚古尔兄弟的文学作品后世不传，龚古尔文学奖却成为他们留给后世的精神遗产。龚古尔文学奖是法国历史最悠久、最重要的文学奖项，一直延续至今。

1.　皮埃尔·阿苏里：《在特鲁昂饭店那边》，黄荭，郑诗诗，译，深圳：海天出版社，2016年，第206—208页。

∾ 短篇小说大师莫泊桑

居伊·德·莫泊桑（Guy de Maupassant，1850—1893）出生于法国西北诺曼底地区，9岁的时候曾经跟随父母在巴黎短暂生活过一年，父母分居后，父亲留在巴黎一家银行工作，10岁的小莫泊桑和母亲及弟弟回到故乡定居。他在诺曼底的自然风光里长大，留下了最美好的童年回忆，也终生留恋着这一片故土。在19世纪的法国传统社会，女性通常很少有机会接受文化教育，但莫泊桑的母亲是一个大家闺秀，具有不同于一般女子的文学素养，或许是受母亲的影响，莫泊桑从小就喜欢诗歌和戏剧。高中毕业后，莫泊桑赴巴黎攻读法律，可惜不到一年，普法战争爆发，打断了他的学业计划。他参加过普法战争，并且也出现在被普鲁士人击退的诺曼底军队里，在《羊脂球》（Boule-de-Suif）的开篇，我们读到："接连好几天，溃退下来的队伍零零落落地穿城而过，他们已经不能算作什么军队，简直是一帮一帮散乱的乌合之众。"（赵少侯译）这一段描写其实就是20岁的莫泊桑亲身经历过的生活和场景。普法战争结束后，莫泊桑定居巴黎，先是在海军部当了小职员，后来调到教育部工作，这段为期10年的公务员生涯在他的人生经历和文学创作中留下了深刻的痕迹。他闲暇时喜好划船和打猎，晚上会从事写作和参加聚会。

莫泊桑母亲的家族与福楼拜家族是世交，福楼拜的教父便是莫泊桑的外祖父，他母亲从年轻时起便和福楼拜是好友。正是由于这一层家族友谊，福楼拜后来成为莫泊桑写作上的导师。福楼拜了解这个年轻人的文学才华，也经常督促他写作。在福楼拜的鼓励下，莫泊桑创作了一些诗歌和戏剧作品，继而又转入小说创作，同时还为当时最重要的报刊撰写文章。福楼拜对他说："对你所要表现的东西，要长时间聚精会神地观察它，以便能发现别人没有见过和没有写过的特点，任何事物里都有未曾被发现的东西。"正是在福楼拜的指导下，他进行了长期的练习和实践，培养了"一种从深入严谨的观察中，综合得出来的审视宇宙万物、事件与人物的独特方式"。在锤炼语言方面，福楼拜曾经要求他"只用一句话就让我知道马车站有一匹马，和它前前后后五十来匹马是不一样的"。所以，莫泊桑力求"一个字适得其所的力量"，语言无须华丽，但是必须清晰准确，简洁生动。正是由于这双重修炼，莫泊桑可以言简意赅地表现一个事物、一种性格和一种状态，其作品中的自然景色、生活场面和人物形象都别开生面，特色鲜明。福楼拜还介绍莫泊桑认识左拉和屠格涅夫等作家。

1879年，莫泊桑参加左拉在巴黎郊区的梅塘别墅聚会，以文会友。有一天，梅塘六文人决定以普法战争为题材，各自创作一篇作品，编成合集。1880年，名为《梅塘之夜》（*Soirée de Médan*）的小说集出版，其中莫泊桑的一篇《羊脂球》以更明显的独创性和表现力独占鳌头。"羊脂球"是作品的标题，也是女主人公伊丽莎白·鲁塞的绰号，形容她丰满圆润的身材。《羊脂球》虽然是以女性人物为标题，其实也可以说是一部战争题材小说。普法战争开始不久，法国节节败退。十个想要逃离鲁昂的市民各自想方设法办妥了准许离境的通行证，预订上了同一辆公共马车，在一个冬天雪后的清晨一起动身。马车上有一对贵族夫妇、一对大资产阶级夫妇、一对商人夫妇、两个修女、一个民主主义者以及羊脂球。这些人物在出场的时候都得到了活灵活现的刻画，让人仿佛一眼就看到了他们各自的性格特点和社会地位。羊脂球是一个妓女，被同行的旅客认出之后，立刻引起一阵耳语和议论，大家似乎要和一个不清白的风尘女子划清界限。可是到了午饭时分，各位上等人忍受不了饥饿的折磨，于是顾不上体面和矜持，都来分享羊脂球提供的午餐。经过长途跋涉，马车终于在一个镇子的旅馆前停了下来，可是这个旅馆已经被普鲁士人占领。晚饭的时候，普鲁士军官命令羊脂球去为他提供服务。羊脂球虽是风尘女子，却有爱国气节，不肯投入敌人的怀抱，于是普鲁士军官扣留了整车法国旅客。为了能够重新上路，在接下来的四天时间中，羊脂球的法国同胞轮流劝说她接受普鲁士军官的要求，羊脂球不得不委曲求全。可是，等到最后一起出发的时候，所有同胞却显示出高傲的冷漠和嫌弃，羊脂球感到自己"已被淹没在这些衣冠禽兽的轻蔑里，这些家伙先是把她当作牺牲品献给普鲁士人，而后又把她当作一件无用而肮脏的东西抛弃掉"（赵少侯译）。小说的最后一句话尤为感人："羊脂球一直在饮泣；夜色茫茫，有时在（高尼岱哼唱的《马赛曲》）两个节拍之间，传出她未能忍住的一声呜咽。"（赵少侯译）她的反抗没有得到同胞的有力支援，他们反而把她推到普鲁士人怀中以换取行动的自由，她的牺牲不仅没有得到大家的理解和宽慰，反而遭受同车人的冷遇。在莫泊桑的笔下，这个卑微的女子其实有着高贵的情操，可惜被那些虚伪的上等人践踏了。《羊脂球》以人物为中心，以小见大，揭示出战争环境中分明自现的人性善恶。莫泊桑并不是以一种是非判断的态度来描述战争和被卷入战争的人，他的成功之处恰好是客观地呈现战争环境中各色各样的人的性情和立场，这样才更加真实和人性化。他把人物活动的场景和情节安排在两个有限的空间里：故事的前半段发生在一辆公共马车里，而后半段就发生在路途中一个旅馆里，所有的矛盾也全部集中在这两处。莫泊桑擅长典型化和凝练浓缩，这在《羊脂球》里得以充分体现。《羊脂球》成为莫泊桑的成名作，是其写作技艺达到成熟的标志，奠定了他在法国文坛的地位。福楼拜也称赞这篇小说将是流传后世的杰作。

莫泊桑文学创作的黄金时期从此开始，他已经形成了自己的写作方法和风格，并且笔耕不辍，每年会出版2—4部作品。他的第一部短篇小说集《戴家楼》（*La Maison Tellier*，1881）2年间再版11次。他花费6年时间创作的第一部长篇小说《一生》（*Une vie*，1883），叙述了一个女性的坎坷人生，一年中销售2.5万册。莫泊桑的第二部长篇小说《俊友》（*Bel-Ami*，又译《漂亮朋友》，1885）讲述了一个驻阿尔及利亚殖民军的下级军官杜洛瓦如何依靠外表取悦和利用上流社会女性，并充分利用新闻权力介入政治从而获得社会晋升的故事。这部作品出版后供不应求，在4个月间印刷了37次。莫泊桑成功的写作事业为他带来富足的生活：他用第一部短篇小说集《戴家楼》的稿费在故乡诺曼底建造了一幢别墅，这成为他和文人朋友们的度假胜地；他在《俊友》出版后购买了一艘私人游艇，取名为"俊友"。莫泊桑经常旅行，足迹到达英国、意大利、西西里和北非，他也乘着自己的游艇游历于法国南方地中海海岸。每一次旅行都会激发他的灵感和创作，带回丰硕的成果，或者是小说集或者是为报刊撰写的报道。如果我们观察莫泊桑的作品清单，会惊讶地发现他几乎所有的短篇小说集和长篇小说都出版于1880—1890年这10年间（只有2部短篇小说集出版于作家去世之后，但是也应当创作于这一时期）。

莫泊桑文学创作中的常见主题往往都与自己的生活经历密切相关。第一类是诺曼底人的生活风俗。他的作品取材广泛，并不局限于巴黎生活，而是把家乡诺曼底地区的自然风光、生活风俗和人情世故进行文学化。在为数众多的此类作品中，《我的叔叔于勒》最为有名，其他还有《一个诺曼底佬》《一个农庄女工的故事》《在乡下》和《一个真实的悲剧》等。在这些作品中，莫泊桑一方面对下层人物身上的陋习进行批判，另一方面也表达了对普通劳动人民的同情。第二类题材是巴黎的小职员生活，他本人就曾经是其中的一员，10年的公务员生活为其创作提供了充分的素材。他熟悉这一群人的生存状况、精神状态和思想感情，他们属于小资产阶级，生活拮据而平淡，但是又爱慕虚荣，渴望进入上流社会，有奋斗也有挣扎，有得意也有失望。这一主题的代表作有大家熟知的《项链》，还有《一个巴黎市民的星期天》《一家人》和《遗产》等。第三类便是普法战争题材，莫泊桑是这一历史事件的亲历者，有着丰富的战争见闻和深刻的体验感受，因此成为对这场战争叙述最多的法国作家。应当说，莫泊桑并不致力于描绘残酷的战争场面，也没有进行宏大的战争叙事，他擅长的还是见微知著，通过小人物的故事和形象来反映战争的影响和人性善恶。除了最著名的《羊脂球》，还有《米隆老爹》《索瓦热婆婆》《菲菲小姐》《俘虏》和《一场决斗》等，而且从这些作品的创作时间来看，战争题材贯穿了莫泊桑写作生涯的始终。

　　莫泊桑以现实主义写作而闻名，他在第三部长篇小说《皮埃尔与让》（Pierre et Jean）的序言《论小说》中对此有过一段经典表述："现实主义作家，如果他是一个艺术家的话，并不应该像展示照片一样像向我们实录生活场面，而是要呈现比现实本身更全面、更动人、更确切的一种图景。"莫泊桑本人就是这样实践的，他善于在琐碎的日常生活中去除粗糙和零散的现象，挑选其中最具特征的细节，凝练地表现比现实更加真实的场景。这就是说，现实主义小说不等同于全部的真实，而是典型化和特征化的真实，"真实有时候就是像真的一样而已"，是一种"现实主义幻象"。莫泊桑在塑造人物时极其注重细节。他的短篇小说脱离了19世纪文坛上一度流行的浪漫色彩和传奇手法，在他的作品里很少能发现惊天动地的事件、匪夷所思的遭遇或是浓墨重彩的形象。莫泊桑着重表现人物的真实内心和自然本性，在挖掘人物内心世界的时候，也并不刻意进行心理描述，因为他相信，人的心理状态一定会通过相应的言语、行为和神情表现出来，那么作家要做的工作就是抓出和呈现这些细节。

由于我们过多地强调了莫泊桑作品中的现实主义写作，也就容易忽视其创作中的第四类题材，即一些奇幻主题的作品。《奥尔拉》（*Le Horla*）就是其中的代表作。在这篇日记体短篇小说中，叙述者始终感觉到周围有另一个"我"存在，时时刻刻感受到一个隐身人的压迫，为了消灭这个隐身人，他在疯狂中放火烧毁了自己的家。这个第一人称叙述者还在日记中记录了种种奇异经历和精神错乱的过程。在另一篇作品《水上》（*Sur l'eau*）中，莫泊桑着力描写人物在夜间的莫名恐惧心理，呈现了重重幻觉的场景。这类题材越来越多地出现在莫泊桑的晚期作品中。在浪漫主义时期开始出现的奇幻文学到了19世纪下半叶更为成熟，神秘主义倾向和奇幻怪诞效果是这一流派的创作特征，莫泊桑应当也受到这种创作倾向的影响，但是这与他本人的身体和精神状况不无关系。莫泊桑年轻时便感染了梅毒，这种慢性疾病一点点侵蚀他的身体，直到无可医救。莫泊桑还是一个悲观主义者，比他的老师福楼拜更加悲观。在生命的最后几年里，他一方面对死亡感到恐惧，一方面又沉浸于孤独，得了精神分裂症，这其中也有家族遗传的因素：他的母亲晚年患有抑郁症，他的弟弟因疯癫而死。莫泊桑甚至尝试用手枪自杀，幸好他的仆人之前取下了真的子弹，于是他砸碎窗户，试图用玻璃割破喉咙。之后，他被送到精神病医生布朗什的诊所，在那里度过了一年半失去清醒意识的痛苦时光，于1893年7月6日离开人世，这时距离他43岁生日仅有一个月。莫泊桑的文学生涯短暂却多产，正如他自己所说："我像一颗流星一样，堕入了文学生涯，我将如闪电一般飞出去。"

毫无疑问，莫泊桑首先以短篇小说确立了在法国文学史上的地位，他是短篇小说创作数量最多、成就最大、影响最广的作家，300余篇作品描绘了19世纪法国社会的方方面面，构成了一幅壮观的社会风俗画卷。这位"短篇小说之王"同时也是长篇小说作家，10年间出版了6部质量上乘的作品。短篇小说写作是莫泊桑创作长篇小说的基础，因为他可以在长篇作品中集中呈现分散在短篇小说中的对人生和社会的观察和思考。莫泊桑是一位现实主义作家，但是他的作品中出现了越来越浓烈的奇幻色彩，这种怪诞融入了他生命中的痛苦。

❧ 若里斯-卡尔·于斯芒斯：告别自然主义的唯美主义者

若里斯-卡尔·于斯芒斯（Joris-Karl Huysmans）是作家、艺术评论家夏尔·马里·乔治·于斯芒斯（Charles Marie Georges Huysmans，1848—1907）的笔名，他出生于巴黎，母亲是法国人，父亲是荷兰画家，在20岁时来到法国。若里斯-卡尔·于斯芒斯幼时跟随父亲学画，接受艺术启蒙，可惜父亲英年早逝。出于对自己荷兰血统和艺术家庭血脉的认同，他以荷兰化的名字"若里斯-卡尔"替代法语名字作为笔名。若里斯-卡尔·于斯芒斯于1866年进入法国内政部，一直工作到退休。工作之余，他积极参与巴黎文艺生活，在19岁时发表了第一篇艺术批评《当代风景画家》（*Des paysagistes contemporains*，1867）。作为艺术评论家，于斯芒斯后来出版了《现代艺术》（*L'Art moderne*，1883）、《一些画家》（*Certains*，1889）、《三位文艺复兴早期画家》（*Trois primitifs*，1905）等评论集，汇集了他以艺术专栏撰稿人身份在多家具有影响力的报刊上发表的艺术时评和沙龙展评。于斯芒斯善于捕捉最新的艺术潮流，是法国19世纪末作家艺术批评的代表人物之一。

在文学创作上，1874年，于斯芒斯最早受贝尔特朗的《加斯帕之夜》和波德莱尔的《巴黎的忧郁》影响，自费出版了散文诗集《百香糖果盒》(*Le Drageoir aux épices*)。他在自己的第一部作品中向中世纪诗人维庸以及鲁本斯(Peter Paul Rubens, 1577—1640)、伦勃朗(Rembrandt Harmenszoon van Rijn, 1606—1669)等多位荷兰或弗拉芒画家致敬，其中依然可见浪漫主义的余音，但同时已经显示出于斯芒斯的现实主义写作才华以及对自然主义的兴趣。1876年，他出版了第一部自然主义风格的长篇小说《玛尔特》(*Marthe*)，讲述了巴黎姑娘玛尔特在贪婪无耻的社会中沦落为风尘女子的经历。由于担心当时法国普遍施行的出版审查制度，于斯芒斯最早在布鲁塞尔出版了此部小说。同年，他结识了左拉，尊其为师，并在为其最新小说《小酒馆》撰写的书评中坚决捍卫自然主义美学，这篇文章在法国文学史上成为自然主义最早的宣言之一。他的第二部长篇小说《瓦塔尔姐妹》(*Les Sœurs Vatard*, 1879)讲述了一家巴黎书籍装帧工厂里两个工人姐妹的故事，于斯芒斯将这部作品题献给左拉，并在这一时期成为"梅塘六子"之一。他在1880年参与创作《梅塘之夜》短篇小说集，所贡献的一篇《背包》(*Sac au dos*)以反爱国主义的嘲讽腔调讲述了他在普法战争中应征入伍的经历。他于1881年出版的长篇小说《同居》(*En ménage*)和1882年发表的中篇小说《顺流》(*À vau-l'eau*)描绘了一些被"残酷的现代生活"所消磨的人毫无趣味的阴暗生活：小说家雅扬发现妻子对婚姻生活不忠，于是离家出走，先后与一个妓女和一个女工同居；《顺流》还塑造了一个反英雄的平庸人物弗朗丁，这个生活在巴黎的小书记员的物质追求和精神追求都以失败告终。于斯芒斯声称在作品中发展了一种"关于生活的存在哲学"(une philosophie existentielle de la vie)，其中的悲观思想颇受叔本华(Arthur Schopenhauer, 1788—1860)的影响。这些小说风格写实，毫不修饰地揭露阴郁的现实，属于自然主义文学潮流。

　　1884年，于斯芒斯出版了最为著名的一部小说《逆流》(À rebours)，这部作品标志着他在写作主题和风格上的转变。主人公德塞森特是贵族后裔，厌倦了巴黎的社交生活，隐居到郊区丰特奈，逍遥于一种"颓加荡主义"的生活。小说共16章，没有贯穿始终的故事情节，主要以主人公的日常生活和精神生活为描述内容。于斯芒斯细致入微地描写自然风物、家居陈设、藏书绘画，并由物及人，描述德塞森特随心所欲的联想、回忆以及评论，内容涉及个人和家庭生活、社会生活以及艺术美学等领域。作品不仅反映了于斯芒斯本人的艺术情趣和品味，也是折射他所处时代法国文艺生活的万花筒，从某种意义上说是以小说之名行艺术评论之事，其中尤其以第3章、第5章和第14章论述文学艺术的内容为最多，其他各章也有散见的艺术随想，如第9章中德塞森特对戈雅画作的欣赏：

　　　　为了消遣，为了打发无穷无尽的时刻，他继而转向他的铜版画收藏，整理那些戈雅的作品；某些《随想曲》版画，一些靠发红的色调还依稀可辨的草稿画，以往用重金从拍卖行买来的，还保持了最初的状态，这让他露出笑脸，他沉湎于它们之中，追随着这位画家的奇思怪想，着迷于那些令人眩晕的场景[……]然后，他浏览了戈雅所有其他的腐蚀铜版画和仿水墨蚀刻画系列，他那如此可怕瘆人的《谚语画》，他那如此凶残狂暴的战争题材画，最后，还有他的版画《绞刑》[……]戈雅那野性的激情，那艰涩而又狂乱的才华俘获了他……（余中先译）

正如于斯芒斯本人所言，《逆流》中被淡化的情节是"肤浅的，只是镶嵌宝石的底花"，而它所装点的"这些首饰多多少少得到了很好的描述，多多少少很好地陈列在一个玻璃展柜里"。[1] 或许，《逆流》所呈现的是集收藏家、讲解员和观众于一身的主人公德塞森特所特有的艺术博物馆。

作家于勒·巴尔贝·多尔维利（Jules Barbey d'Aurevilly，1808—1889）将"逆流"解读为"逆常识之流，逆道德感之流，逆理性之流，逆自然之流"[2]，而于斯芒斯也以《逆流》告别了《顺流》，否定了自然主义文学。1903年，他在再版序言中鲜明地表达了自己的创新思想："有很多东西，左拉是无法理解的；首先，是我体验到的那种迫切需要，要打开窗户，逃离一个令我窒息的环境；其次，是强烈的愿望，要打破偏见，打破小说的界限，让艺术、科学、历史进入小说，总之，一句话，只把这种形式用来作一个框框，让更严肃的内容进入其中。在那个时代，正是这一点尤其震撼我，我，要取消传统的情节，甚至还有激情、女人，而把光明的笔触聚集在唯一的一个人物身上，不惜一切代价地创新。"[3] 作家本人对《逆流》在其创作中的重要性十分重视，甚至直言不讳地说"《逆流》让我从一种毫无出路的文学中解脱出来"。《逆流》出版之后受到左拉和莱昂·布鲁瓦（Léon Bloy，1846—1917）的批评，他们认为此书混乱、幼稚，而马拉美、埃德蒙·德·龚古尔和瓦雷里等作家却给予热情洋溢的赞美，王尔德在著名的《道林·格雷的画像》（*The Picture of Dorian*

---

1. 于斯曼：《逆流》，余中先，译，上海：上海译文出版社，2016年，作者序言，第10—11页。
2. 转引自同上，第298页。
3. 同上，第19页。

Gray，1891）中称《逆流》是主人公道林·格雷读过的最奇特的书。

此外，于斯芒斯也宣称《逆流》是"我的天主教作品的一个开端，在这部作品中，我的天主教思想已经成型为完整的萌芽"[1]。的确，于斯芒斯的文学之路经历了三个阶段：早年，他是自然主义的追随者；后来他告别这一流派，转而开拓由象征主义开启的艺术可能性，并成为19世纪末文艺美学的代表人物；在接近晚年的时候他归宗天主教，投入神秘主义的怀抱。于斯芒斯在《在路上》（En route，1895）中回顾了自己皈依宗教这一漫长的历练过程，在《大教堂》（La Cathédrale，1898）中他研究夏特大教堂的宗教象征意义，这一时期他还创作了多部研究宗教历史建筑的书，而《居士》（L'Oblat，1903）则呈现了于斯芒斯晚年在修道院修行生活的体验。于斯芒斯的这些作品后来也对佩吉（Charles Péguy，1873—1914）、克洛岱尔（Paul Claudel，1868—1955）和莫里亚克（François Mauriac，1885—1970）等天主教作家产生了一定影响。

1903年，若里斯-卡尔·于斯芒斯成为法国第一届龚古尔奖评委会主席，直到1907年因癌症去世。这位一度被文学史和艺术史忽略的作家正在得到越来越多的关注。2019年，法国伽利马出版社在"七星文库"中收入了他的一卷《小说作品选集》（Romans et nouvelles）。2019年11月—2020年3月，巴黎奥赛博物馆举办了"艺术评论家于斯芒斯"（Huysmans critique d'art）展览，2020年10月—2021年1月，在法国东北部城市斯特拉斯堡又举办了以"于斯芒斯的慧眼：马奈、德加、莫罗……"（L'œil de Huysmans: Manet, Degas, Moreau ...）为主题的展览。这些都充分证明了如今于斯芒斯在文学史和艺术批评史上所获得的认可。

1．于斯曼：前揭书，作者序言，第17页。

✎ 斯特凡·马拉美：划时代的崭新诗学

斯特凡·马拉美（Stéphane Mallarmé, 1842—1898）5岁时母亲去世，他被托付给祖父母抚养长大，10岁进入寄宿学校，曾因成绩落后而被开除。1857年，姐姐玛丽娅的去世让马拉美非常伤心，这一时期，他开始写诗，诗句中可以看到大诗人雨果、戈蒂埃和邦维尔的影响。1860年，他读到《恶之花》，成为波德莱尔的崇拜者，从他1862年在杂志上发表的早期诗作中可见对波德莱尔的借鉴。马拉美在20岁时与年长他7岁的德国姑娘玛丽娅相识，决定与她共同到伦敦生活一段时间，并为获得英语教师证书做准备。1863年8月他们在伦敦结婚，9月马拉美获得教师资格证书，并被任命为法国图尔农帝国中学的英语教师。不过，马拉美并没有在教学中体会到乐趣，诗歌创作却更容易激发他的热情，《花》（« Fleurs »）、《焦虑》（« Angoisse »）和《苦闷的倦怠》（« Las de l'amer repos »）等诗篇就诞生在这一时期。尤其是创作于1864年的《苦闷的倦怠》揭示了马拉美渴望逃离西方人的理性藩篱和绝对追求而向中国艺术寻求借鉴的心理，也预示了他诗歌写作的未来探索：

> 青灯知我苦穷极，
> 俱以舍却相疏离。
> 效慕远邦中国人，
> 心灵意巧性清纯。（叶莎译）

马拉美在诗中提倡学习中国画家的创作手法，而且想象了一幅含蓄隽永、淡泊宁静的中国"新景"：

白瓷素胚作苍穹，

一线天青一清泓。

轻云蔽月月如眉，

银钩浸沉镜湖水，

泽畔芦荻三丛翠。（叶莎译）

法国著名文学批评家夏尔·莫隆（Charles Mauron，1899—1966）认为，追求崇高诗歌艺术的马拉美在中国艺术中发现了一种化解创作焦虑的途径。莫隆以精神分析的方法对马拉美的作品进行过深入分析，认为他与中国文化之间存在一种"精神契合"，他不仅"具有天朝帝国文人之貌"，而且"在马拉美本人及其诗歌周围飘荡着一种中国智慧的氤氲和芬芳"。[1]

1864年，马拉美在南方城市阿维尼翁与泰奥多·奥巴内尔（Théodore Aubanel，1829—1886）、约瑟夫·鲁马尼耶（Joseph Roumanille，1818—1891）和弗雷德里克·米斯塔尔（Frédéric Mistral，1830—1914）等普罗旺斯诗人相遇，并一直保持书信联系。在这段时间里，马拉美还在贝藏松、土伦和巴黎等多个城市教授英语。1865年，马拉美创作了《牧神的午后》（*L'Après-Midi d'un faune*），期待能够在法国剧院上演，但是遭到拒绝。不过，他逐渐进入巴黎文人圈，与勒孔特·德·里勒（Leconte de Lisle，1818—1894）和约瑟-马里亚·德·埃雷迪亚（José-Maria de Heredia，1842—1905）成为朋友，并与魏尔伦成为笔友。马拉美欣赏帕纳斯诗派"为艺术而艺术"的主张，1866年起他开始在泰奥菲尔·戈蒂埃

---

1. 查理·莫隆：《马拉美与"道"》，车琳，译，见《跨文化对话》（第24辑），南京：江苏人民出版社，2009年，第237，238页。

主持的《当代帕纳斯》（*Parnasse contemporain*）杂志上发表作品，这时他也开始创作和发表散文诗。与此同时，马拉美经历了文学生涯的一段迷茫时期，进入了诗歌创作的瓶颈期，这段精神危机一直持续到1869年。

1869年，《伊纪杜尔》（*Igitur*）一诗标志着马拉美走出了诗歌创作的干涸期。1871年7月，诗人获得巴黎孔多塞中学教职，与家人定居首都。期间他与兰波有过短暂接触，并结识了左拉、奥古斯特·德·维里叶·德·利尔-亚当（Auguste de Villiers de L'Isle-Adam，1838—1889）和爱德华·马奈。马奈后来为《牧神的午后》绘制插图，这部重新创作的诗剧终于在1876年得以出版。从1877年开始，在马拉美位于罗马街的家中，每周二成为巴黎诗人的聚会时光。安德烈·纪德在怀念青年时代聆听马拉美的教诲时说："啊！在罗马街的这所斗室中，我们远远离开了纷繁城市的烦嚣，离开了那么多的政治谣传、阴谋和诡计。大家跟随马拉美进入了一种超然的世界……"[1]

1884年，魏尔伦出版了《被诅咒的诗人》（*Poètes maudits*），其中第三篇文章专论马拉美；同一年，作家于斯芒斯出版小说《逆流》，书中主人公德塞森特对马拉美的诗歌推崇备至。这两篇作品使得马拉美的声誉日隆，被推崇为象征主义诗歌领袖。马拉美仍然不断探索新的诗歌语言，于1886年出版了第一部没有标点符号的作品《让我进入你的故事》（*M'introduire dans ton histoire*），而经过修改的又一版《牧神的午后》在1887年出版。1892年后，作曲家德彪西（Claude Debussy，1862—1918）为此诗谱曲，并于1894年完成。马拉美于1893年退休，1894年在英国剑桥大学和牛津大学举办讲座。1896年，魏尔伦去世后，马拉美被推选为"诗歌王子"。

---

1. 安德烈·纪德：《马拉美》，徐知免，译，载《译林》，2006年，第1期，第191页。

马拉美在其诗歌生涯中一直努力追求一种唯有艺术可以创造的纯粹之美，他曾说："创造世界就是为了成就一部完美之书。"可见，在马拉美看来，对美的追求是诗歌的目的和存在的理由。他从"一朵花"中洞悉了诗歌的本质，"我说：一朵花！把声音中异于花萼的任何轮廓都忘记，所有花束里都不存在的东西便婉转地升起，它即是美妙的概念本身。"（《诗的危机》）[1] 这个理想化的表述通过否定一切外在性而抽离出诗歌语言的纯粹本质。

马拉美喜欢沉思和冥想，作为诗人的马拉美的玄思并不以哲学为取向，而是为了寻找诗歌美学上的前景。马拉美的精神苦修是诗歌世界中的禅行，因为诗歌也是一种宗教，"对大地做出神秘教理般的解释是诗人的惟一使命"（马拉美致魏尔兰书信，1885年11月16日）[2]。马拉美的诗歌充满玄思和超验色彩，他曾经在1866年4月28日致朋友卡萨利斯的信中写道："在挖掘诗句的过程中，我遇到两个看不到底的深渊，其中之一是我不修佛教却达到了的虚无［……］"[3] 马拉美思想中的虚无已不是悲观的、一无所有的虚无，而是一种辩证的、具有创造性的虚无。形而上的思索唤醒了马拉美的另一个"我"："我的思想自行思想，并达到一种纯粹的理念。［……］我要告诉你的是，我已非我，亦非你所知的斯特凡，而是精神宇宙通过我来进行自省和发展的一种能力。"（马拉美致卡萨利斯的信，1867年5月14日）[4] 人超脱了自我，体味到宇宙的玄境。这种精神体验给马拉美的诗歌创作带来了全新的境界，那就是在主观与客观相即相融

---

1. Mallarmé, *Poésies*, Paris, Bookking international, 1993, p. 196.
2. 马拉美：《马拉美诗全集》，葛雷，梁栋，译，杭州：浙江文艺出版社，1997年，第379页。
3. Mallarmé, *Correspondance, lettre sur la poésie*, Paris, Gallimard, p. 297.
4. Mallarmé, *op. cit.*, p. 342-343.

中观照心性，抽象万物，达成一种超验性诗歌。这就是为什么我们看到马拉美在文字中克制个人情感的抒发，而追求一种近乎客观化的诗歌。

马拉美在诗歌中追求暗示的艺术，这一点成为象征主义诗歌的原则之一："直言其事，这就等于取消了诗歌四分之三的趣味，这种趣味原是要一点一点去领会的。暗示，才是我们的理想。充分使用这种神秘便构成了象征。"（《谈文学运动》）[1] 在创作长诗《希罗狄亚德》（*Hérodiade*）的过程中，马拉美发现了一个"崭新的诗学"："不要描绘事物本身，而是描绘事象产生的效果。诗句不应当由词语组成，而是由意构成，在感觉面前，所有的言辞都匿去痕迹。"（致卡萨利斯的信，1866年10月30日）[2] 当我们读到"落寞而生的花除了留恋／她那无神眼波中的影子已经别无所爱"（《希罗狄亚德》）时，我们需要领会这并不是一朵花的故事，而是孤芳自赏的希罗狄亚德的命运，她拒绝人世间的一切诱惑，沉浸于自我的理想世界中，默默"等待一个未知的事物，抑或是永远不得而知的秘密"，这也是理想主义诗人的象征。马拉美十分擅长在一个意象上凝聚深意，比如，处于创作困境的诗人的怅惘和对诗歌理想王国的向往不是直接表达的，而是通过"蓝天"这个意象来暗示的，这个象征在《苍穹》这首诗中萌发，到《海风》中更加吸引诗人逃离物质的现实世界："逃！逃向那里！我感到鸟儿们陶醉于／无名的泡沫和蓝天之间！／沉入大海的这颗心将一无所恋"（葛雷译）。从这寥寥几句诗中我们能够感觉到暗示带来的强烈艺术张力。

马拉美的诗歌还有一个重要特征，那就是神秘与晦涩，他喜欢潜入

---

1. Mallarmé, *Igitur, Divagations, Un coup de dés*, p. 392.

2. Mallarmé, *Correspondance, lettre sur la poésie*, p. 206.

心灵世界和梦境中寻找诗歌意象。马拉美在那首著名的《牧神的午后》
中更是把虚幻手法运用到极致。在一个晴朗夏日的午后，牧神在苇塘边
醒来，吹响了芦笛，却吓到了在水中嬉戏的仙女。她们纷纷逃走，只留
下一对天鹅般的仙女。当牧神想去拥抱她们时，她们也一样消失了，怅
惘的牧神又沉入梦幻。在这部作品的开头，牧神说："这些仙女，我欲
使她们永存。"然而，睡意蒙眬的他也分不清现实和梦境，"我爱的是一
个梦吗？"他的怀疑停留在目光接触到"真实的树枝"的那个时刻。那么
对于读者而言，牧神以一句"让我们思索吧"而开始的回忆是真是梦难
以辨别。整个作品构成一种象征的意境，通过牧神的精神体验，马拉美
表达了一种美学追求，即一种依存于梦境的理想世界，而不是对现实的
依赖。这个理念的表现既在诗句之中，又在诗句之外，好似隐语，需要
一点点去领会和解密。无论是结构还是意象，这首诗不仅带来美感，而
且更重要的是它产生了暗示的力量，这种力量蕴藏在马拉美的全部作品
中，令人回味无穷。

　　马拉美在诗歌语言上不断推陈出新，甚至大胆地取消了法语诗歌中
的标点符号。用现代的眼光来看，这是很平常的，仿佛是现代诗歌与生
俱来的特征。但实际上，在当时的诗歌写作中，这是不可思议的改变，
而正是马拉美在法语诗歌中第一次做出了系统性的尝试。英国作家查德
威克（Charles Chadwick，1932— ）分析了其中缘由："马拉美在晚期的作
品中故意省去了所有的标点符号，无疑这是因为他认为点标点的办法不
妥当，不宜于尽善尽美地反映他的句法的微妙与复杂。"[1] 为了实现"意无

1.　查尔斯·查德威克：《象征主义》，郭洋生，译，石家庄：花山文艺出版社，1989年，
　　第46页。

穷"和在诗句中获得一种起承转合的自由，马拉美在形式上走得很远。他打破法语句法的限制，随心所欲地调动词语，所完成的诗歌"拼图"（puzzle）突破常理，展现的是一幅奇诡的图案。《骰子一掷永远取消不了偶然》（*Un coup de dés jamais n'abolira le hasard*，1897）是诗人马拉美的绝唱。他不仅放弃了格律，突破了文法框架，取消了标点，而且开始用词形构筑意象画面。字体不一，大小不同，白纸黑字疏密有致地排列，打破了一般诗歌整齐划一的版面格式。随着意象的变化，画面也变化出不同的曲线。诗人创造性地把诗页变成了画面，而且具有流动的旋律，令人产生无限的遐思。 在作品发表之前，马拉美曾经邀请年轻诗人瓦雷里到自己家中欣赏这首奇诗的清样，他的弟子说："马拉美的近作是经过长久的、精确的思考而进行的一次尝试"，"他梦寐以求的就是这样一个表达理性思想和抽象想象的思维工具"，"他之前仔细研究了［……］字体的黑白分布和疏密对比的效果"，瓦雷里还表示，当他第二次看到这部已经被印刷出来的作品时，仿佛看到了一场"表意文字的盛会"。[1]

总之，马拉美的诗歌艺术对后世诗人产生了深远影响，从亨利·德·雷尼耶（Henri de Régnier，1864—1936）等19世纪末的象征主义诗人到20世纪上半叶被称为后象征主义诗人的保罗·瓦雷里，直到伊夫·博纳富瓦（Yves Bonnefoy，1923—2016）等法国当代诗人，他们的诗歌创作都得益于马拉美所开创的一种新的诗歌美学。他以诗歌思考诗歌创作本身，这种自省性诗歌和对文学本体的元语言思考更是对后世的现代文学理论产生了不可忽视的重要影响。

---

1. Paul Valéry, « Le coup de dés, lettre au directeur des Marges », in *Variété*, *Œuvres*, tome I, p. 622-628.

ꙮ 保罗·魏尔伦的朦胧诗

保罗·魏尔伦（Paul Verlaine，1844—1896）出生于法国东北部洛林地区梅斯市，1851年举家迁居巴黎。他中学时成绩平平，但是热爱绘画和文学，曾模仿爱伦·坡的诗风写诗，14岁时曾将一首题为《死神》（La Mort）的诗歌寄给雨果。21岁时，魏尔伦负责《艺术》（L'Art）杂志的文学批评栏目，曾撰文赞美雨果和波德莱尔的诗歌作品。他经常出入巴黎的文学沙龙和咖啡馆聚会，与弗朗索瓦·科佩（François Coppée，1842—1908）、泰奥多·邦维尔、勒孔特·德·里勒等帕纳斯派诗人交往，1866年参与创办《当代帕纳斯》杂志，并出版了第一部诗集《感伤集》（Poèmes saturniens）。这一时期，魏尔伦诗歌中可以发现波德莱尔的影响，同时也体现了一种感觉表达上的努力方向。他于1869年出版的诗集《雅宴集》（Les Fêtes galantes）中的新奇想象颇有18世纪画家华托之遗风。

1870年，26岁的魏尔伦与17岁姑娘马蒂尔德·莫泰（Mathilde Mauté，1853—1914）结婚，生活逐步安定下来，并为妻子创作了诗集《美好之歌》（La Bonne chanson）。然而好景不长，魏尔伦因为短暂参与了巴黎公社运动而失去了在巴黎市政府的文员工作。而年轻诗人兰波的到来彻底改变了魏尔伦的生活轨迹，他们的友谊很快变成了同性恋情，魏尔伦决定离开家庭，与兰波一起踏上去往英国、比利时的流浪之旅。正是在这段旅途中，他创作了诗集《无言浪漫曲》（Les Romances sans paroles），名词性意象的并列和轻盈的笔触颇有马奈的印象派绘画风格。1873年，魏尔伦因枪击兰波而入狱，在一年半服刑期间得知马蒂尔德申请分居，他皈依天主教，并写下了《智慧集》（Sagesse，1880）中的诗篇。1875年出狱后，魏尔伦在英国多地停留，以家庭教师为职业，教授希腊语、拉丁语、法语和绘画，直到1877年回到法国。

1884年，魏尔伦出版了一本著名的文学随笔《被诅咒的诗人》，评价、赞美了马拉美、特里斯坦·柯比埃尔（Tristan Corbière，1845—1875）和兰波三位同时代的诗人。在这一时期，他与马拉美同被视作象征主义诗歌的代表诗人。1887年之后，魏尔伦的文学声誉日隆，然而身体每况愈下，被各种疾病困扰，且生活窘迫，时而在酒吧酩酊大醉，时而在医院接受治疗。1896年1月8日，被誉为"诗歌王子"的魏尔伦因急性肺炎在穷困潦倒中离开了人世。

魏尔伦共创作了十余部诗集，主要作品完成于22—35岁之间，晚年则写作了一些自传性散文作品、故事和文学评论。他于1882年完成的《诗艺》（Art poétique）以诗歌的形式总结了自己的诗歌创作理念以及象征主义诗歌艺术。与波德莱尔倾向于超验象征主义不同，魏尔伦在应和修辞方面的诗学实践中常常把自然景色与人的情感紧密相连，重视直觉与即兴。而且，魏尔伦很少将19世纪发展起来的现代城市作为诗歌题材，而是更多将想象力投入到大自然景物之中。在其诗集《感伤集》跋诗第一首中，太阳、天空、风、秋天、玫瑰、花园、树木、地平线、鸟和云等一系列自然意象与人的情感互相应和，营造出一种宁静舒适的氛围。魏尔伦喜欢使用"悲秋""风""夕阳""月亮"和"夜莺"等意象，抒发一种朦胧的伤感，其著名诗作《秋歌》（« Chanson d'automne »）犹如喃喃自语，最能体现其含蓄、淡雅、哀婉的诗歌意境：

> 长久听泣
>
> 秋天的
>
> 梵阿玲

刺伤了我

忧郁

枯寂的心

使人窒息，一切

又这样苍白

钟声响着

我想起

往昔的日子

不觉泪落

我，宛如转蓬

听凭恶风

送我漂泊

海北天南

像一片

枯叶   （许渊冲译）

　　魏尔伦视音乐性为诗歌写作的第一条律，并且尝试奇数音节的诗句，如五言诗和七言诗，或许是他从朱迪特·戈蒂埃的《玉书》中撷取了中国的古典诗艺，须知法国诗歌传统是偶数音步为主流。从第一部诗集《感伤集》开始，魏尔伦便开始了这种形式探求，他的诗歌往往给人一种如歌如诉的旋律感。此外，魏尔伦强调诗歌的暗示艺术，提倡含蓄隽永的表达方式。在象征主义诗人当中，他的诗歌最少超验性但最具抒情性，在轻盈朦胧中流露出淡淡的忧伤，尤其是在自然意象和情感表达上实现了一种情景交融的感觉，近似中国古典诗歌。我国现代诗人戴望舒移译的魏尔伦的诗歌《瓦上长天》在中文语境中依然保持了诗意和韵律，长短句和奇偶更替的音步错落有致，颇有宋词之意味：

> 柔复青！
> 瓦上高树
> 摇娉婷。
> 天上鸣铃
> 幽复清。
> 林间小鸟
> 啼怨声。
> 帝啊，上界生涯
> 温复淳。
> 低城飘下
> 太平音。
> ——你来何事
> 泪飘零，
> 如何消尽
> 好青春？

　　我国学者钱锺书在《中国诗与中国画》一文中有这样一段评价："有人说，中国古诗'空灵'（intangible）、'轻淡'（light）、'意在言外'（suggestive），在西洋诗里，最接近韦尔兰（Verlaine）的风格。另一人也说，中国古诗含蓄简约，韦尔兰的诗论算得中国文学传统基本原理的定义（taken as the definition of the principle of Chinese literary tradition）。"钱锺书先生转述的是英国文学批评家里顿·斯特拉奇（Llytton Strachey，1880—1932）和戴蒙德·麦卡锡（Desmond MacCarthy，1877—1952）的观点，称他们把中国旧诗和魏尔伦联系起来。"韦尔兰自称最喜爱'灰黯的诗歌'（Rien de plus cher que la chanson grise），不着彩色，只分深浅（Pas de couleur, rienque la nuance），那简直是南宗的水墨画风了！董其昌所谓：'画欲暗，不欲明；明者如觚棱钩角是也，暗者如云横雾塞是也。'"钱锺书的这段评论更加具体地揭示了魏尔伦的诗艺与中国美学的契合。

❧ "履风者"兰波的通灵诗歌

阿尔蒂尔·兰波（Arthur Rimbaud，1854—1891）出生于法国东北部邻近比利时的城市沙维尔；其父是步兵军官，与家人聚少离多，1860年之后便彻底离开妻子儿女，这使得兰波一直难以从被父亲抛弃的感觉中走出来。他的母亲是一个虔诚的农妇，一人抚养5个孩子，对孩子的教育严格刻板，少时的兰波经常感到家庭气氛的压抑，后来他在《七岁诗人》（Les Poètes de sept ans，1871）一诗中回顾和分析了童年时代的成长经历和心态。兰波7岁开始读书，从小便显示出文学天赋，初中时已经揽获学校里各种文学奖项，可以用拉丁语作诗：14岁时曾创作一首60行的拉丁语诗歌寄给拿破仑三世之子，受到嘉奖；15岁时参加高中生学业竞赛，获得拉丁语诗歌创作一等奖。兰波在中学时代与同学埃内斯特·德拉艾（Ernest Delahaye，1853—1930）成为好友，德拉艾帮助兰波抄写诗歌赠送给其他朋友。这一时期在文学上给予兰波帮助的是只比他年长6岁的修辞课老师乔治·伊藏巴尔（Georges Izambard，1848—1931），他借给兰波很多书，其中有雨果的《悲惨世界》以及帕纳斯诗人的作品。已经发表法语诗歌《孤儿的新年礼物》（*Les Étrennes des orphelins*，1870）的兰波一度渴望成为帕纳斯诗派诗人，而且对具有革命精神的首都巴黎心生向往，他在1870年3月写成《感觉》（*Sensation*）一诗，表达了远行的愿望。

1870年8月29日，就在色当战役的前几天，兰波第一次离家出走，但是并没有成功抵达巴黎，而且返家之后遭到母亲怒斥。10月，他第二次离家出走，在路途中写下了《我的流浪》（*Ma bohème*）等7首诗并寄给朋友诗人保罗·德梅尼（Paul Demeny，1844—1918），这些手稿在17年后才为人所知。11月，在普法战争硝烟未散的时候，兰波还在当地报纸上发表了《俾斯麦的梦想》（*Le Rêve de Bismarck*）一文，在文中，他将巴黎歌颂为光明的城市，是普鲁士人无法攻克的革命城市，这篇作品直到2008年才被重新发现。1871年2月，兰波第三次出走，这一次终于到达了巴黎。他试图联络诗人团体并寻找后来成为巴黎公社成员的作家瓦莱斯，但是在街头游荡半个月之后他于3月18日回到家乡，那一天恰好爆发了巴黎公社起义。这个文学高才生再也没有回到校园，巴黎公社激起了他反抗陈旧秩序的革命热情和创作热情，5月13—14日，他分别致信伊藏巴尔和德梅尼表达自己的创作思想，"我要成为诗人，我要努力变成通灵者［……］就是要打乱所有感官以进入未知世界"，"我是一个他者。如果青铜在苏醒时成为小号，这不是它的错。我认为这很显然：我见证自己思想的绽放，我注视它，我倾听它［……］"这就是著名的"通灵者信札"，于1871年5月15日写给保罗·德梅尼。

1871年夏，兰波给魏尔伦寄去第一封信和诗歌，得到热情洋溢的回复。他于9月底前往巴黎，见面时交给魏尔伦一首新诗《醉舟》（《Le Bateau ivre »），此诗标志着其独特诗风的形成。在巴黎，17岁的兰波受到巴黎文人的接待，他寄居在诗人朋友家中，参加诗会朗诵诗歌。但由于年轻气盛，兰波时常与人产生冲突，魏尔伦劝他暂时回到沙维尔。1872年3—5月间，兰波在家乡写作了《记忆》（« Mémoire »）、《泪》（«Larme»）和《晨思》（« Bonne pensée du matin »）等重要作品，5月回到巴黎后又创作了《黄金岁月》（« L'Age d'or»）、《饥饿的节日》（« La Fête de la faim »）和《哦四季，哦城楼》（« Ô saison, ô châteaux »）等诗作。7月，魏尔伦决定离开妻儿，与兰波共同生活，他们主要居住在布鲁塞尔，也在伦敦短暂流浪。1873年7月，魏尔伦在醉酒状态下枪击兰波，兰波轻微受伤，而魏尔伦被捕入狱。这年年底，兰波完成了散文诗集《地狱一季》（*Une Saison en enfer*），但是没有赢得所期待的荣誉。1874年，兰波与诗人热尔曼·努沃（Germain Nouveau，1851—1920）同居伦敦，专心写作《灵光集》（*Illuminations*）。1875年初，兰波开始学习德语，并前往德国生活了一段时间，期间与服刑18个月后出狱的魏尔伦重逢，并把刚刚完成的《灵光集》交给他。这部诗集后来在1886年出版，兰波本人当时旅居非洲，并不知情。

　　或许是对文学产生绝望，或许是因为相信"生活在别处"，21岁的兰波不再写作，放弃了诗歌生涯，决定"出发，到新的爱与新的喧闹中去"（《灵光集·出发》）寻找其他生活道路。他先短暂回到家乡，1876年曾参加荷兰雇佣军，但3周后便逃离军营，此后在奥地利、瑞士和德国多地流浪。1878—1879年间，兰波到过意大利、埃及和塞浦路斯，1880年后远赴非洲经商，在10年间经营过咖啡和皮货，贩卖过武器。兰波在颠沛流离中经历世事艰难，遭遇人生失意。1891年，兰波的腿部出现肿瘤，返回法国接受截肢手术，几个月后在马赛病逝，这个曾经亵渎上帝的流浪者在37岁临终之际接受了圣事。

我亲爱的朋友们：

　　你们知道，我们公司已完全破产了，我负责的哈勒尔的代办处已经撤销；亚丁的代办处也已经关闭。［……］我完全不知道一个月以后我会在哪里［……］在这种恶劣的气候与荒唐的境地中，我的生活如此凄凉！［……］我无法给你们一个回信的地址，因为我并不知道自己日后会漂到哪里，走什么路，身在何处，为什么，会怎样，全都一无所知！［……］我的生活在此是一场真实的噩梦。你们不要想象我会过得好，远非如此。我甚至发现再没有什么生活比我的生活更悲惨了。［……］请原谅我跟你们念叨着我的烦恼。而我很快就30岁了（生命的一半！），我已无力再在这个世界上徒劳奔波。而你们不会有这样的噩梦；我希望你们安居乐业，过着宁静、安详的生活，愿这样的生活一直持续下去！至于我，我注定只能在这样的地方长期生活了，在这里我已被认可，我总能找到工作。而如果回到法国，我会变成一个外国人而找不到工作。[1]

（兰波1884年5月5日从亚丁致家人的书信）

　　如果从中学时期练习拉丁语诗歌算起，兰波的诗歌写作生涯只有短短7年，共创作了约60首诗体作品和50首散文诗，数量不多却影响深远，甚至被20世纪的超现实主义诗人们奉为先驱。兰波最初写过《奥菲利娅》（« Ophélie »）、《感觉》和《深谷睡者》（« Dormeur du val »）这样清澈平稳的诗歌，但是很快他就寻找到新的诗歌语言和风格，以"打乱所有感官"

1.　阿尔蒂尔·兰波：《兰波作品全集》，王以培，译，北京：作家出版社，2014年，第333—335页。

的通感营造奇特的、碰撞的意象。他"发明了元音的颜色 [……] 凭借本能的节奏，发明一种足以贯通一切感受的诗歌文字"（《地狱一季·妄想狂》），如《醉舟》中"轻歌的磷光在橙黄与碧蓝中苏醒"和"迷人的黑色幽香"，在兰波这首代表作中依然可以看到爱伦·坡、波德莱尔、雨果和凡尔纳的影子，但是其中新奇瑰丽的意象、天马行空的想象和带来晕眩感觉的语言是兰波诗歌的特质。兰波通过他自己所称的"文字炼金术"（Alchimie du verbe）将越来越多的幻象和梦境引入作品中，例如《黎明》中的"我"遇到了"一朵花告诉她的名字"，"黎明与孩子一同倒在树林里。醒来已是正午"。正如诗人所宣称的那样，"我见过人们幻想中的一切"（《醉舟》），这个反叛社会秩序和语言秩序的"履风者"化为一个通灵诗人。

兰波在诗中曾写道："我是现代大都会中的一介蜉蝣"（《灵光集·城市（一）》），而之于19世纪下半叶的法国诗坛，他犹如一颗横空出世的流星，他的一线灵光仍然照亮后世。

✍ 洛特雷阿蒙的"恶"之歌

洛特雷阿蒙（Comte de Lautréamont, 1846—1870）原名伊西多尔·吕西安·迪卡斯（Isidore Lucien Ducasse），出生于南美国家乌拉圭首都蒙得维的亚，在乌拉圭与阿根廷的战争中度过童年。母亲在他2岁时去世，原因不明，父亲是法国总领事馆职员，退休后留在乌拉圭度过晚年。少年时期的伊西多尔·吕西安·迪卡斯回到法国完成学业，在13岁时成为父亲家乡塔布一个中学的住宿生，各科成绩优良，高中时期前往波城就读，在此度过了孤独压抑的青春期，1865年通过高中毕业会考。1867年，伊西多尔·吕西安·迪卡斯前往乌拉圭与"古怪的父亲订立含混而可怜的监督制度"[1]，从而获得父亲资助，3个月后回国定居巴黎。他可能注册过大学，但是这位辗转于各家旅馆的文学青年更多地是在写作中抒发孤独和郁闷。1868年，伊西多尔·吕西安·迪卡斯以匿名的方式自费出版了一首长诗，这就是之后于1869年在比利时出版的《马尔多罗之歌》（*Chants de Maldoror*）的第一首"歌"，署名"洛特雷阿蒙伯爵"，这也是伊西多尔·吕西安·迪卡斯唯一一次使用这个笔名，或许是化用自欧仁·苏的历史小说《拉特雷奥蒙》。

拉特雷奥蒙（Gilles du Hamel de Latréaumont, 1627—1674）伯爵在1657—1674年间联合数位贵族，策划将法国塞纳河畔基耶伯夫（Quillebeuf-sur-Seine）让于荷兰人，然后在诺曼底地区建立自治共和国，并推翻路易十四的君主统治。这场精心策划的阴谋在法国历史上以其主要策划者拉特雷奥蒙命名。这是路易十四治下唯一一次贵族谋反活动，也是在法国大革命之前建立共和国制度的一次尝试。拉特雷奥蒙的叛乱最终以失败告终，所有参与的贵族先是被监禁于巴士底狱，后除了路易十四的童年伙伴罗昂（Louis de Rohan, 1635—1674）之外均被处以死刑。

欧仁·苏以拉特雷奥蒙伯爵生平为素材创作了历史小说，先是在《两世界》杂志上连载，后来在1838年以两卷本形式出版，书后附有一些当年历史素材的复制版。小说《拉特雷奥蒙》在1840年被改编成戏剧，在法兰西剧院上演，继而在1850—1882年间多次重版，其中1862年插图版由著名的阿尔贝·拉克鲁瓦出版社出版，而且阿尔贝·拉克鲁瓦也是伊西多尔·吕西安·迪卡斯的出版商，他于是将拉特雷奥蒙伯爵的姓氏

1.　洛特雷阿蒙：《洛特雷阿蒙作品全集》，车槿山，译，北京：东方出版社，2001年，第269页。本节引文皆出自此书。

（Latréaumont）略微更换字母顺序变为Lautréamont，以"洛特雷阿蒙伯爵"作为《马尔多罗之歌》的作者署名。

　　《马尔多罗之歌》虽然得以出版，但是事后出版商认为其内容过于大胆而拒绝发行，因此大多数书册滞留于仓库中。从洛特雷阿蒙仅存的7封书信中可以了解到他与出版商和评论家打交道的情况，他希望自己的作品能够得到更多的关注，甚至在1868年11月给雨果写过信："您无法想象，如果您能给我写几个字将会使一个人多么幸福［……］我因为给您写信而颤抖，在这个世纪，我还什么都不是，而您却已经是一切。"1870年，伊西多尔·吕西安·迪卡斯以真名在巴黎出版了两册薄薄的《诗集》（Poésies），当时还在《巴黎大众杂志》（Revue populaire de Paris）上刊登过广告。当年11月24日，就在普法战争导致第二帝国垮台之际，伊西多尔·吕西安·迪卡斯在巴黎一家旅馆中去世，原因不明，年仅24岁。洛特雷阿蒙生前籍籍无名，人们对其生平所知甚少。

　　就在洛特雷阿蒙去世后4年，同是来自塔布且定居比利时的出版商罗泽（Jean-Baptiste Rozez）发现了《马尔多罗之歌》初版之后的存货，将其全部购买并重新出售。1885年，比利时文学团体和杂志《少年比利时》（La Jeune Belgique）负责人马克斯·瓦勒（Max Waller, 1860—1889）发表了其中片段，使人们重新发现了这部诗歌作品的独特价值。法国作家和文艺评论家若里斯-卡尔·于斯芒斯、戏剧家阿尔弗莱德·雅里（Alfred Jarry, 1873—1907）与作家雷米·德·古尔蒙（Remy de Gourmont, 1858—1915）也读到了《马尔多罗之歌》，雅里向诗中的"荒诞玄学宇宙"致以敬意，洛特雷阿蒙其人其作终于得到关注，正如他在《马尔多罗之歌》中写道："19世纪末叶将看到它的诗人（不过，他最初不会由一篇杰作开始，而必须遵循自然法则）；他出生在美洲海岸拉普拉塔河口［……］"

《马尔多罗之歌》是19世纪下半叶法国诗坛的奇异之声，全书共有6首"歌"，每一首"歌"由长短不一的片段组成，全部是兼具抒情与叙事的散文诗篇，主要以第一人称写成，间或插入第三人称描述以及对话。"马尔多罗"（Maldoror）便是叙述者-主人公，洛特雷阿蒙为他杜撰的名字从发音上听起来有"黎明之恶"（mal d'aurore）的意思，这种恶似乎是诗人赋予"马尔多罗"的本性，在第一首诗第三节中，他写道："我将用几行文字证实马尔多罗童年时为人善良，生活幸福：结束了。他后来发现自己是天生的恶棍：离奇的命运！他多年来竭力掩饰个性，但最终这种不自然的努力使他血液沸腾：他无法再忍受这种生活，果断地投入恶的生涯……"于是，叙述者-主人公"马尔多罗"声称，"我却用我的才华描绘残酷的乐趣！"《马尔多罗之歌》开篇伊始便警示读者："愿大胆的、一时变得和这本读物一样凶猛的读者不迷失方向，找到偏僻的险路，穿过荒凉的沼泽——这些阴森的、浸透毒汁的篇章；因为，如果他在阅读中疑神疑鬼，逻辑不严密，思想不集中，书中散发的致命烟雾就会遮蔽他的灵魂，仿佛水淹没糖。大家都读下文，这没必要；只有少数人能平安地品尝这只苦果。"

这首"恶"的颂歌揭露了世间各种丑恶，其中充满光怪陆离的纷繁意象，最引人称奇的便是这样一句："他美得像猛禽爪子的收缩，还像后颈部软组织伤口中隐隐约约的肌肉运动，更像那总是由被捉的动物重新张开、可以独自不停地夹住啮齿动物、甚至藏在麦秸里也能运转的永恒捕鼠器，尤其像一架缝纫机和一把雨伞在解剖台上的偶然相遇！"种种奇特的意象产生碰撞，营造出错乱的感觉甚至是幻觉，颇似兰波所言"打破一切感官"的状态。洛特雷阿蒙尤其擅长大量使用动物隐喻来描述残酷的景象，蜗牛、虱子、蜘蛛、蛤蟆、獒狗、老虎和章鱼等意象俯拾皆是，表现出争斗和蚕食的残暴性格，而且人也并非高于动物的生物，他腐烂的身体与虫兽融于一体，同样是一种丑陋的存在，甚至不得不忍受动物的凌辱，正如第四首歌中写道：

> 我很脏。虱子咬我。公猪见到我就呕吐。麻风使我身上布满鱼鳞般的疮痂，流着黄脓。我不认得河水，也不认得雨露。我的颈背好似一堆粪肥，上面长出一朵巨大的伞形蘑菇。我坐在一件丑陋的家具上，四个世纪以来没有移动过肢体。我的双脚在地上生了根，直到腹部变成一种类似多年生植物的东西，满是卑鄙的寄生虫，它虽然还不能算作草木，但已经不是皮肉。然而我的心在跳动。但如果不是我的尸体（我不敢说身体）腐烂的气味提供大量的养料，它怎么能跳动呢？我的左腋下，住着一家蛤蟆，只要其中一只动弹，我就发痒。当心，别让一只溜出来用嘴挠你们的内耳：然后，它可能进入你们的大脑。我的右腋下，一条变色龙在不断地追捕它们，以免饿死：大家都应该活下去。[……]一条凶狠的蝰蛇吞掉我的阴茎，占据了那个位置：这个恶棍，它使我成为太监。

草菅人命的动物以居高临下的姿态欺侮卑微的人类："有一只昆虫，人们花钱喂养它。他们丝毫不欠它；但是，他们却怕它。这家伙不爱饮酒，却好喝血，如果人们不满足它的正当需要，它就可以通过一种玄秘力量，变得和大象一样粗壮，把人们像麦穗般压碎。"人们常常把马尔多罗理解为恶的化身，其实他也是孤独的人："我寻找一个和我相似的灵魂，却没能找到。我搜索大地的每个角落，我的恒心无济于事。然而，我不能总是孤独。应该有人赞同我的性格，应该有人具备和我一样的思想。"这也许正是诗人孤独心灵的写照和期盼。爱和理解的缺乏便转化为怀疑和仇恨，例如马尔多罗如是直言不讳："狼和羊不会用温柔的目光互相注视"，"我的嘴在一天中的任何时刻都准备散发犹如人工呼吸般的大量谎言，你的虚荣严格地要求每一个人做这件事。我活过的岁月并不多，但是，我已经感到善良只不过是响亮音节的组合，我在任何地方都没有能找到"。总之，洛特雷阿蒙自知"每一页都已经有巨大的痛苦了"，在他的笔下呈现了一个奇特、畸形、怪异的世界，他自己对此有深刻的意识："我像密茨凯维奇、拜伦、弥尔顿、骚塞、缪塞、波德莱尔等人一样歌唱了恶。当然，我把调子夸张了一点"。他甚至希望学者在将来探讨"恶"的主题时能够引用他的创作，因为"我比我的前辈更有魄力地重新探讨了这个奇特的论题"。

　　然而，仅从恶的向度来审视《马尔多罗之歌》似乎失之偏颇，时代环境以及个人生活经历、精神气质促生了洛特雷阿蒙的恶之歌，但是他也在写给出版商的信中如是表达自己不乏辩证意味的伦理思考："这种文学歌唱绝望仅仅是为了压迫读者，促使他追求作为良药的善。"而且，他认为自己所发展的恶的美学其实是文学创新："总而言之，人们歌唱的永远是善，只不过是采用了一种更哲学化的、不像旧流派那么幼稚的方式，旧流派仍然在世的代表是雨果和其他几个人。"洛特雷阿蒙甚至表示未来可以考虑删去几个片段，因为"它们的威力过于强大"，"我否定了我的过去。以后我只歌唱希望了，但为了这样做，首先必须抨击这个世纪的怀疑（忧愁、悲伤、痛苦、绝望、凄惨的吼叫、人为的恶意、幼稚的骄傲、可笑的诅咒，等等）"。此种弃恶扬善的调和姿态或许是诗人为自己开脱，也许是为了说服出版商和评论界接受自己苦心孤诣的作品，也许是真实创作理念的表达。总之，洛特雷阿蒙反叛文学传统和社会传统的《马尔多罗之歌》成为传世之歌，它所蕴含的原始性冲动和颠覆性力量在后世产生了颤音和回响，至20世纪20年代，风起云涌的超现实主义运动将洛特雷阿蒙视作最杰出的先驱者之一，诗人生前没有获得的认可和尊重终于在身后得到补偿。

＊　＊

　　法国当代历史学家莫娜·奥祖夫在《小说鉴史》中总结道："19世纪变化多端，在被旧制度吞没的世界和因大革命产生的新世界之间存在着一场持久的较量。"[1]19世纪的法国文学同样在新旧世界的交替中走过了100年：它一方面希望遗忘过去，但是又难免需要回望；它努力地记录现实，同时也把未来设想。无论是诗歌还是小说，文学都无法在已逝的世界中寻找庇护，而是一边反抗一边适应现代生活中的不和谐。在这个风云动荡的世纪里，法国文学经历了多种思潮，应和了社会动荡与变化的节奏，反映了变动不居的世界。

1．莫娜·奥祖夫，前揭书，中译本前言，第8页。

第六章

20世纪至今：质疑与探索

  随着1870年法兰西第三共和国的建立，法国现代资本主义国家的各项制度逐渐完善，科技持续进步，经济继续发展，社会趋于稳定。法国开始了依靠电力和石油的第二次工业革命，电灯、电话已经开始应用于日常生活，马车逐渐被汽车所替代，巴黎首条地铁线路在1900年世界博览会开幕之际开始运营。在整个欧洲，工业革命与科学技术的同步发展带来文化艺术和社会生活的繁荣，而巴黎毫无疑问是世界上一个重要的文化中心，吸引了世界各地的艺术家。新世纪带来了"新精神"（L'Espit Nouveau），表现为第一次世界大战前法国艺术界兴起的革新精神：以马蒂斯（Henri Matisse，1869—1954）为代表的"野兽派"和以毕加索（Pablo Picasso，1881—1973）为代表的"立体派"在巴黎找到了自由表达的空间；萨蒂（Erik Satie，1866—1925）的简约主义风格对现代音乐产生了重要影响，莫里斯·拉威尔（Maurice Ravel，1875—1937）的早期音乐作品颇具革新思想；电影作为"第七艺术"丰富了普罗大众的文化生活；高级时装突破了宫廷贵族定制传统而向更多人展现了巴黎的现代时尚之风。从19世纪末至第一次世界大战前这段和平昌盛的岁月后来被法国人称为"美好年代"（la Belle époque），这一称谓反映了人们对这段"黄金时代"的怀念之情。

　　世纪之初的法国文学也浸染了时代新精神。有两位现代主义诗歌大师在绘画中寻找灵感：1900年来到巴黎的意大利裔诗人阿波里奈尔（Guillaume Apollinaire，1880—1918）关注各种先锋艺术，创作自由诗和《绘画诗》（*Calligrammes*，1918）；或许是从立体派大师毕加索那里获得启发，马克斯·雅各布（Max Jacob，1876—1944）创作了自称为立体派诗歌的散文诗集《骰子杯》（*Le Cornet à dés*，1917）。还有一些诗人在异域寻找新的创作动力：瑞士法语诗人布莱兹·桑德拉尔（Blaise Cendrars，1887—1961）先后远赴俄国和美国寻求灵感，于1912年和1913年在巴黎相继出版了《纽约复活节》（*Les Pâques à New York*）和《穿越西伯利亚》（*La Prose du Transsibérien et de la petite Jehanne de France*）两首具有现代主义色彩的自由体长诗；外交官作家保罗·克洛岱尔在1895—1909年旅居中国期间酝酿了自己最主要的诗歌和戏剧作品；在克洛岱尔影响下，后来于1960年荣获诺贝尔文学奖的外交官诗人圣-琼·佩斯（Saint-John Perse，1887—1975）于1916—1921年间旅居中国，《远征》（*Anabase*，1924）一诗便孕育于北京；海军军医谢阁兰（Victor Segalen，1878—1919）在中国成为了诗人，并创作了独特之作《古今碑录》（*Stèles*，1912）。继马拉美之后，20世纪的法国诗人们进一步解放诗歌形式，从自由诗到散文诗不拘一格，诗人们通过挖掘新颖的意象和语言自身的音乐性以追求不同寻常的风格。小说上的革新需要更长时间的准备。罗曼·罗兰（Romain Rolland，1866—1944）的《约翰·克利斯朵夫》（*Jean-Christophe*，1904—1912）依然采用传统的个人历史书写方式，而普鲁斯特以一部先锋之作《追忆似水年华》为20世纪法国现代小说开辟了道路。普鲁斯特在小说创作中开拓了无意识领域，大胆采用意识流手法，突破传统小说的时空观念，在文学中跨越艺术界限，其小说诗学后来为法国新小说和当代小说所效仿吸收。

　　世纪之交，第三共和国推行的义务教育收到成效，小学教育得到普及，民众的基本素质得以提高，国家还建立了最早一批女子公立中学并培养了第一批女性教师。1905年12月，议会正式通过政教分离法令，保证公民信仰自由，国家与教会之间不再保留合作和监督关系，教会学校依然存在，但世俗学校逐渐成为主体。尽管教廷表示强烈谴责，也有少数天主教徒抗议，但大多数法国人坦然接受了政教分离原则，并没有发生宗教纷争。

　　然而，世纪之初的"美好年代"很快被战争带来的危机化为云烟。1914—1918年的第一次世界大战是西方列强重新瓜分世界的战争，给世人带来了一场空前浩劫。法国作为战胜国，收复了普法战争之后失去的阿尔萨斯-洛林地区，但同样损失惨重，约有140万人死亡，300万人受伤，物资损失达2000亿法郎；1919年的工业产量比战前下降一半以上，农业产量下降三分之一，[1]人民生活水平明显降低。经历第一次世界大战的欧洲人深深陷入思想危机：科学技术带来了物质进步和现代文明，同时也动摇了人们的精神信仰，原来的思想和道德价值体系解体，人们迷失了方向。法国诗人和哲人保罗·瓦雷里在1919年就曾经忧心忡忡地说："我们现在知道，我们所有的文明都会死去"，如同那些古代的伟大文明一样，"历史的深渊对所有人来说都一样可怕"；他指出，在欧洲，战事甫定，经济危机却要风起云涌，而更可畏的是"思想的危机"，只不过它更具隐蔽性，犹如"一阵剧烈的震颤穿过欧洲的脊髓"。[2]

---

1. 参见张泽乾：前揭书，第614—615页。
2. 保罗·瓦雷里题为《思想的危机》（La Crise de l'esprit）的两封书信最初在1919年4—5月以英文刊登于英国伦敦的 Athenaeus 周报上，后收录于瓦雷里本人所著《文艺杂谈》（Variété, 1924）第一辑。

经过1918—1924年的艰难复苏，法国及其他欧洲主要资本主义国家才进入相对稳定的发展阶段。20世纪20年代中叶，法国工业生产发展迅速，工业就业人口首次超过农业人口，工业产品占全部生产总额的比例也超过农业产品，法国从传统的农业国转变为以工业为主的国家，同时，金融银行业也得到长足发展。无奈好景不长，瓦雷里的预言不幸成为现实：1929年来自美国的金融危机迅速波及英国，进而影响整个欧洲。受世界性经济危机影响，法国从1930年底开始陷入萧条，中小企业破产者众多，虽然5年之后经济开始复苏，但是仍然难以摆脱危机的阴影。这一时期，世界性经济危机打破了国际政治关系的平衡，另一场世界大战正在酝酿之中，法西斯势力在德国、意大利猖獗起来。

在法国，成立于1920年的法国共产党与社会党在1935年形成统一战线，于1936年1月颁布了《人民阵线纲领》，并在几个月后的议会选举中获得绝对多数，共同组建政府。新政府一方面提出应对战争威胁和反法西斯主义的主张，一方面开展国内的社会改革运动，以缓解经济社会危机和改善民众生活，例如实行每周40小时工作制和15天带薪假期等，在社会福利方面取得重大进步，收获了民心。但是，人民阵线政府未能顶住国内外反动势力的联合打压，仅存一年，战争的阴云已经势不可挡。

法国在1939年被迫向德国宣战，但是宣而不战的局面旷日持久，史称"荒唐的战争"。1940年5月，德军绕过法国人的马其诺防线，于6月占领巴黎，法国政府投降，7月，通敌合作的维希政府成立，第三共和国结束。在国家命运悬于一线之际，法国人民展开了抵抗运动，社会各阶层都以自己的方式组织抗敌斗争。法共组织了以工人阶级为主体的武装团体，与德军进行游击战，后来又组建了法国国内战斗部队，成为抗击敌人的主要力量。戴高乐（Charles de Gaulle，1890—1970）将军在伦敦组织了"自由法国"阵线，号召国内的抵抗力量打击德国法西斯，他所领导的临时政府拥有近40万人的作战部队。1944年6月，盟军部队在法国北部诺曼底登陆，8月，戴高乐指挥的法军在马赛登陆，同时，法共在巴黎领导武装起义。各方力量共同作战，终于在8月下旬解放巴黎，1945年初解放法国全境。1945年9月，经全民公决，法兰西第四共和国成立。在第二次世界大战中，法国虽然是战胜国，但是依然损失惨重，战前恢复的社会经济再次遭受沉重打击。二战后的法国在美国马歇尔计划的资助之下逐渐重建秩序，但是从此之后，随着美国霸权地位的提升，法国在政治、经济和军事领域沦为世界中等强国。

两次世界大战所带来的不仅是物质损失，更是精神创伤，身处"一个巨大的坟场"，人们不可避免地感受到精神的虚空和迷茫，正如安德烈·马尔罗早在《西方的诱惑》(*La Tentation de l'Occident*，1926)中所言："已经不存在我们可以为之牺牲的理想，因为我们知道所有的理想都是谎言，我们根本不知道什么是真理。"[1] 他以清醒的目光在书中写道："在西方世界的内部出现了一种无望的冲突，我们发现它正以某种形式表现出来，这就是人与其创造物之间的冲突：思考者与其思想的冲突，欧洲人与其所处的文明或现实之间的冲突，混沌的意识与其通过平常世界里的手段而产生的表现形式之间的冲突。在现代世界的每一次震动中，我都发现了这个冲突。"[2] 马尔罗断言："在欧洲人心中，主宰生命的巨大力量是一种本质的荒诞"，"绝对真理曾经是上帝，继而是人；可是，在上帝死了之后，人也死了"。[3]

1．André Malraux, *La Tentation de l'Occident*. Paris, Grasset, 1926, p. 159.

2．*Ibid.*, p. 155.

3．*Ibid.*, p. 57, 128.

　　诞生于一战阴霾中的达达主义（Dadaïsme）反映了在战争中成长的一代青年人的世界观：由偶然性和不可知性组成的世界缺乏理由和意义。一战后形成的法国超现实主义（Surréalisme）继续达达主义的挑衅姿态，反叛既定的社会秩序，希望用艺术的力量实现19世纪诗人兰波"改变生活"的主张。面对马尔罗先前提出的荒诞命题，存在主义探讨人如何构建自己存在的方式。萨特（Jean-Paul Sartre, 1905—1980）曾在1933—1934年前往德国柏林进修，接受了哲学家胡塞尔（Edmund Gustav Albrecht Husserl, 1859—1938）的现象学和德国存在主义哲学思想。二战期间，萨特和加缪（Albert Camus, 1913—1960）已经通过小说或戏剧作品尝试揭示人的生存困境和可能的行动方式；而加缪敏锐地意识到个体的局限性，强调以团结来战胜孤独。萨特和加缪在小说、戏剧和随笔中都深度挖掘了人类境遇的荒诞性，同一时期，贝克特（Samuel Beckett, 1906—1989）与尤奈斯库（Eugène Ionesco, 1912—1994）也以戏剧的方式展现荒诞主题，表现出与传统戏剧迥然不同的情节安排、舞台布景、表演结构和语言风格，成为反传统戏剧。

　　在两次世界大战之间，法国小说在传统和现代之间探索自己的道路。首先是长河小说盛行，如杜阿梅尔（Georges Duhamel, 1884—1966）的《萨拉万的命运》（*Vie et aventures de Salavin*, 1920—1932）和《帕斯基埃家族史》（*Chronique des Pasquier*, 1933—1945），马丁·杜伽尔（Roger Martin du Gard, 1881—1958）的8卷本小说《蒂博一家》（*Les Thibault*, 1922—1929），于勒·罗曼（Jules Romains, 1885—1972）的27卷本小说《善良的人们》（*Les Hommes de Bonne Volonté*, 1932—1947）等。这些作品似乎继承了巴尔扎克和左拉以系列小说描摹时代画卷的现实主义传统，反映了20世纪上半叶法国的社会状况和人们的精神状况。莫里亚克的主要作品都完成于二战之前，他的多部作品在主题和风格上呈现出显著的统一性，表现了外省资产阶级大家庭中的矛盾纷争，还在现实主义写作手法中融入了现代小说的一些技巧，因此呈现出一种古典主义与现代主义交织的创作方式。安德烈·纪德的小说在古典和现代之间的探索更加明显。

20世纪中叶，法国社会经历了深刻的变化。二战之后，第一次印度支那战争（1946—1954）和阿尔及利亚民族解放战争（1954—1962）以及撒哈拉以南非洲的民族独立运动瓦解了法国的殖民版图。在阿尔及利亚危机中，1958年9月，法国以全民公决的形式通过了新宪法，10月，法兰西第五共和国成立。60年代，法国经济增长缓慢，政治模式出现僵化迹象，教育资源紧张，而且消费社会带来了异化倾向。在国内外诸多因素的交叉影响下，1968年5月，法国爆发了"五月风暴"，运动很快从学生蔓延到各个社会阶层。这场社会危机虽然及时得到化解，但是对法国的教育、文化、思想和社会领域产生了重要影响，传统价值观念受到严重挑战。

这一时期，小说家们也进入了"怀疑的时代"[1]，渴望突破19世纪的小说传统。在前人的小说写作探索实践基础上，"新小说"从50年代开始形成潮流。1953年，阿兰·罗布-格里耶（Alain Robbe-Grillet, 1922—2008）出版了《橡皮》（Les Gommes），从而使得"新小说"一词流行开来。热罗姆·兰东（Jérôme Lindon, 1925—2001）所领导的午夜出版社在20世纪五六十年代陆续推出阿兰·罗布-格里耶、娜塔丽·萨洛特（Nathalie Sarraute, 1900—1999）、克洛德·西蒙（Claude Simon, 1913—2005）、米歇尔·布托（Michel Butor, 1926—2016）、罗伯特·潘热（Robert Pinget,

---

1．"怀疑的时代"是娜塔丽·萨洛特1956年发表的著作名：*L'Ère du soupçon, Essais sur le roman*。

1919—1997）和克洛德·奥利耶（Claude Ollier，1922—2014）等新一代作家，他们被统称为"新小说派"。新小说不同于传统小说的特点是不致力于塑造典型人物，不注重刻画人物和描写心理，没有连续的时间和空间，也不完整地讲述故事，而是召唤读者进入叙事空间进行解读和参与文本意义的构建。

不容忽视的是，在20世纪60年代开始登上文坛的一代作家中，有3位在新小说潮流之外探索自己的创作路径，留下了受人欢迎的作品：勒克莱齐奥（Jean-Marie Gustave Le Clézio，1940— ）因在文学中探索了"主流文明之外的人类和为文明隐匿的人性"而获得2008年诺贝尔文学奖；莫迪亚诺（Patrick Modiano，1945— ）"以追忆的艺术描绘人类最不可捉摸的命运"而成为2014年诺奖得主；米歇尔·图尼埃探索历史和神话的永恒价值并为其注入现代意义。他们的共同特点是以新的方式展开叙事，让意义回归文本之中，当作品找到了形式与意义之间的平衡，也就重新找回了可读性，他们的创作保持了半个世纪的活力。

从20世纪80年代开始，法国小说回归叙事，从文本主义的不及物写作回归及物写作，更多关注历史和现实。一代代小说家在继承传统的同时寻求叙事的创新。值得关注的作家有皮埃尔·米雄（Pierre Michon，1945— ）、奥利维埃·罗兰（Olivier Rolin，1947— ）、伊夫·拉维（Yves Ravey，1953— ）、奥利维埃·卡迪欧（Olivier Cadiot，1956— ）、米歇尔·维勒贝克（Michel Houellebecq，1956— ）、弗雷德·瓦尔加斯（Fred Vargas，1957— ）、埃里克·舍维拉尔（Éric Chevillard，1964— ）、玛丽·恩迪亚耶（Marie NDiaye，1967— ）、埃里克·维尔亚（Eric Vuillard，1968— ）和唐吉·维耶尔（Tanguy Viel，1973— ）等，他们各有自己的写作特色，已经发表的作品和获得的文学奖项证明了他们成熟的创作风格。

在诗歌领域，超现实主义运动平息之后，法国诗坛告别了波澜起伏的时代，失落于一种平静之中。然而，这并不意味着诗人们安于平庸，而且法国诗坛从来也不缺少优秀的诗人。出生、成长于世纪之交的一代著名诗人如皮埃尔·勒韦尔迪（Pierre Reverdy, 1889—1960）、亨利·米肖（Henri Michaux, 1899—1984）、弗朗西斯·蓬热（Francis Ponge, 1899—1988）和勒内·夏尔（René Char, 1907—1988）等都在20世纪60—80年代相继离世，唯有欧仁·吉耶维克（Eugène Guillevic, 1907—1997）和让·凯罗尔（Jean Cayrol, 1911—2005）在同代人去世后仍有杰作出品。那些出生于一战后的诗坛宿将，如阿兰·博思凯（Alain Bosquet, 1919—1998）、伊夫·博纳富瓦、雅克·杜潘（Jacques Dupin, 1927—2012）、贝尔纳·诺埃尔（Bernard Noël, 1930—2021）、米歇尔·德吉（Michel Deguy, 1930— ）和亨利·德里（Henri Deluy, 1931—2021）等一直坚持写作到下一个世纪之交，继续奉献佳作并对诗坛产生影响。另一代诗人出生于二战前后，如格扎维埃·博尔德（Xavier Bordes, 1944— ）、雅克·达拉斯（Jacques Darras, 1939— ）、埃玛纽埃尔·奥卡尔（Emmanuel Hocquard, 1940—2019）、马蒂厄·贝内泽（Mathieu Bénézet, 1946—2013）等，他们曾或多或少受到前辈诗人的影响，并已寻找到自己的道路，在80年代进入创作的鼎盛时期，而且一直坚持写作至今。50年代出生的一代诗人，如让-皮埃尔·西梅翁（Jean-Pierre Siméron, 1950— ）、让-米歇尔·莫普瓦（Jean-Michel Maulpoix, 1952— ）等在80年代登上诗坛，并形成自己的风格；塞德里克·德芒若（Cédric Demangeot, 1974—2021）等诗人在90年代末开始崭露头角，出版了最早的诗作，成为跨越世纪的重要诗人。由此可见，20世纪的法国诗坛人才辈出，诗人们以各自的诗风丰富着法语诗歌的表达方式。

　　法国当代诗人或在探索求新的道路上继续前进，或回归传统，辛勤地耕耘着诗歌这片田地，虽没有一枝独秀的局面，却呈现出一种百花齐放的态势。尽管没有波澜壮阔的诗歌运动，法国评论界普遍认为有两种明显的趋势代表了当代诗歌创作的总体情况。第一种创作趋势以摒弃抒情和探索形式为特征，这也是对20世纪六七十年代形式主义文学创作和研究的延续。这一类诗歌明显地趋向于文本和形式，无关自我，无关抒情，而着重关注言语本身，认为诗歌独立于现实，是语言的自在物。诗人们以不同寻常的想象力和创造力努力进行形式革新，不断挑战语言和诗歌的极限；同时，对于总是习惯在文字中寻求意义的读者来说，其感知力和理解力也在不断受到挑战，故而会感觉诗歌越来越晦涩难解。与这种远离大众的文字性诗歌相反，有许多当代诗人不随波逐流，或回归自我和抒情，或关注现实和平凡生活。他们在创作理念和形式上没有什么新鲜元素，也很少提出系统的理论，但是相对于自60年代以来越来越抽象和符号化的诗歌，他们恢复了现实、主体和情感在诗歌中的位置，重新赋予诗歌以可吟咏的感觉。由"主情诗"而造成滥情之流弊，于是兴起"主智诗"，强调理性和智慧，后来又出现"主形诗"，由努力打破常规、追求形式而放逐抒情，再到回归节制而不滥情的言物抒怀，这就是法国诗歌从浪漫主义到现代主义的嬗变过程。很多当代诗人继承了马拉美和瓦雷里的精神遗产，把诗歌写作本身作为思考空间和写作对象，其创作具有明显的本体论意义。

　　2016年，法国著名的伽利玛出版社庆祝了"诗歌"（Poésie）丛书的50华诞。该丛书始于1966年3月，出版的第一本诗集是艾吕雅（Paul Eluard，1895—1952）的《痛苦之都》（*Capitale de la douleur suivi de L'Amour la poésie*），迄今已出版了259位诗人的503部诗作，平均每年出版新作

8种，总销售量达1750多万册，其中最畅销的作品是阿波里奈尔的《醇酒集》（*Alcools*），销售量达147万多册。最受欢迎的其他几种诗集分别是波德莱尔的《恶之花》、艾吕雅的《痛苦之都》、兰波的《诗集》和弗朗西斯·蓬热的《以物之见》（*Le Parti pris des choses*，1942）等。[1] 这套丛书在1971年之前专注于20世纪诗人的作品，从七八十年代开始逐渐收录年代相对久远的经典之作，并且向国外优秀诗人敞开大门。"诗人的春天"活动创办于1999年，每年的活动围绕一定的主题进行，为期一周，旨在向大众推广和普及诗歌这种文学和艺术形式。法国拥有强大的驻外文化推广机构网络，因此把这项活动带到了世界各地，当地的法国使馆和文化机构会邀请一些法国当代诗人与所在国诗人一起创作或翻译诗歌，也会举办朗诵会。在"诗人的春天"活动期间，全球范围内组织的各种诗歌活动总计达1万多场。"诗人的春天"呼唤现代生活中的人们不要忘记诗歌这种最古老的文学形式，让诗歌回归到大众的生活之中，在国际上促进了不同国家之间以诗歌的方式进行文化交流和精神沟通。

　　然而，21世纪以来的法国诗坛带给人们的是喜忧参半的心情：一方面，无论是官方机构还是重要的文化出版机构或文学奖评委会都在努力让大众亲近诗歌，让诗歌在现代生活中焕发出新的生命力；另一方面，法国诗坛显示出青黄不接的迹象，老一代诗人渐渐离去，年富力强的诗人慢慢老去，却几乎没有看到年轻诗人的身影。2016年7月1日，法国诗坛泰斗伊夫·博纳富瓦去世，享龄93岁，留下了一个空寂的舞台中央，标志着法国一个诗歌时代的结束。在19、20世纪的法国，诗歌曾经是200年中一浪接一浪掀起时代思潮的文学样式，却在21世纪初回归了平寂，

1.　http://www.gallimard.fr/，访问日期2017年2月3日。

或许我们所处的时代不是诗歌的时代，而这种平静是在酝酿下一个需要诗歌的时代的到来。

　　在20世纪五六十年代引发争议的荒诞派戏剧已经成为经典，贝克特于1969年荣获诺贝尔文学奖，尤奈斯库在1970年成为法兰西学院院士。至70年代，法国政府削减了给予戏剧文化事业的资助，加上戏剧相继受到电视、电影和互联网的冲击，导致剧院上座率下降。80年代最著名的剧作家兼导演是米歇尔·维纳韦尔（Michel Vinaver，1927— ）和科尔泰斯（Bernard-Marie Koltès，1948—1989）；90年代最受欢迎的3位剧作家是埃里克-埃马纽埃尔·施米特（Éric-Emmanuel Schmitt，1960— ）、亚斯米娜·雷扎（Yasmina Reza，1959— ）和让-马利·贝塞（Jean-Marie Besset，1959— ）。这一时期，值得关注的现象是跨体裁写作。萨特和加缪在二战之后都将小说和戏剧两种事业并举，后来，先以小说闻名的杜拉斯（Marguerite Duras，1914—1996）和萨洛特也从事戏剧创作，而埃里克-埃马纽埃尔·施米特在凭戏剧获得成功之后又创作了很多小说。法国当代戏剧的选材十分多元化：既有个人内心世界的陈述，也有重要事件的宏大叙事；有的从历史中汲取素材，也有的从当代社会问题引发思考，还有的关怀个体生命；等等。戏剧风格也丰富多样，有的庄重，有的诙谐，有的怪诞。戏剧是舞台上的综合艺术。在20世纪上半叶之前，曾经是剧作家主宰戏剧；而此后的戏剧一度以舞台导演为主导；在21世纪，成功的戏剧家则是能够兼剧作家与舞台导演于一身者。相对于从前，戏剧作为文学作品的阅读和接受要落后于舞台的呈现，然而，一部戏剧如果要成为经典依然需要具备文学品质。

　　20世纪与之前时代不同的是教育的普及化和文化大众化的程度，因此文学作品的读者数量增长了，现代印刷、传播技术以及互联网的发展为人们提供了一个崭新的文学阅读和消费环境。报刊连载不再盛行，但是文学杂志成为新的发表平台。出版社和书店成为连接作者和读者的重要纽带，各种书展、见面会和文学讲座等活动层出不穷，学院里的文学研究也取得了丰硕成果。法国是一个重要的文学国度，共设有2000余种文学奖项，其中1/10是全国性奖项。1903年，第一届龚古尔文学奖颁发给了四海为家、名不见经传的中年作家约翰-安托万·诺（John-Antoine Nau，1860—1918）[1]的小说《敌对势力》（*Force ennemie*）。此后，各种名目的文学奖纷纷出现，其中最重要的有费米娜文学奖（prix Femina，1904）、勒诺多文学奖（prix Renaudot，1925）、联盟文学奖（prix Interallié，1930）和美第奇文学奖（prix Médicis，1958）以及法兰西学院设立的各项大奖等，涉及小说、诗歌、戏剧和评论等领域。法国每年有春季、秋季两个文学出版季，进入21世纪以来，法国每年出版的文学类书籍达五六百种，尤其以小说居多。每天秋天的文学出版季更加活跃，因为10月份便要拉开文学颁奖季的大幕。随着文学国际化的推进，法国每年翻译大量国外作品，其中以英语国家和欧洲国家的文学作品为主，但是拉丁美洲和亚洲也有越来越多的作品进入法国读者的视野，法国作家的写作也更具国际化视野。自1901年诺贝尔文学奖首次颁发以来，法国是摘得桂冠最多的国家，共有15名法国籍作家获奖。文学奖项、文学机构和文学刊物等都构成了一个更加完整、系统的文学场域，当然，随着新的媒介手段的出现，文学场域越来越受到挑战。

　　总之，社会环境、科学技术和传播手段不断更新变化，生活的内容

---

1. 约翰-安托万·诺出生于美国加利福尼亚，父母都是法国移民，6岁时随母亲回到法国，在勒阿弗尔完成学业，青年时代参加过一个象征主义诗歌团体，创作过诗歌和小说。他还与家人在美洲和欧洲各地游历。

和主题以及人的精神状况也在变化，这些都在文学中有所折射。20世纪至今的法国文学经历了丰富的嬗变，无论是诗歌、小说还是戏剧乃至文学批评和理论都在100多年中不断推陈出新，而变化尤为显著的是创作方式，这是20世纪以来作家们一直寻求革新与突破的领域。每一次成功的创新在被广为接受之后便成为了经典和传统，因此作家们永远面临在继承传统的同时追求创新的使命。

❧ 世纪之交的诗人：诺贝尔文学奖得主普吕多姆和米斯塔尔

苏利·普吕多姆（Sully Prudhomme，1839—1907）出生于巴黎，在少年时期的理想职业是工程师，中学毕业时以全班数学第一的成绩考入巴黎综合理工学院。由于身体原因和兴趣变化，他改学法律，并阅读了大量社会学著作，后从业于巴黎一家公证处，工作之余开始文学创作。他最早参加诗歌比赛的作品受到好评，从而走上了文学道路。苏利·普吕多姆的第一部诗集《长短诗集》（*Stances et Poèmes*，1865）得到文学评论家圣勃夫的赞扬，其中以破碎的花瓶这一意象隐喻爱情失意的《破碎的花瓶》（«Le Vase brisé»）成为诗人最为著名的一首诗。之后，苏利·普吕多姆放弃了抒情诗歌，转向帕纳斯诗风，在《考验》（*Les Épreuves*，1866）和《孤独》（*Les Solitudes*，1869）中更多追求精微的形式，并且在《当代帕纳斯》杂志上发表作品。

1870年，普法战争爆发，战争对苏利·普吕多姆的身体、思想和创作走向都产生了深刻影响。他身体受伤，半身瘫痪，精神也颇受打击。在这样的社会环境中，他创作了《战争印象》（*Impressions de la guerre*，1872）表达自己的和平主义观点，1872年出版的长诗《命运》（*Les Destins*）表达了对上帝的质疑和对人类命运的思考，《法兰西》（*La France*，1874）则是一组洋溢着爱国主义情感的十四行诗。苏利·普吕多姆对科学和哲学主题颇有兴趣，翻译了古罗马诗人、哲学家卢克莱修（Lucretius，约前99—前55）的哲学长诗《物性论》（*De rerum natura*），其哲理抱负在个人诗集《正义》（*La Justice*，1878）和《幸福》（*Le Bonheur*，1888）中得到充分表达，这两篇哲理长诗展现了理想的人类道德与行为，充满寓意和象征，受到文学界推崇。

　　1881年，苏利·普吕多姆当选为法兰西学院院士。他的后期诗作汇编于《棱镜》（*Le Prisme, poésies diverses*，1886）中。在这一时期，诗人更多地将兴趣转移到美学和哲学研究上，在《美术中的表现形式》（*L'Expression dans les beaux-arts*，1884）和《对诗歌艺术的思考》（*Réflexions sur l'art des vers*，1892）两部美学评论中探讨了人类认知和表达的局限。在19世纪末，苏利·普吕多姆的兴趣从诗歌转向哲学和玄学，他对17世纪哲学家帕斯卡尔进行了专门研究，在1890年的《两世界》杂志上发表了一系列研究文章，在去世前两年还出版了《帕斯卡尔教理真义》（*La Vraie religion selon Pascal*，1905）。1902年，他与法国生理学家夏尔·里歇（Charles Richet，1850—1935）[1] 合作完成了《终极起因问题》（*Le Problème des causes finales*）；1906年，他在《形而上学与道德杂志》（*Revue de métaphysique et de morale*）上发表了《自由意志心理分析》（*La Psychologie du Libre-Arbitre*）。苏利·普吕多姆的文学创作从情感转向内省和思辨，从抒情性转向哲理诗和散文，从个体经验转向对人类命运的思考。他表达人类情感中的爱、怀疑和不安，剖析人类内心的悲剧，质疑上帝的存在和社会的公正性，其作品中丰富的情感与缜密的思考完美融合，进而通过节制而富有美感的形式表达出来。

　　1901年12月10日，苏利·普吕多姆因其诗歌创作是"高尚的理想、完美的艺术和罕有的心灵与智慧的结晶"而荣获第一届诺贝尔文学奖。他捐献奖金设立了"苏利·普吕多姆诗歌奖"，1902年与诗人埃雷迪亚、莱昂·迪耶斯（Léon Dierx，1838—1912）共同创立了法国诗人协会（Société des poètes français）。

---

1. 夏尔·里歇因对过敏反应的研究而获得1913年诺贝尔生理学或医学奖，他也是诗人、小说家、戏曲家和飞行家，发表过一些文学作品。

弗雷德里克·米斯塔尔（Frédéric Mistral, 1830—1914）生于法国南方普罗旺斯地区，在阿维尼翁中学读书时对普罗旺斯的语言和文化传统产生了浓厚兴趣。他在大学学习法律期间认真研究了普罗旺斯地区的历史，决心用被其称作"文明欧洲的最早文学语言"的奥克语从事诗歌创作，并为复兴普罗旺斯的光辉传统贡献力量。他在1848年创作了《丰收》（普罗旺斯语 *Meissoun*，法语 *Les Moissons*），但这首分为四章的农事诗并未正式刊行。

1854年，米斯塔尔和另外6位普罗旺斯青年诗人在阿维尼翁附近共同创办了旨在保护和发扬普罗旺斯语言、文化和民族身份的组织斐列布里热协会（Félibrige，普罗旺斯语音译），米斯塔尔在1876—1888年间担任第一任协会主席，该组织至今仍然存在。米斯塔尔和他的诗人朋友们首先致力于规范和统一普罗旺斯语言的发音和拼写。他与另一位诗人约瑟夫·鲁玛尼耶共同创立了被称为"米斯塔尔书写"的奥克语拼写法，一度流传甚广；他还与当地居民密切联系，广泛搜集资料，用10多年时间编纂了一部综合普罗旺斯各地方言的2卷本《斐列布里热词库》（*Tresor dóu Felibrige, ou Dictionnaire provençal-français*，1878—1886），这也是较早的普罗旺斯语-法语词典。

1859年，米斯塔尔出版了花费8年时间根据地方传说创作的一部长篇叙事诗《米莱伊——普罗旺斯诗歌》（*Mirèio-Pouèmo prouvença*，法语 *Mireille-Poème provençal*），全诗分为12章，以普罗旺斯语写成。米莱伊是一个富裕农场主的女儿，她与家境贫寒、靠编织柳筐为生的青年樊尚相爱，但是遭到父母的反对和阻挠。米莱伊于是决定前往卡玛格岛上供奉三圣玛利亚的教堂去求圣母相助，当她在炎夏酷暑中即将到达朝圣之地时，体力耗竭，最终在父母的注视下，在恋人的怀抱中以身殉情。诗歌塑造了一个纯情少女忠诚于爱情的美丽形象，歌颂了一对年轻人生死不渝的爱情故事，而且展示了普罗旺斯地区的自然风光、风土人情和习俗信仰；同时以爱情故事串联起这个古老地区的历史传说和民间故事，具有丰富的历史文化内涵。普罗旺斯方言俗语和诗人优美的文笔、充沛的情感相结合，形成了一首质朴而又庄严的史诗。《米莱伊——普罗旺斯诗歌》在出版当时就受到诗人拉马丁的热烈赞扬，后来被翻译成10多种欧洲语言，受到普遍欢迎，是米斯塔尔最为成功的作品。

继《米莱伊——普罗旺斯诗歌》之后，米斯塔尔又出版了多部作品，主要有普罗旺斯中世纪传奇风格的叙事诗《卡朗朵》(*Calendau*, 1867)，汇集早年各种题材的抒情诗集《黄金岛》(*Lis Isclo d'or*, 1876)，以阿维尼翁中学时代生活为题材的叙事诗《奈尔特》(*Nerto*, 1884)，以普罗旺斯历史中最富传奇性的女性人物——普罗旺斯女伯爵、那不勒斯王后让娜一世(1326—1382)为主人公的五幕诗体悲剧《让娜王后》(*La Rèino Jano*, 1890)，以及叙事长诗《罗纳河之歌》(*Lou Pouèmo dóu Rose*, 1897)等。进入20世纪后，诗人在1906年出版的回忆录《我的一生：回忆与故事》(*Moun espelido, memòri e raconte ou mes origines*)中回顾了自己的一生；他在1912年发表的最后一部抒情诗集《油橄榄的收获》(*Lis óulivado*)中，以家乡的橄榄树自喻，愿在不多的余生时日中"采摘我的橄榄，将纯净的橄榄油奉献给天主"。两年后，米斯塔尔去世，享年84岁。其散文集《岁月纪事》(*Proso d'Armana*)在1926、1927、1930年陆续出版。

1904年，米斯塔尔因其"富有才华和艺术的独特诗歌［……］和在普罗旺斯文化领域的重要贡献"而与西班牙作家何塞·埃切加赖(José Echegaray, 1832—1916)共同获得诺贝尔文学奖，其"作品犹如一座高大不朽的纪念碑，用以荣耀他所钟爱的普罗旺斯"。这位兼抒情和叙事诗人于一身的普罗旺斯诗人令沉寂古老的语言焕发出新的生命力，诺贝尔文学奖的认可标志着普罗旺斯文学不仅是地方文学而且是世界文学的一部分，这也是诺贝尔文学奖第一次授予一位少数语言作家。1978年，以犹太语写作的美籍犹太作家艾萨克·巴什维斯·辛格（Isaac Bashevis Singer，1904—1991）成为第二位以少数语言写作的诺贝文学奖得主。

❧ 文坛宗师阿纳托尔·法朗士

阿纳托尔·法朗士（Anatole France，1844—1924）出生于巴黎，父亲本是不识字的农民，参军入伍成为下级军官，退伍后在巴黎一家出版社当职员，被安排在一家专门经营法国大革命相关主题书籍的书店工作，并在1840年前后成为书店老板。龚古尔兄弟等著名作家和学者也时常光顾这家专业书店。阿纳托尔·法朗士在父亲的书店里长大，经常帮助父亲编写书目和图书简介。他自幼酷爱读书，尤其对法国大革命的历史十分了解，而书店和书房也是其后来小说中的常见场景。他虽然在学校成绩一般又因家境平凡常常受到富家子弟欺侮，但是在写作方面的才能总是令人刮目相看，并且有优秀作品发表。

阿纳托尔·法朗士后来在小说上所取得的成就往往使人忘记其文学生涯始于诗歌创作。他在1867年便加入帕纳斯诗派，师从诗人勒贡特·德·里勒，1873年出版了诗集《金色诗篇》（*Les Poèmes dorés*），曾在1875年参与《当代帕纳斯》杂志第三辑的编辑工作。在成为帕纳斯诗派的青年骨干之后，阿纳托尔·法朗士还曾经一度将马拉美和魏尔伦排除在诗派之外，不过后来他与马拉美达成和解并在1880年后帮助魏尔伦重返诗坛。

阿纳托尔·法朗士在三四十岁的时候成家立业，拥有稳定的工作和家庭，并在当时影响巨大的日报《时报》上主持文学评论专栏。他的文学观念也在与时俱进，他批判自然主义，亲近象征主义诗歌。在其思想形成过程中，古希腊的怀疑主义、法国17、18世纪的自由主义和启蒙思想家伏尔泰都曾产生过影响，他也对现代思想家感兴趣，认为应该让理性的自由发挥作用，将精神与世俗权力进行区分。同时，他也关注时代的精神症候，对现代世界里人的焦虑不安和自我统一性等问题进行过深入思考。

　　法朗士的文学创作在37岁时发生转向，开始创作小说。1881年出版的《波纳尔之罪》(*Le Crime de Sylvestre Bonnard*)成功塑造了一位学识渊博且富有爱心的老学者——西尔维斯特·波纳尔。小说由两个既独立又有关联的故事组成。上卷《圣诞劈柴》写波纳尔先生住所的顶楼有一位孀居老妪，她生活拮据，寒冷的冬天里，波纳尔给她送去一些柴火取暖，其中有一块巨大的圣诞劈柴。波纳尔先生40年来一直在寻找中世纪的《金色圣徒传》(*La Légende dorée*)手抄本，甚至远行至西西里岛去寻找，但是一无所获。在旅途中，波纳尔结识了一位俄国亲王夫人，她在波纳尔回到巴黎后送给他一块空心的圣诞劈柴，里面正放着他梦寐以求的手抄本，原来亲王夫人就是那位深居简出的邻居老妪。这个童话般的故事验证了善有善报的道理。在下卷《让娜·亚历山大》中，让娜是波纳尔年轻时的恋人克莱芒蒂娜的外孙女。波纳尔与克莱芒蒂娜因双方家庭的宿怨而未能成为眷属。数十年后，波纳尔发现举目无亲的让娜落入歹徒之手，于是不惜冒着"拐带幼女"的罪名把她救出虎口，并做了她的监护人。让娜长大后，与波纳尔的优秀学生热利相爱。于是波纳尔决定出售自己心爱的全部藏书为她置办嫁妆，但是其中有几份珍本实在难以割舍，所以他又悄悄地把它们从书堆里"偷"了出来，却差点因为盗窃罪而落到法庭被告席上。最后，波纳尔成全了孤女的幸福，自己隐居乡下，远离人世纷扰，从事花卉和昆虫研究。《波纳尔之罪》表现的是善良、仁慈和友爱的人性之美，体现出一种超脱现实的正能量和人道主义精神。此书获得了法兰西学院1882年的蒙蒂翁奖，奠定了法朗士作为小说家的地位。

法朗士于1890年出版的长篇小说《塔依丝》(*Thaïs*)以4世纪古埃及亚历山大城为背景，叙述了修道士教化风尘女子却坠入情网的故事。在沙漠里苦修10年的贵族子弟巴福尼斯希望拯救美貌放荡的女演员塔依丝的灵魂，以天堂极乐的许诺将塔依丝送进女子修道院，令她在一间斗室里过着粗茶淡饭的修行生活，并将其无数珍宝付之一炬以断其退路。然而，巴福尼斯回到沙漠后，却难以摆脱塔依丝形象的诱惑，终于意识到自己已经爱上她。最后，他得知塔依丝病危，于是匆匆赶到女子修道院，向奄奄一息的塔依丝表达爱意："上帝、天堂都算不了什么，只有人间的生活和爱情才是真，让我们相爱吧！"塔依丝不幸离开了人世，巴福尼斯陷入悔恨和绝望。法朗士在这部作品中表达了他的人生观和宗教观，嘲弄了基督教的来世思想。从1888年开始，法朗士与巴黎著名沙龙女主人卡雅维夫人(Arman de Caillavet，1844—1910)保持了多年的恋情，塔依丝的形象有少许卡雅维夫人的身影，而1894年出版的另一部小说《红百合》(*Le Lys rouge*)则从他们的情爱中汲取了更多素材。1889年，普鲁斯特也曾到访过卡雅维夫人的沙龙，她后来成为《追忆似水年华》中维杜兰夫人的原型之一。

长篇小说《当代史话》(*Histoire contemporaine*)出版于1896—1901年间，共分4卷，以拉丁语教授贝日莱先生的视角描绘了19世纪末20世纪初法国的社会面貌。前3卷讲述了图尔市神学院院长和修辞学教授钩心斗角，争当主教的故事。贝日莱先生在生活中洁身自好，埋头于学问，但还是目睹了与省长选举、主教任命相关的种种幕后活动，以及政治生活中的尔虞我诈。1901年出版的最后一卷《贝日莱先生在巴黎》（*Monsieur Bergeret à Paris*）中的主人公贝日莱先生获得巴黎大学的教职，迁居首都，跟随人物的生活轨迹，巴黎的政治和社会生活画卷在法朗士的笔下展开。当时，德雷福斯事件在法国社会中不断发酵，法朗士是和左拉一起最早站在支持德雷福斯阵营的作家，他通过贝日莱这个知识分子人物发表了自己对宗教、共和制度和社会正义的看法，揭露了反德雷福斯势力的倒行逆施。《当代史话》创作于法国沙文主义和反犹主义泛滥一时的社会背景之下，以当时的法国社会现实为主题，描绘了德雷福斯事件前后法国的社会危机，是一幅充满嘲讽意味的第三共和国历史画卷。

1908年出版的《企鹅岛》（*L'Île des Pingouins*）是一部具有寓言色彩的小说。圣人马埃尔在不列颠诸岛传播福音长达37年，然后漂到北冰洋彼岸的阿尔加岛，岛上有无数企鹅。马埃尔对它们宣讲福音，施行洗礼，企鹅变成了与人类似的生物，开始互相争斗并争夺土地。岛上一个偏僻的山洞里住着克拉根和奥尔佩罗丝夫妇。丈夫克拉根以装扮成恶龙到村里偷盗为生，村民们找到圣人马埃尔寻找良策。马埃尔认为只有最纯洁的处女才能把恶龙降伏，而趁丈夫不在家与牧羊人私通的奥尔佩罗丝告诉马埃尔自己便是最纯洁的处女，可以降龙去灾。第二天，她果然降服了恶龙，不过这恶龙是事先制作好的一条假龙，而且克拉根也成了降龙英雄。村民们每年给他进献大量财物作为报酬，克拉根竟然成了全岛最富之人，奥尔佩罗丝死后被尊为圣女。他们的儿子特拉哥在岛上建立了第一个企鹅国王朝，其统治原则是"尊敬富翁，蔑视穷人"。贪得无厌的富人们暴敛财富，一无所有的劳动者饥寒交迫，时有暴动和骚乱发生。企鹅国逐渐道德沦丧，经济凋敝，城市衰落，田园荒芜，几近毁灭。法朗士通过对虚构的企鹅国的起源、发展、衰落等各阶段的历史书写，对人类社会私有制的形成、国家的建立以及之后统治阶级和教会内部的钩心斗角、尔虞我诈进行了辛辣的讽刺和无情的鞭挞，也影射了法国当时的社会状况，表达了自己的历史观，即历史循环的悲观思想。

《诸神渴了》（ *Les Dieux ont soif* ，1912 ）是一部以法国大革命为背景的历史小说，描写了1793年雅各宾派专政时期的历史。主人公加莫林是一个富有才华的画家，虽然贫穷潦倒，但是具有崇高的爱国主义精神和革命思想，是马拉和罗伯斯庇尔的狂热信徒，在革命时期被任命为革命法庭的法官。可是，最终他却被行刑于自己目睹过很多人死去的断头台上。法朗士在《诸神渴了》中依然保持在《企鹅岛》中采用的历史循环论的观点，认为革命固然改变了历史进程，但依然是一场血腥屠杀。该书书名来源于墨西哥王蒙德佐玛所言：大量流血在所难免。因为蒙德佐玛以活人祭神，在陈列祭品的祭台上，人血终年不干涸，法朗士以此意象象征法国大革命中的暴政所带来的流血与牺牲。

1914年出版的《天使的反叛》（ *La Révolte des anges* ）是法郎士的最后一部长篇小说，是一部综合了宗教、神话和人性的隐喻之作。由于上帝极端专横，天使们义愤填膺，一起下凡到人间，向人类学习如何进行革命，以"反叛"上帝。他们终于学习到人的性格，并准备举行起义。然而，首领撒旦梦见自己已经战胜上帝的军队，并且和上帝同登宝座，于是他自己也逐渐具备了一个暴君所具有的特征，并且放弃了起义。《天使的反叛》突破时空界限，虚实交织，天堂、地狱和战争年代的巴黎都是故事发生的场景，揭露了以权力和财富为原则的社会现实，同时抨击了教义的虚伪性。阿纳托尔·法朗士博学且想象力丰富，其作品现实与想象巧妙融合，文字风格清澈，表现出一种奇特的魅力。

　　阿纳托尔·法朗士的小说与时代流行的主义和流派迥然不同，自成一体，想象丰富，常常借用历史、神话或宗教题材和奇幻的时空构建亦真亦幻的故事，令人感觉远离现实又处处影射现实，同时不乏诙谐和嘲弄。其小说情节安排得当，叙述娓娓道来，富于诗意的语言充分体现了法语的古典之美。他一生笔耕不辍，写作生涯长达60年，共出版了近40卷小说、诗歌、回忆录、文学评论、戏剧和历史著作等，是法兰西第三共和国时期最重要的作家之一。1921年，阿纳托尔·法朗士因"高尚的文体、悲天悯人的人道主义情怀、优雅的风格以及真正的法国性情所形成的特质而筑成的辉煌文学成就"荣获诺贝尔文学奖。

❧ 罗曼·罗兰：让理想主义照进现实

　　罗曼·罗兰（Romain Rolland，1866—1944）在1886年进入著名的巴黎高等师范学院攻读历史专业，与安德烈·纪德是同学。1889年，他在老师的介绍下认识了尼采（Friedrich Wilhelm Nietzsche，1844—1900）和瓦格纳的挚友梅森葆（Malwida von Meysenbug，1816—1903），这位年逾古稀的德国女作家和女权主义者对青年罗曼·罗兰的思想产生了一定影响，见证他们真诚友谊的是《罗曼·罗兰与梅森葆书信录》。1889年，罗曼·罗兰从巴黎高师毕业后被派往法兰西罗马学院工作，对意大利艺术的发现使他更加热爱艺术，回国后他一边在中学教授历史一边完成了题为《现代抒情戏剧之源——吕利和斯卡拉蒂之前的欧洲歌剧史》（*Les Origines du théâtre lyrique moderne. Histoire de l'opéra en Europe avant Lully et Scarlatti*，1895）的博士论文。之后，他在母校巴黎高师教授艺术史，在索邦大学教授音乐史，在教学之余完成了最著名的文学作品《约翰·克利斯朵夫》

（*Jean-Christophe*）。此作品于1904—1912年间在《文学半月刊》（*Cahiers de la quinzaine*）上连载，1905年开始正式分卷出版，并获得当年的"幸福生活文学奖"[1]。

《约翰·克利斯朵夫》共分10卷，从"黎明"到"复旦"，讲述了诞生于莱茵河畔的天才音乐家约翰·克利斯朵夫·克拉夫脱的一生。他出生于家道中落的音乐师家庭，少时便已经展现出极高的音乐天赋，11岁时成为公爵府上音乐联会的第二小提琴手。后来祖父去世，父亲酗酒成性，养家糊口的重担过早地落在约翰·克利斯朵夫肩上。他在青少年时期经历了两段失败的爱情之后，心灰意冷，意志消沉，最终在舅舅的引导下重新振作起来。然而，年轻气盛的约翰·克利斯朵夫因发表了对前辈大师们的批判性意见而得罪了同行、观众和公爵，借酒浇愁时又与大兵产生冲突而惹下杀身之祸，于是逃到巴黎避难。在巴黎，他在一个汽车制造商家中找到一份钢琴教师的工作，同时创作音乐剧。但是由于他拒绝接受一个水平低劣的女演员参与表演而导致音乐剧演出遭人破坏，生活又一次陷入窘境。直到约翰·克利斯朵夫创作的《大卫》出版，他才终于赢得世人认可，生活出现转机。可是，不谙世故的约翰·克利斯朵夫多次被人利用，卷入是非之争，身心疲惫，幸得汽车制造商善良的外甥女、意大利女子葛拉齐亚暗中帮助，才得以脱身。在巴黎，约翰·克利斯朵夫还结识了青年诗人奥里维，二人一见如故。然而，在五一劳动节的示威游行中，奥里维不幸死于军警的镇压行动中，约翰·克利斯朵夫也出于自卫打死了警察，最后不得不逃亡到瑞士。在瑞士，约翰·克利斯朵夫思念亡友，伤心不已。一个夏日的傍晚，他外

---

1. "幸福生活文学奖"创办于1904年，在1914年更名为费米娜文学奖，一直延续至今。

出散步，忽然与已经丧夫的葛拉齐亚不期而遇，二人沉浸于重逢的喜悦之中。然而，由于葛拉齐亚的儿子对约翰·克利斯朵夫的成见和仇视，二人无法结合。后来，他从瑞士回到法国，晚年时隐居意大利，不问世事，专心从事宗教音乐创作。随着岁月的流逝，充满激情与斗争的生活也成为往昔，功成名就的约翰·克利斯朵夫逐渐老去，并获得了精神的宁静。

　　约翰·克利斯朵夫热爱自然，厌恶虚伪空洞的社会规范，对自由生命和真理的向往与追求贯穿于他的坎坷一生。他凭借强烈的叛逆性格和顽强的生命力，在成长的过程中经历无数考验，犹如穿越一个个"地狱之圈"，在音乐和创造中找到了自己的价值和意义。约翰·克利斯朵夫最终在激情和理性中找到了平衡，主宰了自己的人生，并达到音乐节奏与万有生灵完全契合的和谐之境。人们可以在约翰·克利斯朵夫这位虚构的音乐家身上发现歌德笔下少年维特的灵魂，也可以感受到贝多芬的奋斗精神。罗曼·罗兰在《致约翰·克利斯朵夫的朋友们》中介绍了作品的创作动机："我是孤独的。我像许许多多法国人一样，在与我的道德观对立的社会中备受压抑；我要自由呼吸，要对不健全的文明以及被一些伪劣的精英分子所腐蚀的思想奋起抗争［……］为此，我需要一个心明眼亮的英雄，他该具有相当高尚的道德情操才有权说话，具有相当大的嗓门让别人听见他的话。所以，我十分耐心地塑造了这个英雄。"在罗曼·罗兰看来，"世上只有一种英雄主义，那就是认清世上的真相并且依然热爱它"，这句话成为鼓舞人在逆境中奋斗的传世名言。他不仅塑造了一个个人英雄的形象，还通过约翰·克利斯朵夫、奥里维和葛拉齐亚这三个分别来德国、法国和意大利的青年的友爱互助表达了重构西方精神和追求人类和谐的愿望。

在《约翰·克利斯朵夫》的扉页上，罗曼·罗兰将小说题献给"各国的受苦、奋斗而必战胜的自由灵魂"。这部历经20年创作而成的"长河小说"得益于傅雷先生的翻译，在20世纪对一代中国青年产生过重要影响。傅雷先生在译者献词中写道："《约翰·克利斯朵夫》不是一部小说，应当说不只是一部小说，而是人类一部伟大的史诗。它所描绘歌咏的不是人类在物质方面而是在精神方面所经历的艰险，不是征服外界而是征服内界的战迹。它是千万生灵的一面镜子，是古今中外英雄圣哲的一部历险记，是贝多芬式的一阕大交响乐。"

一战爆发后，罗曼·罗兰于1914年在日内瓦发表了题为《超越纷争》（*Au-dessus de la mêlée*）的和平呼吁，谴责战争暴力。遗憾的是，一开始，他的呼吁没有传播到德国，反而被持民族主义观点的法国同胞误解为背叛。在战争环境中，他后来在巴黎发表的多篇文章被翻译成多国文字（德语除外），影响广泛，并因"文学作品中的高尚理想和他在描绘各种不同类型人物时所具有的同情和对真理的热爱"而在1915年荣获诺贝尔文学奖。作为具有国际影响力的作家，罗曼·罗兰关心国际时局，并宣传国际主义精神。1917年，他发表文章《向俄国革命致敬》（*Salut à la révolution russe*），1919年发表了《论精神的国际性》（*Pour l'internationale de l'Esprit*）和《精神独立宣言》（*Déclaration de l'indépendance de l'Esprit*）。

20世纪20年代，罗曼·罗兰定居瑞士莱芒湖畔，从事写作，并在欧洲旅行，与世界各国作家保持通信交流。他赞同印度精神领袖甘地（Mohandas Karamchand Gandhi，1869—1948）的非暴力不合作理论，并对印度文化、传统产生兴趣。在30年代，他支持苏联的社会主义建设事业，并在1935年前往苏联考察。富有人道主义精神的罗曼·罗兰积极投身于进步的政治活动，声援西班牙人民的反法西斯斗争。这一时期，他在

1920年发表了两部反战小说《格莱昂波》（*Clerambault*）与《皮埃尔和吕丝》（*Pierre et Luce*），1922—1933年间创作发表了《欣悦的灵魂》（*L'Âme enchantée*）三部曲。这一时期，除小说之外，罗曼·罗兰还创作了诗歌、文学评论、日记和回忆录等各种体裁的作品，此外尚有音乐理论和音乐史的重要著作7卷本《贝多芬的伟大创作时期：反叛之歌》（*Beethoven, Les grandes époques créatrices: Le Chant de la Résurrection*，1928—1943）。

　　1938年5月底，罗曼·罗兰叶落归根，从瑞士返回故乡定居。1940年德军占领巴黎后，他受到法西斯的严密监视，直到1944年8月巴黎解放。1944年12月30日，罗曼·罗兰去世，享年78岁。奥地利著名作家茨威格（Stefan Zweig，1881—1942）曾在1921年写成的传记《罗曼·罗兰的生平与作品》（*Romain Rolland: der Mann und das Werk*）中称亦师亦友的罗曼·罗兰是"当时法国最伟大的作家之一"。

❧ 纪德的矛盾性

　　安德烈·纪德（André Gide，1869—1951）出生于巴黎，父亲是巴黎大学的法学教授，出身于法国南方古城于泽斯的一个新教家庭，母亲来自北方历史文化名城鲁昂，纪德在童年时期往返于父母的故乡，感受法国南北方文化的差异。多年后，纪德在回忆录《如果种子不死》（*Si le grain ne meurt*，1926）中记述了自己的成长经历，他曾经这样表述童年时代的脆弱心理感受："我和别人不一样。"因为他在上小学时便由于生理原因而以"不良习惯"为名被学校劝退，此后一直到高中毕业，他的学业时断时续。所幸的是，高中时期，纪德与同学皮埃尔·路易（Pierre Louÿs，1870—1925）结为好友，他们都喜欢阅读和写作，后来都走上了文学道路。13岁时，纪德对表姐玛德莱娜产生爱恋之情。有一天，表姐发现母亲与情人幽会，为此陷入忧郁，并虔诚地向上帝祈祷。这一情景深深触动了从小在家庭中接受严格清教徒教育的少年纪德，这一事件中所交织的肉体之欲、精神之恋和宗教情感后来成为其作品中的重要文学主题，尤其在《安德烈·瓦尔特笔记》（*Les Cahiers d'André Walter*，1891）和《窄门》（*La Porte étroite*，1909）中得到深入挖掘。

　　高中毕业后，纪德参加巴黎的文学沙龙，并于1891年发表了处女作《安德烈·瓦尔特笔记》。主人公瓦尔特是个禁欲主义的修行者，他将灵魂与肉体分别比喻为天使和野兽，作品反映了纪德自身感受到的灵肉冲突和道德危机。这部具有自传色彩的小说虽然没有产生广泛影响，但是获得了文学界的好评，并得到著名诗人马拉美和同代作家莫里斯·巴雷斯（Maurice Barrès，1862—1923）的关注。皮埃尔·路易还介绍纪德认识了青年诗人保罗·瓦雷里，二人保持了长久的友谊，并经常参加马拉美的周二文学沙龙，进入后象征主义诗人团体。1891年，纪德还发表了著名的《那喀索斯[1]解说》[*Le Traité du Narcisse*（*théorie du symbole*），又名《象征论》]，以"那喀索斯"这一神话形象阐述对象征主义美学的理解。这一年，纪德与爱尔兰作家王尔德相识于巴黎，这位挑战习俗的颓废派艺术家为有意脱离禁欲主义的纪德呈现了另一种人生方式，引导他脱离宗教的约束，走出自我压抑，寻找生活中的幸福。

---

1. 那喀索斯是古希腊神话中一个高傲的美少年，他拒绝了仙女们的爱慕。有一天他在水中发现了自己的影子，爱慕不已，难以自拔，却不知那就是他本人，于是赴水求欢，溺水而亡，死后化为水仙花。那喀索斯的故事记载于古罗马诗人奥维德《变形记》第三章中。

1893年10月，年轻画家保罗·洛朗斯（Paul Laurens，1870—1934）进行自己的采风之旅，邀请曾经的同学纪德一同游历突尼斯、阿尔及利亚和意大利。期间纪德不幸染上肺结核，生命垂危，后来奇迹般好转，并在北非之旅中第一次接受和释放了自己的同性恋倾向。纪德几乎视北非为自己的再生之地，在1893—1900年间一共到此旅行6次，其中包括他与表姐玛德莱娜纯粹精神性婚姻的蜜月之旅。1894年的旅行结束后，纪德从意大利直接前往瑞士求医治疗，那里的风光后来被融入《田园交响曲》（*La Symphonie pastorale*，1919）的文字之中。

在瑞士逗留期间，纪德完成了被自己称为"傻剧"（sottie）的小说《帕吕德》（*Paludes*，1895）。《帕吕德》以第一人称和日记的形式讲述了一个作家写作一本题为《帕吕德》的书的过程。在这一周中，他与身边的朋友谈论自己的写作，并收到各种反馈，从好奇到质疑甚至也有反对，同时他也在回答友人的问题中对正在成形的作品进行阐释。他告诉别人"帕吕德"是维吉尔诗中的人物"蒂提尔"[1]，"拥有蒂提尔的那片土地，非但不设法脱离，反而安之若素"，因此是"一个单身汉住在沼泽地中间塔楼上的故事"，是"一个不能旅行的人的故事"，甚至是"一个躺平者的故事"。写作者计划描述帕吕德（蒂提尔）每天的平淡生活，正如每个人黯淡乏味的日常生活一样，既不完全满意也并非不满意，毕竟"他从观赏沼泽地中找到乐趣：沼泽地随着天气变化，也呈现出不同的景象"，写作者还声称这种状态恰恰是他这本书的主题，而且帕吕德可以说是象征了所有人的精神状况，因为"这故事讲的是一个中立地区，属于所有人的地方"，帕吕德"生活在每人身上，又不随同我们死去"。（李玉民译）最

1.　源于古罗马诗人维吉尔《牧歌》中的牧人形象，亦译为提屠鲁或提逖勒。

后，在周六令人失望的旅行后，写作者终于在周日将《帕吕德》完成，并重拾旧题《波尔德》作为《帕吕德》的接续。纪德赋予了《帕吕德》双重的象征意义：一是人的精神经验的隐喻，正如书中的写作者所言，所表达的"这种情绪：烦闷、虚空、单调"，人难以摆脱时间和空间的枷锁，总是周而复始地重复庸常的生活，犹如"时间的困兽在空间的运动"，（李玉民译）在生活中寻求新奇和变化并非易事；二是写作行为的隐喻，纪德将写作的过程作为《帕吕德》的主题，认为作品中的事件叙述并不能保存它们在生活中的价值，作品的真实在于揭示人所处的境况和在生活中产生的情绪，而且在讲述同一件事情的时候需要根据新的精神改变形式，而《帕吕德》正是这样一种创新的诗学实践。纪德在这部作品中初次尝试"纹心结构"的嵌套式叙事，当代文论家罗兰·巴尔特在《文之悦》（*Le Plaisir du texte*，1973）中对《帕吕德》的文学价值给予高度关注："我们对纪德谈论得不够充分［……］纪德至少有一部杰作，一部现代性杰作——《帕吕德》，它应当从现代性角度得到重新评价。"[1]

纪德第一次北非之旅的另一个文学创作成果是《人间食粮》（*Les Nourritures terrestres*，又译《地粮》，1897），作品构思于瑞士治疗康复期间，共分8篇，开头有引言，后附颂歌和尾声。《人间食粮》的叙述者以想象的智者梅纳尔克的哲学为圭臬向年轻人纳塔纳埃尔传授生活的智慧："我要教给你生活的热情！"在北非大地上如获新生的纪德在书中歌唱自然，抒发了与人间大地接触的欢乐，表达了解放自我之后继续寻找真实生活的愿望，是一首具有泛神论色彩的青春赞歌。《人间食粮》并非严格意义上小说，而是将多种文学样式融会贯通：游记、日记、对话体，甚

---

1. Roland Barthes, *Le Plaisir du texte*, Paris, Seuil, 1973, p. 30.

至有回旋曲、叙事曲等古老的中世纪诗歌形式。纪德在丰富多彩的感性文字中唤醒读者对世界本能的敏感，邀请人们去享受当下的快乐，去感受不受清规戒律限制的爱情，去尝试在世界上行走的生活方式。这部自由奔放、充满热情的作品具有一种抒情的诗意。根据《人间食粮》1927年的再版序言，此书在出版后10年间仅售出500本，但是后来却引起越来越多读者的共鸣，从蒙泰朗（Henry de Montherlant，1895—1972）到波伏娃（Simone de Beauvoir，1908—1986）和加缪，后世许多作家都从《人间食粮》中获得滋养。

1899年，《未缚牢的普罗米修斯》（Le Prométhée mal enchaînée）出版。在纪德笔下，普罗米修斯挣脱铁链，携一只老鹰来到巴黎，老鹰象征着责任，普罗米修斯以老鹰隐喻他照顾人类的职责，因为他"不再满足于给予人类存在的意识，还想要让人类明白存在的意义"[1]。他发表演讲，鼓励人们承担责任；然而，公共人物的言论并不能完全被人理解，而且可能在大众中引发各种不同反应甚至是过激反应。因此，纪德认为，作为公众人物的作家和艺术家与其如此不如专心于艺术创作。这部作品体现了当时的纪德对知识分子介入行为的质疑，这也解释了他在德雷福斯事件中从介入转为沉默的态度。

1902年，纪德出版了又一部刻有第一次北非之行印迹的作品《背德者》（L'Immortaliste）。小说主人公米歇尔出身于知识分子家庭，从小博览群书，接受严苛的教律，在非常年轻时就已成为小有名气的学者，但是完全不懂生活的乐趣。在父亲病重弥留之际，米歇尔与温柔贤淑的女子玛丝琳娜成婚，但是并没有对她产生爱意。他们到北非进行蜜月旅行，米歇尔

---

1. André Gide, *Le Prométhée mal enchaîné*, Paris, Mercure de France, 1899, p. 92.

却在途中感染肺结核大病难愈。妻子的悉心照顾和非洲的自然风光治愈了他的身心。就在重获新生之际，他仿佛找到了本我天性，完全摆脱了过去的道德价值观和生活方式，解放自己的感官，放纵自己的情欲，与当地的阿拉伯男孩亲密接触。在旅行结束回到法国以后，米歇尔回到学术圈，却再也体会不到学术的乐趣，于是他带着妻子再一次到非洲长途旅行。玛丝琳娜无法适应旅途劳顿生了病，他不全心全意照顾病重的妻子，却常常和一些阿拉伯男孩约会，最后，玛丝琳娜离开了人世。或许有人会根据作品名《背德者》做出判断，认为纪德在小说中捍卫个人主义、享乐主义和非道德主义，其实这是一种误解。纪德在前言中表示了不置可否的态度，有意将评判的权力交给读者，却在小说最后安排了令人深思的结局。米歇尔从束缚中解脱出来，但是并没有获得真正的自由，正如他自己所言："我自己找不到生活的意义。也许我已经解脱，但又有何用？我为获得漫无目的的自由而痛苦。"（李玉民译）其实，米歇尔找到的只是本我而不是真正的自我，当他"放纵自己，尽情享受幸福时，又感觉这种幸福过于单调"，这就是纪德笔下"背德者"的境况。小说通过朋友书信转述米歇尔向几位好友的倾诉，主体部分由米歇尔的第一人称自述构成，其叙述语气中充满哀怨，因为除了无处可用的自由他已经一无所有，正如作者在前言中所写，那是"一颗苦涩的果实"。纪德在虚构作品《背德者》中再次运用第一次北非之旅的生活素材和心灵体验，但是他对个人主义和道德的思考更加成熟，超越了《人间食粮》中感官主义的局限。

1907年，纪德在《浪子回家》（*Le Retour de l'enfant prodigue*）中重新诠释了《新约·路加福音》中的故事。在《新约》中，浪子分得家产后离开父母，一路将财产挥霍一空。贫穷的浪子历尽艰辛，返回家中，终得到父亲的宽恕。《圣经》故事强调了悔改与宽容之教义。纪德重新化用宗教故事，回到家中的浪子不仅是谦卑的悔恨者，而且是一个失败者的形象。对冒险的向往曾经指引浪子潇洒远行，最后是贫困将他引回家门，他落入的是自己设下的幻想陷阱，当他意识到时，已经太晚了，连自己都"再也不知道当初怎么会离开"。纪德虚构了回归的浪子与父亲、母亲、哥哥和弟弟的对话，在体现情感和理性、自我意识和社会常规冲突的交流中展现"流浪"的利弊：流浪可以获得自由和欢乐，但是也会遭受危险和奴役。浪子曾经想："我追寻……我是谁"，曾经"长年累月地走过野蛮的大地"，最后却厌倦了："怀疑一切，怀疑我自己；我想歇足，想归附一方了"。然而，他知道自己挽留不住就像曾经的自己一样反叛常道的弟弟，只能祝福弟弟能够走得更远："天发白了。一声不响的走吧。来！吻我一吻吧，弟弟：你带走了我的一切希望。勇敢点；忘掉我们；忘掉我。但愿你不至于回来……慢慢的走下去。"（卞之琳译）纪德在篇幅短小的对话体作品《浪子回家》中反省了自己对生活道路的追寻，而对《圣经》题材的借用增强了这种探求的普遍性。

1909年出版的《窄门》同样取自《圣经》题材，《路加福音》中耶稣有言："你们要努力进窄门"，"窄门"象征着到达天国彼岸的通道。小说中的热罗姆与表姐阿莉莎两小无猜，青梅竹马，他们的爱情纯真美好。随着对精神默契的深切追求，现实中的不完美便愈发难以承受。当阿莉莎目睹了母亲对婚姻的背叛、妹妹平淡无味的婚姻生活后，便不能接受现实中无法达到完美的爱情，世俗的婚姻成为接近上帝的障碍。为了让恋人获得超越凡俗的爱情所能给予的崇高幸福，阿莉莎一再拒绝热罗姆的热忱，选择了躲避和逃离，虔诚地投身于神秘的宗教信仰，最终孤独死去。纪德在小说中为阿莉莎安排的归宿其实正是母亲的家庭教师兼好友安娜小姐的人生结局，在热罗姆身上则投射了自己少年时对表姐玛德莱娜的爱慕之情。与小说中不同的是，纪德与玛德莱娜完成了现世中的婚姻，相同的是他们之间"犹如天和地"一样不可亲近的婚姻始终保持在精神爱恋的层面。这部作品反映了传统的宗教、道德束缚和人性自由之间的对立，纪德在此延续了在《安德烈·瓦尔特笔记》和《背德者》中对灵与肉的分裂冲突的思考。

在这一时期，纪德还创作了两部反响平淡的戏剧——《康多勒国王》（*Le Roi Candaule*，1901）和《扫罗》（*Saül*，1903），以莎士比亚式的戏剧风格呈现宗教与肉欲或善与恶的冲突。进行文学创作的同时，纪德也从事文学评论工作，他于1903年和1911年先后出版了《借镜集》（*Prétextes*）和《新借镜集》（*Nouveaux Prétextes*）两部评论文集，其中有针对巴雷斯和莫拉斯（Charles Maurras，1868—1952）的论辩性文章，也有对歌德、尼采、史蒂文森（Robert Louis Stevenson，1850—1894）和王尔德等人的褒扬性评论，后来还在1923年出版了关于俄国作家陀思妥耶夫斯基（Dostoïevski，1821—1881）的论著。此外，纪德与青年时代的同道好友开拓了一项后来在法国20世纪文学史上留下重要印记的事业，那就是他们于1909年创办了至今仍然存在的文学杂志《新法兰西评论》（*La Nouvelle Revue française*），这份文学评论杂志在创办后的半个多世纪中影响广泛，成为法国文坛的风向标。

纪德在一战爆发前出版的最后一部小说是《梵蒂冈地窖》（*Les Caves du Vatican*，1914）。故事取材于1893年的一条社会新闻，当时谣传教皇利奥十三世（Leo XIII，1810—1903）被共济会劫持，囚禁在梵蒂冈的一个地窖里，而居于教皇之位的其实是一个容貌相似的冒名顶替者。于是，一些江湖骗子利用谣言向富有而愚昧的资产者和贵族大肆行骗，发动募捐筹款，谎称要进行一场解救教皇的圣战。

《梵蒂冈地窖》以结构和线索复杂而著称，围绕梵蒂冈诈骗事件，小说以五个主要人物为中心设有五条叙事主线。第一个人物是刻板的科学家昂蒂姆·阿尔芒·杜布瓦，他本是一个思想自由、坚定的反教会者，却在一个偶然的场合以为自己看到了圣母显灵，从此皈依天主教，成为一个虔诚的信徒；第二个人物是因循守旧的作家尤利乌斯·德·巴拉利乌尔，他一心想跻身于法兰西学院，在发现父亲的私生子后，人生观和世界观受到冲击，后来被间接卷入梵蒂冈事件；第三个人物是阿梅代·弗勒里苏瓦，他在得知教皇被囚后决定亲赴罗马考察，可是在旅途中遭遇各种意外，最后在去那不勒斯的火车上被人莫名其妙地推下火车而丧生；第四个人物是普洛托斯，他是秘密组织"千足帮"的头目，正是此场诈骗闹剧的策划者；第五个人物是拉夫卡迪奥，他是普洛托斯的朋友，一个私生子，即尤利乌斯·德·巴拉利乌尔的同父异母弟弟，正是他把阿梅代·弗勒里苏瓦推下了火车。这五个人物的经历相互交织，共同推进情节发展，其中最引人深思的是拉夫卡迪奥身上体现的"无动机行为"。拉夫卡迪奥的"私生子"身份赋予了他自由不羁的天性，他没有家庭的责任与义务感，又对外界掩饰自己，保持戒备之心，也不愿接受外界的约束。这种绝对的自由让他无法建立自己的价值观，不考虑任何道德、法律及社会准则的思维方式使他无缘无故地做过见义勇为的善举，也在一念之间莫名其妙地将阿梅代·弗勒里苏瓦推下火车。这种行为方式在一战前后思想迷茫的年轻文人中间颇为流行，达达主义和超现实主义也都认同纪德所呈现的这种"无动机行为"。实际上，创作上已经达到成熟时期的纪德塑造拉夫卡迪奥这一形象并非出于认可，而是在思考绝对自由所带来的后果，他认可拉夫卡迪奥对自由的追求，但是认为不可滥用自由以致荒谬境地，而"无动机行为"是自由绝对化的典型表现。对自由以及自由对自我和他人的影响的思考一直贯穿着纪德的写作，这是《背德者》和《窄门》中的主题，也延伸到《梵蒂冈地窖》中。

1919年出版的《田园交响曲》与之前的《背德者》和《窄门》构成了纪德的道德三部曲。《田园交响曲》中，一名乡村牧师与家人收养了孤儿盲女吉特吕德，除了在生活中照顾她，还启发她的心智，让她领略看不见的世界。牧师从善心出发，却逐渐爱上了盲女；他的儿子雅克也对盲女产生了爱慕之心，被拒绝之后皈依宗教。吉特吕德在重见光明的那一天发现自己所爱之人并不是牧师而是雅克，可是已经失去了与雅克相爱的机会，而且她意识到牧师的错位爱情会给一家人带来不幸。于是，吉特吕德借采花之机故意失足落水，最后死去。纪德在作品中以大量的心理描写展现了复杂的人性，道德与私欲、理智与感性、灵与肉之间的矛盾冲突构成了牧师和盲女这两个人物的丰富内涵。从形式上看，纪德在《梵蒂冈地窖》中尝试复调性多重视角的现代性写作实践之后又在《田园交响曲》中暂时回归到一种清澈的古典主义书写。

纪德小说创作的集大成者是1926年的《伪币制造者》(Les Faux-monnayeurs)。《费加罗报》1906年9月16日关于逮捕一伙伪币制造者的报道和《里昂日报》1909年6月5日一则中学生上课时开枪自杀身亡的消息构成了作品的缘起。这部作品重现了纪德小说的重要主题，在写作技法上也综合了前作中的各种尝试。小说并没有完整清晰的中心情节，而是以作家爱德华和侄儿奥利维以及奥利维的同学贝尔纳为主要人物，运用多视角叙述手法，展开多条支线叙事，采用嵌套叙事结构，穿插第三人称叙述和第一人称的日记、书信等多种载体。书中人物爱德华计划写作一部题为《伪币制造者》的"纯小说"(le roman pur)，即"取消小说中一切不特殊属于小说的元素”[1]，包括叙述性对话、外在事件、人物描写等。纪德意识到19世纪摄影术、留声机等现代科技出现后文学所面临的危机，也继承了象征主义诗学中将本质的语言作为文学创作重点的探索，因此，小说中的人物作家爱德华提出了对小说纯洁性的要求。但是爱德华的小说始终无法成形，因为他对纯洁性的过度追求是一种难以企及的理想主义。[2]

创作于1946年的《忒修斯》（Thésée）以古希腊神话人物表达了纪德最终的道德观和社会观。忒修斯回顾自己的生平，在经历了无拘无束的自由童年之后，他接受父亲的教导，学习以理性克制本性，踏上了寻求生存意义的旅程，最后在克里特迷宫建造者代达罗斯（Dédale）的言语中获知自己的使命所在，即“建立雅典城邦，奠定精神的统治”。晚年的纪德在其最后一部虚构作品中表达了个体对自身使命的责任感。

在文学创作之外，随着对自由与责任问题认识的逐渐深入，纪德也从与政治生活保持距离的作家转变为在公共问题上表达立场的知识分子。他在1925年前往非洲考察，回来后撰写了《刚果纪行》（Voyage au Congo，1927）和《乍得归来》（Le Retour du Tchad，1928），对法国的殖民政策和制度提出质疑和批判。30年代初，纪德成为共产党和苏联社会主义的同路人，于1936年6月前往苏联考察，受到斯大林的接见，但是回国后撰文《访苏归来》（Retour de l'U. R. S. S.，1936）和《访苏归来补记》（Retouches à mon Retour de l'U. R. S. S.，1937），对苏联当时的状况进行揭露。另外，1950年出版的《介入文学》（Littérature engagée）收录了纪德在1930—1937年间所有的政论文章、演讲和公开信，具有特殊的文献价值。

1　André Gide, *Les Faux-monnayeurs*, Paris, Gallimard, 1925, p. 78-79. 此处参照了盛澄华的译文（纪德：《伪币制造者》，盛澄华，译，上海：上海译文出版社，2014年，第62—63页）。

2．André Gide, *Journal des Faux-monnayeurs*, Paris, Atlande, 2016, p. 64-78.

纪德是一位内心充满矛盾性的文人，也是一位求真的知识分子，他以自身经历和体验为写作对象，写作中始终贯穿着对复杂、矛盾人性的思考，灵与肉、自由与责任的对立统一是其作品永恒的主题。他因"以无所畏惧的对真理的热爱，并以敏锐的心理学洞察力，呈现了人性的种种问题与处境"而在1947年获得诺贝尔文学奖。

❧《新法兰西评论》：20世纪上半叶法国文坛的风向标

1908年，马塞尔·德鲁安（Marcel Drouin, 1871—1943）、安德烈·吕特尔（André Ruyters, 1876—1952）、让·施伦贝格尔（Jean Schlumberger, 1877—1968）、亨利·热翁（Henri Ghéon, 1875—1944）和雅克·科波（Jacques Copeau, 1879—1949）等作家开始筹办《新法兰西评论》；安德烈·纪德是公认的核心人物，尽管他并不接受刊物主编之名号。《新法兰西评论》是一份集文学创作与文学评论为一体的综合性杂志，它的名称缩写"N. R. F."广为人知。从1909年正式创刊，到第一次世界大战爆发时停刊，杂志经历了缓慢但持续的发展，在这个过程中还促生了伽利玛出版社、老鸽巢剧场[1]和蓬蒂尼文学论坛。

蓬蒂尼（Pontigny）是一座古老的修道院，建于12世纪，位于勃艮第省和香槟省交界处的历史名镇蓬蒂尼，距巴黎180多公里。在20世纪初法国的政教分离运动中，著名教授、学者、记者保罗·德雅尔丹（Paul

---

1. 老鸽巢剧场（Vieux-Colombier）1913年由雅克·科波创办，位于巴黎六区老鸽巢街21号，它设有自己的剧团，后来上演过保罗·克洛岱尔、萨特等著名作家的戏剧作品，1993年之后归属于法兰西剧院统一管理。

Desjardins，1859—1940）于1906年购置了这座修道院作为私产，并为文人论坛提供场所。

蓬蒂尼文学论坛存在于1910—1914和1922—1939年间，是当时法国知识分子聚会讨论文学、哲学、社会和宗教问题的论坛，通常为期10天。纪德、莫里亚克、克洛岱尔、雷蒙·阿隆（Raymond Aron，1905—1983）、马丁·杜伽尔、安托万·德·圣埃克絮佩里（Antoine de Saint-Exupéry，1900—1944）、马尔罗、瓦雷里、加斯东·巴什拉（Gaston Bachelard，1884—1962）和萨特等文化名人都曾参加过这里的文人雅集。

在当时的法国，知识界和文坛最重要的文学创作都与《新法兰西评论》关系密切。杂志逐渐吸引了一大批著名文人参与撰稿，如阿尔贝·蒂博代（Albert Thibaudet，1874—1936）、安德烈·苏亚雷斯（André Suarès，1868—1948）、保罗·克洛岱尔、夏尔·佩吉、瓦莱里·拉尔博（Valery Larbaud，1881—1957）、马丁·杜伽尔、马塞尔·普鲁斯特和保罗·瓦雷里等，很少有作家会拒绝《新法兰西评论》的邀请。在一战之前，杂志越办越成功，既获得赞美也难免引发嫉妒，甚至在对手阵营里被指责为树立宗派。

1919年，第一次世界大战结束之后，作家雅克·里维埃（Jacques Rivière，1886—1925）担任主编，在他周围汇聚了新一代作家，如路易·阿拉贡（Louis Aragon，1897—1982）、安德烈·布勒东、马塞尔·茹昂多（Marcel Jouhandeau，1888—1979）、弗朗索瓦·莫里亚克和保罗·莫朗（Paul Morand，1888—1976）等，纪德仍然积极发挥重要作用。从1925年开始，保罗·莫朗逐渐成为杂志社的骨干，并在1935年正式担任主编。在两次世界大战期间，《新法兰西评论》声誉日隆，法国文坛所有的创作倾向都可以在杂志上找到发表平台，即使是最标新立异的文学创作。其重要作者有朱利安·班达（Julien Benda，1867—1956）、雅克·奥迪贝蒂（Jacques Audiberti，1899—1965）、于勒·絮佩维埃尔（Jules Supervielle，1884—1960）、弗朗西斯·蓬热、亨利·米肖、莫里斯·布朗肖（Maurice Blanchot，1907—2003）、罗歇·卡约瓦（Roger Caillois，1913—1978）、勒内·多玛勒（René Daumal，1908—1944）和让·格里埃（Jean Grenier，1898—1971）等。与杂志创办初期的方针有所不同的是，在30年代的时代气候中，政治主题被纳入杂志内容，特设《本月时事》栏目。在二战之前，《新法兰西评论》完全可以代表和展现法国文坛的风貌，是国外了解法国文学的重要窗口。杂志也向世界其他国家开放，一些重要的外国文学作品也刊登其中，其中包括《诗经》等中国古代文学作品的译介。《新法兰西评论》引人瞩目之处不仅在于其目录上所呈现的丰富多彩的国内外作品名称，也体现在刊物整体的内在风格上，各种主题交相辉映，作者之间以及作者与杂志之间互动频繁。

　　1940年6月，《新法兰西评论》杂志因战争原因停刊，后经种种斡旋于年底复刊，由皮埃尔·德里厄·拉罗谢尔（Pierre Drieu La Rochelle，1893—1945）主持工作。这份被认为与德国纳粹有合作倾向的杂志坚持运营到1943年6月，大多数作家因为政治原因离开了杂志。在巴黎解放后，《新法兰西评论》同样因为意识形态之故被禁止发行，直到1953年才重出文坛。这份《新新法兰西评论》由保罗·莫朗和马塞尔·阿尔朗（Marcel Arland，1899—1986）共同负责经营。1987年，新任主编雅克·雷达（Jacques Réda，1929—　）调整了杂志的出版方针，以文学创作为主，以文学评论为辅。但是，从1953年之后，《新法兰西评论》再也没有恢复到两次世界大战期间群星璀璨的辉煌景象，受众减少，影响式微。这份曾经受到效仿的文学杂志逐渐受到后来出现的一些杂志的挑战。如今，《新法兰西评论》依然存在，不过它更多是一个具有历史文化意义的法国文学界的重要机构，而不再代表一个充满生命力的创作群体。

❧ 普鲁斯特：以艺术为生活的真谛

马塞尔·普鲁斯特（Marcel Proust，1871—1922）出生在巴黎一个家境优渥的知识分子家庭，父亲是医生，母亲也颇具文化修养，对孩子非常爱护。马塞尔·普鲁斯特自幼便受到哮喘病的困扰，身体孱弱加上家庭条件允许，他一辈子没有从事其他工作，出入上流社会沙龙就是生活，写作就是终身事业。普鲁斯特在25岁时出版了第一部作品《欢愉与时日》（*Les Plaisirs et les jours*，1896），此书由著名作家阿纳托尔·法朗士作序，汇集了诗歌、散文、随笔和短篇小说等多种体裁的10篇作品，展现了年轻作家的多样化写作实践。另一部作品《让·桑多伊》（*Jean Santeuil*）创作于1895—1899年间，1952年才得以整理出版，它是普鲁斯特创作小说的初次尝试，从作家自序中可以了解到作品的内容和叙述方式，即以书中人物作家C的写作手稿来讲述文学青年让·桑多伊的成长经历。人们在普鲁斯特去世后发现了千余页手稿，基本上都是创作的片段，尚未形成完整的结构和最终的结局。这部在普鲁斯特生前未完成、未发表的作品可以被视作普鲁斯特24—29岁之间的一部自传体作品，而且其中很多片段后来成为《追忆似水年华》（*À la recherche du temps perdu*）的写作素材。

奥地利诗人、作家里尔克（Rainer Maria Rilke，1875—1926）在1902—

1903和1904—1906年间两次旅居巴黎，并成为法国著名雕塑家罗丹（Auguste Rodin，1840—1917）秘书。在他于1904—1910年创作的笔记体小说《马尔特手记》（*Les Cahiers de Malte Laurids Brigge*，1910）中可见同样的尝试，这部被认为是德语文学中第一部真正的现代小说的作品以一个青年诗人的回忆和自白串联起71个无时间顺序和连续情节的笔记体片段。

普鲁斯特排斥按照时间顺序进行自传性叙事的传统手法，在他的《欢愉与时日》和《让·桑多伊》等早期作品中就已经体现出片段性叙事倾向。《追忆似水年华》是一部多卷本长篇小说，在打破线性叙事的同时，普鲁斯特找到了通过无意识记忆来组织断章的方法，以第一人称叙述者"我"作为中介，串联起多重时空中回忆的碎片，赋予了作品合适的形式并建构起意义。

小说第一部《在斯万家那边》（*Du côté de chez Swann*，1913）以一句"在很长一段时间里，我都是早早就躺下了"（李恒基译）开始了对童年时一个入睡场景的描述。第一人称叙述者继而回忆了一生中居住过的多个卧室，尤其是童年度假时居住的贡布莱村庄，那里是幸福的乐园，被宠爱的孩子开始感知周围的世界并对阅读产生兴趣。第一人称叙述者间或论及家族的一位邻居、朋友斯万先生对奥黛特小姐的热烈爱情以及恋情中伴随的嫉妒之心。第二部《在少女们身旁》（*À l'ombre des jeunes filles en fleurs*，1919）将故事场景置于巴黎。随着年龄的增长，叙述者结识的朋友渐渐多起来，几位少女吸引了他的目光，他爱上了其中一位叫阿尔贝蒂娜的姑娘。在第三部分《在盖尔芒特家那边》（*Le Côté de Guermantes*，1920—1921）中，叙述者一家搬到盖尔芒特公馆，这个公馆的名字让他产生遐想，正如之前他对很多地方都很敏感并产生想象一样。他开始参加盖尔芒特家的沙龙聚会，观察出入沙龙的形形色色的人。这一部分的沙龙生活呈现出19世纪末20世纪初上流社会的缩影和巴黎圣日耳曼街区的社交生活。第四部《索多姆和戈摩尔》（*Sodome et Gomorrhe*，1921—1922）的书名是《圣经》中两个城市的名字。《旧约》中记载："有两座大城，一座名叫索多姆，住的是男人，并且他们爱男人；一座名叫戈摩尔，住的是女人，并且她们爱女人。"上帝摧毁了这两个城市，因为其中的居民道德败坏。叙述者在此影射了他周围存在的同性恋现象。在第五部《女囚》（*La Prisonnière*，1923）中，叙述者在海滨浴场巴尔贝克度假，这段时间里他对阿尔贝蒂娜的感情产生波动，时而依恋时而冷漠。回到巴黎后，他们居住在父母家中，可是他常常怀疑阿尔贝蒂娜不忠，于是将她禁足在家中。爱情不但没有给他带来幸福，反而激起了怀疑和嫉妒。有一天，这位令他始终感觉像谜一般的恋人从家中逃走，不久，他从一份电报中得知阿尔贝蒂娜坠马而亡。经过一番调查，他才发现原来阿尔贝蒂娜是一个女同性恋者，因此，第六部标题正是《失踪的阿尔贝蒂娜》（*Albertine disparue*，1925）。第一次世界大战似乎并没有对叙述者的生活产生什么影响，他从小就想成为作家，但是没有信心可以实现这个愿望。战争结束后，他去探访盖尔芒特夫人时忽然懂得"唯有无意识的记忆才能重现往日时光，艺术作品可以让人获得真正的生活，远离凡俗世故，消除时间带来的局限"，他最终悟到可以在文学和艺术中发现生活的真谛。于是，他终于准备创作一部作品——《重现的时光》（*Le Temps retrouvé*，1927），这便是第七部的书名。

　　普鲁斯特从1900年开始阅读英国作家、艺术家和评论家约翰·罗斯金（John Ruskin，1819—1900）的著作，投身到艺术欣赏和研究中，还撰写了一些有关罗斯金的文章，并在翻译其《芝麻与百合》（*Sésame et les lys*，1865）和《亚眠的圣经》（*La Bible d'Amiens*，1885）的过程中逐渐形成了自己审美趣味。小说《追忆似水年华》中随处可见对艺术的观照，以艺术作为生活真谛的主人公叙述者也是普鲁斯特本人的写照。

《追忆似水年华》既是一部探讨爱情与艺术的小说，也是一部关于时间、记忆与遗忘的小说，对于作者而言，他所着意表达的是时间的流逝感，而非具体的年代与日期。普鲁斯特在作品中有意抹去了年代的标记，研究者们经过细致研读和考察发现作品中的时间是1880—1920年这一时期，其中年龄最大的人物大约出生于1820年，年龄最小的人物出生于1900年。普鲁斯特一方面通过人物的成长和衰老以及空间的变化表现对时间流逝的意识，另一方面通过对某一个回忆或景物的描述刻画那些诗意的瞬间，将瞬间挽留成永恒。其中最有名的玛德莱娜小点心所激发的味觉感受和童年回忆充分展现了普鲁斯特跨越时空的无意识记忆写作手法的深刻含义：时间只有在失去之后才会显示出重现的价值，通过无意识回忆，人所经历的一切其实并不曾失去。在时间的追忆中，普鲁斯特赋予空间以独特的价值，它不是简单的静态背景，而是像人物一样在时间的流逝中发生变化。作者甚至以空间来建构小说的叙事，正如多卷小说的标题所揭示的那样。如果说《追忆似水年华》中的风景常常被人性化，被投射了人物的感觉和目光，那么小说中的人物本身往往是模糊、流动的，书中的500多个人物有上流贵族，也有资产阶级，还有家仆和街头商贩等平民百姓，但是普鲁斯特并没有像巴尔扎克那样刻画典型人物和性格，他们像是飘忽不定的影子，各有自己的身世和秘密，在叙述者的目光中出现，消失，重现，具有一种现象学色彩。

《追忆似水年华》的第一部《在斯万家那边》的手稿起初被伽利玛出版社审稿人纪德拒稿，因此普鲁斯特于1913年在格拉塞出版社自费出版。由于第一次世界大战中止了出版进程，普鲁斯特有机会在继续写作的同时修订第一部，后来，伽利玛出版社终于认识到这部被让·科克托等作家高度评价的作品的重要价值，在1919年同时出版了第一部的修订版和第二部，其中第二部《在少女们身旁》还获得了当年的龚古尔文学奖。普鲁斯特生前见到第四部问世，但后面三部都是身后遗著。根据对手稿的研究，专家们认为《追忆似水年华》的成稿出书时间如此之晚，与普鲁斯特的创作手法有关。他在1906—1907年间开始构思作品，最初只是计划写一本书，后来不断思考和扩充，达至七部，普鲁斯特的创作也一直持续到1922年去世之前。作家先有故事大纲，然后将之分解，写成片段，而且会在不同的草稿本上创作多个版本，之后再进行合成，用打字机呈现出来。在10多年间，他一共写了1万多页草稿，最后定稿的页数也多达3000页。普鲁斯特对作品精雕细刻，有时会对一个情节、一个片段进行多次创作，对一句话仔细雕琢，有的段落甚至重写30多遍，因为他不仅仅满足于传达意义，更注重语言的节奏和意象之美。《追忆似水年华》中不都是长句，但是普鲁斯特笔下句子的平均长度是一般作家的2倍，一个句子平均有30个单词，长达3行，第一部《在斯万家那边》中有一个长句竟由500多个单词组成，这种婉转绵延的语言风格或许可以呈现回忆的曲折和悠长。普鲁斯特1919年获得龚古尔文学奖时，阿纳托尔·法朗士甚至有一句戏言："人生太短，普鲁斯特的句子太长。"普鲁斯特在写作时不分昼夜，经过漫长的追忆和修炼，终于完成了蔚为大观的长河小说，完成了一部犹如教堂建筑结构般的文学巨著。

《追忆似水年华》是一部具有先锋性的独特之作，普鲁斯特在小说创作中开拓了无意识领域，大胆采用内心独白（le monologue intérieur）或者说是意识流手法，对小说人物、时间和空间的处理方式突破了传统写作模式。他在小说中融合其他文学体裁，在文学中跨越艺术界限，其小说诗学和写作实践后来为法国新小说和当代小说所效仿吸收。《追忆似水年华》是一部跨越时代的作品，既是从拉辛到巴尔扎克和福楼拜的法国文学传统的延续，更为20世纪法国现代小说开辟了道路，产生了不可忽视的影响。

❧ 让·科克托的诗意空间

让·科克托（Jean Cocteau，1889—1963）出生于巴黎，在一个充满艺术气息的富庶家庭中长大，度过了无忧无虑的童年。然而，科克托的父亲于1898年开枪自杀，原因不明，这成为科克托一生挥之不去的阴霾。在科克托的小说和戏剧作品中，父亲这类人物形象几乎始终缺席，即使出现也常常被边缘化，或是面目模糊或是性格软弱。科克托自幼便与母亲感情深厚，母亲为出门看剧而梳妆打扮的场景给少时的科克托留下了深刻印象，他对母亲的隐秘爱慕和对戏剧的痴迷从此悄然结合在一起。后来，科克托仿佛与母亲结成了一种近似盟友的亲密友谊，直至母亲去世之前，他们每天都会通信。在这样的家庭氛围中，压抑与暧昧的情绪交织缠绵，某种俄狄浦斯情结就此潜藏于科克托的内心和创作中，尤其在《在劫难逃》（La Machine infernale，1932）、《可怕的父母》（Les Parents terribles，1938）等作品中得到了直接体现。对自我身份的犹疑在童年科克托的心中埋下了种子，认识自己和爱自己后来成为他在生活和创作中不断流露出的隐秘愿望。多年后，科克托自己也在日记《尘埃落定》（Le Passé défini，1946）中坦陈，尽管他在创作的可能是另一个故事，但他所书写的始终是俄狄浦斯神话。

　　科克托成绩平平，又藐视纪律，多次参加高中毕业会考都未能通过。不过，他在学校生活中获得了关于性别和爱的启蒙，一个名叫达尔热洛的男孩成为科克托倾慕和崇拜的对象。爱恋的初体验并未激发科克托亲近对方的欲望，而是激发了他想彻底变成对方的愿望，可见科克托的自我意识和自恋之情于年少之际就已经生发。这种慕强心理与同性恋情之间的关联，在科克托后来匿名出版的自传体小说《白皮书》(*Le Livre blanc*, 1928)中得到更加明确的阐述。

　　在家庭的熏陶与母亲的鼓励之下，科克托走上了通往文学和艺术的道路。1908年，演员爱德华·德·马克斯(Édouard de Max, 1869—1924)出资为科克托在费米娜剧院举办了一场盛大的诗歌朗诵会，他从此真正步入文坛，年少成名。科克托在这一时期结识了安德烈·纪德，得到了马塞尔·普鲁斯特的赏识，还与女作家安娜·德·诺阿耶(Anna de Noailles, 1876—1933)建立了深厚的友谊，他们对初入文坛的科克托产生了重要影响，甚至成为他在写作中尝试模仿的对象。1909—1912年，科克托出版了《阿拉丁神灯》(*La Lampe d'Aladin*, 1909)、《轻狂王子》(*Le Prince frivole*, 1910)和《索福克勒斯之舞》(*La Danse de Sophocle*, 1912)3部诗集，诗中张扬着早慧的才思与青春的锐气，同时充溢着具有强烈主体性的告白和想象。然而，文学界对科克托这一时期的诗作给出了有限的肯定，批评了其模仿的痕迹和浮华的风格。科克托不由自主地以个人魅力掩盖了文字的魅力，作诗既是他寻求瞩目的自觉行动，也是他肯定自我的浪漫途径。

　　科克托与艺术世界真正的亲近或许是通过音乐与舞蹈最先实现的。1909年，俄罗斯作曲家谢尔盖·加吉列夫(Serge Diaghilev, 1872—1929)将融合了多种艺术形式的芭蕾舞剧带到巴黎上演，科克托深深为之着迷。在加吉列夫的推动下，科克托开始与"六人组"[1]的音乐家合作，为芭蕾舞剧《蓝神》（*Le Dieu bleu*，1912）创作剧本，该剧于1912年5月13日在夏特莱剧院首演。1913年，斯特拉文斯基（Igor Stravinsky，1882—1971）的芭蕾舞剧《春之祭》（*Le Sacre du printemps*）给科克托带来震撼和启发，让他感受到了"野兽派"风格。这种寻求颠覆的艺术审美，为科克托的创作指明了新方向，也让他对此前的诗歌创作进行反思。科克托与斯特拉文斯基展开了长久的合作。在接下来的10年中，科克托还与毕加索、萨蒂联手创作了最早的现代芭蕾舞剧之一——《马戏开场秀》（*Parade*，1917），与"六人组"合作创作了《屋顶上的牛》（*Le Bœuf sur le toit*，1920）、《埃菲尔铁塔上的新郎新娘》（*Les Mariés de la Tour Eiffel*，1921）等极具颠覆性的歌舞剧作品。科克托以舞台为依凭，逐渐探索出了属于自己的先锋派风格。《马戏开场秀》的剧情十分简单，展现的是三组节目，分别来自变戏法的中国人、杂技演员和美国小女孩，刻意打造一种不协调的风格，将平庸而荒诞的细节搬上舞台。科克托自认为《马戏开场秀》是其艺术生涯中具有决定性的作品，尤其体现了他将多种艺术形式相融合的理想。的确，这种涉猎广泛、融会贯通的艺术实践方式，将贯穿于这位被称为"多面手"的诗人、小说家、剧作家、画家和电影导演的艺术生涯始终。

---

1. "六人组"（Les Six）指1916—1923年间活跃于法国乐坛的6位作曲家，分别是奥里克（Georges Auric，1899—1983）、迪雷（Louis Durey，1888—1979）、奥涅格（Arthur Honegger，1892—1955）、米约（Darius Milhaud，1892—1974）、普朗克（Francis Poulenc，1899—1963）和塔勒费尔（Germaine Tailleferre，1892—1983）等。他们在创作上反对印象派捉摸不定的笔触，提倡简洁、鲜明的风格，并间有复古倾向；他们还受到萨蒂和科克托艺术思想的深刻影响，经常在科克托的主持下聚会。

科克托寻求颠覆的探索在《埃菲尔铁塔上的新郎新娘》中趋于成熟。这部舞台剧被科克托定义为"古代悲剧与岁末联欢、悲剧合唱与杂耍歌舞的神秘联姻",展现了一场意外频发、精巧滑稽的婚礼。剧中的人物全部从舞台中央的一台照相机中出场,手舞足蹈地展开模仿式的表演,以形象化的无声表演呈现了一幅奇异的景象。两台留声机在舞台两侧出声评论,颇似古代悲剧中的合唱队,却常常前言不搭后语,代表逻辑的语言要素落入次要地位。科克托在1923年出版这部剧本时,加入了一篇宣言式的序言,首次阐释了自己的戏剧创作理念,主张以"戏剧的诗意"取代"戏剧中的诗意"。所谓诗意,应当是一种"比真相更真"的存在,"在这部剧中,我拒绝神秘。[……]日常生活的诗意和奇迹:这就是我的戏剧[……]"在经历了模仿阶段以后,科克托逐渐在艺术世界中搭建起属于自己的空间。

1919年,科克托与小说家雷蒙·拉迪盖(Raymond Radiguet, 1903—1923)相遇,他在这个桀骜不驯的年轻人身上看到了自己的影子,认为他是真正的天才,甚至以他为师。在拉迪盖的鼓励下,科克托受到古典主义风格的影响,逐渐远离极端的先锋派审美取向,在创作中融入了更多的悲剧和神话元素。两位作家在共同生活期间,相互激发和影响,创作出许多优秀作品。1922年,科克托改写了古希腊悲剧《安提戈涅》(Antigone, 1922),并与毕加索、香奈儿(Gabrielle Chanel, 1883—1971)和"残酷戏剧"(le théâtre de la crauté)概念的提倡者安托南·阿尔托(Antonin Artaud, 1896—1948)合作,将剧作搬上舞台。从《安提戈涅》开始,科克托再未停止过对古希腊神话宝藏的挖掘,他似乎从神话里无处不在的宿命中找到了强烈的认同感,试图"赋予古希腊悲剧以当代的韵律"。科克托出版了散文集《召回秩序》(Le Rappel à l'ordre, 1926),

积极阐发了在自由表达的同时回归古典主义的主张。

俄尔普斯[1]神话无疑是科克托最为钟爱的题材之一，可以说，科克托在其中寄寓了自己全部的诗人理想。1925年，科克托改写了这一神话，创作出剧本《俄尔普斯》（Orphée，1925）并于1926年首演。剧作中保留了神话的基本情节，不过俄尔普斯被塑造为一位现代作家，而且他是通过镜子走入地狱，最后在天使厄尔特比斯的帮助下与妻子团聚。镜子照出的是自己，通向的却是另一个世界，科克托的内在诗化世界在这部剧中明确地和死亡建立了联系。更重要的是，科克托关于天堂和人间、诗和宗教的思索，似乎在俄尔普斯身上得到了解释，他所谓的诗人，从此有了形象，那便是能够自由穿梭于两个世界的俄尔普斯。他后来于1950年将这部剧作改编为同名电影，几年后又拍摄了电影《俄尔普斯的遗嘱》（Le Testament d'Orphée，1959），这三部作品就是科克托著名的"俄尔普斯三部曲"。

另一个被科克托反复书写的神话是俄狄浦斯王的故事。科克托为斯特拉文斯基写的歌剧《俄狄浦斯王》（Oedipus Rex）在1927年首次上演，他还同时创作并出版了剧本《俄狄浦斯王》（Oedipus Roi，1928），但当时并未演出。多年后，他在原作基础上增添了大量内容，对俄狄浦斯神话进行了更为成熟的改写，最终推出了大获成功的戏剧作品《在劫难逃》。如果说俄尔普斯神话的魅力在于呈现了诗意的自由，俄狄浦斯神话的感召力则在于展现了命运的禁锢：尽管设法规避，俄狄浦斯仍在不知情的情况下弑父娶母，"地狱之神的机器"在暗中转动，无人能摆脱神谕

---

1. 古希腊神话中的俄尔普斯是一位出色的诗人和乐手，歌声极具魔力。俄尔普斯为救妻子勇入地狱，他被告诫在带妻子回人间的路上，切不可转身看妻子，但他遏制不住心中的爱念，忍不住回头望向她，结果使得妻子彻底落入冥府深渊。

的安排。《在劫难逃》对俄狄浦斯神话进行了大胆的改写：一是增加了斯芬克斯与俄狄浦斯见面的场景，向路人抛出谜语的斯芬克斯被设定为一个女子形象，她出于爱意让俄狄浦斯通过了关卡，而不是俄狄浦斯凭借自身的智慧道出了谜底；二是将伊俄卡斯忒与俄狄浦斯这对母子塑造为天真蒙昧甚至笨拙的"反主人公"式人物；三是将俄狄浦斯与伊俄卡斯忒的新婚之夜搬上了舞台，赤裸裸地展现了悖伦之恋。科克托的改写带有去神圣化的用意，身陷错位情感和自我怀疑中的俄狄浦斯，或许也从心理学角度为诗人内心的困顿提供了观照，"戏剧的诗意"在对道德和信仰的冲击中得以延续。

科克托的诗歌风格也受到古典文学的影响，他出版过两部深受欢迎的诗集《词》（*Vocabulaire*，1922）和《清唱》（*Plain-chant*，1923）。爱与友谊是这两部诗集的重要主题，质朴的文字间荡漾着真挚的情感和灵动的哲思。1927年，科克托出版了"使崇高变轻灵"的诗集《歌剧》（*Opéra*，1927），集中以《天使厄尔特比斯》这首诗为核心，闪烁着神圣光环的神话和轻盈欢愉的孩童世界成为并行的主题。

在同一时期，科克托形成了更为成熟的文学创作思想，这些思考记录在其第一部谈创作的文集《职业秘密》（*Le Secret professionnel*，1922）中。科克托认为诗是一种"别处的语言"，它的"隐秘的数字"和"奇幻的流体"蕴藏在各类艺术形式之中，等待着诗人探寻。对诗的探求，将成为科克托一切创作的主旋律。

在拉迪盖的鼓励下，科克托将"小说之诗"纳入自己的诗意空间，进一步拓展了诗的边界。他在此期间创作的小说《悬殊》（*Le Grand écart*，1923）、《冒充者托马》（*Thomas l'imposteur*，1923）都与自身经历密切相关，童真的幻梦和残酷的真实掩映其中，回归古典和简朴的追求与寻求突破的愿望在小说世界里发生了奇妙的交融。《悬殊》讲述一个少年凝视着镜像回忆起情感故事，以科克托少年时的感情经历为原型。小说的主人公雅克是一个寄宿学校的学生，他既忧郁又热情，既深沉又天真，似乎生活在虚幻和分裂的状态下。雅克在同学的介绍下认识了比自己年长许多的交际花热尔梅娜，他把这个女人当作投射自我的镜子，深深爱上了她。然而热尔梅娜后来喜欢上了雅克的另一个同学，离他而去，雅克感受到了真切的痛苦。书名"悬殊"既指女人与少年之间的距离，也指镜中的我和镜外的我之间的距离，即理想化的幻梦和无情的现实之间的差距。自我与外界的关系，是科克托后来在创作中不断书写的主题。

《冒充者托马》讲述了一个关于欺骗的故事，灵感来自科克托在一战期间的所见所闻。一战爆发后，科克托报名参军，但由于身体原因未能如愿，于是他在1915年9月加入了民间救护队，奔走于战地。小说的主人公托马是一个天生的幻想家，他声称自己是一位将军的侄子，凭此身份加入了战时的民间救护队并获得了许多便利。孩子般的托马将战场当作舞台，在他人的呵护之下，认真地扮演着自己的角色，而且他在天真的幻想中愈发对自己的身份信以为真，模糊了现实与幻想的边界。最终，他在前线遇敌，心中想着"如果不装死，我就演砸了"。然而，虚与实在他身上竟融为一体，表演出的死亡成了真实的死亡。这部充满孩童式幻梦和神秘色彩的作品被科克托称为"小说之诗"，科克托试图将自我的能量在其中无限放大，创造出一个有别于实在世界的强大的内在诗化世界。戏剧与真实、爱情与死亡、纯洁与堕落的矛盾在其中显现，却又恰如其分地相融，最终体现出一种趋同之势。这两部同年出版的小说都探讨了自我世界之幻与外部世界之真的互动关系。

1923年，年仅20岁的拉迪盖因染伤寒突然离世，科克托遭受沉重打击，写作陷入停滞。他开始与哲学家雅克·马里坦（Jacques Maritain，1882—1973）通信，并在其影响下皈依了天主教，希望从宗教中获得慰藉，他后来的诗作中也开始显现出神学与宗教学的痕迹。或许正是从知己离世的变故开始，科克托的诗意空间进一步延展：他对内在世界与外在世界的思索越来越频繁地触及生与死的边界，死亡主题的反复出现是其后来作品的重要特点。

科克托于1925年和1928年两次进入诊所接受戒毒治疗，在此期间恢复了良好的创作状态，创作了《鸦片》（Opium，1930）等作品。在诊所中，科克托以朋友的故事为灵感，同时融入了自己的经历，仅用了17天就在"无意识"的驱动下完成了小说《可怕的孩子》（Les Enfants terribles，1929）。此书出版后不仅得到了评论界的一致好评，被视为科克托最杰出的作品之一，而且首次收获了大众的热烈支持。小说的主人公是一对既相爱又相厌的姐弟，弟弟保罗在打雪仗时被同学达尔热洛的雪球击中，从此无法上学，与姐姐伊丽莎白一起生活在家中。姐弟二人将杂乱无章的房间当作剧场，每晚午夜时分准时开始表演毫无逻辑的情节，这种半梦半醒间的游戏构成了他们纾解欲望、表达自我的幻境。在经历了一系列爱而不得的感情纠纷之后，保罗服毒自尽，伊丽莎白赶在他死之前吞枪自杀，两人共同赴死，灵魂得以结合，死亡令他们到达了一个"乱伦不再被拒之门外"的无人之境。科克托在这部极具戏剧特色的小说中塑造了一个强大而迷人的孩童世界，仿佛在现实生活中辟出了一个鲜艳而凄怆的隐秘空间。书名中所谓的"可怕"（terrible）具有双重含义：这些孩子或许被外人视为不寻常的怪物，却在他们独有的空间内象征着令人震颤的真与美。自我世界与外部世界的关系在这部小说中再度得到深刻的挖掘，戏剧与现实的尖锐对立被推向极致，死亡似乎成为保全自我的唯一办法。

独白剧《人声》（*La Voix humaine*，1930）是科克托在戒毒期间构思的第三部作品，上演后造成轰动，后来数次被多位音乐家和导演搬上舞台，是其上演次数最多的剧目。剧中，无名的女主角在卧室里最后一次打电话给离她而去、明天即将结婚的男友，电话信号时断时续，不时受到外线干扰。观众只能听到她一人的声音，仿佛化身女主角家中的偷窥者。通话双方利用视觉的障碍互相欺骗，绝望的女主角把电话线当作输送氧气的管线，将电话线紧紧缠在身体和脖颈上，而电话挂断即为剧终之时，似乎也是女主角生命终了的时刻。此前有人批评科克托在戏剧中过于依赖机关布景，因此他希望以这部实验性的剧作为转折点，力图实现极致的精简，仅呈现一幕戏、一个人物、一段爱情以及现代剧中最平凡的一个道具——电话。"剥离"（la privation）成为科克托探索"戏剧的诗意"的新关键词，舞台上仅剩兼具力量感与脆弱感的声音，唱出了一曲向死奔赴的平静的歌，以轻盈的姿态演绎着亲近死亡的自由。

同样是在治疗期间，科克托开始筹措拍摄电影。继"戏剧之诗""小说之诗"之后，"电影之诗"将为科克托的"诗"增添新的内涵。在夏尔·德·诺阿耶子爵（Charles de Noailles，1891—1981）的资助下，科克托拍摄了可被视为实验之作的首部电影《诗人之血》（*Le Sang d'un poète*，1930），展现了他对新媒介的大胆探索过程。在电影中，一位艺术家创作的雕塑突然有了生命，她引导艺术家跨入镜子通往另外一个世界。于是艺术家进入了一家酒店的走廊，透过房间的锁孔偷窥到了一幕幕关于精神麻醉、爱欲、疼痛和童年的奇异场景。最后他回到工作坊中毁掉了作品，自己变成了雕塑。电影的情节其实缺乏连续性，更像是将一幅幅意义模糊的图画进行了梦幻式的拼贴，不免令人费解。其实，使逻辑让位于视觉就是科克托的目的，实现视觉效果的丰富和强化正是电影这种媒介的专长所在。这部电影以抽象的方式浓缩了当时科克托关于诗的种种思考，他在电影后记中这样解释电影标题的意义："诗人为了活着，常常需要死去。他们流出的不仅是来自心脏的红色血液，还有这种来自灵魂的白色血液，人们正是循着白色的血迹追随着他们。"

由于感情和健康方面的原因，科克托在20世纪30年代初陷入了消沉自闭的状态，于1933年第三次接受戒毒治疗，同时坠入了创作低谷。除了《在劫难逃》，科克托在这一时期多是撰写报刊杂文以获取收入，并出版了回忆录式的文集《肖像–回忆》（*Portrait-Souvenir*，1935），追忆了他在"美好年代"度过的童年和青少年，并为青年时期的多位旧友"画像"。1936年，科克托寻求到《巴黎晚报》（*Paris-Soir*）的资助，模仿他童年时最爱的凡尔纳小说，开启了八十天环游地球之旅，他的回报是将所见所闻连载在《巴黎晚报》上，这些文章后来整合成了《我的第一次旅行：八十天环游地球》（*Mon premier voyage: tour du monde en quatre-vingts jours*，1937）一书。

1937年，科克托结识了英俊的男演员让·马莱（Jean Marais，1913—1988），这个朝气蓬勃的年轻人似乎唤醒了他的青春和创作热情。马莱作为科克托的伴侣及合作者，在此后数年间几乎担任了科克托所有戏剧和电影作品的男主角。科克托于1937年创作了取材于中世纪传说的剧本《圆桌骑士》（*Les Chevaliers de la table ronde*），剧中骑士寻找的圣杯实际上就是他心目中的诗意。

1938年，科克托又创作了广受欢迎的剧本《可怕的父母》（*Les Parents terribles*，1938），探讨了俄狄浦斯神话在现代家庭中发生颠转和变形的可能。作品讲述了一个关于母子恋的故事。母亲伊冯娜唯一深爱的人是儿子米歇尔，两人都有着孩子般的性情，多年来维持着一种游戏式的亲昵关系。得知米歇尔交了女友之后，伊冯娜悲愤不已，与丈夫和妹妹一起设法阻挠这桩恋情，但最后她因同情悲痛的米歇尔，同意了他们的婚事。在米歇尔的女友欣喜登门之时，伊冯娜注射了过量胰岛素自杀，"一切回归正轨"。《可怕的父母》是科克托的首部"大众戏剧"，继承了林荫道戏剧[1]的传统，以轻快戏谑的笔调书写了乱伦这一沉重的主题。评论界认为，在情节剧外衣的包裹之下，《可怕的父母》在构思上仍保有古典主义悲剧的内核。与同样书写悖伦爱情的《可怕的孩子》一样，这部剧动人地呈现了无序的内心世界和有序的现实世界的对立关系，不过将视线从本性天真的孩子转向了囿于天真的大人：执拗地生活在幻想中的"伊俄卡斯忒"在被迫面对现实之后，不得不走向早已命中注定的悲剧结局。

　　战争与政治从来都不是科克托真正关心的问题，但是却以强硬的姿态倾轧了他的艺术空间。《可怕的父母》等作品屡屡因为被怀疑带有政治讽刺深意而遭到审查，他本人也因对一些德国人持天真且暧昧的态度而饱受攻击。种种遭遇让这个缺乏洞明世事天赋的诗人深感无力和迷茫。科克托在战争期间创作了一部以不可能实现的爱情为主题的电影剧本《永恒的回归》(L'Éternel retour, 1943)，将特里斯当与绮瑟的故事转移到了现代背景下，评论界认为这部超越时空的作品实际上体现了他彻底超脱于政治和现实的愿望，而这种愿望似乎也得到了当时观众的强烈呼应，

---

1. 林荫道戏剧 (le théâtre du boulevard) 是以娱乐消遣为目的的一类商业性较强的戏剧，以通俗喜剧为主要内容。最初上演这类戏剧的是巴黎圣殿大道 (le Boulevard du Temple) 的私人剧院，林荫道戏剧因此而得名。

电影获得了史无前例的成功。

战争结束后，科克托被压抑的创作活力逐渐得到恢复，他将大部分精力转向了在他看来最能"有效承载诗意"的电影创作，同时开始出版日记和散文集。这一时期，他的电影和戏剧作品常常带有浪漫或神秘的幻想色彩。1946年，科克托为马莱创作了戏剧剧本《双头鹰》(*L'Aigle à deux têtes*)，并于1948年将其改编为电影，大受欢迎。《双头鹰》讲述的是一位孀居的王后和一位年轻刺客的爱情悲剧，无法在现实中结合的两人最终通过死亡合为一体。科克托用精彩的镜头语言再次传递了关于爱情和死亡的思考。另外，这部作品开启了科克托将戏剧改编为电影的历程，《可怕的父母》(1948)、《可怕的孩子》(1950)和《俄尔普斯》(1950)由科克托本人或他人担纲导演，陆续都被搬上了大银幕。

不过，在战后十分艰苦的条件下，科克托付出最多心血拍摄的电影无疑是《美女与野兽》(*La Belle et la bête*, 1946)。电影改编自勒普兰斯·德博蒙夫人 (Madame Leprince De Beaumont, 1771—1776) 的著名童话故事。贝儿（美女）为了救父亲独自前往城堡与野兽共同生活，最终与野兽产生了感情，野兽也变成了英俊的王子。科克托在电影中建立了以贝儿为纽带的两个时空，即现实世界（贝儿的家）和虚幻世界（野兽的城堡），分别代表饱受制约的外部世界和自由释放激情的内心世界。这两个世界的对立、暧昧、交融终于在一部童话式的电影中得到了最直白、最妥帖、最形象的表达，现实和想象在童话中完美连接。尽管《美女与野兽》在观众看来充满了梦境般的奇幻光彩，但科克托声称这部电影是遵照现实主义的原则拍摄的。或许，这部电影恰好诠释了科克托追求的"非现实的现实主义"。那么，非现实如何能化作现实，幻如何能成为真，生活如何能转向诗？在科克托看来，只需信以为真："要像孩子一样，去相信。孩子相信别人讲给他听的故事，毫不怀疑。"这是电影《美女与野兽》开场时银幕上出现的话语。永葆童心，大概也是科克托在经历两个世界的冲突时最单纯的愿望。

晚年的科克托以坦诚的姿态对不安的自我展开了剖析，其思索最终凝结成一部极具价值的文集《存在之难》(La Difficulté d'être，1947)。科克托从这一时期开始写作的日记在1951年以《尘埃落定》为名出版，共8卷。他似乎开始以回首和总结的姿态面对人生，同时渴望以越来越直白的方式向大众敞开自己。除此之外，科克托还著有一部《陌生人日记》(Journal d'un inconnu，1952)，主要阐述了自己身上"可见"与"不可见"的矛盾。尽管这位身份独特的风云人物始终活在世人的瞩目之下，他的思想和诗才却一度被忽视。科克托在日记中无不失落地叹道："或许，我既是人们最陌生的诗人，又是人们最熟知的诗人。"

从1952年起，科克托深情地回归到他文学创作的起点——诗歌，带来了一系列"意识与无意识结合"的产物。主要作品有《数字七》(Le Chiffre sept，1952)、《倚音》(Appoggiatures，1953)和《明-暗》(Clair-obscur，1954)等，这些诗中不乏与神话相关的神秘色彩，还蕴含了科克托对诗的语言本质的思索。

1955年，科克托当选为法兰西学院院士。1959年，在新浪潮导演弗朗索瓦·特吕弗(François Truffaut，1932—1984)的资助下，科克托自导自演了他的最后一部电影《俄尔普斯的遗嘱》(Testament d'Orphée，1959)，这部具有告别意味的作品也象征着科克托本人希望在艺术世界中留下的遗言。后来，科克托又将他钟爱的所有主题融合谱写为一首长诗《安魂曲》(Requiem，1962)。至此，在超越了时空的诗歌与光影中，科克托似乎终于准备好了迎接死亡的一切仪式。不过，死亡在科克托的世界里并不可怖，它本就是生命的另一种形式，是一种同样具有生命力的状态，与其说完成了庄重的告别，不如说他在等待着新的自我和拥抱未来。这大概也是他在1963年拍摄了面向未来的短片《科克托向2000年的致辞》（*Jean Cocteau s'adresse à l'an 2000*）的原因，他要求人们等到2000年才能打开这部封存的影片，盼望在未来遇到知音。

1963年10月11日早晨，得知好友著名歌手伊迪丝·琵雅芙（Édith Piaf，1915—1963）去世的消息之后，科克托预感到自己最终的时刻或许也将来临。同日，科克托因心脏病发作逝于家中。

在风起云涌的20世纪，科克托虽然与超现实主义诗人、先锋派艺术家都有过密切交往，他的名字也几乎可与同时代的任何文学艺术团体联系起来，但他从来不属于任何流派，而只属于自己。他是一个深沉地爱着自己的人，一位将自身当作作品来雕琢的艺术家，一位天真而孤独的诗人。在科克托笔下，无论是童话、神话还是梦话，都是指向非现实世界的信号；无论是小说、戏剧还是电影，都是通往非现实世界的桥梁。这位充满好奇的探索者尝试了那个时代能为他提供的一切艺术实践，将所有艺术形式都纳入诗的范畴，期待着看见非现实世界的动人样貌，那里是另一重现实，是诗人渴望归属的地方。

❧ 保罗·瓦雷里：精神的自我凝视

保罗·瓦雷里（Paul Valéry，1871—1945）出生于法国南方地中海海滨城市塞特，母亲是意大利热那亚人。他13岁时因鼠疫离开家乡来到蒙彼利埃上中学，同时开始阅读19世纪法国诗人的作品。1889年，瓦雷里进入大学学习法律，这一时期的他发现了瓦格纳的音乐和爱伦·坡的诗歌，也开始写诗并在杂志上发表了具有象征主义风格的诗歌。这些写于1887—1891年间的诗歌在30年后经过修订被收入《旧诗集》（*Album de vers anciens*，1920）。1890年前后，瓦雷里先后与皮埃尔·路易和纪德相识，并在他们的影响下进入文学圈。青年时期的阅读经历、艺术发现和文学交往对瓦雷里产生了重要影响，他从帕纳斯诗人那里学习对诗句的精雕细琢，从象征主义诗人那里获得了完整的诗艺观，同时也在寻找突破的路径，因为他所要探索的不囿于文学，而是对"思维力量"（le pouvoir de l'esprit）的思考，文学只是其应用之一。

1892年10月4日夜间，在母亲的故乡热那亚，21岁的瓦雷里彻夜未眠，头脑中进行着激烈的交锋，他思考着人的思维机制、语言的特性、文艺创作以及自己的人生道路，结果发现，除了寥寥几位杰出诗人，包括很多著名诗人在内的大多数诗人的思维都孱弱无力，无法创作出像瓦格纳音乐作品那样有力的诗歌作品。经过"热那亚之夜"暴风骤雨般的精神危机之后，瓦雷里决定与诗歌写作保持一定的距离，以更好地认知自己、认知世界和文学。他先是在巴黎的陆军部工作，后来担任著名的哈瓦斯通讯社[1]社长勒贝（Édouard Lebey，1849—1922）的私人秘书长达22年之久。在这段时间里，瓦雷里对世界和时代问题进行观察，同时也没有中断对文学的思考，而且他在1894年定居巴黎后直到1898年马拉美去世前一直是其家中文学沙龙的常客。同时，瓦雷里把探索的视野拓展到自然科学领域，养成了经常阅读科学文献的习惯，因为他所好奇的是人类思维的运行机制，试图理解人是如何在各种现象中进行关联和思

---

1. 哈瓦斯通讯社（Agence Havas）由法国银行家、记者和翻译家夏尔–路易·哈瓦斯（Charles–Louis Havas，1783—1858）于1835年创办，是世界上历史最悠久的新闻通讯社。

考的，也就是后来瓦雷里所总结的"身体（Corps）-思维（Esprit）-物象（Monde）"体系，在他看来，这三者之间互相联系并互相影响，形成一个有机整体，而这个"CEM系统"最终还是需要在"自我"（Moi）中形成统一。

瓦雷里在20年的文学沉寂期间发表了两篇独特的著作。第一篇是《达·芬奇方法导论》（*Introduction à la méthode de Léonard de Vinci*，1895），他认为文艺复兴巨人达·芬奇在多个领域展现才华，是人类思维广度和敏锐性的杰出代表。通过对天才的描述，瓦雷里试图揭示人的艺术创造力和科学创造力如何完美结合，以及感性和理性如何共同塑造人的可能性。第二篇《与泰斯特先生共度的夜晚》（*La Soirée avec Monsieur Teste*[1]，1896）可以说是青年瓦雷里无数个苦思冥想之夜的缩影，作品以虚构的方式塑造了另一个精神偶像泰斯特先生，他或许就是瓦雷里理想的精神自画像。这样一位发现了人类思维规律的泰斯特先生的形象一直指引着瓦雷里的精神探索，他后来在1926年又出版了一部与一般小说不同的小说《泰斯特先生》（*Monsieur Teste*）。虽然瓦雷里在40岁之前一直没有继续诗歌创作，但是并没有停止写作。他从1894年开始记录自己的思想，这就是早期的《笔记》（*Notes*），后来，这些每天写于清晨的笔记在半个世纪中日积月累便成了《札记》（*Cahiers*）。瓦雷里去世后，这261本笔记经过整理在1957—1961年间得以出版，共29卷，每卷近千页，汇集了他对文学和世界的看法。

1912年，在好友纪德和加斯东·伽利玛（Gaston Gallimard，1881—

---

1. "泰斯特"（Teste）源于拉丁语"testi"，是见证者之意，瓦雷里视"泰斯特先生"为意识的见证人。

1975）的一再邀请下，瓦雷里决定重读自己青年时期创作的诗作并进行修订，为创办不久的伽利玛出版社贡献一份著作。沉寂已久的诗人瓦雷里在阅读往日诗篇的过程中重新产生了创作诗歌的愿望。他本来应允为自己的旧诗集创作一首30来行的诗体序言，结果在写作过程中诗兴勃发，而且希望将自己在《札记》中的理论性思考付诸实践，于是突破了原来的创作计划，完成了一首500多行的长诗，这就是题献给纪德的《年轻的命运女神》（*La Jeune Parque*），此诗于1917年单独出版。它标志着诗人瓦雷里的胜利回归，也是其诗歌创作进入成熟期的代表性作品。古希腊神话中的命运女神手中掌握的生命之线象征着人从生走向死的过程，而瓦雷里在诗中展现了年轻的命运女神意识觉醒的过程，她从沉睡走向苏醒，从有如坟冢的床榻投入充满生命的大海，从面对死亡的惶恐走向新生。在历时4年的写作过程中，瓦雷里百易其稿，努力寻找语句和诗节之间最本质的秩序和最独特的意义。他始终认为文学是语言性能的一种应用，一直将诗歌写作建立在语言特性基础之上，它是脱离外在现实的一种语言自生过程，是赋予一种可感形式的过程，因此诗歌作品的创作以其特有的方式被提升为事件，处于一种行动之中。瓦雷里尝试把理论付诸实践，也希望通过这次诗歌创作激发新的思考。《年轻的命运女神》创作于第一次世界大战期间，也是诗人抵抗精神焦虑的方式。诗中没有对外部世界的表现，而是让一种诗意的声音在文字中自己生成，通过年轻的命运女神一夜之间灵与肉的思想斗争表达了一种自我身份和意识的寻找以及对自我与他者融为一体的向往。

1920年，瓦雷里的《旧诗集》正式出版，1922年又出版了《幻魅集》（*Charmes*），后者收录了《脚步》《石榴》和《风灵》等优秀诗作。这两部诗集中都出现了水仙主题：《旧诗集》中的《水仙辞》（*Narcisse parle*）创作于1891年，《幻魅集》中收入了《水仙断片》（*Fragments du Narcisse*），此外还有著名的《水仙颂》（*Cantate du Narcisse*，1936）。其实，瓦雷里围绕这一神话形象展开的思考和写作贯穿其文学生涯始终，从1891年到1941年，他一共发表了8首以"水仙"为题的诗作，犹如同一旋律的变奏，1945年5月发表的《天使》（*L'Ange*）也可以说是同一主题的延续。古罗马诗人奥维德笔下的美男子那喀索斯在瓦雷里的笔下别出新意，从对身体的自恋转化为精神性的自我凝视以及诗人对诗艺的凝思。那喀索斯凝望自己在水中的倒影，正如诗人反思自己的作品，他在随时可能消散的倒影中寻找一种理想的完美诗歌，在凝思和自省中追求一种纯粹。瓦雷里在水仙主题的诗作中已经诗意地表达了一种可望而不可及的"纯诗"（la poésie pure）概念。

　　在整理旧诗和创作《年轻的命运女神》期间，瓦雷里同时构思了另外一首长诗《海滨墓园》（*Cimetière marin*），该诗最早在《新法兰西评论》上发表，后来收入《幻魅集》。海滨墓园的意象来自诗人家乡一处临海公墓，它激发了瓦雷里对人终将走向死亡这一境遇的思考。《海滨墓园》共有二十四节六行诗，既是一首贯穿冥思的诗歌，也是一首充满自然意象的感性诗歌。整首作品呈现为一种四幕戏剧结构：在前四个诗节中，大海被描绘为无意识的虚无之境；在后五个诗节中，意识萌动并渴望得到思考；在随后的十个诗节中，出现了身体意象和对死亡的思考，由于灵魂拒绝不朽的幻想，所以出现了死亡的意图，试图以此结束意识与存在之间的矛盾；在最后五个诗节中，主体排除了死亡的念头和纯粹的冥想，选择了行动和诗歌创作："风起了！……要努力生活！"因而，从主题上，《海滨墓园》呼应了前作《年轻的命运女神》，二者都是生命的颂歌。《海滨墓园》是一部集瓦雷里诗艺之大成的作品，形式工整，意象丰富而缜密，富有哲理。天空与海洋，光芒与幽暗，鲜花与坟墓，感性与理性，动与静，生与死，存在与虚无都被辩证地统一在一起。其实，瓦雷里对马克思著作中的辩证法思想是非常认同的，他曾在1915年5月11日致纪德的信中提到阅读《资本论》的体会，认为马克思"抓住问题的方式与我常常运用的方式相像，我往往能把他的语言译成我的语言。对象不同没有关系，实质是一样的"。这种对立统一其实正是瓦雷里一以贯之的整体性思维的体现，无论是采用诗歌还是散文形式，从水仙到命运女神，从达·芬奇到泰斯特先生，瓦雷里始终关心的是灵魂与肉体、整体与部分、自我与他者之间的统一性。

瓦雷里对中国文学和文化怀有兴趣，他或许从遥远的东方文明中发现了可以超越西方二元对立思维的可能性。20世纪二三十年代，我国一些留法学人曾经得到瓦雷里的关注并与其有过学术交往。他曾欣然为盛成在法国出版的自传体小说《我的母亲》（*Ma mère*，1928）作序。1929年，梁宗岱将陶渊明的代表诗作《归园田居》《饮酒》中的十首以及《归去来兮辞》《桃花源记》和《五柳先生传》三篇文章译成法文。瓦雷里读后对陶诗给予了极高评价，称之在"极端的精巧"之后达到"极端的朴素"，那是一种"渊博的、几乎是完美的朴素"，是"古典作家底有名的朴素"[1]，并称陶渊明为中国的维吉尔和拉封丹。瓦雷里还在梁宗岱译的《陶潜诗选》[2]序言中称赞中国是一个诗歌的国度。他还向青年诗人梁宗岱解读自己的《水仙辞》，而梁宗岱也是最早将瓦雷里的诗歌翻译成中文的中国诗人。

---

1. 梁宗岱：《诗与真·诗与真二集》，北京：外国文学出版社，1984年，第188页。
2. *Les Poèmes de T'ao Ts'ien*, traduit par Liang Tsong Tai, préface de Paul Valéry, Paris, Lemarget, 1930.

瓦雷里可以说是一位苦吟诗人，他的诗歌数量不多，以质取胜，兼抒情与哲思于一体。他不仅重视诗歌的语言特质，而且提出"纯诗"的概念，希望去除诗歌中非本质的成分，让诗歌成为自我言说的主体。瓦雷里还回溯到"poétique"（诗性、诗意）一词的古希腊词源，在文学研究中重新引入这个词的本义，即"制作、创作"，我们现在将其译为"诗学"，用以表达文艺作品的创作过程。1937年，法兰西公学院为瓦雷里创设了诗学讲席。当瓦雷里重返文坛之后，其影响日益扩大，成为当时的文坛泰斗。他也经常应邀发表对时局、国际问题的思考和观点。五卷《杂谈》（*Variété I-V*，1924—1944）和随笔集《如是》（*Tel Quel*，1941）汇集了他多年以来撰写的文章、评论和讲稿等，内容丰富，涉及文学、美学、哲学和政治等多个领域。

在19、20世纪之交的德雷福斯事件中，青年瓦雷里曾经因民族主义立场而站在反德雷福斯的阵营中，后来他抛弃了这一立场。二战期间，瓦雷里拒绝与德国占领者合作，还曾经以法兰西学院秘书的身份为犹太裔哲学家、1927年诺贝尔文学奖得主柏格森（Henri Bergson，1859—1941）致悼词，并且参加了"国民抵抗阵线"（Front national de la Résistance）。1945年7月20日，在二战法国战场战事结束后不久，瓦雷里在巴黎家中去世，戴高乐将军颁令为其举行国葬，之后，他的遗体被运回家乡塞特，安葬在"海滨墓园"中。

✣ 超现实主义诗歌的源流

"超现实主义运动"是20世纪上半叶发生的一场重要的文艺运动，涉及文学、绘画、音乐、摄影和电影等多个领域。19世纪的德国浪漫主义文学，法国象征主义诗人及奈瓦尔、洛特雷阿蒙等的诗歌，阿尔弗莱德·雅里的戏剧，居斯塔夫·莫罗（Gustave Moreau，1826—1898）的象征主义绘画，20世纪的初立体主义绘画等都被超现实主义作家们视为先驱。而"超现实主义"是由诗人阿波里奈尔创造的新词，他先是在1917年5月以此术语评价科克托的芭蕾舞剧《马戏开场秀》，继而又为自己当年6月上演的戏剧《蒂蕾西亚的乳房》（Les Mamelles de Tirésias）冠以"超现实主义戏剧"的副标题。

在同一时期，为了躲避一战的战火，许多欧洲国家的知识分子暂居瑞士，其中有一位来自罗马里亚的年轻诗人特里斯坦·查拉（Tristan Tzara，1896—1963）。1916年2月8日，在文人聚会时，他将一把裁纸刀随意插进一本词典，如此偶然指向了一个词语"达达"（dada），该词便成为新创文艺流派的称号，这种看似毫无意义的偶然来由恰恰反映了在战争中成长的一代青年的世界观：世界由偶然性和不可知性组成，缺乏理由和意义。查拉在1918年的《达达主义宣言》（Manifestes Dada）中表达了一种颠覆性立场："自由：达达、达达、达达，令人抽搐的痛苦的号叫，一切对立物、矛盾、怪诞和不合逻辑的事物的交织，这便是生命"，"达达的精神——破坏一切，否定一切，甚至包括达达自身"。达达主义在欧洲各国流行开来，并且创办了自己的杂志。在一战的硝烟散去之际，查拉决定前往巴黎以拓展达达运动的范围，扩大其影响。1919年3月，路易·阿拉贡、安德烈·布勒东和菲利普·苏波（Philippe Soupault，1897—1990）在巴黎创办的杂志《文学》（Littérature）正式出版。取名"文学"实为反讽，其宗旨乃是反对文学传统，查拉也是该杂志的重要撰稿人。这一年，上述3位年轻诗人开始接触达达主义。1920年，查拉到达巴黎，两股文坛的反叛力量实现了历史性会合。

然而，在早期受到达达主义的吸引之后，法国诗人们逐渐与之疏离，并于1922年正式与之分道扬镳，因为达达主义体现出一种只"破"不"立"的绝对倾向，对建立新的价值观缺乏思考。达达主义也因此渐渐失去活力。安德烈·布勒东预见到超现实主义属于一场更为深刻的时代运动，他在《失落的脚步》（Les Pas perdus，1924）中宣称："我认为立体主义、未来主义和达达主义归根结底是气息相通的，它们融入的是一场更为广泛的运动，只是对于其意义和规模，我们尚不得而知。"1924年，安德烈·布勒东发表第一次《超现实主义宣言》，标志着超现实主义正式诞生。在思想观念上，超现实主义继续达达主义的挑衅姿态，反对资本主义社会中的经济和商业法则，反对人剥削人的制度，反对殖民主义，反对集权。超现实主义欣然接受19世纪诗人兰波"改变生活"的主张和马克思"改变世界"的理想，有意用艺术的力量对社会和个体产生影响。这一意识形态原则后来引领一些超现实主义者在一段时间里靠近和加入法国共产党，支持法共的社会革命思想。路易·阿拉贡、保罗·艾吕雅等作家受到无产阶级革命运动的积极影响，在二战期间和战后均转向进步的文艺阵线。然而，现实社会中的政党无法满足超现实主义者的政治理想。布勒东是超现实主义运动的发起人之一，也是少数伴随超现实主义运动始终的作家之一，他在1927年加入法共，1933年被开除出党。

在艺术创作上，安德烈·布勒东非常认同弗洛伊德的精神分析理论，不仅认为现实与梦境存在类似和相通之处，而且相信"梦幻与现实看似如此矛盾的两种状态未来会融于一种绝对的现实"，这种现实大概就是所谓的"超现实"。然而，弗洛伊德本人一开始对超现实主义不以为意，直到1938年7月与画家达利（Salvador Dalí，1904—1989）会面之后亲眼见证其绘画方式才改变想法，并且从超现实主义创作中发现了精神分析学的价值。布勒东在宣言中将超现实主义定义为"纯粹的心理自动机制，以口头或是书面或是其他任何方式表达思维的真实运作。完全听从思维的运行，无须理性的任何控制，独立于任何美学或道德方面的考虑"，这就是超现实主义推崇的"自动写作"（l'écriture automatique）方式，为的是让写作逃离理性逻辑的藩篱，让被社会规范所压抑的内在深层欲望和无意识声音自由抒发，书写即时自动出现之意念而无须关心意义。

　　超现实主义大致经历了三个发展阶段。第一阶段是1919—1924年间的自发形成期，它起先并不是一个严格意义上的文学团体或流派，而只是一群对一切既有秩序心怀不满的诗人和艺术家的松散组织。布勒东和苏波于1919年合作完成的《磁场》（Les Champs magnétiques）是超现实主义的第一部实验性作品，首次提出了无意识书写和自动写作问题。布勒东的第一次《超现实主义宣言》和1924—1929年间的《超现实主义革命》（La Révolution surréaliste）杂志表明超现实主义已成规模。1925—1938年间是超现实主义的发展期，很多作家和艺术家被安德烈·布勒东的坚毅精神和充满激情的人格所吸引，一批批新人加入其中，画家达利和马塞尔·让（Marcel Jean，1900—1993），诗人勒内·夏尔、皮埃尔·德·芒迪亚尔格（André Pieyre de Mandiargues，1909—1991）、朱利安·格拉克（Julien Gracq，1910—2007）和乔伊斯·曼苏尔（Joyce Mansour，1928—1986）等都参与了这场运动。

　　20世纪20年代中期出现了很多典型的超现实主义文学作品，体现了这个团体中一致的文学创作主张。艾吕雅的诗集《痛苦之都》（1926）和罗贝尔·德思诺斯（Robert Desnos，1900—1945）的抒情诗《致神秘女子》（À la mystérieuse，1926）发表时，超现实主义已经令人信服地成为诗坛主流。文学上的超现实主义始于诗歌但不局限于诗歌，布勒东的诗集《可溶化的鱼》（*Poisson soluble*，1924）和自传体叙事作品《娜嘉》（*Nadja*，1928）、阿拉贡的小说《巴黎的农民》（*Le Paysan de Paris*，1926）、德思诺斯的小说《自由或爱情！》（*La Liberté ou l'amour*，1927）、勒内·克勒维尔（René Crevel，1900—1935）的随笔《精神对抗理智》（*L'Esprit contre la raison*，1928）等都可以说是超现实主义的杰作。这一时期，超现实主义对其他文学团体产生了重要影响，力量日益壮大。正如朱利安·格拉克所言："超现实主义焕发出一种群星闪耀的光芒，缤纷多彩，无与伦比。"[1] 30年代的杂志《为革命服务的超现实主义》（*Le Surréalisme au service de la révolution*，1930—1933）和《怪面兽》（*Minotaure*，1933—1939）在当年都颇具影响。与此同时，也有一些原来的成员和年轻成员因意见不合而被排斥，整个群体开始出现一些矛盾和分裂倾向，这一趋势在30年代日趋明显：安托南·阿尔托、罗歇·维特拉克（Roger Vitrac，1899—1952）、雷蒙·格诺（Raymond Queneau，1903—1976）、乔治·巴塔耶（Georges Bataille，1897—1962）和米歇尔·莱里斯等作家开始寻找其他方向，阿拉贡本人以及其他一些同道中人踏上了马克思主义道路。就在超现实主义的国内外影响日益扩大时，它也失去了最初的活力。1930年，阿拉贡参加了在苏联举行的第二届国际革命作家代表大会，在会上他没有坚决捍卫布勒东的超现实主义路线，导致与布勒东的决裂。布勒东提出"纯化"超现实主义主张的《第二次超现实主义宣言》（*Second manifeste du Surréalisme*，1930）和题为《何为超现实主义？》（*Qu'est-ce que le surréalisme ?*，1934）的演讲报告揭示了超现实运动发展过程中的

1．Julien Gracq, *Lettrines*, Paris, José Corti, 1967, p. 23.

曲折坎坷。1938年，第一届超现实主义展览在巴黎举办，仍然证明了这一文艺运动的强大力量。

从第二次世界大战全面爆发到战后是超现实主义运动的第三个阶段。在被占领时期，很多超现实主义诗人参与抵抗运动，创办杂志，秘密出版了抵抗运动诗人的政治诗歌集《诗人的荣誉》（*L'Honneur des poètes*，1943），以文学的方式介入现实社会。诗人邦雅曼·佩雷（Benjamin Péret，1899—1959）则在一篇檄文《诗人的耻辱》（*Le Déshonneur des poètes*，1945）中对此做出反应，强调了诗歌行为的独立性，认为诗歌是精神自由的至高表现，似乎有意彰显超现实主义初期的批判性。如何协调超现实主义创立之初在意识形态和艺术创造方面同时确立的主张，如何找到使艺术与政治协调一致的表达方式，对超现实主义诗人而言是一个重要课题。诗人雅克·普雷维尔（Jacques Prévert，1900—1977）是一个反抗传统观念和既定秩序而且具有无政府主义思想的诗人，他在诗歌中使用超现实主义的表达方式，影射他所反抗的社会现实并将之荒诞化，从而比较成功地实现了政治与诗意的结合，颇受大众欢迎。在战后被意识形态主宰的巴黎文坛，路易·阿拉贡和保罗·艾吕雅成为进步文学的代表人物。流亡美国的"超现实主义教父"安德烈·布勒东在1946年回国，他虽仍然得到支持，但是重建原来的文学团体并恢复往昔的辉煌已经困难重重，这一时期创办的杂志也都失去了之前超现实主义杂志的影响力。1947年，在布勒东的号召下，第一届国际超现实主义展览会在巴黎举办，意欲重振旗鼓。此后直到1974年，又有十余次国际超现实主义展览会陆续举办，这些活动反映了公众对其越来越包容的态度，也说明它失去了原初意义上的叛逆性。1966年，法国举办了一场规模盛大的超现实主义主题研讨会，这个活动证明超现实主义的写作手法已经融入了一个时代的文学创作之中。这个文学团体影响了1925年左右以及之后开始写作的几代作家。这些在超现实主义团体中或长或短停留过的作家，多多少少保留了他们在最初时期的精神状态，这种无形影响超出了一个有形团体的范围。随着1966年布勒东辞世，经历了风云动荡、延续半个世纪之久的超现实主义运动在1969年宣告结束。

马塞尔·雷蒙（Marcel Raymond，1897—1981）在《从波德莱尔到超现实主义》（*De Baudelaire au surréalisme*，1933）一书中准确地概括了超现实主义的性质："从最狭窄的意义上看，超现实主义是一种写作手法。从广义上说，它是一种哲学态度，这种哲学态度同时又是一种神秘主义、一种诗学和一种政治。"[1]在20世纪20年代，纪德、莫朗、瓦雷里、季洛杜（Jean Giraudoux，1882—1944）、科克托、马克斯·雅各布、马丁·杜伽尔、拉尔博等战前"新思想"的代表人物奠定了时代的基调。正是在这样的时代气候中，在达达主义的影响下，诞生了一战之后最活跃的文学运动——超现实主义运动。推陈出新的超现实主义打破了文坛格局，不仅以其独树一帜的作品特质而且以轰轰烈烈的理论气势独领风骚。无论后期世事如何变幻，早期的超现实主义力求突破合乎逻辑与真实的现实观，尝试将现实观念与本能、潜意识和梦的经验互相融合，应合了所批判的时代的需要，而且对20世纪美学产生了重要影响。

✎ 柯莱特：离经叛道的人生和小说

柯莱特（Sidonie-Gabrielle Colette，1873—1954）在家乡勃艮第地区

---

1. 马塞尔·雷蒙：《从波德莱尔到超现实主义》，邓丽丹，译，开封：河南大学出版社，2008年，第234页。

的一个村庄里度过了幸福的童年，在大自然的怀抱中享受快乐的时光。她的母亲是一个具有女权主义思想的无神论者，对女儿悉心呵护，教会她如何亲近和观察自然，柯莱特昵称母亲为"茜多"（Sido），1929年，她以"茜多"给一部回忆童年的自传体小说命名以向母亲致敬。柯莱特很小就跟随父亲学习阅读和写作，比当时一般的法国乡村女孩接受了更好的教育。

1893年，柯莱特与年长她很多的记者、音乐评论家亨利·戈蒂埃-维拉尔（Henry Gauthier-Villars，1859—1931）结婚，在巴黎文艺界，他是一位既受欢迎又有争议的人物。戈蒂埃-维拉尔经常与人合作写作通俗小说，他发现柯莱特擅长写作，于是鼓励柯莱特以自己的童年回忆和成长经历为素材创作小说，这就是发表于1900—1903年间的"克洛蒂娜系列"（Cycle Claudine）小说：《克洛蒂娜在学校》（*Claudine à l'école*）、《克洛蒂娜在巴黎》（*Claudine à Paris*）、《克洛蒂娜在家里》（*Claudine en ménage*）和《克洛蒂娜离去》（*Claudine s'en va*）等，这些作品都被戈蒂埃-维拉尔冠以自己的笔名"维利"（Willy）发表。《动物对话》（*Dialogues de bêtes*）于1905年出版时的署名作者是"柯莱特·维利"。在维利身边，柯莱特开始了文学创作，并进入巴黎文学圈，但是她在精神上更多地感受到一种羁绊。1906年，为了获得独立、自由的生活，柯莱特迈出了艰难的一步，她与维利分居，于1907年出版了第一部以自己的姓氏署名的作品《情感的消退》（*La Retraite sentimentale*）。这部小说和1908年出版的《葡萄架》（*Les Vrilles de la vigne*）共同反映了这一时期柯莱特的情感危机。多年以后，她在《我的成长经历》（*Mes apprentissages*，1936）中回忆了自己在第一段婚姻中的得失。

柯莱特与维利在1910年离婚，之后曾经与女记者、小说家玛德莱娜·德朗德（Madeleine Deslandes，1866—1929）等几位知名女性存有恋情。为了谋生，1906—1912年间，柯莱特在巴黎红磨坊夜总会、巴塔克朗剧场等演出场所进行歌舞和哑剧表演，还时常到外地巡回演出。她在自传体小说《流浪女伶》（*La Vagabonde*，1910）和《舞台背后》（*L'Envers du music-hall*，1913）中回顾了自己颠沛流离的舞台生涯。尤其在《流浪女伶》中，女主人公勒妮选择了女伶的身份和职业，深夜来临，她在房间里顾影自怜，感慨自己的孤独处境，同时也在思考写作的意义。这一时期，柯莱特更加明确了自己的写作志向，写作成为她流浪心灵的一种内在需要，也是她言说自我和获得精神自由的一种方式。后来，她结识了与巴黎文艺界交往密切的资深外交官菲利普·贝特洛（Philippe Berthelot，1866—1934），与克洛岱尔、圣-琼·佩斯、让·季洛杜、保罗·莫朗、安德烈·纪德、让·科克托、雷蒙·拉迪盖等作家一起得到菲利普·贝特洛的支持和帮助。她的才华也得到许多同代作家的赏识，普鲁斯特读到她的《谢里宝贝》（*Chéri*，1920）后专门致信表达祝贺，纪德曾称赞柯莱特善于捕捉"隐秘而不可言说的欲望"，后来，同为女性作家的波伏娃也对柯莱特推崇备至。

1912年，柯莱特与记者、政坛人物亨利·德·茹弗奈尔（Henry de Jouvenel，1876—1935）结婚并育有一女。亨利·德·茹弗奈尔当时担任著名的《晨报》（*Le Matin*）的社长，他鼓励柯莱特在报上发表新闻报道和评论文章；1919年，柯莱特成为该报的文学部主任。然而，他们的婚姻生活却不乏波折：一方面，亨利·德·茹弗奈尔另有外遇；另一方面，40多岁的柯莱特将16岁的继子变成了自己的情人。她构思于1920年的小说《谢里宝贝》中的故事似乎从虚构变成了生活中的现实，而这段持续了5年之久的不伦恋情后来又为小说《青麦》（*Le Blé en herbe*，

1923）提供了主题和素材。柯莱特在1923年结束了与亨利·德·茹弗奈尔的婚姻，并在小说《朱丽·德·卡奈朗》（*Julie de Carneilhan*，1941）中影射了这段几多幸福几多苦涩的感情生活。1935年，62岁的柯莱特进入第三段婚姻，终于在作家、商人莫里斯·古德凯（Maurice Goudeket，1889—1971）身边找到了归宿。30年代，她在从事文学创作的同时还在报刊上发表文艺评论以及对时局的看法。1944年，柯莱特出版了讲述一个少女成长经历和爱情故事的小说《琪琪》（*Gigi*）。这部中篇小说颇受关注，后来被多次改编为电影和舞台剧，其中1958年改编的同名歌舞爱情片（又译《金粉世界》）在1959年荣获第31届奥斯卡金像奖最佳影片、最佳导演奖等9项大奖。

1945年，柯莱特当选为龚古尔文学奖评委，成为继朱迪特·戈蒂埃之后该奖项历史上第二位女性评委，并在1949年当选评委会主席。之后，她整理出版了自己的作品全集，并为一些时尚杂志撰稿。柯莱特经常出现在摄影师的镜头里，1952年，她还在以其名字命名的纪录片《柯莱特》中出演自己，影像的传播力使其知名度进一步提高，柯莱特成为一名广受欢迎的女作家。1954年8月3日，柯莱特在巴黎去世，享受国葬礼遇，教会则拒绝为其举办宗教仪式。

柯莱特是一位多产的作家，一生共创作了40余部小说以及许多话剧、评论和散文，她的作品语言清澈优美，意象丰富多样，情感真挚强烈。她热爱生活，是一位细致的观察家，在作品中对花草林木和动物生灵都有生动的描绘，她对故乡勃艮第的山川风物的描写使她可以在乡土作家中占有一席之地。柯莱特对人性同样洞察入微，她的小说不以复杂的情节取胜，而是擅长对人的情感和性格进行精准的剖析。柯莱特也常常从自身经历中汲取素材，自我书写成为柯莱特寻找身份和精神自由的方式。柯莱特在书写自我的过程中也常常独辟蹊径，穿梭于虚构和现实之间，她于1928年出版的《天色明》（*La Naissance du jour*）被定义为小说体裁，而书中的女主人公正是以其本人的真实姓氏命名。当代作家、文学评论家塞尔日·杜布罗夫斯基（Serge Doubrovsky，1928—2017）认为这部作品开创了半个世纪之后逐渐盛行的"自我虚构"写作实践的先河。[1]柯莱特的写作充满感性色彩，体现了女性特有的敏感和细腻，与同时代的男性作家相比独具特色。在柯莱特看来，女性与男性同样具有智慧和能力，也同样有追求幸福生活的权利，但是仍然存在特别的生理和情感差异。柯莱特是一位追求自由的女性，但是她本人并无意参与女权运动，尤其对女性参与政治生活持保留态度。然而，不可否认的是，柯莱特的女性书写真实而生动地展现了19世纪末至20世纪上半叶依然深受社会约束的法国女性的生活状况以及她本人对传统规范的反叛，反映了女性意识的觉醒，表达了女性独立的愿望，至今仍然散发出不会令人感到陌生的现代气息。

❧　弗朗索瓦·莫里亚克："参透人类生活悲剧"的小说家

　　弗朗索瓦·莫里亚克（François Mauriac，1885—1970）出生于法国西南部城市波尔多一个富裕的资产者家庭，父亲在他一岁半的时候不幸去世，母亲抚养五个孩子长大。他的母亲是虔诚的冉森派教徒，对孩子的宗教观影响深刻。弗朗索瓦·莫里亚克后来深入阅读了17世纪哲学家

1．　参见 Alex Hugues, *Entretien avec Serge Doubrovsky*, à l'occasion de la parution de *Laissé pour conte*, en janvier 1999。

布莱兹·帕斯卡尔的《思想录》，还撰写过《拉辛传》（*La Vie de Jean Racine*，1928），而帕斯卡尔和拉辛都是冉森派教徒。高中时期，在老师的引导下，莫里亚克阅读了从波德莱尔、兰波直到克洛岱尔、法朗士、巴雷斯和纪德等的作品，其中纪德的《背德者》和《人间食粮》尤其让他印象深刻。1902年，外祖母去世所引发的家庭遗产纷争令17岁的莫里亚克发现了这个标榜宗教道德的资产阶级大家庭的虚伪和人性的弱点，使他的心灵受到巨大冲击。莫里亚克后来在小说中毫不留情地描写和剖析了资产者豪华门庭后掩藏的复杂人际关系和财产矛盾以及险恶人心，正如《蝮蛇结》（*Le Nœud de vipères*，1932）主人公路易的外孙女雅妮娜所一语道破的那样："我们只是口头上皈依宗教，而我们的思想、愿望、行动与信仰完全脱节。"高中毕业后，莫里亚克在波尔多读大学，获得文学学士学位，1907年前往巴黎继续求学，但是他很快放弃了在巴黎文献典籍学院的学业转而专心投入文学创作。

弗朗索瓦·莫里亚克最早出版的作品是诗集《合手敬礼》（*Les Mains jointes*，1909），此诗集获得了他所崇拜的作家巴雷斯的赞赏，但是并没有为大众所知。第一次世界大战中断了他的写作生涯，他曾经应征入伍。战争结束后，莫里亚克重新投身于文学创作，在1921年出版了《真假恋人》（*Préséances*）。故事以作家的故乡波尔多为场景，弗洛朗丝是一个林木开发商之女，她的家庭虽然富裕，但是还没有进入到当地的上流社会。她的哥哥利用颇有文学才华的年轻人奥古斯丹对弗洛朗丝的爱恋之情，成功激起其他富家子弟的嫉妒，然后安排弗洛朗丝与其中一个世家子弟结婚，从而使家庭跻身于上流圈子。12年之后，曾经被奥古斯丹的纯真所打动的弗洛朗丝对青年时代萌芽的那段爱情仍然难以忘怀，并在思念中陷入疯狂，引起周围人的种种猜测。为了安抚弗洛朗丝，也为了保住家族名声，哥哥一方面通过各种线索寻找早已失去联系的奥古斯丹，一方面找到一个与奥古斯丹面容相似的年轻人冒名顶替与弗洛朗丝回叙旧情。当人到中年的真实奥古斯丹出现的时候，弗洛朗丝已经更倾心于恋人的幻象。可是替身几日后便不再出现，弗洛朗丝陷入更大的绝望和疯癫之中，家人不得不把她送进精神病院，她的丈夫要求离婚，别她而去。几个月后，弗洛朗丝出院回到乡下的住宅，和她的哥哥以及昔日的恋人奥古斯丹一起重温了往昔苦涩的回忆。莫里亚克的这部小说处女作揭示了资产阶级家庭牺牲真挚感情谋取社会地位晋升所付出的代价，奠定了其后续各部小说的主题基调，不过这部写实主义的作品在当时普遍不受波尔多当地资产阶级家庭的欢迎。

20世纪二三十年代是弗朗索瓦·莫里亚克小说创作的成熟期，他相继出版了《给麻风病人的吻》（ *Le Baiser au lépreux*，1922 ）、《热尼特里克丝》（ *Genitrix*，1923 ）、《恶》（ *Le Mal*，1924 ）、《爱的荒漠》（ *Le Désert de l'amour*，1925 ）、《苔蕾丝·德斯盖鲁》（ *Thérèse Desqueyroux*，1927 ）和《蝮蛇结》等作品。在《给麻风病人的吻》中，一个天真可爱、循规蹈矩的姑娘诺埃米被父母嫁给富有却年长她许多的丑陋丈夫热罗姆，二人之间没有爱情和幸福，他们的夫妻关系仅仅停留在诺埃米偶尔施与丈夫的亲吻上，这个行为被称为"给麻风病人的吻"。热罗姆得不到爱情，羞愧而悲观，宁愿染上肺病而死，遗嘱规定，诺埃米只有不改嫁他人才能获得家族财产。《给麻风病人的吻》在几个月内销售1.8万册，莫里亚克声誉鹊起。《爱的荒漠》描写了"那些因血缘及婚姻的偶然而组成家庭的人们的孤独与隔绝"。保尔·库雷热大夫事业上功成名就，可是家庭生活并不美满，与妻子缺乏共同语言，内心空虚，于是爱上风流寡妇玛丽娅·克鲁斯。其子雷蒙·库雷热是个沉迷于夜生活的浪荡公子，也爱上了玛丽娅。

保尔·库雷热和雷蒙·库雷热不仅是父子也是情敌，关系紧张。玛丽娅并没有选择其中任何一个，她没有丈夫、孩子和朋友，而且认为最充满温情的家庭也无法使她摆脱孤独，她的内心是一片荒漠，宁愿做孑然一身的游魂。小说主要通过雷蒙·库雷热的回忆来追叙他在波尔多度过的青春时期，以及父子二人因同时热恋一个女子所引发的戏剧性冲突。《爱的荒漠》在写作手法上独具匠心，莫里亚克吸收了他推崇的作家普鲁斯特所采用的追忆和内心独白的方式，将往事和现实融合叙述。这部小说荣获1925年法兰西学院小说大奖，奠定了莫里亚克在法国文坛的地位。

《苔蕾丝·德斯盖鲁》的主人公苔蕾丝度过了幸福的童年，长大后被嫁给大户人家，却与了无情趣的丈夫贝尔纳难以沟通，感觉压抑，但是并没有反抗的力量。有一天，几乎是在毫无冲动、毫无憎恨也没有预谋的情形下，苔蕾丝把贝尔纳常用的含有砒霜成分的药物悄悄增加了剂量，此举被发现后，她被认为有毒害丈夫夺取财产的企图。作为当地的名门望族，一家人不希望家丑外扬，于是，波尔多法院宣告苔蕾丝无罪。在从波尔多回乡下老宅的火车上，苔蕾丝思考如何与贝尔纳解释和沟通，她无意否认自己的罪行，但是希望能够得到机会解释自己为何走到这一步。然而，贝尔纳丝毫无意听取她的解释，直接将她软禁起来。最后，为了平息风波又兼顾忌家族荣誉，贝尔纳恢复了她的人身自由，苔蕾丝离开家乡前往巴黎生活。苔蕾丝是一个有犯罪嫌疑的女人，也是一个不幸的女人，她生活在一个以土地占有和传宗接代为家庭观念的外省资产阶级家庭，没有得到过丈夫的关心，对生活感到厌倦，看不到生活的出路，她将贝尔纳视作不幸生活的缘由，恶的念头不知不觉在心里萌芽，终于滑向犯罪的边缘。小说主要以倒叙的方式，通过苔蕾丝的回忆来呈现她的成长过程和婚姻生活，以大段的内心独白进入女主人公复杂、阴郁的内心世界，将过去与现实巧妙地联系起来。这部小说大获成功，引起很多读者的关注，大家尤其关心苔蕾丝后来的命运。所以，莫里亚克在1933年又创作了《苔蕾丝求医》（*Thérèse chez le docteur*）、《苔蕾丝在旅馆》（*Thérèse à l'hôtel*）两篇短篇小说，续写女主人公在巴黎的坎坷生活，最后在中篇小说《夜已尽》（*La Fin de la nuit*，1935）中讲述了苔蕾丝的老年生活。莫里亚克的这些代表作在主题和风格上表现出显著的统一性，几乎都以波尔多的资产阶级大家庭中的财产纠纷、令人窒息的家庭气氛以及尔虞我诈的人际关系为主要内容，在写作手法上则融入了现代小说的一些技巧，因此呈现出一种古典主义与现代主义交织的创作方式。

莫里亚克一生创作丰富，涉及各种体裁，以小说成就最为卓越，26部（其中4部为短篇小说集）作品使其成为20世纪最重要的法国小说家之一；此外他还创作有诗集5部、戏剧4种，以及文艺理论、日记、政论、传记、回忆录和随笔等几十部。二战期间，莫里亚克参加了地下文化战线的抵抗运动，他后期的小说没有超越前期作品，在二战之后他更多地通过政论和报刊文章介入社会事务。1952年，莫里亚克因其"深刻的精神信仰和参透人类生活悲剧的小说艺术力量"而获得诺贝尔文学奖。

✎ 安德烈·马尔罗：反抗"人类的命运"的英雄主义

安德烈·马尔罗（André Malraux，1901—1976）出生于巴黎的一个商人家庭，在战争年代成长的少年没有完成中学学业，靠自学成才。他热衷于文学艺术，经常光顾巴黎的博物馆、剧场、电影院，流连于塞纳河畔的旧书摊。1972年，晚年的马尔罗接受采访时回忆了自己的青春岁月："我们与我们前辈之间在二十岁时的差别，在于我们所面对的历史现实不同。他们二十岁的时候什么也没有发生，而我们的这个年代是在死亡的阴影下开始的。我们这代人的历史就像一辆坦克碾过了战场……"[1]

一战刚刚结束，马尔罗进入巴黎的文艺圈，与保罗·莫朗、让·科克托和雷蒙·拉迪盖等文人交往，并开始在报刊上发表文章。除了短暂从事过出版业，他无意从事按部就班的职业，以写作表达对时代和环境的反叛是他内心的需要。1921年出版的《纸月亮》(*Lunes en papier*)是一部简略回顾人类斗争历史的非虚构作品。

青年马尔罗的两大激情是艺术与探险。1923年底，马尔罗与妻子和朋友借道越南河内抵达柬埔寨，第二年进入无人看管的吴哥窟，取走了一些雕塑，并计划进行文物交易。当地管理部门听闻风声，以盗窃文物之名逮捕了马尔罗。经过他妻子的奔走和巴黎文艺界人士的集体请愿，马尔罗最终被释放，并于1924年底回到巴黎。1925年2月，他再次出发前往印度支那。马尔罗见证了远东殖民地人民对欧洲殖民者的反抗，他与旅居越南西贡（今胡志明市）的律师朋友保罗·莫南（Paul Monin，1890—1929）一起创办了一份反殖民主义的激进报纸《印度支那》(*L'Indochine*)，尽管困难重重，报纸却发行甚广。由于法国殖民当局不断施加压力，报纸一度中断，后来又以《被缚的印度支那》(*L'Indochine enchaînée*)为名重新发行。保罗·莫南试图劝说马尔罗同他一起去中国参加革命，但二人未能同行。[2] 1926年初，马尔罗回到法国，远东冒险暂告段落。然而，印度支那这个异域空间满足了马尔罗逃避平庸和施展才华的渴望，这些亲身经历成为他早期文学作品的素材，其中也融入了他

1．让·拉库蒂尔：《马尔罗世纪传奇》，田庆生，译，广州：花城出版社，2004年，第10页。
2．作家保罗·莫朗曾在1925年11月来到西贡，与马尔罗见面，他的叙述让人们误以为马尔罗是在香港与他会面并且参加过中国革命，其实曾经到达广东的是保罗·莫南。

人的经历和想象发挥。

马尔罗从远东带回来的第一部作品是《西方的诱惑》(*La Tentation de l'Occident*),先是在《新法兰西评论》上发表了其中的片段,1926年7月出版了单行本。在马尔罗的所有著作中,《西方的诱惑》经常被人忽略,但实际上,它创作于青年马尔罗世界观和人生观的形成时期,预示了一个未来伟大的小说家和政治家的思想脉络,是"打开马尔罗所有小说创作的钥匙"[1]。在《西方的诱惑》中,旅行于东西方文明之间的马尔罗虚构了两个交错于彼此国家和文化中的旅行者,分别是在欧洲游学的中国青年 Ling-W.-Y. 和赴华旅行的法国青年 A. D.。《西方的诱惑》中的通信更似一场虚拟的对话,其中每个人物所代表的文化同时在相互审视、相互诱惑又相互抗拒,他们犹如作者展开的两面镜子,彼此映鉴又彼此失望。马尔罗则是两个人物的综合,他为二人设定的年龄(23岁和25岁)恰好与他本人两次前往东方时的年龄吻合,这应当不是巧合。《西方的诱惑》的成功之处在于能够交换双重角度来观察和感悟东西方,让这两种文化在思想中平等地沟通、对话和相互批判。移译到中文的书名已经遗失了原文中作者有意表达的模糊性:西方所产生的诱惑抑或西方所受到的诱惑,或者说,东方在受到西方诱惑之时或许亦对西方产生诱惑。在《西方的诱惑》中,游历欧洲的中国青年知识分子并没有被西方的物质文明所迷惑,没有对西方社会和文化产生崇拜之心,马尔罗赋予了他清醒的目光,因为马尔罗与许多同时代的欧美知识分子一样在西方现代主义思潮中产生了社会危机意识。如果说中国的古代文明和智慧对包括马尔罗

---

1. Pierre Brunel, Introduction aux *Oeuvres complètes* d'André Malraux, tome I, Gallimard, coll. «Bibl. de la Pléiade », 1989, p. XXX.

在内的西方人产生了诱惑，那么20世纪初中国社会的现实则粉碎了他们镜子里的幻象，从西方带来的焦虑并没有在东方得到化解，处于东西方文化十字路口的马尔罗仍然困惑不解。马尔罗在《西方的诱惑》中以文学的形式对东西方文明进行了思辨，这篇作品的风格犹如其作者，充满年轻气盛的张力，跨越时空的文字和意象像是受了旅途中的海风裹挟而来；作者把两年多来积蓄的感悟在即兴的灵感中倾注于文字，其中时常闪现真知灼见；作品在语言上虽没有精雕细刻，却充满时而激越时而悲慨的情绪。《西方的诱惑》的思想性和哲理性高于文学性，是马尔罗通过中国题材思考人类命运的一个起点。从当时的时代气氛来看，马尔罗的"诱惑"一词之下暗含"困惑"之意，其中的悲观情绪也符合青年人迷茫时期的思想状况。不过，马尔罗找到了摆脱人类苦闷、孤独和荒诞命运的方式，那就是冒险、革命和艺术。

尽管马尔罗第一次到中国是1931年，但他在1928年就已经出版了一部中国题材的长篇小说《征服者》(Les Conquérants)。小说以1925年中国省港大罢工为背景，围绕该历史事件呈现了当时中国内外各种政治力量的矛盾和斗争，描写了革命与反革命两个阵营里各种人物的活动，以及轰轰烈烈的工人运动。小说着重刻画了瑞士人加林作为"征服者"的形象，他投身革命是为了摆脱荒诞，探求个人存在的价值，因此这部小说的副标题是"一个存在主义者的革命日记"。小说以第一人称叙述，叙述者是加林的翻译官，以日记体展开故事情节，叙述中穿插运用新闻报道，利用各种细节营造出一种现场直播和身临其境的感觉，以至于读者会认为马尔罗亲身经历了中国革命。"这本书并非一部小说体的中国革命编年史，因为它将重点放在个人与集体行动的关系上。"在20年后为"七星文库"版的《征服者》所写序跋中，马尔罗总结道："这本书只是表面上属于历史范畴。

如果说它还依然存在，并不是因为它描述了中国革命的某些片段，而是因为它表现了一种英雄人物，他的身上汇聚了知识、行动力和洞察力。这些价值与当时的欧洲是间接相关的。"马尔罗本人所言揭示了《征服者》的主题和旨意。

1933年出版的《人类的命运》(*La Condition humaine*)是马尔罗的重要代表作，继续了同样的历史场景和思想主旨。小说以1927年3月蒋介石血腥镇压上海工人第三次武装起义为背景，当时北方军阀、国民党、共产党三方之间展开了复杂的斗争，第一次国共合作即将破裂。小说以一个夜间的暗杀行动开始，陈大欧接受上海工人行动小组的指派筹集武器，却意外获得一份预定交给上海北洋军阀的武器合同，苏联人加托夫率领同志们截获了这批武器。总罢工开始后武装起义爆发。蒋介石勒令工人交出武器。清吉索尔和陈大欧先后到汉口向国际共产主义代表沃罗金陈述反对交出武器并准备进行抵抗的理由，但均遭拒绝。陈大欧决定抱着炸弹冲向蒋介石的汽车，不料扑空，被当场击毙。清吉索尔被捕判刑后服毒自尽。加托夫不久后也被捕，在狱中他把以备不时之需的氰化物给了另外两个年轻的同志，自己宁愿接受敌人的火刑。他们的死亡延续了救赎英雄不可避免的牺牲模式，但是却从革命友谊中确认了存在的价值。马尔罗着重塑造的依然是革命行动中的英雄人物：陈大欧是一个迫切需要将理想变成行动的人，甚至不惜采取自杀式行动；清吉索尔是一个具有坚定共产主义信仰的革命者；加托夫是一个参加过十月革命、具有丰富斗争经验的革命者。马尔罗通过几个具有英雄主义情怀的知识分子的革命行动和流血牺牲表现了哲学家帕斯卡尔所揭示的人类命运，即人不得不面对目睹自己的同类相继死去的命运。在这样的悲惨境遇中，马尔罗认为，即使结局是死亡，人类仍然需要以英雄主义和团结行动来表现自我价值和完善自我存在，而且对抗虚无的行动应从个体性走向集体性。小说在结尾处暗示了一个新的轮回的开始，预示了一缕新的光芒。在《人类的命运》中，指导马尔罗的哲学思想主要来自帕斯卡尔、尼采和陀思妥耶夫斯基，他的写作意图同样不是理解、探讨和书写中国革命，这部作品也并非历史小说，中国只是为他对人类命运的思考提供了历史背景和叙事空间。尽管马尔罗式的叙述结构总体保持不变，但是这部小说中的历史事件、情节、人物以及他们的思想和命运等各种元素结合得最为平衡恰当。马尔罗试图摆脱线性叙事，小说围绕一个叙事轴的两端进行，开始于中共领导的武装起义，最后以刺杀行动失败和革命者牺牲而告终，在这两个扣人心弦、情节紧张的时刻之间穿插了不同人物的相互介绍和揭示，叙事方式上具有循环性、非时间性的现代小说特征。《人类的命运》荣获当年龚古尔文学奖，成为20世纪法国文学史上的经典之作。

20世纪30年代，马尔罗投身于欧洲波澜壮阔的历史进程。1933年德国法西斯势力上台后，他在政治思想上亲近左派和苏联政权，成为法国共产党的同路人，他与安德烈·纪德在革命作家和艺术家联盟（Association des écrivains et artistes révolutionnaires）中发声，参与或建立抵抗反犹主义的组织。马尔罗还在西班牙内战中成为共和派部队的一名指挥官。在此期间，马尔罗出版了一部旨在揭露纳粹政权的作品《轻蔑的时代》（Le Temps du mépris，1935），尤其在序言中，他充分表达了革命人道主义思想。马尔罗本人对这部作品并不满意，禁止它在有生之年重版，只是后来在《反回忆录》（Antimémoires，1967）中采用了其中少数篇章。而他1937年出版的小说《希望》（L'Espoir）则是一部堪与《人类的命运》相媲美的作品。马尔罗以小说的方式记述了最初几个月的西班牙反法西斯战争，依据时间进程开展叙事，各种主题的组织安排更加宏大和富于变化，人物更加丰富，英雄人物也更加人性化。在人与荒诞虚无的较量中，马尔罗的文学话语试图改变帕斯卡尔的悲观主义，将胜利归属于人类。小说的标题"希望"似乎暗示了马尔罗的文学主题从焦虑和荒诞转变为希望。

二战期间，法国溃败后，马尔罗和家人迁居南方。1943年，他在瑞士出版了最后一部小说《与天使共同战斗》（*La Lutte avec l'ange*）的第一部分，但是遭到德国纳粹的查禁。战后此书以《阿腾堡的核桃树》（*Les Noyers de l'Altenburg*）为名重新出版。1944年初，马尔罗参加了抵抗运动，先后在法国西南部和东北部阿尔萨斯-洛林地区指挥作战，成为反法西斯战士，并获得法国和英国政府表彰。在战后的政治生活中，马尔罗是坚定的戴高乐派，成为戴高乐将军的顾问。戴高乐总统非常欣赏马尔罗对当代艺术的见解，于1959年任命他为法国文化部部长。在10年任职期间，马尔罗大力推行国家干预的文化政策，发展法国文化事业。1965年，马尔罗在中法正式建立外交关系后的第二年以部长身份访华。二战结束后，马尔罗几乎不再从事小说创作，而是转向艺术评论，相继创作了《艺术心理学》（*La Psychologie de l'art*，1947—1949）、《论戈雅》（*Saturne, essai sur Goya*，1950）、《寂静之声》（*Les Voix du silence*，1951，《艺术心理学》的改写之作）、《世界雕塑艺术的想象博物馆》（*Musée imaginaire de la sculpture mondiale*，1952）以及3卷《诸神之变》（*La Métamorphose des dieux*，1957，1975，1977）等。他在《寂静之声》的第一卷中提出"想象的博物馆"这一概念，后来在英语世界中被理解为"无墙的博物馆"，在当今发达的信息技术条件下得到更为广泛的应用。马尔罗不仅在其艺术著作中梳理了欧洲绘画和雕塑艺术自中世纪以来的发展变化，而且描述了人们如何通过考古学、现代摄影等技术和传播手段获得更为丰富的艺术知识，并改变了艺术观念。在马尔罗的艺术观念中，艺术具有革命性，而艺术革命也是人自身革命的媒介和场域。

马尔罗晚年的集大成之作是1967年出版的《反回忆录》，这是一部将集体历史、个人回忆和想象融于一体的作品，在自传和虚构之间游弋不定，真实经历与回忆重现以及未来想象之间有时难以区分，回忆录作家马尔罗和小说家马尔罗也常常混合在一起。正因如此，一直坚持"在意识中转化一段尽可能丰富的经历"的马尔罗决定将这部不同寻常的自传体和见证时代的作品称为"反回忆录"。《反回忆录》后来与《悼词》（*Oraisons funèbres*，1971）和《绳与鼠》（*La Corde et les souris*，1976）一同被纳入伽利玛出版社"七星文库"的《生死界之镜》（*Le Miroir des limbes*，1976）一卷之中。

马尔罗的一生展现了一个小说家、艺术评论家和政治人物的多重形象，无论是在他的文字中还是演讲中，都回荡着雄辩的声音和挥之不去的激情。他将作品置于现实主义传统中，将个人经历置于人类历史层面上，从而建立起自己的传奇。马尔罗在人生和小说中表达了在面对不以人的意志为转移的神的意志和灾难历史时人的焦虑不安，呼唤英雄主义价值观，用写作和革命行动反抗人类的命运。

✆ 德·圣埃克絮佩里：在飞行中俯瞰大地的"小王子"

安托万·德·圣埃克絮佩里（Antoine de Saint-Exupéry，1900—1944）出生于里昂，父母都有贵族血统，可惜在他4岁时，父亲病逝。1909年，一家人迁居勒芒市。圣埃克絮佩里在教会学校接受传统教育，这个从小酷爱机械、喜欢遐想的少年常常不遵守严格的纪律。获得高中毕业会考文凭之后，圣埃克絮佩里未能通过国立海军学校的考试，于是开始学习建筑和美术。在服兵役期间，他于1922年获得学习飞行的机会，并成为法国最早一代飞行员之一。由于未婚妻家庭的反对，圣埃克絮佩里在1923年订婚后曾短暂放弃飞行事业，但是由于不喜欢办公室职员的工作、生活而颇感郁闷，后来他解除婚约，重回蓝天，并于1926年进入航空公司工作。直到1929年，他的主要飞行工作是在法国、非洲和南美洲之间运输邮件。

在此期间，当圣埃克絮佩里回到地面的时候，他就从事写作。1926年，他在杂志上发表了第一篇作品《飞行员》(*L'Aviateur*)，此作品以丰富的笔调描绘了早期的飞行员翱翔蓝天时的印象和感受。这篇短篇小说后来被扩展为一部更具规模的作品《南方邮航》(*Courrier sud*，1929)。圣埃克絮佩里以个人经历为素材，叙述了一个邮航飞行员在法国图卢兹至非洲卡萨布兰卡和达喀尔之间往返运送邮件的工作经历和感受，其中穿插了他的一段情感经历。在这场天与地之间距离遥远的无果爱情中似乎可以看到圣埃克絮佩里第一个婚约的影子，而飞行员似乎注定要遁入蓝天与孤独为伴。1929年，这部富有哲理和诗意的小说在伽利玛出版社出版，当年5月，《新法兰西评论》选载了其中的片段，小说还在1936年被改编成电影。

1931年，圣埃克絮佩里与来自中美洲国家萨尔瓦多的女画家康素爱萝(Consuelo Suncín Sandoval，1901—1979)走进婚姻殿堂。这一年，他完成了写作生涯中最成熟的一部小说《夜航》(*Vol de nuit*，1931)。作品中航空公司开辟了联系各大洲的邮航业务，为了让飞机运输比铁路运输更快就必须执行夜间飞行任务。对当时的飞行员而言，这是一项危险而富有挑战性的使命。圣埃克絮佩里以自己早期的飞行指导迪迪埃·道拉先生为原型，同时也结合了自己的职业理念和经验，塑造了《夜航》中以里维尔为代表的飞行团队。他们以使命为信条，认为使命高于生命，即使牺牲生命也必须克服千难万险以保证邮件及时到达目的地。小说中飞行员法比安的妻子久等丈夫不归，来向队长里维尔询问消息时，里维尔以沉默作为回答，于是飞行员的妻子明白她的等待结束了。爱情与职责是矛盾的，也都是有价值的。这部作品弘扬了飞行员至高无上的使命感和责任感，表明人类在明知自身局限的时候依然能够超越自己，体现了一种伟大的英雄主义精神。纪德亲自为《夜航》作序，这部小说荣获当年的费米娜文学奖，并在1933年被改编成电影。

从1934年到二战前夕，圣埃克絮佩里在世界各地飞行，任务繁重，也多次经历飞行事故，所幸都化险为夷。可能也只有长时间在空中飞行的人才会对大地有一种特别的认识和感受。1939年2月出版的《人类的大地》（*Terre des hommes*）融入了圣埃克絮佩里飞行多年的飞行经历、回忆、感受和思考，其中以1935年在他撒哈拉沙漠遭遇飞行事故后被当地一位贝都因人[1]所救的经历为中心事件。圣埃克絮佩里充分表达了人类之间的博爱："利比亚的贝都因人，我将永远记得你。我会记得你的容貌。你是人类的一员，你以所有人类的容貌出现在我眼前。你没有仔细打量我们的时候就已经认出我们。你是可亲可爱的兄弟。而我，我也将会在所有人群中认出你。"这部充满人道主义情怀的作品荣获法兰西学院小说大奖，1939年6月便以《风、沙与星星》（*Wind, Sand and Stars*）为

---

1. 贝都因人（Bedouins, Beduin），也译贝督因人，是以氏族部落为基本单位在沙漠旷野过游牧生活的阿拉伯人，主要分布在西亚和北非广阔的沙漠和荒原地带。

书名被翻译成英语，在美国出版，并荣获当年美国国家图书奖（National Book Award）。

二战期间，圣埃克絮佩里曾经参加空军执行辨认航线的任务，后来由于身体原因不能继续飞行。一方面为了躲避维希政府的任命，另一方面为了说服美国人参战，作为法国文化界名人的圣埃克絮佩里远赴美国，并在纽约写作了《战时飞行员》（Pilote de guerre，1942），向美国政府和民众介绍欧洲战场情况，尤其是他服役过的空军部队的英勇战斗事迹，表达了法国人民在溃败局面下的悲愤之情以及继续战斗的英勇精神；他也在书中控诉了战争的荒诞，呼吁人类互相尊重。这部作品在美国顺利出版，但是在法国出版时遭到德国纳粹和维希政府的查禁，不过具有抵抗精神的法国人将此书悄悄传阅。

1943年，圣埃克絮佩里在纽约出版了著名的《小王子》（Le Petit prince），此书在法国出版是在巴黎解放两年后的1946年。《小王子》是世界上被翻译次数最多的文学作品之一，已有250余种语言的译本，仅次于宗教经典《圣经》，在世界各地都拥有广泛的读者。在中国，《小王子》也是被重译最多的法国文学作品，从1979年至今，40多年来出现了至少60余个译本。在这个故事中仍然有一个飞行员的形象，他因飞机机械故障而降落在撒哈拉沙漠，遇到了来自B612星球的小王子，小王子向他讲述了在自己星球上的生活以及云游多个星球、邂逅各种奇特人物的经历，沙漠便是他降临地球与飞行员相遇的地方。《小王子》这部作品的一个重要主题就是探讨了成人世界和儿童世界的反差，表达了成人对失去的童真的怀念。《小王子》不仅是一篇童话，而且是一则成人世界的寓言；可以说它是一部成长小说，也可以说它是一篇哲理故事，其中探讨了人与友情、爱情、工作、财富、权力、知识、时间和自然之间的关系。总之，《小王子》和圣埃克絮佩里的其他作品一样，探寻人在这个世界上的存在方式和存在的意义，并启发我们去思考生命的本质和人生的要义。或许可以说，小王子是圣埃克絮佩里的精神自画像，他身上可以看到作家自己的影子：圣埃克絮佩里本人是一个率性的、向往天空、向往自由的人，他是空中的旅者，是孤独的流浪者，也是精神的贵族。圣埃克絮佩里一直在寻找一个诗意的世界，他所追寻的单纯、自然和本真都体现在小王子身上。

最令人感慨的是小王子离开地球的方式可能已经预言了作者圣埃克絮佩里告别世界的方式。1943年，《小王子》在美国出版之后，作家又重新参军入伍，成为法国空军的一员，为国效力。由于身体和年龄原因，他的飞行受到诸多限制，但是圣埃克絮佩里依然执着地要求飞行，开辟航线。1944年7月31日，他在执行飞行任务的时候，驾驶飞机飞上蓝天，然后消失在地中海上空，再也没有回到大地之上。之后，在长达60年中，人们没有找到飞机的残骸。有一种说法认为他的飞机被德军击落，也有很多人愿意相信圣埃克絮佩里有意像小王子离开地球那样，以飞行的方式告别人世，最终以大海作为归宿。这样的遐想符合人们的接受心理，因为这是对死亡的一种诗性诠释。究竟何种说法正确，仍然是一个谜。不过，据说有人在10多年前已经找到失事飞机的残骸，并且找到与"Saint-EX（圣埃克）"相似签名的遗物。

✑ 让·季洛杜：文学性戏剧的回归

让·季洛杜（Jean Giraudoux，1882—1944）于1900年获得哲学科目中学会考文凭，两年后以优异成绩进入巴黎高等师范学院文学专业，他对德国文学文化尤其感兴趣，曾到德国和美国哈佛大学交流学习。毕业后，季洛杜进入报社工作，同时开始尝试短篇小说的创作。他在作品中结合自然主义和后象征主义写作手法，并融入个人经历的片段。这些作品被编入《外省女人》（*Provinciales*，1909）、《无动于衷者学堂》（*L'École des indifférents*，1913）和《为影子读书》（*Lectures pour une ombre*，1917）等短篇小说集中，虽未为大众所知，却得到纪德和普鲁斯特的关注。1910年，季洛杜通过外交部考试进入政府部门工作，同时继续从事文学创作。一战爆发后，季洛杜应征入伍，1915年在战斗中受伤，并获骑士勋章荣誉。此后，他又陆续出版了多部小说，如《1914年8月，从阿尔萨斯回来》（*Retour d'Alsace. Août 1914*，1916）、《阿米卡·阿米里卡》（*Amica America*，1918）和《悲恸的西蒙》（*Simon le pathétique*，1918）等。战争使季洛杜走出了以自我为中心的生活状态，改变了他不关心政治和社会问题的漠然态度。战后，季洛杜回到外交部从事新闻方面的工作，其写作才能得到充分发挥，在工作之余创作了《苏珊娜与太平洋》（*Suzanne et le Pacifique*，1921），获巴尔扎克文学奖的《西格弗里德与利穆赞人》（*Siegfried et le Limousin*，1922），以及《朱丽叶在男人国》（*Juliette au pays des hommes*，1924）和《艾格朗蒂娜》（*Églantine*，1927）等。游离是其小说中的常见主题，从德国到太平洋，从家乡的加坦普河到尼亚加拉大瀑布，季洛杜笔下的人物无羁无绊地游走于世界各地的异域风情之中，他们离开现实社会并不为逃离，最终常常快乐地回归原来的生活，找到现世中的幸福。

1927年6月，让·季洛杜结识了著名导演路易·茹韦（Louis Jouvet，1887—1951），产生了从事戏剧创作的兴趣。1928年，根据他本人小说改编的戏剧作品《西格弗里德》（*Siegfried*，1928）获得成功，标志着文学性戏剧回归法国戏剧舞台，这也是雅克·科波的夙愿。此后，让·季洛杜与路易·茹韦的精诚合作在长达10年间点亮了巴黎的戏剧舞台。1929年他创作的《安菲特律翁》（*Amphitryon 38*）对古希腊神话进行了戏仿和改写，季洛杜认为自己创作的《安菲特律翁》可能是第38个版本，故而在题目中加上了这个数字。传说天神宙斯觊觎底比斯将军安菲特律翁妻子阿尔克墨涅的美貌，在安菲特律翁出征期间，想方设法引诱她，直到完全化身为她丈夫的形象时才终于诱骗成功。安菲特律翁回家后发现妻子与他人私通，产生误解，命人放火烧妻子藏身的祭坛。这时，宙斯唤来一场大雨浇灭了熊熊大火并现身向安菲特律翁坦白实情。阿尔克墨涅后来产下一对双胞胎，其中之一便是大力神赫拉克勒斯。古罗马剧作家普劳图斯（Plautus，约前254—前184）曾根据该神话创作过喜剧，法国17世纪喜剧作家莫里哀也曾创作过同一题材的作品，而季洛杜对神话原型进行了大胆改写，将女主人公阿尔克墨涅作为中心人物，赋予其明辨是非的判断力和反抗精神，颠覆了传统观念中男女之间和人神之间的地位和关系，得到20世纪上半叶法国观众的肯定。此剧由茹韦搬上舞台后大获成功，共计演出254场。

当欧洲局势恶化的时候，季洛杜创作了《特洛伊战争不会发生》（*La Guerre de Troie n'aura pas lieu*，1934）。他向荷马史诗借鉴灵感，将特洛伊战争中的神话人物会聚在一次战前会议中，他们分为主战派和和平派两个阵营，在进行一番谈判和争论之后，挑衅和复仇思想占据了上风，命运或历史必然性常常成为统治者进行决策的借口。战争之门于是打开，特洛伊战争爆发。季洛杜在作品中展现了二战之前欧洲风云诡谲的政治气候以及对战争威胁的警醒，表达了捍卫和平的思想，也暗讽艺术成为战争的同谋。

　　1939年，当战争的危险降临之际，季洛杜被任命为政府新闻委员会主任，发表了反对希特勒法西斯战争的《大陆之声》（*Messages du Continental*）。1940年6月法国溃败之后，他跟随政府首先辗转至波尔多，后迁居维希，1941年初退休，并根据法国在二战初期的溃败经历写作了两部战后才得以出版的作品：《波尔多停战》（*Armistice à Bordeaux*，1945）和《毫无权力》（*Sans pouvoirs*，1946）。1944年1月31日，季洛杜病逝于巴黎。他在战争期间创作的戏剧《夏佑街的疯女人》（*La Folle de Chaillot*）由路易·茹韦于1945年搬上舞台，此剧是季洛杜最具特色的作品之一。戏剧分为两幕：第一幕发生于塞纳河畔一个露天咖啡座，两个唯利是图的商人在到处寻找石油的过程中遇到了不同寻常的伯爵夫人奥蕾丽，在朋友们的帮助下，奥蕾丽发动夏佑街的百姓挫败了石油商人的阴谋；第二幕则发生在夏佑街的一个地窖里，一个象征西方文明的野蛮人落入陷阱，一个疯女人浇油放火将这个唯利是图的物质主义者毁灭并埋葬在地窖中。此时，所有自然界的善良力量被释放，人间恢复了美好生活。《夏佑街的疯女人》是季洛杜的最后一部戏剧，也是其上演次数最多的作品，揭示了人类的幸福安宁与自然世界紧密相连，人道主义的价值永远高于物质主义。

　　季洛杜一生著有19部长短篇小说和17部剧作以及其他多部作品，但是在20世纪法国文学史上尤以剧作家闻名。20世纪30年代是季洛杜的戏剧创作高峰，除了上述作品之外，《间奏曲》（*Intermezzo*，1933）、《埃勒克特拉》（*Électre*，1937）和《昂丁娜》（*Ondine*，1939）等同样成为20世纪法国戏剧史上的经典之作。与科克托、阿努伊（Jean Anouilh，1910—1987）、萨特和加缪一样，季洛杜属于为古代神话题材赋予现代思想和时代色彩的一代剧作家。他有意让作品摆脱现实的沉重，通过明显的虚构营造出离奇的意象和诗意的迷幻色彩，将悲与喜在优美典雅的语言中融为一体。

❧ 让·吉奥诺："静止的旅者"

让·吉奥诺（Jean Giono，1895—1970）出生于法国南方小镇马诺斯克的一个贫苦家庭，父亲是修鞋匠，母亲是熨衣工。为了维持家庭生计，他在高中时便辍学，在银行当了小职员。吉奥诺完全是凭借自己旺盛的求知欲自学成才，他阅读了大量的古希腊罗马文学作品，1911年就开始了写作的尝试——这部名为《安热莉克》（*Angélique*）的中世纪题材小说后来经过多次修改，1980年伽利玛出版社将之作为未竟之作整理出版。一战爆发后，19岁的吉奥诺参军入伍，直到1919年复员，他亲身参加过战斗，目睹周围的战友在炮火中阵亡，心里留下了战争创伤，从此成为坚定的和平主义者。

吉奥诺带去战场上阅读的书籍中只有一本得以"生还"，就是荷马史诗《奥德赛》，而且在战场上出生入死的吉奥诺的回归之路也一样艰难。1927年，《奥德赛诞生记》（*Naissance de l'Odyssée*）诞生了，这是吉奥诺完成的第一部小说。从一开始的海难开始，懦弱的奥德赛常常害怕被大海、土地和女人吞噬，在艰辛的历险中对难以控制的力量心怀畏惧。奥德赛向往故里又害怕回归，于是编造谎言，虚构了自己一路历险的丰功伟绩，将自己塑造成英雄，以解释自己10年的缺席和游离。吉奥诺以《奥德赛诞生记》揭示了言语的一种能力，即通过虚构在现实之旁重新创造一种真实，他从中提取出一种小说诗学，即文学其实是一种"谎言"，塑造了比现实更加美好的真实。《奥德赛诞生记》一开始被格拉塞出版社拒稿，直到1930年方才出版。其实这部对神话题材的改写之作中包含了作家未来创作中的大多数主题，人们常常认为乡土作家吉奥诺是歌颂自然生灵的歌手，实际上他在作品中也时常表现人对自然力量的恐惧或敬畏。

1929—1930年间，吉奥诺出版了"潘神三部曲"，即《山冈》(Colline)、《一个鲍米涅人》(Un de Baumugnes)和《再生草》(Regain)。《山冈》中一个只有四户人家的小村庄在受到一头野猪侵扰后遭遇了一连串离奇事件，如泉水干涸，火灾几乎将村庄毁灭，以及小女孩罹患奇病等，人与自然仿佛同时进入病态，往日平静的村庄骚动不安。与此同时，村里最年长的雅奈老爹突然生病卧床，胡言乱语，被大家认为是种种奇怪现象的罪魁祸首，就在村民们计划除掉雅奈时，他自己寿终正寝。这时，野猪再次出现，被村民们杀死。小说以亦真亦幻的手法展现了大自然中难以言喻的神秘力量，其中具有一种神话传说色彩，这种创作手法被称为"神奇现实主义"(le réalisme merveilleux)，即现实成分与超自然元素以及非理性阐释融为一体。吉奥诺在写作中大量运用意识流以展现人物的思想，对自然风物的描写富有诗意，被纪德誉为"写散文诗的维吉尔"。《山冈》是吉奥诺的成名之作，获得了1929年美国的布伦塔诺奖(prix Brentano)。《一个鲍米涅人》以阿尔卑斯山上鲍米涅村为场景讲述了一个纯洁的爱情故事：英俊少年阿尔班爱上了美丽姑娘安日尔，安日尔却被原来的恋人路易抛弃，生下孩子后又被父母关在家中。在热心的老农阿梅德的帮助下，阿尔班用真诚的爱意感动了安日尔和其家人，有情人终成眷属。《再生草》叙述了一个村庄的没落与复兴。奥比涅纳村位于高原边缘，人迹罕至，衰败破落，最后只剩下三个居民：年轻力壮的猎人庞图尔、造犁匠戈贝尔老爹和老农妇玛迈什。戈贝尔老爹被儿子接走之后，村里只剩下两个人，庞图尔尤其感到孤独，热心的玛迈什大婶答应出门去给庞图尔找个媳妇，以使村庄继续存在下去。可是年迈的玛迈什大婶再也没能够回来，庞图尔成了唯一的村民，靠打猎为生。有一天，年轻女子阿苏尔来到了奥比涅纳村，给庞图尔带来了爱和希望，他们共同生活，平静而自足，阿苏尔也即将成为妈妈。后来，又有第二个家庭来落户，村庄慢慢地恢复了生机。这个虚构的村庄其实是普罗旺斯地区一些逐渐消亡的村庄的缩影。1945年，吉奥诺曾经撰文介绍19世纪末至20世纪初该地区农村人口流失、村庄逐渐凋零的状况，不过，吉奥诺在虚构的世界里为衰败的村庄赋予了繁衍和发展的希望。村庄兴亡是吉奥诺笔下的重要主题，重现于他1953年的一篇著名短篇小说《种树的人》（*L'Homme qui plantait des arbres*）中。"潘神三部曲"获得了巨大成功，吉奥诺在1932年获得法国政府骑士勋章，并决定成为职业作家。

吉奥诺在1932年表达过这样一个写作愿望："很久以前，我就想写一部小说，人们在其中能够听到世界的歌唱，能够感受到宇宙所有美丽居民的呼吸。"这个表述后来提炼成了一部小说的名字《世间之歌》（*Le Chant du monde*，一译《人世之歌》），1934年由伽利玛出版社出版。小说以山民之间的情感冲突和家族冲突为主要情节，呈现了远离现代文明规约、接近原始风情的社会风俗和人物性格，男男女女在大自然的怀抱中尽情地表达爱恨情仇。在小说中，故事本身的重要性让位于自然风物的表达，山川林木似乎都被赋予灵性，人与自然宛如共同的生命体，有着相通的呼吸节奏。1935年出版的《愿我欢乐长存》（*Que ma joie demeure*）仍然以上普罗旺斯地区格雷莫尼高原上一个小村庄为故事场景，村民茹尔当生活困窘，心情郁闷，后来他遇到了四处流浪表演的杂技演员波比，他们决定要让格雷莫尼高原重现大自然原有的美丽、欢乐和天性，寻回生命的本质。作品不仅描写了这片古老土地上的自然风景和风土人情，而且探索了人的个体生命与宇宙自然融于一体的内在本源。吉奥诺在作品中再次表达了回归自给自足的农耕社会的愿望，以及对资本主义工业社会的反抗。然而，天地人神浑然交融只是作家想象中的理想世界，人和自然万物一样，都有一种回到母体世界的欲望，吉奥诺以诗意的语言和沉醉的方式充分表达人与自然融为一体的愿望，最终却发现这是无法实现的。

在20世纪30年代，吉奥诺在《拒绝服从》（*Refus d'obéissance*，1937）、《山上的斗争》（*Batailles dans la montagne*，1937）和《天空之重》（*Le Poids du ciel*，1938）等随笔或小说中表达了自己的政治观点，即对德国法西斯主义和苏联集权体制都保持警惕，他敏锐地观察和揭示资本主义社会秩序对人之本性的破坏，但是反对以革命的方式消除资本主义所产生的异化，这些都源于吉奥诺坚定的和平主义思想。1938—1944年是吉奥诺文学创作的过渡时期。他在二战期间完成的作品体现了一种逃离现实社会遁入想象时空的倾向，在时间上遁入历史，在空间上跟随司汤达的脚步遁入意大利。吉奥诺的主要生存武器是通过文学的谎言营造意象的世界。巴黎解放后，吉奥诺被全国作家委员会列入被禁作家名单，甚至被捕入狱，因为他被认为在被占领时期存在通敌合作倾向，主要罪证是他在《新法兰西评论》以及其他刊物上发表过文章。此外，维希政府曾经在法国被占领期间利用过吉奥诺的思想，将其狭隘地理解和宣传为回归乡土和手工艺传统。但是，人们可能忽视了吉奥诺也曾保护过犹太人和抵抗运动分子，他的作品《马车旅行》（*Le Voyage en calèche*，1943）曾因含有反希特勒的思想而被德国人禁止发行。

从《一个郁郁寡欢的国王》（*Un roi sans divertissement*，1947）开始，吉奥诺作品中的抒情性让渡于讽刺性，从人与自然的主题转向对人性残酷的揭露。《一个郁郁寡欢的国王》的故事发生于1843—1848年间，主人公朗格鲁瓦是一个为人正派的警察队长，身手不凡。他被派到一个偏僻山村里办案，因为这里的村民总是接连失踪，原来都是一个名为"瓦赞"（Voisin，意为"邻居"）的变态杀手制造的连环命案。依靠村民提供的线索，朗格鲁瓦找到了瓦赞，并趁他背靠大树休息的时候将其两枪毙命。忠于职守的朗格鲁瓦不受上司赏识，遭到明升暗贬，于是他辞去警职，到乡下过着平淡的生活。又一年冬天来临的时候，一头恶狼出没乡间，吞食村民的牛羊。朗格鲁瓦于是组织了一场声势浩大的猎杀活动，男子围猎，女子围观，最后在雪地悬崖之上，朗格鲁瓦大显身手，同样以两枪将其击毙。后来，被村民们视为传奇人物的朗格鲁瓦结婚成家，过着日复一日的安稳生活，他每天晚上都会去园子里一边抽雪茄一边看风景。冬天又来了，第一场雪过后，有一天，一个村民请朗格鲁瓦帮他杀一只鹅。当朗格鲁瓦攥着鹅的两只腿时，竟沉迷于欣赏已经被杀了头的鹅流淌在冰面上的鲜血而不能自拔。当天晚上，朗格鲁瓦像往常一样，又去园子里抽烟，但是这一回他点燃的是雪茄形状的一管炸药[1]，因为他发现自己可能像会杀手瓦赞一样沉迷于杀戮而成为公众的威胁，所以决定结束自己的生命。"一个郁郁寡欢的国王"一语出自17世纪法国思想家帕斯卡尔的《思想录》："一个郁郁寡欢的国王是一个苦难之人。"让·吉奥诺则在这部作品中提出了一个存在问题和道德思考：一个在生活中感到厌倦的人如果想要开解自己和走出厌倦，很有可能会对恶产生迷恋。

吉奥诺在30年代曾经打算效仿巴尔扎克构思10部以昂热洛为中心人物的系列小说，借古喻今，以19世纪的故事讽喻20世纪的社会弊病。后

---

1. 让·吉奥诺在此有意制造了一个时间上的错乱，因为小说中的故事发生于19世纪40年代，而现实中，炸药由瑞典化学家诺贝尔（Alfred Bernhard Nobel，1833—1896）于19世纪60年代发明。

来，他放弃了这个庞大的计划，但是在40—50年代仍然出版了系列小说中的4部：《昂热洛》（*Angelo*，1945）、《人物之死》（*Mort d'un personnage*，1949）、《屋顶上的轻骑兵》（*Le Hussard sur le toit*，1951）和《疯狂的幸福》（*Le Bonheur fou*，1957）等。短篇小说集《联队纪事》（*Les Récits de la demi-brigade*）则在吉奥诺去世后于1972年出版。吉奥诺在《昂热洛》中表达了政治上的幻灭情绪以及以司汤达式追求幸福的个人主义思想。这一情绪在写作于1946—1951年间的小说《屋顶上的轻骑兵》（*Le Hussard sur le toit*，1951）中体现得更加明显。故事仍然发生在普罗旺斯大地上，流亡到法国的意大利轻骑兵上校昂热洛·帕尔迪在寻找童年伙伴的途中遭遇波及整个法国南部的霍乱，道路和城市被封，旅客被迫隔离。昂热洛寸步难行，而且被指控在泉水中下毒，只能躲避于屋顶之上以逃避追捕。他在避难途中目睹了人们在恐惧和痛苦中的煎熬，还偶遇勇敢善良的侯爵夫人波利娜，二人互生好感，但是以礼相待，相互给予精神安慰和保护，最后昂热洛悉心照料不幸染疾的波利娜并护送她回到亲人家中，展现了19世纪一个高尚骑士的风范和人性的光辉。流行的霍乱是一种隐喻，意味着吞噬有形世界的人类灾难和世界的堕落；霍乱也是一面人性之镜，揭示了自私、仇恨、恐惧、懦弱等人性弱点，而无私无畏、坦荡磊落才是拯救自己和他人的精神武器。《屋顶上的轻骑兵》是吉奥诺"轻骑兵系列"小说中最为成功的一部，荣获1953年摩纳哥皮埃尔王子奖，并被改编成电影。作家本人也因该部小说的成功而在1954年当选为龚古尔文学奖评委。

让·吉奥诺笔下的人物常常经历长途旅行或冒险，但他自己却是"静止的旅者"，对吉奥诺而言，他一生中很少离开的故乡马诺斯克便是他的微观宇宙，普罗旺斯地区成为其作品中不可或缺的地理和社会环境，因此他经常被称为乡土作家，而吉奥诺本人称作品中的乡土只是"想象世界里的法国南方"。乡土作家或生态主义文学都不能完全概括吉奥诺的文学创作，因为他所欲洞悉的是人性的深层表现，所欲探求的乃是人在世界中的存在方式。

❧ 塞利纳的茫茫漫游与谵语

路易-费尔迪南·塞利纳（Louis-Ferdinand Céline，原名Louis Ferdinand Destouches，1894—1961）出生于巴黎郊区一个普通市民家庭，中学时期成绩一般，但是曾经前往德国和英国学习语言，他的语言技能后来在流亡期间派上用场。在父母的安排下，他在布店和珠宝店当了两年学徒，但是并不喜欢这样单调的生活，于是在18岁的时候参军入伍，不久后参加一战。他在战斗中受了重伤，是一战爆发后法国最早负伤的士兵之一，并因此被视为战斗英雄，不仅在1914年11月被授予军事勋章，而且成为《国家画报》（L'Illustré national）的封面人物。塞利纳后来在具有自传性质的作品《缓期死亡》（Mort à crédit，1936）中既夸大了童年的不幸，也夸大了战斗负伤的经历。退伍后，他被安排在法国驻伦敦领事馆工作，在此期间他混迹于当地从事非法卖淫的法国人团体之中，甚至险些被卷入一桩犯罪活动，这段经历后来为小说《丑帮》（Guignol's Band，1944）提供了写作素材。

塞利纳回到巴黎后受雇于一家木材贸易公司，1916年被派往非洲国家喀麦隆工作半年。在非洲的工作并不繁忙，他可以有大量时间进行阅读以弥补自己在文化知识方面的不足，并确立了自己未来的职业方向——从医。回到法国后，他在1919年通过高中毕业会考，与雷恩市医学院院长的女儿结婚并生有一女，继而从1920年开始以饱满的热情投入到医学专业的学习。他享受为一战退伍士兵专门设立的教学计划和培养方案，在1924年通过了博士论文《塞梅尔维斯[1]医生的生平与作品》（*La Vie et l'Œuvre de Philippe Ignace Semmelweis*）的答辩。1925年，塞利纳出版医学著作《奎宁的疗效》（*La Quinine en thérapeutique*），1925—1928年间他成为位于日内瓦的国际联盟的随同医生，多次前往非洲和美洲出差。

这一时期，塞利纳完成了一部具有自传元素的五幕剧《教堂》（*L'Eglise*，1933），之后开始尝试小说创作。1926年，塞利纳在日内瓦认识了容貌美丽的美国舞蹈演员伊丽莎白·克莱格（Elizabeth Craig，1902—1989），后来将《茫茫黑夜漫游》（*Voyage au bout de la nuit*，又译《长夜行》，1932）题献给她，二人曾经共同生活6年。塞利纳在1929年离开日内瓦回到巴黎，他受雇于一家医院，同时为一些专业杂志撰写文章并兼任制药公司的顾问。1933年，伊丽莎白·克莱格不辞而别，塞利纳于是远赴美国加利福尼亚寻找深爱的女人，但是发现她已经嫁作犹太人妇。

1932年，《茫茫黑夜漫游》出版之际，塞利纳对巴黎文坛完全陌生，文学界对塞利纳医生也一无所知。作品引起了两极分化的意见：有人认为这部小说是哗众取宠的文学怪物，不过大多数人很快就发现这是一部杰作，作品以犀利的笔触控诉了遗忘其自身传统和价值的西方文明，抨击了资本主义社会的种种弊端。塞利纳在作品中融入了个人经历，按照生活阶段来安排故事的发展进程，他把笔下人物——一个爱开玩笑的医学院学生费尔迪南·巴达缪抛入战争的惊险经历中，继而又把他放逐到非洲。巴达缪先是丢了商行里的谋生饭碗，紧接着又陷入了热带丛林的险恶环境；他烧毁小木屋，被卖作奴隶，在一艘古老的帆桨战船上穿越

1.　塞梅尔维斯（Ignace-Philippe Semmelweis，1818—1865），匈牙利医学家、妇产科医生。在19世纪，许多产妇因感染产褥热而丧生，塞梅尔维斯研究发现医生在给产妇进行检查前用漂白粉溶液洗手有助于降低感染率。

了大西洋，抵达埃里斯岛。从那里巴达缪开始了美洲之旅，旅行的终点是底特律；聪明美丽的风尘女子莫莉收留了他，他在那里暂时找到了逃离恐惧和憎恨的庇护；可是和尤利西斯一样，他要回到故乡巴黎。在第一部分中，小说讲述了主人公费尔迪南·巴达缪从参加战争到去往非洲殖民地、美洲等地的漫长旅程，展现了对人类处境的观察和思考：战争——欧洲文明在战争中的分崩离析；冲突——人与自然在非洲丛林中的冲突；反自然——现代社会中美国式机械化的城市文明。第二部分以为穷人治病的穷苦医生巴达缪的视角，描写了巴黎郊区底层人民的贫困、疾病、痛苦与死亡，细致入微地描述了陷入工业化和大城市罗网中逐渐边缘化的普通百姓，剖析了芸芸众生在日渐疯狂和道德败坏的社会中所经历的异化和痛苦。在小说主人公巴达缪的身上已经表现出20世纪中叶存在主义小说和荒诞派戏剧中人物的迷茫，各色人物苟活于世，找不到生活的意义。从《茫茫黑夜漫游》开始，塞利纳已经确立了自己的创作基调和写作风格。他的叙事结构尚未完全脱离传统，作品借鉴了流浪冒险小说的形式。《茫茫黑夜漫游》也是战后欧洲青年人的成长小说，但是作者在其中引入了模糊性，采用了双重叙述者：在小说开篇，一个叙述的声音开启了叙述，而这个故事本身还有一个更年轻的叙事者，他就是故事的主人公。在开篇以及整个故事的发展过程中，开篇的叙述声音以读者为交流对象，从而制造了一种伴随整个叙事过程的对话幻觉。塞利纳没有局限于封闭的叙事，而是创造了一个开放的空间，建立了双重默契：读者和叙事者，叙事者和主人公。他尝试了突破传统的可能，采用一种新的小说语言和独特的文体，在风格上标新立异，将雅俗语体糅合一处，在书面语中融入口语、成语、俚语、谚语、行话和土语等，使作品充满各种新奇古怪的譬喻和冷酷的幽默，彻底挑战了人们的阅读习惯，例如，"我决心给自己打气，打得鼓鼓的，活像一只鼓满理想的癞蛤蟆""草地上无处不堆放猪羊牛肉及下水，成群的苍蝇死叮着我们，营营地鸣奏乐曲，好似燕舞莺啼"（沈志明译）。娜塔丽·萨洛特称赞《茫茫黑夜漫游》是"具有高超技巧和巨大突破力的一部杰作"[1]。《茫茫黑夜漫游》以其惊世骇俗的内容和风格在出版之际震动法国文坛，成为轰动一时的文学事件，虽错失了当年的龚古尔文学奖，但是斩获了勒诺多文学奖。1936年，路易·阿拉贡和妻子埃尔莎·特里奥莱（Elsa Triolet，1896—1970）将小说译为俄文在苏联出版，引起苏联文艺界和政坛的关注。

　　塞利纳在具有自传色彩的第二部长篇小说《缓期死亡》中充分表达了对所处社会环境和家庭环境的强烈叛逆心理，用一种个性化的怒骂书写表现现实的丑陋与黑暗。此书虽然受到很多读者欢迎，但是却令评论界略感失望。评论家们认为，作品荒诞不经的语言风格与法国文学传统格格不入，在叙述童年和青少年成长经历时具有明显的自恋倾向和主观臆断色彩，而且缺乏《茫茫黑夜漫游》中那样的激奋人心的意识形态批判话语。

　　尽管塞利纳本人表示他更感兴趣的是写作风格而不是政治话语，事实上，在出版《缓期死亡》之后，塞利纳暂停了小说创作，而是写作了20世纪法国文坛上最具冲击力的4篇政治檄文：访苏归后发表的政论《认罪》（Mea Culpa，1936）、呈现颓败法国社会景象的《屠杀琐议》（Bagatelles pour un massacre，又译《小试锋芒》，1937）、表达反犹亲纳粹观点的《尸体学堂》（L'École des cadavres，1938）以及表达对溃败后的法国悲观失望的《漂亮的遮羞布》（Les Beaux draps，1941）等。尽

1.　Nathalie Sarraute, *L'Ere du soupçon*, Paris, Gallimard, p. 35.

管人们尚无法完全证明塞利纳在二战期间是一个与纳粹有所合作的通敌分子，他与维希政府有所接触却是事实，而且其内心确实有反犹情结。1944年，塞利纳意识到纳粹失败已成定局，感觉自己面临危险，决定逃离法国，经由德国去往丹麦。由于被法国政府通缉，他被监禁于丹麦的监狱，得到释放后又藏身于农村，1950年被法国法庭缺席审判判处有期徒刑一年。1951年，塞利纳因一战老兵身份而获特赦，他终于回到法国，定居法国南方小城默东，一边行医，一边写作。

在50年代，塞利纳完成了小说《伦敦桥》(*Le Pont de Londres*)，这部1964年的遗著呼应了20年前出版的《丑帮》。塞利纳还写作了一系列虚实交织的小说回顾了自己的逃亡经历，如两部《别有仙境》(*Féerie pour une autre fois*，1952，1954)、《从一个城堡到另一个城堡》(*D'un château l'autre*，1957)、《北方》(*Nord*，1960)和《里戈东[1]之舞》(*Rigodon*，1969)等。这些作品以嬉笑怒骂的语言呈现一个社会边缘人的疯狂姿态和一个颠沛流离者的无望与希望，"满纸荒唐言"倾泻的是落魄潦倒者的辛酸苦辣。总之，"塞利纳的八部小说，分开看，让人感觉在想象力的所有层面都有着关联性和相同的力量。放在一起看，又给读者这种认同和熟悉的感觉，这正是伟大的小说作品的特有之处。重复、回忆、变形的整个游戏从这一整体中提升出一个想象世界，结构非常有力，每部小说都是一个部分。这样的作品中，想象力极大地赋予作品统一性与必然性"[2]。

遭遇8年流亡生活的塞利纳回归巴黎文坛的时候，社会气氛和出版环境已经发生很大改变，读者群也有所不同，这位文坛怪杰的作品在很长

1．"里戈东"(le rigodon)是起源于法国东南地区的一种民间歌舞。

2．亨利·戈达尔：《一部不协调的乐曲》，张璐，译，见塞利纳：《长夜行》，徐和瑾，译上海：上海文艺出版社，2014年，第533页。

一段时间里难以得到人们的认可。在这种情形下，塞利纳出版了一部独出心裁的作品《与Y教授谈心》（*Entretiens avec le professeur Y*，1955）。这是一篇虚拟的访谈录，也是塞利纳借以表达自己文学观点的散论。书中的塞利纳在与伽利玛出版社派来的Y教授的谈话中滔滔不绝，慷慨陈词，自称"唯一真正的天才，本世纪唯一的作家"，"谁是风格的伟大解放者？谁发明了口语的全部情感贯穿笔语？是我，是我！"他以锋芒毕露的口吻宣扬一种特立独行的风格："人们从不谈起我，因为所有其他人嫉妒我呗。［……］阴谋也罢，阳谋也罢，反正天地之大，容不下两种风格，即我的风格或他们的风格。"（沈志明译）塞利纳以犀利的言语剖析自己的写作方式和风格，并为巴黎文学圈勾勒了一幅怪现状图。

正如塞利纳的译者沈志明先生所言，"塞利纳在以文学创作揭露和谴责社会黑暗、政治腐败以及民不聊生、人心险恶的历史根源时，自己同时以受屈者、受害者和审判者、反思者的身份出现，既有谴责又有自审。［……］他的使命是进行文化性反思，即把疑问带入民族集体无意识层次，要充分意识到自己身上也积淀着传统文化的可悲性基因。"[1]塞利纳将历史、自传和虚构错综复杂地交织在一起，根据已经经历的和正在发生的事件组织叙述，以痛快淋漓的批判话语铺就塞利纳式的"情感轨道"，以具有强烈抒情性的虚构力量赋予叙事充分的活力。他笔下的人物不断体验怀疑、焦虑、无力、失败和虚无，表现出人性的裂变。塞利纳的研究专家亨利·戈达尔（Henri Godard，1937— ）认为其作品"既是与传统的决裂，又在某种层面上是对传统的延续；作品将现代性的大部分

1.　沈志明：《〈茫茫黑夜漫游〉译序》，见塞利纳：《茫茫黑夜漫游》，沈志明，译，北京：燕山出版社，2008年，第6页。

探索形象化地做了预言，同时又成功地保留了阅读的传统乐趣"[1]。塞利纳独树一帜的作品在20世纪60年代终于逐渐为社会所接受，70年代之后得到文学评论界越来越多的关注和研究。曾经批判塞利纳反犹思想的萨特在1946年发表的《为时代写作》(« Ecrire pour son époque »)一文中阐述了文学的时代性，顺便道出了塞利纳不为时代所理解的原因——他不是为自己的时代而写作，并且预感到他将为后世所接受——"塞利纳也许是我们当中唯一流传后世的。"

✂ 二战时期的文学界

在二战期间，由于局势所迫，法国文坛分崩离析。一些作家流散到世界各地，有的前往瑞士、英国等相对安全的欧洲国家，于勒·罗曼、安德烈·莫洛亚(André Maurois，1885—1967)、于连·格林(Julien Green，1900—1998)、圣埃克絮佩里以及安德烈·布勒东等人去往大西洋彼岸的美国，有的暂居北非阿尔及利亚，有的甚至远赴美洲的墨西哥、巴西和阿根廷寻找庇护之所。留在法国的作家也有不同的阵营，有些作家成为维希政府和德国占领军的"合作者"(collaborateur)，有些作家因拒绝与德国亲善而保持沉默，也有一些作家参加了地下抵抗运动，如马尔罗和诗人勒内·夏尔，还有一些知识分子被关进纳粹战俘营和集中营。

在纳粹控制相对松弛的非占领区，南方城市艾克斯、马赛和阿维尼翁形成了活跃的文学中心，里昂成为南方地区文化抵抗运动之都。处于被占领区的巴黎先是成为一座空城，后来在德国人的亲和怀柔和审查监

1.　亨利·戈达尔：前揭文，第509页。

管双重政策下，剧场、歌剧院和电影院恢复开放，一定程度上维持了相对正常的文化生活和表面的繁荣景象。1940—1945年间出现了一批优秀剧目，除了萨沙·吉特里（Sacha Guitry，1885—1957）的戏剧继续受到欢迎外，萨特和加缪的主要剧作也创作于这一时期，前者有《苍蝇》（*Les Mouche*，1943）和《禁闭》（*Huis-Clos*，又译《隔离审讯》，1944），后者有《误会》（*Malentendu*，1944）和《卡里古拉》（*Calicula*，1945）。此外，蒙泰朗的戏剧代表作《死去的王后》（*La Reine morte*）于1942年在法兰西剧院成功上演，让-路易·巴罗（Jean-Louis Barrault，1910—1994）在1943年将保罗·克洛岱尔的《缎子鞋》（*Le Soulier de satin*，1929）搬上舞台，著名戏剧家让·阿努伊的名剧《安提戈涅》（*Antigone*）在1944年上演，季洛杜在战争期间创作的戏剧《夏佑街的疯女人》在其去世后由著名导演路易·茹韦于1945年搬上舞台，受到欢迎。

曾经应征入伍的诗人皮埃尔·西格尔斯（Pierre Seghers，1906—1987）在1939年推出了汇聚战斗诗篇的《诗歌》（*Poésie*）年刊，封面上用年份标识出版年份。超现实主义诗歌团体在被占领时期依然活跃，在1941—1944年期间形成了一个半地下状态的组织——"握笔之手"（La Main à plume），并出版诗刊，而且为了逃避官方审查不得不每期更换刊名。在这个战时的超现实诗歌团体中，有多位诗人战死沙场或是被关押到纳粹集中营。参加抵抗运动的超现实主义诗人罗贝尔·德思诺斯1944年被盖世太保逮捕入狱，1945年被押送到位于捷克的一个纳粹集中营，在狱中病逝。诗人艾吕雅在1939年应召入伍，1940年6月德法议和停战后他居身巴黎，开始秘密写作抗战诗歌，反对投降和合作主义，歌颂战士和烈士，并重新申请加入法国共产党。他在长诗《自由》（*Liberté*）中以亲切朴素而又热情洋溢的语言表达了对自由的向往，该诗最早刊登在《选择》(*Choix*)杂志上，1942年被诗人收入诗集《诗与真》(*Poésie et vérité*)中，后来流传到英国，刊登在戴高乐领导的"自由法国"运动的官方杂志上，并印刷数千份，由英国皇家空军从法国上空空投至前线阵地，激发了士兵和游击队员们的抗敌热情，该诗后被谱曲传唱。1943年，艾吕雅还曾与作家、画家让·莱斯库尔(Jean Lescure, 1912—2005)、诗人皮埃尔·西格尔斯一起汇编了众多诗人的抗战诗篇，出版了诗集《诗人的荣誉》(*L'Honneur des poètes*)。歌颂爱国主义和抵抗运动的诗人路易·阿拉贡在战争期间创作了大量战斗诗篇，这些诗作在1944年底以《法兰西晨号》(*La Diane française*)为题汇编成诗集出版。巴黎解放后，艾吕雅和路易·阿拉贡同被誉为"抵抗诗人"。

在出版领域，书报审查制度和反犹法令导致大批文学作品无法进入官方流通渠道，让·波朗(Jean Paulhan, 1884—1968)、加缪、阿拉贡、罗歇·瓦扬(Roger Vailland, 1907—1965)等作家从事地下报刊的出版活动。皮埃尔·德·莱斯库尔(Pierre de Lescure, 1891—1963)和让·布吕莱(Jean Bruller, 1902—1991)于1941年创建了著名的午夜出版社。1942年2月它出版的第一部作品《沉默如海》(*Le Silence de la mer*)正是让·布吕莱以笔名"韦科尔"(Vercors)所创作的小说。午夜出版社巧妙逃避德国的审查制度和维希政府的宣传制度，在战时共出版了25部抵抗文学作品，并于1944年荣获法国费米娜文学奖，一个出版社获得一个文学奖项，尚属法国文学史上之孤例。

著名的文学杂志《新法兰西评论》在1940年6月开始停刊半年，加斯东·伽利玛与德国人斡旋谈判后，以一定妥协并承诺保持独立而获得了复刊许可，同时从名单中清除了具有犹太裔和法共身份的作者。1943年，主编德里厄·拉罗谢尔辞职，加斯东·伽利玛拒绝接受"合作者"的领导而导致杂志再度停刊，但是在1944年解放后，杂志仍然因政治倾向问题而接到发行禁令。在此期间，勒内·塔韦尼耶（René Tavernier，1915—1989）在里昂创办了一份高质量的文学杂志《汇流》（*Confluences*），在1941年11月—1944年8月之间共出版了34期，努力保护法国思想的尊严。1942年9月，让·波朗和雅克·德古尔（Jacques Decour，1940—1962）共同创办了地下发行的抵抗文学刊物《法兰西文学》（*Les Lettres françaises*），他们在巴黎聚集起大多数参加抵抗运动的作家，秘密出版的19期刊物上刊登了莫里亚克、瓦雷里、杜阿美尔、加缪、艾吕雅、莱里斯、萨特、韦科尔、马丁·杜伽尔和马尔罗等知名作家的社论、书评或诗歌作品，文字中洋溢着爱国主义情怀。在阿根廷，罗歇·卡约瓦创办和主持了《法国文学》（*Les Lettres françaises*）杂志。在北非的阿尔及利亚，马克斯–波尔·富歇（Max-Pol Fouchet，1913—1980）创办了文学月刊《泉》（*Fontaine*），成为阿尔及尔法国抵抗文学的中心。他还在1942年6月的杂志上转载了艾吕雅的《自由》一诗，采用了诗歌原名《唯一之念》（*Une seule pensée*），使其得以在法国南部非占领区流传开来。

总体而言，战争时期的法国文学活动仍然存在，且体现出两个主要特点：一是文学生活的中心从巴黎迁移到外地；二是坚持正义的作家以文学进行抵抗运动，捍卫追求自由思想的权利。作家群体依然是法国思想和文化的代言人，他们体现出刚毅的品格，与物质匮乏和精神压抑做斗争，维护文化传统的价值，维护法国作为一个伟大国家的地位。

❧ 战后法国文坛之变局

战后的法国文学界一度笼罩着浓厚的政治气氛，出现了一种意识形态文学。阿拉贡在1949—1951年间出版了长篇巨著《共产主义者》(*Les Communistes*)，但是在写完第6卷后并未完成原定呈现二战全部过程的计划。作品批判了战争期间法国当权者的懦弱无能，歌颂了参与抵抗运动的法国共产党人的勇敢与坚毅，是法国战后文坛介入文学和意识形态文学的标志性作品。另外，艾吕雅继续在《一切可言》(*Pouvoir tout dire*, 1951)中讴歌战斗精神。

硝烟散去，法国文学界开展了严厉的"清洗"行动：战时通敌合作的作家受到刑事制裁，亲纳粹作家布拉西拉克(Robert Brasillach, 1909—1945)被判死刑便是一个典型案例。有些遭受怀疑的作家选择逃避：具有反犹倾向的塞利纳逃到丹麦后被监禁，而德里厄·拉罗谢尔选择自杀。1945年9月和10月，在路易·阿拉贡的主持下，全国作家委员会将吉奥诺、蒙泰朗、莫朗、马塞尔·埃梅(Marcel Aymé, 1902—1967)等百余位作家的著作列为禁书，那些与纳粹有过合作或立场不坚定的报刊同样遭到禁止。战后法国文坛最主要的文学评价标准是文学与政治意识形态的关系问题。

正是在此时代背景中，萨特在《什么是文学?》(*Qu'est-ce que la littérature ?*, 1946)中提出了文学的"介入"(l'engagement)问题，以重新定义作家的地位和责任。他在表达自己的文学观时把存在主义与马克思主义历史唯物观和辩证法结合起来，对学院派的传统文学观念提出质疑，反对将文学作品视为"名胜古迹"一般的神圣遗产，引起人们对文学作品社会性决定因素的关注。萨特认为，作家所处的状况决定了他的文学观念，这些观念在不同的时代有所变化。与萨特所说的任何行为一样，写作也是一种行为，也是一种自由选择，同时，作家需要对书的生产行为负责。为了让作品产生真正的价值，就应当符合历史的发展方向。萨特还认为，在二战之后，出身于资产阶级的作家（萨特也是其中一员）面临两个选择，要么故步自封于原来的社会阶级并重复已经僵化的形式，要么投入社会斗争之中并把文学作为采取行动和立场的方式。于是，在回答"何为写作？""为何写作？""为谁写作？"这三个问题时，萨特强调了文学的社会功能和作家的"介入"责任，试图为当时法国文学的发展方向给予指引。当然，萨特在《什么是文学？》中阐述的文学观具有一定的进步意义，但是也被认为有僵化理解马克思主义之嫌，后来在结构主义开始盛行的20世纪60年代更是引发了关于文学和文学批评的理论之争。此外，在1945年，萨特和波伏娃共同主办了著名的《现代》（Les Temps modernes）杂志。该杂志起初入驻伽利玛出版社，主要编委还有雷蒙·阿隆、米歇尔·莱里斯、梅洛-庞蒂（Maurice Merleau-Ponty，1908—1961）和让·波朗等人。《现代》杂志着力于探讨文学与集体性社会现实，试图为经历战争动荡的一代新人指出政治和道德方向。在四五十年代，《现代》一直与法共保持友好关系，是战后法国思想文化界的主流杂志。

　　1946年，另一份重要的思想文化杂志《批评》（Critique）诞生，创办者是乔治·巴塔耶，编委中除了其好友莫里斯·布朗肖，还有社会学家和哲学家。曾经担任过加斯东·伽利玛的秘书和《新法兰西评论》审稿专家的阿尔贝·奥利维耶（Albert Ollivier，1915—1964）在二战期间为加缪主办的《战斗报》（Combat）主持社论专栏，1945年成为《现代》杂志编委，在1946年又进入《批评》杂志编委会。在与法共的关系上，《批评》杂志基本上保持中间路线。在1947年被新闻界评选为优秀期刊之后，乔治·巴塔耶分享了区别于《现代》杂志的办刊理念，即排除"介入"文学观念，《批评》的主要内容是对国内外出版的重要思想、文化和文学书籍进行评论，有志于探索哲学、文学、政治和经济等领域之间的关联。

《批评》已成为一份延续至今的重要学术杂志。

1948年12月，一个共产主义青年知识分子团体推出了《新批评》(*La Nouvelle Critique*)杂志。该杂志旨在运用马克思主义理论对社会各领域进行严谨系统的理论分析，具有鲜明的意识形态色彩，尤其在50年代东西方冷战时期发展壮大起来。在同一时期，《法兰西文学》从1946年起开始接受法国共产党领导，1953年由阿拉贡接任主编。同在1953年，在让·波朗和马塞尔·阿尔朗的推动下，《新法兰西评论》以《新新法兰西评论》之名东山再起，6年之后才又恢复原来的刊名，但是它在法国思想界和文学界已经失去了二战之前的影响力。

二战结束后，巴黎重新成为文学出版中心，分散在国外和法国外省的文化力量又回归巴黎，然而，在1945—1952年期间，文学力量的分布版图发生了重大变化。保罗·尼赞(Paul Nizan，1905—1940)和圣埃克絮佩里等作家在战争中牺牲，德思诺斯和犹太裔诗人马克斯·雅各布在集中营中含冤离世；19世纪后半叶出生的一代大作家纷纷谢世：1944年，罗曼·罗兰和季洛杜逝世，瓦雷里和纪德先后于1945年和1951年辞世，柯莱特和克洛岱尔也相继于1954年和1955年告别人世。乔治·贝尔纳诺斯(Georges Bernanos，1889—1948)、杜阿梅尔和莫里亚克放弃了小说创作而转向政治杂文，马丁·杜伽尔陷于沉寂，从美国归来的布勒东声望下降。在这一时期占据文学舞台中央的是阿拉贡、艾吕雅、萨特、加缪和马尔罗等曾经积极参加抵抗运动的重要作家。在50年代，以阿拉贡为核心还形成了克洛德·罗阿(Claude Roy，1915—1997)、罗谢·瓦扬等一批左翼进步作家群体。

战争的创伤深深地印在劫后余生的人们心中，战后出现了很多回顾战时经历的现实主义作品，体现了亲历战争的作家们的人道主义情怀。

罗曼·加里（Romain Gary，1914—1980）在小说《欧洲教育》（*Education européenne*，1945）中叙述了波兰人的抵抗运动，曾经参加抵抗运动地下组织的让·凯罗尔（Jean Cayol，1911—2005）在1947年出版的三部曲小说《我将体验别人的爱》（*Je vivrai l'amour des autres*）中以毫不宣教的克制方式表达了一个被关押在集中营的受害者的默然反抗，是一个几乎被剥夺生命权利的个体对战争年代和冷漠世界的见证。

《现代》杂志的专栏撰稿人贝尔纳·弗朗克（Bernard Frank，1929—2006）在1952年的一篇评论中以"轻骑兵派"（Hussards）来命名战后走上文坛的一群年轻作家，而"轻骑兵"一词源自其中一位代表作家罗歇·尼米埃（Roger Nimier，1925—1962）的著名小说《蓝色轻骑兵》（*Le Hussard bleu*，1950）。小说作者本人在1945年服役于法国历史悠久的轻骑兵第二团[1]，在那里度过了将近半年的军旅生涯。罗歇·尼米埃属于在青春成长时期遭遇战争的一代年轻人，他们不愿意看到生活的大门还没有打开就已被关上，沉重的过去、无法定义的现在和充满不确定性的未来是一种生存困境。《蓝色轻骑兵》勾勒了这样一群刚刚走出战争的年轻人的群像，以一种法国19世纪浪漫主义的风格表达了战后年轻一代的迷茫困惑和玩世不恭的心态，他们拒绝生命中不能承受之重，想把生活变成追求个人自由和幸福的轻松游戏。"轻骑兵派"作家自称右派无政府主义者，试图以一种非介入文学来反驳当时占据文坛主流的意识形态文学和存在主义文学。所谓"轻骑兵派"并非一个有组织的文学团体，而是体现了一类作家在战后初期比较相近的创作特征，他们当中还

---

1. 轻骑兵第二团是一支建立于法国大革命期间的骑兵队伍，因骑兵们在第二帝国时期身着浅蓝色制服而得名。

有年少成名的弗朗索瓦丝·萨冈（Françoise Sagan，1935—2004）以及雅克·洛朗（Jacques Laurent，1919—2000）、弗朗索瓦·努瓦西埃（François Nourrissier，1927—2011）和米歇尔·德翁（Michel Déon，1919—2016）等，但后三者在之后漫长的文学生涯中都出现了创作转向。

在这一时期，也有少数作家选择远离动荡的时事，孤独自处，回归历史和古典去寻找恒定的价值。玛格丽特·尤瑟纳尔（Marguerite Yourcenar，1903—1987）在1951年出版的《哈德良回忆录》（*Mémoires d'Hadrien*）中以历史小说为名，通过虚构的古罗马皇帝回忆录，沉浸到一种超越时代的关于人类境遇和人生真谛的思考之中。这部奠定了尤瑟纳尔文学声誉的作品是战后难得一见的回归古典和传统的经典之作。

总体而言，战后的法国思想界和文学界处于一种过渡状态，还没有走出战争的阴霾。文坛一方面进行政治清洗，一方面重新汇聚力量，但是由于意识形态的选择不同很难形成统一性思想，在主流之外亦有支流，这些分化的力量反映了身处文明危机中的法国知识分子努力探索文学和社会之间关系的多种尝试。第二次世界大战作为历史事件已经结束，但是战争带来的冲击和动荡依然存在于社会生活和人的意识之中，直到21世纪仍然是法国文学中挥之不去的永久主题。

❧ 萨特：文学中的存在主义

萨特（Jean-Paul Sartre，1905—1980）在1964年出版的自传性作品《文字生涯》（*Les Mots*）中讲述了自己的成长经历。他出生于资产阶级家庭，家境优渥，不幸的是他在1岁多时失去了在印度支那工作的海军军官父亲，3岁时右眼失明。萨特由外祖父母抚养长大，自幼喜欢在外祖父的书房中读书。1924年，萨特就读于著名的巴黎高等师范学院，在经历了一次失败之后于1929年以第一名的优异成绩通过了哲学教师资格考试，后在法国多所中学教书，1933—1934年前往德国柏林进修，向哲学家胡塞尔学习现象学，并接受了德国的存在主义哲学思想。

存在主义首先是一种哲学思想，德国哲学家海德格尔（Martin Heidegger，1889—1976）和雅斯贝尔斯（Karl Theodor Jaspers，1883—1969）是早期的代表人物，萨特使之发扬光大并成为20世纪后半叶影响深远的哲学思潮。在萨特的存在主义中，人需要构建自己存在的方式，"存在先于本质"，因此要在现实的"存在"中建立人的"本质"，人在与外部世界的关系中以及在自己过往的经历中塑造自己。

文学为存在主义思想提供了自我解说和阐释的理想方式，以具体可感的方式呈现人在面对荒诞世界时的焦虑和困惑。战争的经历和创伤容易让人感觉世界失去了意义，激发人们意识到并思考人在世上如何存在。二战期间和战后初期法国的精神气候为存在主义思想的传播创造了有利氛围。存在主义文学并非一个严格意义上的文学流派，而更是一种共通的哲学、文学和政治气氛，它承继了18世纪启蒙时代将哲学与文学紧密结合的传统。

萨特在战前已经开始文学创作。1938年出版的第一部小说《恶心》（La Nausée，1938）是一部形而上学的人生日记，主人公罗康坦以日记体记录了与现实的格格不入和存在的焦虑，从某种意义上说这是当时萨特的精神写照。无论是在咖啡馆、图书馆、博物馆，无论遇到什么人，罗康坦都感觉到厌烦、孤独和没有意义，最后，他发现可能只有在写作中才能感受存在的意义。萨特1939年出版的小说集《墙》(*Mur*) 收录了4篇短篇和1部中篇小说，描述了不同境遇里不同的人所共同面对的悲剧命运，更增添了一种绝望色彩。萨特的叙事作品多少都融入一些自传元素，这种倾向在1945—1949年间出版的《自由之路》三部曲（原计划完成四部）——《不惑之年》(*L'Âge de la raison*)、《缓期执行》(*Le Sursis*)、《痛心疾首》(*La Mort dans l'âme*)——中体现得更加明显。

1939年，萨特应征入伍，第二年在洛林地区被俘，后又被转移到德国特里尔战俘营，1941年因视力不好而获释并被遣送回国，重新回到中学教书。三四十年代，萨特出版了很多理论著作，如《想象》(*Imagination*, 1936)、《想象世界》(*L'Imaginaire*, 1940)、《刍议情绪理论》(*Esquisse d'une théorie des émotions*, 1939) 以及存在主义在法国的开山之作《存在与虚无》(*L'Être et le Néant*, 1943) 等。

萨特在二战期间完成的戏剧作品同样渗透了存在主义主题：《苍蝇》改写了古希腊神话中阿伽门农之子俄瑞斯忒斯的复仇故事，关注了责任问题；《禁闭》将情景设置在地狱，是探讨自我与他者关系的寓言。在地狱一间"第二帝国时期风格"的客厅里，除了三张沙发和一张桌子之外，没有其他家具，也没有任何刑具。一男二女三个死者先后来到这个特殊的房间，这里大门紧闭，没有窗户，所以无法脱身；灯光日夜通明，三个人无法入睡，始终清醒，因此他们全都无法逃脱彼此的注视。《禁闭》是独幕剧，但是分为五场，前四场是三位剧中人物在死后陆续进入地狱，初次相遇，大家相互寒暄，彼此客气。第五场最长，三个人物从头到尾都在交谈之中，萨特戏剧的特点之一就是特别依赖语言。正是在最后一场的言语交锋中，每个人的真实品性和本质才暴露出来。他们很纳闷为什么三个不熟悉的人被安排在地狱的同一个房间，在相互询问为何来到这里时，每个人都试图掩藏自己的秘密，避重就轻甚至粉饰自己。在相互追问下，三个人一个个被迫袒露自己，就活着时的种种行为展开了审讯与被审讯，剥去彼此的伪装。加尔森生前是记者、文人，他贪生怕死，逃避打仗，还与别人通奸，明目张胆地欺骗和虐待妻子，导致妻子悲痛而死；艾斯黛尔是一个交际花，嫁给了一个富裕的老头，但是与人私通，还把自己和情夫生的孩子从窗口扔了出去，情夫悲伤自杀；伊奈丝以前是邮局职员，是一个同性恋者，她勾引表弟的妻子弗洛朗丝，然后把表弟推到铁轨上害死，心怀愧疚的弗洛朗丝拧开了煤气开关，和伊奈丝同归于尽。在交流中，三个人终于发现了地狱里的关键问题：这里没有肉刑，没有刽子手，"咱们每个人都是其他两个人的刽子手"。三个人不仅相互揭底，而且相互需要和依赖。伊奈丝引诱艾斯黛尔，艾斯黛尔却向加尔森暗送秋波，加尔森需要从艾斯黛尔处获得信任以证明自己不是懦夫。伊奈丝却说："结束了的一生就在那儿摆着，像账单一样，已经记到头了，得结账了。你的一生就是你的为人，除此之外，你什么也不是。"（李恒基译）由此可见，三人之间的矛盾越来越复杂，而且他们三人不得不永远纠缠下去，在地狱里共存，无法逃脱。地狱里的酷刑不是刽子手和刑具，而是别人的折磨，因此，最后加尔森总结道："你们的印象中，地狱该有硫黄，有熊熊的火堆，有用来烙人的铁条……啊！用不着铁条，地狱，就是他人。"

原著中"地狱，就是他人"这句话常常被误作"他人即地狱"，也常常被误读，容易让人产生对他者的排斥。萨特在世的时候已经意识到这句话容易产生误解，就是被普遍化绝对化，于是在《境遇戏剧》（*Un théâtre de situations*，1973）一书中做出解释："这句话总是被人误解。

有人以为我的本意是说，我们与他人的关系总是糟糕透顶，总是地狱般的关系。我想说的是另外的意思。我是说，如果一个人和他人的关系是扭曲的、变质的，那么，他人只能就是地狱。为什么？因为他人其实是我们身上最重要的部分，对于我们的自我认知而言。当我们思考自己的时候，当我们尝试认识自己的时候，实际上我们使用的是别人对我们的认知，我们用别人判断我们的方式和给我们的方式来进行自我判断。无论我说什么关于自己的话，他者的判断都会进入其中。无论我对自己感觉如何，他者的判断也总是进入其中。也就是说，如果我与他人的关系是糟糕的，我将自己完全置于对于别人的依赖之中，确实，那我就生活在地狱中了。世界上的确有相当多的一部分人生活在地狱里，因为他本人太依赖别人的判断了。但这并不是说，和别人就不可能存在另一种关系。这句话只是表明所有他人对我们每个人而言是重要的。"

　　萨特延续了黑格尔（G. W. F. Hegel，1770—1831）在《精神现象学》（*La Phénoménologie de l'Esprit*，1807）中关于自我意识和主体自由性的探讨，但是他强化了自我与他者的共建结构。《禁闭》不仅探讨了自我与他者的关系，作为萨特的哲理剧，这部作品也表达了作者关于自由和责任的观点。存在主义的论点之一就是强调选择的自由，萨特认为"存在先于本质"，人成为一个什么样的人，是他自由选择的结果。萨特也说"人受自由之刑"，一旦做出选择，人就必须对自己的选择和行为负责，责任是无法逃避的。比如，《禁闭》中的三个人物进入地狱就是他们自由作恶的结果，必须接受代价，为自己的行为负责。在地狱里，萨特为他们设置的惩罚不是皮肉之苦，而是精神的酷刑。总之，《禁闭》具有高度的隐喻性，用没有窗户的密室隐喻无可逃离的人际关系，用地狱审判来隐喻现实中人群中存在的彼此注视和评判，以地狱里的精神折磨来表达人需要为自己的自由选择和行为负责。这是萨特最成功的戏剧作品，它以最极端、最不现实的场景呈现了人所处的现实境遇。

法国解放后，萨特离开教学工作，在1945年开始投身于《现代》杂志的出版活动和文学创作。《现代》杂志将萨特和波伏娃与他们的战友团结在一起，形成了法国知识界颇有影响的存在主义思想。1945年10月，萨特在一场题为《存在主义是一种人道主义》（*L'Existentialisme et un humanisme*）的演讲中表述了自己的哲学思想，受到广泛欢迎，讲稿文字于第二年出版成书。简而言之，萨特的存在主义学说是一种无神论的人本主义，他强调对人所处境遇的思考和分析，关心人在生存中所遇到的厌倦、焦虑和悲观状态，总之是人的境遇和命运。

通过小说或戏剧作品，萨特揭示出人的生存困境和可能的行动方式。他的后期戏剧在存在主义主题思想上与早期作品一脉相承，但是在内容上更多地融入了现实题材，如《恭顺的妓女》（*La Putain respectueuse*，1946）批判了美国种族主义问题，《死无葬身之地》（*Morts sans sépulture*，1946）描述法国二战期间被俘的抵抗运动战士面临生死考验时的艰难选择，《脏手》（*Les Mains sales*，1948）反映了中欧某个国家共产党人反对纳粹的斗争，创作于冷战时期的政治讽刺剧《涅克拉索夫》（*Nekrassov*，1955）以一个被误认为是叛变的苏联部长的政治骗子涅克拉索夫在法国兴风作浪的故事影射了西方的反苏反共言论。萨特在50年代最重要的戏剧作品是一部悲喜剧《魔鬼和上帝》（*Le Diable et le Bon Dieu*，1951），在魔鬼与上帝之间进行选择的是16世纪德国一个农民起义领袖，他弃恶从善却一无所成，与周围的社会环境始终格格不入，还遭受诅咒，最终他抛弃了对上帝的信仰，转向无神论。这部戏剧也从某种意义上反映了萨特以无神论和人本主义为特征的存在主义哲学思想。

　　除了文学创作，萨特还撰写了大量文学评论，在1947—1976年间出版了10卷本的《境遇文集》（*Situations*），其中前3卷是关于波德莱尔、让·热内（Jean Genet，1910—1986）和福楼拜的专著。萨特对福楼拜的研究尤其深入，他生前出版的最后一部作品是3卷本的《家中痴儿——居斯塔夫·福楼拜》（*L'Idiot de la famille – Gustave Flaubert*，1971—1972）。《什么是文学?》是萨特最为著名的文学理论著作，后也被收录于《境遇文集》中。萨特运用一种将存在主义与马克思主义相结合的理论框架，尝试提出一种总体性文学理论，以一种简明的辩证法，按照作家在所处时代社会经济体系中的境遇，勾勒出法国文学在不同时期的历史概貌。萨特将个体的生活和思想置于社会政治现实中进行考量，在他看来，作家所处的境遇决定其文学观念，而这些观念在不同的时代各领风骚。

　　无论是在哲学领域还是文学领域，萨特都取得了丰硕的成果，既是卓越的哲学家也是成功的作家。他虽以文学阐释存在主义，但是其文学作品并未沦为哲学的附庸，他的戏剧和小说在富含哲理性的同时都具有相当高的文学价值和个人特色。他在小说中塑造了一些反英雄人物，而且从乔伊斯、卡夫卡（Franz Kafka，1883—1924）和福克纳（William Faulkner，1897—1962）那里借鉴了一些新的写作手法。萨特的戏剧作品从神话、历史、现实中广泛汲取素材，善于运用隐喻、象征、讽刺等手法，营造独特的甚至是极端的情境来表现主题，这同样体现出萨特对文学现代主义的兴趣和实践。萨特的存在主义哲学思想通过其文学作品传播到世界上很多国家，并且在20世纪80年代引起中国知识分子的广泛共鸣。

� 波伏娃：女性视角的存在哲学

西蒙娜·德·波伏娃（Simone de Beauvoir，1908—1986）出生于巴黎，在母亲的熏陶下，幼时曾虔诚信仰天主教，14岁左右放弃了宗教信仰，精神上更加独立，逐渐摆脱家庭影响。波伏娃从小成绩优异，15岁时树立了成为作家的理想，17岁时进入巴黎大学，一年当中修完学业并获得数学、文学和拉丁语文凭，第二年开始主修哲学，21岁时便顺利通过哲学教师资格考试，开始了教书生涯。波伏娃与萨特相识于巴黎大学，她视萨特为天才，在未来的生命旅途中，二人成为精神和生活上的伴侣。他们都以文学的方式阐释存在主义哲学，在战后创办并主持了共同的思想阵地——《现代》杂志。

波伏娃被友人赠送绰号"海狸"，因为其姓氏 Beauvoir 与英语单词 beaver 相近，而beaver的意思是"海狸"。萨特也在写给波伏娃的书信中欣然采用这一称呼，这些书信后来被收入《致海狸和其他几位的书信》（ *Lettres au castor et à quelques autres* ）中，于1983年由伽利玛出版社出版。

《女宾》（ *L'Invitée*，1943 ）是波伏娃出版的第一部小说。年轻的女作家弗朗索瓦丝邀请自己之前的一个女学生格扎维艾来家中居住，不久，她和弗朗索瓦丝的同居男友皮埃尔之间的关系变得暧昧起来，三人之间产生了微妙的情感矛盾，直到二战时皮埃尔参军入伍。之后，格扎维艾又与弗朗索瓦丝的情人热尔贝亲密接触，导致弗朗索瓦丝情绪崩溃。弗朗索瓦丝趁格扎维艾熟睡之际打开煤气结束了其生命，然后自杀。这部融入了一定自传成分的作品看似一部情感小说，其实充满哲学意味，以爱情中的嫉妒情感揭示了自我与他人意识之间的冲突。

　　波伏娃的第二部小说《他人的血》（*Le Sang des autres*，1945）以一个青年人布劳尔的人生经历阐释了存在主义中的选择和责任主题。布劳尔出生于一个富裕的资产阶级家庭，父亲是一个印刷厂主。父亲反对他参加法共活动，于是他做出人生中第一次重大选择：与家庭决裂，离家出走，成为一名印刷工人。他说服朋友马塞尔的弟弟雅克一起参加工人运动，雅克在政治集会时不幸被警察击毙，布劳尔为此感到内疚，同时也看到了革命的残酷性，于是再次做出政治信仰上的选择：退出法共。布劳尔的朋友保罗的未婚妻爱伦娜爱上了他，可是他在二战期间选择参军上前线，爱伦娜认为与其战死不如苟活，于是通过关系将布劳尔调回巴黎，布劳尔毅然做出感情上的选择：与爱伦娜断绝往来并重返前线。当他伤愈回到巴黎后，法国已经解放，布劳尔决定建立地下组织袭击残余的盖世太保。《他人之血》展示了人生道路上不断的选择过程，正如萨特所言："人作为自为的存在，总是要不断地超越自己，超越他当下的存在，这要通过人的行动来实现，而行动又是根据人的自由选择做出的。"同时，自为之人在做出选择后需要承担责任，波伏娃在扉页上引用了陀思妥耶夫斯基的名言："第一个人在所有人面前都负有责任。"这也揭示了小说题目"他人之血"的含义。

　　波伏娃的第三部小说《人皆有死》（*Tous les hommes sont mortels*，1946）是一部融合了现实、历史和超自然元素的作品。主人公雷蒙·弗斯卡是中世纪一个意大利贵族郡王，因饮下长生不老药水，他的生命便从13世纪跨越到20世纪。他经历了意大利文艺复兴，参与了政变，自己成为统治者，却无力改变意大利的分裂格局。之后，雷蒙·弗斯卡又经历了法国大革命、七月革命以及法国里昂工人起义等种种历史事件。漫长的生命却没有给他带来生活的乐趣，他觉得人生了无意义，自己什么也不是，万事徒劳，于是沉睡过去。数十年后，雷蒙·弗斯卡醒来，又在疯人院中生活了30年，直到遇到雷吉娜，才又恢复了对人世的兴趣，他向雷吉娜讲述了自己人生600年的经历，然后消失无踪。波伏娃通过这个具有寓言意味的奇特故事中揭示了人生长度无限并不意味着无限意义，有限的人生更加真实和富有意义。

1954年是奠定波伏娃文学声誉的一年，《名士风流》（Les Mandarins）荣获龚古尔文学奖。小说刻画了二战结束后法国知识界的思想状态。1944年的圣诞之夜，巴黎几位著名文人举行聚会庆祝法西斯覆灭和巴黎解放，其中有著名的抵抗运动作家亨利·佩隆和罗贝尔·杜布勒伊。已过花甲之年的罗贝尔是左翼知识分子，期待战后的欧洲全部由左派政党领导，并力邀亨利·佩隆主持左派思想阵地《希望报》，而亨利同时也受到右派人士的邀请。在左右之间，亨利选择了社会主义；在美苏之间，他选择了苏联。可是，后来他选择在报纸上披露苏联存在劳改营的事实，在左派阵营引起轩然大波，被认为是帮助了苏联的敌人。罗贝尔·杜布勒伊的左派运动也遭遇解体，他的社会主义理想面临挫折。尽管小说中存在一些感情故事，尤其涉及了波伏娃与美国左翼作家纳尔逊·艾格林（Nelson Algren，1909—1981）之间的恋情，但这部以真实人物为原型的小说最重要的主题在于真实地反映了二战后法国知识分子在政治斗争中的行动方式以及在意识形态冲突中的矛盾心理和精神困境。

值得关注的是，波伏娃在其虚构作品中都是以女性人物的视角发现存在的困境和提出重大的形而上学问题，例如《女宾》的主人公弗朗索瓦丝在理论上接受但是在现实中难以承受三角爱情关系，《名士风流》中的安娜清醒地认识到1945年后左派知识分子政治美梦的破灭。波伏娃在文学创作中忠实于萨特提出的存在主义哲学主张，但是更具女性的体验和感悟：爱情与幸福难以实现，衰老与死亡渐渐接近，时间的流逝比自由、选择和责任这些存在主义主题更容易让女性作家产生差异性思考，因此西蒙娜·德·波伏娃的存在主义文学作品既具有代表性又具有女性的独特视角。

从20世纪50年代末开始，波伏娃出版了一系列自我书写的作品：《一个循规蹈矩的少女回忆录》（*Mémoires d'une jeune fille rangée*，1958）、《盛年》（*La Force de l'âge*，1960）、《势所必然》（*La Force des choses*，1963）和《总而言之》（*Tout compte fait*，1972）等。《安详离世》（*Une mort très douce*，1964）记录了波伏娃陪伴母亲走完人生最后路程的日子。1966年，波伏娃在小说《美好形象》（*Les Belles images*）中描绘了一个看似生活幸福的法国女性内心深处的失意，分析了女性在家庭和社会中的角色。1968年的短篇小说集《断肠女人》（*La Femme rompue*）刻画了三个各自在家庭中处于夫妻、母女和亲子关系困局的女人，描述了不同女性遭遇的相似生存危机，而《晚年》（*La Vieillesse*，1970）则反映了波伏娃对晚年生活和人生衰老的思考。1979年，波伏娃出版了小说《精神至上》（*Quand prime le spirituel*），其实这是她在1935—1937年间创作的第一部小说，这部当时题为《精神的崇高性》（*Primauté du spirituel*）的作品相继遭到伽利玛和格拉塞两家出版社拒稿。1980年萨特去世后，波伏娃写作了《告别的仪式》（*La Cérémonie des adieux*），细致地描述了萨特最后10年的生活。在文末，她如是总结："他的死让我们阴阳两隔。我的死不会使我们黄泉相会。就是这样，我们的生命曾经长久的契合，这已经是一件美好的事情。"

波伏娃在以文学思考人生和社会的同时，从20世纪40年代开始一直以

随笔形式表达对社会问题和伦理问题的思考，如《论一种含混的道德》
（*Pour une morale de l'ambiguïté*，1947）、《特权》（*Privilège*，1955）和中国
见闻录《长征》（*La Longue marche*，1955）等。波伏娃尤其以对女性问题
的思考而引人瞩目，她在发现"女性弱者论"的局限性时写作了《第二性》
（*Le Deuxième sexe*），先是从1948年开始在《现代》杂志上连载，1949年
正式出版，一周之内销售2万多册，并且很快被翻译成多种语言。波伏娃
在书中介绍了女性的生理特点，分析了女性在不同人生阶段的状态，考察
了各类女性在家庭生活和社会生活中的角色以及遭遇的问题，陈述了女性
在人类发展史中的地位和作用，其观点被浓缩于"女人并非天生，而是变
就而成"一语中，即女人因其所受教育和所处社会条件而成为男性眼中的
"第二性"。《第二性》是一部从生理、心理、历史、文学、宗教、经济和
社会等多重角度对女性境遇进行综合研究的经典著作，对美国以及世界其
他国家和地区的女权运动产生了深远影响，也是学术界从事性别研究的开
山之作。波伏娃不仅著书立说，而且从1977年开始，她先后担任唯物主义
女权主义运动杂志《女性主义问题》（*Questions féministes*）和《新女性主
义问题》（*Nouvelles questions féministes*）的主编，直到去世。

❧ 加缪：反抗荒诞

加缪（Albert Camus，1913—1960）出生和成长于当时的法国殖民
地阿尔及利亚，来自一个贫寒的工人家庭。在他出生的第二年，一战爆
发，父亲参军入伍，在马恩河战役中牺牲。加缪读小学时，路易·热尔
曼（Louis Germain）老师不仅为其免费辅导功课而且争取奖学金助其完成
学业，加缪在获得诺贝尔文学奖后致信恩师表达感激之情。1933年，加

缪进入阿尔及利亚大学学习哲学。

加缪当过雇员和职员，后来长期从事报业工作，1938年成为《阿尔及尔共和报》记者，兼事社会新闻和文学报道。第二年，该报更名为《共和晚报》，加缪担任总编辑，直到1940年1月停刊，同年6月，他进入《巴黎晚报》工作。第二年，他回到阿尔及利亚奥兰市，不久后成为抵抗运动组织"战斗"的成员，并于1942年被派到巴黎工作。他先是进入伽利玛出版社，后成为《战斗报》主编，也正是在这一时期，加缪因为观看戏剧《苍蝇》的彩排而与萨特相识。

加缪在二战之前就开始了文学创作，最早发表的作品是散文集《反与正》（*L'Envers et l'endroit*，1937），正如第一部作品的书名所蕴含的矛盾性，贫穷和阳光是加缪早期作品的主题：贫穷带来孤独和忧虑，所以加缪热情歌颂地中海的阳光，向往融入自然。在第二部散文集《融和》（*Noces*，1940）中，加缪歌颂阿尔及利亚的自然风光和人文景致，回忆自己的童年生活和意大利旅行，表达对世界的观察和对生活的体悟，具体可感且富有抒情色彩。

第二次世界大战期间是加缪文学创作的成熟期和旺盛期，战争也加深了他对荒诞性的认识，他在1942年6月和10月相继出版了小说《局外人》（*L'Etranger*）和随笔集《西绪弗斯神话》（*Le Mythe de Sisyphe*），在1944年连续出版了五幕剧《卡里古拉》（*Caligula*）和三幕剧《误会》（*Le Malentendu*），全面而深入地阐发了对荒诞主题的思考。战后发表的长篇小说《鼠疫》（*La Peste*，1947）和剧本《戒严》（*L'Etat de siège*，1948）、《正义者》（*Les Justes*，1949）显示了加缪从"荒诞"走向"反抗"的思想历程。

小说《局外人》是加缪最为著名的作品，被翻译成近70种语言，在法国文学中，它在世界各地拥有的读者仅次于《小王子》和《海底两万里》。小说以一个生活在阿尔及尔的小职员默尔索与现实世界的冲突揭示了人类生存境遇中的荒诞性。在加缪看来，世人眼中对任何事情都无动于衷、麻木不仁的默尔索其实是一个感情深沉、真诚坦率的人，他无法按照世俗的方式去表达和行事，同时也难以为世人所理解和接受，而荒诞正是存在于这种人与世界之间的割裂，此种割裂会让人产生面对世界的陌生感和距离感，处于一种内心流亡的境遇之中。所以，并不是说世界固然就是荒诞的，也不是说某个个体的人是荒诞的，而是由于世界无法回应人的期待，于是"荒诞产生于人类的呼唤和世界无理的沉默之间的矛盾"。加缪认为荒诞是普遍和永远存在的，正如《西绪弗斯神话》中遭受惩罚的巨人永生需要将向下滚落的巨石推向山顶，然而，西绪弗斯在这个不幸的劳作中寻找到了平静和明智，摆脱了超越自然的奢望，与荒诞的现实和解，从而不再绝望，他通过思考和行动超越了自己，所以加缪总结道："应该想象西绪弗斯是幸福的。"相反，在《卡里古拉》中，古罗马皇帝卡里古拉试图以非理性的荒谬和暴力行为来应对荒诞，只会导致世界和自我的毁灭。

如果说战争深化了加缪对荒诞的认知，战争也使他意识到并且发现了反抗荒诞的方式。《鼠疫》常常被认为是一部寓言式小说，作品中波及阿尔及利亚奥兰城的一场流行病象征着殃及欧洲的法西斯主义，其实在今天的读者看来，鼠疫也可以象征任何侵犯人类的灾难，依然具有普适性意义。小说中的主人公们拒绝屈服于肆虐的灾难，以团结的方式共同面对威胁和抗击鼠疫，最终获得集体的胜利。尽管鼠疫可能卷土重来再次带来厄运，反抗精神却可以使人通过行动和抗争摆脱茫然和避免陷入悲观绝望的境地。

对于后世的读者而言，加缪小说的广泛流传与接受掩盖了其戏剧作品的成就，其实他本人十分重视戏剧创作，称之为"最高的文学样式"[1]。加缪青年时期在阿尔及尔创办过劳动剧团（Théâtre du travail），他不仅改编过陀思妥耶夫斯基、福克纳等人的作品，而且自导自演。在其全部作品中，各个时期的戏剧作品在主题上也与小说、随笔之间形成有机的联系。加缪反对人们将他的戏剧称作哲理戏剧，认为理论或学说必然会削弱戏剧的艺术形式。所以，当著名导演让-路易·巴罗提议将《鼠疫》改编成舞台戏剧时，加缪决定重新创作一部能够完整调动各种戏剧语言和艺术风格的真正的戏剧作品——《戒严》。《戒严》同样以鼠疫为故事背景，面对鼠疫带来的专制和恐惧，主人公迪埃戈组织反抗，拒绝放弃，以个人的牺牲换来了亲人的生命和城市的自由。加缪敏锐地意识到个体的局限性，强调以团结来战胜孤独，正如他在哲学随笔《反抗者》（L'Homme révolté，1951）中写道："在荒诞体验中，痛苦是个人的。在反抗运动中，痛苦成为集体的意识，是所有人的经历。[……]一个人遇到的苦难变成了集体面对的瘟疫。在我们日常经受的考验中，反抗所发挥的作用如同思维体系中的认知：它是第一要务。但是这一要务将个人从孤独中摆脱出来。这个共同事业奠定了所有人的第一价值。我反抗，故我在。"《反抗者》以神话人物和历史人物的经验探讨了反抗的精神内涵、发展历程以及表现形式，区分了反抗与革命，加缪认为反抗是积极的，而革命会将人导向一种新的奴役。反对任何意识形态的加缪因此被认为是温和左派，遭到激进革命左派人士的抨击，由此展开长达一年的论战，加缪与萨特的友谊从此破裂。

---

1. Albert Camus, *Théâtre, récits, nouvelles*, Collection Bibliothèque de la Pléiade, n° 161, Paris, Gallimard, 1962, p. 1715.

在20世纪50年代，加缪的著述双线并行：一方面，他整理出版了3卷本《时文集》（*Actuelles*，1950，1953，1958），文集反映了他对诸多时代问题的观察和思考；另一方面，他继续文学创作，于1954年出版随笔集《夏天》（*L'Eté*）。这一年10月，加缪前往荷兰旅行，在阿姆斯特丹逗留两天，这个城市成为其1956年出版的中篇小说《堕落》（*La Chute*）的故事场景。《堕落》采用第一人称独白的叙事手法，主人公克拉芒斯律师是一个风流倜傥、谈吐不俗的社会精英，"我做足了凡人，既圆满又淳朴，结果多多少少变成了超人"是他的自我定义。有一天，他路过一座大桥时目睹一个花季少女投河自尽，却没有报警。后来他在参加完一次晚会之后忽然听到身后的笑声，他感觉这笑声是对自己的嘲笑并且一直纠缠着自己。克拉芒斯由于见死不救而产生了羞耻感与罪恶感，于是开始了反思，他发现了自己的虚伪和傲慢以及人生的荒诞真相。克拉芒斯决定关闭律师事务所，告别巴黎，踏上旅途，常做公开忏悔并且宣称："在下乃人间渣滓。"他在阿姆斯特丹的一个小酒馆里向陌生的过客讲述自己过去几十年中的人生际遇，在自我反省的忏悔中又不时显示出自得的心态，而且不免指摘他人。如克拉芒斯本人所言，他既是忏悔者又是审判者，确实，克拉芒斯的问题揭示了人类的堕落，他的自我批评隐含了对整体人类的批判：在信仰与意义缺失的现代人类社会，迷茫度日的人们遗失了自己的本真，流落于精神的荒原，无所栖身。加缪对人类境遇的剖析在《流亡与王国》（*L'Exil et le royaume*，1957）中的6篇短篇小说里得到呼应，故事中的主人公都经历了现实生活中的失意或失败，难以找到内心的王国，即存在生活的意义和幸福的精神家园。《堕落》借用了基督教中的忏悔和救赎主题，不过我们不必把它等同于宗教小说，对于无神论者加缪而言，信仰不等同于宗教，他的哲学思想始终把人的问题作为核心，追求人性中的真善美是加缪毕生的信念。1954年11月，阿尔及利亚危机终于演化成战争。出生于阿尔及利亚的法国人加缪向往一个法国人和阿尔及利亚人和平共处的共同体，所以既反对法国政府的殖民统治和武装镇压，也反对阿尔及利亚极端民族主义者暗杀法国平民的恐怖主义活动，却遭到双方的误解和质疑，加上慢性肺病和家庭问题的困扰，加缪心情忧郁，在《堕落》和《流亡与王国》中表达了悲观孤独的情绪。

加缪是一位以最节制也是最有表现力的方式表达现代人精神困境的作家。1957年，加缪因为其"重要的文学创作以明彻的认真态度阐明我们同时代人的意识问题"而获得诺贝尔文学奖，成为半个多世纪以来最年轻的诺贝尔文学奖得主，并发表了著名的受奖演说词《艺术家和他的时代》(«L'artiste et son temps»)。1960年1月4日，加缪因车祸去世，他的《札记》(Carnets, 1962, 1964)和半自传体小说《第一个人》(Le Premier homme, 1973)作为遗著被整理出版。

至今，人们习惯上将萨特和加缪联系起来共同视作存在主义哲学家和文学家，共同的历史条件和社会环境使他们走到一起对一些共同的问题进行思考和探讨。自由、选择和责任这些存在主义主题都存在于他们的思想和作品中，从某种意义上讲，他们代表了战后法国知识界中的某种现代性。如果说他们在同一时期对共同的问题产生兴趣并碰撞出思想的火花，不同的思考路径最终引导他们采取了不同的行动方式。1952年，加缪和萨特分道扬镳之后，法国存在主义文学也失去了表面上的统一性。但是无论如何，萨特和加缪既是思考者，也是行动者，这是二人值得景仰的共性。

⚘ 走不出青春的鲍里斯·维昂

　　鲍里斯·维昂（Boris Vian, 1920—1959）1942年毕业于巴黎中央工艺美术学院，毕业后成为一名机械工程师。他酷爱数学，对物理领域的一切先进研究都很感兴趣，相信科学会给人类的生活带来福祉，也对滥用科学祸及生命的行径感到担忧。小说《红草》（*L'Herbe rouge*, 1950）中出现了一个能使往事和烦恼再现的机器，《岁月的泡沫》（*L'Écume des jours*, 1947）中的人物发明了夺人性命的"摘心器"。第二次世界大战后，维昂参与过《现代》杂志和《战斗报》的编辑工作。维昂最早从事诗歌创作，生前出版过至少4部诗集，他在二战时期写作的112首诗歌直到1984年才以《十四行诗百首》（*Cent sonnets*）为题结集出版。他以真实姓名和维农·苏利文（Vernon Sullivan）等笔名共出版了11部小说和60多篇短篇小说故事、10多部话剧和歌剧剧本以及一些电影剧本，甚至出演过8部电影。多才多艺的鲍里斯·维昂同样喜欢绘画，并举办过个人画展。维昂熟悉美国文化，为了谋生曾经翻译过多部美国黑色小说和科幻小说，并且喜欢来自美国的爵士乐，他也是一个出色的小号手，常常在巴黎圣日耳曼德普雷街区的酒吧里演奏爵士乐，并创作了500多首歌曲，还撰写过许多音乐评论。

　　1946年，维昂仅以半个月时间就完成了一部以美国为故事背景的小说《我要唾弃你的坟墓》（*J'irai cracher sur vos tombes*）。主人公李·安德森从他的混血母亲那里继承了白色皮肤，他的哥哥却是黑色皮肤，是黑人学校的老师，为了争取黑人的选举权而遭到白人议员的打手毒打，不得不逃离家乡；他的弟弟由于爱上一个白人姑娘而被杀害。李离开家乡，来到另外一个城市，混入当地一个花天酒地的白人年轻人团体。他宣称自己是白人，并寻找机会为遭遇不公的兄弟报仇，报仇的方式是杀死了两个白人女孩。结果他在逃亡中被警察击毙，也没有逃脱死亡的命运。这部小说具有黑色小说色彩，揭露了美国的种族歧视问题，由于作品中不乏色情和暴力成分，所以在1949年被禁止出版。1959年6月23日，不希望看到小说被搬上银幕的维昂在电影试映中因心脏病发作而不幸去世，年仅39岁。

《北京的秋天》（*L'Automne à Pékin*，1947）既不发生在北京也不发生在秋天，只是维昂写作小说的时间是在1946年秋天，仅用3个月便写作完成。主人公杜杜没有搭上上班的公共汽车，却阴错阳差地坐上了一架飞机，来到了一个荒无人烟的沙漠，他决定在那里建造一条铁路。在无人的沙漠里建造铁路本身便是荒谬之举，而铁路建成之刻也是它塌陷之时。18世纪的思想家、文学家狄德罗是维昂所崇拜的作家之一，而这部无头无尾的小说颇似《宿命论者雅克和他的主人》的叙事风格，叙述者常常通过离题话语使故事的叙事中断，并且对故事本身进行评论，而所有情节似乎也并不导向任何确定的意义，如果说故事有一个结局，也是以空无而告终，因为故事中所建设的一切最后都不复存在。与其他小说一样，《北京的秋天》以诙谐奇特的方式让人感受到一种毁灭的沉重。

维昂在1946年3—5月间，仅用3个月时间便完成了具有童话色彩的小说《岁月的泡沫》，一开始在《现代》杂志上发表了作品片段，1947年3月全文出版。故事场景被设置在美国，讲述了一群年轻人对待宗教、财富、工作、友情和婚姻的态度，对信念和爱情的追求，以及在面对疾病时不得不接受现实物质条件的无奈，而一切原初的美好渐渐在现实的光线中黯淡。书中一个重要人物希克是哲学家帕特（影射的是现实生活中的萨特）的崇拜者，他因过度迷恋帕特哲学而导致生活的毁灭，维昂从而以幽默的方式讽刺了与自己妻子有染的萨特以及当时逐渐开始流行的存在主义。这部充满诗意和爵士情调的小说在出版之际未获得认可，直到作家去世后，这部缅怀纯真青春时代的作品在60年代被一代年轻人奉为经典。

《摘心器》（*L'Arrache-cœur*，1953）是维昂的最后一部小说，书名来自《岁月的泡沫》中希克的女友阿丽丝为了杀死希克崇拜的偶像帕特而发明的凶器。小说分三个部分，主要人物是心理医生雅克莫尔，他无意中来到一个诡异的小村子，他称自己是"空"的，需要为别人做精神分析以汲取别人的精神来填充自己。他在村庄中住下，并发现各种古怪离奇的事情。这是一个与现实世界截然不同的平行空间，既有充满诗意的童话世界，也有荒诞缥缈的离奇事件，时间变得模糊，社会规范消失，具有一种超自然色彩，而对意识和无意识的精神分析成为作品的重要主题。

鲍里斯·维昂在短暂的人生中尝试了多种文艺实践，将各种艺术融会贯通。他在长短篇小说、诗歌、随笔和报刊文章中表达自己的喜忧和希望，作品中渗透着一种轻重平行的诗学，即面对沉闷的现实世界，采取戏谑人生的态度，认为"幽默是对失望的嘲弄，是绝望时的一线生机"。维昂容易停留在一种对失去的纯真的怀念中，他第一部为人熟悉的作品是《致不大不小的人的童话》（*Conte de fées à l'usage des moyennes personnes*，1942），书名中已经寓含了后面多部小说的一个共同主题：无法逾越的成年门槛。《岁月的泡沫》中的科兰、《北京的秋天》和《摘心器》中的昂热乐以及《红草》中的沃尔夫都因为无法接受成人世界的社会规范而失去生命或消失踪迹。维昂在作品中表现青年人的精神世界和生活，他们感觉到天真纯净的童年世界受到威胁：梦魇将要取代节日和魔法气氛，无所不能的想象不得不服从于生活的必需，而生活中充满荒谬无稽、徒劳无益之事。正因如此，维昂的作品至今仍然深受法国年轻人喜爱。

ஐ 戏剧的复兴与革新

从1945年开始，法国政府大力支持戏剧事业的发展，希望将戏剧艺术融入国民生活中。为了让各个阶层的人都能够走入剧场，政府采取措施推动戏剧事业的变革，其中最重要的措施之一就是地方化，即在巴黎郊区和外省建立常设性剧团和戏剧中心，各地的文化宫也积极参与剧团设立计划。此外，政府对戏剧团体给予财政补贴，以培育高质量的演出剧目，以高超的艺术水平吸引观众。战后的戏剧舞台吸引了由年轻人和小资产阶级组成的新观众群体。剧团常常进行流动演出，而且积极参与夏季的戏剧节。这种旨在普及戏剧艺术的大众戏剧文化政策经过10多年的发展逐渐取得预期效果。新一代剧作家们也认为戏剧舞台是展现和阐释历史形势以及参与思想争论的重要方式。

亨利·德·蒙泰朗、让-保罗·萨特和阿尔贝·加缪都贡献了重要的戏剧作品，这些作品具有很高的文学价值和思想价值。尽管他们有所创新，但总体而言其创作理念是遵循传统路线的。尤其是蒙泰朗，他致力于重寻古典戏剧的严谨路线和简洁语言，仍然以人物为戏剧中心，在舞台上展现那些拒绝向周围环境和命运妥协的人物的复杂性和矛盾性。让·热内、让·塔迪厄（Jean Tardieu，1903—1995）则尝试了其他道路，他们的经典剧作都创作于这一时期。在二战前后，乔治·皮托艾夫（Georges Pitoëff，1884—1939）、吕涅-坡（Lugné-Poe，1869—1940）和夏尔·迪兰（Charles Dullin，1885—1949）等一些颇有成就的戏剧人离开了人世，茹韦和加斯东·巴蒂（Gaston Baty，1885—1952）也在1951年和1952年相继离世。让-路易·巴罗和让·维拉尔成长为著名的戏剧导演，成为法国戏剧舞台的中坚力量。大众国立剧团自1920年创立以来一直处于奄奄一息的状态，但是从1951年开始，在让·维拉尔的领导下逐渐恢复了生机。蒙帕纳斯剧院、拉布吕耶尔剧场、拉于歇特小剧场和夜游人剧场这些名不见经传的演出场所很快成为先锋戏剧的重镇。小剧场在新的舞台上为崭新的戏剧形式建立了新的使用方式。巴黎也为世界各国戏剧提供表演舞台，英国、意大利、德国的导演和演员在著名的民族剧场用本国语言表演经典剧目。德国戏剧家贝尔托·布莱希特（Bertolt Brecht，1898—1956）的戏剧和理论在20世纪50年代进入法国，他领导的柏林剧团多次参加巴黎国际戏剧节。

50年代是法国戏剧舞台推陈出新的重要时期。在巴黎圣日耳曼德普雷、蒙帕纳斯等街区那些富有艺术气息的咖啡馆里，剧作家、导演和演员常常聚会相谈，交流艺术创作的体会和创意。罗歇·布兰（Roger Blin，1907—1984）、让-马里·塞罗（Jean-Marie Serreau，1915—1973）和约热·拉维里（Jorge Lavelli，1932— ）等导演与罗兰·杜比亚尔（Roland Dubillard，1923—2011）、雅克·奥迪贝蒂、乔治·谢哈德（Georges Schéhadé，1905—1989）、阿尔蒂尔·阿达莫夫（Arthur Adamov，1908—1970）、萨缪尔·贝克特、尤奈斯库和弗朗索瓦·比耶杜（François Billetdoux，1927—1991）等剧作家默契合作，共同创作了一些具有质疑和反叛精神的作品，形成了一种新的戏剧语言。他们不屑于与轻浮的林荫道戏剧为伍，有意远离学院气息浓厚的法兰西剧院，努力将戏剧与社会集体意识脱离开来，致力于寻找戏剧语言本身的神奇力量，一种"新戏剧"（Nouveau Théâtre）正在登场。新戏剧拒绝传统戏剧中程式化的人物发展逻辑和心理活动以及陈旧的语言风格，新一代剧作家认为被抛入荒诞世界的人无法预知未来，他们对人的命运持一种悲观态度，因此作品中往往透露出一种悲喜杂糅的黑色幽默并表现出伴随嘲讽的反抗态度，对资产阶级社会、虚伪的社会规范和道德欺骗进行控诉和批判，而在艺术表现形式上则以解构人物和情节为特征，在表层意义之下蕴含丰富的象征意义。20世纪50年代的"新戏剧"所带来的突破和冲击堪与20年代超现实主义艺术思潮相提并论，故也被称作"反戏剧"。

✵ 贝克特与尤奈斯库的荒诞派戏剧

文学中的荒诞是指悲剧性和无理性的人类境遇，在卢梭、贝尔纳丹·德·圣-皮埃尔等18世纪作家的笔下已经出现了对这种生存困境的描述，19世纪浪漫主义作家对"世纪病"的表现也体现出荒诞的意味。"荒诞"成为一个真正意义上的文学主题，则集中出现在二战之后的文学创作中，因为战争的创伤、文明的危机加剧了人们的失败感，使人们陷入茫然无措的状态。萨特和加缪在小说、戏剧和随笔中都深度挖掘了荒诞性，而贝克特与尤奈斯库也在同一时期以戏剧的方式表现荒诞主题。

萨缪尔·贝克特（Samuel Beckett, 1906—1989）1906年出生于爱尔兰都柏林郊区一个新教家庭，大学时学习法语和意大利语，1928年曾在巴黎高等师范学院担任英语外教，在此期间与旅居巴黎的爱尔兰作家乔伊斯相识，协助他整理《芬尼根守灵夜》（Finnegans Wake, 1939）的手稿，并进入巴黎的先锋文艺圈。贝克特后来一度回到爱尔兰执教，但是从1938年开始长期生活在法国，这一年，他的小说《墨菲》（Murphy）在伦敦出版。贝克特在各种体裁之间游刃有余，从诗歌到小说，从戏剧到文学评论随笔，还创作了广播剧、电视剧和电影剧本。他也是一个名副其实的双语作家，经常在两种语言之间自译作品。二战后，贝克特决定以法语为写作语言，于1951—1953年间在法国午夜出版社连续出版了《莫洛伊》（*Molloy*）、《马洛纳之死》（*Malone meurt*）和《无名无姓的人》（*L'Innommable*）等三部重要小说，成为新小说的实践者。1947年，贝克特将《墨菲》译成法语出版，并开始用法语创作戏剧。1953年，被罗歇·布兰搬上舞台的《等待戈多》（*En attendant Godot*）因其独特的戏剧表现形式而引发争议，贝克特从此成为荒诞派戏剧的代表作家。之后，《终局》（*Fin de partie*，1957）、《最后一盘录音带》（*La Dernière bande*，1958）、《灰烬》（*Cendres*，1959）和《啊，美好的日子》（*Oh les beaux jours*，1962）等陆续发表并被搬上舞台，期间贝克特还在1961年出版了小说《怎会如此》（*Comment c'est*）。1969年，萨缪尔·贝克特"因其作品以一种新的小说和戏剧形式，以崇高的艺术表现人类的苦恼"而获得诺贝尔文学奖，只是这位沉默寡言、深居简出的作家一直在逃避各种盛名。

《等待戈多》中的两个主要人物是不知来处没有去处的流浪汉，他们被告知要与一个名为戈多的人见面，但是具体时间和地点不详。二人来到乡间一棵树前，进入了等待戈多的无聊状态。时间似乎是行进的，又似乎是停止的，因为每一天的等待好像都在重复昨日的状态。等待的人总是推说戈多明天会来，在这种无望的状态中，他们想到过离开，但是又无法拒绝这种等待，甚至想到吊在树上一死了之，但是树枝和腰带都承受不了身体的重量，死亡也成为一种不可能，最终二人或许只能将这不知结局的等待进行下去。作品名中的戈多在剧中一直是缺席的存在，他总是通过一个男孩来传达第二天出现的口信。有人猜测神秘的戈多

（Godot）代表的是"上帝"（God），而贝克特只是说这个词来自戏剧开场时的一个道具——鞋子这个单词的法语俗称。贝克特从来都拒绝对自己的作品进行阐释，于是为作品的意义留下了更多的诠释空间。《等待戈多》承继了贝克特早期小说作品的主题：对一种不确切的身份的寻找，身体的衰弱和话语危机，对人类生存境遇的揭示。

孤独、流亡和等待是贝克特作品中的常见主题，他作品中的主要人物往往都是流浪者和苍老的人，他们在近乎机械的重复中无所作为，等待结局或者是与死亡交流，开始就意味着结局，然而仍然需要在精神的空白中继续苟且的生活。贝克特在创作中坚持以有形寓无形，例如，剧中人物身体的残缺与被破坏象征生命的苦痛，极简化的舞台空间其实正是人类的悲惨处境：《等待戈多》的场景是一条荒凉的大路和一株孤零零的树；《终局》发生在一个没有家具的房间里；《灰烬》的舞台布景是废弃的海滩；《最后一盘录音带》的布景是昏暗的破宅；《啊，美好的日子》则发生在荒丘中，剧中的老妇人几乎全身被吞没在沙土中。贝克特深受普鲁斯特影响，他不仅在1931年撰文评论《追忆似水年华》的作者，而且注重在自己的作品中开掘模糊的、重复的、逃逸的时间，将空间作为时间的隐喻，以物质化的荒诞意象表现人类的精神困境和危机。2020年，法国当代女作家迈利斯·贝瑟里（Maylis Besserie，1982— ）的虚构传记《不再等待戈多》（Le Tiers temps）荣获龚古尔处女作奖，作品以贝克特本人的视角虚构了这位荒诞派作家生命中最后几个月的生活，以作家的独白声音回忆其一生的时光。

欧仁·尤奈斯库（Eugène Ionesco，1912—1994）出生于罗马尼亚，父亲是罗马尼亚人，母亲是法国人，1岁时便随母亲在法国生活，因此法语是其母语。13岁时，尤奈斯库回到布加勒斯特读中学，大学学习法语，毕业后在中学教授法语，1938年返回法国，二战期间在法国南方生活，在此期间他深入阅读了福楼拜、普鲁斯特、陀思妥耶夫斯基和卡夫卡等人的作品。

战后，尤奈斯库在一家出版社从事校对工作，并开始学习英语。教材中那些重复机械、逻辑错乱和意义缺失的对话在尤奈斯库看来正是人类荒诞生活的话语表现，受此启发，他创作了第一部戏剧《秃头歌女》（ *La Cantatrice chauve* ，1950）。这部作品最早在夜游人剧场上演，一开始并不为观众所接受，但是从1957年开始便成为拉于歇特小剧场至今常演不衰的保留剧目，保持了法国戏剧史上上演时间最长的纪录。1950—1980年，尤奈斯库共创作近20部戏剧，在1970年当选为法兰西学院院士。

其实，尤奈斯库最经典的作品《秃头歌女》中并没有秃头歌女这么一个人物，作品名称来自彩排时演员的一个偶然性口误。作品几乎没有具体情节，主要人物有6人。住在伦敦的史密斯夫妇接待来自曼彻斯特的马丁夫妇，他们之间的闲聊便是戏剧内容，其间穿插了与女仆和消防队员的谈话。剧中人物没有性格和心理活动，甚至被去人格化，近似马戏团和木偶剧里的小丑或木偶。《秃头歌女》完全以言语架构戏剧，通过人物之间缺乏逻辑关联和实际意义的循环性话语来表现荒诞的情境。例如，消防员预言某时某刻将会发生火灾；马丁夫妇二人像互不相识的陌生人一样进行了长时间的交谈，他们的重复性话语中出现了一系列巧合（来自同一个城市，搭乘同一趟火车，住在同一条街上同一幢楼的同一个房间，睡在同一张床上，有一个同名而且相貌特征相同的女儿），最后终于确定夫妻关系。夸张滑稽的话语带来戏谑和喜剧性效果，但是隐含着一种悲剧的底色，即人们之间沟通的障碍和身份的错乱，人失去了思想和人性，像木偶或机器一样存在。同时期写作的《雅克或服从》(*Jacques ou soumission*，1955)同样是一部以语言为主体的戏剧。在《上课》(*La Leçon*，1951)这部剧中，教师和学生在不长的交流中竟然从师生关系转变成敌对关系，最后以教师杀害学生而告终，从而揭示了人与人之间的仇视关系。在《椅子》(*Les Chaises*，1952)中，一对居住在荒岛孤塔中的老夫妻彼此互不了解，也不能相互理解，这一天，他们预备接待前来听演讲的客人，于是不断地搬出椅子来，其实一个客人也没有出现，因为一切不过是臆想和幻觉而已。椅子占据了空间，他们无处立足，只得跳海自尽。最后，演说家出现了，可他却是一个聋哑人，无法说话和演讲，只能悻悻退去。其实，"我们都是聋哑人，也就是说不能表达任何东西"。尤奈斯库通过物的数量增长来寓示人类生存空间的狭窄，以无法说话的演说家来表达人与人之间无法交流的困窘。摆满椅子的舞台空间与人的消失形成反差，人的精神虚空和话语虚空营造了一个空虚的世界。

尤奈斯库戏剧创作的第二阶段表现出与早期戏剧的不同特点，其作品中容纳了完整的剧情和故事。这一时期的代表作是《犀牛》(*Rhinocéros*，1959)。故事讲述了一个小镇上的居民如何在受到第一只犀牛的困扰之后陆续都变成了犀牛。这种"犀牛病"(la rhinocérite)仿佛一种病毒，像流行病一样感染人们的思想，使他们的身体发生变异，而且他们在精神上认同动物，心甘情愿地成为犀牛。剧中只有一个人物贝朗热是例外，在目睹同事、朋友和恋人一个个追随犀牛而去之后，作为"最后一个人"，他依然坚定地选择抵抗。《犀牛》这部经典作品可以提供多层次的解读："犀牛病"象征着二战时期践踏了欧洲的法西斯主义，尤奈斯库在批判布莱希特的社会性戏剧之后自己也完成了一部社会批判剧；《犀牛》也具有超越时代的意义，可以寓示任何形式的思想暴政，而人必须要在服从或抗拒中进行选择。《犀牛》在上演之初被舆论评价为一部"完全可以看得懂"的戏剧，也有迷恋尤奈斯库早期作品的观众表示遗憾，而尤奈斯库从中意识到自己的创作风格已从荒诞走向严肃。在后期的戏剧作品中，他似乎在努力寻找一种平衡，其代表作是另一部重要作品《国王死去》（Le Roi se meurt，1962）。剧情发生在某个中世纪的小王国中，该国国力颓微，一切都在走向衰亡，而国王被告知只有一个半小时的存活时间，这也正好是该部戏剧的演出时间。国王从一开始歇斯底里的嘶喊逐渐进入到抒情性的冥想，终于接受死亡的命运安排。尤奈斯库本人也称这部戏剧是一个"学习死亡的尝试"。

在战后戏剧的革新浪潮中，贝克特与尤奈斯库都是新戏剧的代表人物，相对于其他剧作家而言，他们的创作又在荒诞主题上着力最深，因此往往被称为荒诞派剧作家。他们的戏剧风格都体现出与传统戏剧迥然不同的情节安排、舞台布景、表演结构和戏剧语言风格，虽然在一开始引发争议，挑战了大众的审美习惯，但是逐渐得到普遍理解和欢迎，并对后来的戏剧创作产生重要影响。贝克特与尤奈斯库都在作品中充分表现了荒诞的人类境遇，但是各有各的的表现方式和风格：尤奈斯库在夸张、幽默、戏谑和看似轻松的喜剧性中展现人类的困境，贝克特的戏剧则始终沉浸在一种接近绝望的沉重之中。无论是"轻"是"重"，荒诞不过是悲剧的另一个代称，同时也成为现代性戏剧的特征之一。

❧ 玛格丽特·尤瑟纳尔：苦心孤诣的现代人文主义者

玛格丽特·尤瑟纳尔（Marguerite Yourcenar，1903—1987）出生于布

鲁塞尔，其家族是比利时的一个名门望族，母亲在她出世后10天便不幸去世，她和父亲居住在祖母家的城堡中，也经常随同父亲游历欧洲各国。"尤瑟纳尔"是将原来的姓氏克里扬库尔（De Crayencour）调整字母顺序而来的笔名，她最早在1921年以"玛格·尤瑟纳尔"（Marg Yourcenar）之名发表过一篇对话体诗歌《幻象花园》（*Le Jardin des chimères*），1947年获得美国国籍时以"尤瑟纳尔"作为正式姓氏。

　　玛格丽特·尤瑟纳尔本人是双性恋者，她受纪德启发而创作的第一部小说《阿莱克西：徒劳的挣扎》（*Alexis ou le Traité du vain combat*）出版于1929年。这部作品采用书信体形式，主人公是一位著名的音乐家，出于坦诚，他通过书信向妻子说明了自己的同性恋倾向，并决定离家出走献身艺术事业。在这一年，父亲去世，玛格丽特·尤瑟纳尔从此辗转生活于布鲁塞尔、巴黎、洛桑、希腊诸岛和雅典、伊斯坦布尔等地，对不同文明的发现和观察启发她创作了《东方故事集》（*Nouvelles orientales*，1938）。1937年2月，尤瑟纳尔在巴黎一家旅馆偶遇美国女子格雷丝·弗里克（Grace Frick，1903—1979），二人互生爱慕之情。1939年，欧洲战火蔓延，在纽约教授英国文学的格雷丝·弗里克邀请玛格丽特·尤瑟纳尔定居美国，从此，格雷丝成为尤瑟纳尔的生活伴侣及其作品的主要英译者。二战期间，尤瑟纳尔在罗歇·卡约瓦主编的《法国文学》杂志上发表文章，此外还创作了3部以希腊思想为主题的戏剧作品，它们直到60年代才得以发表。

　　尤瑟纳尔早在青少年时期便有创作一部以古代皇帝为原型的小说的计划，但是自言在40岁之前不敢触碰这一深刻的题材，经过多年酝酿，直到1951年，她终于出版了历史小说《哈德良回忆录》（*Mémoires d'Hadrien*）。小说是一部虚构的回忆录，分为6个部分，每个部分以拉丁语为名称。晚年的古罗马皇帝哈德良在寄给养孙、未来的继承人的书信中回忆了自己从青年时代直到晚年的人生旅程和政治生涯。作品根据可靠的历史文献，将一位古代君主的丰功伟绩和一个普通凡人的生活经历有机地融合在第一人称叙述中。哈德良在回忆往昔成败的同时传授给后人君王统治的智慧，也深情回顾了与土耳其男子安提诺于斯（Antinoüs，约111—130）的恋情。在衰老和死亡来临的时候，哈德良既是芸芸众生之一，也仿佛被赋予了通向宇宙的神性。《哈德良回忆录》对人类境况和人生意义的思索是超越时代和社会的。玛格丽特·尤瑟纳尔在作品中充分展现其博学卓识，以诗意的语言表达真挚的情感和睿智的冥思，将《哈德良回忆录》锻造成一部底蕴深厚的人文思想力作，成为国际知名的法语作家。

　　玛格丽特·尤瑟纳尔的另一部重要作品《苦炼》（*L'Œuvre au noir*）构思于20世纪20年代，到60年代问世，同样经历了长时期的锤炼，该作品在1968年以全票通过获得当年的费米娜文学奖。书名直译为"黑炼"，源自古代炼金术，术士需要经过黑色、白色、红色三个提炼期，最后才能将铅炼成金。小说的主人公是一个文艺复兴时期的虚构人物——佛兰德炼金术士泽浓，他同时也是教士、医生和哲学家。小说分为3个部分，勾勒了泽浓的一生。在战争不断、宗教纷争的时代，他在颠沛流离的生活中获得了对社会、政治、宗教以及已经开始的宗教改革的认知，他所从事的科学研究和发表的文字让教会感到不安，终被囚禁于宗教裁判所的监狱，最后他在狱中结束了自己的生命，却获得了神性。在其生活的时代，泽浓不能得到多数人的理解，他的科学精神为愚昧意识所不能容忍，玛格丽特·尤瑟纳尔以泽浓的人生轨迹象征着追求真理者的精神之旅。从某种意义上说，以文艺复兴为历史背景的《苦炼》与前一部小说《哈德良回忆录》形成呼应，区别在于哈德良代表的是权力，而泽浓代表的是知识。

玛格丽特·尤瑟纳尔在20世纪20年代前后以诗歌开启文学生涯，但是无意追随当时的先锋思想；二战之后，当意识形态文学和"介入"文学成为主流时，她逍然世外；50—70年代，新小说、新批评和各种理论的盛行同样没有归化她的写作方式。尤瑟纳尔特立独行，超然于任何时代性潮流，回归古典，追寻一种永恒的精神价值。她的作品中贯穿了对古今历史变迁和东西方文明的审视目光，她以充分的古典学识和素养透过真实的历史背景来理解和思考人类行为的深层动机，可以被称作一位现代的人文主义者。1970年，玛格丽特·尤瑟纳尔入选比利时皇家语言与文学学院，1980年成为法兰西学院历史上第一位女性院士。

✺ 新小说的叙事探索

新小说从20世纪50年代开始形成潮流，但是对小说写作的探索在之前就已经出现在一些先驱者的作品里，如乔伊斯、卡夫卡，贝克特在开始戏剧创作之前首先在小说中寻找新的表达方式，还有一些英国和苏联的作家也开始了形式上的探索。在法国，福楼拜的小说已经崭露出现代小说的写作意识，在后一辈作家纪德、雷蒙·鲁塞尔（Raymond Roussel，1877—1933）和普鲁斯特的创作中都可以发现突破传统小说的写作方式。新小说代表作家阿兰·罗布-格里耶在晚年的自传性作品《重现的镜子》（Le Miroir qui revient）中回顾了自己青年时期阅读萨特的《恶心》和加缪的《局外人》时的敬佩之情。莫里斯·布朗肖的两部早期小说《幽暗托马》（Thomas l'Obscur）和《亚米拿达》（Aminadab）先后出版于1941年和1942年，其中可见新小说创作手法的萌芽。

1953年，罗布-格里耶出版了《橡皮》，并获得费内翁文学奖，从而使得"新小说"一词流行开来。人们同时把关注的目光投向了出版者热罗姆·兰东，他所领导的午夜出版社在这一时期陆续推出的新一代作家被统称为"新小说派"。实际上他们并没有建立文学流派的初衷，不过，毫无疑问，在阿兰·罗布-格里耶、娜塔丽·萨洛特、克洛德·西蒙、米歇尔·布托、罗伯特·潘热和克洛德·奥利耶等各具特色的写作实践中存在一些共同的创作理念和倾向。

首先，新小说不同于传统小说的特点是不以塑造典型人物为己任，人物可以只是一个模糊的形象和身影，并不需要完备的身份信息、思想感情或是心理活动，可以几乎被作者压缩到"零度"，有时候甚至可以以一个姓名首字母代替，这与自《克莱芙王妃》以来以心理描写见长的法国小说传统渐行渐远。正如娜塔丽·萨洛特在《怀疑的时代》（*L'Ère du soupçon*，1956）中所言：

> 今天出现了一股不断扩大的新潮流，给我们带来了许多新作品。这些作品自以为是小说，不过，小说的主要人物是一个无名无姓的'我'，他既没有鲜明的轮廓，又难以形容，无从捉摸，形迹隐蔽。这个'我'篡夺了小说主人公的位置，占据了重要的席位。这个人物既重要又不重要，他是一切，但又什么也不是；他往往只不过是作者本人的反照 [……]

与之相对应的是叙事声音的模糊性。如果说传统小说中无所不知的叙事者可以无所不在，那么新小说中几乎不存在这样一个确定性的在场人物，叙事声音的流动性引入了多重叙事角度。第一人称叙事者"我"常常可以提供一个视角，但是这个"我"也并不稳定和纯粹，时而迁移到第三人称，甚或让渡给第二人称，如米歇尔·布托在《变》（*La Modification*，1957）中大胆启用第二人称召唤读者的介入，杜拉斯在《情人》（*L'Amant*，1984）中交替使用第一人称和第三人称叙事。

新小说同样突破了传统小说的线性叙事，在时间和空间上探索更加灵动的写作方式，各种法语时态都得到使用，但是直陈式现在时得到偏爱，因为现在时便于与其他时态进行交叉和转换。在新小说中，现在与过去往往可以随时切换或重叠，造成非连续性和模糊性叙事效果。例如，克洛德·西蒙的《农事诗》（*Les Géorgiques*，1981）中三个人物、三条叙事线并进，叙事的时间区域从法国大革命时期到第二次世界大战，在断裂和模糊中巧妙设置交叉和关联，以构建一个整体。阿兰·罗布-格里耶、杜拉斯更是频繁将小说叙事与电影手法联系起来，使二者互相激发，创新技巧。随着时间的断裂，空间的切换也更加自如。布托在《米兰巷》（*Passage de Milan*，1954）中叙述了同一时间区域中一幢大楼七个楼层、七户人家的共时生活。他在《变》中更是探索时间与空间的交叉关系：通过从巴黎开往罗马的长途火车的地理位置移动，仅仅一夜的时间被赋予了厚度；在一节车厢这个不变的空间中，时间可以在回忆和现时中穿梭。由于原来稳定的时空关系被打破，新小说作品中往往存在一些叙事单元或段落的回旋重复，其实这并非无益徒劳的重复，而是近似于某些音乐动机在重复中变奏。

尽管并不致力于刻画人物和描写心理，没有连续的时间和空间，也不完整地讲述故事，新小说依然是生产意义的文学作品，不过这意义并不显现在封闭的文本中，而是呈现出一种开放之势，召唤读者进入叙事空间进行解读和参与文本意义的构建。新小说潮流在20世纪50年代的法国文坛上引发了某种意义上的"古今之争"：虽然新小说受到莫里亚克和皮埃尔·德·布瓦岱弗尔（Pierre de Boisdeffre，1926—2002）等传统派作家和评论家的批判，但是它在文学评论界中收获了不少支持意见，莫里斯·布朗肖、罗兰·巴尔特和热拉尔·热奈特（Gérard Genette，1930—2018）等都撰文对新的写作实践表示欢迎。

新小说在法国大约经历了三个发展阶段。第一阶段是20世纪50年代的蓬勃发展期，阿兰·罗布-格里耶以两年一部的创作频率密集出版了《橡皮》、《窥视者》（Le Voyeur，1955）、《隔帘妒》（La Jalousie，又译《嫉妒》，1957）和《在迷宫中》（Dans le labyrinte，1959）等四部小说，布托在三年之间出版了《米兰巷》《日程表》（L'Emploi du temps，又译《时情化忆》，1956）和《变》三部小说，娜塔丽·萨洛特推出了《马尔特罗》（Martereau，1953）和《天象仪》（Planéturium，又译《天象馆》，1959）以及理论思考著作《怀疑的时代》，克洛德·西蒙出版了《春之祭》（Le Sacre du printemps，1954），克洛德·奥利耶的《场景》（Mise en scène）在1958年面世。第二个时期是60—70年代初的稳定繁荣期，克洛德·西蒙的多部优秀作品都诞生于这一时期。阿兰·罗布-格里耶和布托分别在《走向一种新小说》（Pour un nouveau roman，1963）和《论新小说》（Essai sur le nouveau roman，1964）中总结了新小说的创作理论。值得一提的还有文学评论家让·里卡杜（Jean Ricardou，1932—2016），他已成为真正意义上的新小说理论家，他的两部著作《新小说若干问题》（Problèmes du Nouveau Roman，1967）和《新小说理论》（Pour une théorie du Nouveau Roman，1971）为法国新小说构建起理论大厦，将一群本来只有相近直觉或经验的作家联系在一起，形成一个系统的文学流派。1971年，法国召开了一次以新小说为主题的大规模学术研讨会，这标志着新小说成为普遍接受和认可的文学思潮。之后，让·里卡杜又为新小说的理论添砖加瓦，整理出版了一部文学教材《新小说》(*Le Nouveau Roman*，1973)，其中对各种写作手法和创作机制进行梳理和提炼。第三个时期是70年代之后，新小说的创作热潮退去，因为法国的小说创作整体上呈现出向传统回归的趋势，阿兰·罗布–格里耶在晚期的自传体作品中也渐渐偏离新小说初期的写作创新。然而，新小说并没有在文学风景中消失，虽然失去了整体的氛围，克洛德·西蒙和玛格丽特·杜拉斯依然在80年代推出了杰作。

总之，新小说或许不是一个稳定和固化的流派或理论，而是一种永远推陈出新的叙事探索，其中一些创作手法已经普及和融入当代法国小说的创作实践之中，并对包括中国作家在内的当代世界文学产生重要影响。

✕ 娜塔丽·萨洛特：探索言语中的潜意识

娜塔丽·萨洛特 (Nathalie Sarraute，1900—1999) 原名娜塔丽·切尼亚克 (Nathalie Tcherniak)，出生于俄国一个富裕的犹太知识分子家庭。2岁时父母离异，母亲与一个作家再婚，迁居巴黎，因此，娜塔丽·切尼亚克幼时在巴黎生活过完整的4年，而6到8岁时则往返于巴黎和圣彼得堡之间，直到1909年又随生父定居巴黎。20岁时，娜塔丽·切尼亚克获得巴黎大学英语学士学位，之后赴英国牛津大学学习历史，后又前往德国学习文学和社会学，1923年回到巴黎大学攻读法律。这一时期，她开始阅读普鲁斯特、乔伊斯和英国女作家伍尔夫 (Adeline Virginia Woolf，1882—1941) 的作品，受到很大影响。两年后，娜塔丽·切尼亚克与雷蒙·萨洛特结婚，共同从事律师工作。二战期间，她的丈夫参加了抵抗运动，娜塔丽·萨洛特因犹太裔身份而不得不隐姓埋名，隐居乡下。

战争结束之后，娜塔丽·萨洛特发表了很多作品，逐渐为人所知。《怀疑的时代》可以说是尚未成气候的法国新小说的第一篇理论著作，其中对从拉法耶特夫人到普鲁斯特的法国小说传统提出了质疑。该作品凝聚了娜塔丽·萨洛特对未来小说创作的思考，也指导了她的写作实践。例如，她对小说人物的写法提出了与传统小说完全不同的看法："在那全盛的时代，小说人物真是拥有一切荣华富贵，得到各种各样的供奉和无微不至的关怀。他什么都不缺少，从短裤上的银扣一直到鼻尖上的脉络暴露的肉瘤。现在，他逐渐失去了一切：他的祖宗、他精心建造的房子（从地窖一直到顶楼，塞满了各式各样的东西，甚至最细小的小玩意儿）、他的资财、地位、衣着、身躯和容貌。特别严重的是他失去了最宝贵的所有物：只属于他一个人所特有的个性。有时甚至连他的姓名也荡然无存了。"

娜塔丽·萨洛特出版于二战期间的第一部作品《向性》(Tropismes，1939)是一部短篇小说集，尽管在出版之初未受关注，其实却奠定了她后来所有作品的主题和美学基调。这些短篇小说没有标题，只呈现一些特定的场景，如街上的路人或是茶室中的女人，一个老者和一个少女的对话，等等，没有确定的故事情节，人物通常只是以人称代词被称呼，没有明确的身份，作者着力揭示的是他们的内在意识和人的心理机制。娜塔丽·萨洛特所定义的"向性"是指"迅速滑向人们意识边缘的这些难以言明的运动"，是"我们所表现出来的动作、话语和所感受到的情感的来源"，这些"构成了我们存在的隐秘根源"。她将这种心理感应称为"向性"，"因为这种内心活动就如同植物的向光性，朝向光，或是背弃光"。从《向性》开始，娜塔丽·萨洛特找到了自己的创作道路，之后专心投入写作。

1948年，《陌生人肖像》(Portrait d'un inconnu)出版之际，萨特撰

写了序言，称其为一部"反小说"，认为它体现了与传统小说不同的特点，"反小说保存了小说的外貌与轮廓［……］但是，小说自己否定了自己"。该小说的名字虽然取自一幅肖像画，但表现的其实是人们之间互相吸引或排斥的关系。跟随一个略有神经质的叙述者的目光，读者了解到一个吝啬的父亲和一个待嫁的女儿的生活和想法，然而小说并无意讲述二人的生活故事，而是刻意描绘这两个人物在第一人称叙述者身上产生的反应。萨洛特并不像传统小说家那样直接描写人物心理，而是在观察者的目光中捕捉人物的内心活动。萨洛特"探索了一种技巧，比心理学家更能从人的存在本身获致人的真实性"。《马尔特罗》中也存在这样一个敏感的叙事者，他的目光追随主要人物马尔特罗，他的心态随着人物言行举止的变化时而不安，时而赞赏，表现出一种茫然的混沌意识。《天象仪》中同样没有完整的故事情节、清晰的现实图景以及典型的人物性格，整部小说是不同人物的内心独白，出现了多重视角和目光的交织，以一个家庭多个成员之间的关系揭示人与人之间的张力。每个人都生活在相互作用之下，感受到别人的目光和压力，这种感受往往源自误解和臆想，因此，每个人物都如同通过天象仪观察到的星球，形成一个动态旋转的系统，互相吸引又彼此排斥。这些作品中还保存了微弱的情节，人性中的自私或是家庭关系和社会规范仍然有零星闪现，萨洛特所刻意揭示的依然是人的意识中隐秘的角落和隐约的波动。萨洛特提出了"潜对话"（la sous-conversation）这个概念，我国的法国文学研究专家柳鸣九先生对其进行了深入解读，认为"潜对话"包含三个范畴：一是心理活动中的对话，可能是回忆中、想象中的对话或者是内心正在发生而且未必发生的应答，可以说是人物内心独白的复调模式；二是不同人物之间体现内心隐秘和复杂本意的话语，可能是被规范化、程式化的语言形式所掩盖的言下之意；三是人与人之间难以言状的相互感应，可能是未能诉诸言语和行为的微妙感觉。[1]

20世纪60年代，萨洛特在作品中对写作和艺术本身展开思考。在1963年出版的《金果》(*Les Fruits d'or*) 中，人物和情节完全退位，直接呈现的是一群文人对小说《金果》的评论。这部独出机杼的作品颇受好评，获得国际文学奖。1968年出版的《生死之间》(*Entre la vie et la mort*) 讲述的是一个未成名的作家艰难的写作生涯。萨洛特在《你听见他们吗？》(*Vous les entendez ?*) 中深化了人与艺术关系的主题，围绕一尊雕塑作品，描述了不同人群的艺术观点和相互反应，从而对文化艺术的地位以及社会上的艺术观念进行探讨。

80年代，萨洛特在《童年》(*Enfance*, 1983) 中进行自我书写，探讨自我的意识区域，这也是她将"潜对话"手法运用得炉火纯青的写作实践。不同于一般的自我书写，萨洛特不仅不着力于陈述生平轨迹，而且在作品中将自己分裂为两个同时存在的叙述者，通过二者之间的对话揭示自己的内心活动和意识，从而揭示人内在意识的丰富性和复杂性。她同样不着力于转述人物的内心独白，而是努力使当事人自己也未必意识到的一种言语之下的意识波动浮现于文本层次。

萨洛特在小说《傻瓜们说》(*Disent les imbéciles*，1972) 和《言语的运用》(*L'Usage de la parole*，1980) 中探讨了语言的功能。萨洛特的戏剧创作同样成果丰硕，在六七十年代陆续出版了多部作品，如《沉默》(*Le Silence*，1967)、《谎言》(*Le Mensonge*，1967)、《伊斯玛》(*Isma ou*

---

1. 柳鸣九:《娜塔丽·萨洛特与心理现代主义》, 见萨洛特:《天象馆》, 罗嘉美, 译, 桂林: 漓江出版社, 1991年, 译本序, 第17—18页。

Ce qui s'appelle rien，1970 ）、《这真美》（ *C'est beau*，1973 ）和《她在》
（ *Elle est là*，1978 ）等，贯穿其作品的主题依然是人与人之间难以用语言
表达和沟通的复杂意识。在《是非口舌》（ *Pour un oui ou pour un non*，
1982 ）一剧中，两个男子本是关系不错的朋友，却产生了嫌隙。当他们
想要寻求究竟时，竟不知具体何故，也不知从何说起，后来突然想起缘
由：原来有一天其中一人不小心使用一种居高临下的语气说了一句极其
平常的话，被敏感的朋友误会了。而他们之间后来的言语解释越多，友
谊就越会被更多的细节所分离。由此可见，一些细微的言语不慎可能引
发误解，而这些潜在的、微不足道的口舌是非往往会在某个不经意的时
候突然出现。这些潜伏的言语实际上是人的潜意识的表现。一个多余之
词、一种不当的语调或目光都可能比所谓的实话更真实。而且，生活中
每个人都喜欢用自己的标准去想象他人的言语行为，而实际上每个人的
观念和方式都会有所不同，这便会成为误会的源头。在这部剧中，萨洛
特通过大量细腻、犀利、幽默的话语让读者感受到话语的无力。萨洛特
这部最后的剧作成为其所有戏剧作品中被搬上国内外舞台次数最多的一
部。1996年，她获得剧作家协会颁发的戏剧大奖，同年，其全部作品都
被收入伽利玛出版社著名的"七星文库"。

　　无论是在小说还是戏剧中，娜塔丽·萨洛特一直尝试以新的艺术技
巧来表达新的内容，她关注的内容并非社会问题，也不是个人命运，而
是语言和意识问题，也就是说是言语之下意识边缘的活动，而这一切都
隐藏在内心独白和潜意识之中。正因其独特的写作手法，柳鸣九先生将
萨洛特的创作纳入西方心理现代主义作品，认为萨洛特"全身心地钻入
人物的内心世界，用显微镜去观察人物神经末梢微妙的活动与变化，并
将它们表现为艺术图景［……］虽然她在自己独特的追求中失去了外部

生活的真实性，然而她却达到了内心世界的真实性，并以这种真实性表现出了人存在状态中的人性本质的一个方面"[1]。

❧ 阿兰·罗布-格里耶：走向一种新小说

阿兰·罗布-格里耶（Alain Robbe-Grillet，1922—2008）1945年毕业于法国国立农艺学院，先后供职于国家统计局和殖民地热带水果研究所。作为农艺师，罗布-格里耶曾在法国海外领土瓜德罗普、马提尼克以及摩洛哥、几内亚等国家工作，后离职专心从事文学创作。成为法国"新小说"的代表人物之后，阿兰·罗布-格里耶常年担任巴黎午夜出版社的文学顾问，并在1972—1997年间长期旅居美国，在美国的大学里执教。2004年，他当选为法兰西学院院士，但一直没有正式入职。

1949年，罗布-格里耶完成了第一部小说《弑君者》（Un régicide），但是被伽利玛出版社拒稿。1953年出版的《橡皮》是他正式出版的第一部新小说作品，也是其成名之作。之后，罗布-格里耶决定重新改写《弑君者》，但是每一次都因偶然出现的想法而创作出另外一部作品，于是《窥视者》《隔帘妒》和《在迷宫里》意外而生，由此开启了法国新小说的第一次浪潮。同时，罗布-格里耶也迎来了写作生涯的黄金时期。他在《橡皮》和《窥视者》中戏仿了侦探小说，但是又颠覆了一般侦探小说的叙事结构。例如，《橡皮》中的侦探瓦拉斯前往某个城市调查谋杀案，其实所谓的受害者当时只是受伤，而且出于其他考虑隐藏了起来。可是，在调查的过程中，瓦拉斯本人却阴错阳差地误杀了突然出现的受害者，

---

1. 柳鸣九：《娜塔丽·萨洛特与心理现代主义》，前揭书，第19—20页。

而这个受害者不是别人，正是瓦拉斯失散多年的父亲，从某种意义上而言他无法逃脱俄狄浦斯式的命运。

罗布-格里耶的作品充分展示了世象的不确定性。在《窥视者》中，有个推销员在海岛上奸杀了一个女孩，但他本人完全没有意识到事件的发生。这些真假难辨、无法解释的案件似乎都在质疑真相是否存在。这种质疑在《隔帘妒》里被推向极致，丈夫疑心妻子与邻居男子偷情，无法克制自己的妒心，于是躲在百叶窗后面窥视。《橡皮》中出现的城市迷宫意象在另一部小说《在迷宫里》中重现，或许它象征着永远走不出迷宫的人在世间的命运：一个从前线归来的士兵来到一个陌生的城市，寻找战友的父亲要把遗物交给他，而他在整个迷宫一样的城市中经历各种奇遇，最后死于非命。罗布-格里耶的早期小说确实体现了新小说的写作特点，如人物的模糊性、时间的不确定性、情节的弱化以及大量的偶然性和重复性元素。

此外，罗布-格里耶的作品强化了物的书写，例如：《橡皮》中对西红柿的精细描写，《幽灵城市》中对瓦纳德庙的大段描写，《窥视者》中对绳子的迷惑力的描写，以及《在迷宫里》对城市空间的描写等。他在描写中只投入目光不投入感情，以克制的方式和几何学词汇去描绘，他去除带有情感色彩的词汇，试图恢复事物本身的存在状态和功能，避免将物的世界纳入人的意识之中，因此，罗兰·巴尔特以"视觉派"和"客观文学"来定义罗布-格里耶作品中对物的书写。然而，过于细致入微的描写难免让人产生晕眩，失去真实感，而且罗布-格里耶对一些事物和情景进行的重复性描写仍然不可避免地建立了人与物之间的关联，例如：《橡皮》中始终找不到的橡皮被多次描绘，表现了人物的执念；《隔帘妒》中反复描写捏死蜈蚣的情节暗示了人物心中萦绕不去的妒念。或许，这是因为反对像传统小说那样直接描写人物心理活动的罗布-格里耶只能转而去描写人物意识的物质表现。

面对新小说所受的非议，罗布-格里耶在一部被视作新小说宣言的著作《走向一种新小说》中进行了回应，他称自己并非理论家，而是继续行走在乔伊斯、福克纳、陀思妥耶夫斯基、普鲁斯特、卡夫卡、萨特和加缪等人开拓的道路上。在这部著作中，罗布-格里耶还建立了小说和电影在时间上的统一性，将二者都置于现在时的表达方式中。"电影和小说首先都是在时间上延展的艺术，与绘画或雕塑等造型艺术大相径庭。[……]电影只有一种语法模式：直陈式现在时。如今人们可以发现，电影和小说在瞬间、间隔和连续性的建构中会合，从而有别于时钟或日历上的时间。"基于电影和文学的时间建构共性，罗布-格里耶在60年代开始电影创作实践，1961年完成的电影小说《去年在马里安巴德堡》（*L'Année dernière à Marienbad*）由著名导演阿兰·雷奈（Alain Resnais，1922—2014）搬上银幕，获得同年威尼斯电影节大奖。1963年，罗布-格里耶单独摄制的影片《不朽的女人》（*L'Immortelle*）荣获路易·德吕克电影奖，其他的电影作品还有《欧洲快车》（*Trans-Europ-Express*，1966）、《说谎的人》（*L'Homme qui ment*，1968）、《伊甸园及其后》（*L'Eden et après*，1971）、《欲念浮动》（*Glissements progressifs du plaisir*，1974）和《美丽囚徒》（*La Belle Captive*，1983）等。

罗布-格里耶20世纪六七十年代的小说在创作手法上没有超越早期作品，在内容取材上采用较多的暴力、情色和幻觉元素，如《幽会的房子》（*La Maison de rendez-vous*，1965）再次套用侦探小说的模式——走私大王爱德华·马纳雷遭枪击而死，于是开始了追叙。《纽约革命计划》（*Projet pour une révolution à New York*，1970）讲述了一个精神病医生在纽约地铁的诊所里策划强奸、谋杀和纵火事件，并为某个革命计划进行毒虫试验。《幽灵城市》（*Topologie d'une cité fantôme*，1976）和《金三角的回忆》（*Souvenirs du triangle d'or*，1978）以及终于得以出版的《弑君者》（1978）中都充满了混乱和暴力。这些作品在法国读者不多，新小说影响式微。

1972—1997年间，罗布-格里耶在美国的大学执教。在此期间，他应一所大学的要求创作了一部可以教授法语语法的小说——《吉娜》（*Djinn*，1981）。主人公西蒙·勒戈尔接受了美丽神秘的女雇主吉娜交给他的一项任务——到火车站跟踪、监视某人，接着又被吉娜派来的一个男孩和一个女孩带到一个神秘的地方执行另一项神秘任务。在经历了一系列的偶然和巧合后，西蒙被两个孩子蒙着双眼带进了一个会议厅。在那里，吉娜正在介绍她的秘密集团：她领导的是一个反对机械化的国际组织，宗旨是"为了摆脱机器帝国主义和拥有更自由的生活"。颇为讽刺的是，吉娜的声音是由一台扬声器播送的，其组织成员亦有仿真机器人之嫌。随后，西蒙因头部遭到重击而昏迷，醒来后他发现自己回到了与吉娜初次见面的废弃库房。小说的后续部分是对这一基本故事情节的几种不同叙述，作者在叙述中使用了多种形式和规则，相同的人物、场景不断地重复出现，时间和空间被打乱。小说的每一章都涉及一个语法现象，随着故事情节的发展，语法的难度也越来越大。因此，作为一部"教学小说"，《吉娜》不仅向学生展现了法语语法的严谨性和复杂性，同时不乏可资阐释的多重意义。作品名称"Djinn"在阿拉伯语中是"精灵"之意，在作品中对应女主人公"Jean"的英语发音，同时也与其他几个人物的名字谐音，读者无法辨别人物究竟是谁，是否真实存在。可见，在技术高度发达的当今社会，不仅人与人之间的关系充满谜团，有时连人对自身的存在也难以真正认识。《吉娜》在1982年被译为意大利语后荣获该年度意大利蒙德罗文学奖。

80年代，罗布-格里耶的小说写作出现了转向，在创新的同时回归传统。《重现的镜子》《昂热丽克或迷醉》（*Angélique ou l'enchantement*，1988）和《科兰特的最后日子》（*Les Derniers jours de Corinthe*，1994）共同构成了"戏说三部曲"（*Romanesques*），都是在时间和空间中展开回忆。罗布-格里耶公开承认，罗兰·巴尔特所著的《罗兰·巴尔特自述》（*Roland Barthes par Roland Barthes*）是《重现的镜子》的起源。他把自己编排为小说中一个名为罗布-格里耶、职业是农艺师的人物，以第一人称讲述作为小说家的自己，回忆自己的双亲和家族成员，重现童年时光。作品是一个由诸多片段组成的文本，这些片段来自童年生活中的恐惧或快感，来自家庭生活趣事或是对战争的回忆；无足轻重的琐事、温馨的生活画面、沉默的间隙和重大历史事件交织在一起。这本书因迷宫般的叙述、诗意的描写和透彻的思想在法国评论界引起强烈反响，成为罗布-格里耶晚年最成功的作品。进入21世纪之后，阿兰·罗布-格里耶依然保持写作的活力，出版了《反复》（*La Reprise*，2001）、《情感小说》（*Un Roman sentimental*，2007）等作品。

❧ 米歇尔·布托的时空迷宫

米歇尔·布托（Michel Butor，1926—2016）3岁时随父亲定居巴黎，在巴黎大学曾师从著名哲学家加斯东·巴什拉学习认识论，完成学业后一直从事教职，曾执教于英国曼彻斯特大学和瑞士日内瓦大学，还在美国和德国的一些大学担任客座教授。在从事教学工作的同时，布托很早就开始了文学创作。28岁时他出版了第一部小说《米兰巷》(1954)，两年后出版了《日程表》，1957年又有一部作品《变》与读者见面，然后在1960年出版了《度》(*Degrés*)。这一时期，布托的文学创作完全融入了新小说的发展浪潮，以一系列作品成为新小说的代表人物之一。他于1963年发表了专著《论新小说》，对自己的小说创作进行总结，同时也尝试将这一新颖的写作实践理论化。

对叙事结构的探索是米歇尔·布托新小说创作的成功之处。他认为小说是一个现象学的场所，也是叙事的实验室，探索以何种方式让现实显现出来便是小说家的工作。其处女作《米兰巷》的故事发生在一个特定空间，即位于巴黎米兰巷的一幢七层居民楼，时间是从晚上七点到早晨七点的一夜之间。布托首先将分别居住在七个楼层的七户人家的生活进行同时性平行叙述，然后又通过一个中心事件——五层住户的女儿昂热娜二十岁的生日晚会——将来往不多的各户人家联系起来。晚会聚集了楼里的年轻人，晚会结束后，一个小伙子又忽然返回狂吻昂热娜，结果导致她受到惊吓，在躲避中身体要害部位受到撞击而亡，这惊动了全楼居民。小说的主要叙事时间是现在时，同时也穿插了回忆和对未来的展望以及内心独白，总体上形成一个时间和空间的立体结构。

布托的《日程表》被视作新小说的经典之作。这部小说的叙事时间是一年。主人公雅克·勒韦尔去英国一个工业城市布莱斯顿实习，在异国他乡生活一段时间后，他开始以日记的方式记录自己的实习经历。很快，他就感觉除了记载每日刚刚发生的事情还有必要回顾一下自到达以后的一些经历。于是，在小说开头的5月，勒韦尔叙述的是去年10月刚刚到达时候的事情；在6月，他叙述的不仅是当月发生的事情还有对去年11月的回顾；在书的最后一部分，时间是9月，而勒韦尔记述的内容还有8月、7月、5月和2月的经历。通过这种方式，布托仿佛制造了一个奇特的时间记录仪，可以让时间回溯倒流，而且把时间作为思考的客体。布托同时将城市作为一个符号系统进行描写，揭示了主人公所在的这个平庸沉闷的城市的语义复杂性。布托在进行叙事结构探索的同时也将对社会生活、文学艺术和时间的思考融入其中，从而使作品摆脱了纯粹玩弄技巧的嫌疑。布托还让神话典故和《圣经》故事等原型在文本中产生交互作用，因此从整体上构建了一个文化与记忆的迷宫。

荣获勒诺多文学奖的小说《变》也是一部不乏创意的作品。主人公莱昂是一家企业的经理，在巴黎有稳定的事业和家庭，同时他在罗马还有一个情人塞茜尔。小说中的叙事时间便是从巴黎前往罗马的一列长途火车的旅程，空间便是莱昂所在的车厢，旅行的目的不仅是情人会面，他还希望说服塞茜尔迁到巴黎居住，从而改变两地往返的生活状态。在这个特定的局限时空中，莱昂的生活和思想在对过去的回忆和对未来的设想中展开，过去、现在和将来，巴黎和罗马，真实和想象，种种意识和潜意识都混合在一起。而在这样一个地理空间变化的过程中，他在火车到达罗马下车时改变了计划，决定结束与情人的关系。小说《变》为法国小说带来了一种叙事上的重要革新，它第一次采用了第二人称叙述方式，叙述者似乎可以随时随地与读者建立交流，读者别无选择，必须进入人物的意识空间，经历他的生活，伴随他的思考，有如身临其境，这种叙事手法的变化令人耳目一新。

布托在《度》中将叙事实验的时间缩短为一小时，由三个人物分别对一堂课进行叙述。故事发生在巴黎的一个中学，历史地理老师皮埃尔·维尼埃试图讲述高二文科班的学习生活。在第一部分，他的对话者是他的侄子，同时也是他的学生的埃莱；第二部分是埃莱向另一位老师（皮埃尔的同事亨利·茹雷）进行讲述；第三部分是茹雷的叙述。由于设置了对话场景，三个人物的多重叙述依然是以第二人称为主要叙事声音，只是这个第二人称可以是作品中的人物，也可以是读者。通过对一堂课的教学内容和教学进程的详细陈述，小说对法国高中的文科教学方案乃至整个人文教育体系进行了细致的审视。而这个不断发散、难以记述的过程其实正是作家写作行为的隐喻，也是布托的用意所在，因为作家总是处于参照现实的叙述和弥补现实的想象中的某个位置，正如小说人物所言："我又想起在刚才这个小时中所说的话，我知道，过一段时间，我还是可以把它们按照自己的愿望记录下来，不会有太大的遗漏变样。一段时间，是说还可以保持一些时间，也许是几个星期也许是几天，之后，我可能就需要想象了。"

1960—1996年，布托中断了小说创作，继续新的文艺探索。一方面，他从事文学研究和艺术评论，出版了系列《文集》（*Répertoires*，1960—1982），其内容涉及对法国和国外多位作家作品以及对文学艺术创作的看法，其中第一卷获得过法国的文学批评大奖。另一方面，他与艺术家们展开对话和合作，出版了大量艺术书籍和评论，尝试歌剧、广播剧、诗歌和散文等多种文体实践。米歇尔·布托还游历了很多国家和地区，获得了丰富的素材，他向音乐和绘画艺术借鉴灵感和技巧，在5卷本游记《地之灵》（*Le Génie du lieu*，1958—1996）以及5卷本《梦的素材》（*Matière de rêves*，1975—1985）中以真实或虚幻的碎片尝试一种表征世界的方式，体现了一种突破文学领域的实验性跨界写作意识。

❧ 克洛德·西蒙对时间的深刻意识

克洛德·西蒙（Claude Simon, 1913—2005）出生于非洲岛国马达加斯加，父亲是军官，在一战中牺牲，母亲带他回到法国定居。1924年，西蒙中学毕业后前往英国牛津大学和剑桥大学学习，服完兵役后在欧洲多国旅行。1936年，他支持共和党人，参加了西班牙内战；1939年，他应征入伍，1940年5月被德军俘虏后成功出逃。二战之前，克洛德·西蒙曾经师从安德烈·洛特（André Lhote, 1885—1962）学习美术，经历了二战之后，西蒙萌发了进行文学创作的想法。

克洛德·西蒙的文学生涯始于1945年出版的小说《作假者》（*Le Tricheur*），这是一部以传统手法为主同时吸收了乔伊斯式意识流手法的作品，故事情节完整，讲述了一战时期一对追寻爱情却没有得到真正幸福的情人的故事，塑造了一个近似于加缪《局外人》的主人公默尔索的人物，经历了多次失败后，无力的反抗使他难以摆脱命运的主宰。第二部作品《钢丝绳》（*La Corde raide*, 1947）不似小说，而更像是一部自传性的随想录。第三部作品《格列弗》（*Gulliver*, 1952）中福克纳的影响更加明显，它可以说是一部见证二战的小说，无论是犹太人、通敌合作者还是抵抗运动者，都是无法掌控命运的失败者。从1954年的《春之祭》开始，克洛德·西蒙确立了摆脱传统叙事的决心，他尝试了非连续性的叙事手法，在对小说结构的探索过程中自然地走向了正在兴发的新小说潮流。1957年出版的小说《风》（*Le Vent*）以风象征无法把握自己命运的人，为克洛德·西蒙带来了文学声誉。另一部小说《草》（*L'Herbe*, 1958）中依稀可见一个平凡女性的可悲人生，但是已经不再有连贯的情节。1960年，克洛德·西蒙出版了以二战为题材的小说《弗兰德公路》（*La Route des Flandres*），该小说被公认为他的代表作，也是新小说的杰作，获得了当时广受欢迎的《快报》（*L'Express*）文学奖，并于次年被改编成电影。他60年代的另外两部作品《豪华宾馆》（*Le Palace*，1962）和《历史》（*Histoire*，1967）秉承了同一种创作思路：故事情节被淡化，结局模糊，人物个性消减，情感碎片化，在虚实交织的回忆中将人的命运置于人类历史中进行考量。《历史》中没有故事，而是通过一张张明信片把零散的记忆和形象串联起来，将过去的碎片重新联结。从《法萨尔战役》（*La Bataille de Pharsales*，1969）开始，克洛德·西蒙作品中的虚构故事不再是"历险的写作"，而是"写作的历险"，也就是说故事消失，让位于语言空间中的探索，这一点在《常识课》（*Leçon des choses*，1975）中体现得更为明显。克洛德·西蒙的作品不擅于表现人物对话，以描写和叙述见长，经常出现蜿蜒曲折的普鲁斯特式长句。他在写作中也常常向绘画和电影借鉴叙事手法，将时空完全重新排列组合。

1981年出版的《农事诗》依然以战争和历史作为重要主题，书名来自古罗马诗人维吉尔的同名长诗，小说主人公在连绵不断的战事中仍对家园农事念念不忘，小说题目与内容的强烈反差表达了对安宁生活的企望。《农事诗》在写作手法上是一部集大成的作品，延续了之前《三联画》（*Tryptique*，1973）中三个虚构故事并列叙述又相互交叉的叙事方式。同样，《农事诗》串联起三个历史时期三个人物的命运轨迹，他们的共同联系便是战争：一个是二战中的法国骑兵，是作者本人的化身；一个是法国大革命时期的法国将军，也是前者的祖先；最后一个是在1936年自愿参加西班牙内战的共和党人，以著名英国作家奥威尔（George Orwell，1903—1950）为原型。通过某些特定的地点或场景，作品叙事的线路随时切换，将处于不同时间和空间中的三个人物的人生轨迹进行交叉叙述。在克洛德·西蒙笔下，如果说大自然的时间是直线前进永不复返的，那么历史的时间就是循环往复的，一幕幕战争画面不断重复，美好的向往被撕碎，人类的悲剧便在历史的重演中周而复始。

克洛德·西蒙认为，他所经历的现实以及家族的历史中充盈着一种很多凭空想象的故事所不具备的感人力量，所以其大多数作品中都有个人经历的印记。他于1989年出版的《洋槐树》（*L'Acacia*）则是更多一份自传色彩，以古宅旁的洋槐树为见证，串联起家族的历史和回忆。《洋槐树》通过模糊的记忆碎片断断续续地还原出一段从19世纪末到20世纪80年代的家族历史。小说通过家族命运衬托出战争的荒谬以及战争中人的个性的丧失和泯灭。人被物化、单一化，融入庞大的战争机器，陷入集体命运的漩涡，丧失了对自我的掌控和把握。全书由12个互相联系而又被打乱顺序的章节构成，每个章节都通过个人经历和集体记忆的交融，把个人的回忆片段转换成集体的史诗般记忆。这部作品结构复杂，头绪纷繁，故事时空被打乱，没有姓名的人物被淹没在历史和生活的漩涡之中。而读者在阅读时必须像拼图般搜集各种线索，慢慢还原故事的本来面目。此外，克洛德·西蒙晚年的作品有《植物园》（*Le Jardin des plantes*，1997）和《有轨电车》（*Le Tramway*，2001）等。

克洛德·西蒙擅长探索小说的时空组合，展示多层次的画面，但是"写作的历险"不足以概括其文学创作的成就。事实上，他执着地想要寻找一个消失的过去并尝试通过书写行为发生的现时感知来重建往昔，时间、记忆、战争、死亡和失败是他作品中重复出现的主题，他的小说蕴含着对人类生存境况的深邃思考，富有历史底蕴和人道主义精神。正是因为克洛德·西蒙能够"在人类生存条件的描写中将诗人和画家的创造力与对时间的深刻意识结合在一起"，故而在1985年荣获诺贝尔文学奖，这也是走过30年历程的法国新小说所获得的最高荣誉。

❧ 理论的年代与新批评

作为一个独立的文学种类，法国的文学批评在19世纪因圣勃夫等人的努力才真正形成，以作者生平、历史主义和社会环境决定论为主导的批评方法长期占据主流。1908—1909年间，马塞尔·普鲁斯特写作了后来被收入评论集《驳圣勃夫》（*Contre Sainte-Beuve*，1954）中的文章，对传统文学研究进行批判；不过，直至50年代，文学史家古斯塔夫·朗松的历史主义研究仍然主导学院派文学研究。20世纪中叶，来自保加利亚的茨维坦·托多洛夫（Tzvetan Todorov，1939—2017）翻译了俄国形式主义的系统理论，经其友热奈特的推荐在法国发表，为结构主义文论提供了理论基础。这一时期，法国文学研究界开始受到俄罗斯语言学领域形式主义思潮的影响。在法国，20世纪六七十年代是理论的年代，从结构主义到解构主义，法国学界在萨特的存在主义之后出现了很多在人文社科领域提出先进理论的大师，与法国"新批评"（la Nouvelle critique）的发展相辅相成。

文学实践推动了文学批评和理论的发展。莫里斯·布朗肖以其独出机杼的写作为理论家和批评家们提供了一个被频繁参考引用的案例。在他的十余部小说中，人物形象模糊，他们所经历的寻找过程也模糊不清，迷宫般的城市和街巷没有确定的名称，呈现出奇特的面貌，无论是流浪还是相遇都笼罩在一种隐秘的神话气氛中，隐晦的言语交流难以理解。在布朗肖的作品中，叙述话语的形成本身就成为一个重要主题，"文学其实是一种从作品到其源头的奇特的运动，作品本身成为了对其源头迫切、无尽的追寻"，布朗肖不断挖掘文本发生的源头，他在《未来之书》(*Le Livre à venir*，1959）中写道："只有作品本身才是重要的，归根结底，作品无非是为了引导对作品的寻找，作品是一个运动，将我们带到其创作灵感的纯粹点，而似乎只有作品消失时才能达到。"[1] 20世纪法国文坛出现的文本主义和形式主义实验写作在新小说中达到高潮，文学创作的探索无疑为新批评提供了研究素材。

1960年，以菲利浦·索莱尔斯（Philippe Sollers，1936— ）为代表的几个年轻知识分子在巴黎创办了一份文学季刊《原样》(*Tel Quel*），他们很快显现出将文学、哲学、科学和政治话语兼容并蓄的雄心。在这份杂志上陆续出现了很多当时名不见经传、日后却声誉远播的大师们的名字：乔治·巴塔耶、罗兰·巴尔特、米歇尔·福柯（Michel Foucault，1926—1984）、雅克·德里达（Jacques Derrida，1930—2004）、拉康（Jacques Lacan，1901—1981）和克里斯蒂娃（Julia Kristeva，1941— ）等都曾为杂志长期撰稿，通过杂志发表了标新立异的观点。《原样》杂志是法国当代先锋思想的熔炉，曾经与各种理论思潮和历史语境接轨：新小说、形式主义、结构主义、解构主义、马克思主义、精神分析和女性主义等都在这里得到发扬。

在这样的文学语境中，"新批评"伴随着20世纪中叶的新小说、新戏剧和新理论等浪潮而产生。1963年，罗布-格里耶发表了题为《为了新小说》的宣言，与新批评家罗兰·巴尔特的《写作的零度》(*Le Degré zéro de l'écriture*，1953）相互呼应。这一年，罗兰·巴尔特又发表了《论拉

1． Maurice Blanchot, *Le Livre à venir*, Paris, Gallimard, 1959, p. 269, 293-294.

辛》（*Sur Racine*）一文，旨在揭示其"写作科学"和"话语的能力"，以结构主义和科学主义对传统文学理论和批评方法提出挑战。1965年，巴黎大学教授、《让·拉辛传》（*La Carrière de Jean Racine*，1956）的作者雷蒙·皮卡尔（Raymond Picard，1917—1975）发表了题为《新批评还是新诈骗?》（*Nouvelle critique ou nouvelle imposture*，1965）的檄文，批评罗兰·巴尔特及其代表的结构主义新批评，掀起了20世纪中叶文学批评领域的激烈争论。皮卡尔批评巴尔特采用结构主义模式解读拉辛是"专断和简单化的"，同时他也抨击了精神分析批评模式，认为其以所谓的"深层自我"取代了"社会自我"，削弱了文学的丰富性。1966年，罗兰·巴尔特写了《批评与真理》（*Critique et Vérité*）回击雷蒙·皮卡尔。在文学批评的古今之争中，新批评成为一种新的文学研究话语。

　　与20世纪英美文学研究中以关注文学文本主体为特征的形式主义新批评（New Criticism）相同的是，盛行于20世纪60—70年代的法国新批评从语言学成果中借鉴了形式主义和结构主义，提倡回归文本自身，主张将研究重心从文本外转移到文本内，致力于寻找文本内部的形式结构和规律。与英美新批评不同的是，法国新批评同时也从语言学、人类学、社会学和哲学等人文社科领域的新思想中吸取滋养，将其成果应用于文本分析，形成有别于传统的历史、文献和传记批评的新方法。因此，除了受形式主义和结构主义影响的符号学分析（la sémiologie）和叙事学分析（la narratologie），法国新批评还包括精神分析批评（la psychocritique）、神话原型批评（la mythocritique）、社会学批评（la sociocritique）、文本生成批评（la critique génétique）以及偏离结构主义路线的主题批评（la critique thématique）等。主题批评重视主体，强调作者个性，开辟了一条探索主体意识的研究路径。当罗兰·巴尔特宣称"作者已死"（« La mort de l'auteur »，1967）时，主题批评让作者主体在文本中复活，但是需知复活的是作者的意识，而不是生平事实。这样，主题批评与传统的传记批评和新批评中的结构主义都保持距离，形成了自己的方法。法国新批评丰富和发展了文学研究的思维方式和研究方法，使得文学研究更具客观性、科学性和理论性，更加注重文本自身的价值和文学创作的规律。

　　新批评中以结构主义为导向的方法论本意是为了挖掘文本中的文学性，以区别于传统文学批评关注文本之外的因素（历史、社会、生平等）的方法，因此一度盛行，但是它也存在矫枉过正的危险，因为对普遍性结构和规则的偏执、对作家主体的忽视本身就潜伏着削弱文学性的可能，对作品创作条件的屏蔽也会导致文学认知与现实脱节。当结构主义批评的代表人物陆续辞世之后，仍被法国学界和媒体誉为"文学结构主义的创始者"的茨维坦·托多洛夫对自己以及结构主义文学批评进行了全面否定，他出版了新著《濒危的文学》（ La Littérature en péril， 2007），给结构主义批评贴上了"形式主义""虚无主义"和"唯我主义"三个标签。托多洛夫指出，结构主义将文学批评缩微成纯粹的概念演绎和技术性探讨，与文学的宗旨背道而驰，窒息了法国文学的活力，因为原本用于帮助理解文本的工具被当作了终极目标。确实，在理论盛行的年代，一度流行有意淡化小说叙事性的作品，这些作品少有读者问津，以至于后来也有法国作家将当年的理论之风戏称为文学上的一种"恐怖主义"。

❧ 雷蒙·格诺的严肃与诙谐

　　雷蒙·格诺（Raymond Queneau，1903—1976）出生于诺曼底港口城

市勒阿弗尔，从小酷爱读书，后人从他1914—1965年间的日记中发现其阅读书单上共有7579本书。格诺17岁时来到巴黎在索邦大学注册了哲学专业，在1924—1930年间是超现实主义团体的成员。在短暂的记者生涯之后，他于1938年进入伽利玛出版社，担任译者和审稿专家。巴黎解放后，格诺积极融入圣日耳曼德普雷街区的文艺生活，他创作歌词，为音乐剧和电影撰写脚本。格诺从战前开始发表文学作品，在长达40年的文学生涯中游弋于小说和诗歌之间，共出版17部小说和15部诗集，1951年当选为龚古尔文学奖评委。格诺博学多识，除了文学和哲学素养，他和好友鲍里斯·维昂一样热爱数学，并在1948年成为法国数学协会成员，这一兴趣引导他在1960年创办了融合数学精神和文学想象的"潜力文学坊"。精神信仰是萦绕雷蒙·格诺的终极问题，他始终在理性和宗教之间徘徊，在质疑和信仰之间探寻精神的出路，先后在青年和晚年时期经历过两次精神困惑，并曾经接受心理咨询与治疗。

格诺于1937年出版的《橡树与犬》（Chêne et chien）类似诗体自传，甚至近似于面对心理分析师时的自由倾诉，表现出一种诙谐风格，形式上采用的是比较整饬的十音步和十二音步。此后，格诺出版了12部形式和风格各异的诗集，有的具有奇思妙想，有的滑稽幽默，有的渗透了灵性的哲思。在这些各具特色的诗歌中贯穿着一个统一的主题思想：诗人格诺努力去参透和表达世事无常，却总有一种无法把握的感觉。1948年出版的诗集《致命之刻》（L'Instant fatal）深化了这一思想，在一些看似轻盈的诗篇中飘动着悲伤的影子，诗句中透露出时间的流逝、衰老和死亡带来的伤感，格诺也说自己所效仿的是吕特伯夫、维庸、谢尼埃和佩吉等诗人。《袖珍宇宙时空》（Petite cosmogonie portative，1950）是一首亚历山大体长诗，尝试以科学的诗意来讲述生命的缘起和人类的起源。

1965年出版的《曼陀铃犬》（*Le Chien à la mandoline*）再版了之前的一些诗作，同时增加了一部分格诺尤其擅长的十四行诗，在这部晚年的诗集中读者同样可以感受到诗人以自嘲的方式表达出来的人生焦虑。格诺晚年的诗集三部曲《奔跑在街上》（*Courir les rues*，1967）、《热火朝天的乡村》（*Battre la campagne*，1968）和《乘风破浪》（*Fendre les flots*，1969）其实并不是如同书名所显示的那种吟咏城市、乡村和大海的诗歌，诗人在现实主义的白描中寄寓了隐约的梦幻和遐思。此外，作为潜力文学坊的重要成员，他的诗歌体现出语言和形式上明显的文字游戏特征。例如，他擅长根据音、形、义创造新词，挑战各种格律和音步，喜欢限定性写作。

1934年出版的第一部小说《麻烦事》（*Le Chiendent*）被格诺视为笛卡尔《方法论》的文学阐释，这部作品获得了第一届双偶咖啡馆文学奖（Le prix des Deux Magots）。此后，格诺陆续出版了3部融入自传元素的小说：《最后的时日》（*Les Derniers jours*，1936）、《奥蒂勒》（*Odile*，1937）和《柠檬孩子》（*Les Enfants du limon*，1938）。1942年出版的《我的朋友皮埃尔罗》（*Pierrot mon ami*）是一部具有喜剧风格的小说，受到读者欢迎，格诺的诙谐作家形象从此深入人心。1968年出版的《伊卡尔飞走了》（*Le Vol d'Icare*）是格诺的最后一部小说，讲述的是小说家于贝尔寻找从手稿中被风吹走的笔下人物伊卡尔的故事。

格诺的作品往往可以提供多层次的阅读体验，他在多部作品中融入了对小说写作艺术的探讨，常常通过嵌套式结构将故事中的作家与他们笔下的人物置于同一叙事层面，从而对小说人物的功能进行思考：在格诺看来，没有人物的小说在写作实践中是不可能的。《柠檬孩子》同样涉及虚构与真实的问题，小说结尾的对话是在人物和一个名为"格诺"的

"陌生人"之间进行的。上述小说实践反映了作为作者的格诺呼唤读者积极参与作品构建的愿望，此外，格诺认为小说创作是建立在精巧的谋篇布局之上的，并不是偶然性的产物。

格诺的另一部分写作实践反映了他的语言思想。法语有书写和口头语言之分，他认为在小说中应该创造第三种语言，即与法语口语相仿的一种新式写作语言，一种在词汇、句法和拼写上都有所不同的"新式法语"。晚年时，他承认自己的想法与现实存在差距，但是毋庸置疑，这种融入通俗语言的口语式写作确实在《扎齐坐地铁》（*Zazie dans le métro*，1959）等小说中得到尝试，并受到欢迎。格诺早年的作品《文体练习》（*Exercices de style*，1946）也充分体现了未来的"潜力文学坊"之匠心，浓缩了他的语言思考。作品所叙述的故事非常简单，只有寥寥几行：某日中午，一个穿戴奇怪的年轻人搭乘公共汽车，在车上与人发生冲突后下车，后来又出现在巴黎圣拉扎尔火车站，在那里与朋友交谈。但《文体练习》的奇妙之处在于变化了99种不同的方式（诗体、戏剧体、叙事体或者高雅与通俗语体以及不同的法语时态或语态）来复现同一个故事，令读者充分发现不同文体和语言表达方式之间的差异。

雷蒙·格诺的小说多是轻松滑稽的，一方面他善于创造平凡人物的平凡生活，在其中融入日常生活情景，另一方面他善于天马行空的想象，作品中不乏荒诞奇特的成分。在幽默诙谐的表面之下，格诺的文字其实是严肃而沉重的。动荡的政治社会现实是其多部小说的历史背景，例如，《麻烦事》中出现了意大利法西斯主义势力，《柠檬孩子》中描述了1934年2月法国极右联盟的示威游行，正在酝酿的世界大战在《寒冬》（*Un rude hiver*，1939）中隐约可见。还有一些小说其实朦胧地表达了格诺对人生的怀疑和焦虑，只是这些隐晦的底色都被表面的轻松欢快所遮掩。因此，格诺的小说世界中交织着虚构和现实、诙谐与严肃、轻松与凝重，正如他本人所言："幽默，真正的幽默，是以喜剧来传递严肃。"

雷蒙·格诺在文学体裁上也有所创新。他不属于全然摒弃体裁划分的作家，但是他的作品常常突破常规的体裁界限，或许是因为他认为小说具有包罗万象、兼容并蓄的性质，或许又是他在写作中产生了融合诗歌和小说的倾向。例如，诗集《橡树与犬》的封面上标有"诗体小说"字样，《混乱的时代》(*Les Temps mêlés*，1941) 在封面上被定性为小说，其实它的三个部分被格诺分别称为"组诗""独白"和"戏剧体"，而小说《伊卡尔飞走了》几乎全部由戏剧性对话构成。

最后，值得一提的是，雷蒙·格诺对中国古代思想表现出持续恒久却秘而不宣的兴趣。他与中国的缘分始于13岁时第一次与一些亚洲面孔的相遇。1916年，在家乡勒阿弗尔，少年雷蒙·格诺对在城里见到的华工印象深刻，他们是在第一次世界大战期间来到法国的劳工。多年以后，这一情景出现在小说《寒冬》中，因为这部作品开篇便是对穿过城区的华工游行队伍的描述。后来，格诺在个人的宗教和精神探寻过程中，通过间接的方式对中国思想产生了更加明确的兴趣。30年代，他专心研读了法国学者勒内·格农 (René Guénon，1886—1951) 关于东方的著述，此后又阅读了一些中国古代典籍的法译本。雷蒙·格诺的小说《青花》(*Les Fleurs bleues*，1965) 和最后一部诗集《本道》(*Morale élémentaires*，1975) 具有明显的中国文化印记。《青花》的封底文字介绍说该书受到《庄子·齐物论》的影响，"大家都知道一则著名的中国寓言：庄周梦为蝴蝶，然而难道不亦是蝴蝶之梦为庄周？同样，在本小说中，究竟是铎日公爵梦为希德罗兰，抑或希德罗兰梦为铎日公爵？"讷于言的希德罗兰远离尘嚣，清静无为，怡然自得，铎日公爵则喜欢高谈阔论，东奔西跑，易动好争，二者形成鲜明对比，似乎代表了东西方两种不同文化。《青花》的故事情节便建立在两个主人公的双重交叉叙述结构之上：铎日公爵是一个从1264年穿越到1960年的贵族，希德罗兰则是一个生活在1964年——也就是小说的创作年份——的"普通法国人"，他居住在塞纳河边的一只驳船上。当他们中一个人入睡时，便会梦见自己是对方，反之亦然，以至于难以分辨他们当中谁只是存在于另一个人的梦境之中，更加奇特的是两个人竟然在1964年一个似梦似醒的世界里相遇。这一受到道家思想启发的创作经历10年之后在《本道》中以诗歌的方式延续下去。《本道》分为三个部分：第一部分包含51首诗作，均为非常规诗歌形式；第二部分包含16首散文诗，每一首散文诗都与第三部分64篇散文的篇幅相当。需要注意的是，《本道》第三部分手稿的边页上有两个汉字——"乾""坤"，从而揭示出《易经》是此诗集的参考文献之一。《本道》化用了一些道家经典和《易经》的文字与思想。格诺在其封笔之作中表现出走出西方逻各斯的欲望，转向一种源自中国的直觉化、诗意化逻辑。或许我们可以说，在雷蒙·格诺的精神探寻和文学创作中，古老的中国智慧为其提供了借鉴。

ঙ 潜力文学坊：在限制中寻找创作的自由

潜力文学坊（L'Ouvroir de littérature potentielle）音译简称为"乌力波"（Oulipo），由爱好数学的作家雷蒙·格诺和爱好文学的数学家弗朗索瓦·勒里奥奈（François Le Lionnais，1901—1984）于1960年共同创办。二战期间，弗朗索瓦·勒里奥奈已经读过格诺发表的小说，战后，他们为了筹备编写《数学思想重要流派》（*Grands Courants de la pensée mathématique*，1948）而相识。1960年，雷蒙·格诺邀请弗朗索瓦·勒里奥奈为其独出机杼的《一百万亿首诗》（*Cent mille milliards de poèmes*）题写跋文，这位数学家建议成立一个与科学相联系的实验性文学组织，该倡议在当年年底得以实现。

潜力文学坊旨在发现语言的潜力并通过游戏性写作更新文学的表达方式，它"并不满足于生产文学，而是探索始终能够受到启发和进行生产的方式"[1]。潜力文学坊的创作原则是以限制性规则激发作家突破既有习惯去寻找新的表达方式，是追求文学创新的一种尝试。正如格诺所戏称的那样，潜力文学坊的作家是"为自己建造迷宫然后又千方百计走出迷宫的耗子"[2]，他们思考的是文学创新中限制与自由的辩证关系，因为形式上的限制可能会刺激写作者的想象力，通过设定限制，作家有可能摆脱固有习惯，他们也不一定像早期超现实主义那样依赖偶然，而是在突破程式化写作的过程中寻找新的表达方式并获得自由。

潜力文学坊最早设置的一个游戏性写作规则是作家让·莱斯库尔建议的"名词+7法"（la méthode S + 7），即在一个现有作品中把每个名词替换为某部词典中排在它后面第7位的另一个名词。潜力文学坊还有一种更加著名的字母禁用规则（le lipogramme），即在写作中禁止使用某一个或某几个字母。例如，让·莱斯库尔刻意排除法语中出现频率最高的元音字母E，以幽默的方式戏仿波德莱尔的著名诗篇《猫》（*Chats*），写出了格律工整的十四行诗《我们的猫》（*Nos chats*）。乔治·佩雷克的小说《消失》（*La Disparition*，1969）更是让字母E彻底消失，该小说也因此成为

---

1. Paul Fournel, *Le Magasine littéraire*, n°398, mai 2001.

2. Oulipo, *Abrégé de littérature potentielle*, p. 6.

实践此类规则的代表作。此外，与我国古代诗歌中的藏头诗或回文诗类似，潜力文学坊的作家们经常会特意设置字母排列规则以激发创作，佩雷克尤其擅长文字游戏类的字母诗。

潜力文学坊的作家常常要求文学写作接受数学的挑战，例如《一百万亿首诗》就是应用数学中排列组合规律而完成的"诗歌制造机器"。格诺一共写作了10首形式规整的十四行诗，在印刷制作过程中，每一个诗句都是独立裁剪，于是读者可以将不同页的诗句自由排列组合，由此得到一百万亿首诗。根据格诺的计算，如果每一首诗花45秒阅读，再花15秒时间进行重新组合，一个人每天读8小时，每年读200天，那么他创作和阅读完这一百万亿首诗大约需要花一亿年。曾经荣获全国诗歌大奖和法兰西学院保罗·莫朗文学大奖的诗人、数学家雅克·鲁博（Jacques Roubaud，1932— ）先后获得数学、文学两个国家博士学位，数学对其文学创作思想、作品结构和形式都有重要影响。他的第一部诗集《∈》（∈，1967）便以表示元素和集合之间关系的符号∈为书名，其中共有361首诗，这个数字是围棋180个白子和181个黑子的总和，诗人还提供了专门的规则解说以便使读者了解4种阅读诗集的方式。《31之立方》（Trente et un au cube，1973）则是由31首31句31个音节诗作组成的诗集，同样是集文学抒情之美与数学结构之美于一体的典范。

潜力文学坊至今仍然存在，按照章程，成员作家每个月聚会一次。加入潜力文学坊无须个人申请，而是需要现有成员推荐介绍，一旦成为成员便不能退出，即使在去世之后依然保留成员身份，只是"由于去世原因而不能出席聚会"。著名意大利作家伊塔洛·卡尔维诺（Italo Calvino，1923—1985）也是潜力文学坊成员。

⚕ 乔治·佩雷克：耕种四片"田地"的小说家

乔治·佩雷克（Georges Perec，1936—1982）出生于巴黎，他的父母是二战前来自波兰的犹太裔移民。二战全面爆发后，他的父亲志愿参战，1940年在前线不幸被炮弹击中。第二年，母亲将他送上前往法国南方非占领区红十字会的列车，自己却在1943年被德国人逮捕并送往奥斯威辛集中营。战争孤儿乔治·佩雷克在姑姑家度过童年，于1945年回到巴黎，并完成学业，在1962年成为法国国家科研中心的一名资料员。战争中父母和亲人的不幸离世给乔治·佩雷克带来严重的心理创伤，他在50和70年代接受过两次心理分析和治疗。

1955—1961年，佩雷克创作了四部小说，其中三部的手稿已经佚失，只有一部当时被拒的手稿得以幸存并在2012年出版。这是一部以意大利文艺复兴画家安托内罗·德·墨西拿（Antonello da Messina，1430—1479）的作品《佣兵队长》（*Le Condottière*，现藏于巴黎卢浮宫）为题的小说，佩雷克本人称这部追查失踪名画伪作和追查赝品画师谋杀案的类侦探小说是自己第一部成熟的小说。

1965年，佩雷克出版的第一本小说《物：六十年代纪事》（*Les Choses. Une histoire des années soixante*）荣获勒诺多文学奖。创作这本小说的时候，佩雷克和妻子与书中主人公热罗姆和希尔薇年岁相仿，都是20出头的年轻人，而且佩雷克将他和妻子的一些生活经历移植给了书中的人物，他们生活在相同的时代和社会中。法国在20世纪60年代前后进入消费社会，这深刻影响了年轻一代的生活状态和思维方式。小说在中间主体部分以过去时动词描述热罗姆和希尔薇的现实生活：从生活困窘的巴黎自我流放到北非突尼斯；小说开头部分以动词条件式表达人物对理想的物质生活的向往，结尾以将来时态探讨在生活困境和精神困境中彷徨的年轻人该何去何从。这部融入了个人经历的作品表达了青年时期的佩雷克对个人身份和人生道路的探寻。此外，他在小说首尾处都引用了马克思对资本社会的分析，并且以副标题"六十年代纪事"来表达小说的社会学属性。

法国著名社会学家鲍德里亚（Jean Baudrillard，1929—2007）在其分析法国消费社会状况的著作《物体系》（*Le Système des objets*，1968）的结语中引用了佩雷克小说《物》的开头片段，指出其中的大量描写与巴尔扎克小说中的描写旨意不同，因为在这个物化世界里没有人物的存在，所有的"物"从某种意义上说都是被抽象了的纯粹符号，它们的相互组合意味着"我们是在消费的世界中"，"消费没有止境"。他还指出作者对条件式的使用已经暗示人物"没有人生规划，只有物化"。[1]

佩雷克出版于1967年的小说《沉睡的人》（*Un homme qui dort*）的书名或许取自普鲁斯特《追忆似水年华》中这样一句话："沉睡的人握住串起时光、岁月和世界的绳子，环绕在自己身边。"在写作手法上，佩雷克承继了一些新小说风格，借鉴了米歇尔·布托在《变》中采用的第二人称叙述者，以"你"直接称呼人物。这是一个25岁的大学生，正处在一种"不会生活"的迷茫状态中，他把自己封闭在房间里，对一切世事都持无所谓的态度，终日沉浸在思虑中，觉得一切都是灰色的。最后，他终于认识到这种"中性"的无所谓状态其实是无谓的，而且这也并非他独有的不幸，于是决定融入到世间的芸芸众生中去。1974年，佩雷克与

---

1. 参见 Jean Baudrillard, *Le Système des objets*, Paris, Gallimard, 1968, p. 278-283。

导演贝尔纳·奎萨纳（Bernard Queysanne，1944—　）合作，将小说改编为电影，影片获得了法国让-维戈电影奖（Le prix Jean-Vigo）。

　　1967年，经由诗人雅克·鲁博的推荐，佩雷克加入了"潜力文学坊"，从此，人们在他的很多作品中都可以看到一种规则性和文字游戏性写作。他不仅尝试在诗歌中挑战各种字母使用规则，而且在叙事作品中大胆尝试自我限制性写作。其中最为著名的一部作品是《消失》，在长达300多页的小说中，佩雷克自我约束的规则是不使用法语中出现频率最高的字母E。他不仅在形式上成功应对了这一极大的挑战，而且设计了一个具有侦探故事性的情节：主人公安东·瓦勒失踪后，朋友们都为他担心，但在寻找他的过程中他们自己也一个接一个地消失了。这个故事同时也是一个巨大的隐喻场，消失的不仅是一个字母，而且是二战时期在德国纳粹种族灭绝行动中失去踪影的一个个犹太人。另一部作品《回归》（*Les Revenentes*，1972）的创作规则是只能使用一个元音字母E，尽管这个字母不仅回归而且取代了其他所有元音字母，但佩雷克始终未能从幼年失去双亲的阴影中走出来，因为他的父母在战争中永远消失再也不能回来。1975年出版的《乌有岛或童年回忆》（*W ou le Souvenir d'enfance*）是一部颇具自传体色彩的小说，也是佩雷克最令人伤怀的作品。小说有两个交替行进的叙事线，一条线回忆作者经历战争的童年，一条线则以虚构的乌有岛（即书名中的W）为中心展开故事。乌有岛的社会统治原则是奥林匹克式的竞争理念，但是读者读到最后就会明白乌有岛正是纳粹集中营的隐喻，这个虚构世界揭示的其实是自传部分无法用言语表达的生活灾难和精神创伤。佩雷克在自传中写道："我没有童年回忆。直到大约12岁，我的历史用寥寥几行便可表达：我在4岁时失去父亲，在6岁时失去母亲，然后在维拉尔德朗好几家寄宿学校度过了战争时期。"两个看似平行的叙事之间其实也存在意义的呼应：在虚构部分中，身份虚假的温克勒要去寻找真正的温克勒——一个在海难中落水的聋哑孤儿，这其实暗示的是已经成年的佩雷克一心想去寻找童年的自己，去理解自己所经历的无法用言语表达的痛苦，并试图将自己从心理灾难中拯救出来。从这个意义上说，佩雷克或许是希望通过写作寻找一种自我治疗的方式。而在晚年的另一部作品《我记得》（*Je me souviens*，1978）中，佩雷克则排除虚构和叙事，用480个全部以"我记得"开头的碎片式断章，串联起1946—1961年间（也就是作家10—25岁期间）从童年到成年后的生活回忆，并将个人记忆融入集体记忆之中，如政治风云、生活变迁和社会风尚，从而唤醒读者对一个时代的回忆。

《生活使用说明书》（*La Vie mode d'emploi*，又译《人生拼图版》，1978）是佩雷克的另一部代表作，荣获当年的美第奇文学奖。这部小说历时10多年完成，正文有600余页，有6个部分，加上结尾，共99章，人物达2000余人。作品呈现了巴黎第17区奥斯曼大街上一幢住宅楼里的生活情景。住宅一共10层楼，每层10家住户（除了底层是9户人家），全书99个章节描绘了1975年6月23日晚上8点左右多户人家的故事。虽然是不同空间的同时性叙事，其实每户人家的故事也都从现在回溯到过去。在这部具有实验风格的作品中，佩雷克精心设计了一幅规模宏大的人生拼图，而且同样在其中融入了自己的生活经历。

乔治·佩雷克在总结自己的文学生涯时说道："如果我尝试描述自从写作以来我所想做的，脑中的第一个想法就是我从来没有写过两本相似的书，我从来不想在一本书里重复在之前某本书里使用过的任何一句话、一个结构或一种方法。"他曾经将自己比喻为农夫，农夫在不同的田地里种植了不同的农作物，而他的作品也可以分为社会性、自传性、游戏性和故事性四块"田地"："也许它们探讨的是相同的问题，但是采取的是不同的角度。"佩雷克的写作实践确实实现了他的文学理想，那就是"写尽当今时代一个人所能写的一切"。

∾ 玛格丽特·杜拉斯的互文式书写

玛格丽特·杜拉斯（Marguerite Duras，1914—1996）原名玛格丽特·多纳迪厄（Marguerite Donnadieu），杜拉斯是其笔名，来自她父亲的籍贯——法国西南小镇杜拉斯。玛格丽特·杜拉斯出生在越南西贡的一个法国殖民者家庭，父亲是小学校长，1921年因病去世，母亲是小学教师，独自养育3个孩子。1929年，母亲用多年的积蓄购置了一份地产，可惜这片总是被海水淹没的土地无法耕种。这个给家庭带来破产灾难的事件被文学化，成为杜拉斯自传性作品《抵挡太平洋的堤坝》（*Un barrage contre le Pacifique*，1950）中的故事。杜拉斯在印度支那度过了童年和青少年时期，18岁回到法国。

1932年，玛格丽特·杜拉斯开始在巴黎大学攻读法律、数学和政治学专业；1935—1940年，在法国政府殖民地部从事秘书工作，并参与撰写《法兰西殖民帝国》（*L'Empire français*，1940）一书。二战期间，杜拉斯和丈夫加入了地下抵抗运动，接受弗朗索瓦·密特朗（François Mitterrand，1916—1996）[1] 的领导，他们的公寓也成为一些留守巴黎的知识分子讨论文学和政治的非正式聚会场所，并很快成为德国盖世太保的监视对象。1944年6月1日，杜拉斯的丈夫被捕，1945年4月被从集中营中

1.　当时化名为"莫尔朗"（Morland）。

救出时已奄奄一息，经过10个月的精心看护方才康复。这段经历被杜拉斯写入1985年出版的作品《痛苦》（*La Douleur*）中。战后，杜拉斯和丈夫短暂经营了一个出版社，一共出版了3部著作，1947年二人离婚。1943年，杜拉斯加入法国共产党，但是在1950年，她被揭发在一次作家聚会中发表了批评路易·阿拉贡的言辞，5年之后被开除出党。

《无耻之徒》（*Les Imprudents*，1943）是最早以"杜拉斯"为笔名出版的第一部小说。该小说以家乡为故事的发生场景，讲述了一个法国家庭里隐含的错综复杂的亲情矛盾和人际关系，兄妹之间的紧张关系是故事发展的主线，其中依稀可见杜拉斯与其哥哥之间的矛盾关系。1944年，杜拉斯的第二部小说《平静的生活》（*La Vie tranquille*）出版。书中的主人公弗朗西娜生活在一种倒错和厌倦之中，她本人和家人的生活和情感状态似乎与加缪《局外人》中的默尔索不乏相似之处。此外，杜拉斯在1943—1949年间记录的《战争笔记及其他》（*Cahiers de la guerre et autres textes*）于2006年出版，其中既有一些历史档案，也有后来多部小说的素材和构思的痕迹。进入20世纪50年代之后，玛格丽特·杜拉斯开始了第一个文学创作高峰期。

在印度支那战争期间，杜拉斯根据自己的童年经历创作了《抵挡太平洋的堤坝》，回忆了贫困的家庭生活和殖民地不平等的社会关系，批判了殖民当局的失信和失责行为，而无法抵挡太平洋的堤坝也象征着人所无法走出的生存境遇。该作品虽然在1950年以微弱差距错失龚古尔文学奖，但是杜拉斯的名字第一次获得法国读者和批评界的认可。该小说于1958年被改编成电影，并获得雷蒙·格诺的好评。杜拉斯的前三部小说仍然属于偏传统和现实主义的作品，1952年出版的《直布罗陀水手》（*Le Marin de Gibraltar*）中虽然同样投射了作家的自身经历和精神状态，却标志着杜拉斯写作风格的转变。作品通过镜头般的画面和口语式对话体现出新的叙事手法。小说情节简单，主人公是一个不安于沉闷生活的文人，他在意大利度假时邂逅了一个独自驾船四处寻找"直布罗陀水手"的美丽女人，二人互生情愫，共同出发去寻找那个女人爱过却又消失了的水手。《街心花园》(*Le Square*，1955)是一部以对话形式展开的作品，故事发生在一个街心花园，一个对生活不满并且期待遇到爱人的女人和一个对一切都无动于衷的男人谈论各自的生活境遇。这部作品同样受到批评界的关注，因为娜塔丽·萨洛特所采用的"潜对话"写作方式在杜拉斯这部作品中得到同样出色的运用，根据小说改编的同名戏剧于1957年上演。1958年，杜拉斯出版《如歌的行板》(*Moderato cantabile*，又译《琴声如诉》)，小说在钢琴课上"如歌的行板"一曲中开始，一桩情杀案成为陌生的男女主人公每日在咖啡馆中探讨的话题，这种重复的交谈并没有在小说最后导向案情的谜底，却将两位交谈者引向诱惑和恋情。正当已为人母的女主人公准备体验一次"只有在死亡中才可以得到的绝对爱情"时，她幡然醒悟，决定放弃这一场正在开始而且注定没有结局的爱情。这部作品在出版之年便销售50万册，获得阿兰·罗布-格里耶于1958年创办的五月文学奖，评委当中便有罗兰·巴尔特、乔治·巴塔耶和娜塔丽·萨洛特等人。由此可见，这一时期杜拉斯的写作实践融入了20世纪50年代兴起的新小说运动之中。

　　杜拉斯60年代初期的作品《夏日夜晚十点半》(*Dix heures et demie du soir en été*，1960)和《安德马斯先生的午后》(*L'Après-midi de monsieur Andesmas*，1962)继续确立了她的写作风格。1964年出版的《劳儿之劫》(*Le Ravissement de Lol V. Stein*)再次开掘了爱欲主题，书名中的法语单词"le ravissement"一语双关，兼有"迷惑"和"劫持"双重含义。小说女主人公劳儿年轻时目睹自己的未婚夫在舞会上被一个富有魅力的中年女性吸引，她瞬间成为众目睽睽之下被抛弃的对象。后来她嫁作人妇，生活在另外一个城市，好似换了一个人，其实她依然没有走出当年的心理创伤。10年之后，她回到家乡，与童年闺蜜重逢并认识了其情人。有一天劳儿偶然看见他们接吻，这一场景似乎激活了她沉睡多年的痛苦回忆，于是她想方设法"劫持"了闺蜜的情人。实际上，她无意占有对方，只是因为缺失产生欲望，想要复现当年另外一个女人对自己恋人的情感劫持。这部作品成为著名精神分析学家拉康在课程研讨班上的案例，拉康称赞杜拉斯对他的精神分析学说无师自通。《副领事》（*Le Vice-Consul*，1965）将读者又带回了与印度支那相关联的空间。作品由三个仅有微弱关联的故事组成，副领事其实在作品的最后一部分才出现。其中最重要的人物是一个女乞丐，她来自杜拉斯童年时目睹一个年轻妈妈卖自己女儿的场景记忆。小说中的人物行为奇特，给读者提供了多角度、多层次阅读的可能性。这部作品先在1966年被改编成戏剧，后在1975年由杜拉斯本人创作为电影，并荣获法国艺术和实验电影协会奖。

可以说，杜拉斯60年代的叙事作品已经越来越多地兼容了戏剧和电影艺术的手法，例如，《英国恋人》（*L'Amante anglaise*，1967）完全由对话组成。这是因为从50年代后期开始，杜拉斯在小说创作之余，越来越多地介入戏剧和电影创作。首先，由她撰写脚本，由导演阿兰·雷奈拍摄的《广岛之恋》（*Hiroshima mon amour*，1959）获得巨大成功，这部以战争和爱情为主题的影片荣膺包括戛纳电影节在内的多个奖项。1965年，杜拉斯根据1954年出版的小说《树上的岁月》（*Des journées entières dans les arbres*）改编的同名戏剧是其戏剧生涯中第一部成功的作品，1977年，她亲自将其改编成电影。杜拉斯亲自执导的第一部电影是与导演保罗·塞邦（Paul Seban，

1929—2020）于1967年共同完成的《音乐》（*La Musica*）。1969年独立导演的《摧毁，她说》（*Détruire, dit-elle*）的片名恰好体现了她对电影中画面、声音和音乐等手段的非常规使用。从剧本写作到影片制作，在《印度之歌》（*India Song*，1975）、《卡车》（*Camion*，1977）和《大西洋的男人》（*L'Homme atlantique*，1981）等作品中，杜拉斯的电影都刻有明显的个人烙印。

80年代之后，杜拉斯回归文字本身，其作品从主题到表达形式各有不同：在小说《死亡疾病》（*La Maladie de la mort*，1982）中，一个无法产生爱意的男人被"宣判"患有一种疾病，这种疾病就是死亡；杜拉斯以虚构的方式在小说《情人》（*L'Amant*，1984）中回到了自己在印度支那的青春时代，讲述了一个法国少女和一个华人富家青年之间的情事，具有自传性色彩，后来又在《中国北方的情人》（*L'Amant de la Chine du Nord*，1991）中重新讲述了这段爱情故事；在《雅恩·安德烈亚·斯泰纳》（*Yann Andréa Steiner*，1992）中，她以与最后一位情人雅恩·安德烈的相遇为中心，串联起生命中各个时期的回忆，兼具口语风格与文体修辞；她在《物质生活》（*La Vie matérielle*，1987）中尝试一种日常写作，随意记录自己的所思所想；晚年的杜拉斯在《书写》（*Ecrire*，993）中谈论书写的必要性和方式；此外，她还发表了大量访谈。

在其跨越时代、跨越地域和文化的生活时空中，玛格丽特·杜拉斯将生命体验转化成多种表征形式，在小说、戏剧和电影领域中实现了互文式写作，而这些多元化实践都指向同一种定义作家本质的行为——书写。

❧ 伊夫·博纳富瓦：寻找"真地"的"此在"诗学

伊夫·博纳富瓦（Yves Bonnefoy，1923—2016）出生于图尔市，父亲是工人，母亲是小学老师，他在中学时期读到过一本超现实主义诗选，从此对诗歌产生兴趣。伊夫·博纳富瓦顺利通过数学和哲学两个科目的高中毕业会考后，先后就读于普瓦提埃大学和巴黎索邦大学，1943年决定留在巴黎投入诗歌创作。二战时期，博纳富瓦与超现实主义运动接触较多。1946年，他创办了《革命与黑夜》(*La Révolution la Nuit*) 杂志，并刊登了自己的一首超现实主义长诗《心灵-空间》(*Le Cœur-espace*)。从1947年开始，博纳富瓦与超现实主义保持距离，他认为超现实主义意象缺乏真实存在感，以超现实替代了现实。1949—1953年，博纳富瓦在意大利、荷兰和英国等国游学，并完成了一篇关于波德莱尔和丹麦诗人、哲学家克尔恺郭尔 (Soren Aabye Kierkegaard, 1813—1855) 的学术论文，还在法国国家科研中心从事关于美国文学批评方法论的研究。

1953年，伊夫·博纳富瓦出版了第一部诗集《论杜芙的动与静》(*Du mouvement et de l'immobilité de Douve*)，标志着他找到了新的诗歌风格和写作路径，即将诗歌与活生生的现实更紧密地结合起来。在法语中，"la douve"一词原来指环绕和保卫城堡的护城河，诗人以此意象表达"世界"自我观察、审视和沉溺其中的空间。"Douve"首写字母大写，构成拟喻修辞，被赋予人格，幻化成一个女性形象，她既是生灵也是生命所在的风景，既是存在之物也是存在场所。"动"与"静"暗示着生与死，诗人以此表达所爱之人生命旅程中生与死的关联。伊夫·博纳富瓦在作品中也采用了一些超现实主义写作手法，但是诗歌的立意是为了更好地接近大千世界以寻找一种"真地"(le vrai lieu)。在告别超现实主义后，博纳富瓦不满足于抽象的思想，越来越注重表达现实经验，他关注有限的现实和现时的丰富经历，同时又超越现实的脆弱而寻找一种可以共同分享的意义，在语言中重现对人与物的当下直觉。博纳富瓦认为，诗歌不应封闭在纯粹的语言结构中，而应面向现实世界，把语言植入所经历的生活的厚实基础之中，诗歌中的情感应当高于语言。这部诗作出版之后受到评论界好评，被认为是开启了超现实主义诗歌之后法国当代诗歌新的篇章。

此后，博纳富瓦陆续出版了《昨日笼罩荒漠》（*Hier régnant désert*，1958）、《刻字的石头》（*Pierre écrite*，1965）、《门槛的诱惑》（*Dans le leurre du seuil*，1975）、《雪落雪消》（*Début et fin de la neige*，1991）、《流浪生活》（*La Vie errante*，1993）和《夏雨》（*La Pluie d'été*，1999）等多部诗集以及《阿尔蒂尔·兰波》（*Arthur Rimbaud*，1961）、《红云》（*Le Nuage rouge*，1977）等文学评论著作。《没有光芒的照耀》（*Ce qui fut sans lumière*）出版于1987年，收录了伊夫·博纳富瓦的30篇诗作，以夜色阑珊中的《回忆》开卷，以黎明时分依然伴随守夜人的灯光《点燃希望的使命》结束，其间的诗篇是现实与梦幻的交织。诗集以第一人称"我"承载了存在的经验，见证时间流逝中世界的变化，探寻人与世界的关系和对生命的追求。诗作多以树枝、树、树林、石、井、雷电和雪等入题，依实出华，令这些平凡生活中的事物变为生成梦幻意象的依托。这部作品充分体现了博纳富瓦后期的"此在"（la présence）诗学思想，他曾说"没有现实与超现实，[……]而只有此在"，"此在"就是现实世界中纯粹、统一的即时即地（ici et maintenant）的体验。在《没有光芒的照耀》中，读者可以感受到诗人在平常意象中开掘出的情感，如友情、爱情、乡情以及面对死亡的情感。作品以平易的文字写成，少数篇章甚至采用散文诗体，并不追求艰涩，但是字句严谨，意象突出，色彩分明。作者具有开掘语言和意识深刻内涵的能力，使作品产生强烈张力。博纳富瓦向诗歌寻求一种深刻体验"光芒赋予我们的岁月"的方式，这束光芒将不可避免地熄灭，我们在享受"光"的同时也应能够坦然接受它的"影"。

伊夫·博纳富瓦在80年代后更多转向对诗歌的思考和散文体创作，在文学批评领域多有建树。1981年，他不仅获得法兰西学院诗歌大奖，而且走上法兰西公学院的讲台，接替1980年去世的罗兰·巴尔特，讲授诗歌理论和比较诗学，成为继瓦雷里之后第二位在此讲学的诗人。1983年，博纳富瓦总结多年的诗歌实践和主张，把在法兰西公学院开堂授课的文稿加以整理，出版了文艺论著《此在与形象》（*La Présence et l'image*），书中探讨的问题是艺术形象是否有悖于实在主体的理念。通过对9位画家作品中"此在"的解读，博纳富瓦发掘出了诗歌与绘画之间的"秘密通道"，因为在他看来，诗歌可以摒弃常规的理性和概念，仅凭自身的感性特质就能贴近人们的心灵。博纳富瓦认为艺术中的形象是具象的现实，通过迂回隐晦的语言给人们留下抽象的概念和印象，如果我们沉溺于其中，就好比生活在谎言里，终会迷失自己。借助"此在"的概念，博纳富瓦试图批判那些将艺术与现实和感性世界隔离开来的观念，因为抽象的存在妨碍人们去体验真实的存在。"语言是我们人类堕落的表现"，博纳富瓦认为在一定程度上，语言的运用阻断了人们对世界的认知过程，曲解了世界本应向人类传达的信息。许多事物是能够被显示的，却不能被言说；同时，如果没有真实的内蕴，任何语言都是苍白无力的。博纳富瓦的这部论著中似乎可见维特根斯坦（Ludwig Josef Johann Wittgenstein, 1889—1951）语言哲学的影响，后者在《逻辑哲学论》（*Tractatus Logico-Philosophicus*, 1921）的最后一章中写道："对于不可言说的东西我们必须保持沉默。"语言促使人类本身异化的现象是不容忽视的，博纳富瓦有意启示世人：摒弃表象的崇拜，探寻真实的内蕴。这也是他本人诗歌创作的取向。

在1993年结束法兰西公学院的课程之后，博纳富瓦继续通过研究诗人与艺术家对艺术语言的运用来探索诗学，出版了《戏剧与诗歌：莎士比亚和叶芝》（*Théâtre et poésie: Shakespeare et Yeats*，1998）、《戈雅、波德莱尔和诗歌——与让·斯塔罗宾斯基的对话录》（*Goya, Baudelaire et la poésie, entretiens avec Jean Starobinski*，2004）等著作。2000年，博纳富瓦将自己在法国国家图书馆所做的两次报告文稿重新誊写，出版了《波德莱尔：忘却的诱惑》（*Baudelaire: Tentation de l'oubli*），对诗歌的价值哲学展开了分析。忘却和回忆是一幅双联画，是一个辩证的运动过程。作者再现了波德莱尔童年的某些画面，在波德莱尔的历史档案和书信中寻找相关的事件，从而对其人生脉络有了更清晰的把握。他还借鉴了精神分析的方法来探讨波德莱尔的创作过程，这样做并非为了回到诗人的潜意识来源，而是要回归到他的具体生活中。通过波德莱尔，博纳富瓦对艺术在生活中的地位以及生活在艺术中的地位都进行了思考，认为作家的忘却不是基于伦理道德的约束规则，而是诗歌哲学的表达需要。而"忘却的诱惑"正是诗人摆脱俗世中生与死的纠缠的愿望，他从此可以驰骋想象和描绘自己创造的世界。诗歌则是对这种忘却的提醒，使日常生活的现实再次浮现出来。经过这样的解析过程，波德莱尔不再是理想诗人的化身，而是有血有肉的凡人。伊夫·博纳富瓦借此表达了自己的诗学思想：任何思想体系和美学观念都不能脱离现实生活，而诗歌所要表达的正是与现实的冲突和回归现实的愿望。

进入21世纪之后，伊夫·博纳富瓦笔耕不辍，创作了《弯曲的船板》（*Les Planches courbes*，2001），获得国内外诗歌多项大奖并享有国际声誉，尤其是2007年10月，84岁高龄的伊夫·博纳富瓦前往捷克，领取了以著名作家卡夫卡命名的文学奖。博纳富瓦曾经翻译了莎士比亚、邓恩（John Donne，1572—1631）、叶芝（William Butler Yeats，1865—1939）和济慈（John Keats，1795—1821）等作家的多部经典作品，总结过自己的翻译理论，而他本人的作品也被翻译成30余种语言，尤以英语、德语和意大利语译著最多。

伊夫·博纳富瓦具有开掘语言和意识之深刻内涵的能力，善于从普通事物和平易文字中创造深邃意义。诗人克罗德·罗阿评价他是"最神秘，也是最平易的诗人"，他的作品是光与影之间的诗歌，"既玄秘又透明"。[1] 博纳富瓦在创作中秉承波德莱尔开启的象征主义传统，在早期作品中接受超现实主义诗歌的濡染，后来逐渐怀疑和摆脱一种完美的、不可实现的理念世界，转而接受生活的现实并与之和解，创造出一种新的抒情方式，其作品从而成为20世纪50年代以来法国诗歌的杰出代表。

❧ 米歇尔·图尼埃：用宗教、神话和历史之光烛照现代人生

米歇尔·图尼埃（Michel Tournier，1924—2016）出生于一个信仰天主教、热爱音乐的家庭，父母都是教授德语和德国文化的老师，二战之前，他在德国的寄宿学校度过了一段童年时光。后来，米歇尔·图尼埃在法国索邦大学和德国图宾根大学学习哲学，成为一名哲学教师的梦想受挫之后，他当过记者、译者、广播和电视台节目撰稿人以及出版社编辑。图尼埃得益于同窗罗歇·尼米埃的写作经验，同时颇受德国文学和哲学的影响，虽在文学事业上大器晚成，却一鸣惊人。43岁时，他以一部《星期五或太平洋上的灵薄狱》（*Vendredi ou les limbes du Pacifique*）荣膺1967年法兰西学院大奖，该书销售量达700万册。图尼埃的第二部小说《桤木王》

---

1. Claude Roy, *La Conversation des poètes*, Paris, Gallimard, 1993, p. 271

（*Le Roi des Aulnes*）史无前例地全票获选1970年龚古尔文学奖，他也因此在1972年当选为龚古尔文学奖评委，从此确立了在法国文坛的地位。

米歇尔·图尼埃在此后30年中笔耕不辍，相继出版了《流星》（*Les Météores*，1975）、《朝圣者》（*Gaspard, Melchior et Balthazar*，1980）、《金滴》（*La Goutte d'or*，1985）和《埃雷阿扎尔》（*Eléazar*，1996）等长篇小说。他甚至更加推崇短篇小说和故事的文学价值，尤其欣赏福楼拜的《三故事》，他本人创作了数十篇短篇小说，收入在《大松鸡》（*Le Coq de bruyère*，1978）和《爱情半夜餐》（*Le Médianoche amoureux*，1989）等集子中。此外，他还著有随笔集《圣灵之风》（*Le Vent Paraclet*，1977）、《庆颂》（*Célébrations*，1999）和《非私人日记》（*Journal extime*，2002）等。图尼埃还改编或创作过至少15部青少年文学作品，此外，得益于在电视台的工作经历，图尼埃不仅是法国阿尔勒国际摄影节（Rencontres internationales d'Arles）的创办人之一，而且撰有10多部摄影著作。

米歇尔·图尼埃最著名的作品是小说处女作《礼拜五或太平洋上的灵薄狱》，是对英国作家丹尼尔·笛福的《鲁滨逊漂流记》的改写。故事发生在18世纪太平洋的一个荒岛上。1759年，鲁滨逊因为沉船事故而漂流到一个荒无人烟的岛上，后来他将此岛称为"希望岛"。起初，鲁滨逊无法接受寂寞孤独的生活，疯狂地要想逃离荒岛。后来，他决定听天由命，接受现实，为了保留生存的希望和抵抗孤独，他开始有计划地开垦荒岛，种植作物，饲养动物，储备粮食，建造房屋，并且颁布了法令。有一天，他救了一个印第安人，这个被称呼为"星期五"的小伙子成了希望岛王国的新居民和鲁滨逊的仆人。可是他并不习惯这里的生活环境，到处破坏主人按照西方模式建立起来的文明秩序，并且用一种自然秩序和自由生活去影响鲁滨逊。鲁滨逊终于放弃了把"星期五"调教成文明人的想法，反而接受了无所羁绊的原生态，与大自然和谐相融。1787年，英国"白鸟号"帆船途经希望岛，对冷漠、粗鲁和唯利是图的文明人失望的鲁滨逊放弃了搭船回国的念头，决心留在荒岛。然而，"星期五"却悄悄上了英国帆船离开了希望岛。与此同时，"白鸟号"上的一个小水手因为忍受不了同伴的虐待，藏身岛上。鲁滨逊决定称呼他为"星期四"，并教他适应希望岛上的原始生活。与笛福笔下回归文明生活的鲁滨逊不同，米歇尔·图尼埃塑造的鲁滨逊拒绝重返西方文明，面对来自英国的水手时，他感受到的是价值观的差异，最终切断了与文明世界的一切联系。《星期五或太平洋上的灵薄狱》是一部典型的经典重构小说，重新书写了鲁滨逊传奇，为古老的故事注入了当代人的哲理思考。古罗马诗人维吉尔在史诗《埃涅阿斯纪》卷六中描写冥界的时候首先提到"灵薄狱"（limbo，limbus），指的是地狱边境，后来该词词义拓展为"边界"。米歇尔·图尼埃在书名中使用这个词或许是为了叩问现代社会中一个进化了的文明人逆向回归自然的可能性。

米歇尔·图尼埃的第二部小说《桤木王》引用了德国作家歌德的同名叙事诗之典故，讲述了法国人迪弗热在整个二战期间的经历。小说构思精妙，分为两个部分：第一部分以第一人称日记书写的方式由人物迪弗热回忆了自己的成长经历——童年遭受欺凌的孩子逐渐变得性格孤僻且叛逆，成年后又被诬陷强奸，结果由于二战而未入狱，被征召入伍；第二部分转而以第三人称为主，间或交替第一、第二人称的方式叙述了迪弗热的战争经历，他起先作为战俘被关入德国的纳粹集中营，后来由于干活卖力被提拔为汽车司机和效力于纳粹头目的仆人，此后他又被调入培养纳粹精英的政训学校工作，从一个善良的平民逐渐蜕变成吃人的魔鬼。《桤木王》首先可以被视为一部战争题材小说，不过作品中并没有充满硝烟的战争场面，而是通过迪弗热在集中营的生活经历和一个法国战俘的视角细致入微地揭露了德国纳粹的罪恶行径。其实，作品的立意并不止于对德国纳粹和战争的批判，而是直指人性中的善恶二元对立。在图尼埃笔下，现代社会经历了一个以"恶性倒错症"为特征的时代，实施的是"倒错宪法"："撒旦，这个世界的主宰，在它那帮执政者、法官、高级教士、将军和警察的辅助下，展示出一面为上帝面目的镜子。在它的作用下，左成了右，右成了左，善成为恶，恶成为善。"主人公迪弗热也是一个"倒错者"：他用左手替代右手写字，喜欢生食鲜肉，患有"性欲倒错症"，对男孩怀有反常的欲望；而纳粹集中营的生活彻底改变了他，使他产生人格和价值观的倒错，以恶为善，助纣为虐，最后丧失人性，退化成魔鬼。作为小说中隐性存在的象征物，"桤木王"原本是歌德叙事诗中一个诱骗和劫持孩子的魔鬼，在图尼埃的小说中他演化成一具2000多年前沉入泥炭沼泽桤木潭底层的男尸。这个象征以许多若隐若现的征兆贯穿在作品中，暗示了纳粹的食人魔特性以及主人公被恶性和魔性主宰的命运。在小说最后，迪弗热托举起一名犹太男孩，自己淹没在桤木潭中，他拯救了儿童，终于完成了恶性倒错的良性逆转。《桤木王》是一部含意丰富的作品，正如译者许钧所言："人性与魔性的倒错，善与恶的倒错，其根源在于人本身，也在于这个世界。如果说疯狂的年代和疯狂的世界导致了人的'恶性倒错'，助长了人的'魔性'，把人变成'吃人'的魔鬼，那么在我们这个'物质化'与'金钱化'的时代，《桤木王》的寓意，便显得弥足珍贵。"[1]

　　1980年出版的《朝圣者》取材于《马太福音》第二章中三王朝圣的

1.　许钧：《在善恶之间：人性与魔性的交织与倒错——〈桤木王〉评析》，载《外国文学评论》，2005年，第3期，第32页。

故事。在图尼埃极富想象力的笔下，《新约》中的几行字变成了一个融历史和宗教于一体的传奇故事，深刻感人，激励人心，却又不乏诙谐和智慧。来自阿拉伯半岛的"三王"分别怀揣梦想踏上朝圣之路：黑人国王加斯帕尔为情所困，他爱上了一个金发的奴隶，深陷情网，不能自拔；帕尔米拉帝国的继承人梅勒奇尔因政变被赶下王位，希望重获权力；艺术爱好者巴勒塔扎尔希冀重树在《旧约》中遭到贬低的视觉影像艺术的地位。三人来到暴君希律统治的国度，见到了圣婴。此外，作者又增加了第四位来朝拜的贤者——来自印度的塔奥尔。为了见到耶稣，他在索多姆的盐矿做了33年苦力，历尽艰辛，远道而来，见到的却已经是钉在十字架上的基督，于是成为第一个领圣体的人。小说通过对四个主人公命运的戏剧性演绎，揭示了寻找真我、自我解放的漫长艰难的过程。作者用情感真挚而深厚的叙述、象征性的人物设定和令人啼笑皆非的讽刺口吻，创造了一部具有颠覆性的宗教新传，体现了典型的图尼埃式小说风格：借宗教或传说，将神话世界和自然世界融于一体。

　　小说《金滴》的故事开始于撒哈拉沙漠中的一片绿洲。伊德里斯是一个北非牧羊青年。一日，一个漂亮的金发姑娘到当地旅游，为伊德里斯照了一张相片，并答应回到巴黎后会把照片寄给他，然而姑娘回国后迟迟没有消息。在家人的劝说下，伊德里斯开始了他的法国之旅，去寻找为他摄影的女孩，想要索回自己的影像和灵魂。他随身带了一件小小的珍宝：一粒象征着撒哈拉民族传统的金珠。不想他在马赛中转的时候把这件宝物给弄丢了，失去金珠的伊德里斯也有如失去了自己的民族本性，北上巴黎后，他一下子被大都市眼花缭乱的视觉影像冲昏了头脑，不仅沉湎其中，还找到了一份摄影的工作。在异国他乡，他体验了北非移民在法国艰难的生活，不断迷失，又不断寻找自我，最终决心投身于书法艺术。因为，这些抽象的笔触中蕴藏着一种静默的力量，能够将他从画面图像的世界中解救出来，从"西方鸦片"的毒瘾中释放出来。在由视觉感受缔造的一个被异化的仿真现实中，文字书写成为唯一的自我解放方式，这让年轻的马格里布牧羊人更加清醒地意识到了扎根于自己内心的民族文化和宗教精神。此书探讨了两个主题：东西方在影像的认识上体现出的文化差异和在法移民的艰苦生存条件。这是图尼埃继《朝圣者》之后再次探讨"形象"这个在东西方思想意识领域中产生冲突的话题。西方发达的物质文明创造了一个五光十色的影像世界，而在伊斯兰教中，神是无形象的，在他看来，伊斯兰文化推崇的是抽象的智慧和象征的深邃。图尼埃指出，对形象的依赖使人们走向一个极端肤浅的视觉感官享受层面。此外，他也对种族歧视进行了揭露和鞭挞，对背井离乡的移民受剥削、受压迫的生存现状给予了极大的同情。

《埃雷阿扎尔》又名《泉水与灌丛》（ La Source et le buisson ），是图尼埃的史诗性小说作品之一。全书以《圣经》人物摩西的传奇一生为参考，描写了主人公与摩西几乎相同的人生轨迹和精神历险。1845年，受饥荒所迫，新教派牧师埃雷阿扎尔携妻子儿女离开祖国爱尔兰，随移民潮来到美洲新大陆。他们在弗吉尼亚州登陆，开始了横贯美国的旅程，打算到达西部的加利福尼亚——一块同迦南一样"富饶繁荣的应许地"。在科罗拉多沙漠，埃雷阿扎尔在读《圣经》时生平第一次意识到摩西的悲剧来自他在灌丛和泉水之间的抉择：燃烧的灌木丛中他听见耶和华的召唤，象征着神的显灵；而泉水正是以色列众男女在旷野中向耶和华争闹的缘由，摩西因此而受到惩罚，进入迦南的请求遭到神的拒绝。埃雷阿扎尔出生的爱尔兰正是一片泉水充沛的土地，在那里，水雾蒙蔽了事实真相，现在身处异乡的灼热沙漠，他体会到，上帝对摩西的惩罚是出于对他的爱，想要留他在神界，与世俗的人世分离。在内华达山脊上，他面临同摩西在尼波山上同样艰难的选择。最终，他决定追随摩西的脚步，服从上帝安排的命运，将家人送至福地，自己驻守孤地。埃雷阿扎尔和摩西生活在两个不同的时空，经历却惊人地相似：失手杀人，背井离乡，更改信仰，向应许地迁徙，40年旷野流浪……作者为主人公附上了摩西的灵魂，使其见先人所见，闻先人所闻，思先人所思，俨然是一部摩西还世的畅想曲。借主人公跌宕起伏的思绪，作者表达了灵魂最深处的求索，试图通过现实世界的经验再现摩西处于人神两难境地时对精神和世俗生活进行抉择的悲壮场景，对摩西受到的不公待遇给出了新的答案。书中对神话和历史的借鉴与演绎，对人物丰富的心理活动的描写，以及众多带有象征意味的自然元素，构成了一部典型的图尼埃式小说。

图尼埃大部分小说的灵感都来源于宗教神话，故事背后往往隐藏着深层的哲学思考，他本人曾评述过自己的创作方式："我的目的不在于形式上的革新，相反，我恰是要用尽可能传统、内敛、浅显的形式来展现不传统、不内敛、不浅显的内容。"[1] 图尼埃的风格介于现实和灵异之间，其作品中渗透着宗教色彩、神话气息和历史氛围，机智幽默，善用反讽，深入浅出，思想活跃，想象瑰丽，充满了创造力。他用后人的目光审视历史，演绎神话，并为其注入现代意义，探索其永恒价值。柳鸣九先生称赞图尼埃"以自己可以与莫泊桑媲美的纯净的语言风格、完美自然、凝练利落的叙述与丰富隽永、发人深思的哲理寓意在高手如林的当代文学中取得经典性的地位"[2]。

1. Michel Tournier, *Le Vent Paraclet*, Paris, Gillimard, 1977, p. 23.
2. 柳鸣九：《色彩缤纷的睿智——"新寓言派"作家图尔尼埃及其短篇小说》，见米歇尔·图尼埃：《皮埃尔或夜的秘密》，柳鸣九，等，译，合肥：安徽文艺出版社，1999年，第4页。

❧ 勒克莱齐奥："探索主流文明之外的人类"

　　让-马里·居斯塔夫·勒克莱齐奥（Jean-Marie Gustave Le Clézio，1940— ）出生于法国南方城市尼斯，祖籍为法国西北布列塔尼地区，其家族在18世纪移民非洲东部印度洋岛国毛里求斯[1]，在英国殖民统治时期获得英国国籍。勒克莱齐奥具有法国和英国双重国籍，认同毛里求斯文化，自称法语作家。1947年，只有7岁的勒克莱齐奥随母亲乘船前往尼日利亚探望在那里工作的军医父亲，并在旅途中创作故事，从此，旅行与写作便成为勒克莱齐奥一生的生活方式。两年后，他回到尼斯读书，后来在英国和法国完成大学学业。

　　1963年，勒克莱齐奥出版了小说处女作《诉讼笔录》（Le Procès-verbal），讲述了一个生活在社会边缘的年轻人毫无方向感的生存方式，以及最后成为被社会抛弃的疯子的故事。主人公亚当29岁，他离开伊甸园来到现代文明世界，希望品尝现代文明的好滋味，却成了一个四处受苦受难的人。他不适应现代社会，也厌恶现代文明，无法过正常人的生活，于是四处流浪，栖身于废弃的破屋里。他一身破衣，喝啤酒，抽香烟，偷东西，正像巴黎随处可见的流浪汉，被人们当作聋子、哑巴、瞎子。他唯一的伙伴是在路上遇到的一条狗，他也几乎过着跟狗一样的生活。他喜欢赤身裸体躺在阳光下，经常长时间沉默无语，后来却因当众疯狂演讲并大肆裸露身体而被送进精神病院。在精神病院，亚当在幻觉

1.　1598年，荷兰人来到位于印度洋西南的一个岛屿，以王子的名字将其命名为"毛里求斯"，并统治了100多年。1715年，法国人占领了毛里求斯，改称"法兰西岛"。又过了100多年，英国打败法国，将岛屿名称改回"毛里求斯"，并将其纳入殖民地范围。1968年，毛里求斯正式宣告独立。

中回到了伊甸园，回到母亲腹中，沉入睡梦之中。这部小说被批评界认为颇有加缪《局外人》之风，又受到新小说写作手法的影响，颇受好评，虽然错失当年的龚古尔文学奖，却收获了勒诺多文学奖，使23岁的勒克莱齐奥一举成名，成为60年代法国文坛的一颗新星。《诉讼笔录》是勒克莱齐奥第一部描述现代危机的小说，之后，《发烧》（*La Fièvre*，1966）、《洪水》（*Le Déluge*，1967）和《战争》（*La Guerre*，1970）等作品控诉了西方工业社会的野蛮丑陋与大城市的冷漠无情。

1967年，勒克莱齐奥在泰国服兵役，因揭露当地的色情旅游业问题而遭到驱逐，改派到墨西哥完成兵役，之后他参与建设拉丁美洲法国文化中心图书馆，曾在墨西哥大学学习玛雅语、纳瓦特尔语等当地语言。1970—1974年间，他与巴拿马密林中的土著印第安人共同生活。这段难得的人生经历使得勒克莱齐奥得以发现一种异域文明，改变了他的世界观和生活方式，并融入了他的文学创作。1977年，勒克莱齐奥翻译出版了玛雅神话学著作《希拉姆·巴拉姆的预言》（*Prophéties du Chilam Balam*）。1983年，勒克莱齐奥在法国南方佩皮尼昂大学完成了一部以墨西哥历史研究为题的博士论文，此外，他还在世界各地多所大学有过执教经历，但是由于回国后没有获得法国国家科研中心研究员职位，遂把写作作为工作重心。

与印第安人和大自然简单而和谐的共处方式对勒克莱齐奥的写作产生了潜移默化的影响，此后，他的作品风格更加平和、宁静、清澈，而且充满了对稍纵即逝的生命痕迹的赞叹。童年记忆、旅行和少数族裔成为其作品的重要主题，受到更多读者的欢迎。1980年出版的《沙漠》（*Désert*）荣获法兰西学院颁发的第一届保罗·莫朗文学大奖。小说讲述了两个相对独立又相互关联的故事。第一个故事讲述了20世纪初，面对法国殖民主义者的侵略，北非游牧民族努尔人的首领阿依尼纳老酋长与其部众子民"蓝人"[1]部落一路经历饥饿、死亡、侵略和冷遇，在沙漠中辗转迁徙，寻找自由之地的艰难历程。第二个故事讲述的是20世纪70年代"蓝人"部落后人拉拉姑娘的漂泊历程。拉拉从小在沙漠中长大，为逃避包办婚姻而出走，最后来到曾令她向往的法国。她在城市中看见繁华和虚荣，但所见更多的是苦难和贫穷；她虽然当过红极一时的封面明星，却无法接受现代工业和商业社会中物质繁荣表面下的精神贫乏，因而毅然决定返回贫困却自由的故乡。强烈的民族归属感和怀乡之情形成一股巨大的精神力量，引领着拉拉风雨无阻地走在返乡的路上，跋涉在祖先们曾经走过的沙漠里。先辈的传说涤荡着她的心灵，而她也在沙漠中生下了自己的女儿，将追寻自由的精神传承给"蓝人"部族的后代。《沙漠》一书采用两种版面交替讲述这两个故事，布局独具匠心，将非洲沙漠的蛮荒、质朴与西方都市的奢华、虚伪进行了对比，并将"蓝人"族裔反抗殖民者的战争与拉拉反抗西方社会的斗争交织在一起。整部作品文笔朴素而优美，细腻且富于激情。

　　同样的文明冲突成为小说《寻金者》(*Le Chercheur d'or*，1985)的主题。小说主人公亚历克西与父母和姐姐生活在毛里求斯岛，生活富足安宁。一天，厄运降临，父亲破产后离开人世。为了振兴家道，亚历克西决定实现父亲生前未了的心愿，那就是找到海盗藏在罗德里格岛上的金子。带着父亲珍藏的藏宝图，亚历克西踏上了寻宝旅程。在人烟稀少的藏宝之地，他结识了当地部落的姑娘乌玛。天真淳朴的乌玛对亚历克西所说的金子毫无兴趣，她教亚历克西倾听和欣赏大自然，二人之间也互生情愫。四年后，第一次世界大战爆发，亚历克西奔赴战场，出生入

1.　即分布在撒哈拉沙漠的图瓦雷克人（Touareg），以蓝色衣帽和面罩为主要服饰。

死，最后幸运逃过战争劫难。1919年，他重返罗德里格岛寻金，但是一无所获，也没有找到乌玛。他在失望中回到故乡毛里求斯，陪伴母亲度过了最后的生命时光，而姐姐入了教会成为修女。这时，亚历克西偶然发现乌玛就在毛里求斯岛上的一个香蕉种植园做工，她的再次出现抚慰了亚历克西受伤的心灵，陪伴他度过了艰难时光。尽管最后乌玛被遣返罗德里格岛，不得不离开爱人，但他们共度的幸福时光让亚历克西明白，真正的宝藏并不是闪闪发光的金子，而是大自然的美，是人与自然的和谐，是爱情和自由，是不受金钱、欲望束缚和战争迫害的美好世界。《寻金者》探讨了人与自然的关系，描绘了一个令人向往的淳朴世界，反映了现代文明与原始自然的激烈冲突，战火的蔓延与原始部落的宁静形成了鲜明的对比，表达了逃离现实世界、寻找安宁和谐之他乡的愿望。作品情感真挚，充满诗意和童真，生动地展现了岛国毛里求斯的传统文化与社会风俗。从20世纪80年代开始，勒克莱齐奥跻身于世界知名作家行列。他还是一位不知疲倦的旅行者，足迹遍布世界各地，《罗德里格岛游记》（*Voyage à Rodrigues*，1986）、《墨西哥之梦》（*Le Rêve mexicain*，1988）和《奥尼恰》（*Onitsha*，1991）等长短篇小说中都体现出浓郁的异域风情，描绘了西方以外的多种文明与生活方式。

1992年出版的《流浪的星辰》（*Etoile errante*）是一部反映二战后犹太人生活的长篇小说。1943年的夏天，在意大利占领军管制下的尼斯城一个小村庄的犹太人聚居点，小姑娘艾斯苔尔经历了父亲被纳粹分子杀害与逃亡山区的痛苦，也第一次理解了犹太人的身份意味着恐惧和屈辱。二战刚刚结束，艾斯苔尔和母亲就决定一起去寻找传说中的自己的家园——圣城耶路撒冷。在前往耶路撒冷的路上，小女孩的心灵逐渐成长，慢慢学会等待和面对失望。在以色列，她结识了巴勒斯坦女性奈玛；奈玛此时正与丈夫和婴儿走在前往难民营的路上，那个艾斯苔尔刚刚离开的地方。可见，所谓的圣地并没有给所有人带来向往的和平，只要战争不息，暴力不止，两个女性的命运就仍然像暗夜中的流星。勒克莱齐奥的文笔诗意感人、充满寓意而又极其朴素，通过两个不同民族女性的短暂相遇讲述了一个寻找自我和精神家园的故事，揭示了战争的残酷和人类的境遇，展现了人在面对灾难与和平、希望与绝望、记忆与忘却、等待与死亡时的感受和心态。

在21世纪的最初10年中，勒克莱齐奥创作了两部向父亲和母亲致敬的作品，同时以个人历史折射社会境况。《非洲人》(*L'Africain*，2004) 讲述了与自己聚少离多的父亲作为英国军医在喀麦隆、尼日利亚等非洲国家的生活经历。《饥饿间奏曲》(*Ritournelle de la faim*，2008) 则从母亲的形象和经历出发，更添虚构色彩，讲述了二战前后一个年轻女孩艾黛尔在经历战争磨难、家境变迁和人情冷暖的过程中，逐渐成长为一个独立坚强的女性的苦难历程。小说以女主人公艾黛尔的视角来观察战争，在陈述个人成长历史之外呈现了20世纪三四十年代战争阴影笼罩下的法国社会的动荡不安。2006年出版的《乌拉尼亚》(*Ourania*) 则是一部《桃花源记》式的作品，描述了意外发现的一个乌托邦式理想国——坎波斯，它是天堂之国乌拉尼亚在人间的投影，这里没有贫富差异和等级之分，人与人、人与自然之间和谐共存。这部作品"继续不断地述说着反抗现代社会，不懈追求自然原始生活状态的话题"，因此入选中国人民文学出版社"21世纪年度最佳外国小说"。

勒克莱齐奥是一位多产的作家，以长短篇小说创作为主，兼涉散文、随笔、传记和儿童文学。早在1994年，他就已被法国《读书》杂志评为在世的最伟大的法语作家之一。2008年，瑞典文学院将诺贝尔文学奖授予勒克莱齐奥，认为他将多元文化、人性和冒险精神融入创作，以文学探索了"主流文明之外的人类和为文明隐匿的人性"，是一位能以其作品引领人类超越现有文明并追溯文明根源的探险家。

✍ 帕特里克·莫迪亚诺：无法遗忘的战争和青春

帕特里克·莫迪亚诺（Patrick Modiano，1945— ）的身上混合着多元文化成分。他的祖父是祖籍埃及的犹太人，在希腊出生，先在意大利经商，1903年以西班牙国籍定居巴黎，是一名古董商人。他的父亲阿尔贝在二战前投资金融和石油失败，于是靠经营一家小商店为生，同时混迹于来自中东欧的电影制片人中。他的母亲具有一半匈牙利人血统和一半比利时弗拉芒人血统，是一个演员，1942年6月来到被德国人占领的巴黎，受雇于法国大陆电影制作公司（Continental-Films），从事翻译工作，并在这一时期与阿尔贝·莫迪亚诺相识。由于犹太人身份，阿尔贝·莫迪亚诺在整个战争期间行踪隐秘，以逃避追捕，并从事地下黑市交易，帕特里克·莫迪亚诺的母亲也时常离家到外省演出。因此，帕特里克·莫迪亚诺年幼时很少有机会与父母相处，而由来自弗拉芒的外祖父母、弟弟的奶妈、母亲的朋友以及唱诗班的神父们共同抚养长大。由于帕特里克·莫迪亚诺生活在动荡年代里的一个特殊家庭中，游离缺席的父母对他而言是传说中的人物，相依为命的弟弟在10岁夭折，这一切在他的童年记忆中留下了挥之不去的阴影。他先后在两个寄宿学校度过了少年时代，出走和逃学是其读书时代的主要模式。获得高中毕业文凭之后，帕特里克·莫迪亚诺注册了名校亨利四世中学以准备重点大学的入学考试，但是最终辍学。孤独的童年，父母的感情变故，不稳定的家庭生活，使得20岁之前的帕特里克·莫迪亚诺一直缺乏安全感。所幸的是，他从小喜欢写作，在15岁后又得到母亲的朋友雷蒙·格诺的引导，格诺不仅给他补习几何，帮助他顺利通过中学毕业会考，而且每周六与他见面，交谈，散步，后来还将其引入巴黎的文学圈，帕特里克·莫迪亚诺从此在文学中找到了拯救自我的方式。

1967年，帕特里克·莫迪亚诺在伽利玛出版社出版了自己的第一部小说《星形广场》(*La Place de l'Étoile*)。这部小说主要以二战为历史背景，故事发生的时间从20世纪20年代延展到六七十年代。小说的主人公是犹太人拉法埃尔·什勒米洛维奇，他本是一文不名的穷小子，但后来找到了父亲。父亲是在美国开设工厂的以色列商人，把继承叔父的遗产都转赠给了他。于是，拉法埃尔·什勒米洛维奇变成了一个犹太富人，他周游世界各地，随心所欲。他先在法国波尔多注册了备考法国高等师范学院的预科班，还为持通敌合作思想的老师辩护；继而加入列维-旺多姆子爵贩卖白人女性的团伙，到法国各地物色和诱骗白人女子作为交易对象，还加入了走私黄金、毒品，制造假钞的黑帮；然后，他逃到维也纳，自诩为德意志第三帝国的荣誉公民，与盖世太保勾结反犹，与此同时成为淫媒界大亨，甚至获得了希特勒颁发的勋章，还做了希特勒情妇爱娃·布劳恩的情夫；最后，他来到以色列，发现当地军方将来自欧洲的犹太青年集中起来进行思想教育。不过，这一切或许只是幻觉一场，因为在小说最后，所有人物都重新出现，什勒米洛维奇头部中枪，被送到维也纳一家精神分析诊所，他认定那里的大夫就是弗洛伊德，大夫告诫他放弃"犹太式的神经官能症"或"犹太妄想症"，因为"犹太人并不存在，您并不是犹太人，您在昏迷狂乱中，仅仅产生一些幻觉、幻视……"《星形广场》以虚实交织、亦真亦幻的写作手法，将人们想象的和真实的20世纪犹太人生活境况呈现在读者眼前，帕特里克·莫迪亚诺试图以这种方式去寻找自己和父亲、祖辈的犹太人身份，但是最终以身份的不确定性而收场，正如译者李玉民先生所言："我们就像看万花筒一般，观赏主人公身份的变幻，绚烂多彩而又惊心动魄的一幕幕场景，将我们带进交错的时空和杂糅的事件。"帕特里克·莫迪亚诺初入文坛便崭露头角，这部处女作在1968年荣获费内翁和罗歇-尼米埃两项文学奖。此后，莫迪亚诺在1969年和1972年相继出版了《夜巡》（*La Ronde de nuit*）和荣获当年法兰西学院小说大奖的《环城大道》（*Les Boulevards de ceinture*），它们与《星形广场》共同组成了"德占时期三部曲"，并且确立了莫迪亚诺在法国当代文坛的地位。

莫迪亚诺的大多数作品都有个人经历的零星印记，而《户口簿》（*Livret de famille*，1977）中的自传色彩尤为明显，这也是他第一次在小说中完整地叙述家庭往事和个人成长经历，或许是因为童年时期父母的缺席成为他心中永远的心结。在2005年出版的另一部自传体小说《家谱》（*Un Pedigree*）中，莫迪亚诺再度回到那段阴晦的岁月，讲述分裂的家庭生活和孤独的个人成长经历。身份追寻的主题在1978年的《暗店街》（*Rue des Boutiques obscures*）中以虚构的方式表现得更加明显和充分。被称为居伊·罗朗的主人公给私人侦探于特当了8年助理侦探，之后他决定调查自己的身世和来历，因为在数年前，他在偷越边境时遭遇劫难，受到极度刺激而失忆。他从电话簿、照片和档案中一点点搜集线索，从巴黎的大街小巷追寻到瑞士边境，甚至远赴太平洋上的帕迪皮岛。在追溯过去的过程中，他寻访可能与自己有着千丝万缕联系的见证者和知情者，猜测自己的姓名和身份，拼凑家族的历史和自己的人生轨迹，在希望和失望的交替中苦苦寻找自己。然而，小说最后，他只是获得了最后一条可能的线索，就是到意大利罗马暗店街去继续寻找。在遗忘和否定中，他的身份和身世或许成为永不确定的谜，他神秘的过去可能永远湮没在那段弥漫着战争阴影的历史中。笼罩着氤氲迷雾的《暗店街》是莫迪亚诺创作生涯前半期的集大成者，荣获当年龚古尔文学奖。

　　直到1997年出版的《朵拉·布吕代尔》（*Dora Bruder*），莫迪亚诺依然延续对二战时期犹太人命运主题的探讨。作品的灵感来自1941年某份《巴黎晚报》上的一则寻人启事，莫迪亚诺从这看似无足轻重的社会花絮中挖掘出了一个时代的悲剧。为了撰写这部虚拟与现实交织的小说，作者花费了将近10年时间搜寻资料，走访这个犹太家庭的生活地点，试图用所有的细节来重现朵拉的生命历程。朵拉·布吕代尔1926年出生于一个犹太家庭，德军占领法国期间，她与家人迁至巴黎。1941年12月的一天，朵拉逃离了教会寄宿学校，焦虑不安的父母不得不寻求警方的帮助。1942年3月19日，父亲无端被捕，3个月后，朵拉也被逮捕，二人在法国北部的中转集中营德朗西相遇，后被送往奥斯威辛集中营。5个月后，母亲塞西尔也被押送到死亡营。朵拉在集中营的日子与她短暂而简单的生命一样，基本没有留下太多痕迹。帕特里克·莫迪亚诺并没有赋予主人公太多的个体特性，而是将其视作那个时代犹太人命运的代表。他甚至在朵拉的故事中渗入自身的经历，设想自己生命的消失，仿佛也在为自己写一部想象中的传记。这部兼顾史实和虚构的小说用朴素而简洁的文笔，通过德军占领期间一个脆弱生命的消失来探讨人类生存境况中的神秘、虚幻和荒诞，同时提醒人们不要遗忘那些值得记住的事情。

　　总体而言，莫迪亚诺作品中呈现的两个重要主题皆与其本人的生活经历密切相关：一是对个人身份和犹太人集体身份的追寻，往往与二战的历史背景相关，故事多发生于40年代；二是青春的迷失与成长，常常以60年代为时代背景。莫迪亚诺第一部涉及青春主题的作品是1975年出版的《凄凉别墅》（*Villa triste*）。小说的男主人公维克多·克马拉故地重游，回忆并讲述了18岁时在法瑞边境的湖光山色中与想成为电影演员的美丽姑娘伊冯娜的邂逅以及对梦想的追求。这一主题在1981年出版的《一度青春》（*Une jeunesse*）中得以展开。男女主人公路易和奥蒂尔隐居于阿尔卑斯山区，在一幢小木屋里过着富足的日子。然而，这种温馨快乐的生活背后却隐藏着他们往日贫穷、坎坷、堕落的青春往事。年轻时，两人曾混迹于巴黎：路易为了谋生混入一个经济犯罪集团，受尽折磨，过着噩梦一般的生活；而奥蒂尔为了出唱片当明星，宁可出卖自己的肉体，听任制片商玩弄。男女主人公双双在充满偶然与混沌的社会泥沼中挣扎，无法自拔，不断在寻找自我与丧失自我之间循环往复。然而，他们最终还是从这种冷酷阴暗的生活中逃了出来，过去的噩梦终于消失，以往的经历随着时间的流逝而蜕变成两人共有的一段记忆，平静的生活在眼前展开。莫迪亚诺采用闪回的写作手法，通过现实的自我与历史的自我之间的巨大反差，有意识地着力表现人追寻自我的艰苦历程以及人类生存境况中的悲怆性与渺小性。

2007年出版的小说《迷失青春的咖啡馆》（*Dans le café de la jeunesse perdue*）以20世纪60年代巴黎塞纳河左岸拉丁区一家青年人喜欢光顾的孔岱咖啡馆为场景，以一名失踪的年轻女子露姬为中心展开叙事。四个叙述者以第一人称讲述露姬的故事。第一个叙述者是一名大学生，作者以这位旁观者的视角设置了关于人物身世的诸多悬念。第二个叙述者是受露姬情人罗朗委托进行调查的私家侦探皮埃尔·盖世里，他不仅逐渐了解到露姬的身世，而且在咖啡馆中辨认出偶尔出现的露姬，但是出于同情和怜悯，他决定放弃这桩报酬丰厚的案子。第三个叙述者就是露姬本人，她的真名是雅克琳娜·德朗克，从小生活在单亲家庭，母亲是一个风尘女子，为了谋生很少关心女儿。在孤独中成长的露姬感受不到家庭的爱，常常离家出走，从叛逆和逃离中寻找快感并逐渐走向堕落。第四个叙述者是露姬的情人罗朗，他们在孔岱咖啡馆相识并相爱。露姬的丈夫只是被短暂提及，显然他在露姬的生命中并不重要，而露姬之所以决定嫁给这位比自己大10多岁的男人似乎只是想要得到不曾获得的父爱。露姬感觉在自己的生命中，似乎所有人都是过客，于是产生了一种无所依傍的绝望，加上吸毒给身体带来的伤害，她选择了最终的逃离，即结束自己的生命。《一度青春》和《迷失青春的咖啡馆》都生动展现了20世纪60年代巴黎的社会画卷，记录了一代人的青年记忆。莫迪亚诺从旁叙述人物对懵懂青春岁月的追忆，同时也是对自己青春的怀念和凭吊，并以悲天悯人的笔触描述人生存在的宿命性与短暂性。

从1967年到2019年，帕特里克·莫迪亚诺共出版了30多部小说，贯穿其所有作品的关键词便是记忆、历史和身份，他以写作作为自我拯救的方式，通过笔下的人物始终言说自己对身世和身份的寻找，然而，几乎所有的寻找都以身份的复杂性和不确定性而告终。莫迪亚诺的多部作品被翻译成多种语言，成为具有国际影响的法国作家，他被称作"当代的普鲁斯特"，"以追忆的艺术描绘人类最不可捉摸的命运和揭示二战法国被德国占领时期的社会现实"，因此荣膺2014年诺贝尔文学奖。

❧ 安妮·埃尔诺：社会历史语境中的自我书写

安妮·埃尔诺（Annie Ernaux，1940— ）出生于平民家庭，大学毕业后成为中学语文教师，业余时间从事文学创作。她的主要作品几乎都以个人经历为素材，善于将个人记忆融入社会历史之路，不仅具有自传性特点，而且具有丰富的社会学内涵，已成为当代文学中的经典。

　　安妮·埃尔诺的成名作是《地位》（*La Place*，又译《位置》，1983），荣获1984年勒诺多文学奖等多个奖项，总销量超过百万。作品通过父母亲的生活轨迹，回顾了外省一个普通家庭在变化的社会历史环境中社会地位的变迁。二战之后，安妮·埃尔诺的父母从贫苦的农民转变为城市里的工人，最后成为经营饮食杂货店的小商人。除了通过自身努力改善家庭经济条件和物质生活外，他们的另一个奋斗目标就是借助学校教育努力培养孩子进入中产阶层，而父辈与子女之间由于社会阶层距离变化日渐疏远，因为他们所属的阶层被诸多生活细节、语言习惯、思维方式以及惯习差异所区隔。这种社会异化的过程注定伴随着年轻一代自我认同的困惑以及与父母出身阶层的特定矛盾，安妮·埃尔诺曾认为自己从某种意义上而言是一个"阶级变节者"（un transfuge de classe），她的阶级升迁过程被她本人刻上了"羞耻"的负罪感烙印。《地位》的中心人物是父亲，《一个女人》（*Une Femme*，1988）以母亲为中心，《耻辱》（*La Honte*，1997）则以作者本人的成长过程为主题，各部作品之间有题材和风格上的连续性和互文性。安妮·埃尔诺以尽可能克制的简约笔调描述家庭生活、成长经历和亲情变化，坦诚地分析自己分裂于两个社会阶层之间的精神体验，以个体和家族的经历观察和解剖社会肌理，引人共鸣。安妮·埃尔诺深受法国社会学家皮埃尔·布尔迪厄（Pierre Bourdieu，1930—2002）学说的影响，坦陈"在70年代对《继承者》《再生产》和《区隔》的阅读带来了本体论意义上的猛烈冲击"，布尔迪厄的著作对她而言"意味着'解放'和在世间'行动的理由'"，[1] 其中"再生产""惯习""区隔"和"资本"等概念都可以在其作品中得到文学的印证。

1．　Annie Ernaux, « Bourdieu : le chagrin », in *Le Monde*, le 5 février 2002.

作为女性作家，安妮·埃尔诺对女性情感和生活经历的叙述贯穿其创作生涯。她在《他们说与不说》（*Ce qu'ils disent ou rien*，1977）中回忆了自己15岁那年夏天朦胧的爱情意识、对未来的担忧以及青春期的叛逆和孤独，在晚年作品《少女的回忆》（*Mémoire de fille*，2016）中回顾了18岁时的恋情，在《空衣橱》（*Les Armoires vides*，1974）和《事件》（*L'Evénement*，2000）中讲述了自己大学时期意外怀孕、秘密堕胎的经历，在《冻僵的女人》（*La Femme gelée*，1981）中讲述了婚后的知识女性在事业发展和母亲角色中的分裂感，在《单纯的激情》（*Passion simple*，1992）、《占据》（*L'Occupation*，2002）和《迷失》（*Se perdre*，2001）中描述了自己的婚姻生活和婚外恋情以及失败的感情带来的迷茫，在《相片之用》（*L'Usage de la photo*，2005）中涉及自己老年罹患乳腺癌后的身体治疗和情爱生活。安妮·埃尔诺把女性的私密生活空间铺陈于笔下，尽可能贴近事实去陈述事件，尽可能坦率地表达身为女性的细腻感受。安妮·埃尔诺的女性书写并非出于暴露隐私的癖好，而是同样具有社会学维度，试图以个体经验揭示女性群体的生存境遇，正如其本人所言："私我仍然具有社会性，因为不存在一个处于与他人的社会关系、社会法律规则和历史时代真空中的纯粹自我。"[1] 她甚至认为作品中所使用的第一人称单数"我"并不是个人自我，而是无人称或者是跨人称用法，是"以我个人之经历捕捉社会现实之征象"[2]。安妮·埃尔诺的身体书写和展现个人情感生活的小说并未获得所有读者的认可，其实她从来不是一个自恋的作家，而是以自我观照社会，同时突破个体经验的局限性，

1.　Annie Ernaux, *L'Écriture comme un couteau*, Paris, Stock, 2003, p. 152.

2.　Annie Ernaux, « Vers un Je transpersonnel », in *RITM*, Université Paris X, n°6, 1994.

例如《外部日记》(*Journal du dehors*, 1993）和《外面的生活》(*La Vie extérieure*, 2000）中对身边人和城市空间的描写。

安妮·埃尔诺认为，自我是受社会、历史、性别和语言等诸多因素决定并且与过去和现在的外部世界不断对话的经验个体，"我利用我的主观个体以寻找和揭示更具普遍性、集体性的社会现象和机制"[1]。这种在更广泛的视野中审视自我的写作在其另一部代表作《悠悠岁月》(*Les Années*, 2008）中获得了巨大成功，此书成为其所谓"具有社会性维度的自传"(auto-socio-biographie）的集大成者，广受好评，连获国内外多项文学奖。安妮·埃尔诺之前作品中的许多经历和事件在《悠悠岁月》中得到重新书写，但是叙事方式别具匠心。作者在书中回顾了自己的一生，从1940至2006年，跨越60余年。全书分为15个部分，以14张用文字描述的照片为间隔。第三人称叙述者"她"和照片中的"她"形成一定对照距离，显示出他者对自我的审视角度，同时作者在自述时经常引入第一人称复数"我们"代替单数的"我"，以引起阅读者的集体回忆和感受。在《悠悠岁月》的结尾之处，安妮·埃尔诺写道，"所有的形象都将消失"，所以要"挽回我们已经不可能回去的时代里的某些东西"。法国当代文论家安托万·贡巴尼翁（Antoine Compagnon, 1950—　）对此作给予高度评价，不仅邀请作家在法兰西公学院做"书写人生"的主题讲座，还撰写了评论文章《非常规人生书写》，文中写道："在安妮·埃尔诺的新书中，我所欣赏之处在于她叙述自己人生经历时所采用的距离感，评述家庭照片时趋向匿名的客观方式，以及将个人融入共同历史、时代和

1.　Annie Ernaux, *L'Écriture comme un couteau, op. cit.*, p. 148.

集体文化中的写作手法。"[1] 此言充分概括了安妮·埃尔诺在集体记忆中书写个体记忆的自我书写实践。

✎ 自我虚构：自我书写的真实与自由

1977年，法国作家、文学评论家塞尔日·杜布洛夫斯基在《儿子的心路》（*Fils*）[2] 这本书的封底介绍文字中，第一次提出了"自我虚构"（l'autofiction）这一名称，此词亦被译为"自撰"。1989年，杜布洛夫斯基出版的另一部作品《破裂的书》（*Le Livre brisé*）为自我虚构的流行推波助澜。从1977年到2014年，在写作实践之余，杜布洛夫斯基以学者的身份研究自我虚构，最终在2011年的一次访谈中确定了如下表述："自我虚构是一种以完全自传性内容为题材、以完全虚构为写作方式的叙事作品。"进入80年代，从事自我虚构创作的法国作家越来越多，同时，关于这一文学现象的评论也日益增多。法国评论界关于自我虚构的认识可以概括为两大趋向：一类强调的是该词的前缀"自我"所暗示的参照性和真实性；一类突出的是词根"虚构"，也就是作品的虚构性和小说特征。笼统而言，自我虚构是自传和小说的结合体，是借鉴虚构创作手法书写自我和认识自我的写作方式。

在20世纪下半叶，随着家庭、社会、政治、文化和伦理等传统价值观的逐渐遗失，人似乎被抛入了"怀疑的时代"，正是在确定性的消失过

---

1. Antoine Compagnon, « Désécrire la vie », in *Critique*, 2009/1 n° 740-741, p. 49.
2. 法语单词 "fils" 在这里一语双关，它既是"儿子"（读音[fis]）的意思，也是"线（fil）"（读音[fil]）的复数形式，喻为作品是各种线条纹路交织的结合体。综合这两种意义，该作品的名字似乎可以译为《儿子的心路》，下文简称《儿子》。

程中，自我虚构"趁虚而入"，表达了后现代社会中被边缘化的"我"依然会产生自我言说的欲望。作为一种文学创作形式，自我虚构尝试以新的方式对本体"我"的不确定性问题给出解答方案。确实，从70年代末至80年代，在法国出现了自传性书写的回归，如新小说派作家阿兰·罗布-格里耶的"戏说三部曲"、娜塔丽·萨洛特的《童年》、玛格丽特·杜拉斯的《情人》、克洛德·西蒙的《洋槐树》和新批评家罗兰·巴尔特的《罗兰·巴尔特自述》等。罗兰·巴尔特可能是在"自我虚构"这一名称没有出现之前就最早谈论这一写作方式的评论家之一，他在1973年出版的《文之悦》中提到主体的回归和虚构："于是，也许主体回归了，不是作为幻象，而是作为虚构。把自身想象成独特的个体，创造一种具有终极意味且难得一见的虚构——同一性虚构，某种特定的喜悦就来自这样一种写作方式。"[1]所谓"同一性虚构"（le fictif de l'identité）其实就是后来他在《罗兰·巴尔特自述》的写作中实践的作者与人物的同一，他在作品的扉页上写道："所有这一切都应当被视作如同一个小说人物所言。"这说明巴尔特在写作自述之前就暗示要通过一种类似自我虚构的方式来回归自我书写。

因此，自我虚构其实是承续了20世纪上半叶以来的超现实主义、新小说等写作实验，与结构主义也不无关联，它反映了一个在逐渐消解了确定性的世界中已经被碎片化的自我，以及在意识生活中寻找自我完整性或统一性的需要。需要指出的是，自我虚构的叙事烙上了后现代意识的印记："我们不得不承认后现代主义敲响了客观性概念的丧钟，开启了主观性的统治时代，大家都集体意识到视角是多元的，而角度的变化

---

1. Roland Barthes, *Le Plaisir du texte*, Paris, Seuil, 1973, p. 88-89.

就改变了事件的陈述。"[1] 自我虚构在叙事中有意引入双重自我视角，即
"真实自我"（Je réel）与"虚构自我"（Je fictif），这个双重性或许可以同
时体现"我"与"他者"的双重目光，正如法国学者莫里斯·库蒂里耶
（Maurice Couturier，1939— ）所言，"西方人自我言说和叙述的需要与'成
为他者的激情'是并行不悖的"。

　　当然，在大多数情况下，自我虚构表达的是本体的缺裂、存在中的
缺失以及主体完全自知的不可能性。这个自我往往是缺乏完整性和统一
性的，而自我虚构这种形式本质上反映了进行书写的主体"我"与被书
写的客体"我"之间、生活经历与文字叙述之间以及现实与真实之间的
断裂。因此，自我虚构可以被视作是对缺憾的书写，这一点充分体现在
作品的主题上，如战争带来的震痛、亲人死亡的悲恸、疾病的痛苦、情
感的孤寂以及身份的错位等。杜布洛夫斯基的《儿子》表达的是不能直
面母亲去世的创伤，菲利普·弗雷斯特（Philippe Forest，1962— ）的《永
恒的孩子》（L'Enfant éternel，1998）写作于4岁的女儿因罹患癌症去世之
后，埃尔维·吉贝尔（Hervé Guibert，1955—1991）的《献给没有拯救我
的朋友》（A l'ami qui ne m'a pas sauvé，1990）则是身患艾滋病的作家记
述面对死亡的恐惧、孤独和抗争，莱伊拉·赛巴尔（Leïla Sebbar，1941— ）
在《我不会说父亲的语言》（Je ne parle pas la langue de mon père，2003）
中表达了经历过法国殖民统治的阿尔及利亚人在语言、文化和民族身份
上的分裂感。在这些极限体验的领域，自我虚构体现了一种适宜书写缺
失的写作方式和理念，即通过语言书写存在缺憾的人生经历，通过写作

1.　Arnaud Schmitt, *Je réel / Je fictif. Au-delà d'une confusion postmoderne*, Toulouse, Presses Universitaires du Mirail, 2010, p. 88-89.

寻找自己在这世间存在的不确定位置。

在当今社会，传统的地域和家庭组织方式日益消解，社会观念和价值观发生巨大变化，人类所生存的世界正经历着文化、社会和政治动荡以及科学技术给现实生活带来的巨大冲击，虚拟正在僭越现实。自我虚构是作家对自身进行清醒的虚构，通过无意识中涌现的认知去接受逃脱自我的东西，作家通过一种有意为之的解构方式从事写作，向读者透明地呈现处于困境中和寻找自我身份的主体的分裂性。并且，作者勇敢地承认自己同时也是书中的叙述者和主人公，这一行为本身也说明自我虚构"是一种对真实性有所承诺的文学，以后弗洛伊德真实契约的方式，通过美学途径加工自己的生活，展现了一个生命个体的个性（心理层面）、与他人的关系以及所代表的普遍性（历史和社会层面）"。同时，自我书写虽然属于私人叙事，但是也融入了一定时代、一定地域、一段历史、一个社会以及一种境遇，在书写自我的同时也反映了当代人的精神境况。

自我虚构的矛盾性和模糊性就在于故事的真实性与叙述的虚构性并不对应，从而打破了自传或是小说的传统契约。这种虚实糅合的写作难以达到杜布洛夫斯基严格定义上的完全平衡，因此在虚实两端上容易产生两种情形：一是高度自传性的小说，二是高度虚构性的自传。因此，自我虚构必然引发两个主要问题：一是自我在作品中的位置，二是作品与现实的关系。由于同名原则，作家必然在作品中暴露自我的真实经历、情感和意识状态，事实上也有作家因此而受到道德非议，被指责为"自恋"或"暴露癖"。克里斯蒂娜·安戈（Christine Angot, 1959—　）便是一位备受争议的女作家，她成为自己大多数作品的主人公，经常涉及同性恋、乱伦等主题。在作品中，她经常描述或评论自己的写作过程，与读者的直接对话或自言自语也时常穿插于作品之中。有评论家认为安戈的自我虚构看似自传实则虚构，她本人则认为现实与虚构只有一墙之隔，而且这墙壁单薄得几乎不存在。1999年出版的《非常关系》（*L'Inceste*，1999）讲述了她与一位女医生的同性恋情以及与父亲之间的不正常关系，甫一出版便引发波澜，成为当年法国文学季的重大事件。各界对此作品褒贬不一，有人认为此种写作方式让读者潜入人物的内心世界，有人则认为其语言露骨到令人无法忍受。由于主人公与作者同名，不少人把此书当作作者的真实生活，对作品的评价也波及作者的现实生活。还有一部作品也同样引发了人们对自我虚构中真实与虚构的思考。2016年，文坛新人爱德华·路易（Edouard Louis，1992— ）出版了《暴力的故事》（*Histoire de la violence*），讲述的是作者本人作为受害者在2012年圣诞节夜晚所亲身经历的一次抢劫和性侵犯的暴力事件，故事的另一位主人公则是一个名为勒达的北非移民后代，他在实施侵犯之后被爱德华·路易举报。2016年初，《暴力的故事》出版之际，恰巧案件也开始审理。嫌疑人"勒达"认为爱德华的作品不仅侵犯了他的隐私，而且影响了无罪推定，要求赔偿5万欧元。不过，法庭以"保护文学创作"为由没有支持这一申诉。这也是司法介入自我虚构小说的真实与虚构界限问题的一个现实案例。

　　总而言之，自我虚构是一种介于自传和小说之间的自我书写方式，是虚构僭越真实的一种写作策略，它是一定哲学思想、社会环境和文学创作实践自然发展的产物，是对既定文学体裁界限的突破和超越。自我虚构在写作实践中一方面以自传性内容和自我的在场宣告主体的回归，另一方面将虚构引入自我书写以突破已成定解的自传契约，探讨了自我书写的另一途径。在世界范围内，20世纪中期以来，文学创作中普遍出现了模糊虚构与现实之间界限的倾向，在法国文坛盛行近半个世纪的自我虚构正是这一转向的典型，体现了后现代叙事的特征。

✍ 贝尔纳–玛利·科尔泰斯戏剧中的荒漠、寂静和孤独

　　贝尔纳–玛利·科尔泰斯（Bernard-Marie Koltès，1948—1989）出生于法国东部洛林地区梅斯市，父亲是职业军官，因此科尔泰斯自幼少有机会与父亲团聚交流。他是教会学校的寄宿生，耶稣会式的教育方式使他对修辞和对话艺术有所了解，这对他后来的戏剧创作大有裨益。20岁时，科尔泰斯在法国东部剧院观看了著名演员玛丽亚·卡萨雷斯（Maria Casarès，1922—1996）演绎的古希腊神话题材作品《美狄亚》，开始对戏剧产生浓厚兴趣，萌生了当演员的愿望。在报考斯特拉斯堡国家剧团失败之后，科尔泰斯并没有灰心，而是着手改编苏联作家高尔基（Maxim Gorki，1868—1936）的作品《童年》（Enfance，1914），这部名为《苦涩》（Les Amertumes）的剧作便是他的第一部戏剧作品。他将剧本寄给斯特拉斯堡国家剧团团长，得到欣赏，破格成为剧团学员。不过，他很快离开国家剧团，成立了自己的河畔剧团（Théâtre du Quai），同时迎来了创作高峰，创作了十几部戏剧，还曾经邀请青年时代的偶像玛丽亚·卡萨雷斯出演自己的戏剧。

　　20世纪70年代初，科尔泰斯创作了具有实验风格的《遗产》（L'Héritage，1972）等剧作，但是反响平淡。从70年代末《黑人与狗之战》（Combat de nègre et de chiens，1979）一剧开始，他的创作风格更具叙事性。之后，科尔泰斯多次游历南北美洲，获得了丰富灵感，为1977年阿维尼翁戏剧节创作了《森林正前夜》（La Nuit avant les forêts，1977）。这一时期，

科尔泰斯结识了著名戏剧、电影导演，演员和制作人帕特里斯·谢罗（Patrice Chéreau，1944—2013），二人开始了长期的艺术合作，除了最后一部作品，科尔泰斯的所有剧作都由帕特里斯·谢罗搬上舞台。从1984年开始，科尔泰斯的剧本均由午夜出版社出版。

　　1985年，科尔泰斯的成名作《西岸》（Quai ouest）的剧本出版并被搬上舞台。剧中，一个有自杀意图的男人打算在一个人迹罕至的地方跳河。他想在上衣口袋里放两块很沉的石头，这样，"我的身体就会像没有气的卡车轮胎一样沉到河底了。不会有人注意到我的"。于是，他来到了一条河的西岸，那里有一个废弃的仓库。这天晚上，夜空似乎比平时要黑很多。他对开车送他来这里的人说："好了，就是这里。您可以回去了。"他穿过仓库，沿着河堤往前走。他在上衣口袋里放了两块很沉的石头，一边往河里跳，一边嘟囔道："一切都结束了。"他嘴里满是河水和贝壳，渐渐消失在河里。但是，一个和他素不相识的人突然跳进河中，把他捞了上来。浑身湿淋淋的他不停地哆嗦，还生气地问道："谁允许您把我救上来的？"然后，他看了看身边，开始害怕起来，他原以为这个地方很荒凉，但没想到周围到处都是人，他惊恐地问："你们要对我怎么样？"当他准备离开这里的时候，发现他的汽车竟然还在，但是发动机被人弄坏了，轮胎也被戳破。他问道："你们究竟要对我怎么样？"《西岸》表现了人生的孤独和荒诞，是科尔泰斯最有名的戏剧作品，在1985—2006年间被翻译成德语、英语、意大利语、西班牙语、俄语和韩语等多种语言出版并在多国舞台上演出。

　　《孤寂棉田》（Dans la solitude des champs de coton，1986）的故事发生在一个黑人毒品贩子和他的白人顾客之间。在一个远离人群的地方，两个人在黑暗中进行毒品交易。毒品贩子知道顾客依赖他的货物，而他也必须依靠顾客的这种需求才能生活下去。两个人互相依赖，密不可分，他们的交易如同一场战争，充满暴力、荒诞和讽刺意味。这场战争中，每个人都想捍卫自己身上所剩无几的尊严和人性。科尔泰斯在剧本的出版前言中写道："如果两个毫无共同经历和熟悉语言的人在命运的安排下不得不狭路相逢，而且他们相遇在一个平淡的、空旷的、寂静的地方，而且不是在人群和光明之中——因为这两个因素会掩盖他们的面孔和天性，在这个地方，他们可以从远处看见对方的身影而且能够听见对方的脚步声，这个地方让他们无法侥幸逃脱和彼此忽视，当他们靠近时，面面相觑时，他们之间存在的只有敌对，这已经不是一种感觉，而是一种敌对行为，一种不需要动机的争斗。"科尔泰斯把人们带到了一个富有寓意的世界中，展现了人类灵魂最深处的秘密，隐藏其中的欲望和暴力令人惶恐，人的尊严受到欲望的挑战。这部作品很长时间以来一直被人们认为是科尔泰斯最具有文学性的戏剧，被翻译成英语、德语等语言在欧洲各地上演。

《回归沙漠》（*Le Retour au désert*）是科尔泰斯于1988年创作的作品，后来成为法兰西剧院的保留剧目。20世纪60年代阿尔及利亚战争期间，在法国东部的一个小城里，马蒂尔德·塞尔博努瓦兹带着孩子们从阿尔及利亚回到了阔别15年的家乡。老家的房子里一直住着她的哥哥阿德里安一家。阿德里安原以为马蒂尔德只是回来探亲，但是没想到他们一家这次决定回来定居。于是，哥哥指责妹妹逃避战争，而且还要抢夺父母的遗产，这个资产阶级家庭的成员们开始争吵不休，寸步不让。阿尔及利亚战争已经足以造成所有人的悲剧，而经历战争的人们也以"战争"的方式来处理彼此之间关系，兄妹之间的亲情荡然无存，这便造成了又一重悲剧。在这部剧中，科尔泰斯表现了一定社会背景下普通人的亲情和背井离乡的感受，然而不论是人物的语言、行动，还是他们之间的关系……所有的一切都处在一种紧张的氛围当中，而且随时都可能爆炸，亲情终于演化成暴力。科尔泰斯探讨了殖民问题和移民问题以及它们给普通人生活带来的冲击和痛苦。这种融合情感、政治和哲学的表达方式使得科尔泰斯容易为年轻观众所接受。

科尔泰斯喜欢莎士比亚、马里沃、契诃夫（Anton Pavlovich Chekhov, 1860—1904）和陀思妥耶夫斯基的作品，也深受17世纪哲学家帕斯卡尔的影响。他的戏剧风格并没有融入时代潮流；他对斯坦尼斯拉夫斯基（Stanislavski, 1863—1938）和布莱希特的戏剧理念保持同样的距离；他还常常被视作阿尔托的继承人。科尔泰斯的戏剧作品大多以人与人之间的交流困境为主题，不过和上一代戏剧作家的荒诞派戏剧迥然不同，他的作品建立在现实问题的基础之上，表达了孤独的存在和死亡的悲剧，强化了悲剧冲突和激情。科尔泰斯一共创作了16部剧作，作品被翻译成30多种语言，是在全世界被演绎最多的当代法国戏剧家，可惜英年早逝，41岁时死于艾滋病，死后葬于巴黎蒙马特公墓。

❧ 让·艾什诺兹的写作游戏

让·艾什诺兹（Jean Echenoz, 1947— ）在法国南方出生长大，父亲是心理医生，母亲是版画家。他先后在里昂和马赛学习社会学和土木工程学，1970年来到巴黎，在巴黎高等研究实践学院和索邦大学继续学业。

让·艾什诺兹在1979年出版了第一部小说《格林尼治子午线》（*Le Méridien de Greenwich*），这部作品中已经体现出一种游戏风格。小说中乔治·哈斯的女儿薇拉和手下掌握重要机密的技术员拜伦·凯恩几乎在同一时间消失，他请著名的盲人杀手鲁塞尔帮自己找回女儿并让凯恩真的彻底消失。鲁塞尔千方百计地排除障碍寻找一切线索。他在这一过程中遇到了与凯恩和薇拉有关的各种人，其中有厌倦了翻译职业的联合国译员、薇拉的追求者、退伍军人以及凯恩身边的两个保安，还有对凯恩所掌握的技术同样有迫切兴趣的古特曼。他们当中有人想要保护凯恩，有人想要置凯恩于死地，所有人都先后来到了格林尼治子午线穿过的太平洋小岛严阵以待，而凯恩本人则以研究一台子虚乌有的机器为名正在专心致志地玩拼图游戏。作品灵活运用纹心结构的嵌套叙事，戏仿历险小说的写作手法，尤其是凡尔纳的《神秘岛》和鲁滨逊的传奇故事，进行了一场写作游戏，也以一种黑色幽默嘲弄了人生徒劳的处境。这部处女作荣获费内翁文学奖，奠定了让·艾什诺兹大多数小说的风格和基调。

　　艾什诺兹的第二部小说《切罗基》（Cherokee）摘得1983年法国美第奇文学奖。"切罗基"是主人公乔治·沙夫曾经珍藏的一张唱片，但不幸在数年前遗失，因而成为一条线索，贯穿故事始末。乔治·沙夫是一个没有凌云壮志只想养家糊口的私家侦探，一个名为珍妮的姑娘昙花一现般出现在他的生活中，又突然不知去向。与此同时，乔治遭人陷害，卷入了一场遗产继承风波之中，不得不在寻找珍妮的同时躲避警察和其他侦探的追捕。最后，乔治终于在表兄弗莱德的出租车上找到了绝望的珍妮和10年前丢失的唱片。作品以"迷失"和"寻找"为主题，寓示一个迷失自我的青年终于找到了生活的支点，他找回了自我，重拾生活的勇气。《切罗基》中的人物性格迥异，本有着完全没有关联的人生轨迹，却因偶然产生交集，作者将看似支离破碎的偶然事件叠加在一起，营造出扑朔迷离、悬念重重的故事情节。

　　《出征马来亚[1]》(*L'Équipée malaise*，1986)是艾什诺兹的第三部小说。作者在故事开头以罗列的方式将大部分人物介绍给读者。主人公是两个性格迥异、身份悬殊的男人，如果说有什么事可以把两人联系在一起，那就是他们曾经深爱过同一个女人。让-弗朗索瓦·彭斯是个自命不凡的种植园经营者，自封为"公爵"。夏尔·蓬迪亚克是个流浪汉，终日隐匿在巴黎喧嚣的市井之中。然而，这两个本属不同世界的人的命运出现了交点。夏尔·蓬迪亚克为了证明自己的勇气和真诚，决定帮助一个多年未见的朋友到马来亚经营橡胶种植园，而恰巧让-弗朗索瓦·彭斯也想获得种植园的经营权，于是他不择手段，设下重重阴谋，想将夏尔·蓬迪亚克和他的朋友赶出这片土地，结果反而弄巧成拙。让-弗朗索瓦·彭斯身边的人一个个卷入阴谋之中，他本人也声名狼藉，地位一落千丈，最终失去了昔日养尊处优的生活。而夏尔·蓬迪亚克则凭借着真诚和勇敢闯出一片属于自己的天地，从一个籍籍无名的街头小子一跃成名。在这篇作品中，艾什诺兹大量使用比喻、双关和反语等修辞手法，文笔时而冷静、机械、不带感情，时而又充满嘲弄之意，对每一个场景的清晰刻画都达到了由文字向视觉效果转化的目的。此外，作品每一章的第一句话总是承接上一章的最后一句，全书连贯呼应，这是作者在叙事方式上的又一次尝试，也建构了一种新的阅读体系和习惯。

　　小说《湖》(*Lac*，1989)是艾什诺兹对间谍小说的一次尝试。主人公弗兰克·肖班始终没有明确的人生目标，大学毕业后被招募为情报员，成为一名间谍。他所效力的间谍机构与另一家情报机构互为敌对，

---

1. 二战结束后，英国恢复对马来西亚半岛的殖民统治，于1948年成立了马来亚联合邦。1957年马来亚联合邦在英联邦内独立，1963年成为马来西亚的一部分。

肖班的例行任务便是监视对方情报员的行踪，此外他还利用动物研究员的身份尝试将微型照相机、针孔摄像头等情报工具安装在苍蝇身上，开发更为隐蔽的监视途径。弗兰克没有朋友，也没有人关心他去了哪里。这部小说虽然以间谍为题材，却没有传统意义上间谍小说的框架。在艾什诺兹笔下，间谍似乎是偷窥癖患者，他们病态地、痴迷地窥视着对手，对任务的来龙去脉漠不关心，调查监视的结果亦不重要。所有人物只是秘密从事调查和监视工作，而调查的目的、内容和结果等问题在小说中几乎都没有答案。随着人物真正身份逐一曝光，读者可以发现这些情报人员彼此之间并不陌生，他们之间存在着千丝万缕的联系，而监视别人的人往往正被别人监视。现代人生活的盲目性以及人与人之间的关系也与之类似，这也正是艾什诺兹小说的深刻旨意所在。

艾什诺兹敢于尝试各种题材，创新叙事手法，同时使作品保持很强的故事性和可读性。《我们仨》（Nous trois，1992）首先以第一人称叙述主人公梅耶的故事。梅耶是宇航员，离婚后一直过着独居生活。一天，他决定去马赛度假，然而离奇的事接连不断地发生在他身上。在去马赛的高速公路上，他从一辆爆炸的奔驰汽车旁边救了一个受伤的漂亮女人，并以汽车品牌称她为"梅赛德斯"。"梅赛德斯"不善言辞，甚至没有对梅耶的救命之恩表示感谢。到达马赛之后，梅耶本以为可以好好度假，岂料马赛突发大地震，并引发海啸，整个城市陷入灾难之中，伤亡惨重。梅耶死里逃生回到巴黎，适逢宇航局要发射一枚卫星上天，以便加强对地震的探测。梅耶被选中并受训，随后搭乘火箭上天，并与其他宇航员在太空会合。在太空飞船里，他竟与"梅赛德斯"再次相遇，多情的梅耶决定追求这个女人，然而，叙事者"我"也同时爱上了这名女子，"我们仨"的一场太空情缘就此展开。书中，叙事者先是讲述他人之事，随着故事的离奇发展，他人的事和"我"的事却碰撞到一起，"我"不得不也出现在"我"所讲述的故事之中。然而，这一切又都好像发生在别人身上，三个人好像都是自己的观众，他们各自的生活，包括他们的情感、欲望和思想，似乎都是一场表演。艾什诺兹的所有小说中都有女性人物，爱情常常在不经意间出现在书页的边缘，然而这些爱情故事都是模棱两可、虚无缥缈、隐隐约约的存在。艾什诺兹在小说中将三人之间的情感故事安排到远离地球、远离人世的太空轨道之上，在平淡与离奇之间营造出一种似是而非、无所确定的感觉。

　　1999年出版的作品《我走了》（Je m'en vais）是艾什诺兹最为成功的小说之一，获得龚古尔文学奖。小说的主人公是一个叫费雷的中年男子，他开了一家画廊，当起了艺术品商人。然而画廊经营惨淡，并没有为他带来事业上的成功；同时，他与妻子苏珊娜的夫妻生活也出现了裂缝。于是，费雷在新年第三天跟妻子告别说"我走了"，不久便从巴黎出发，经由加拿大蒙特利尔辗转至魁北克市，后乘破冰船前往北极去寻找一艘满载古董的沉船。经历了种种艰难险阻后，他终于奇迹般地找到了古董，并将它们运回巴黎。然而，这些辛苦找来的古董很快就被人盗走，费雷又开始为寻回这批古董而四处奔波，最后发现偷盗者竟然是知情的合作伙伴德拉埃，此人在作案后安排了自己的葬礼，让人以为自己已死，然后杀死另外一个人并盗用其身份以逃避追捕。在寻宝、遗失、调查和寻回的过程中，费雷邂逅了多位女性，但是她们似乎只是他旅途中的过客，难以萌生爱情。整整一年中，费雷在人生道路上经历了身体、事业和感情上的诸多磨难，依旧孑然一身，无人关心，也无须关心别人。最后，在新年到来之际，身心交瘁的他情不自禁地回到原来的家，但是一切早已物是人非，房子换了主人，无望的费雷只得对房子里的人说："我走了。"小说以此句开篇，亦以此句收笔，形成了一个可笑又可悲的轮回，是艾什诺兹冷幽默风格的代表。这部作品在叙事手法上以"花开两朵，各表一枝"的方式同时推进两条线索，最后融合在一处，容纳了丰富复杂的内容，读起来引人入胜。《我走了》以短小的篇幅浓缩了多重主题，既有侦探小说中紧凑曲折的历险情节，又有中年男子复杂矛盾的情感经历，刻画了法国人在事业、情感、生活甚至是身份上的稳定性和安全感的缺失，是当代人孤独的精神生活的写照。

艾什诺兹已经出版的10多部小说全部由午夜出版社出版。2001年4月，午夜出版社社长热罗姆·兰东去世后，艾什诺兹撰书《热罗姆·兰东》（*Jérôme Lindon*），深情回忆了这位重要出版人的生平以及与其交往的经历。此后，艾什诺兹开始尝试一种融合传记和小说的创作方式，出版了以法国作曲家莫里斯·拉威尔的生平为基础的小说《拉威尔》（*Ravel*，2006）、以捷克田径运动员埃米尔·扎托佩克（Emil Zátopek，1922—2000）为原型的小说《奔跑》（*Courir*，2008）和以塞尔维亚裔美国物理学家尼古拉·特斯拉（Nikola Tesla，1856—1943）的一生为素材的小说《电光》（*Des éclairs*，2010）等。这种与自我虚构（自撰）一样融合虚实的人生书写方式被评论界称为虚构传记或他撰（l'exofiction）。

艾什诺兹在小说写作上受到18世纪英国作家劳伦斯·斯特恩和法国作家狄德罗的影响，有一种与生俱来的轻松戏谑风格，又从同时代的法国侦探作家让-帕特里克·芒歇特（Jean-Patrick Manchette，1942—1995）和美国侦探小说家那里学习构建故事的方法。艾什诺兹游戏于历险小说、历史小说、黑色小说、侦探小说、间谍小说和传记等多种体裁之间，又不拘泥于其中任何一种，体现出一种博采众长的灵动叙事技巧。艾什诺兹认为他与法国新小说的共同之处只在于选择了同一个出版社，但是读者从他的作品中依然可以发现一些新小说的风格，例如，人物形象模糊、非线性叙事和不同寻常的时空布局等。然而，艾什诺兹善于捕捉瞬间，雕琢细节，用微不足道的小事发掘意义，注重从零乱的情节中构建完整的故事，叙事具有画面感，因此其作品具有很强的叙事性和可读性，让人们在厌倦新小说之后重新找到了阅读的乐趣，受到读者的普遍欢迎。

❧　帕斯卡·基尼亚尔：当代社会中的古代隐士

帕斯卡·基尼亚尔（Pascal Quignard，1948— ）出生于一个博学的知识分子家庭，父亲是著名的文学教育专家雅克·基尼亚尔（Jacques Quignard），外祖父是语言学家和文献学家夏尔·布吕诺（Charles Bruneau，1883—1969），他本人从小就对语言学、古典学和音乐产生了浓厚兴趣。1966—1968年，基尼亚尔在巴黎第十大学学习哲学。

帕斯卡·基尼亚尔最早以学者的身份出版了第一部著作，是关于奥利地作家利奥波德·冯·萨赫–马索克（Leopold von Sacher-Masoch，1836—1895）的文学评论《言语迟疑者——论萨赫–马索克》（L'Être du balbutiement, essai sur Sacher-Masoch，1969）。该书得到在伽利玛出版社担任审稿人的诗人、评论家路易–勒内·德福雷（Louis-René des Forêts，1918—2000）的关注和欣赏，并邀请他参与伊夫·博纳富瓦、安德烈·杜布歇（André Du Bouchet，1924—2001）、定居巴黎的德语诗人保罗·策兰（Paul Celan，1920—1970）和瑞士诗人菲利普·雅各泰（Philippe Jaccottet，1925—2021）主办的诗刊《蜉蝣》（L'Éphémère，1967—1972）的编辑工作。1969年，应保罗·策兰的要求，帕斯卡·基尼亚尔将古希腊悲剧诗人吕哥弗隆（Lycophron，约前320—前280）创作的最后一部古典时代的悲剧《亚历山大城》（*Alexandra*）翻译成法语并于1971年出版。这一时期，他同时担任伽利玛出版社和法兰西水星出版社的编审。20世纪七八十年代，基尼亚尔陆续出版了关于古希腊诗人吕哥弗隆、16世纪法国诗人莫里斯·塞弗、法国当代诗人米歇尔·德吉和路易-勒内·德福雷的评论著作。

　　在70年代末，基尼亚尔开始尝试创作叙事作品，第一部作品是受到莫里斯·布朗肖影响的《读者》（*Le Lecteur*，1976），而《卡吕斯》（*Carus*，1979）则是他出版的第一部长篇小说，获得了1980年的法国批评家奖。至80年代，基尼亚尔在伽利玛出版社出版的两部小说《符腾堡的沙龙》（*Le Salon du Wurtemberg*，1986）和《香堡的楼梯》（*Les Escaliers de Chambord*，1989）为其赢得广泛赞誉。《符腾堡的沙龙》是一部回忆体小说。主人公卡尔·舍诺涅是一名德国音乐家，十几岁时移居法国，四十来岁时回到德国家乡符腾堡，从此停止一切跟音乐有关的活动，专心撰写回忆录。小说以第一人称讲述了舍诺涅从孩提时代到不惑之年的点滴生活。对往昔的回忆让舍诺涅清楚地意识到在他的生命中占据中心位置的正是与一生中最重要的朋友弗洛朗结下的深厚友情。1963年，他们在一家理发店相识。一年后，舍诺涅与弗洛朗的妻子伊莎贝尔发生了婚外情，从此失去了友情。13年后，二人再次相遇，珍贵的友情失而复得，直到1982年弗洛朗因车祸身亡。几年后，舍诺涅回归故里，隐居世外。小说以舍诺涅与弗洛朗的友情为主线徐徐展开，共分7个章节，每个章节都以一个具体地点命名。作家用细致入微的笔触向我们展示了舍诺涅的生活和他最真实的情感、思想，语言之优美细腻值得称道，被誉为颇得普鲁斯特之风。

　　基尼亚尔是一个学者型作家，1990年出版的8卷本《刍议》（*Petits*

traités）证明了他的博学多识，体现了他在音乐、美术、文学、历史和哲
学等人文领域的广泛深入研究。音乐尤其是基尼亚尔文学创作中的永恒
主题，他的许多作品都充满音乐元素。1991年出版的小说《世间的每一
个清晨》（*Tous les matins du monde*）的每一页中都飘荡着音乐的旋律，
基尼亚尔以法国17世纪著名的大提琴演奏家德·圣科隆布（Jean de Sainte-
Colombe，1640—1700）为原型，演绎了一曲不朽的音乐赞歌。1650年，
德·圣科隆布夫人去世后，音乐家沉浸在无尽的丧妻之痛中无法自拔。
他独自带着两个女儿隐居避世，远离尘嚣，在对亡妻的思念和音乐的创
作中度过日日夜夜。音乐家在自家的花园里搭建了一个小棚屋，这是一
个属于他的、与亡妻和音乐交流的世界。他时常独自在这个小世界里演
奏一曲曲满溢思念之情的天籁之音。有时，完全沉浸在音乐中的他会看
到亡妻的身影，甚至会和她对话。在父亲的教导下，两个女儿也酷爱音
乐，父女三人的大提琴三重奏闻名遐迩。国王派人邀请音乐家赴王宫
演奏，却被他断然拒绝。一天，一个名叫马兰·马莱的英俊少年来到
德·圣科隆布先生的家中求教，成为他的学生。之后，马莱接受了凡尔
赛宫乐师的头衔，将音乐作为走向贵族阶层的跳板，德·圣科隆布得知
后怒摔学生的提琴。师徒的决裂并没有阻止马莱追名逐利的脚步，他在
音乐家的女儿玛德莱娜的帮助下，在仕途上平步青云，功成名就后却将
她抛弃。玛德莱娜消沉度日，卧病在床，最后自缢而亡。此后，马莱反
躬自省，在整整3年的时间里，他每个夜晚都藏身于老师家的花园里聆听
世界上最美的乐曲。终于有一天，棚屋的门向年轻人打开，师徒二人共
同演奏起忧伤而柔美的《哭泣》。一曲终了，二人泪流满面，四目相对，
同时送给对方一丝会意的微笑，师徒之间的恩怨情仇完全融入了对音乐
的挚爱中。对音乐的热爱贯穿于小说的始末，无论是德·圣科隆布先

生、两个女儿，还是马莱，故事中的每一个人物都对音乐寄予了无限的爱和热忱。此外，爱情和孤独作为基尼亚尔写作的两大主题，为其作品奠定了温柔凄美的格调。《世间的每一个清晨》是基尼亚尔最为人所知的作品，这部小说在出版当年即被改编成电影。

20世纪90年代初，基尼亚尔将热情投入到音乐事业之中。1990—1994年，基尼亚尔在密特朗总统的支持下创办了凡尔赛宫国际巴洛克歌剧与戏剧节并担任主席，他还在1990—1993年间领导民族乐团。1994年，基尼亚尔辞去所有社会职务，中止音乐活动，潜心写作，代表作《秘密生活》（Vie secrète）于1998年问世。该书共有53个章节，以第一人称叙写。首先讲述的是"我"与女音乐家奈米·萨特莱尔的秘密恋情，音乐滋养着二人的爱情，而秘密的交往和心灵的默契更为他们的爱情增添了滋味。此外，作品中还叙述了"我"的童年回忆。作家通过这一个个看似缭乱的镜头诠释了自己对爱情、孤独和写作的思考。他用极致美丽的语句赞美纯粹的爱情，认为爱情与性没有必然联系；他认为人们永远都无法真正远离自己的母亲；在他的世界里，写作即是将言语附于沉寂的过程。全书内容丰满，富含古代东西方文明和文学元素。《秘密生活》是集小说、散文、诗歌、日记、自传和评论等多种文学样式于一体的作品，结构灵动，语言富有诗意，一经问世就取得巨大成功，荣获该年度法国文化广播电台图书奖，堪称基尼亚尔的集大成之作。

2000年，基尼亚尔以《罗马阳台》（Terrasse à Rome）一举夺得法兰西学院小说大奖。故事发生在17世纪，主人公莫姆1617年出生于巴黎，是当时著名的镌版画家。1639年春天，他在比利时布鲁日城邂逅了18岁的名门闺秀纳妮，两人一见钟情。但是，纳妮已有婚配。在一次幽会中，纳妮的未婚夫突然撞碎窗户闯了进来，将一瓶硝酸泼向了莫姆。之后纳妮离开了容貌尽毁的莫姆，嫁为他人妇。身心俱碎的镂版画家离开布鲁日，穿越德国的符腾堡、瑞士各州和阿尔卑斯山，来到意大利。在这个国度里，他的足迹遍布各地，最后在1643年到达罗马。莫姆的别墅位于阿文提诺山麓，他在那里为一个版画商工作，出售铜版画。1666年，在罗马郊野，一个年轻人将一把尖刀戳进了莫姆的后颈。原来，此人正是纳妮和莫姆的亲生儿子，他来到罗马正是为了寻找父亲。在乡间，他误认为莫姆是抢夺自己行李包的歹徒才将其刺伤。莫姆向领事、弓箭手求情，宽恕了年轻人，但直到最后都没有告诉他自己就是他正在寻找的人。后来，莫姆又游历了欧洲多个城市，最后在荷兰的乌得勒支与世长辞。《罗马阳台》讲述了莫姆漂泊不定的一生，对纳妮忠贞不渝的爱情和对版画艺术的执着追求是他生命中的两大信念。小说共有47个章节，之间并无过渡和衔接，各章独立成篇，或再现莫姆的某幅版画作品，或讲述他的某个生活片段。小说的叙述并不遵循时间顺序，也不具备连贯性，但正是此般叙述造就了作品的独特韵味，给予了读者广阔的想象空间，也使作者能够灵活自如地穿插诸多零散的故事情节、历史事件和对版画技艺的介绍等。该作品篇幅不长，语句简洁，文字优美流畅，在淡淡的忧伤氛围中再现了一代艺术大师的生活经历。

进入21世纪以来，基尼亚尔将全部精力投入到"最后的王国"（*Dernier royaume*）系列中，计划围绕他所热爱的主题创作20—30部作品，目前已出版11部，其中2002年出版的系列首部作品《游荡的幽灵》（*Les Ombres errantes*）摘得龚古尔文学奖桂冠。基尼亚尔将叙事、抒情、评论融为一体，将诗歌、故事、随笔融会贯通，使古今中外的历史、哲学话题交会其中，让对历史、语言、爱情和死亡的思考贯穿作品。可见，基尼亚尔继续了之前在《秘密生活》中的写作尝试，有意突破体裁的界限，使不同的文学形式相互渗透、融合，创造出一种以模糊性、含混性为特征的写作实践，而《秘密生活》也被纳入"最后的王国"第8部。

帕斯卡·基尼亚尔是法国当代文学中独树一帜的作家，他博学多识，不仅具有优秀的西方古典学底蕴，而且对包括中国古代文化在内的东方文明颇有了解，其作品中渗透了对音乐、语言、历史和哲学的思考，与喧嚣的当代社会保持审视的距离，回归古典寻找对人性终极问题的回答。

❧ 施米特：用充满戏剧张力的小说还原人性的复杂

埃里克-埃马纽埃尔·施米特（Éric-Emmanuel Schmitt，1960—　）出生于一个体育世家，父母都是体育教师。他本人在1980—1985年间就读于著名的巴黎高等师范学院，在1983年便获得哲学教师资格证书。1987年，他在巴黎索邦大学完成了博士论文《狄德罗与形而上学》（*Diderot et la métaphysique*）并通过答辩，此后在多所中学和大学任教。

埃里克-埃马纽埃尔·施米特最早以戏剧进入文坛，成就卓越，至今创作或改编了约30部作品。他在高中时代就自编、自导、自演过戏剧作品，为历练文笔，他对许多经典剧目进行改编和摹写，尤其对莫里哀的作品情有独钟。1989年的撒哈拉沙漠探险经历再一次激起了他的文学创作欲望。90年代初，他的重要戏剧作品相继问世：《瓦洛涅之夜》（*La Nuit de Valognes*，1991）在许多国家成功上演，《来访者》（*Le Visiteur*，1993）一举夺得莫里哀戏剧节奖项，此外还有《迷幻变奏》（*Variations énigmatiques*，1995）、《魔鬼学堂》（*L'Ecole du diable*，1996）和《一千零一日》（*Mille et un jours*，2000）等。施米特经常将一些著名的历史人物搬上戏剧舞台，如耶稣、弗洛伊德、狄德罗和希特勒等，解读他们的思想，剖析他们的行为，从而领悟人生的真谛。宗教主题在施米特的作品中占据了重要位置，他往往通过信仰不同宗教的人物的冲突来表现人性冲突，表达人性追问和人文关切。

　　《瓦洛涅之夜》出版于1991年，是施米特的处女作。在诺曼底乡村的瓦洛涅城堡里，5个性格迥异的女子有一个共同点，就是都曾经被唐璜诱惑并遭到抛弃，于是她们决定对唐璜进行审判，逼迫他迎娶最后一个被他始乱终弃的女子昂热丽克，而且对她要绝对忠诚。倘若唐璜不照办，就会在监狱中度过余生。出乎她们的意料，唐璜欣然应允，因为他已经衰老，期望能从婚姻中找到幸福。在和昂热丽克的婚姻中，唐璜发现自己懂得了真爱，但这些女子却不能接受她们心目中原来那个唐璜的形象遭到颠覆性的破坏。她们曾因为他的多情而倍受痛苦煎熬，而如今能够成为唐璜的诱惑对象已不再是耻辱，或许她们真正喜欢的正是他风流多情的性格。《瓦洛涅之夜》对唐璜这个经典文学人物的性格进行了深入剖析，为这一传说人物注入了新的生命力。唐璜曾经只知道寻欢作乐，不懂得珍惜真爱，却希望有人能够帮助他终止荒唐的行为。

　　继《瓦洛涅之夜》后，《来访者》一举夺得了1994年莫里哀戏剧节最佳创作、最具启示意义和最佳演出三项大奖。故事发生在1938年的维也纳。在德军铁蹄践踏下的奥地利首都，纳粹分子残酷迫害犹太人。西格蒙德·弗洛伊德对形势过于乐观，并没有急于离开。但是4月的一天晚上，盖世太保将他的女儿安娜带走讯问。正在弗洛伊德忧心忡忡、心生绝望之际，一位神秘的来访者从窗户而入。他衣冠楚楚，自诩为上帝，夸夸其谈，其言辞又令人称异。他究竟是谁？疯子，通灵者，抑或只是弗洛伊德自己的梦境或是他本人无意识的投射？还是如来访者本人所称，真是上帝的化身？施米特启发每一个读者或观众和剧中的弗洛伊德一样对这个神秘来访者的身份进行探寻，并且将这位著名的心理学专家内心的矛盾纠葛展示出来：有什么可以表明上帝依然存在？上帝如果存在，他是否可以保佑自己的女儿安娜不受纳粹军官的踩躏？作者试图证明，即使上帝存在也无法消除苦难。该剧是将戏剧作品与历史背景和弗洛伊德的心理分析巧妙结合的经典作品，于1993年9月23日首次上演，这一天恰好是弗洛伊德逝世纪念日。《来访者》为施米特带来盛誉，剧本销量创下了20世纪法国当代戏剧的销售记录，并被收入法国高中的推荐读物目录。除了舞台演出，该剧还被改编为电视影片在艺术节目频道播放，获得广泛称赞。

尽管埃里克-埃马纽埃尔·施米特早在1994年就创作了第一部长篇小说《利己教派》（*La Secte des égoïstes*），但他将更多精力投入到小说创作中则是在2000年前后，共创作了长篇小说和短篇小说集各十余部，尤其以短篇小说取胜。2010年，凭借《纪念天使协奏曲》（*Concerto à la mémoire d'un ange*），施米特一举夺得龚古尔短篇小说奖，并在2013年当选为龚古尔文学奖评委。哲学家出身的施米特善于用轻松的情境来阐释生活的智慧，他的读者既有知识分子也有青少年。在《奥斯卡和玫瑰奶奶》（*Oscar et la Dame rose*，2002）中，10岁的小男孩奥斯卡得了严重的白血病，玫瑰奶奶向奥斯卡提议玩一个哲学游戏，就是把余生的每一天当作10年来过。于是，奥斯卡展开想象，度过了一段很长的人生，并从中获得了重要的人生智慧：人的生命终会止于某一天，而人生在世的每个瞬间都很珍贵。在一次访谈中，施米特表示："我身兼哲学家和小说家两种身份，所以我的作品很大一个特点是在哲学性和文学性之间来回往返。"哲学专业的思维训练有助于施米特把对人生哲理或事物本质的探寻用简单易懂的方式呈现在文字之中。

施米特在既有长篇小说也有短篇小说的系列作品《看不见的爱》（*Cycle de l'invisible*，1997—2019）中讲述了"隐秘的情感"：一对无法获得合法婚姻的同性爱人在教堂外随着教堂里一场婚礼的进程排演了他们自己的婚礼，一位医生在狗被车撞死之后选择自杀，一个女人的第二段婚姻里总是晃动着第一任丈夫的影子……这些故事讲述了人与人、人与动物、人与艺术之间无法一眼看懂的爱。在施米特看来，在当下的社会中，爱变得不那么容易，爱的敌人是自私，"每个人都是利己主义者，可是爱是利己的相反面"，所以他善于在作品中安排善恶冲突，以表现人性的复杂以及不同方式的爱。施米特在后记中写道，"我们都在经历着两种生活：事实上的生活和想象中的生活。这两种连体婴儿般的生活比我们以为的要更加相互交织，平行于现实的那个世界是如此重塑甚至改换我们的现实世界。"在他的小说中，主人公可能是一对将遗产赠送给一位陌生底层妇女的隐秘同性恋人，也可能是从纳粹集中营死里逃生的人，但是都隐藏着爱和救赎的故事。当读者跟随作家的文字走近每个人物，随着情节的进展进行层层解密，最后才恍然大悟时，他们在作品中所经历的黑暗、痛苦、疾病和死亡一并消失了，最终感受到的是爱与光明的力量，这也正是施米特小说的独特魅力。

在施米特看来，小说和戏剧之间有诸多相似性，都是时间的艺术。短篇小说因其篇幅限制，更需要像戏剧一样，在开头和结尾牢牢抓住观众，以紧凑的节奏推进情节的发展。施米特的小说同样充满戏剧的张力，有非常强烈的冲突和悬念设置。例如，《布鲁塞尔的两位先生》（«Les deux messieurs de Bruxelles»）从一个女人意外获得来自两个陌生男子的巨额遗产开始；在短篇小说《狗》（«Le Chien»）中，一位德高望重的医生在爱犬被车撞死5天后选择开枪自杀，在这桩奇闻的最后，读者会发现这是一个经历过战争苦难的人从一条忠诚的狗身上找回人性和内心平静的故事，承载了集体灾难和个人痛苦的内心冲突和重负终于在死亡中得到化解。

埃里克-埃马纽埃尔·施米特在自己构建的想象世界中力图超越善与恶、爱与恨、生与死、虚与实、梦与真、自我与他者之间的二元对立和冲突。他是被阅读最多的当代法语作家之一，其作品彰显人道主义情怀，既有哲理意蕴和情感力量，又简洁晓畅。他的作品，无论是戏剧还是短篇小说集几乎都是畅销书，现已被翻译成40多种语言，在世界上50多个国家出版。

☙ "新虚构"：穿越虚实二元对立

在法国文坛，20世纪六七十年代是理论盛行的年代，这一时期出现了一些带有实验色彩的文本主义和形式主义作品，淡化了小说的叙事性。新小说反对传统叙事形式，虽然一度引发风潮，而且得到新批评的高度关注，但是在70年代末趋于沉寂。此时，法国小说重新回归叙事，但是擅长描摹和写实的传统已经不可能成为参照，因此处于"破旧"尚未"立新"的尴尬境地。"新虚构"（Nouvelle fiction）一派应运而生，以清新的面孔登上舞台，并力图摆脱"新批评"的理论桎梏。他们提倡一种超越"实"与"虚"二元对立的文学创作，拒绝把文学作为对现实的虚构，强调虚构的自由，重视想象的空间，认为虚构空间中同样蕴含着真实的成分。

20世纪90年代初，在小说家弗雷德里克·特里斯坦（Frédérick Tristan，1931—2022）的建议下，几个具有共同创作理念或仅仅是相互有好感的作家聚会讨论写作实践，其中让-吕克·莫罗（Jean-Luc Moreau，1947—　）概括总结了他们的创作特点，提出了新虚构这一概念，并在1992年出版了一部文选与评论相结合的著作，书名就是《新虚构》（*La Nouvelle fiction*）。他在书中收录了一些对新虚构作家的访谈，并选录了他们的作品片段，这7位代表人物是弗雷德里克·特里斯坦、马克·珀蒂（Marc Petit，1947—　）、帕特里克·卡雷（Patrick Carré，1952—　）、乔治-奥里维·夏多莱诺（Georges-Olivier Chateaureynaud，1947—　）、弗朗索瓦·库普里（François Coupry，1947—　）、于贝尔·阿达德（Hubert Haddad，1947—　）和让·乐唯（Jean Levi，1948—　）等。其中乔治-奥里维·夏多莱诺和弗雷德里克·特里斯坦在80年代初已有成功的创作实践，在法国文坛声名鹊起。夏多莱诺擅长把现实与荒诞、真实与梦幻融合在一起，从现实的情境出发，逐渐过渡到一个虚幻的空间。代表这一写作思想的是其获得当年勒诺多文学奖的成名作《梦幻学院》（*La Faculté des songes*，1982）。特里斯坦的小说《迷途者》（*Les Égarés*，1983）获得当年的龚古尔文学奖，作品讲述的也是一个现实生活中不会发生的故事：为了安心写作，一个作家分身为两个人出现，两条平行的人物主线贯穿全部情节：一个是肉身之躯，一个是精神之灵；一个享受名利，一个笔耕不辍；一个是公众人物，一个是幕后英雄。然而，虚构的人物被现实世界容纳，真实的人物却在自己制造的虚幻世界里迷失，他们的命运展现了现代人生存境遇的悖论。这部小说虚实交融，浑然一体，深刻地表达了对人性迷失的忧虑。

在许多法国当代作家的小说中，新虚构色彩时常闪现。在贝特朗·维萨日（Bertrand Visage，1952— ）的小说《烈日灼灼》（*Tous les soleils*，1984）中，叙述者塞蒂莫试图用回忆与想象还原已故父亲的身世，其中发生了一系列奇异事件，亡灵出没于意大利，作品中弥漫着死亡与癫狂的气息，现实与臆想渐渐模糊了界限。作者运用拟人、通感、象征和暗喻等手法展现出各种不可思议的神奇意象，具有强烈的魔幻风格。玛丽·尼米埃（Marie Nimier，1957— ）受安徒生童话启发创作了处女作《美人鱼》（*Sirène*，1985），故事中的玛琳娜决意告别人世，永沉塞纳河底，各种回忆、幻象和传说中的意象与现实生活奇妙地交织在一起，营造出亦真亦幻的氛围。伊夫·贝尔热（Yves Berger，1931—2004）在《静止在河流中》（*Immobile dans le courant du fleuve*，1994）中讲述了主人公奥尔贡与他的坐骑阿帕卢萨一起探索美洲深处的一块处女地的故事，一人一骑的历险带领读者重返人类历史的开端。作者通过魔幻寓言式的笔触对创世传说进行描绘，成功地虚构了一个乌托邦式的新大陆，展现了在现代文明的驱逐下人类无处可逃的境遇。玛丽·达里厄塞克（Marie Darrieussecq，1969— ）的成名作《变猪女郎》（*Truismes*，1996）颇似卡夫卡的《变形记》（*La Métamorphose*，1912）：一个濒临失业的年轻姑娘为了生计而迷失了自我，渐渐变成了母猪的模样，她虽以动物的形态生活，但依然保存着人的情感和意志，这种分裂状态影射了现代人无力抗拒社会异化力量的悲剧。在迪迪埃·范·考韦拉尔特（Didier van Cauwelaert，1960— ）的小说《禁止的人生》（*La Vie interdite*，1997）中，主人公雅克·洛尔莫是一个等待超度的亡灵，他生前身边的各个人物都通过雅克的灵魂呈现在读者眼前。作品充满了灵异色彩，但是世间百态、人情冷暖却表现得深刻而真实。安托万·沃罗迪纳（Antoine Volodine，1950— ）在《卑微天使》（*Des anges mineurs*，1999）中想象了一个发生在未来世界的离奇故事：世界毁灭之后，人类消失，一群拥有不死之身的萨满教女巫将统治地球，重建一个平等的世界。马克·李维（Marc Levy，1961— ）的处女作《如果这是真的……》（*Et si c'était vrai...*，2000）叙述了一个人与灵魂相恋的故事，其畅销书《偷影子的人》（*Le voleur d'ombres*，2010）则讲述了一个能与影子对话的小男孩的故事，展示了人与人之间应有的温情，该书被译为中文后也长居国内畅销书榜榜首数周。可见，在20世纪末的法国小说中，虚构渐渐摆脱了从属于现实的状态，它不仅是制造情节冲突、塑造人物形象的手段，更被赋予了独立于现实的地位，虚构本身已成为作品的主体。

定居法国的捷克裔作家米兰·昆德拉（Milan Kundera，1929— ）的作品中也可发现新虚构元素。昆德拉的小说创作保留了情节元素，叙事性和可读性比较强，人物也是有面目、有性格和思想特征的。但是，他将"哲学、叙述与梦幻的统一"作为小说美学追求并自觉恒久实践之，其作品又具有和传统叙事不同的路线和方式，比如哲学随笔风格、音乐性的复调、叙述者的自我指涉、梦幻叙述、神话和奇幻色彩等，他也十分重视想象和虚构。神话和奇幻是昆德拉后期小说中日益明显的元素，这一点也是新虚构所主张的创作手法。此外，昆德拉作品的一个显著特征就是梦幻叙事。他在《小说的艺术》（*L'Art du roman*，1986）中写道，"梦幻叙述，更确切地说：是想象摆脱理性的控制，摆脱真实性的要求，进入理性思考无法进入的景象之中。梦幻只不过是人类想象的一个典范，而这类想象在我看来是现代艺术的最伟大的成果。"在数十年的写作中，他持之以恒地将梦幻诗学纳入小说叙述策略，其间经历了两个阶段。在前期作品中，昆德拉尚未显示出宏大的雄心，谨慎地把梦境作为间歇的、片段的情节性因素，作为题旨的隐喻和复调叙述手段。在早期作品《生活在别处》(*La vie est ailleurs*，1973）和《不能承受的生命之轻》(*L'Insoutenable légèreté de l'être*，1984）中，形诸文字的梦境显然是昆德拉小说中复调和变奏艺术手法的重要元素。昆德拉强调的小说对位法以各条叙述线路的平等性和整体不可分性为原则，也就是说，虚与实之间并非陪衬关系，它们相互阐明，相互解释，审视的是同一个主题、同一种探寻。这也意味着昆德拉赋予梦境与所谓主体叙述同等重要的地位，这就是一种超越了"实"与"虚"二元对立的文学创作，与新虚构的主张是不谋而合的。在后期的法语作品《慢》(*La Lenteur*，1995）、《认》(*L'Identité*，1998）和《无知》(*L'Ignorance*，2003）中，昆德拉对梦境的使用可以说达到了"梦幻与真实交融"的程度。昆德拉的力量就在于他在亦真亦幻中揭示了人在"世界中的存在"(in-der-Welt-sein)。他在《被背叛的遗嘱》(*Les Testaments trahis*，1993）中如此表述小说所可能接受的"梦的召唤"："小说是这样一个场所，想象力在其中可以像在梦中一样迸发，小说可以摆脱看上去无法逃脱的真实性的枷锁。"也就是说，小说应该向梦幻开放，因为梦中存在巨大的想象生产力，或者借用他本人的另一个术语，就是梦境具有一定之"想象的浓度"。

总之，新虚构力图回归古老的神话和故事传统，重振19世纪以来的奇幻和科幻之风，认同超现实主义精神，糅合拉美文学的魔幻笔触。新虚构小说家认可的"家族谱系"包括从古至今欧洲（包括西欧和中欧）和拉丁美洲许多擅长超自然表现手法的作家和艺术家。新虚构既可以被狭义地看作一个文学流派，也可以被广义地看作一种新的小说创作手法。它于20世纪80年代开始出现在法国当代小说创作中，这一名称也渐渐为法国文学评论界所接受。它力图成为新小说之后又一新的小说流派，但是在一个缺乏大师、思想多元的时代，新虚构的势力不足以一统天下。作为一个松散的文学小团体，新虚构只存在了10年左右，并未掀起风起云涌的文学运动，但是其风格和特点却可以在越来越多的当代小说作品中被发现，也就是说它已经融入普遍的创作中了。

余论：

从法国文学到法语文学

　　文学居住于语言之中，而文学世界往往根据创作语言进行疆域划分，每种语言文化区域在与其他区域进行接触和交流的同时保持着自身的独立性和特殊性。从19世纪开始，从欧洲到美洲，从中东到非洲，从加勒比海到印度支那，一个以法语为共同写作语言又体现文化多样性的文学体系发生、发展延续至今。作为世界文学的重要组成部分，一直以来，法语文学在时间和空间两个维度上都有丰富的变化发生。当代法语国家与地区的作家们对历史遗产和未来发展进行了深入思考，对自身的文学身份进行反思并表达诉求。

❧ 法语文学空间：语言归属与地理区域

　　法语是一门使用广泛的国际性语言，从拉丁语到罗曼语，从古法语到现代法语，它的形成与发展经历了1000多年的历史。842年的罗曼语版《斯特拉斯堡誓词》是迄今所知的用古法语写成的最古老文献。创作于880年左右的《圣女欧拉丽赞歌》是迄今发现的第一篇法语文学作品，这说明罗曼语在成为书面语言之后不久便具有了应用于文学创作的潜质。

诞生于11世纪末的《罗兰之歌》是法国文学史上的第一座丰碑，标志着从口传文学到书面文学，法语终于成为一门真正的文学语言。16世纪，七星诗社的杜贝莱、龙沙等诗人矢志发展和发扬法兰西语言，致力于将法语提升至堪与古希腊语和拉丁语相媲美的崇高地位。文艺复兴时期诗人们的憧憬终于在17世纪古典主义时期和18世纪启蒙时代成为现实：法国国力不断增强，语言和文化统一政策逐步推行，伴随着历代法国文人的努力，法语逐渐取代拉丁语，成为欧洲通行的社交语言、学术语言和文学语言。1784年，法国文人里瓦罗尔在《论法兰西语言的世界性》一文开篇便将法语的地位与拉丁语相提并论，并宣称："正如之前所称罗马帝国，现在称呼法语世界的时间似乎已经到来；哲学已经厌倦了一些从分裂中获益的大师将人们彼此隔开，它现在欣慰地看到从世界的此端到彼端在一门共同的语言统治下形成一个共和国。"[1]在19世纪后半叶，由于法国对外扩张政策的推行，法语又在欧洲之外的殖民地得到普遍推广。在国际舞台上，法语在很长一段时期里是最重要的国际语言，直到一战后签署的《凡尔赛和约》。该条约以英、法双语签立，并且具有同等效力，从此结束了法语在国际条约语言领域的垄断地位。此后，法语在经济金融、科学技术以及学术研究等领域越来越多地受到英语的冲击。

　　尽管如此，据统计，目前法语是世界上使用人口第五多的语言，有3亿多人使用法语，在行政、教育和日常生活中经常使用法语的人口分布在40多个国家，超过2亿人，其中半数以上生活在非洲。[2]因此，以法语

---

1. Antoine de Rivarol, *De l'universalité de la langue française* (1784)，Paris, République des Lettres, 2017, p. 2.

2. 参见法国政府网站 https://www.education.gouv.fr/le-ministere-et-la-francophonie-12401 以及法国国家与地区组织官方网站 https://www.francophonie.org/node/70，访问时间：2021年2月1日。

作为文学创作语言的写作者并不局限于法国，而是分布在世界各地。各个国家与地区和法国产生关联的原因和历史时期各不相同，主要有以下几方面：早期的民族国家形成原因（比利时、瑞士、卢森堡）、宗教原因（中东地区）、移民原因（加拿大魁北克）或长期的殖民经历（加勒比海地区、非洲法语国家）等。上述国家与地区的作家选择以法语写作，大多是因为法语可以带来一个更加容易获得认可的文学身份。相较而言，与法国的历史渊源越深厚的法语国家与地区的作家在写作模式上越是接近法国文学范式。各个法语国家与地区的法语文学形成了一个重要而且特别的文学共同体。

如何定义这样一个以法语为共同写作语言又体现文化多样性的文学体系？在法语中，我们遇到了至少4种相互关联的表述方式：法国文学（la littérature française）、殖民地文学（la littérature coloniale）、法语国家与地区文学（la littérature francophone）和法语文学［la littérature d'expression（de langue）française］等。

首先，"la littérature française"（法国文学）是指从中世纪至今以来在法国本土形成和发展并已经积累了丰富传统的法国文学，属于民族文学的范畴。

直到20世纪60年代，"殖民地"（la colonie）及其派生词一直是法国官方语境中的正式用语，在诸多机构名称中留下了痕迹。1920年，法国设立了殖民地文学大奖（Grand prix de littérature coloniale，1920—1938）。1931年是法国殖民帝国的黄金年代，这一年在巴黎举办了盛大的殖民地博览会（l'exposition coloniale），创办了殖民地广播电台（le Poste colonial）——法国国际广播电台的前身，成立了法国殖民地作家协会（Société des romanciers et auteurs coloniaux français），并在法国文人协会中设立了殖民地委员会（Commission coloniale à la Société des gens de lettres），当年6月3—4日还举行了殖民地文学大会（Congrès de la littérature coloniale）。在殖民时期，作为宗主国的法国的文坛所关注的是殖民地文学中体现出的异国情调。显然，在殖民地国家纷纷获得独立之后，"殖民地文学"这一称谓必然退出历史舞台。

"la littérature francophone"（及其复数形式）可以译为"法语国家与地区文学"。这里出现的形容词"francophone"原意为讲法语的人。当法国在非洲、亚洲的殖民政策逐步推广的时候，1880年，法国地理学家奥内西姆·勒克吕创造了"la francophonie"这一名词，该词的含义后来从语言的使用者扩大为"法语国家与地区"，泛指世界上在日常生活和交流活动中全部或部分使用法语的人群所构成的地理区域。此外，还有一个首字母大写的专有名词"la Francophonie"，是 l'Organisation Internationale de la Francophonie（OIF）的简化表述，可以译为"法语国家与地区组织"，这是一个以语言为纽带、具有文化性的国际性政治组织，已有70余年的历史。[1] 从地理区域上而言，"法语国家与地区文学"往往指传统上一度或仍然通行法语的欧洲（比利时、瑞士、卢森堡）、美洲（加拿大魁北克）、非洲（前法国殖民地）和亚洲（越南、柬埔寨、老挝）的部分国家与地区以及中东和加勒比海地区的作家使用法语创作的文学。在"殖民

---

1. 1970年3月20日，在时任塞内加尔总统桑戈尔、突尼斯总统布尔吉巴（Habib Bourguiba）和尼日尔总统迪奥里（Hamani Diori）以及柬埔寨西哈努克（Norodom Sihanouk）亲王的倡议下，21个法语国家在尼日尔首都尼亚美签署了文化和技术合作署（l'Agence de coopération culturelle et technique）成立协议，该机构在2005年更名为"法语国家与地区组织"。该国际组织现有57个成员国或地区和23个观察员国或地区，总部位于巴黎。法国虽然不是法语国家与地区组织的创办国，但是因其特殊地位而在这一组织中发挥着无可替代的作用和影响。

地文学"成为历史名词之后，"法语国家与地区文学"得到广泛使用，同时，它在地域上可以涵盖非前殖民地的法语文学。然而，这个术语具有复杂性，既有语言文化属性，也是一个地理概念，还因为殖民或移民的历史而不可避免地带有政治色彩。

另外一个概念"la littérature d'expression（de langue）française"（法语文学）突出的是写作语言，而不是地域或地缘政治色彩，因而在使用上更有弹性，可以包括法国文学和法语国家与地区文学。此外，还有一类定居法国的移民作家，例如，罗马尼亚裔作家齐奥朗（Emil Cioran，1911—1995）、捷克裔作家昆德拉和华裔作家程抱一等都使用法语进行文学创作，但是他们并非来自传统的法语国家与地区，因此其作品不便纳入严格意义上的"法语国家与地区文学"，但是完全可以被称为"法语文学"。

如今，"殖民地文学"这一名词已成为历史，而另外3个概念在实际使用时往往存在交织和矛盾之处，国籍身份与文学身份并不完全一致。例如，法国海外省和海外领土在行政或法律上隶属于法国，但是人们习惯上仍然将马提尼克岛作家艾梅·塞泽尔（Aimé Césaire，1913—2008）和安的列斯岛屿作家爱德华·格利桑（Edouard Glissant，1928—2011）的作品置于"法语国家与地区文学"体系而不是"法国文学"体系中，这可能与之前法国海外领土文学被纳入"殖民地文学"有关。与此相反，来自爱尔兰的英法双语作家萨缪尔·贝克特和瑞士作家雅各泰长期定居法国并使用法语写作，但都不是法国人，可是他们的作品会被纳入法国文学之中。从严格意义上说，雅各泰的作品可以归入"法语国家与地区文学"，贝克特用法语完成的作品被认为是"法语文学"更为合适。卡萨诺瓦（Pascale Casanova，1959—2018）在《文学世界共和国》（*La République mondiale des lettres*，1999）一书中描述了这一事实："人们可以在中心语言文化的旗帜下，回收和吞并外围文学的创新成果。"[1] 法国学者孔博（Dominique Combe，1957— ）教授证实了这种观点："从巴黎的视角而言，来自加拿大魁北克、比利时或瑞士，总之是北方 [2] 国家的'白人'作家，经常会被吸收进入法国文学。"[3] 由是可见，在举世公认的成功作家中，法国人更倾向于将拥有欧洲文化传统者纳入本国文学体系，毋庸讳言，这一文化吸收行为存在选择性，与种族观念和文化传统不无关联。

❧ 文学身份的两难之选：同化与异化

文学与语言关系密切，"语言是文学资本的主要组成部分之一"，"由于用某些语言写作的文本在文学世界中会有更高的威望，所以在文学世界里存在一些公认的更具文学性的语言，这些语言被看成文学的化身"。[4] 法语正是这样一门文学语言，它在200多年间建立起了一个超越欧洲、没有边界的法语帝国。

大多数来自法语国家和地区的作家都掌握双语——法语和母语，有的甚至是多种语言的使用者，是语言和文化多样性的承载者。例如，爱德华·格利桑的母语讲的是克里奥尔语（le créole），他曾在美国执教，因此可以使用英语，也可以理解西班牙语，然而最终是以法语为写作语言。其实，绝大多数作家都选择以一种语言作为写作语言，而不是进行

---

1. 帕斯卡尔·卡萨诺瓦：《文学世界共和国》，罗国祥，等，译，北京：北京大学出版社，2015年，第136页。

2. 这里的"北方"指的是与第三世界"南方"国家相对的欧美发达国家。

3. Dominique Combe, *Les Littératures francophones, questions, débats, polémiques*, Paris, PUF, 2010, p. 31.

4. 同1，第13页。

双语写作。根据卡萨诺瓦的"文学中心论"（littérao-centrisme）[1]，对于大多数远离文学中心的作家而言，选择中心国家或者说统治国家的语言进行写作是一种普遍做法。在做出语言选择的时刻，也就是一个作家对自己的文学身份进行选择的时刻。所以，写作语言的改变，不是一个简单的调整，而是为了获得更为人知的文学认可。

自从我1976年离开黎巴嫩定居法国以来，多次遇到人们善意的提问，他们想知道我自我感觉是法国人还是黎巴嫩人。我总是回答说："既是法国人也是黎巴嫩人！"这样回答不是我有意折中或平衡，而是因为换一个说法便可能是违心之言。我之所以成为我自己而不是另外一个人，正是因为我居于两个国度、两种甚或三种语言以及多种文化传统之间。正是这一点成为我有别于他人的身份。[……]我并非拥有多个身份，而是只有一个，各种成分根据因人而异的特殊比例融合塑造了这一身份。[2]

对曾经担任黎巴嫩常驻联合国教科文组织官员的作家萨拉·斯特蒂埃（Salah Stétié，1928—2020）而言，选择他者的语言并不意味着放弃自己的阿拉伯-穆斯林身份，而是通过文化间的对话丰富自身。法兰西学院院士阿敏·马卢夫（Amin Maalouf，1949— ）同样来自黎巴嫩，他的小说《非洲人莱昂的旅行》（Léon l'Africain，1986）尤其体现了地中海区域自奥斯曼帝国以来不同语言和文化之间的交叉影响。阿敏·马卢夫认为，个人或一个集体的文化身份不是唯一的，而是可以拥有多重身份，这些

1.　帕斯卡尔·卡萨诺瓦：前揭书，第20页。
2.　Amin Maalouf, *Les Identités meurtrières*, Paris, Grasset, 1998, p. 7-8.

不同的身份之间可能是竞争或矛盾关系，它们共同构成了主体的复杂性和丰富性。黎巴嫩作家这样一种兼收并蓄的开放心态和国际主义胸怀当然是一种理想状态。它意味着对他者的开放和接受并没有冲击和侵蚀自身的民族身份和文化传统，其双重归属性反而达到一定的平衡和协调，成为一种建设性力量。

在欧洲和美洲，比利时、瑞士、卢森堡的法语区和加拿大魁北克的作家出于传统原因而以法语写作。由于上述区域都是多语言文化地区，法语文学常常处于一种双重张力之中。一方面，在本国之内存在着某一地域的法语文学与国家文学统一性意图之间的冲突：是否存在或应当建设统一的比利时文学、瑞士文学或加拿大文学？在这样的民族身份争论中，法语文学往往成为该国法语区的作家们确立自己文学身份的工具，是自己需要依附的文化资本，例如魁北克文学可能会成为对抗主流的加拿大英语文学的重要文化资源。另一方面，从相对于法国的角度而言，从19世纪开始，比利时、瑞士、卢森堡法语区和加拿大魁北克的法语文学就引进了法国文学的先进范式，那么如何在依附法国这一文学中心的同时保持自身的独立性，也是萦绕这些地区法语作家们的思考题，不同的作家经历的路径有所不同。例如，出生于比利时的作家玛格丽特·尤瑟纳尔和亨利·米肖已经进入法国文学史，但通常被排除在比利时文学史之外，因为比利时法语文学史只接受记载那些保持民族身份的作家。米肖曾经明确表达过摆脱比利时属性的愿望，他的另外两位同胞埃米勒·维尔哈伦（Emile Verhaeren，1855—1916）和莫里斯·梅特林克（Maurice Materlinck，1862—1949）则在与法国文坛保持密切联系的同时坚持自己的比利时归属。瑞士作家拉缪（Charles Ferdinand Ramuz，1878—1947）在青年时代曾经尝试获得巴黎的认可，然而他却未能像米肖那样在文学之都成功地制造美学异端，于是回到家乡瑞士沃州，最终以保持自身的民族性和地方差异性以及与文学中心的合适距离而获得文学认可。

　　除了传统意义上的法语国家，也有其他一些欧洲国家的作家流亡或移民法国，并选择了巴黎这一世界文学中心的语言。齐奥朗放弃了罗马尼亚语而选择法语进行写作，不仅如此，他还选择了法国古典时期的语言风范，试图以古典风格塑造自己的法兰西气质。昆德拉对自己捷克语小说的法语译本从来都是认真审读，以确认法文版与原版具有同等效力，因为偏离中心的作家往往需要通过翻译获得进入世界文学空间的许可和认证。从20世纪90年代开始，晚年的昆德拉毅然决定以法语为写作语言，连续创作了《慢》《认》和《无知》等法语小说。来自爱尔兰的作家贝克特的写作实践是难得的例外，他可以用英语和法语从事创作，并且进行自译，是严格意义上的双语作家，但是需要知道，英语和法语在文学世界里都是非常重要的语言，可以说都是文学中心的语言，因此在这两种语言之间的穿梭不存在力量失衡的局面。

　　来自法国海外省、海外领土和非洲法语国家的作家们承担着殖民历史的重负，语言和身份问题更为复杂。在殖民时代，一方面，殖民国家大力推行本国的政治、社会制度和语言文化，另一方面，被殖民国家的人们希望通过接受殖民者的语言、文化和教育来获得社会认同。马达加斯加第一位法语诗人同时也是公认的非洲第一位现代诗人让·约瑟夫·拉贝阿利维洛（Jean-Joseph Rabearivelo，1901—1937）同时受到本国民间文学传统和法国象征主义、超现实主义诗歌的影响，在短暂的一生中，他在两种语言之间艰难地摆渡，尝试一种兼容二者的诗歌创作实践：在保存马达加斯加诗歌传统的基础上，用两种语言同时书写同一首诗，或者说用法语改译或再现马达加斯加传统诗歌。然而，这位双重意识的文化摆渡者却同时遭到法国殖民当局的排斥和本国同胞的质疑，终生未能得到殖民者的允许前往法国。在双重身份中找不到归属，精神的困境与物质的窘迫迫使拉贝阿利维洛在36岁时选择了自杀。直到去世后10多年，他的诗歌作品才通过非洲诗人桑戈尔编纂的《撒哈拉以南的非洲与马达加斯加新诗选集》（*Anthologie de la nouvelle poésie nègre et malgache*，1948）而为法国文坛所知。

　　安的列斯岛屿作家也难以摆脱同样的精神困惑。被誉为"后殖民之父"的法属马提尼克岛作家、思想家弗朗茨·法农（Frantz Omar Fanon，1925—1961）在《黑皮肤，白面具》（*Peau Noir, masques blancs*，1952）中深刻揭示了殖民主义造成的人格分裂和精神创伤。艾梅·塞泽尔在诗歌《还乡笔记》（*Cahier d'un retour au pays natal*，1939）中提出了"黑人性"（la négritude）这一概念，主张寻找黑人文化之根；其学生格利桑提出了"安的列斯性"（l'antillanité）的概念，主张直面安的列斯的社会现实和多元文化；新一代作家夏穆瓦佐（Patrick Chamoiseau，1953—　）和龚飞扬（Raphaël Confiant，1951—　）在此基础上提出了"克里奥尔性"（la créolité）的概念，强调安的列斯文化所具有的克里奥尔性——多元混合性。龚飞扬曾求学于法国，后回到故乡，成为大学教师。为了挽救长期被法语边缘化的克里奥尔语，龚飞扬曾自费出版了多部克里奥尔语作品，但是发行量均未超过300本。之后，龚飞扬依然以故乡的人文风情为题材，但是改用法语写作，1988年出版的首部法语小说《黑人与海军司令》（*Le Nègre et l'amiral*）便获得成功。作品描绘了二战期间法国维希政府统治下马提尼克人面对殖民文化侵略的心理困境，是对马提尼克殖民历史及民族身份危机的一场深刻思考。小说尤其关注语言在文化冲突中的地位，表现了马提尼克人面对两种语言时不同的选择和内心的彷徨。1989年，龚飞扬与夏穆瓦佐、让·贝尔纳布（Jean Bernabe，1942—2017）共同发表了《克里奥尔性赞歌》（*Eloge de la céolité*）。然而，正如孔博教授所言，这篇克里奥尔文化宣言成为广义上对文化多样性的礼赞，并不能拯救克里奥尔语于边缘地位[1]；龚飞扬用克里奥尔语写作的尝试以失败告终，他与夏穆瓦佐交替使用法语和克里奥尔语的双语创作实践也没有成功，最终都放弃了用克里奥尔语写作和在家乡出版作品。科特迪瓦作家阿马杜·库鲁玛（Ahmadou Kourouma，1927—2003）在《血腥童子军》（*Allah n'est pas obligé*，2000）等小说中糅合母语马林凯语（Malinké）和法语，其作品因而具有一种颠覆常规的异国元素，但是依然是以法语为主要写作语言。扎伊尔[2]作家皮乌斯·恩干杜·恩卡沙马（Pius Ngandu Nkashama，1946— ）曾说："一个用非洲语言写作的作家，客观上想要在文学领域中有所作为，基本上只有当他使用其他语言特别是殖民者语言进行创作的时候才有可能。"[3]在现实条件下，原来的复调语言空间最终化为单一语言空间，因为"一个殖民地总是被迫接受一门外来的语言；并且历史上所有的殖民主义战争（几乎毫无例外地）都是语言的战争，也是争夺语言的战争"，而且"语言自身所拥有的殖民化能力和作用"无法被忽视。[4]

双重文化既是财富也是困境。一方面，文化的交融和碰撞丰富了作家的人生阅历和写作土壤；另一方面，具有双重归属的作家们兼顾民族

---

1. 参见Dominique Combe, *op. cit.*, p.102-103。

2. 扎伊尔曾是比利时殖民地，1960年独立，1964年更名为刚果民主共和国，1971年改国名为扎伊尔，1997年恢复刚果民主共和国国名和独立时的国旗、国歌，因首都为金沙萨而被简称为刚果（金）。

3. 转引自Dominique Combe, *op. cit.*, p.30。

4. 安德鲁·本尼特，尼古拉·罗伊尔：《关键词：文学、批评与理论导论》，汪正龙，李永新，译，桂林：广西师范大学出版社，2007年，第209页。

语言和殖民者语言的创作尝试是艰难的，成功的案例屈指可数。在双重语言文化环境中的法语作家将生存处境在文学中真实地表现出来，他们的作品题材主要有两类：一类是集体性叙事，叙述本地区的民族历史或社会问题，这类作品体现了不同地域作家创作的多样性；另一类是个人性叙事，叙述个人因地理和文化空间转换而遭遇的改变。无论是集体书写还是自我书写，在他们的文字中，移民和流亡经历、身份问题、文化冲突及调和、殖民历史和种族冲突等主题构成了一个普遍存在的意义网络，也形成了所有法语国家与地区文学的统一性。

德勒兹（Gilles Deleuze，1925—1995）和瓜塔里（Félix Guattari，1930—1992）提出的"少数文学"（la littérature mineure）概念"并不是少数族裔语言，而是少数人在主流语言中创作的文学"[1]，我们或许可以借之来描述法语文学空间中心之外"边缘"作家的两难处境：为了获得文学中心的认可，处于边缘依附地位的作家必须要服从文学之都的普遍性文学艺术观念和规范，也就是"同化"；然而，如果希望保持民族作家的身份和归属，就需要保持独立摆脱依附，也就是维持"异化"，但后果可能是难以得到世界文学空间的广泛认可。法语国家与地区的作家们出于对文学身份的追求，选择用法语写作，但是这种边缘和非主流处境会使作家们对语言问题高度敏感，对自身归属没有安全感，甚至处于认同矛盾和内心冲突的境遇之中。身处双重文化中的作家们无不在同化和异化中经历身份选择的痛苦。

---

1. Gilles Deleuze et Félix Guattari, *Kafka. Pour une littérature mineure*, Paris, Minuit, 1975, p. 33.

❧ 走向世界的法语文学：向心性与离心力

自18世纪以来，法国就是公认的世界文学空间的中心之一，尽管巴黎越来越多地受到伦敦或纽约的挑战，这座被巴尔扎克誉为"拥有十万小说的城市"[1]已"被赋予了万能的祝圣权（la consécration）"[2]。卡萨诺瓦认为，世界文学空间中存在一种对立局面：一极是较早进入其中的文学，拥有悠久历史和传统，累积了丰富资源，而且对形成中的其他国家文学具有示范作用；另一极是资源贫乏、正在形成中的文学，缺乏独立性，甚至依附于政治民族机构。[3]法语世界文学空间也体现了这样的政治与语言统治，作为原来殖民时期的宗主国，法国通过中心语言的政治输出，形成了民族文学空间的扩张。这样便在法语世界中形成了向心力，其他法语国家与地区的文学生产都统一于法国的文学价值体系，都会以世界文学之都——巴黎所在的"文学格林尼治子午线"[4]为参照。

在当今的后殖民语境中，法语文学空间是否仍然存在这种向心力？是否出现了新的力量对比或转化？如何重新定义法国文学和法语国家与地区文学之间的关系？在全球化的社会环境中，如何思考法语文学的走向？这些都是21世纪以来包括法国作家在内的世界各地法语作家们共同思考的问题。

不无悖谬的是，出现于19世纪下半叶殖民时代的"la francophonie"一词在20世纪60年代各殖民地国家相继获得独立之后的后殖民语境中反

---

1. Honoré de Balzac, *Ferragus* (1833), Paris, Editions du Boucher, 2002, p. 6.
2. 帕斯卡尔·卡萨诺瓦：前揭书，第28页。
3. 同上，第122页。
4. 同上，第98页。

而开始得到更为广泛的应用，这从某种意义上印证了澳大利亚学者阿什克罗夫特（Bill Ashcroft, 1946— ）等人对"后殖民"的描述，即"从殖民化时代到现代宗主国的治理过程对文化产生的影响"[1]。尽管从外部视角来看，比如美国批评界认为法国文学是世界各地法语国家与地区文学的一部分，当然是其中重要的组成部分，这符合地缘政治意义上法语国家与地区的概念，但从内部视角来看，长期以来，"français"和"francophone"这两个形容词之间产生了微妙的区分甚至是排斥关系。"法国文学"和"法语国家与地区文学"之间似乎存在对立性，这是文学中心（法国）与边缘文学（法语国家与地区）之间的对立，使得"法语国家与地区文学"相对于"法国文学"而言是一种他者，而且法国文学由于中心地位而产生一种居高临下的姿态。没有法国作家自称是"法语国家与地区"作家或"法语"作家，来自第三世界法语国家的作家很少被允许进入法国文学，塞内加尔著名的总统诗人桑戈尔是一个特例。近年来，也有少数作家和文学研究者倾向于将"la littérature française"和"la littérature francophone"同时并提，甚至将"法国文学"纳入广义上的"法语国家与地区文学"范畴。例如，2008年诺贝尔文学奖获得者勒克莱齐奥宣称自己是"法国，故而是法语国家与地区"作家。[2]有意协调"法国"（français）和"法语国家与地区"（francophone）或者说取消二者之间的分化，并不仅仅是简单的语言表述问题，而是一个本质问题，也就是说要有意改变原来"法语国家与地区文学"相对于"法国文学"的边缘地位，

1.　Ashcroft Bill, & al., *The Empire Writes Back*. London and New York: Routeledge, 1989. p. 2.

2.　参见勒克莱齐奥2008年10月接受法国《世界报》访谈的内容。Le Clézio, "Il faut continuer de lire des romans", in *Le Monde*, le 9 octobre 2008, https://www.lemonde.fr/ culture/article/2008/10/09/ le-clezio-il-faut- continuer-de-lire-des-romans_1105232_3246.html, 访问日期：2021年2月11日。

从某种意义上说，这反映了后殖民主义语境中去中心化的一种趋势，法语世界的作家们渐渐产生了重新定义自身文学身份的雄心。

来自刚果（布）的法语作家马邦库（Alain Mabanckou，1966—　）1998年的小说处女作《蓝白红》（*Bleu-Blanc-Rouge*）荣获非洲文学大奖。他从2005年至今一直在法国最为著名的伽利玛出版社等机构出版、发表作品，2006年以小说《豪猪回忆录》（*Mémoires de porc-épic*）荣膺法国勒诺多文学奖。马邦库获奖后出席巴黎国际书展接受法国《解放报》（*Libération*）采访时说："我用法语写作，因为我是一个纯粹的后殖民产物"[1]，这是一个前殖民地国家的作家在后殖民时代依然必须接受的现实。如果说年轻一代的法语国家与地区作家愿意选择和接受法语，那么他们其实越来越渴望摆脱政治性重负，具体而言就是突破种族身份和地域来源的隔异。这也就是为何马邦库拒绝在伽利玛出版社特设的"黑色大陆"（Continents noirs）丛书中出版作品，而要坚持进入历史悠久的"素白丛书"（la collection « Blanche »）。相比于殖民时代的前辈作家，新一代非洲作家似乎无意强调"黑人性"或民族性，而愿意以世界主义作为标签。

马邦库的获奖效应之一便是引发了一份著名的文学宣言。此宣言由44位来自不同地域的著名法语作家共同署名，题为《走向法语世界文学》（*Pour une littérature-monde en français*），刊登在2007年3月16日的法国《世界报》（*Le Monde*）上。宣言标题中的"世界"一词具有双重含义：其一是指文学创作的转向，其二是指法语文学的面向。一方面，《走向法语世界文学》一文宣称"世界的回归"，指的是法语文学中的小说终于回归叙事和虚构，这是对20世纪后半叶法国文坛过于重视理论化的自我言说从

1.　Alain Mabanckou, "Parce que je suis un pur produit postcolonial", in *Libération*, le 16 mars 2006, p. 7.

而忽略现实和意义的倾向进行反拨，而这一时期许多"法语国家与地区文学"虚构传统展现出迥异甚至超越于法国小说创作的生机和活力，以高超的叙事技巧反映历史和现实。另一方面，法语文学应当面向世界，而不必唯法国马首是瞻。《走向法语世界文学》的署名作家们认为这份共同宣言无异于一场"哥白尼式的革命"，因为"中心"发生了转移，或者说，这份宣言表达了一种离心力，长期以来一直围绕着"法国文学"中心光环的各个"法语国家与地区文学"开始寻找一种平等对话的地位和姿态。"一种法语世界文学正式诞生"，这份宣言便是"法语国家与地区文学的死亡证明"。[1]这份对殖民文化遗产的"宣判书"意欲消解的是法语文学空间中的法国中心。

同年5月，44位作家的文集《走向世界文学》（ *Pour une littérature-monde* ）出版，马邦库在书中写道："我们当中有些人以一种冲突的方式继承了法语，有的人是自愿选择了法语，有的人是因为祖先高卢人的历史遗产而使用法语。可是如今，我们是应该强化过去还是建设未来？我们的使命是跟随一种走向世界的法语文学的步伐，大致勾勒出它的轮廓，注视它，但应该在一个更加广阔、更加发散、能够听见更多声音的空间中，那就是世界。"[2]

这些作家们想要改变的是非主流的处境和边缘身份，他们意识到所继承的法语依然是一个重要的文学资本，但是需要"解除法语与一国的独家契约"[3]，也就是说应当将法语视作公共财产，而不是法国的独有

1.　Michel Le Bris, & al., "Manifeste pour une littérature-monde en français", in *Le Monde*, le 16 mars 2007, p. 3.

2.　Michel Le Bris et Jean Rouaud(dir.), *Pour une littérature-monde*, Paris, Gallimard, 2007, p. 65.

3.　Michel Le Bris, & al., *op.cit.*, p.1.

财产，应当将法语视作共享语言，而不是某一国家的独有文化资本。确实，"语言问题成为文学空间形成的动力、各种辩论和竞争的关键"[1]。在后殖民时代出生和成长的新一代作家渴望摆脱法国文学中心的统治，走上世界文学舞台，于是在宣言中提出了一个崭新的概念——"法语世界文学"，这个具有雄心的概念坚持"法语文学"的语言属性，但是有意淡化"法国文学"的中心地位，决心告别蕴含殖民意义的"法语国家与地区文学"这一名称，可以说是同时提出了解域（la déterritorialisation）和解构（la déconstruction）的双重挑战。

《走向法语世界文学》反映了与历史旧账进行清算的意图，同时也体现了一种难以在短期内实现的愿景。萨义德曾在《东方学》中直言不讳地批判欧洲中心主义："欧洲文化的核心正是那种使这一文化在欧洲内和欧洲外都获得霸权地位的东西——认为欧洲民族和文化优越于所有非欧洲的民族和文化。"[2] 全球化和多边主义正在不断冲击欧洲中心主义，在西方，人们也开始思考自己的优越性何在，但是根深蒂固的观念难以动摇。由于殖民历史，法国曾经是政治统治中心，在后殖民时代依然是语言和文学统治中心，巴黎一直在通过"祝圣"行为维护着自身的中心地位，向前殖民帝国的作家们赋予文学合法地位。

近年来，马格里布和撒哈拉以南的非洲法语作家越来越多地得到法国各大文学奖项的认可，他们的获奖小说从巴黎通过翻译被传播到世界各地：2013年，来自喀麦隆的蕾奥诺拉·米亚诺（Léonora Miano）成为第一位获得费米娜文学奖的非洲作家；第二年，女作家雅尼柯·拉恩

---

1. 帕斯卡尔·卡萨诺瓦：前揭书，第337页。
2. 萨义德：前揭书，第10页。

（Yanick Lahens）凭借小说《月光浴》（*Bain de lune*）成为第一位获得该奖项的海地作家，而且她在2019年被任命为法兰西公学院"法语世界"讲席教授；摩洛哥裔女作家蕾拉·斯利玛尼（Leïla Slimani）以《温柔之歌》（*Chanson douce*）荣获2016年龚古尔文学奖，2017年被法国总统马克龙（Emmanuel Macron）任命为全球法语推广大使，其作品已被翻译成30余种语言；2016年，卢旺达歌手、作家加埃尔·法伊（Gaël Faye）获得包括法国处女作小说奖在内的5个文学奖项，获奖小说《小小国》（*Petit pays*）也已被翻译成30多种语言；2018年入围各大文学奖项终选名单的塞内加尔裔作家达维德·迪奥普（David Diop）的小说《灵魂兄弟》（*Frère d'âme*）最终获得中学生评选的龚古尔奖，并得益于美国诗人安娜·莫斯乔瓦基斯（Anna Moschovakis）的精彩翻译而荣膺2021年布克国际文学奖；同样来自塞内加尔的年轻作家穆罕默德·姆布加尔·萨尔（Mohamed Mbougar Sarr）凭借《人最秘密的回忆》（*La Plus secrète mémoire des hommes*）摘得2021年龚古尔文学奖。

这一类作家中最鲜明和最成功的例证则是马邦库。他于2006年在法国获得重要文学奖项后声誉鹊起，并且在2007年获得美国名校加利福尼亚大学洛杉矶分校（UCLA）法语文学系终身教授职位，在国际范围得到认可，现在是最具国际知名度的法语作家之一，甚至在2015年入围布克国际文学奖终选名单。2016年，马邦库成为第一位担任法兰西公学院文艺创作讲席教授的作家[1]，这是文学之都的至高认可，成为颇为轰动的文学事件。马邦库在3月17日开堂首讲《撒哈拉以南的非洲文学：从黑暗

---

1. 法兰西公学院文艺创作讲席（Chaire de la Création artistique）设立于2005年，经常邀请绘画、音乐和建筑等领域的大师授课，马邦库是第一位担任文艺创作讲席的作家。

走向光明》（*Lettres noires: des ténèbres à la lumière*）中表态说："如果是根据我的非洲裔身份，我不会接受讲席的教职。"[1] 然而现实并非马邦库本人想象和希望的那样简单。马邦库的提名推选人、法兰西公学院讲席教授贡巴尼翁陈述了推选理由：首先，法国希望"在非洲研究中保持领先地位"，因此"亟须邀请一位非洲裔作家来担任文艺创作讲席教授"，他甚至有意回顾了在"法兰西殖民帝国"（Empire colonial français）时期法兰西公学院5次非洲主题的学术课程；其次，马邦库是一个"具有开放精神、世界主义、兼容并蓄并且对世界文学各种潮流保持敏感"的作家，其国际声誉将"尤其为法语国家与地区文学带来非同一般的关注"。[2] 贡巴尼翁在介绍中提及马邦库是《走向法语世界文学》宣言的签名作家，他也明确知道这份宣言有意挑战法国文学的中心地位，希望突破法语国家与地区文学的历史桎梏，却仍然特意强调马邦库的创作属于法语国家与地区文学，认为马邦库的作用是连接法语国家与地区文学和世界文学的桥梁，言中深意值得玩味。由此可见，文学中心通过文学奖项或者官方荣誉等方式所行使的祝圣权本身具有一定的模糊性，其中虽有容纳的愿望，但是依然可见欧洲中心主义的倨傲姿态以及对族裔身份的区分心态。而"边缘"地区的作家需要中心的认证以进入世界文学空间，但这种接受行为本身就是服从。总之，在当代的法语文学空间中，法国的中心地位受到一定的质疑和挑战，但是它仍然发挥着统治和认证作用，而向心力与离心力这两股交织的力量将会在相当长的一段时间里同时发生

---

1. Alain Mabanckou, *Lettres noires: des ténèbres à la lumière* – Leçon inaugurale au Collège de France prononcée le jeudi 17 mars 2016. Fayard, 2017, p. 7.

2. 参见马邦库在法兰西公学院首次讲座上贡巴尼翁的致辞。Antoine Compagnon, Introduction à la leçon inaugurale d'Alain Mabanckou au Collège de France le 17 mars 2016, https://books.openedition.org/cdf/4420? lang=en#text, 访问日期：2021年2月1日。

作用。出身于加勒比海地区的海地黑人法语作家达尼·拉费里埃（Dany Laferrière，1953— ）如今生活在加拿大蒙特利尔和美国迈阿密，在蒙特利尔和巴黎出版作品。这种现象是全球化的产物。法语文学空间正是这样一个跨民族、跨语言、跨文化的空间，其实也是全球化的一个缩影。走向世界的法语文学已经迈开了行进的步伐。

参考书目

ABAHAM Pierre, Roland Desne (dir.). *Manuel d'histoire littéraire de la France*, Paris, Editions Sociales, 1971.

ABRY Emile & al. *Histoire illustrée de la littérature française*, Paris, Didier, 1942.

AQIEN Michèle (dir.). *Dictionnaire de poétique*, Paris, Libraire générale française, 1993.

ARMAND Anne & al. *Les plus belles pages de la littérature française, lectures et interprétations*, Paris, Gallimard, 2007.

BEAUMARCHAIS Jean-Pierre (de.). *Chronologie de la littérature française*, Paris, Presses universitaires de France, 1991.

BERTON Jean-Claude. *50 romans clés de la littérature française*, Paris, Hatier, 1981.

BERTRAND Denis & al. *Français, méthodes & technique (nouveau programme)*, Paris, Nathan, 2011.

CALLE-GRUBER Mireille. *Histoire de la littérature française du XXe siècle, ou, les repentirs de la littérature*, Paris, Honoré Champion, 2001.

CAZABAN Catherine & al. *Littérature 1ʳᵉ, texte et méthode*, Paris, Hatier, 1994.

COMBE Dominique. *Les Littératures francophones, questions, débats, polémiques*, Paris, PUF, 2010.

DACROS Xavier. *Histoire de la littérature française*, Paris, Hachette Éducation, 2013.

DESAINGHISLAIN Christophe & al. *Français, littérature & méthode*, Paris, Nathan, 1995.

Dictionnaire de la littérature française XXe siècle, Paris, Albin Michel, 2000.

HAEDENS Kléber. *Une histoire de la littérature française*, Paris, Grasset, 1970.

ITTI Eliane. *La Littérature française en 50 romans*, éd. Marketing S. A., Paris, 1995.

JARRETY Michel (dir.). *Lexique des termes littéraires*, Paris, Libraire générale française, 2001.

LANCREY-JAVAL Romain (dir.). *Français 1ʳᵉ, des textes à l'oeuvre*, Paris, Hachette, 2001.

LANSON Gustave. *Histoire illustrée de la littérature française*, Paris, Hachette, 1895.

MAITROT Dominique, Isabelle Rabut. *Histoire de la civilisation et de la littérature françaises*, Beijing, Société des Editions culturelles internationales, 1986.

MAROT Patrick. *Histoire de la littérature française du XIXe siècle*, Paris, Honoré Champion, 2001.

NONY Danièle, ANDRE Alain. *Littérature française, histoire et anthologie*, Paris, Hatier, 1987.

ORMESSON, Jean (d'). *Une autre histoire de la litterature francaise*, Paris, Gallimard, 2005.

PRIGENT Michel (dir.). *Histoire de la France littéraire*, Paris, Presses universitaires de France, 2006.

RINCE Dominique, Sophie Pailloux-Riggi (dir.). *Français 2de, textes et méthode*, Paris, Nathan, 2006.

SABBAH Hélène, Catherine Weil. *Littérature 2de, des textes aux séquences*, Paris, Hatier, 2000.

SABBAH Hélène & al. *Littérature 1re, des textes aux séquences*, Paris, Hatier, 2005.

TADIE Jean-Yves. *Le Roman au XXe siècle*, Paris, Pierre Belfond, 1990.

VALETTE Bernard. *Histoire de la litterature francaise*, Paris, Ellipses, 2014.

VALETTE Bernard & al. *Anthologie de la littérature française*, Paris, Nathan, 1989.

VIALA Alain. *Le Moyen Age et la Renaissance*, Paris, Puf, 2014.

VIAR Dominique, Bruno Vercier. *La Littérature française au présent: héritage et mutations de la modernité*, Paris, Bordas, 2005, réédition augmentée 2008.

（本处只列出法文文学史和文学教材书目，其他参考文献详见书中注释）

后　记

　　当两年多前接受金莉教授主编的"新编外国文学简史丛书"中法国文学分册的编写任务时，我的心情是兴奋而又忐忑的。我在从事法语教学10年后开始接触法国文学教学，从2003年至今已有近20年的教学实践，主讲过从本科生到研究生阶段的多门文学课程，因此，能够有机会将自己的教学实践和经验通过一部文学史的书写表达出来，心中有一种跃跃欲试的兴奋之情。然而，惶恐和忐忑一直伴随着这两年的写作过程。其一是发现自己的不足，因为只有在写作中才会发现，尽管有多年的教学实践，也阅读过大量的法国文学史著作和文学作品，在落到笔端的时候还是有一些知识盲点或是所知不确切之处。其二是从民国时期至今，中国人撰写的法国文学史已有数十种，最近30年也有柳鸣九、张英伦、郑克鲁等前辈学者编写的多卷本法国文学史，内容全面丰富而且有独到的学术眼光，此外也有其他单卷本的文学简史多种。每当我提到最近在埋头写文学史，家人、朋友和同事都流露出一丝善意的担心，确实，大厦已成何必再添一瓦？对我而言，必须感谢金莉教授的倡议和组织，否则我终生不会有写一本法国文学史的念头，但是作为团队的一员把任务接下来，我就必须要有完成工作的勇气和责任。

　　在编写过程中，我只能把早年阅读过的各位学术前辈的大作束之高阁，逼迫自己另起炉灶，看看是否可以挖掘出"新编"之意。遵照丛书兼顾学术性和普及性的编写原则，我尽量做到删繁就简，把握法国文学发展的总体脉络和内容的准确性，并在表述上更加亲切平易。"文变染乎世情，兴废系乎时序。"（刘勰，《文心雕龙·时序》）这本简史通过作家的肖像串起1000多年法国文学的发展和演变，希望在呈现延绵山脉的同时也能凸显一座座山峰的轮廓。我尝试将作家所生活的时代气息和文学潮流、个人经历和精神气质、创作思想和作品述介融合在一起，以便使读者感知到每个作家作为一个活生生的个体的存在，并在标题中提炼出其最主要的特质；在书写过程中，我将他们置于所处时代的文人群体中去观察，而不是只呈现孤零零的个体。法国是一个文学大国，优秀的作家作品数不胜数，然而简史篇幅有限，我个人学术能力不足，并不能将古往今来所有名家名作罗列陈述，因此难免有挂一漏万之弊病。为了弥补缺憾，我只能尽可能地以点带面，无法给予特写的重要作家往往只能出现在群像勾勒之中。得益于现今的技术条件，有些过去难以查找的资料现在相对容易获得，因此有一些历史的细节可以发掘。鉴于目前国内可见的法国文学史往往止于20世纪七八十年代，尽管有史不书当代的说法，本书还是选择了一些重要的当代作家和创作倾向进行评述，还有一些值得关注和有研究价值的作家或许应该继续等待一定的时间再被纳入文学史的书写范围。此外，我在多年教学工作中所参阅的法文第一手文献也使我对一些约定俗成的作家、作品或术语的中文译法产生疑惑，如"乔治·桑""《人间喜剧》""游吟诗人"等都有值得商榷之处，经过一些考证，我在本书中提出了自己的看法。以上便是这部法国文学简史中可能存在的新意，其价值有待方家和读者评估。

　　本书的参考文献主要是法语文献，我将多种法国文学史参照阅读，以尽量保证史实陈述和作家、作品评述的准确性；有一小部分内容参考了我之前发表的译文和论文以及我与同事们编写的《当代外国文学纪事（1980—2000）》法国卷；博士生李诺同学以20世纪作家让·科克托为研究课题，我邀请她撰写了该作家的评述，特此表示感谢。

文学史实自然有其客观性，每一本文学史著作却是以一定的叙述方式建构而成的。我校外国文学研究专家王佐良先生在世时曾经提出将叙述性、阐释性和文采性有机结合的文学史叙述方式。作为晚生后辈，我认同这三个原则，并试图在这本法国文学简史的写作中努力践行之，然而我才疏学浅，仅得皮毛。虽然勉力为之，书中仍然难免有浮光掠影和不当之处，敬请热诚的读者指教。

从本质上而言，任何文学史的书写都具有局限性，同时也具有开放性，因为它呈现为一段有待延续的时间和一个有待深入挖掘的空间。本卷《新编法国文学简史》只是一部浅显的入门之作，在此我愿隆重推荐柳鸣九先生编著的三卷本《法国文学史》、郑克鲁先生编著的《法国文学史教程》和两卷本《法国文学史》以及吴岳添先生的《法国小说发展史》等皇皇巨著，前辈先生以深厚学养和广博知识撰写的文学史著作可供各位有意深入研究和探讨的读者及专业人士继续精进之需。

车琳

2021年夏末